EN ROUTE VERS TOI

DU MÊME AUTEUR

DIFFÉRENTE, Actes Sud, 2013.
DANS LES EAUX PROFONDES..., Actes Sud, 2015.

La traductrice remercie Isabelle Piette pour sa précieuse collaboration.

"Lettres scandinaves"

Ouvrage traduit avec le concours
du Swedish Arts Council, Stockholm

Titre original :
Tillbaka till henne
Éditeur original :
Piratförlaget, Stockholm

ISBN 978-2-330-06898-1

SARA LÖVESTAM

En route vers toi

roman traduit du suédois
par Esther Sermage

ACTES SUD

LES LUNETTES

Elles n'avaient rien d'extraordinaire et semblaient n'avoir aucune valeur ou utilité particulières. Les branches de la monture métallique faisaient quasiment tout le tour de l'oreille, selon la mode du début du siècle. L'une était encore droite ; l'autre avait été tordue par le temps et la vie, et sans cesse redressée par des doigts opiniâtres. Ce n'était donc pas un objet précieux ou très bien conservé. Pourtant, le commissaire-priseur, au lieu de le vendre avec les autres biens de la succession, l'avait discrètement empoché. Si, sur le moment, vous lui aviez demandé pourquoi, il vous aurait répondu que ses motivations n'étaient pas plus claires pour lui que pour vous. Peut-être, surtout s'il s'était envoyé un ou deux verres avant, se serait-il laissé aller à vous décrire le sentiment qu'il avait éprouvé quand il avait décidé d'emporter l'objet : cette même joie qu'il avait ressentie lorsqu'il avait résolu de mettre fin à son aventure, toute récente, avec l'opulente caissière du supermarché pour se consacrer à sa femme, laquelle, en plus, était enceinte. Le sentiment de bien faire.

Tout le temps de la vente, les lunettes, logées dans la poche de sa chemise, avaient agréablement titillé son torse peu velu. Elles l'émoustillaient. Il éprouvait la même sensation que le jour où la caissière du supermarché lui avait fait de l'œil pendant que sa femme rangeait leurs achats dans des sacs. Enfin, non, pas exactement. La sensation des lunettes contre sa peau avait quelque chose de plus pur, comme quand on trouve un authentique Stig Lindberg dans une brocante, qu'on fait semblant de rien et qu'on ne le paie que vingt misérables couronnes. Comme quand on sait à la fois qu'une petite vie grandit dans le ventre de la femme qu'on aime et qu'on est le seul à être au courant. La légère pression des modestes lunettes sur sa poitrine lui donnait du cœur à l'ouvrage. Il faisait tournoyer son marteau avec le même entrain qu'à ses débuts, répétant les formules consacrées dans tous les sens jusqu'à ce que les prix montent en flèche.

— Voici, vous le reconnaîtrez certainement, une rareté ! Une rareté, mesdames et messieurs, une véritable rareté ! scandait-il de sa voix la plus puissante, encouragé par les battements de son cœur contre la monture métallique.

Puis, pendant quinze ans et deux mois, les lunettes dormirent sur un manteau de cheminée. Chaque fois qu'il passait devant elles, il était saisi du même ravissement qu'il avait éprouvé ce jour-là. Des armoires à linge invendables aux coins râpés étaient parties à des milliers de couronnes, des bancs de cuisine repeints, des chaises à trois pieds, et même une vieille broderie faite main sans aucune valeur. Tout s'était vendu en un clin d'œil. Le commis avait dû trimballer sans interruption lampadaires, transistors et vieux meubles jusqu'aux voitures garées dans le parking de la salle des ventes. Le commis, ou plutôt… : le gamin que la femme du commissaire-priseur avait pondu huit mois après qu'il eut plaqué la caissière. Un gamin qui, d'ailleurs, allait avoir quarante-neuf ans.

De temps en temps, le commissaire-priseur passait ses doigts rêches le long de la discrète monture. Il ressentait alors invariablement l'envie de la glisser à nouveau dans sa poche de poitrine et de filer au volant de sa camionnette, loin, très loin. Cela lui arrivait surtout quand il devait accomplir une mission au nord du pays, c'est-à-dire loin, très loin. Que venaient faire les lunettes là-dedans ? Il n'en savait rien. Peut-être lui rappelaient-elles un voyage entrepris dans le passé : les objets inanimés ont le don de faire ressurgir des souvenirs. Des détails que nous n'avions pas cru retenir, mais qui ont dû jouer un rôle à un moment ou à un autre de notre vie, puisqu'ils ne sont pas passés à la trappe comme toutes les bouillies d'avoine que nous ingurgitons le matin. Voilà à quoi songeait le commissaire-priseur et il reposait les lunettes à leur place, sans pousser pour autant le moindre soupir de regret.

Quinze ans et deux mois plus tard, ce fut le commis qui mit le feu aux poudres.

— Qu'est-ce que tu peux garder comme vieilles saloperies, papa ! dit-il en soulevant un cheval de Dalécarlie qui, poussiéreux mais toujours debout, était resté sur le manteau de la cheminée pendant près d'une décennie. À quoi il te sert, ce truc ? On ne le voit même pas depuis le fauteuil, il est caché par le chandelier. Tu devrais leur bricoler des étagères, à tes machins. En tout cas pour le cheval. Je vais t'en faire, moi. Et les lunettes ? Ça fait combien de temps qu'elles traînent là ?

Le commissaire-priseur fit sa grimace habituelle quand il se sentait dans l'embarras : il remonta un coin de sa bouche et plissa l'œil.

— Mouais, répondit-il. Ça ne ferait pas de mal.

— Je vais te bricoler ça.

— Pas la peine, des étagères, j'en ai en stock. Jette un coup d'œil dans le garage, tu trouveras bien quelque chose.

Son fils se dirigeait déjà vers le garage.

— Je te cuis une saucisse avant de partir. Tu veux des pommes de terre avec ?

— Je suis capable de me faire frire une saucisse tout seul, ronchonna le commissaire-priseur assez bas pour que son fils ne l'entende pas, du moins l'espérait-il.

De fait, il y avait un tas d'étagères dans le garage. Le père et le fils en choisirent une foncée pour l'accrocher au mur.

— On n'a qu'à laisser le portrait de maman sur la cheminée, dit le commis. Ça fera joli.

Son père acquiesça en maugréant. Le cheval de Dalécarlie, le chandelier, l'ocarina, la miniature en verre, le soldat de plomb et la lampe à huile furent tous placés sur l'étagère à bibelots. Le portrait de l'épouse se retrouva seul sur la cheminée. Quant aux lunettes, elles titillèrent à nouveau le torse et le cœur battant du commissaire-priseur.

Le lendemain, il se rendit à Norrköping pour une mission honorifique. À soixante-seize ans, c'était encore un jeune homme et il comptait bien diriger les ventes jusqu'à ses quatre-vingt-dix ans au moins. Alors, il pourrait parfaitement participer à l'émission *Le Tour des antiquaires*, ce programme de cruches qui passait sur la chaîne nationale TV1. Lui, qui avait commencé dans les années 1950. Lui, le fameux commissaire-priseur de quatre-vingt-dix ans qui savait distinguer un authentique vase Ming d'un faux à deux mètres de distance. Non pas qu'il eût envie de se montrer avec ces crétins, il avait tout de même un peu de dignité. Mais si jamais on l'invitait, il y réfléchirait. Manœuvrant sa Renault d'une main ferme et habile, il eut à nouveau le sentiment de bien faire. C'était son cœur qui parlait, nul doute.

LES CHAUSSURES

Une centaine de ballons rouges
Des perruques avec chignon (trois)
Deux paires d'échasses
Un service à fleurs
Des bottines de femmes à talons style 1900, pointure 38
Un écriteau marqué : "BOUM"
Un écriteau marqué : "ET MAINTENANT ?"

Voilà ce que lisait l'accessoiriste sur la liste qu'elle tenait dans sa main. Elle raya les deux écriteaux : elle pouvait aussi bien les fabriquer elle-même, ils seraient prêts avant le reste. Les ballons ne poseraient pas de problème, elle savait déjà où trouver les perruques et il y avait des échasses dans le magasin d'accessoires du théâtre. Elle se dirigea vers la boutique d'articles d'occasion Fretex en calculant son budget pour une paire de chaussures de pointure trente-huit.

Elle les vit au premier coup d'œil en entrant : des bottines lacées à talons, du plus pur style 1900. Elles avaient tant de cachet qu'elle en eut le souffle coupé. Des accessoires bien choisis peuvent multiplier au centuple les effets d'un spectacle. Après quelques années dans le métier, elle en était convaincue. Elle souleva cérémonieusement les bottines et les serra contre elle en se lançant à la recherche d'un service à fleurs, frisant la paranoïa : et si un autre client l'épiait pour les lui dérober ? Vite, il fallait payer les cent soixante couronnes et se sauver. Elle trouva le service à fleurs quasi sur-le-champ. Arrivée à la caisse, elle aperçut un paquet de cent ballons rouges dans un carton de promotions.

— Ben merde alors… dit-elle en faisant un large sourire au caissier.

Ce dernier en fut si charmé qu'il lui fit deux tampons au lieu d'un sur sa carte de fidélité.

Deux pâtés de maisons plus loin, elle se rendit compte qu'elle avait omis de vérifier la pointure des bottines. Celle-ci n'était indiquée nulle part. Trente-sept, à vue de nez. Avec un petit effort, on devait pouvoir y glisser des pieds chaussant du trente-huit. Elle décida donc de les essayer. Les bottines lui serraient les orteils, et elles n'étaient même pas neuves… On pouvait tourner le problème dans tous les sens : la comédienne, Kristin Byström, n'arriverait jamais à y enfoncer le talon.

— Quelle idiote… grogna-t-elle en retournant sur ses pas.

"Clip, clap", faisaient les bottines à ses pieds, tandis qu'elle retournait à la boutique acheter une paire complètement différente, des chaussures qui iraient comme un gant à Kristin Byström et ne la lâcheraient pas au long des vingt représentations de la nouvelle interprétation de *Huit femmes*. Elle eut l'impression de marcher plus vite sans faire aucun effort, comme si les bottines la propulsaient vers l'avant. Enfin, son imagination lui jouait sûrement des tours. C'est qu'elle n'en manquait pas, l'accessoiriste. Franchement, elle aurait très bien pu être comédienne.

Elle pouvait échanger les petites bottines noires contre une paire marron de taille trente-huit, mais elle n'en fit rien. "Les noires serviront une autre fois", se dit-elle, comme si souvent auparavant. Par exemple si Kristin est remplacée par quelqu'un qui a des pieds plus petits, s'il faut des chaussures 1900 pour le prochain spectacle, si je veux moi-même les porter à un bal masqué, pour un jeu de rôles, à une soirée… "Clip, clap", claquaient les jolies bottines. Soudain, elle décida de les garder pour elle.

Lorsqu'elle rentra chez elle, ses orteils lui faisaient tellement mal qu'elle dut les plonger dans un bain de pieds pendant une demi-heure pour les soulager.

De temps en temps, elle essayait de ranger les bottines dans le placard : impossible. Leur place était sur l'étagère à chaussures, dans l'entrée. Là, en passant, elle se disait : "Elles sont à moi", oubliant qu'elle ne pourrait jamais les porter sans s'infliger un ongle incarné. Elle les montra à un cordonnier. N'y avait-il pas moyen de les agrandir un tout petit peu ? Non. D'un air méprisant, le cordonnier lui expliqua comment une chaussure était faite. Il employa de nombreux termes techniques qu'elle ne connaissait sûrement pas. Hélas, elle les connaissait tous très bien. Elle eut envie de vociférer : "Je me doutais bien que ça ne marcherait pas, je sais ce que c'est qu'une empeigne et qu'une claque, mais il fallait bien que je tente le coup !" Cependant, elle n'en fit rien. Elle lui lança : "Merci bien !" et sortit.

Quand elle recevait la visite d'une amie qui avait les pieds plus petits qu'elle, elle cachait les bottines. C'était idiot, bien sûr, on n'allait pas les lui voler, ou exiger qu'elle les donne. Secrètement, elle attendait que l'occasion de les porter se présente – une occasion qui justifierait de se torturer les orteils.

Celle-ci advint sept mois plus tard. Son amie d'enfance allait se marier à l'église de Maria, à Sigtuna, en Suède, avec un Suédois prénommé Lars. Lorsque l'accessoiriste reçut l'invitation, elle se précipita dans l'entrée et prit les bottines sur l'étagère. C'était le moment de les présenter à la Suède.

LA RÈGLE

Elle avait volé la règle à la femme de son amant. Si, si, c'était vrai, et ce n'était pas tout. Dès qu'elle se retrouvait seule dans la chambre, elle prenait un objet et le glissait dans son sac à main. La plupart du temps, l'épouse était en voyage, en retraite, à un séminaire sur l'hindouisme ou la photographie d'aura. Elle n'aimait pas son mari aussi fort que l'amante, cela ne faisait aucun doute. Si elle avait suffisamment tenu à lui, elle aurait été là pour le réconforter quand il faisait des cauchemars la nuit, quand il avait des doutes sur ses choix de vie, quand sa calvitie l'inquiétait. Mais elle était toujours ailleurs, en train de "se chercher". Ça ne gênait pas l'amante, au contraire. L'épouse pouvait continuer à se chercher si ça lui chantait. D'ailleurs, si ça pouvait l'aider, l'amante pouvait faire en sorte qu'elle n'arrive jamais vraiment à se trouver. Ainsi, elle pourrait poursuivre sa quête pendant très longtemps. Le mieux, c'était lorsqu'elle faisait un séjour en Inde. L'amante s'installait alors dans la chambre à coucher du couple marié pendant plusieurs semaines d'affilée et se plaisait à imaginer que le mari était son époux, qu'elle était la maîtresse de maison, qu'elle vivait sous les voûtes de cette demeure sans portes, qu'elle avait elle-même choisi la couleur rose du ciel de lit. Mais ce n'était pas le cas. En définitive, l'épouse avait toujours le dernier mot. C'était hélas une évidence, surtout quand l'homme aérait pour faire disparaître son odeur avant le retour de sa femme et s'assurait que tout était bien là où sa femme le souhaitait. L'épouse ne le méritait pas. Du coup, si l'amante se servait de temps en temps chez eux, si elle prenait ce qui lui sautait aux yeux, ou farfouillait même parfois un peu, ce n'était que justice.

Justement, l'épouse allait revenir d'un séjour en Inde lorsque l'amante trouva la règle. Le vol devait atterrir trois heures plus tard, l'homme était hystérique.

— Tu peux ouvrir la fenêtre, mon chou ? lui demanda-t-il, comme si ce petit mot tendre atténuerait son remplacement imminent.

— Bien sûr, marmonna-t-elle.

— Tu sais bien que je préférerais m'endormir et me réveiller avec ton odeur, dit-il en la serrant dans ses bras, vite fait, un peu froidement. Mais tu sais ce que c'est. Elle me ferait une crise. On ne voudrait pas mettre en danger toutes les belles choses qu'on partage, n'est-ce pas, ma douce ?

— Hmm.

Elle ne comprenait pas le raisonnement selon lequel leur relation serait mise en danger si l'homme se séparait de son épouse. Il le lui avait expliqué plusieurs fois, mais la logique même de sa démonstration lui échappait. Elle avait toujours la vague impression de se faire rouler.

— Tu peux aérer, s'il te plaît ? Moi, je vais vérifier les placards, dit-il avec un sourire forcé.

"La fuite, ça par contre, tu connais, songea l'amante. Cette fois, tu vas te réfugier dans un placard. D'ailleurs, on peut considérer cela comme un symbole. Courage fuyons... Quand vas-tu apprendre à faire face, mon bonhomme ? Pourquoi ces yeux de velours et ce regard de soie ?"

Pendant que l'homme était au placard, son amante, au milieu de la pièce aérée, se demandait quoi voler. Il fallait qu'elle prenne quelque chose pour rétablir l'équilibre. Elle ouvrit le tiroir supérieur de la commode. Elle en connaissait déjà le contenu : de la crème hydratante au beurre de goyave, un miroir de poche en nacre, trois pierres rouges sans doute bonnes pour le karma ou l'aura. L'homme faisait du tapage au rez-de-chaussée. Un peu à contrecœur, elle ouvrit le tiroir suivant, celui qui coinçait et qu'elle laissait donc habituellement fermé pour ne pas attirer l'attention de l'homme. Ce jour-là, il glissa sans un bruit, dévoilant un méli-mélo d'amulettes, de cailloux ronds et de rubans en satin que l'épouse portait dans les cheveux. Et puis un truc droit : une règle en bois. Particulièrement satisfaite de sa trouvaille, elle referma le tiroir et glissa subrepticement la règle dans son sac. “Du beurre de goyave”, se dit-elle ironiquement. Puis elle descendit passer une dernière heure avec l’homme. La goyave ne contenait pas une once de graisse, encore moins du beurre. L’épouse s’était bien fait berner.

L’amante descendit de la voiture des époux d’un pas étonnamment léger et s’éloigna gaiement vers son appartement. “Une vieille règle en bois usée, se dit-elle en souriant. Amusant !” Autre chose que les élastiques et les taies d’oreiller qu’elle avait chipés jusque-là. L’amante avait-elle quelque chose à mesurer ? Elle rit tout haut en enfonçant la clef dans la serrure. Son sens de l’équité, libéré de toute logique, lui avait permis de justifier le vol d’une règle d’écolier dans la commode d’une femme mariée.

Le lendemain, elle alla rendre visite à son frère à Stockholm pour oublier un peu l’homme et son épouse dans le lit qu’elle venait de quitter. Elle avait pris cette décision sur un coup de tête. Au téléphone, sa belle-sœur parut si ravie que l’amante fut aussitôt convaincue du bien-fondé de l’excursion. Obéissant à une idée plutôt vague et sommaire de ce qu’on peut faire pour passer le temps dans un train, elle fourra la règle dans son sac. Elle n’était pas tout à fait certaine de son utilité, mais le seul fait de la savoir près d’elle la faisait presque défaillir de joie. Elle passa le trajet à la tripoter, à la tourner dans tous les sens, se posant mille questions sur les centimètres et les pouces, faisant des conjectures sur l’histoire du système métrique. Finalement, elle n’avait pas eu tort de parier sur le pouvoir de distraction de la règle. Satisfaite, elle arriva à la gare centrale de Stockholm. En ce qui concernait le système métrique, elle s’informerait sur Internet, histoire de pouvoir répondre du tac au tac si le sujet surgissait dans une conversation.

Alors qu’elle attendait le bus sur le viaduc de Klaraberg, un cycliste, passant à toute allure, lui arracha son sac à main. Elle en resta bouche bée, puis, furieuse, pointa dans la direction du cycliste et cria pour alerter son entourage :

— Vous avez vu ça ? Police !

Elle ne pouvait détacher ses yeux du cycliste effronté, qui ne fut bientôt plus qu’un point dans la rue Drottningata. Alors, elle poussa un hurlement qui exprimait toute sa haine accumulée pour l'épouse :

— Fais-toi écraser surtout ! Et crève !

LA BROCHE

Dure journée… D'abord, on l'avait interrompu alors qu'il regardait son émission préférée à la télé sous prétexte qu'il fallait se retrouver autour d'un "vrai petit-déjeuner en famille". Un rassemblement fort agréable, à vrai dire et, de son point de vue, on aurait pu en faire une habitude. Nonobstant, l'émission interrompue avait été l'élément déclencheur d'un mécontentement croissant. Après le petit-déjeuner, les autres avaient voulu qu'il s'achète de nouvelles chaussures. Il ne comprenait pas bien pourquoi : il portait les vieilles depuis longtemps et, malgré quelques soucis au niveau du talon et des orteils, il n'avait aucune envie de les troquer contre des chaussures neuves qui lui feraient certainement mal sur les côtés. Peu importe, on l'assit à l'arrière de la voiture et on l'emmena au centre Conmartial. Conmartial ! Il n'avait jamais aimé cet endroit. Rien que le nom… "Con" était un vilain mot – on se faisait gronder si on le disait. "Martial", c'était le prénom d'un des grands de la crèche. Martial Holm, tueur de grenouilles et terroriste nazi en herbe, très très… con. Conmartial : le pire de tout, le lieu où les bonnes vieilles chaussures finissaient à l'abattoir, remplacées par des neuves.

Ses parents avaient du mal à comprendre sa réticence.

— Mais enfin, mon canard, de nouvelles chaussures, ça va être très chouette ! tenta sa maman.

— Je ne suis pas un canard, marmonna le garçon.

— Les nouvelles seront encore mieux pour jouer au foot ! dit son papa. Allez, Robbie, regarde-les, au moins !

— Je ne m'appelle pas Robbie, grogna-t-il en croisant les bras.

Mais son geste n'avait hélas rien d'effrayant. Il ne faisait pas du tout le même effet que quand c'était son papa ou, pire, sa maman, qui le faisait.

— Mon canard... reprit sa mère de sa voix la plus douce.

— RO-BERT, dit le garçon sans desserrer les dents.

— Robert, mon canard... dit-elle encore.

Rien à faire, les bras croisés lui donnaient l'air vraiment ridicule. Il les laissa retomber.

— Il y a des chaussures d'escalade, au moins? demanda-t-il, maussade.

Il garda son air renfrogné – il ne fallait tout de même pas croire qu'il céderait sans lutter! Ses parents se détendirent un peu.

Après un long et laborieux essayage, ils quittèrent la boutique chargés d'un sac contenant des chaussures d'escalade pointure vingt-huit et entrèrent dans une brocante. Le père se dirigea immédiatement vers le rayon bricolage ; la mère fit un tour dans le rayon "enfant", l'air de ne pas se soucier de ce que fabriquait son fils. Mais il n'était pas dupe : sa mère était missionnée pour le surveiller. Soit.

Il était justement en train d'examiner les coutures d'un mille-pattes bariolé d'une taille grotesque lorsqu'un miroitement merveilleux attira son attention. Dans un panier plein de bric-à-brac gisait un objet d'une beauté éblouissante. Sur le dessus, du métal brillant ; au dessous, une aiguille. Dès l'instant où il la vit, le garçon n'eut qu'un souhait : emporter la scintillante création argentée loin de Conmartial, loin de toutes ses funestes connotations et de tous les pénibles magasins de chaussures.

— Maman! Je veux ça! cria-t-il.

Sa mère s'approcha tranquillement et fit la moue en voyant le ravissant objet que le garçon tenait au creux de sa main.

— Ça? dit-elle avec un sourire en coin. Qu'est-ce que tu vas faire d'une vieille broche?

— Je la veux, c'est tout.

— Mais mon chéri, aujourd'hui, tu as déjà eu de nouvelles chaussures et un hamburger... Et tu la mettrais où?

— Dans mon armoire à jouets.

— Bon... Elle ne doit pas coûter très cher. Montre... Deux cent cinquante couronnes!

Elle lança un regard effaré au vendeur.

— Il doit y avoir une erreur !

— Euh… répondit le vendeur en détournant le regard. Eh bien, si : c'est marqué. Deux cent cinquante, c'est le prix.

— Pour cette saloperie ? s'exclama maman.

— Pour cette saloperie ? répéta le garçon en écho, pour renforcer l'effet de l'argument.

Le vendeur appela une collègue plus âgée, qui jeta un coup d'œil à l'objet et hocha la tête.

— C'est une broche assez ancienne, observa-t-elle avec aplomb.

— Mais pas authentique, objecta maman sur le ton ferme qu'elle employait quand elle ne savait pas de quoi elle parlait.

— De toute façon, c'est le prix qu'on lui a mis, dit la vendeuse.

Son jeune collègue renchérit en hochant la tête. Maman reposa la broche.

— Dans ce cas, on ne la prend pas.

Le garçon eut l'impression que son univers s'effondrait. Voyant sombrer le scintillement du magnifique objet, il fut envahi par le désespoir. Il fallait réagir vite.

— Je ne partirai que si j'ai la brosse.

Désemparée, la mère chercha le père des yeux. Les vendeurs échangeaient des regards en coin. Le garçon emplit ses poumons.

— JE VEUX LA BROSSE ! JE L'AIME, VOUS NE COMPRENEZ PAS ?

Son papa arriva au pas de course. Cette fois, pas de "Robbie".

— ROBERT ! grogna-t-il, menaçant. Sois sage, tu m'entends ? Tu t'es conduit comme une vraie peste toute la journée.

Maman le regarda.

— Peut-être pas une peste, nuança-t-il. Mais tu nous as vraiment enquiquinés. Pourquoi est-ce que tu fais des histoires, maintenant ?

— Pour ça… sanglota le garçon en ouvrant ses doigts sur la merveille.

— Elle coûte deux cent cinquante couronnes, glissa maman.

La tactique de la colère allait bientôt devenir inopérante. Elle s'était d'ailleurs montrée peu efficace jusque-là. Un diplomate aguerri sait quand le moment est venu de changer de stratégie.

— Si je peux l'avoir, je promets de ne pas manger de bonbons pendant plusieurs années. Jusqu'à ce que j'aie cinq ans ! Je veux la brosse. Je ne veux rien d'autre. Même pas ce sachet de réglisse.

Il posa dignement le sachet encore presque plein sur le comptoir, devant la vendeuse plus âgée qui le regarda, perplexe.

— Ça m'a l'air sérieux, ce que tu dis là.

Le garçon hocha la tête et cita un livre qu'on lui avait lu quelques jours plus tôt.

— C'est sérieux. C'est même grave.

— Bon, écoute… J'accepte ton sachet de bonbons en échange de la broche. Comme ça, on est quittes.

Elle tendit la main au garçon, qui la prit et la serra solennellement.

— Excusez-nous… dit maman avec un rire nerveux.

— Pas la peine, tout est arrangé, lui répondit la vendeuse. J'ai un petit-fils, vous savez, un garçon. Il adore le rose et les choses qui brillent. Il arrive un moment où on ne peut plus l'ignorer.

Papa se racla la gorge.

— Robert… Enfin, il n'est pas… Aujourd'hui, il voulait cette broche, mais d'habitude… À la maison, il préfère grimper, des trucs comme ça. Pas… Enfin, merci. C'est vraiment très gentil à vous.

— Les enfants doivent laisser leur nature s'exprimer, vous ne trouvez pas ? Et devenir les adultes qu'ils sont destinés à devenir…

Le garçon ne suivait pas bien la conversation. Il décida cependant de ne pas approfondir. La broche était enfin à lui, et il l'avait payée avec son propre sachet de réglisse.

1

Le lendemain de ce jour-là fut très spécial. Osons même le qualifier d'absolument déterminant. S'il y a des jours qui changent le cours d'une vie, dans celle de Hanna Johansson, ce fut ce lendemain. En revanche, le jour dont nous parlons, celui par lequel commence le récit de Hanna, fut assez ordinaire, voire franchement sans surprise. Au tout début, elle entendit à côté d'elle un grognement inarticulé, qui s'intensifia jusqu'à former des mots :

— Hannaaaaa, merde ! Éteins !

Hanna tâtonna et trouva sur le sol le téléphone portable qui hurlait. Elle était facilement réveillée par des grognements, des ronflements ou des bruits provenant des appartements voisins mais, bizarrement, elle semblait complètement immunisée contre son alarme. Celle-ci bourdonnait à la surface de ses rêves comme un moustique obstiné, picotant discrètement sa conscience sans jamais la réveiller. Elle obligea ses jambes à gagner le bord du lit, puis ses pieds à se poser sur le sol, lequel était, comme on pouvait s'y attendre, froid.

Face au miroir de la salle de bains, elle cligna des yeux. Ses paupières étaient gonflées par le sommeil et cachées par un rideau de cheveux blonds, ou plutôt ternes. La bouche entrouverte, de la salive séchée à la commissure des lèvres, elle essaya de sourire. Son reflet lui renvoya une affreuse grimace et elle relâcha immédiatement les muscles de son visage. Une angoisse sournoise commençait à l'étreindre, comme une colique. Rien d'étonnant. À ce stade de la procédure matinale, elle se prenait toujours la réalité en pleine figure. Elle déglutit et, une lentille de contact en équilibre sur son index droit, saisit une de ses paupières. Sa main trembla, elle rata l'œil. Il lui fallait de la caféine.

Dix minutes plus tard, fortifiée par quarante centilitres de Coca-Cola, elle sortit dans la rue. Il était déjà tard. Tant pis pour la dépense, elle devait avant tout conserver son emploi.

— Taxi ! appela-t-elle si faiblement qu'aucun chauffeur n'aurait pu l'entendre.

Sa main tendue suffit à en arrêter un.

Accourant au vestiaire, elle se défit de son blouson et accrocha son badge sur sa chemise juste à temps pour éviter les reproches.

"Tu mens." Telle fut sa première pensée claire du jour. Elle recevait un prénommé Fredrik, qui abordait sa situation avec un sourire tragique de circonstance. Premier rendez-vous de la journée. Il lui expliqua qu'il s'était mis en quatre depuis leur dernière rencontre, mais rien à faire, avec les boulots au noir qui se multiplient. Lui, il voulait rester honnête, il n'acceptait pas ce genre d'arrangements pourris. Elle pouvait le comprendre, non ? "Tu mens", se dit-elle en hochant la tête pour le faire taire. Il fallait qu'elle mange quelque chose – un beignet à la vanille du fast-food d'en bas, peut-être ?

— Mais je fais vraiment des efforts, insista Fredrik, d'un air sincère. D'ailleurs, il y a peut-être une ouverture dans l'entreprise où j'étais le mois dernier. J'ai bon espoir. À mon avis, pas la peine de reprendre rendez-vous avant un bon moment.

Cela faisait quatorze mois que Fredrik avait bon espoir. Hanna valida sans broncher le versement de ses allocations de chômage jusqu'à un éventuel changement de situation. Il se leva avec un léger sourire moqueur et quitta l'Agence pour l'emploi d'un pas léger. Hanna avait la tête lourde. Le soleil s'était avancé dans le ciel et lui tombait dans les yeux.

Le guichet d'à côté était celui d'Annika, aveuglée par des illusions chroniques : elle s'était mis en tête qu'elle pouvait réellement aider les personnes qui se présentaient à l'Agence. Elle commettait systématiquement l'erreur de se soucier d'eux – comme si le simple fait qu'ils se présentent ne signifiait pas déjà qu'il n'y avait plus aucun espoir.

— Vous imaginez ? disait-elle parfois en plein déjeuner. Massoud est mathématicien en Irak et, ici, il ne trouve même pas une place de plongeur !

“Tu imagines, se disait alors Hanna, je travaille huit heures par jour et en plus je dois supporter des histoires de boulot pendant mon déjeuner ! D’ailleurs, si je cherchais un plongeur, moi non plus, je ne prendrais pas un mathématicien.”

Puis il y avait le guichet de Krysztof, qui faisait partie du quota d’immigrés. Il avait les dents parsemées de taches noires, appliquait ses tampons au millimètre près et répondait à ses demandeurs d’emploi par des sourires polis et indifférents – juste le sourire qu’il fallait pour ne pas se faire virer. “À quoi bon montrer ses dents pourries alors qu’on rendrait un immense service à son entourage en les cachant ?” se demandait Hanna. La quatrième employée de l’agence se prénommait Gun. Survivante d’une époque révolue, elle passait quasiment tout son temps à essayer de maîtriser le “nouveau” système informatique qu’on leur avait installé trois ans auparavant. Les raisonnements techniques qu’elle tenait tout haut pendant ses rendez-vous remplissaient leur lieu de travail d’une sorte de bruit blanc :

— Ensuite, vous mettez votre nom dans cette case-ci… Non, dans celle-là… Mais pourquoi ça ne marche pas ? Ah oui, j’ai oublié de cliquer. Voilà… et clic ! Maintenant, on peut inscrire votre nom ici. Mais pourquoi ça s’est fermé ? Je vais appeler le *helpdesk*, ça vaut mieux.

Un troll à l’ère des ordinateurs.

Voilà, en gros, comment se présentait le lieu de travail de Hanna, sans parler des rideaux jaunes et du palmier en plastique à l’entrée, sans nul doute conçus pour créer une atmosphère de fadeur et d’anonymat. Et bien sûr, les gens, les gens qui affluaient sans arrêt : ceux qui pensaient trouver du travail et ceux qui voulaient de l’argent. Mahmoud Q. appartenait à la première catégorie. Dès leur premier rendez-vous, Hanna avait reconnu dans son regard l’étincelle inquiétante de la ferveur. Après un an d’entretiens et de conseils professionnels, la flamme ne faiblissait toujours pas. Il l’appelait Khana, en prononçant la consonne initiale de son prénom quelque part au fond de sa gorge. En Afghanistan ou en Pologne, ça marchait sûrement. Elles devaient tomber comme des mouches quand un homme d’âge mûr les appelait Khana.

— Khana, écoutez un peu, j’ai réfléchi et j’ai pensé – en restant réaliste, vous savez –, j’ai pensé : je ne peux pas repasser toute ma formation. Dans mon pays, j'ai fait sept ans à l'université, c'est trop long à repasser, après, je serai trop vieux.

Son rire chaleureux endura sans broncher le pincement ostensible des lèvres de Hanna.

— Je serai retraité avant d'avoir terminé ma formation ! Non, non, j'ai pensé, non, ça ne va pas. Mais j'ai réfléchi, peut-être que je pourrais me mettre à mon compte ?

Hanna dut se retenir de lever les yeux au ciel. Se mettre à son compte... Dans ce cas, il faudrait prendre rendez-vous deux fois plus souvent. Il n'arrêterait pas de la bombarder de questions. Si elle n'avait pas eu la mauvaise idée de faire des études d'économie, elle aurait pu le transférer à quelqu'un d'autre.

— Je réfléchis à différentes propositions. Mon fils et moi, on pourrait peut-être fonder une entreprise familiale. Qu'est-ce que vous en pensez, Khana ?

"Ce que j'en pense, se dit-elle. Mais enfin, Mahmoud... Rentre chez toi manger un baklava ou un truc du genre. Cinq minutes, ça suffit pour cet entretien, pour toi comme pour moi."

— Se mettre à son compte, ça demande beaucoup, beaucoup de travail, dit-elle d'une voix persuasive. Énormément. Il y a toutes les démarches administratives. La paperasserie.

Le sourire de Mahmoud faiblit légèrement, avant un sursaut. Il n'était pas encore prêt à baisser les bras.

— On peut faire comme ça, peut-être : je rentre réfléchir encore un peu, je fais une proposition avec mon fils. Vous voyez si vous pensez que c'est une bonne idée. On se revoit la prochaine fois, et on a plus d'informations.

Hanna se concentra sur les mots-clés dans ce que venait de dire Mahmoud : *la prochaine fois*. Bravo, Mahmoud. La prochaine fois. Pas maintenant.

— C'est d'accord, dit-elle en rassemblant ses papiers et en les empilant avec soin.

C'était le signe qu'il devait ranger son agenda, enfiler son manteau et partir, mais il lui fallut encore cinq minutes et quelques boniments de plus pour comprendre le message.

L'après-midi, pendant la pause de Hanna, sa mère l'appela au téléphone. Elle voulait seulement s'assurer que tout allait bien. En d'autres termes, que Hanna était suffisamment tourmentée par son entourage. Sans quoi, elle pouvait très bien y mettre son grain de sel. Hanna défit l'emballage en plastique d'un rocher au chocolat et contempla les miettes qui tombèrent sur la table. Sa mère se plaignait de tout le travail qu'il leur restait à faire dans leur nouvelle maison. Filippa, elle, était passée leur donner un coup de main pour le mastic.

— Enfin, toi, tu es trop occupée ! dit sa mère avec un rire creux.

— Hmm, répondit Hanna en se concentrant sur son rocher.

— Tu as un travail très important, toi. C'est bizarre, quand même. Vous passez aussi tous vos week-ends à user les chaises de la commune ? On doit te trouver vraiment irremplaçable.

Les questions de sa mère exigeaient rarement qu'on y réponde. Elles jouaient plutôt le rôle d'un caillou dans la chaussure ou d'une épine dans le pied.

— Mais c'est une bonne chose que tu aies trouvé un travail. Quand tu étais petite, c'est bien la dernière chose dont on t'aurait crue capable…

— Ma pause est finie.

— Tout ce que je dis, c'est qu'à une époque, tu as presque atterri en classe spéciale.

Elle ricana et reprit :

— Mais tu t'en es bien sortie quand même. Il n'y a qu'à voir ! Maintenant, tu as des choses tellement importantes à faire que tu n'as même plus le temps de rendre visite à ta vieille mère.

— Il faut vraiment que je retourne travailler, maintenant.

— Oui, si tu le dis. Travaille bien, ma puce.

— Toi aussi, maman.

Elle décolla le téléphone surchauffé de son oreille et raccrocha, puis passa les quatre minutes de pause qui lui restaient à ramasser des miettes avec son doigt humide. Quatre jours s'étaient écoulés depuis la dernière fois que sa mère lui avait rappelé l'épisode de l'école spéciale. Tout ça parce que, enfant, elle n'était pas très communicative et qu'elle ne répondait pas toujours à des questions rhétoriques stériles. Fifi Brindacier avait son coffre rempli de pièces d'or ; Hanna, elle, avait droit à des convocations chez le pédopsychiatre.

— Tu me trouves intelligente ? demanda-t-elle en rentrant.

L'homme auquel s'adressait la question s'appelait Johan. Il la dévisagea, l'air de se dire qu'elle était complètement idiote. Puis il fit une moue, haussa les épaules et enfonça dans sa bouche une fourchette de spaghettis noyés dans du ketchup. Pour toute réponse, elle obtint un mâchonnement frénétique.

— Alors, tu trouves ?

Les spaghettis avalés, il but un demi-verre de lait avant de daigner répondre.

— Pourquoi tu me demandes ça ? Tu es… Oh ! Tu devrais arrêter de te comparer aux autres.

— Je ne me compare à personne.

— Alors pourquoi tu me poses la question ?

Cela ne servirait à rien, elle le savait. Elle ne devait de toute façon pas s'attendre à une réponse enthousiasmante de Johan. Mais son besoin de reconnaissance lui joua un dernier tour. D'une voix minable, elle demanda :

— Mais tu me trouves belle, au moins ?

— Tu en poses, des questions, aujourd'hui !

Il fit un sourire qu'il croyait sans doute charmeur.

— Mange tes spaghettis. Et sois un peu comme tout le monde.

Elle prit une bouchée de spaghettis enroulés autour de sa fourchette et sentit leur goût de farine et de ketchup bon marché. Johan termina son assiette et reposa ses couverts avec fracas.

— D'ailleurs, le physique, ce n'est pas l'essentiel, dit-il en allant dans la cuisine.

Pendant qu'il prenait une douche, elle ramassa un journal local et une vieille carte postale. Sur le point de les déposer dans la boîte de recyclage papier, elle vit la lettre tout en haut du tas. L'enveloppe, avec son nom proprement inscrit, la dévisageait furieusement. Elle enfonça le journal dessus. Puis elle alla prendre un verre de Coca-Cola et se mit au lit, essayant, comme on le lui avait recommandé, d'effectuer trois respirations ventrales, mais dès la première, l'air se bloqua à mi-chemin des poumons. À la deuxième, une pensée se figea dans son esprit : jusqu'à quelle profondeur fallait-il respirer pour qu'on puisse parler de respiration profonde ? “Le principal, se dit-elle finalement, c'est de prendre assez d'oxygène pour survivre.”

2

Le soleil, reflété par un train sur le quai d'en face, éblouit Lise. Elle cligna des yeux, prit une bouffée d'air de Stockholm et retint son souffle pendant une ou deux secondes – le temps que vingt-deux passagers la fusillent du regard. Une jeune fille qui s'arrête sur le pas de la porte d'un wagon au lieu de descendre et de libérer le passage, cela ne plaît pas. Tantôt sifflotant, tantôt bâillant – elle n'avait pas beaucoup dormi depuis qu'elle était montée dans le train, à Oslo –, elle suivit les instructions reçues sur son téléphone portable. Elle fut obligée de demander son chemin à un Stockholmois stressé en pleine heure de pointe, mais une fois dans la station de métro, elle parvint à s'y retrouver parmi les lignes rouges, vertes ou autres.

Près de la Mariatorg, dans une ruelle, Lise poussa une porte si discrète qu'il fallait suivre attentivement les numéros pour ne pas la rater. Lorsqu'elle entra dans la boutique, une clochette tinta au-dessus de sa tête. Une femme âgée d'une cinquantaine d'années apparut quelques secondes plus tard de derrière une tenture, des cheveux gris épars sur ses épaules. Elle souriait.

— Je devine que vous venez chercher les robes.

Lise acquiesça :

— Attendez, j'ai un numéro de référence…

Mais la femme avait déjà disparu. Elle revint chargée de trois robes vertes, moins affreuses que Lise ne l'avait craint.

— Ces chaussures iront bien avec, vous ne trouvez pas ? demanda Lise en sortant ses bottines d'un sac en plastique.

— Certainement, répondit la femme avec une amabilité qui trahissait une longue carrière dans la vente au détail. Vous n'avez qu'à essayer. Si vous avez le temps. Il y a une cabine au fond.

Lise regarda l'heure. Il lui restait cinq heures avant son rendez-vous à l'église de Maria, à Sigtuna. Elle accepta de bon gré la proposition de la femme.

Si vous aviez alors levé les yeux de l'atelier où Lise essayait sa robe de demoiselle d'honneur, si votre regard s'était évadé loin au-dessus de l'immeuble où elle tournoyait une dernière fois avant de remettre ses habits ordinaires (en gardant bien sûr les bottines), s'il avait atteint, au-dessus de l'église de Maria-Magdalena, la hauteur où aiment s'aventurer les mouettes les plus téméraires, il aurait pu se tourner vers le sud et distinguer dans une cour l'arrivée du commissaire-priseur E. Kihlberg, dans sa Renault. Une paire de lunettes aux montures métalliques coincée dans sa poche de poitrine, il s'apprêtait à diriger sa deux mille quarante-cinquième vente aux enchères. Dans le ciel de Norrköping, le soleil brillait aussi fort qu'au-dessus de la Mariatorg, à Stockholm. Malheureusement, la vente était annulée, ce que le commissaire-priseur n'apprit qu'après avoir caressé un chat et discuté avec un organisateur. Si au moins il avait eu un téléphone portable… dit l'organisateur en haussant les épaules. Un téléphone portable… renâcla E. Kihlberg. Plutôt un vieux Cobra avec un bouton rouge sur la poignée du combiné et un socle aussi lourd que l'arrière-train de sa défunte épouse (qu'elle repose en paix) ! Plutôt un téléphone en bakélite à cadran ! Il s'assit sur un banc et se demanda quoi faire dans ces régions septentrionales.

Lise avait donc gardé ses bottines. Elle en était si ravie qu'elle en oubliait la douleur qu'elles ne manqueraient pas de lui infliger. Emportant les robes dans un gros sac en plastique aux poignées renforcées, elle descendit en claquant des talons jusqu'à la Mariatorg, puis jusqu'à la Hornsgata, mais au niveau de la Timmermansgata, la douleur aux orteils devint trop intense. Plus possible de l'ignorer. Deux pâtés de maisons plus loin, elle s'assit sur un banc et regarda ses pieds d'un air dépité. Elle n'y arriverait pas. Fallait-il vraiment qu'elle titube pendant tout le mariage de sa meilleure amie à cause d'une paire de chaussures dont elle n'arrivait pas à se séparer ? C'était complètement idiot.

À l'autre bout du banc, une femme ignorait du mieux qu'elle pouvait Lise et ses états d'âme. Malgré tout, l'accessoiriste décida de partager son destin tragique avec elle : au moins, elles pourraient en rire. Il s'ensuivit une conversation insolite.

— Je vais à un mariage et voilà les chaussures que je dois porter.

Tournant mollement la tête vers Lise, la femme sembla mettre un certain temps à comprendre que ces paroles lui étaient adressées. Elle dévisageait sa voisine de banc de ses yeux bleu pâle et indifférents.

— Ah bon ? finit-elle par répondre.

— Mais elles me font tellement mal que j'en pleurerais. Je ne peux pas assister à un mariage entier en ne pensant qu'à mes orteils ! Qu'est-ce que vous feriez à ma place ?

La femme eut l'air embarrassée. Elle repoussa derrière son oreille une mèche de cheveux châtain clair.

— Je n'en sais rien, dit-elle.

— Vous garderiez ces bottines aux pieds pour être belle même si vous ne pouviez pas bouger de la soirée ? Ou vous préféreriez avoir un comportement plus sociable et vous donner la chance de séduire malgré des chaussures moches ? On peut toujours faire diversion avec un soutien-gorge push-up.

Lise rit. La femme ne sourit même pas. Elle regardait les bottines.

— Elles ne sont pas si belles que ça.

Cela avait le mérite d'être franc. Malveillance ? Amertume ? Sur un coup de tête, Lise ôta ses bottines et regarda sa camarade de banc droit dans les yeux.

— Quelle est votre pointure ?

La femme répondit après une hésitation.

— Trente-six.

— Essayez-les !

— Pourquoi ?

Lise inspira profondément. Il en faut, de la patience, avec ces Suédois.

— Parce que je suis accessoiriste, répondit-elle. J'aime qu'un objet trouve sa juste place, et ça me dérange profondément que la place de ces bottines ne soit pas à mes pieds. Allez, essayez-les, ça me permettra au moins de me reposer les orteils.

La femme ne paraissait pas comprendre la moitié de ce que lui disait Lise, qui faisait pourtant de son mieux pour imiter la prononciation suédoise. L'accessoiriste finit par lui lancer un regard intransigeant. Cela s'avéra plus efficace que ses palabres.

— Je ne vois pas très bien à quoi ça va servir, mais enfin… marmonna la femme, agacée.

Elle défit donc ses lacets. Lise ne comprenait pas son hostilité. Ne percevait-elle donc pas la forme sensuelle de ces magnifiques créations ? La chance de pouvoir enfiler une telle réussite esthétique ?

— Si elles vous vont, elles sont à vous.

"Tu es folle !" songea immédiatement Lise. Faire aimer les bottines à cette femme, voilà qui représentait un véritable défi. Si Lise y parvenait, cela rééquilibrerait un peu la situation. De toute façon, toute la magie du monde ne ferait pas perdre une pointure entière à ses pieds. Telle une Cendrillon, la femme glissa ses pieds dans les bottines sans le moindre effort. Malgré ses réticences, on voyait bien à son expression qu'elle n'en était pas complètement mécontente.

— Au moins, on peut dire qu'elles me vont, dit-elle en regardant Lise du coin de l'œil.

Soudain, au beau milieu de la Hornsgata, une voiture percuta un cycliste, lequel fit un arc de cercle dans les airs, vola au-dessus du capot du véhicule et s'écrasa de l'autre côté. Ses deux sacs tombèrent un peu plus loin dans un bruit sourd. Le conducteur donna un coup de frein, les pneus hurlèrent. Une femme gémit, un enfant poussa un cri d'excitation, onze personnes sortirent leurs téléphones portables. Lise et sa voisine à la pointure trente-six contemplèrent la catastrophe, stupéfaites. L'accident avait eu lieu à environ quatre mètres et demi d'elles.

L'image allait rester gravée dans la mémoire de Hanna. Une touriste norvégienne complètement survoltée venait de la forcer à enfiler ses vieilles bottines alors qu'elle se demandait en toute innocence où elle pourrait se procurer le plus rapidement possible une barre chocolatée. Une seconde plus tard, le décor était chambardé. Un cycliste inerte sur l'asphalte, un sac à main béant qui s'était vidé à leurs pieds, une voiture garée en travers de la rue. Le conducteur était resté si immobile qu'elle l'avait d'abord cru mort. Droit comme un cierge, le regard fixe, traumatisé. Il était vieux.

— J'ai fait un stage de réanimation cardio-pulmonaire! cria la Norvégienne en se jetant sur le cycliste.

Autour d'elles, onze personnes filmaient avec leurs téléphones portables. Le faux sac de marque aux pieds de Hanna avait vomi tout son contenu sur la chaussée : deux crayons, une paire de ciseaux à ongles, un boîtier de poudre, un rouge à lèvres, un portefeuille, un calendrier de poche et une vieille règle d'écolier.

— Appelez une ambulance, crétins de Suédois! haleta la Norvégienne avant de se remettre à faire du bouche-à-bouche au cycliste.

— J'ai déjà appelé, marmonnèrent en chœur deux jeunes d'une vingtaine d'années.

Hanna ramassa la règle en bois et l'examina. Elle était d'une autre époque et tranchait avec le reste des affaires.

— Allez voir le conducteur! lui cria la Norvégienne en malaxant la poitrine du cycliste. Dites-lui de rester calme!

"Pourquoi moi?" Hanna faillit poser la question tout haut. Sur ses talons noirs, elle se dirigea de mauvais gré vers la camionnette Renault. La portière du côté passager était haute et elle dut faire un effort pour l'ouvrir. Pour toute réaction, l'homme au volant eut un léger mouvement du bras.

— Restez calme, lui dit-elle, suivant à la lettre les instructions de la Norvégienne.

— C'est exactement ce que je fais, dit-il avec l'accent du Småland, en plissant les yeux vers elle. Ce n'est pas la première fois que j'ai un accident. Et, sauf erreur de ma part, si je m'en souviens, c'est que je n'ai sans doute pas de traumatisme crânien.

On entendait des sirènes du côté de Mariatorg.

— Par contre, mon cœur pourrait aller mieux, reprit le vieil homme. Mon commis ne me pardonnerait pas de lui avoir faussé compagnie sans dire au revoir. Alors je crois que je vais attendre, tout simplement.

Hanna resta debout sur le marchepied du côté passager.

— C'est une grosse voiture, en tout cas, dit-elle, insinuant qu'il y aurait sans doute peu de dommages.

— Et comment va le jeune homme ? demanda le conducteur. Il est arrivé à toute vitesse dans le tournant, pas moyen de m'arrêter, je…

Hanna entendit de nouvelles voix derrière elle. La Norvégienne s'écarta du cycliste et l'ambulance fit une manœuvre pour avancer vers lui.

— Il s'en sortira, dit Hanna de sa voix la plus convaincante.

Deux ambulanciers soulevèrent la victime sur un brancard ; un troisième se dirigea vers la Renault et ouvrit la portière du conducteur. Un véhicule de police s'arrêta un peu plus loin, deux policiers descendirent et coururent vers le lieu de l'accident. C'était le moment de s'éclipser. Hanna s'éloigna discrètement vers la station de métro.

— Stop ! rugit une voix autoritaire.

Elle se figea, un pied en l'air.

— Lise, ici présente, dit que vous avez tout vu, c'est juste ?

Hanna soupira. Les démarches allaient lui prendre la journée, peut-être même toute la semaine. Elle avait pourtant déjà fait sa B.A. du jour. La prochaine fois, se dit-elle, ne te mêle pas des affaires des autres. Elle monta sur le siège du côté passager. S'il fallait subir un interrogatoire, autant être confortablement installée.

Un policier prit son nom et ses coordonnées. Elle fut tentée de décliner une fausse identité. Elle avait tout de même été grossièrement interrompue dans le cours d'une journée parfaitement ordinaire. Mais, dans un sursaut de moralité, elle décida de rester dans la légalité, malgré son agacement. Le policier hocha la tête et se racla la gorge. Il devait avoir environ trente-cinq ans et, pensa Hanna lorsqu'il se pencha vers elle, il n'était pas laid du tout.

— Avez-vous une quelconque indication à nous donner sur l'accident tel que vous avez pu le percevoir, quelque chose qui vous viendrait à l'esprit tout de suite, sur le vif ?

Le conducteur, qui répondait aux questions d'un ambulancier, lui jeta un regard en coin.

— Le vélo est arrivé dans le tournant, je crois, répondit-elle. Il avait l'air de rouler très vite.

Elle crut entrevoir un sourire fugace sur les lèvres ridées du vieil homme. Et s'il ne lui avait pas dit la vérité… S'il avait intentionnellement percuté le cycliste… S'il s'agissait d'un meurtre…

— Vous pouvez vider votre poche de chemise, s'il vous plaît ? demanda l'ambulancier au conducteur. On va faire un examen préliminaire.

L'homme au cœur fragile sortit de sa poche un stylo plume et une paire de lunettes. Il voulut les déposer sur le siège du passager, mais les objets atterrirent sur les genoux de Hanna.

— Nous vous contacterons bientôt, dit le policier, puis il s'éloigna.

Les lunettes rondes avaient des branches fines un peu abîmées. L'homme semblait avoir adopté un mode de vie plutôt XIXe siècle. Pourtant, il avait déjà une paire de lunettes sur le nez – plutôt années 1970, celles-là.

— Avec le choc, elles auraient pu vous lacérer la poitrine, remarqua l'ambulancier. Il faudrait que vous nous accompagniez à l'hôpital, maintenant.

Détournant la tête de l'ambulancier, l'homme regarda Hanna :

— Elles vous plaisent ?

Hanna essuya des taches sur les verres. Plutôt sympa, se dit-elle. En tout cas, le modèle n'allait pas du tout à ce vieillard tout noueux. Il se pencha vers elle :

— En attendant, prenez-en bien soin.

Drôle de recommandation…

En descendant du véhicule, elle se rendit soudain compte qu'elle tenait encore la règle d'écolier. Les autres affaires avaient dû être rassemblées par une quelconque âme charitable, car elle ne vit nulle part le faux sac Gucci. Elle rangea donc la règle et les lunettes dans son sac en plastique, se disant qu'elle les jetterait plus tard. Enfin, peut-être pas les lunettes. "Bon, maintenant, j'ai besoin d'un peu de calme, se dit-elle. Et d'un éclair au chocolat." Comme en réponse directe à cette pensée, une voix d'enfant indignée retentit dans la rue :

— J'ai dit : non !

Les désirs de Hanna étaient-ils parvenus aux oreilles du grand public ?

— Non, non, non, non, non, nooooon !

L'enfant était flanqué de deux parents rouges d'exaspération et chargés de sacs.

— Maintenant, tu vas m'écouter ! Tu as eu tes chaussures d'escalade. Tu as eu ta pâtisserie. Tu as même eu ton affreuse broche. Alors maintenant, ça suffit !

— J'en veux pas, de la brosse et j'en veux pas, de la pâtisserie, je veux voir les policiers !

— Allez, viens maintenant. Je n'en peux plus. Tu entends ce que je te dis ?

— JE VEUX VOIR LES POLICIERS !

— Tu ferais mieux d'écouter ta mère, parce qu'elle est au bord de la crise de nerfs. Et moi aussi. Après tout le cinéma que tu nous as fait pour la broche, ça suffit. Tu ferais mieux d'être sage, sinon, tu vas avoir de mes nouvelles quand on sera rentrés à la maison. Tu m'entends ?

— Je ne veux pas la brosse, je m'en fous, de la brosse, je veux rester regarder les policiers et l'ambulance !

L'enfant qui, de plus près, semblait âgé d'environ cinq ans, sortit un objet sombre et brillant de sa poche et le jeta par terre, sur le rebord du trottoir.

— Qu'est-ce qu'on t'a dit sur les gros mots ?

Le garçon garda la tête baissée.

— Je m'en fiche, de la brosse, maugréa-t-il.

Puis il haussa la voix :

— Je veux voir la police !

— Salut, mon petit gars, l'interrompit une silhouette qui s'accroupit devant lui.

C'était l'agent qui venait de prendre le témoignage de Hanna. Pas mal du tout. D'épais cheveux bruns lui garnissaient tout le crâne. Contrairement à Johan.

— Comment tu t'appelles ?

— Ro-bert, répondit le garçon en séparant les syllabes.

— C'est bien, comme nom ! Dis-moi, Robert, tu sais quel genre de petits gars deviennent les meilleurs policiers ?

Robert hésita un instant :

— Les plus forts.

— Oui, les plus forts. Mais aussi ceux qui écoutent leurs parents. Et qui font ce qu'on leur dit de faire.

Robert semblait avoir du mal à le croire.

— C'est important, parce qu'il faut savoir obéir aux ordres. Comme un vrai policier. Tu crois que tu deviendrais un bon policier ?

Robert, toujours boudeur, acquiesça.

— On va voir, dit le policier, qui était vraiment tout sauf laid. On va voir si, quand ta maman et ton papa te disent quelque chose, tu le fais.

Émus, les parents épuisés regardaient l'agent, des larmes de gratitude aux coins des yeux.

— Tu rentres avec nous, maintenant ? demanda la mère.

— Et tu seras sage toute la soirée ? glissa le père.

Hésitant, Robert fit un pas en avant, sans lâcher le policier des yeux. Ce dernier prit un air impressionné, et le garçon continua d'avancer. Ainsi, la famille criarde disparut peu à peu dans la bouche de métro. L'agent fit un clin d'œil à Hanna, sous-entendu : "Ils sont marrants, les mômes, vous ne trouvez pas ?" Vraiment, pas à dire, avec ou sans clin d'œil, il était plutôt beau gosse.

Les véhicules de police partis et la Renault mise de côté, il ne resta plus que Hanna dans la Hornsgata, qui avait retrouvé son apparence habituelle. Plus de Norvégienne. Tout autour, les passants anonymes se pressaient. On était samedi, il fallait trouver le temps de s'épiler, d'aller au musée, de faire les courses et tout le reste. Sur le rebord du trottoir gisait la broche. Hanna la ramassa et la glissa dans son sac. Mais elle oublia ses vieilles chaussures sur le banc.

3

En colère ? Non, ce n'était pas le mot. Furieuse, plutôt. Autour des pas rapides de Signe, le monde renaissait, les parfums de la nature qui s'éveille enivraient les oiseaux migrateurs de retour et leur inspiraient des arias stupéfiantes, des boutons encore enveloppés dans leurs pétales s'apprêtaient à éclore en grande pompe, seulement quelques jours plus tard. Mais Signe ne voyait rien de tout cela. Ses doigts serraient une lettre. En fait, elle aurait voulu la froisser et la jeter dans le lac. Cela lui aurait procuré un soulagement de courte durée, certes, mais la marche de l'univers n'en aurait pas été bouleversée. Par-dessus le marché, l'expéditeur était quelqu'un de terriblement important. Signe s'arrêta, lut à nouveau la lettre et poussa un grognement d'indignation. Plus qu'absurde, c'était insultant.

Stockholm, le 11.05.1906

À Mlle Signe Sivander

À la suite de ma visite à Uppsala, où j'ai été touchée par l'intérêt que vous portez à la question des salaires et où vous m'êtes apparue comme une femme engagée et à l'esprit pénétrant, j'ai à cœur de vous tenir au courant de la triste évolution de la situation. Fridtjuf Berg, qui s'est déjà montré prompt à mettre en œuvre de tels projets, vient de faire passer une proposition de loi fixant le salaire d'un maître d'école à quatre cent cinquante couronnes, alors que celui d'une maîtresse d'école serait fixé à trois cents couronnes. Cette différence de cent cinquante couronnes aura sans doute une influence non négligeable sur le quotidien des maîtres et maîtresses d'école, mais, pis encore que les conséquences (ou l'inconséquence) pratiques de cette (très mauvaise) décision, la proposition repose sur une vision du monde contestable. Les maîtresses d'école n'effectuent-elles pas le même travail que leurs homologues masculins pour un salaire nettement inférieur ? Ne font-elles pas preuve du même dévouement dans leur tâche ? De toute évidence, aux yeux du gouvernement, la réponse à ces questions est : "Non." Je serai de passage à Tierp la dernière semaine de juin. J'espère que nous aurons alors l'occasion de nous rencontrer et de discuter de ces nouvelles désastreuses mais nullement surprenantes.

Veuillez agréer, mademoiselle, l'assurance de ma considération la plus distinguée.

Brita Löfstedt

Au lieu de protester en déchirant la lettre, elle flanqua un coup de pied à un tronc d'arbre. Un coup, puis un autre. Au troisième, elle ajouta un grognement. “Tenez, députés vaniteux et maîtres beaux parleurs ! Et un pour toi, Fridtjuv Berg !” Elle s'interrompit un instant, puis ajouta : “La seule bonne chose que tu aies accomplie, c'est la réforme orthographique.”

— Faut-il que ce tronc se soit mal conduit pour mériter un traitement pareil ! ricana une voix derrière elle. Voyons voir de quoi il a bien pu se rendre coupable.

— Anders ! dit-elle sans se soucier de feindre la surprise ou la honte. Qu'est-ce que tu fais ici ?

Il ignora sa question.

— Cet effronté de bouleau a dû dire quelque chose de bien injurieux à Mlle Signe…

— Ne sois pas bête.

— Lui aurait-il fait un croche-pied alors qu'elle dansait dans la forêt ?

— Il a peut-être émis tant d'hypothèses railleuses sur sa juste fureur qu'il a mis sa patience à bout, rétorqua Signe.

— Possible, reconnut l'homme, magnanime. Voyons ce qui fâche à ce point ma fiancée.

— Depuis quand suis-je ta fiancée ?

— Tu l'as toujours été. Un jour, tu le comprendras.

Signe haussa les sourcils et, après une courte hésitation, tendit la lettre à Anders. C'est qu'il était plutôt différent, Anders. Arrivé à la signature, il ricana et dit sur un ton mystérieusement ambigu :

— L'honorable Brita Löfstedt...

— Qu'est-ce que tu veux dire par là ?

— Ma chère petite Signe, c'est pour ça que tu t'enflammes comme ça ?

— À t'entendre, on croirait qu'il s'agit d'une bagatelle.

— Si tu continues à voir des injustices partout, tu vas te rendre malade !

Signe dévisagea Anders comme si elle le voyait pour la première fois. Le menton saillant, le regard ferme et, derrière ses orbites, un cerveau qui fonctionnait parfois à merveille et, parfois, pas du tout.

— Je vois des injustices partout ? Tu crois que je les invente ? Lis donc ! Une différence de cent cinquante couronnes entre un salaire de maître et un salaire de maîtresse, et fixée par la loi ! Où est l'invention, là-dedans ?

— Ton erreur, jolie Signe, c'est que tu n'as pas les instruments appropriés pour mesurer l'injustice. Comme tu le sais très bien, les hommes ont des dépenses qu'une femme ne peut même pas se figurer. Cent cinquante couronnes, quand on doit entretenir femme et enfants, c'est très insuffisant ! Où est l'injustice, là-dedans ?

— Vraiment ? rétorqua-t-elle. Ta ribambelle d'enfants te coûte donc si cher ? Sans parler de ta femme invisible... Tu as raison, j'ai omis de prendre en compte les lourdes charges qui pèsent sur toi.

— Quand tu seras ma femme, tu verras les avantages que nous tirerons de ces cent cinquante couronnes. Tu verras aussi qu'elles ne suffisent pas à faire vivre un homme et sa famille.

— Toi, personne ne t'empêche de te faire des idées, c'est évident. Enfin, c'est quand même un beau gaspillage d'énergie. D'ailleurs, tu n'as toujours pas répondu à ma question. Qu'est-ce que tu fais ici ?

— Je surveille la forêt, bien sûr. J'empêche que les gens se mettent à abîmer les arbres à coups de pied. Tu m'accompagnes en ville ?

Anders arpentait l'allée avec la démarche d'un homme entreprenant. Le gravier crissait sous ses pieds. Cela agaçait Signe. Tout comme sa façon de balancer les bras. Et comme sa manière de l'appeler "ma chère petite Signe" aussi. Pourtant, ils vivaient à une époque moderne... Détournant les yeux de son visage oblong, elle l'écouta en contemplant les cimes des arbres au-dessus d'elle. Elle avait soif d'air libre et pas de ses paroles. De quoi parlait-il, au fait ?

— Quand les Jönsson auront tous déménagé à Stockholm, il leur manquera un homme. Et à qui s'adresseront-ils ?

Elle feuilleta mentalement le répertoire des sujets de conversation plausibles. Le travail ? Non, ni dans son école ni dans celle d'Anders il n'y avait de Jönsson qui avait été muté à Stockholm. Le parti ? Peut-être. Triomphant, Anders répondit à sa propre question :

— À moi ! Ante joue de la nyckelharpa et moi, de l'accordéon. On sera deux accordéonistes au lieu de deux nyckelharpistes. Ils ont confiance, ils m'ont dit que ça donnerait quelque chose de bien. Bien sûr, je jouerai la partie la plus facile et Sven, les choses plus compliquées.

Évidemment. La conversation tournait autour de la fête de la Saint-Jean.

— Huit semaines de répétitions, poursuivit Anders, enthousiaste. Ça devrait amplement suffire. Il reste quatre semaines de cours. Après, je ne m'occuperai plus que d'accordéon. Toi, tu n'auras qu'à danser et à m'entourer de ta grâce féminine.

Elle lui donna un coup de chapeau au visage. Le moment était mal choisi pour lui conférer le titre de muse. Balançant toujours les bras, il se mit à siffloter avec insouciance.

— *Pour mon plus grand plaisir...* chantonna-t-il.

Les crissements de ses pas froissaient la tranquillité autour d'eux. Ainsi donc, il méritait cent cinquante couronnes de plus par an, l'homme qui vocalisait à ses côtés... En sa seule qualité d'homme. Sur décision du gouvernement. Anders sauta d'un bond par-dessus un nid-de-poule.

— *De toutes les filles d'ici, j'aurai eu la plus jolie...*

Signe regarda les nuages, de petites boules de laine éparpillées au firmament. Ils flottaient là-haut, libres. En inspirant une bouffée d'air, elle eut l'impression de goûter un peu leur liberté. Par bonheur, le bruit grinçant des pieds de l'homme, sur le gravier, restait à ras de terre.

— Vas-y, ne m'attends pas, dit-elle aussi aimablement qu'elle le put. J'ai besoin de récupérer un peu.

— Bonne idée, moi aussi. On s'arrête un moment ?

— Tu n'as pas compris. J'ai besoin de récupérer toute seule, au calme.

Elle lui décocha un regard lourd de signification. Il prit brusquement un air entendu. Une vague référence à de mystérieuses affaires féminines, et les hommes faisaient soudain preuve d'une déférence exemplaire. Sauf, bien sûr, si l'on se permettait d'avoir des exigences salariales, de tenir des discussions professionnelles ou de revendiquer une quelconque influence politique et sociale. Anders poursuivit vigoureusement son chemin. Quittant l'allée, Signe s'aventura dans l'herbe. Elle fit quelques pas, s'arrêta, puis décida de continuer. Sûre d'être hors de vue, elle s'allongea par terre.

Les brins d'herbe oscillaient comme des fanions, loin au-dessus d'elle. Son corps était en contact avec le sol, ses pensées pouvaient se déployer sans être enfermées ou contrariées, s'étirer vers le ciel et fleurir comme des pissenlits. À vingt-quatre ans, Signe débordait d'inspiration. Dans le ciel, les boules de laine se rapprochaient, évoluant dans un bleu qu'aucun peintre n'aurait pu imiter. "Les choses du monde, l'être au monde, se dit Signe, nous emplissent seulement quand nous sommes parvenus à nous libérer des prétentions que notre entourage fait peser sur nous." La formule lui sembla fort bien trouvée, et elle fit un effort pour s'en souvenir. Puis elle s'endormit.

4

"Clac, clac, clac..." faisaient les talons de Hanna sur l'asphalte. Et l'écho répondait : "Clop, clop, clop..." À cause des talons, ses hanches semblaient avancer au pas de valse, toute sa démarche s'en trouvait changée. De plus, quelque chose dans la facture des bottines lui faisait redresser le dos et tendre les jambes. Elle n'avait jamais eu un maintien aussi noble. Une tirade effrontée coupa court à ses nouvelles sensations.

— Si vous deviez donner une note entre un et dix à votre abonnement de téléphonie mobile, que diriez-vous ?

Un jeune homme aux cheveux décolorés, gominés et plaqués en arrière lui faisait un sourire ponctué de fossettes. Le toisant, Hanna se dit qu'il devait dépenser ses commissions la nuit, au Stureplan, où les jeunes de son genre aspergeaient des filles à papa de champagne, dans de perverses démonstrations de pouvoir phallique. Hanna pinça les lèvres et fixa le sol. Dans sa tête, les réponses grinçantes se bousculaient. "Et si tu devais donner une note entre un et dix à tes faux airs de gosse de riche alors que tu viens en fait de Sundbyberg ?" Le jeune ne lâcha pas l'affaire.

— Laissez-moi vous poser la question autrement. Quel est votre opérateur actuel ?

Il travaillait de la fossette, celui-là. Et il avait osé interrompre les "clac" et les "clop" de Hanna, au risque de les désynchroniser.

— De toute façon, quel que soit votre abonnement, nous vous promettons au moins l'équivalent grâce à notre garantie, et ça, c'est une promesse !

Clac, clop, clac, clop. Stop. Les bottines s'arrêtèrent brutalement. Hanna le toisa. Le jeune homme blêmit, mais son entraînement sans faille lui permit de maintenir ses fossettes (certes un peu tremblotantes).

— Vraiment? Vous savez comment on appelle ce que vous venez de faire? Un pléonasme.

Elle n'était pas très sûre de son fait, mais selon toute probabilité, il n'en savait pas plus qu'elle à ce sujet. Dos droit et mollets tendus, Hanna le dévisageait en plissant les yeux. Il fallait ajouter quelque chose pour conclure.

— Et d'après la Bible, c'est un péché.

Elle rejeta la tête en arrière et contourna le jeune homme. Les "clac" et les "clop" retentirent à nouveau. En arrivant sur le quai de son train de banlieue, elle dut reprendre son souffle – ce qui n'était pas dans ses habitudes.

Johan n'était pas à la maison. Elle pouvait donc tranquillement s'installer devant des rediffusions de *Top Model*, version américaine, sans qu'il change de chaîne pour regarder le foot. "Filles canon ou mecs musclés, au choix." La fascination de Johan pour les virils professionnels du ballon rond lui évoquait une forme d'homosexualité latente. Elle alluma la télévision. Elle projetait d'aller puiser trois barres chocolatées dans l'emballage "promo family" qu'elle venait d'acheter lorsqu'elle aperçut la règle.

Usée. Bizarre. Combien de temps une personne normalement constituée passe-t-elle dans sa vie à mesurer? Tout au bord de l'instrument, les petites entailles qui marquaient les centimètres et les millimètres avaient été élimées par un mesurage acharné. Quelqu'un avait sans doute utilisé la règle pour calculer des cosinus et des tables de Pythagore jusqu'à ce que les coefficients lui chatouillent le gosier, comme si on y enfonçait les doigts. Quelqu'un qui, en fait, avait certainement fini par exercer un métier qui n'exigeait aucun maniement sophistiqué de la règle. Par exemple sous-traitant en emballage. La règle représentait, ni plus ni moins, le temps qu'il avait perdu à mesurer n'importe quoi.

Pourtant, Hanna avait du mal à la lâcher. Son bois vieilli ressemblait à celui d'un vieux couteau à beurre. À de rares endroits, il restait des traces de vernis. On devinait la belle règle neuve, comme on devine qu'un vieux SDF a été plutôt pas mal, un jour. L'objet était manifestement étranger au décor dans lequel évoluait

Hanna. Ou plutôt non : le décor dans lequel évoluait Hanna était étranger à l'objet. Elle posa la règle sur l'accoudoir du canapé et alla chercher son sac en plastique. Elle eut un vague sourire en se souvenant de sa conversation avec le vendeur, à la Södra Station. Elle ne se serait pas crue capable de répondre ainsi du tac au tac. Les bottines avaient décidément un effet étonnant sur sa colonne vertébrale.

Elle posa la broche à côté de la règle sur l'accoudoir. Puis les lunettes. Elle succomberait plus tard à la tentation des barres chocolatées. Les trois objets qu'elle ne possédait que depuis le matin la fixaient avec insistance, comme si son rôle était de leur trouver une place dans le monde, ou de leur donner une raison d'exister. "Toi, pensa-t-elle en regardant la règle, on t'a remplacée par des règles en plastique transparent qu'on peut tordre et utiliser comme catapultes pour projeter des gommes, lesquelles ont à leur tour été remplacées par les réseaux sociaux. Aujourd'hui, ces derniers représentent en effet le moyen le plus utilisé par les jeunes scolarisés pour s'injurier." Elle tritura les lunettes aux branches tordues comme des pattes d'araignées recroquevillées. Pour les éviter, de nos jours, il existe des traitements au laser. On peut aussi se torturer les globes oculaires tous les matins en essayant d'y écraser une lentille de contact. Elle prit la broche, plus lourde qu'elle ne paraissait, et examina la fermeture : fragile. L'épingle semblait sur le point de se détacher. Hanna fut interrompue dans sa contemplation par la porte de l'appartement, qui s'ouvrit avec fracas.

— Saluuuut !

Elle rassembla vite les trois objets inutiles et les rangea dans le sac. "Toi, tu es tout simplement laide", murmura-t-elle à la broche pour qu'elle prenne elle aussi conscience de sa futilité. Le sac de Johan fit un bruit sourd en atteignant le sol.

— J'ai dit : salut ! C'est quoi, ces chaussures ?

Elle enfonça le sac en plastique sous le canapé. Tant que la télécommande ne disparaissait pas, il ne viendrait jamais à l'esprit de Johan de se pencher assez bas pour contempler la couche de poussière intacte qui s'étalait sous le meuble.

— Elles sont à moi ! cria-t-elle.

Elle aurait pu lui donner une explication, mais à quoi bon ? Johan entra et se jeta dans le canapé.

— J'avais bien compris qu'elles n'étaient pas pour moi.

À cette idée loufoque, il s'esclaffa et poussa un grognement, même si la blague n'était pas terrible. Hanna lui lança un regard en coin. Il regarda *Top Model* pendant environ cinq minutes, jusqu'à ce qu'il prît conscience que ce n'était pas du foot.

— Tu les trouves moches ?

— Tu n'es pas sérieuse… Tu ne vas quand même pas les porter aux pieds ?

Il insista lourdement sur le complément "aux pieds", comme si on pouvait porter des chaussures ailleurs.

— Tu veux dire que je ne peux pas ?

— Fais ce que tu veux, ça te regarde.

— Qu'est-ce que tu veux dire par là ?

— Que je ne t'en empêcherai pas. Tu es libre de t'habiller comme tu veux, non ?

À la télé, un homme donnait un coup de pied dans un ballon, qui fut réceptionné par le pied d'un autre homme qui l'envoya à un troisième, qui à son tour le poussa de ses pieds sur une distance de quelques mètres avant de l'envoyer d'un coup de pied à un autre homme. Un quatrième intervint, bloqua le ballon et l'envoya à un autre.

— Tu peux mettre un nez de clown si ça te chante. Ça ne me regarde pas.

Elle eut envie de dire quelque chose sur les nez de clown, mais s'abstint. En effet, Johan avait un assez gros nez. À part cet appendice charnu et sa calvitie naissante, on le considérait habituellement comme un mec plutôt pas mal. Un jour, Hanna avait entendu quelqu'un le qualifier de "canon". Une autre fois, on avait jugé ses lèvres "bisouteuses", mais comme le mot n'existait pas, c'était sans grande conséquence.

— Tu n'as qu'à te balader à poil, pendant que tu y es, ricana-t-il.

Il avait posé son bras derrière le dos de Hanna dans le canapé. Son aisselle sentait la sueur, les poils sur le dos de sa main ressemblaient à de l'herbe sèche. Il n'avait plus qu'à se faire transplanter les poils de la main sur le crâne, se dit Hanna. Elle s'enfonça entre les coussins en y creusant un trou avec son derrière. Quelques dizaines de centimètres en dessous, il y avait trois objets inutiles. Elle était au courant, pas lui.

5

Au réveil de Signe, le 8 juin 1906, ses chaussures étaient encore intactes. Pour être tout à fait exact, les deux paires qu'elle possédait étaient propres, mais l'une était usée jusqu'à la corde. En y regardant de plus près, on voyait deux réparations. Elle avait acheté l'autre paire, des bottines de luxe à talons, fermées par un laçage serré, avec son premier salaire. Elles paraissaient d'ailleurs plus chères qu'elles ne l'étaient. On leur lançait souvent des regards sournois. Un jour, quelqu'un lui avait même dit : "Voilà ce qui arrive quand on donne un salaire à une femme... Il fallait s'y attendre." Mais le cordonnier, lui, avait ri quand elle les lui avait montrées.

— Oh là là ! Ne marchez surtout pas dans des flaques d'eau avec ces princesses-là, avait-il dit.

À son réveil, elles étaient donc encore intactes et, si l'inspecteur d'académie n'était pas venu ce jour-là, elles l'auraient encore été le soir même.

L'inspecteur Westerberg ressemblait à un renard, surtout lorsqu'il vous reluquait en biais. Il semblait alors examiner un lapin qui croyait pouvoir lui échapper. Tout le monde y passait. Un garçon de dix ans qui ne récitait pas correctement son "nous-devons-craindre-et-aimer-Dieu-afin-de-ne-point-porter-atteinte-à-la-vie-ou-à-la-santé-de-notre-prochain" devait aussitôt subir exactement l'inverse du message des dix commandements. Westerberg mettait alors un point d'honneur à les enfreindre lui-même, armé de son martinet personnel. Une maîtresse d'école qui ne serinait pas le catéchisme aux tout petits sur un ton suffisamment autoritaire était prise en aparté et vertement réprimandée. Autrement dit, elle recevait une admonestation accompagnée d'une salve de postillons. Dans le feu de l'action, si la maîtresse était assise, la main exaltée de Westerberg lui attrapait la cuisse et la frottait de haut en bas jusqu'à la fin du blâme. Voilà pourquoi, devant Westerberg, les femmes se tenaient le plus souvent debout. On évitait ainsi les frottements et le blâme gagnait en concision.

Telle une épée de Damoclès, les inspections n'étaient pas annoncées, ce qui avait l'avantage de ne pas provoquer d'insomnies la veille chez les élèves ou le personnel enseignant.

La fin de l'année avait toujours été un moment privilégié pour Signe. Jeune écolière, elle se rendait déjà au dernier jour de classe avec confiance, l'humeur folâtre et fleurie. Le soleil était généralement au rendez-vous, du moins dans ses souvenirs – ceux qu'elle n'avait pas refoulés –, et les élèves, sur leurs bancs, lui faisaient penser à un pré couvert de tussilage jaune.

Sur la pente de l'avant-dernière colline, elle fut rejointe par trois fillettes aux joues juste assez rouges pour un dernier jour d'école. Elles avaient déjà assemblé avec soin de petits bouquets de pâquerettes, de boutons-d'or et de trèfles rouges. Au nord, deux garçons approchaient. Eux aussi avaient cueilli des fleurs, mais les tiges inégales donnaient à leurs bouquets un air négligé, et ils les balançaient comme s'il s'agissait d'outils. Signe sourit. Olle tenait un affreux bouquet hirsute. Il était pourtant capable de raboter des pieds de chaise au millimètre près et de produire un meuble parfaitement stable. Il savait donc forcément comment tailler les tiges d'un bouquet afin qu'elles soient toutes de la même longueur. Mais bien sûr, les garçons s'entraînaient à leur rôle d'homme.

— Justement, maîtresse, ce matin, je me disais que les grandes vacances commençaient enfin et que ça allait être formidable, dit une voix exaltée. Vous ne croyez pas, maîtresse ?

Signe l'écouta, amusée. Ebba était la fraîcheur et la naïveté mêmes. Elle avait toujours une réplique qui vous transportait.

— Oui, ça va être merveilleux, répondit Signe.

— Mais après, je me suis dit que la maîtresse allait beaucoup me manquer.

Les autres filles renchérirent :

— Moi aussi !

Olle et Oskar les rattrapèrent et saluèrent Signe de l'habituelle courbette, comme des taureaux qui se retiennent de ruer. Leur attitude n'aurait sûrement pas été du goût de l'inspecteur Westerberg. Olle avait douze ans. Après son certificat, il allait entrer directement à la menuiserie de son père, comme apprenti. Oskar, son petit frère, avait huit ans, et on se demandait ce qu'il allait devenir lorsque son frère ne serait plus à ses côtés pour lui servir d'exemple. Il était si anxieux...

— Bonjour, les garçons ! Comme vous êtes élégants, aujourd'hui !

Olle lui fit un sourire chevaleresque qu'Oskar s'empressa d'imiter. Les filles lui lançaient des regards pleins d'espoirs.

— Et vous, les filles, vous êtes mignonnes comme tout ! *Gerda, Ebba, Kristina, les plus belles filles du coin !*

Elles se tortillèrent de plaisir. Ebba tourna vers elle ses mirettes bleues.

— Vous, maîtresse, vous êtes très bel...

Elle s'interrompit au beau milieu de la phrase. Par réflexe, les autres enfants tournèrent les yeux dans la même direction qu'elle. Dans un chuchotement théâtral, Gerda dit :

— L'inspecteur Westerberg !

Difficile de ne pas le reconnaître, même à cette distance. Rigide et imperturbable, il les attendait devant l'entrée de l'école. Il aurait pu entrer, mais Signe le soupçonnait d'aimer voir les enfants se rapetisser à mesure qu'ils s'approchaient de lui. D'ailleurs, ceux-ci n'avaient pas osé le précéder dans le bâtiment, et un attroupement de petits êtres effrayés s'était formé devant la porte, face à Westerberg. En arrivant, Signe fit une génuflexion respectueuse et se débrouilla pour bien montrer ses belles chaussures en se redressant. Lors de son inspection précédente, Westerberg avait déploré la pauvreté de sa tenue et péroré sur la valeur d'exemple du personnel enseignant jusqu'à ce que la cuisse de Signe fût toute rouge à force d'être frottée. Cela ne se reproduirait pas.

— Je présume, mademoiselle Sivander, dit Westerberg en franchissant le seuil, que vous avez préparé une interrogation orale complète pour conclure le semestre.

Signe fit un sourire docile et une légère génuflexion tout en le suivant.

— J'ai fait passer aux élèves une interrogation extrêmement complète hier, expliqua-t-elle dans le vague espoir que cette information détournerait l'inspecteur de ses intentions.

— Ah bon. Hier, dites-vous, observa-t-il avec la politesse et la retenue d'un renard qui essaie de s'immiscer dans le terrier d'un lapin. Vous prétendez avoir fait passer hier une interrogation de fin d'année. Étrange. Encore eût-il fallu qu'hier eût été la fin de l'année. Cependant, jusqu'à nouvel ordre, la fin de l'année, c'est aujourd'hui. C'est-à-dire le jour après hier. Vous maîtrisez certainement les prépositions "avant" et "après", mademoiselle Sivander, et vous savez, n'est-ce pas, qu'elles modifient le sens d'"hier" et de "demain" ?

Il n'y avait que Westerberg pour utiliser le plus-que-parfait du subjonctif dans une conversation ordinaire. Et peut-être le pasteur.

— Oui, inspecteur.

— Que disiez-vous donc à propos de l'interrogation de fin d'année ?

Elle se retint de lever les yeux au ciel.

— Hier, les élèves ont passé une interrogation très complète. Mais l'interrogation absolument finale de l'année, plus succincte, se tiendra évidemment aujourd'hui.

Westerberg fit une moue satisfaite.

— Je trouve rassurant qu'une maîtresse dont le rôle sur cette terre est d'instruire nos enfants possède malgré tout quelques notions, même défaillantes, du règlement scolaire et du vocabulaire suédois.

Signe s'abstint de préciser que ce n'était pas parce qu'on avait du vocabulaire qu'on devait considérer comme synonymes "fin de l'année scolaire" et "interrogation de fin d'année". Pour se faciliter la vie, à terme, il lui fallait non pas avoir raison de ce vieux renard vindicatif, mais faire en sorte qu'il conserve sa bonne humeur.

Elle n'eut pas besoin d'annoncer à la classe l'interrogation à venir, les chuchotements avaient déjà diffusé la rumeur.

— Bonjour, les enfants, dit-elle sur le ton autoritaire qui plaisait à M. l'inspecteur.

Les enfants se mirent au garde-à-vous.

— Bonjour, mademoiselle Sivander, répondirent-ils en chœur.

Au registre de leurs voix, un brin plus aigu que d'habitude, on les sentait anxieux.

— Bonjour, dit Westerberg sèchement.

Cette salutation sonna comme un coup de fouet.

— Bonjour, inspecteur Westerberg, répondirent la plupart des enfants.

Cependant, la petite Gerda eut le malheur de l'appeler Westerlund. Le visage de la fillette prit immédiatement une teinte pourpre qu'elle tenta de compenser avec un sourire hésitant. Les yeux d'aigle de l'inspecteur balayèrent la classe en quête d'un coupable. Signe arborait le sourire sévère et raisonnable que les maîtresses affichent toujours sur les photos. Westerberg, qui n'avait pas l'air entièrement sûr que quelqu'un se soit trompé, se racla finalement la gorge en signe d'apaisement. Les élèves soufflèrent.

— Asseyez-vous.

Plusieurs élèves avaient prévenu qu'ils seraient absents le dernier jour de classe, et Signe avait donc effectivement fait passer une interrogation la veille. Elle tentait en silence de se remémorer les questions qu'elle avait posées, dans l'espoir que les enfants auraient la présence d'esprit de se rappeler les réponses. L'inspecteur alla se poster dans un coin. Ironie du sort, il s'agissait de celui où l'on reléguait les élèves punis.

Signe savait d'expérience que Westerberg se joindrait tôt ou tard à l'interrogation, puis proposerait de la terminer à sa place. Il fallait donc faire preuve de stratégie. Le choix des premiers élèves interrogés était crucial. Ceux qui ne supporteraient pas les méthodes d'intimidation de Westerberg devaient passer en premier.

— Oskar, dit-elle.

Le garçonnet angoissé se leva. Elle lui posa une question à laquelle il avait répondu correctement, sans hésiter, la veille. Il suffisait qu'il s'en souvienne…

— Si on soustrait huit de quinze, et qu'on ajoute deux, quel est le résultat ?

Oskar ne respirait même plus. Sans un souffle, il la fixait du regard, incapable d'émettre le moindre son. “S'il te plaît, Oskar…”, le suppliait intérieurement Signe, espérant lui apporter le soutien de sa pensée. Elle fit aussi une petite prière, ça ne pouvait pas faire de tort. “Mon Dieu, aide Oskar à s'oxygéner, aide son cerveau à démarrer !” Mais visiblement, le Seigneur avait prévu de les mettre à l'épreuve tous les deux ce jour-là.

— Je… Je…

L'inspecteur pointa son menton intransigeant vers le garçon.

— Eh bien, jeune homme, que voulez-vous dire ? Seriez-vous un élément de réponse à un problème mathématique ? Voulez-vous dire que vous vous considérez comme un chiffre ?

Sa propre plaisanterie le fit sourire. Oskar le dévisageait de ses grands yeux effarés. Un mot de plus de l'inspecteur, et le garçon fondrait en larmes. Signe fit quelques pas modérément autoritaires vers Oskar. Ses talons claquaient sur le plancher. Elle imaginait sans peine l'effet de ce son sur les esprits de ses élèves silencieux. S'arrêtant tout près d'Oskar, elle posa une main réconfortante sur son épaule, à l'insu de l'inspecteur. Puis elle répéta sa question.

— On soustrait huit de quinze, et on ajoute deux.

Oskar était au bord des larmes. Signe sentait déjà les pleurs lui secouer les poumons. Par miracle, il parvint finalement à articuler une réponse.

— Ça fait… neuf, mademoiselle Sivander et inspecteur Westerberg.

Il reprit son souffle. Signe reprit son souffle. Tous les élèves reprirent leur souffle – de soulagement ou de déception.

En reculant d'un pas, Signe remarqua qu'une de ses chaussures était trempée. Celles d'Oskar aussi, et le plancher, à ses pieds.

Le garçon la regardait d'un air tourmenté. Que faire ? Les réponses se bousculèrent dans l'esprit de Signe. Revenir au bureau comme si de rien n'était ? Puis aller faire un tour dehors et accuser ensuite un chien errant de lui avoir effrontément uriné dessus ? S'accuser elle-même, avec de lourdes allusions à de vagues mystères féminins ? Au milieu de ce fourmillement d'idées, elle eut aussi une pensée des plus futiles : mes belles chaussures ! D'un pas martial, Westerberg ne tarda pas à la rejoindre pour voir ce qui se passait.

— Ah bon, grogna-t-il en pinçant les lèvres comme un renard amusé. Alors ce jeune monsieur ici présent…

Le menton d'Oskar vibrait, mais aucun son ne sortait de sa bouche. Inquiet, son grand frère suivait le cours des événements depuis le côté opposé de la classe.

— … Oskar, compléta Signe.

— Alors Oskar a trouvé bon de faire ses besoins sur le noble plancher de cette école pour marquer la fin de l'année ?

Il régnait dans la classe un silence de mort. Peu à peu, les enfants comprenaient ce qui venait de se passer, mais personne n'osait émettre le moindre murmure, de peur d'attirer l'attention de l'inspecteur. Signe ne pouvait pas leur en vouloir. Brusquement, la main de l'inspecteur fusa comme une catapulte à travers l'atmosphère, laissant une marque rouge vif sur la joue du petit Oskar.

— Et en plus, il ne répond pas quand on lui parle ?

Westerberg fixa Oskar de son regard le plus sévère. Celui-ci déglutit quatre ou cinq fois avant de parvenir à répondre.

— Non.

Pan ! Un coup semblable s'abattit sur l'autre joue. Un petit filet de sang s'écoulait du nez d'Oskar.

— Et ce jeune homme croit que l'occasion est bien choisie pour fanfaronner ! Décidément, mademoiselle Sivander, si vous avez essayé d'insuffler un quelconque respect pour l'autorité à ces enfants, vous avez complètement échoué.

Il avait tourné la tête vers Signe et craché le mot "enfant" comme un paysan aurait craché une prise de tabac. Contre toute attente, Oskar, reprenant son souffle, décida de le contredire à nouveau.

— Non, monsieur l'inspecteur. Je veux dire que je n'ai pas trouvé bon de le faire. V... v... voilà pourquoi j'ai répondu non.

Le pied baigné d'urine, subissant les foudres d'un inspecteur d'académie fulminant, Signe ne put cependant réprimer un sourire discret, car une idée réconfortante venait de lui traverser l'esprit comme un éclair : *Oskar ira loin.* Le garçon lécha le sang qui coulait sur sa lèvre. Après lui avoir adressé un dernier regard haineux, Westerberg fit demi-tour, s'arrêta un instant, indécis, et, pour camoufler sa confusion, alla droit au bureau où il fit claquer ses talons. Dos à la classe, il ordonna aux élèves :

— Les filles, nettoyez-moi ça ! Mademoiselle Sivander, suivez-moi ! Oskar, au coin ! Les autres, patientez !

La porte de la classe était à peine refermée que les enfants se jetaient, dans un brouhaha, sur le dernier cancan de l'école de Tierp. Westerberg actionna deux fois la poignée, le silence se fit.

— Sérieusement, mademoiselle Sivander, commença-t-il, le visage si proche du sien que son souffle aurait laissé des traces sur ses lunettes si elle en avait porté. Il se pourrait, je répète, *il se pourrait* que je recommande votre licenciement au pasteur pour cause de manquements à la discipline. Pour éviter cela, je m'attends à trois choses de votre part. Un : des mesures disciplinaires beaucoup plus sévères. Deux : un rapport écrit sur les nouvelles mesures que vous aurez entreprises. Trois : une démonstration à la fin du mois d'août qui me convaincra de l'efficacité de ces mesures et qui me permettra de constater une nette amélioration dans la conduite de vos élèves. Est-ce bien clair ?

Signe regarda les yeux de Westerberg, toujours mi-clos, mais toujours en éveil. Ce n'était pas la première fois qu'il la menaçait de licenciement, et elle considérait désormais cela comme partie intégrante du spectacle.

— Bien entendu.

— Maintenant, asseyez-vous, nous allons démêler la situation.

— Merci, mais je préfère rester debout.

— Ne soyez pas idiote. Je comprends que vous restiez plantée comme une niaise devant pareille situation, mais, aujourd'hui, vous avez la chance d'avoir un homme pour vous venir en aide.

Comme pour illustrer les facultés que lui conférait son sexe, il tourna les talons, effectua quelques enjambées rigides vers la porte et entra dans la classe. Deux rangées de visages d'enfants disparurent instantanément de la vitre. Il revint accompagné d'un garçon muni d'un seau d'eau et d'une brosse à récurer. Signe songea qu'elle avait bien de la chance d'avoir un homme pour l'assister dans les tâches de nettoyage et de ménage, mais s'abstint d'en faire la remarque.

Ses chaussures de luxe achetées l'été précédent auraient encore pu avoir un bel avenir. L'une puait l'urine, mais en agissant vite, une femme un peu douée ou un habile cordonnier auraient pu la sauver. Sous le regard de Westerberg, hélas, elle était fichue. Le 8 juin 1906, tenue à l'œil par l'inspecteur d'académie, Signe récura ses plus belles chaussures jusqu'à les rendre difformes. Sinon, un bourdon volait, l'herbe était douce sous les pieds nus, des odeurs d'engrais et de nectar se répandaient dans l'atmosphère. Il restait seize jours avant la Saint-Jean.

6

Lorsque le téléphone de Hanna se mit à hurler, ce lundi matin là, quelque chose d'essentiel avait changé. Parcourant du regard le papier peint rayé, elle comprit soudain, un peu déconcertée : elle était déjà réveillée. Bien réveillée, même, et elle pensait à ses nouvelles chaussures. Décidément, elles avaient un effet sur sa posture, et ce changement influençait à son tour son humeur. Une tape molle sur son épaule l'empêcha de développer le raisonnement.

— Mais éteins !

Elle alla dans l'entrée et s'accroupit devant les bottines, qui s'accorderaient très mal avec son jean et son haut rose. Elle aurait l'air parfaitement ridicule si elle les portait à son travail, claquant des talons dans les couloirs comme une secrétaire des années 1950. Krysztof reluquerait sûrement son derrière. Perspective bien sûr désagréable, sans compter que tout ce qui lui rappelait son derrière conduisait ses pensées tout droit à la fâcheuse bouée qui débordait de la taille de son jean. Elle mangea les dernières barres chocolatées qu'elle avait achetées le samedi et enfila une paire de chaussures ordinaires. Puis elle prit l'ascenseur, dépassa le premier pâté de maisons et s'arrêta net. Sa montre avançait toujours de dix minutes, ce qui lui laissait de la marge. Elle entreprit alors, pour ainsi dire, une espèce de jogging. Elle remonta dans l'ascenseur, ôta ses chaussures et enfila les bottines. Ravie, elle prit l'escalier pour redescendre. "Debout, les marmottes ! se dit-elle en faisant claquer ses talons. Il est temps de se réveiller dans cet immeuble !"

Vue de cinq centimètres plus haut, l'Agence pour l'emploi se présentait un peu différemment. Hanna fit une halte à l'entrée

– n'importe qui, en la regardant, l'aurait accusée de prendre la pose – et traversa le hall avec une démarche méconnaissable. Le palmier artificiel, les tablettes en bois blond-roux, les stylos accrochés à des chaînettes… Brusquement, les objets semblaient prendre conscience de leur infériorité par rapport aux talons durs et aux lignes raffinées des pieds de Hanna. La première personne qu'elle croisa en chemin vers son bureau fut Annika. Celle-ci sursauta et la toisa.

— Dis donc, tu as bonne mine !

Dans la bouche de quelqu'un d'autre, ces paroles auraient forcément paru ironiques. Mais venant d'Annika, s'il s'agissait effectivement d'un trait d'ironie, il atteignait un niveau de subtilité qui forçait l'admiration : depuis son arrivée à l'agence, trois ans auparavant, elle n'avait jamais laissé le moindre sourire moqueur dissiper le mirage de la bienveillance crédule, naïve et sincère qu'elle prêtait à tout et à tous. Hanna lui sourit, ce qui ne fut pas aussi difficile que prévu. Les bottines lui remontaient étrangement le moral. Constatation qui l'agaça tout de même un peu.

— Merci, dit-elle de bonne grâce.

Elle ne put s'empêcher d'ajouter :

— C'est peut-être mes nouvelles chaussures.

Annika sembla les découvrir à cet instant. Son visage s'éclaira d'une joie surprise et pleine de gentillesse.

— Qu'est-ce qu'elles sont cool !

Cette fois, Hanna retrouva son sourire forcé.

Quant à la stupide Gun, certainement atteinte de démence, elle parut aimer à ce point les chaussures de Hanna que celle-ci fut sur le point de rentrer en changer.

— Quelle élégance ! Très vieux jeu ! s'exclama-t-elle en renversant la tête pour mieux les contempler.

Gun qualifiant quelque chose de vieux jeu, c'était l'ironie suprême. Dans un accès d'optimisme, Hanna se dit que si Gun les trouvait vieux jeu, elles étaient sûrement assez vieilles pour être à nouveau à la mode.

Comme prévu, Krysztof reluqua son derrière. Puis il lui fit un sourire poli de toutes ses dents pourries et lui dit que ça lui donnait l'air très sympa. Il utilisait très souvent le mot "sympa". C'était sûrement le seul qu'on lui avait appris à ses cours de suédois pour immigrés. Cela pouvait signifier “inintéressante mais pas insupportable”, “insupportable, mais comme je suis employé ici, je ne le montre pas” ou encore “ton cul ressort quand tu portes tes nouvelles chaussures, et je suis tellement primitif que la graisse qui déborde au-dessus d'un jean, ça me fait bander”. Étant donné le contexte, c'était sans doute un “sympa” de la troisième catégorie.

Mahmoud Q. était de retour. Trois jours étaient passés depuis leur dernier rendez-vous. Malgré l'obligation d'espacer les entretiens de plusieurs semaines – durant lesquelles l'assuré, fallait-il le préciser, recevait ses allocations sans lever le petit doigt – il se trouvait à nouveau dans le fauteuil en face d'elle. “On s'est vu juste avant le week-end ! aurait-elle voulu lui dire en le secouant. Qu'est-ce qu'on peut bien avoir le temps de faire en un week-end ? Se laver les cheveux et acheter un nouveau tapis de salle de bains ?” Mahmoud Q. avait grossièrement ignoré la période de carence, comme s'il lui en voulait personnellement.

— Ça m'a donné une énergie incroyable, notre entretien du vendredi, Khana. Je suis rentré et tout de suite j'ai écrit un petit projet. Mon fils l'a lu aussi. Mais c'est toi, l'experte. À toi de dire si c'est possible ou pas.

En l'appelant flatteusement “experte”, il lui avait montré toutes ses dents. Chez lui, au Moustachistan, cela devait sûrement être considéré comme charmeur. Elle eut envie de se pencher en arrière et de débiter à Mahmoud quelques clichés expéditifs pour se débarrasser de lui, mais les bottines résistaient. Au lieu d'être plantés dans le sol, ses talons étaient désormais en équilibre sur des échasses. Elle en perdit le fil. Se redressant sur sa chaise, elle jeta un coup d'œil aux papiers de Mahmoud : des textes rédigés à la main, des chiffres dans des colonnes tirées à la règle. Dans ce pays, il y avait donc encore un homme pour se servir d'une règle – comme le pauvre gamin qui, jadis, avait dû trimer avec celle qui gisait sous le canapé, chez Hanna. Elle décida de lire les chiffres que lui présentait Mahmoud Q. au lieu de faire semblant. Une idée inédite. Mais elle ne pouvait pas la mettre en œuvre comme ça, tout de suite. Il ne fallait pas exagérer. Elle attrapa les papiers.

— Je vais faire des photocopies et je les lirai dans le courant du mois.

Mahmoud haussa ses sourcils broussailleux.

— Du mois ?

— Je n'ai pas que ça à faire, vous savez. Vous n'êtes pas le seul à vous adresser à l'Agence, nous orientons des centaines de demandeurs d'emploi. Il faudra peut-être même compter un mois et demi.

Mahmoud posa ses deux paumes sur la table. Dans son pays, cela devait signifier quelque chose.

— Khana. Depuis le jour où je suis arrivé en Suède, tout prend peut-être plusieurs mois, voire plus. Je comprends que ça prenne du temps, parce que vous avez beaucoup de gens à aider. Vous êtes douée, Khana. Vous savez, comme je dis souvent à mon Dieu, j'ai attendu la réponse de l'Office de l'immigration pendant trois ans et demi, j'ai attendu le recours en appel pendant un an, j'ai attendu pendant cinq ans que ma femme et mon fils puissent venir, j'ai appris le suédois, j'ai attendu les informations sur l'attribution des logements, j'ai attendu un travail. Et maintenant, j'aimerais bien savoir : quand est-ce que ma vie va pouvoir commencer ?

Écouter ce que les demandeurs d'emploi racontaient à leur Dieu le soir ne faisait pas partie des missions de Hanna. Elle commençait à regretter d'avoir pris les papiers de Mahmoud. Quelles histoires devrait-elle encore se farcir si elle validait son projet d'entreprise familiale ? Leurs entretiens allaient se multiplier ! S'il ne voulait pas s'établir dans un pays où les choses se font dans un certain ordre, il n'avait qu'à rester en Irak. Ou en Iran, elle ne savait plus. Elle s'assit dans un équilibre précaire sur le bord de sa chaise et souleva les feuilles de Mahmoud, signe manifeste qu'elle était sur le point de se lever pour aller à la photocopieuse, de préférence sans plus de discussion. Mahmoud sourit et tourna ses paumes vers le haut.

— Et vous savez ce que me répond mon Dieu ?

Hanna fit un sourire figé. N'importe qui aurait compris qu'elle était pressée. Pas Mahmoud.

— Il me répond : “Mahmoud, tu as obtenu l'asile politique, non ? Mahmoud, tu as obtenu la venue de ta femme, de ton fils, des cours de langue, un appartement ? Pendant tout ce temps, tu as vécu. Tu veux te plaindre, ou tu veux travailler pour le pays qui t'a aidé ?” Et à votre avis, qu'est-ce que je réponds ?

Hanna baissa les bras. Autant reposer son derrière quelques secondes de plus. De toute façon, impossible de bouger tant que Mahmoud n'avait pas fini ses palabres.

— Que vous voulez travailler pour ce pays ?

— Exactement, Khana. Que je veux travailler pour ce pays. Et mon Dieu me dit : "C'est bien, Mahmoud, mais on est en Suède, alors, tu prends un numéro d'ordre et tu attends."

Après cette conclusion comique, Mahmoud éclata de rire. Sa voix profonde résonna dans la salle. Sept demandeurs ou demandeuses d'emploi levèrent la tête de leurs ordinateurs pour voir ce qu'il y avait de si drôle, ou pour bien signifier que cela ne se faisait pas de rire ainsi, de tout son cœur, dans un lieu public. Quand Hanna se leva pour aller à la photocopieuse, Mahmoud souriait toujours. Lorsqu'elle revint après avoir fait les photocopies, bu un Coca dans la salle de pause-café et être passée aux toilettes, il avait l'air calmé.

Il était 17 heures. Elle arpentait le trottoir entre l'agence et son arrêt de bus avec la nette impression que tout le monde la regardait. Contrairement à son habitude, elle s'en fichait. Un jeune blond dont la tenue poussait le respect de la mode jusqu'à l'absurde la jaugea de haut en bas en faisant une moue sceptique. Sûrement jaloux. Un bel homme en costume ne détourna pas la tête à son passage – trop timide pour risquer de dévoiler son admiration, il devait l'observer dans le reflet d'une vitrine. Devant un distributeur automatique, une file d'attente entière la regarda passer, propulsée par ses talons qui claquaient sur l'asphalte. Clac, clop. Clac, clop, bonnes gens.

L'impression de légèreté ne s'évanouit qu'à l'instant où elle délaça les bottines. Par terre, dans l'entrée, il y avait deux lettres : l'une était ordinaire et l'autre pire. Elle jeta directement la première dans le carton de recyclage papier et ouvrit l'autre :

Mlle Hanna Johansson est priée de bien vouloir assister aux festivités données en l'honneur de mes soixante ans et qui se tiendront à l'adresse indiquée au dos du présent carton d'invitation. Tenue exigée : libre.

Hanna s'assit sur une chaise. La lettre représentait tout ce qui pouvait faire de sa vie un supplice. "Les festivités" mentionnées allaient être jalonnées de mauvaise conscience : elle n'arriverait pas la veille pour participer aux préparatifs, elle ne danserait pas avec son cousin Joël le pot de colle, elle ne trouverait pas le bon cadeau pour sa mère et elle ne serait pas aussi belle que sa sœur. Cette fois, elle ne s'en sortirait pas en prétextant poliment qu'elle était trop occupée. Et la tenue ne serait pas libre. Loin de là.

7

La veille de la Saint-Jean 1906, une automobile entra dans Tierp. L'événement fit jaser avant même son arrivée : le vacarme s'entendit de très loin, et un garçon qui l'avait dépassée à cheval dégusta un bref instant de célébrité parmi les enfants réunis sur la place. Son récit exalté fit sourire Signe. La curiosité l'emportant et l'air de ne pas y toucher, elle s'arrêta néanmoins. Elle avait déjà vu des automobiles, et pas seulement celle du pasteur ; elle en avait vu bien d'autres lors de sa visite dans la ville universitaire d'Uppsala, mais une automobile était une automobile. D'ailleurs, bien d'autres, hommes ou femmes, avaient trouvé des prétextes plus ou moins valables pour s'attarder eux aussi sur la place. Lorsque l'auto fit son entrée, elle fut donc accueillie par un véritable attroupement de gens, certes visiblement bien occupés, mais surtout aux premières loges et tous vêtus de leurs plus beaux habits de fête en l'honneur de la Saint-Jean.

L'automobile s'arrêta dans un toussotement, mais personne ne se précipita à la rencontre de ces messieurs-dames. Les spectateurs réunis sur la place avaient de plus en plus de mal à vaquer à leurs fausses occupations, à ne pas passer pour des curieux. Qu'importe, l'héroïne du moment se leva de la banquette arrière et, telle une diva, balaya du regard son public. Il fallut quelques secondes à Signe pour comprendre qui était la visiteuse. De surprise et de joie, son cœur ne fit qu'un bond.

— Eh bien ! Quelqu'un pourrait-il me porter assistance et m'aider à descendre de cette carriole ? lança Brita Löfstedt d'une voix si forte, si claire et si péremptoire que ceux qui n'accouraient pas pour l'aider ne pouvaient que s'éloigner, un peu honteux.

Signe resta donc seule sur la place. Mme Löfstedt allait-elle se souvenir d'elle ? Rien n'était moins sûr, quoique... Signe n'avait-elle pas reçu, quelques semaines plus tôt, une missive de la main même de Mme Löfstedt, où cette dernière lui disait espérer la rencontrer et discuter avec elle de "ces nouvelles désastreuses" ? Brita échangea quelques propos avec son chauffeur, puis aida un autre passager à descendre du véhicule : une demoiselle dont on remarquait la beauté, même de loin. Les deux élégantes se tournèrent vers Signe avec de grands sourires et se dirigèrent vers elle. Celle-ci fit une légère génuflexion, juste assez pour frôler le sol de sa jupe. Depuis que ses belles chaussures avaient été abîmées, lors de la visite de l'inspecteur Westerberg, elle n'avait plus que ses vieilles bottines raccommodées. Pas de quoi attirer les regards, surtout une veille de la Saint-Jean.

— Signe ?! s'exclama Brita Löfstedt.

Question ou constat ? Difficile de le déterminer. L'intéressée confirma d'un discret signe de tête et serra la main que lui tendait Brita.

— Bienvenue à Tierp ! souhaita-t-elle aux demoiselles.

Brita pétrit sa main comme si elle avait l'intention d'en tirer du lait. Puis elle prit sa compagne de voyage par l'épaule.

— Anna, je vous présente Mlle Signe Sivander.

Si la main de Brita évoquait un étau, celle d'Anna avait plutôt l'effet apaisant d'un pansement. En croisant le regard de Signe, la jeune femme sourit, non pas poliment, mais avec un réel bonheur. Au premier regard, Signe l'avait trouvée belle. Elle était à présent fascinée.

— Mademoiselle Sivander, voici mon amie Anna Dahléus, qui a eu l'amabilité de m'accompagner dans ce petit voyage.

— Je suis vraiment très heureuse de vous rencontrer, dirent les lèvres d'Anna. Brita m'a tant parlé de vous !

Sans parvenir à arracher ses yeux de l'hypnotisante Anna, Signe se demandait ce que Brita avait bien pu trouver à dire à son propos. Durant son séjour à Uppsala, l'hiver précédent, elles n'avaient échangé que quelques mots sur les salaires des maîtresses d'école. Pas de quoi s'y attarder, quand on a l'envergure d'une Brita. Enfin, on disait ce genre de chose par politesse. Sous le chapeau d'Anna, Signe vit des cheveux blonds et frisés et, lorsque Anna lui lâcha la main, elle eut une soudaine sensation de solitude. Mais Anna ne la lâchait pas du regard. Ses yeux bleu campanule saisissaient quelque chose qui échappait encore à Signe. Elle aurait tant voulu savoir quoi… Elle cheminait vers la réponse aussi péniblement qu'une fourmi gravissant le flanc d'une baignoire en tôle.

— Oui, dit Brita après un long silence. Nous allons emmener Gustaf au parking et nous installer à l'hôtel, mais après, nous viendrons volontiers à la fête. Je suppose qu'elle aura lieu sur le pré que nous voyons d'ici.

Signe se racla la gorge et décida de se concentrer sur les sourcils décidés de Brita Löfstedt.

— Oui. Exactement. Nous avons de belles traditions, ici. Des musiciens doués et, pour certains, étonnamment sobres.

Lorsque retentit le rire d'Anna, Signe sut que la fête de la Saint-Jean ne pourrait se dérouler pour elle que de deux manières : soit elle passerait la soirée avec elle, soit elle rechercherait sa compagnie sans relâche.

On n'aurait pu rêver meilleur temps pour une veille de la Saint-Jean. Un soleil radieux inondait de lumière les maisonnettes et les fonderies désertées. Il dardait ses rayons éclatants sur la banque, la poste, la pharmacie et les laiteries – sans gêner personne. En effet, tout était vide. Dans la forêt, il s'infiltrait entre les branches des arbres, formant des taches chaudes sur la mousse et – n'importe quel promeneur l'aurait constaté – sur les sentiers. Mais surtout, il caressait amoureusement le pré où on était justement en train de hisser un mât de la Saint-Jean de quatorze mètres de haut, tout couvert de feuillage. Huit costauds s'y attelaient, sous les yeux d'une vingtaine de femmes aux mines réjouies, qui admiraient les saillies et les soubresauts de leurs torses musclés. Des familles éparpillées sur le pré mangeaient leurs pique-niques ou tressaient les couronnes de fleurs que tous devaient porter sur la tête. Le cordonnier Östman avait déjà avalé une telle quantité de schnaps qu'allongé sur le sol, il annonçait à qui voulait bien l'entendre qu'il sentait la terre tourner. Mme Östman le regardait en silence ; sa silhouette accablée rappelait celle de la Vierge Marie. Les enfants Östman s'étaient lancés dans une chasse aux papillons, loin de l'haleine chargée de leur père. Pareilles scènes n'avaient rien d'inattendu ou d'inhabituel. À leur manière, elles participaient elles aussi à l'ambiance de cette fête traditionnelle de la Saint-Jean. Autour de Signe tourbillonnaient des nuées d'enfants dont les traits allaient rester gravés dans sa mémoire. On lui souhaitait bonne fête, on lui avait déjà offert trois couronnes de fleurs et elle avait eu l'honneur d'être présentée à une coccinelle. Par endroits, l'herbe du pré avait été piétinée, mais ailleurs, intacte, elle atteignait près d'un mètre de haut et abritait des bleuets, des boutons-d'or et d'autres fleurs de la Saint-Jean dans un doux chaos de brins hirsutes tendus vers le soleil. “Profite!” se disait Signe en humant ses couronnes de fleurs. Lorsqu'une ombre passait sur son optimisme, elle se répétait : “Profite!” Du côté de l'hôtel, pas un mouvement. Pas le moindre duo de dames à larges chapeaux à l'horizon. Rien.

— *La plus jolie de toutes les filles d'ici...* chantonna une voix derrière elle.

Une main chaude se posa sur ses yeux ; une autre lui prit la main et la fit tourner sur elle-même. Anders la regarda, ravi, comme si c'était elle qui l'avait surpris.

— C'est bien toi, ça, dit-il sans la lâcher.

Une délicieuse odeur d'herbe lui emplissait le nez. Du coin de l'œil, elle vit deux femmes marcher de l'autre côté du pré.

— Bonne fête de la Saint-Jean, Anders, répondit-elle.

— Tore a tellement bu qu'il est tombé en descendant de la charrette. Les gens ont trouvé ça amusant, on l'a même applaudi. Je ne comprends pas comment il est encore capable de jouer avec autant d'alcool dans le sang!

Les deux femmes approchaient. Signe les reconnut : la femme du sacristain et sa sœur. Anders jasait toujours, sans remarquer les regards furtifs que Signe jetait vers l'orée du pré, ni sa déception grandissante.

— Moi, il faut que je me concentre pour bien jouer. Lui, on dirait qu'il a ça dans le sang. Même affalé dans la rue, incapable de se relever, il peut se mettre à jouer une polka sans se tromper.

À la pensée de son sang si pauvre en musique, il soupira, puis il entraîna Signe vers l'estrade des musiciens.

— Très élégant ! s'écria-t-elle pour ne pas le décevoir.

— C'était mon idée. En fait, on a assemblé quelques planches, et voilà. Rien de très sophistiqué.

— Mais qu'en dit Tore ?

Il rit et lui caressa la joue.

— Tu es gentille avec moi aujourd'hui, Signe.

À l'instant où il lui caressait la joue, Mme Löfstedt et Anna apparurent devant eux, comme sorties de nulle part. Signe eut un mouvement de recul et s'écarta d'Anders, dont la main resta suspendue dans le vide, figée un bref instant avant de reprendre sa place habituelle.

— Nous vous cherchions, annonça Anna.

Elle était coiffée du même chapeau que dans l'auto, mais elle avait changé de robe. Pour la fête, elle avait mis un modèle ivoire décoré de petits volants qui couraient jusqu'à son cou, où une broche rassemblait le col de l'habit. D'un geste coulant, elle coinça une mèche de cheveux derrière son oreille – Signe imaginait qu'elle effectuait chacun de ses gestes avec le même naturel irrésistible. La manche évasée de sa robe tomba en arrière et révéla brièvement un délicat bras de demoiselle, parcouru de quelques veines tout près du poignet. À son petit doigt, elle portait un anneau discret et assez commun. Le soleil lui rougissait les joues, et ses yeux plissés dissimulaient ses prunelles.

— Signe !

Anders tentait gentiment d'attirer son attention. Son cerveau était, selon une métaphore moderne, en panne de moteur. Il devait absolument redémarrer. Elle s'esclaffa, s'excusa et fit les présentations. Le visage d'Anders resta impassible lorsqu'elle prononça le nom de Brita Löfstedt, et il s'abstint de toute remarque moqueuse sur la question des salaires. Dans le meilleur des cas, il avait changé d'avis. Après quelques mots échangés sur le beau temps, Brita vola Signe à Anders.

— Je suis vraiment désolée, mais nous devons parler entre filles. Je vous enlève Mlle Signe un moment. Cela dit, nous aurons sûrement terminé notre discussion avant le soir. Si vous comptiez l'inviter à danser, l'espoir est encore permis.

Cette dernière remarque cherchait à atténuer la tristesse manifeste d'Anders. Il prit un air exagérément rayonnant – un cabotinage qui amusait les plus petits mais qui ne parvint à arracher qu'un sourire poli à Mme Löfstedt.

— Rien ne presse, ajouta-t-il. Je joue moi-même dans l'orchestre. En fait, je vous serai reconnaissant d'éloigner Signe des autres cavaliers.

Brita Löfstedt prit Signe par le bras. Un court instant, Signe crut qu'Anna allait en faire autant, mais il n'en fut rien, et Brita se mit en marche dans le pré, entourée des deux jeunes femmes. Anders resta seul sur le podium qu'il avait lui-même construit.

Elles s'assirent à la lisière du pré, loin des essaims d'enfants bourdonnants. Mlle Anna sortit trois pommes de son petit sac. Elles utilisèrent le même couteau pour les couper en morceaux tandis que Brita Löfstedt se mit à discourir sur le droit de vote. "Ça alors… songea Signe. Dire que je suis en train de manger une pomme en compagnie de Mme Brita Löfstedt et de cette Mlle Anna dont je ne sais à peu près rien, mais qui joue à coup sûr un rôle important dans le travail de Mme Löfstedt. Et qui, en plus, est d'une beauté stupéfiante…"

— Vous vous demandez peut-être pourquoi je vous serine avec le droit de vote alors que c'est la question des salaires qui vous intéresse, mademoiselle Sivander ?

Signe ne sut pas quoi répondre. Mme Löfstedt avait raison sur un point. Depuis le début de la conversation, elle avait employé une seule fois le mot "salaire" contre un nombre incalculable de "droit de vote".

— Pour être tout à fait honnête, poursuivit Mme Löfstedt, ce que je trouve le plus surprenant, c'est que les salaires n'aient pas été inéquitables dès le départ, et qu'ils le soient devenus aujourd'hui seulement. On qualifie notre époque de "moderne", mais voyez-vous, mademoiselle Sivander, il ne faut pas oublier la règle fondamentale qui sous-tend toutes les autres règles, à savoir que les gens qui édictent les lois le font dans leur propre intérêt. Voilà pourquoi…

Brita ponctuait son exposé d'un poing levé, ce qui conférait un certain poids rhétorique au morceau de pomme qu'elle tenait dans la main.

— Voilà pourquoi, reprit-elle, il est de la plus grande importance que les femmes soient elles aussi représentées sur les listes électorales et à l'assemblée. La question est d'une simplicité enfantine, n'importe quel idiot devrait le comprendre. Je suis stupéfaite de toutes les réticences qu'elle provoque et des interminables débats que suscite la moindre pétition. Tout cela avance à la vitesse d'un escargot.

Anna était complètement absorbée par Brita. Lorsqu'elle prit elle-même la parole pour poursuivre son raisonnement, ses joues rougirent et ses mains s'agitèrent dans le vide.

— Savez-vous de quoi il s'agit ? demanda-t-elle en tournant la tête vers Signe. De quoi il s'agit en réalité ? De manœuvres d'un groupe de personnes qui tiennent à garder la mainmise sur le plus grand nombre. Et comme personne ne veut l'admettre, on s'emploie consciencieusement à faire croire qu'il s'agit d'autre chose.

Signe était tout ouïe. Elle aurait perçu le moindre murmure dans le vent. Pour éviter de trahir son ignorance par une remarque maladroite, elle se contentait de hocher énergiquement la tête.

— Si le sujet n'était pas si grave, j'en rirais aux larmes, conclut Anna.

Son regard ardent vibrait comme la corde d'un violon. La voix impérieuse de Brita trancha dans le vif.

— En Finlande, comme vous le savez certainement, la chose est déjà faite, mais de l'autre côté de la frontière, ici, en Suède, le vote est subordonné au revenu, à la naissance et au sexe. Après notre séjour ici, j'ai justement prévu de faire un tour en Finlande avec Gustaf. Je dois y rencontrer Miina Sillanpää en personne pour voir quels enseignements nous pouvons tirer de leur mouvement.

En prononçant le nom de Miina Sillanpää, la grande Brita Löfstedt elle-même prit un ton respectueux. Signe se sentait douloureusement ignorante. "Sillanpää", répéta-t-elle intérieurement. À une autre occasion, elle pourrait au moins faire mine d'être au courant.

Une heure plus tard, Signe avait oublié qu'Anna était belle. Elle ne voyait plus que son regard. Lorsqu'il se tournait vers le ciel, il brillait et reflétait le jour ; lorsque, plein d'admiration, il se tournait vers Mme Löfstedt, il faisait mal ; lorsqu'il croisait celui de Signe, il la tenait. Il la serrait, même, comme pour retenir un oiseau qui voudrait s'envoler. Et le cœur de Signe battait, prêt à lâcher prise dans de telles tenailles. Voilà donc les émotions qui traversaient Signe, en arrière-plan secret d'une conversation sur la nouvelle répartition salariale entre maîtres et maîtresses d'école.

— Ce qui est vraiment infernal, ce ne sont pas les niveaux de revenus, déclara Brita en plissant les yeux. Les salaires sont en hausse, que ce soient ceux des instituteurs, ces oubliés du système, ou ceux des maîtresses d'école, c'est-à-dire le vôtre. Le ministre Berg espérait sans doute qu'une augmentation ferait oublier aux enseignantes leur revendication d'égalité. Il voulait faire taire la grogne. Ce qui est agaçant, c'est qu'il nous prend pour des idiotes. Si les femmes se laissaient duper ainsi, ce serait une bonne raison de les payer moins.

Au loin, dans le pré, un accordéoniste se détacha du groupe de musiciens pour venir vers elles. Signe le reconnut à sa démarche : délurée, avec ce qu'il fallait de nonchalance pour impressionner. S'arrêtant ici et là pour échanger quelques mots avec des connaissances, il ne semblait pas pressé. Il s'asseyait même avec certains pour bavarder quelques minutes. Mais pour Signe, sa trajectoire était claire. Il se dirigeait bien vers elles.

— Et qu'est-ce qui est encore plus monstrueux? demanda Signe.

Elle ne s'inquiétait plus de paraître idiote. De toute évidence, Brita Löfstedt aimait discourir. Elle semblait considérer l'ignorance d'autrui comme un défi à relever, une invitation à l'instruire, et, surtout, elle prenait un certain plaisir à faire étalage de ses vastes connaissances et de ses brillantes intuitions rhétoriques.

— Ce qui est vraiment monstrueux, voyez-vous, c'est la perspective…

Elle fit une interminable pause théâtrale. Signe était sur le point de poser la question de relance tant attendue, lorsque, de son timbre déclamatoire, Mme Löfstedt reprit :

— … la perspective du fossé durable que risque de créer cette nouvelle loi. La pérennisation de la différence salariale fondée sur le critère du sexe et la perception de cette différence comme naturelle. Après cela, il sera trop tard pour débattre. Tous les mots joueront déjà en leur faveur.

— En faveur de qui? l'interrompit la voix enjouée d'Anders. En ma faveur? Oui, sûrement. Je sens que les mots jouent en ma faveur, surtout après mes répétitions avec les musiciens. "La di da", en voilà déjà trois. Et puis "tra li la di da". Et bien sûr, le bon vieux "hop là".

Il s'accroupit près de Signe et voulut ajouter une fleur à sa couronne, mais la tige resta coincée à mi-hauteur. La fleur pendait devant les yeux de Signe. Anders lança à Signe un regard espiègle qui la laissa indifférente : elle n'avait nulle envie de s'y abreuver ni de s'y noyer. Un regard bleu comme celui d'Anna, mais pas plus profond qu'une flaque d'eau. D'un petit coup d'index, Anders fit balancer la fleur en riant.

— Mais mon mot préféré, ajouta-t-il, c'est "Signe". Celui-là, il m'est vraiment favorable.

Signe crut entrevoir un sourire discret traverser les lèvres d'Anna. À moins que ce ne soit son expression naturelle. Ses lèvres étaient, Signe le remarquait maintenant, un peu de travers. Comme si un côté de sa bouche refusait de se détendre. Anna s'humecta la lèvre inférieure. Signe se rendit compte qu'elle avait les yeux fixés sur la bouche d'Anna et eut un petit rire gêné qui, heureusement, pouvait aussi bien passer pour une réaction aux attentions pressantes d'Anders. En fin de compte, Anders lui était bien utile s'il lui servait d'alibi pour ses rougeurs et ses regards égarés. Mais pas s'il faisait irruption dans leur discussion enflammée. Il n'était quand même pas si bête, il ne tarderait pas à s'excuser et à aller retrouver la bière et les musiciens. En attendant, il s'assit sur le plaid de Mme Löfstedt et s'étira les jambes.

— Le pasteur a dit que Dieu avait béni cette veille de la Saint-Jean. Je lui ai demandé où il était question de la fête de la Saint-Jean dans la Bible.

Anna eut un mouvement de recul, non sans raison, car Anders frôlait le blasphème. De plus, Anna ne connaissait pas ses liens avec la famille du pasteur.

— Il a failli s'étrangler, poursuivit Anders. Quand il a repris ses esprits, il m'a servi le chapitre sur la grâce infinie de Dieu.

Signe ricana.

— Quoi ? s'exclama Anna, après une fraction de seconde.

Sa question venait un peu tard pour être une réaction directe aux paroles d'Anders. Anna semblait à l'écoute du moindre frémissement de Signe… Était-il possible qu'elle partage ses sentiments ? Qu'elle aussi désire se retrouver seule à seule avec elle sans se soucier des coutumes et de la bienséance ? Tout savoir d'elle ? Prête-t-on une telle attention à quelqu'un si l'on n'éprouve pas quelque chose pour elle ? Écartant les questions qui se bousculaient dans son esprit, Signe répondit :

— "Rendez grâce au Seigneur car il est bon, éternel est son amour." C'est sa citation préférée, il nous la sert à toutes les sauces. Comme sa femme met de l'aneth dans tous ses plats.

Son soupçon de remords à l'égard de la femme du pasteur fut balayé par le rire ravi d'Anna qui, penchée en arrière, fixait Signe.

— Et que dit-il les années de mauvaise récolte, quand les gens meurent de faim, qu'ils attrapent la tuberculose, ou qu'ils perdent la raison ?

Les doigts d'Anna étaient enfoncés dans l'herbe. Une graine de pissenlit, lentement traînée par la brise, glissait comme un voilier sur le dos de sa main.

— "Rendez grâce au Seigneur car il est bon, éternel est son amour", répondit Signe. Notre pasteur est de ceux qui pensent que Dieu a tout fait pour le mieux et que nous sommes ici-bas pour accomplir les devoirs qu'il nous a impartis. Le pasteur, lui, a de quoi rendre grâce, ce n'est pas le cas de tout le monde. Bref, on est censé être reconnaissant, point final.

Signe dressait un portrait peu flatteur du pasteur, qui ne le méritait pas entièrement, mais si cela amusait Anna…

— C'est la conduite que les puissants attendent de nous. Le Seigneur a choisi pour toi ta place, ta famille et ton sexe. Que Dieu te garde si tu défies ta condition !

— Car éternel est son amour, glissa Signe.

Sans savoir encore pourquoi, elle se sentait envahie par une paisible exaltation. Le fait de débattre de sujets importants avec des gens qui prenaient la peine de réfléchir, sans doute… Ce n'était pas tous les jours. Brita fit retentir sa voix.

— Voilà le cœur du problème. Vous êtes nés dans ce monde-ci, de ce sexe, vous êtes infime, insignifiante, et vous ne pouvez rien y changer.

— D'une certaine manière, je suis d'accord, intervint Anders.

Signe avait complètement oublié sa présence.

— Il y a tout de même des choses qu'en tant qu'être humain, on ferait mieux de laisser telles quelles, non ?

Une ombre rapide traversa le visage d'Anna. La question d'Anders l'avait visiblement piquée au vif, remarqua Signe.

— Comme quoi ? rétorqua Anna.

Anders rit chaleureusement.

— Comme le fait qu'on soit né homme ou femme. On peut toujours faire semblant de vouloir le changer, mais un coup d'œil sous la ceinture suffit pour voir ce qu'on est réellement. Et ce qu'on restera.

Signe n'avait qu'une envie : s'allonger dans l'herbe et chasser Anders de son esprit. Rester étendue avec Anna, Brita aussi bien sûr, s'unir au ciel et laisser s'élever les raisonnements, de plus en plus haut. Mais Anders les tirait vers le bas. Et le regard d'Anna devenait de plus en plus noir.

— Quel rapport ? Je suis une femme et je ne peux sans doute rien y changer. Et d'ailleurs, je ne le souhaite pas nécessairement. Mais que pour cette raison, on m'empêche de voter, ça, je ne peux pas le comprendre.

Anders leva les mains comme pour se protéger le visage des mots d'Anna.

— Ai-je dit quoi que ce soit sur le droit de vote ? Je suis pour le droit de vote des femmes, si vous voulez le savoir. D'ailleurs, tout homme raisonnable devrait l'être. Mais parfois, je trouve que la discussion va trop loin. Nous sommes quand même des hommes et des femmes, et non des créatures asexuées qui errent de par le monde. N'est-ce pas ?

Signe fut soulagée qu'Anders soutienne le droit de vote des femmes. Elle aurait eu honte devant ses nouvelles connaissances s'il s'était révélé un pur misogyne. Mais elle aurait voulu qu'il s'en aille, loin de cette "sororité" en germe.

— Où est donc M. Gustaf ? demanda-t-elle, dans l'espoir de donner à Anders une raison d'aller spéculer ailleurs.

Brita et Anna la regardèrent, perplexes.

— Vous ne deviez pas emmener Gustaf à l'hôtel ?

Les deux femmes éclatèrent de rire. Par contagion, Anders se joignit à elles. Signe attendit une explication.

— Gustaf, c'est ma voiture, dit Mme Löfstedt avec un sourire. On est devenus tellement liés que j'ai décidé de lui donner un nom.

Anna en riait encore. C'était assez drôle, en effet.

— Mais vous avez raison, nous pourrions essayer de trouver Pelle, notre chauffeur. Ensuite, il sera temps de manger quelque chose avant la fête.

Impossible de protester contre le cours des choses sans risquer de paraître impertinente ou indiscrète. Que Brita l'invite à dîner était le dernier espoir de Signe. Mais Anders y coupa définitivement court.

— Pendant ce temps, je m'occuperai de Mlle Signe. Après, je ne pourrai pas faire une seule danse avec elle. En revanche, elle m'a promis une promenade.

Il sembla à Signe qu'Anna ouvrait la bouche pour protester, puis la refermait en entendant Anders parler de promenade. Quoi qu'il en soit, c'est Brita qui décida de la suite des événements.

— Bon, on verra bien si on se croise plus tard. Sinon, il nous reste demain. Je donne une conférence à la maison paroissiale. J'espère vous y voir tous les deux.

"Demain"… Soudain, la fin de la journée sombrait dans un ennui interminable. "On verra si on se croise…" Qu'avait voulu dire Brita ? N'avaient-elles pas l'intention de participer à la fête ? Signe s'apprêtait à poser la question lorsque Anna la devança.

— Brita doit passer la soirée à préparer son discours, lui expliqua-t-elle en la regardant droit dans les yeux. Mais moi, je serais ravie de venir à la fête.

Signe dut reprendre son souffle. Elle devait passer pour une femmelette haletante. Anders suggéra à Anna qu'elle retrouverait facilement Signe à l'estrade, qu'il avait d'ailleurs construite lui-même.

— Parce que j'ai l'intention de la garder tout près de moi.

Les deux visiteuses s'éloignèrent ; la lumière du soleil dévora aussitôt le contour de la robe d'Anna et ses mains qu'elle agitait en l'air en signe d'au revoir. Signe se retrouva entourée de vide. Seule trace de la communauté qui venait de se dissoudre : l'herbe aplatie auprès d'elle. Anders fourra son bras sous le sien. Ses mots lui parurent infiniment étranges :

— Enfin seuls.

8

Dès son réveil, Hanna eut une pensée pénible : c'était le tout dernier jour où elle pouvait acheter un cadeau à sa mère. Elle aurait dû s'en charger la veille, mais elle avait passé la journée à faire des patiences sur son ordinateur et, plus généralement, à angoisser, puis la soirée et la nuit à regarder des obèses humiliés à la télévision. Le marathon de téléréalité s'était achevé vers 3 heures du matin, lorsqu'un participant amaigri, dont la peau pendait désormais disgracieusement sous ses bras, avait été consacré heureux gagnant. Au réveil de Hanna, il était déjà 11 h 30. Un homme ronflait à côté d'elle. La veille, il s'était affalé vers 4 heures du matin. Son haleine aurait pu réveiller un mort, avant de le tuer à nouveau. L'odeur eut au moins l'avantage d'inciter Hanna à sortir du lit. Après un café et deux gâteaux au chocolat, elle respira profondément et se prépara à remplir son devoir annuel.

Elle allait peut-être devoir errer dans les magasins jusqu'à la fermeture. Pourtant, elle choisit sans hésiter ses nouvelles bottines : elles lui rendaient un peu plus supportable le fait d'être Hanna.

Leurs claquements dans l'escalier lui firent mal aux oreilles. Devoir affronter la vie à une heure aussi précoce un dimanche, ce n'était pas humain. Évidemment, il pleuvait. S'abritant sous sa veste, elle trottina jusqu'à la station de trains, où un jeune homme en profita pour passer le portillon en même temps qu'elle. Elle avait décidé de faire ses courses au célèbre grand magasin Nordiska Kompaniet. Sinon, gare aux vilains commentaires. On aurait vite fait d'insinuer qu'elle était pingre et on le lui rappellerait le reste de l'année. On trouvait exactement les mêmes articles à la galerie marchande de Sollentuna, mais seul comptait l'emballage. La pluie mollassonne avait mouillé sa veste et ses cheveux, comme si quelqu'un là-haut avait lâché une goutte ou deux par pur ennui, et pour rendre le dimanche de Hanna un peu plus pénible qu'il ne l'était déjà. En face d'elle, de la morve coulait du nez d'un vieux monsieur qui ne le remarquait pas. Hanna en eut presque un haut-le-cœur.

De mauvaise humeur, elle entra dans le grand magasin, où des odeurs naturelles la prirent à la gorge. Devant elle, un choix impressionnant de vêtements trop chers. Elle n'avait pas fait un pas à l'intérieur que déjà, elle essuyait les regards condescendants de trois vendeurs. Il valait mieux se débarrasser vite fait de cette corvée. Elle se faufila dans une de ces boutiques qui portaient le prénom et le nom d'une femme quelconque. Evita Peroni, Karen Millen. Le jour où Hanna ouvrirait une boutique à Nordiska Kompaniet, il faudrait l'appeler "Hanna Johansson". Elle pourrait y vendre des chaussettes tubes et des blousons en synthétique aux cols symétriques, et ferait payer l'entrée à ceux qui voulaient se sentir un peu au-dessus de la plèbe. Ça marcherait certainement.

Hanna tripotait un chapeau lorsqu'une première vendeuse s'attaqua à elle.

— Je peux vous aider ? demanda-t-elle d'une voix mielleuse, comme si sa seule mission n'était pas de s'assurer que la gonzesse en habits bon marché ne piquait rien.

— Merci, ça va, répondit Hanna avec une égale fausseté.

Deux minutes plus tard, rebelote. C'était au tour du pédé de la boutique, qui ne se soucia même pas de lui demander si elle voulait quelque chose.

— Celui-là est super demandé, en ce moment, lui indiqua-t-il d'une voix de fausset, en tirant sur un foulard accroché à une paroi.

Marron parsemé de taches blanchâtres, il évoquait du chocolat noir périmé.

— Les couleurs terre sont de retour, précisa le vendeur. Super à la mode.

Redondance aggravée.

— Il est vraiment super à la mode ? demanda Hanna en dodelinant de la tête.

Le vendeur lui décocha ce sourire très particulier qui permet d'être recruté à Nordiska Kompaniet.

— Sur ce point, je crois que vous pouvez me faire confiance. C'est un cadeau ?

Les coloris du foulard pouvaient également faire penser à de la crotte de chat. Finalement, c'était un cadeau parfait pour sa petite maman.

— Pour une dame, ajouta Hanna.

— Pour une dame plus âgée, la reprit le vendeur sur un ton didactique. Elle va être super contente.

Le foulard coûtait huit cent quatre-vingt-dix-neuf couronnes. En lui indiquant le prix, le pédé la dévisageait d'un air défiant. Toutefois, il n'eut pas le plaisir de la voir réagir, car elle ne cilla pas. Alors qu'elle était sur le point de partir, il se permit de lui faire un commentaire sur sa tenue.

— Intéressantes, ces chaussures, dit-il sur un ton qui donnait au mot "intéressant" une signification insoupçonnée. À votre place, je les combinerais avec un blazer moderne. Il y en a chez H & M aussi.

Sous couvert de conseil vestimentaire, il s'agissait en fait d'une insulte. En s'éloignant, Hanna songea que le vendeur était de la même étoffe que la femme qui allait recevoir le foulard. C'était plutôt réconfortant.

Elle aurait pu rentrer regarder Johan manger une pirogue réchauffée au micro-ondes devant l'ordinateur, mais les bottines l'emmenèrent sous la pluie, dans la Drottninggata, là où les gens normaux achetaient leurs habits et où les foulards étaient certes un peu trop chers, mais raisonnablement. Les chevilles tendues, elle entra dans une boutique dont le nom n'imitait pas celui d'un personnage réel et n'évoquait aucune recette de spaghetti.

— Blazer, marmonnait-elle. Blazer, blazer, blazer.

Dans la cabine d'essayage, elle se rendit compte que le vendeur avait eu raison. Lorsqu'elle enfila le blazer cintré de la longueur "tendance", la sensation que lui procuraient les bottines se faufila le long de son corps jusqu'à ses épaules. Dans le reflet que lui renvoyait le miroir, seuls ses yeux craintifs rompaient l'harmonie. Elle avait l'impression de voir une autre, la femme qu'elle aurait pu être. L'image d'ensemble fut un peu bousculée lorsqu'elle tenta de boutonner la veste, mais la taille au-dessus lui allait comme à une femme politique. En poste à Bruxelles.

Vêtue de son nouveau blazer, elle descendit à grands pas dans le métro. Elle avait à nouveau l'impression que tout le monde l'épiait, que les gens se demandaient qui elle était. Elle avait placé le sac en papier de la boutique de luxe par-dessus les autres, cachant ainsi celui qui contenait un deuxième blazer et son vieil anorak. En passant sa carte de transport sur le lecteur du portillon, elle sentit une présence dans son dos. Encore un individu qui profitait des trajets payés par les autres, c'était agaçant. Avant que l'homme n'ait entièrement passé le portillon, elle fit volte-face.

— Je suppose que vous comptez me rembourser directement.

Déconcerté, il ricana. Elle le reconnaissait vaguement.

— Comment ça ?

Elle haussa les sourcils. Les semelles des bottines lui donnaient de l'aplomb.

— Eh bien voilà : comme vous ne payez pas les transports en commun, je suppose que vous allez me dédommager directement puisque, à terme, ce sera moi qui assumerai l'augmentation des tarifs et non ceux qui en sont la cause en voyageant gratuitement. Quarante couronnes, ça vous va ?

L'homme la regardait comme s'il venait de rencontrer un Télétubbie. Il allait sans doute lui dire quelque chose d'irrespectueux, lorsque deux contrôleurs s'approchèrent, sans doute pour leur demander le libérer le passage.

— Euh... dit-il en fouillant dans ses poches.

Soudain, elle le reconnut, peut-être à son expression vide ou à ses répliques inarticulées : Fredrik, un chômeur qui, d'après ses propres dires, était toujours en recherche active, mais ne décrochait jamais de contrat.

— Tenez, vingt ! dit-il en brandissant un vieux billet cabossé.

Elle se demanda si elle allait laisser les contrôleurs le coincer. Ils fronceraient leurs sourcils musclés et lui rédigeraient un PV assorti d'une amende juteuse. Mais brusquement, une pensée inédite lui traversa l'esprit : "Et s'il essayait vraiment de trouver du travail sans jamais y parvenir..." Elle saisit le billet de vingt.

— Ça ira.

Fredrik fit une grimace ambiguë et s'éloigna à la hâte vers la ligne de Hässelby. Hanna se dépêcha de prendre l'autre escalator. En effet, une transaction en liquide en pleine station de T-centralen pouvait être interprétée comme suspecte. En arrivant en haut, elle acheta une barre chocolatée et un Coca de trente-trois centilitres pour les vingt couronnes de Fredrik. Délicieux.

Lorsqu'elle descendit de son train de banlieue, il pleuvait des cordes. Elle dut ranger le sac de luxe dans le sac en plastique moins luxueux pour éviter qu'il ne s'abîme. Inutile de se couvrir les cheveux d'un vieux journal. Elle ôta le blazer et remit son vieil anorak, puis tituba jusque chez elle. Décidément, le temps lui crachait au visage. Le sentiment d'être devenue quelqu'un de meilleur avait disparu, ses cheveux lui collaient au front, de petits filets d'eau coulaient jusque sous son col. Elle détestait la pluie.

9

Un nyckelharpiste en moins et un accordéoniste en plus : l'orchestre ne semblait pas pour autant franchement différent. Anders avait l'air d'en avoir toujours fait partie. La scène, avec son toit provisoire, formait une telle caisse de résonance que la musique emplissait le pré autour du mât fleuri. Les rondes, finies depuis longtemps, avaient fait place aux polkas et aux valses sous un ciel rougissant. Pas de doute, les mains se faisaient de plus en plus baladeuses et les baisers volés dans l'herbe – ou plutôt sur la terre battue – de moins en moins discrets. Hedvig, l'institutrice de maternelle, tournoyait dans les bras du valet du sacristain. Souriante, pour une fois. Sa cousine âgée de seize ans s'entraînait à diriger les hommes du regard comme on dresse des bêtes. À chaque nouvelle danse, elle maîtrisait de mieux en mieux cet art indispensable, cela crevait les yeux. Les hommes, eux, n'y voyaient pas un exercice, mais une fille qui venait de devenir femme.

Signe resserra son châle. Le soleil suspendu au-dessus de l'horizon donnait plus de lumière que de chaleur. Quelques nuages approchaient à l'est, menaçant de rafraîchir encore la soirée. Mlle Anna n'avait pas fait son apparition depuis qu'elles avaient partagé des pommes et qu'elles s'étaient quittées. Il était peut-être temps de rentrer. Sauf si elle voulait être ballottée par un meunier éméché sous la surveillance jalouse d'Anders.

— Vous ne dansez pas ?

La voix parcourut son corps comme un battement de cœur. Signe se retourna. Anna se tenait tout près d'elle, le bord de son chapeau frôlait celui de Signe. Elles étaient à peu près de la même taille. En y réfléchissant bien, la soirée n'était pas si fraîche, le soleil chauffait encore…

— Vous êtes-vous assez promenée pour aujourd'hui ou accepteriez-vous de me faire une visite nocturne de Tierp ? reprit Anna.

Le genre de proposition que des parents soucieux apprenaient aux jeunes filles à décliner poliment mais fermement. Surtout quand elle était faite par un homme qu'elles ne connaissaient pas.

— Bien volontiers, répondit Signe, les jambes flageolantes.

Anna lui expliqua qu'elle connaissait déjà l'hôtel. Signe décida de lui montrer les lieux qu'elle aimait le plus. Lorsque Anna lui emboîta le pas, Signe sentit le vertige de ses jambes se répandre dans tout son corps. Avant d'enjamber le fossé qui longeait le sentier du bois, Anna s'agrippa légèrement au bras de Signe. Gênée de sa propre faiblesse, elle fit une grimace ironique :

— Je veux le droit de vote alors que je ne sais même pas enjamber un fossé.

Signe laissa échapper un gloussement qu'elle retenait depuis leur départ de la piste de danse. Plus possible de l'arrêter. Le gloussement devint un fou rire incontrôlable auquel se joignit Anna. Comme deux écolières qui partagent un secret, elles se lancèrent des regards complices. La nuit était devenue leur cachette. Leurs yeux échangeaient des éclairs. Signe sentait la chaleur de la main d'Anna à travers la manche de sa robe. Il y avait encore des gens pour prétendre que la nuit de la Saint-Jean était magique, c'est dire…

— Le Premier ministre lui-même, s'il avait eu tes chaussures, aurait eu besoin d'aide pour enjamber le fossé, dit Signe. Il n'aurait même pas réussi à traverser le pré.

Signe avait rompu l'enchantement pour ne pas y rester seule lorsque Anna en serait sortie. Celle-ci regarda ses chaussures dernier cri : un modèle au bout allongé et au talon très haut. Rien à voir avec les vieilles bottines de Signe, qu'elle cachait sous sa jupe.

— Mais si tu veux, tu peux t'agripper à moi, reprit Signe pour détourner l'attention de ses pieds.

Le sang lui colora les joues. Heureusement, la nuit était son alliée.

— Viens, je vais te montrer quelque chose, dit-elle en l'entraînant dans les bois.

Anna la suivit sans la lâcher et, lorsque leurs pas se synchronisèrent, elle passa son bras sous celui de Signe. Le cœur qui bat, la chaleur, le bleu profond du ciel, le soleil qui refusait de sombrer entièrement à l'horizon. Si seulement on pouvait arrêter le temps. Serrant le bras d'Anna contre son flanc, Signe sortit du sentier et s'avança parmi les airelles. Il y avait là un petit sentier de gibier, les talons d'Anna ne s'y enfonceraient pas. Et si elle éprouvait encore des difficultés, elle s'appuierait plus lourdement encore sur Signe. L'idée n'était pas mauvaise. Elles s'arrêtèrent devant l'arbre le plus verdoyant de la forêt. Anna la regarda. Souriante, Signe suivit le tronc des yeux jusqu'à la cime.

— N'est-ce pas formidable ? N'est-ce pas curieux ?

— Quoi ?

Le regard perplexe d'Anna lui fit d'abord croire qu'elle se trompait sur ses sentiments. Mais bientôt, la sincérité au fond de ses yeux et la beauté de son visage encadré par quelques boucles blondes échappées de son chignon la persuadèrent du contraire. Elle posa la main sur le tronc, lisse comme de la peau.

— Tu n'as pas fait tes herbiers ? demanda-t-elle à Anna.

Elle lui fit un clin d'œil.

— Si…

— Ceci, dit solennellement Signe, est un hêtre.

Elle rit, ravie de cette déclaration.

— C'est un hêtre ! Réfléchis. Tu as vu des hêtres dans les parages ?

Anna eut un sourire confus.

— Non… Je ne crois pas.

— C'est parce qu'il n'y en a pas ! Pas au nord du Götaland !

Elle donna une tape amicale au tronc. La réaction d'Anna n'était pas ce qu'elle avait espéré, mais enfin, il ne s'agissait que d'un arbre. Anna posa la main sur le tronc lisse, tout près de celle de Signe.

— Il est chaud, dit-elle, étonnée.

— On se demande comment il est arrivé ici, non ? dit Signe, les yeux rivés sur leurs deux mains.

Elles étaient à un doigt l'une de l'autre.

— Un oiseau a sans doute apporté une graine jusqu'ici… proposa Anna.

Observant aussi leurs deux mains reliées entre elles par la peau grise de l'arbre, Anna fit lentement glisser la sienne sur l'écorce. Elle s'arrêta tout près de celle de Signe, qui en sentit la chaleur.

— C'est impossible, dit Signe, comme pour retenir cet instant.

Plus qu'un millimètre, et leurs mains se toucheraient. Lentement, dans un geste apparemment naturel, Signe écarta les doigts, couvrant ainsi une plus large surface. Le bord de son pouce s'arrêta contre celui d'Anna. Soudain, il n'exista plus rien d'autre au monde que la minuscule zone de contact entre leurs mains. Signe s'appuya sur le tronc pour garder l'équilibre et reprit son souffle.

— Parce que les hêtres, reprit-elle d'une voix voilée, ne poussent pas spontanément à cette latitude. Il faut les planter.

Sur le chemin du retour à travers la même forêt, tout était transfiguré. Il faisait plus sombre, bien sûr. Le soleil avait glissé sous la ligne d'horizon. Il referait surface après une heure ou deux. Mais ce qui avait changé en profondeur, c'était le rapport entre les deux femmes et la forêt. La frontière qui, auparavant, séparait Anna et Signe, s'était déplacée. Elle se trouvait désormais entre elles deux et le monde. La main d'Anna reposait en toute tranquillité dans celle de Signe.

— Alors, c'était comment, cette promenade ?

Signe resta bouche bée. "Comment ?" Anna essayait-elle de lui dire qu'elles devaient en rester là ? Était-ce un moyen subtil de lui signifier qu'il était temps de se séparer ? Que fallait-il répondre ? "J'ai eu des palpitations pendant toute la promenade" ?

— Avec Anders, précisa Anna.

Signe pouffa de rire.

— Ah ! Eh bien, c'était... une promenade. Nous sommes allés au vieux moulin et nous sommes revenus.

La main d'Anna lui posait encore une question : "Qu'y a-t-il entre vous ?"

— Il est vraiment obstiné. Ce n'est pas que je trouve sa compagnie désagréable, il est plutôt divertissant et je me sens bien avec lui. Mais il ne comprend pas quand je lui dis non.

Anna prit un air offusqué. Signe s'empressa de corriger sa formulation maladroite.

— Je veux dire qu'il refuse de comprendre que je n'ai pas l'intention de me marier avec lui.

Anna eut un rire gêné.

— Ah ! C'est ça que tu voulais dire.

Signe lui lança un regard polisson.

— Pourquoi ? Qu'est-ce que tu croyais ?

— Et toi, que croyais-tu avoir dit ?

Anna rougissait-elle ? Dans l'obscurité, difficile de le savoir.

— Et tu ne veux vraiment pas l'épouser ?

— Non.

— Alors qui ?

Signe regarda la nuit assombrie par les nuages qui avaient progressivement recouvert le ciel. Il en émanait un parfum divin.

— Je suis maîtresse d'école. Je ne suis pas obligée de me marier.

— Tu ne le souhaites pas ?

Signe avait du mal à comprendre où voulait en venir Anna. Le lien qui les unissait était encore fragile, et ce sujet de conversation le rendait encore plus délicat.

— Non, répondit-elle fermement.

Signe exerça une légère pression sur la main d'Anna. Après un instant, Anna serra la sienne.

— Moi non plus.

Les premières gouttes de pluie tombèrent alors qu'elles venaient d'enjamber le fossé. Le mât de la Saint-Jean se dressait au milieu du pré, digne et abandonné. Au loin, un dernier couple d'amoureux s'enfuit, effarouché par la pluie. Il se mit à pleuvoir de plus belle sur la forêt, la pelouse et les chapeaux des deux femmes. Sans un mot, elles coururent vers la scène provisoire des musiciens, peu robuste mais pourvue d'un toit. Anna écarta une mèche mouillée de son visage et regarda gaiement Signe.

— Pelle a dit qu'il allait pleuvoir, mais je ne l'ai pas écouté. Quelle heure peut-il être, à ton avis ?

Signe ignora la question. Elle alla dans un coin de l'estrade et toucha le sol.

— Ici, c'est sec !

Anna aurait pu s'installer un peu plus loin, mais elle s'assit plus près de Signe que celle-ci ne l'aurait elle-même osé. Anna la rendait folle. Tantôt elle lui tenait la main, tantôt elle insistait pour qu'elle épouse Anders. D'abord, elle trouvait qu'il se faisait tard, puis, assise tout contre Signe, elle laissait les bords de leurs jupes se chevaucher. Une conduite tout à fait normale pour deux personnes en train de faire connaissance. Mais une démarche profondément illogique de la part d'une femme plus sensible aux yeux d'une autre plongés dans les siens qu'à de robustes mains d'homme autour de sa taille. En fin de compte, l'analyse faisait d'Anna une femme saine aux penchants parfaitement naturels et de Signe, une anomalie. Rien de très nouveau.

— C'est parce que leur métier se féminise, dit Anna, que les maîtres sont si pressés de paraître supérieurs aux maîtresses. Au fond, ils voudraient qu'on considère le rôle d'un maître et celui d'une maîtresse comme deux métiers différents. Pourtant, vos missions sont exactement les mêmes.

— "Se féminise" ?

— Ça signifie que de plus en plus de femmes se tournent vers la profession. Il y a cinquante ans, elles n'étaient même pas autorisées à exercer les métiers de l'enseignement. Aujourd'hui, elles y sont plus nombreuses que les hommes. Brita est imbattable sur ce sujet.

Cet élan d'admiration pour Brita fit crisser des dents Signe. Enfin, ce n'était pas la joue de Brita qui se trouvait à quelques centimètres de celle d'Anna, sous cette douce pluie d'été. Brusquement, Signe ne sut plus quoi faire de ses mains.

— Prenons l'exemple des institutrices de maternelle, poursuivit Anna. Contrairement aux maîtres et aux maîtresses d'école, elles ne sont pratiquement que des femmes. Et regarde comme leur salaire a diminué ! Crois-tu qu'elles auraient eu des conditions de travail aussi misérables si elles avaient été des hommes ?

Signe pencha la tête en arrière et s'appuya contre les planches instables de la paroi. La perspective donnait le vertige. C'était si bon de discuter seule à seule avec Anna... Elle avait l'odeur de la pluie et employait un vocabulaire courant. Brita en imposait, mais Anna...

— Mais nous allons changer tout ça, déclara cette dernière, les yeux tournés vers le ciel. Nous ne nous avouerons jamais vaincues. Dans cent ans, une infirmière gagnera autant qu'un menuisier, et une trayeuse, autant qu'un éboueur.

— Ou bien, dit Signe, exaltée, tout le monde pourra exercer tous les métiers. Pourquoi faudrait-il obligatoirement une femme pour traire des vaches ? Et un homme pour fabriquer des meubles ?

— Finalement, il n'y a pas de limite, affirma Anna, les yeux rivés sur ceux de Signe. Il n'y a pas de limite à ce dont nous sommes capables !

Un long silence berça les dernières paroles de Mlle Anna, puis la pluie cessa de tomber. Signe avait posé la main sur les planches, entre elles. Celle d'Anna tenait sa jupe repliée sur ses jambes recroquevillées. Faute de pouvoir toucher sa main, Signe pouvait atteindre l'ourlet de sa robe. Ainsi, une émanation d'Anna lui chatouillait le bout des doigts. Son ourlet froufroutant était plein de volants joliment ondulés, sûrement très chers. Soudain, Anna posa sa main chaude sur la sienne. Inopinément, comme le baiser d'une inconnue. Le contact fit battre le cœur de Signe, qui dut retenir un frisson et se concentrer pour rester parfaitement immobile. La main d'Anna enveloppait la sienne.

— Je crois qu'il ne pleut plus du tout, dit Anna en tendant le pied. Là, le plancher est trempé, mais je ne reçois aucune goutte. Essaie !

Sa main était à la fois brûlante et apaisante. Signe fit de son mieux pour rester impassible, même si c'était peine perdue.

— Oui, on dirait que ça s'est arrêté, répondit-elle en tendant le pied comme Anna.

À cet instant, elle eut honte.

— Mes chaussures… bafouilla-t-elle. Si tu savais ce qui est arrivé aux autres…

En entendant l'histoire de l'inspecteur Westerberg, Anna se tordit de rire. Les chaussures, l'interrogation, le garçon paniqué et l'intervention désastreuse de Westerberg : l'histoire, racontée à Mlle Anna dans cet espace que la nuit et la pluie leur avaient ménagé, devenait fabuleuse. Sur leur petit podium au milieu du pré, le rire d'Anna ne résonnait que pour elle. Signe profitait de l'instant, se gonflant les poumons d'air nocturne. Non seulement elle n'avait plus besoin de dissimuler ses vieilles bottes raccommodées, mais sa sincérité l'avait encore rapprochée d'Anna. "D'une pierre deux coups, se dit Signe en sentant la main d'Anna sur la sienne. Trois coups."

Sur le chemin du retour, il se remit à pleuvoir. Le soleil s'était déjà hissé jusqu'au haut des cimes et certaines fleurs étaient près de s'ouvrir pour la journée. Signe ôta son chapeau, qui lui avait coûté assez cher, et l'abrita sous son châle. La pluie creusait des rigoles à travers ses cheveux, mais qu'importe. Rien ne la gênait plus. Que voulait réellement Mlle Anna ? Lui serrer la main un peu plus fort ? Glisser son bras autour de sa taille ? La faire tournoyer comme l'institutrice dans les bras du meunier ? Ou simplement discuter comme elles l'avaient fait ? Qu'importe ? De toute façon, rien ne la gênait plus. Elle respirait amplement, des gouttes tièdes lui caressaient les joues et coulaient dans son cou refroidi.

Elle se mit rapidement au lit, les bras autour de son oreiller. La pluie tambourinait de plus en plus fort sur le toit de bardeaux. Malgré sa nuit blanche, elle ne trouva pas le sommeil. D'ailleurs, elle n'avait aucune envie de dormir. Tant qu'elle restait éveillée, elle gardait la sensation de la paume d'Anna sur le dos de sa main. Tant qu'elle restait éveillée, ce jour magique continuait. Non, décidément, le sentiment de légèreté refusait de la quitter. Sous le chant de la pluie qui résonnait sur son toit comme sur celui de l'hôtel où dormait Anna, elle serrait son oreiller. Elle adorait la pluie.

10

La veille des soixante ans de la mère de Hanna, la balle de ping-pong de Johan roula sous le canapé. Lentement, pour ainsi dire résolument, et soudain, un silence béni régna dans la pièce.

Pourquoi diable Johan avait-il donc sorti sa raquette et passé la soirée à essayer de battre des records de coups de ping-pong ? Le son creux de la balle évoquait la torture de la goutte d'eau : d'abord inoffensif, puis désagréable et, finalement, insupportable. Hanna éprouva donc un soulagement physique en voyant disparaître l'instrument de torture sous le canapé. Johan accourut pour tenter de la sortir avec le pied, mais c'était trop tard. Il fut obligé de s'agenouiller. Ça non plus, ce n'était pas pour déplaire à Hanna.

Jusqu'à cet instant où la balle de ping-pong choisit nonchalamment sa nouvelle trajectoire, Hanna n'avait plus eu une seule pensée pour les objets fourrés dans un sac sous le canapé. Plus une seule depuis le jour où elle s'en était retrouvée propriétaire. Après une ou deux secondes de recueillement, elle se précipita vers Johan, qui avait les fesses en l'air.

— Je peux te la sortir !

L'épaule appuyée par terre, il grogna. Le sol de leur salon ne pouvait pas vraiment être qualifié de propre. Lorsqu'il ressortit son bras, celui-ci était décoré d'une longue raie gris clair agrémentée d'une ribambelle de moutons de poussière. Son nez le chatouillait. Elle s'accroupit à côté de lui et haussa la voix.

— Quand je te dis que je peux la sortir !

Pourquoi voulait-elle à tout prix éviter que Johan voie le sac ? Elle ne le savait pas très bien elle-même. Il ne contenait pourtant pas de drogues dures. Johan lui lança un regard inexpressif.

— Ben fais-le, alors.

Lorsqu'elle ressortit la balle, la manche de son gilet était également souillée. D'un calcul rapide, d'après le documentaire qui passait juste à cet instant à la télé, elle évalua à environ quatre mille la population d'acariens sur son bras. Sans un mot, Johan prit la balle et se remit à la faire rebondir sur la raquette. Il n'avait sans doute pas les tympans normalement constitués. Ceux de Hanna entendaient ; les siens résistaient à la torture. Il aurait pu se faire recruter par les services de renseignement. Les yeux rivés sur sa raquette, qu'il continuait à agiter, il gagna la cuisine. Hanna sortit le sac en plastique de sa cachette.

Les lunettes, la broche, la règle. Elle alla chercher les bottines et les posa par terre à côté des autres objets. À eux quatre, ils avaient un sens. Un esprit moins terre à terre aurait même pu dire qu'ils avaient quelque chose à dire. Un message à faire passer. Les millimètres de la règle presque effacés de zéro à cinq, la vilaine broche qui scintillait lorsqu'on la penchait. Heureusement qu'on était un rien réaliste, sans quoi, on aurait presque eu la sensation qu'elle réclamait quelque chose. Et qu'elle avait du mal à le formuler. Hanna tira sur les branches des lunettes. Encore un peu, et la vis céderait. Elle les tordit à nouveau. Il fallait tout de même qu'elles comprennent qui était le chef.

— Juste pour que tu saches : je dois aller faire un truc avec Henrik demain, lui dit Johan depuis la cuisine.

Les coups de balle, soudain arythmiques, finirent en rebondissements irréguliers sur le sol. Après une après-midi entière d'entraînement, Johan n'était toujours pas capable de taper dans sa balle et de parler en même temps. L'entendant traverser la cuisine, elle rangea en hâte les objets dans le sac poussiéreux, sous le canapé.

— Qu'est-ce que tu veux dire ? demanda-t-elle.

— Qu'on doit aller faire un truc.

Si elle avait eu besoin qu'il lui répète l'information, elle le lui aurait demandé. La sensation du bois de la règle s'attardait dans sa main.

— Oui, c'est ce que tu viens de me dire. Je te demande ce que tu veux dire exactement.

Il entra dans le salon.

— Comment ça, ce que je veux dire ? Un truc. On va aller faire un truc. Je dois te faire un compte rendu détaillé de tous mes déplacements, ou quoi ? Tu voudrais peut-être que je me filme pour ne pas rater quelque chose ?

Elle inspira une bouffée d'air peuplée d'acariens et s'assit sur le canapé.

— On devait aller chez ma mère, demain.

— Hmm.

Ce marmonnement était un mélange de "ah, oui, c'est vrai" et de "je fais semblant que ça m'intéresse pour éviter quelque chose de pire". C'était sa réponse préférée, il la croyait efficace parce qu'elle le lui laissait croire.

— Elle va avoir soixante ans, lui rappela-t-elle – ce qui n'était pas réellement nécessaire.

— Écoute, je crois que je vais devoir me désister.

"Me désister"... Le verbe résonna dans l'esprit de Hanna. Il croit qu'il va devoir se désister. Hanna aurait aimé que les choses soient aussi simples. Elle aurait alors écrit à sa mère une sympathique carte : "Chère Viveca. À propos de ta réception, je crois que je vais devoir me désister."

— Tu ne peux pas faire ça, protesta-t-elle faiblement. Tu avais promis.

— Oui, mais c'était avant que je ne sache que je serais pris.

— Mais dès que tu t'es engagé, tu es devenu pris, non ?

— Mais c'était avant que je sache que Henrik et moi, on allait faire ce truc.

Elle poussa un soupir, un peu dépitée de devoir se rendre seule à l'anniversaire mais, surtout, agacée que Johan échappe à la corvée. De toute façon, ce n'était pas sa courtoisie qui aurait sauvé la soirée.

— OK. Mais le jour où tu auras une fête de sexagénaire mortellement ennuyeuse, ne t'attends pas à ce que je t'accompagne.

Pas de réaction, puis :

— Je ne m'y attendais pas.

Il retourna à la cuisine et les coups de ping-pong reprirent.

11

Contrairement à l'accoutumée, la file d'attente devant la maison paroissiale était pleine de femmes. Pour dix femmes, un homme seulement, parfois maussade, mais le plus souvent curieux. Anders en fit la remarque quand Signe et lui se placèrent au bout pour attendre leur tour.

— Il n'y a que des femmes, ici !

Signe tendit le cou pour mieux voir. Il tombait un petit crachin – tout juste un voile d'humidité – comme une vague réminiscence de la toute récente nuit de la Saint-Jean. La file d'attente ressemblait à un défilé de chapeaux. La femme du pasteur paradait en tête. Le couvre-chef crêpé d'Anna n'apparaissait nulle part dans la foule. Elle devait déjà être à l'intérieur.

— Évidemment. Qui crois-tu que ça intéresse, le droit de vote des femmes ? rétorqua Signe. Les hommes sont restés chez eux à ronchonner et à se lamenter parce que leurs cruches de femmes se sont mis en tête qu'elles étaient des citoyens.

Anders rit de bon cœur. Quelques mètres devant eux, trois jeunes femmes échangeaient des chuchotements excités en lui lançant des regards en coin.

— Tu as raison, dit-il. L'autre jour, Leo me disait que les femmes avaient inventé cette histoire de droit de vote pour se donner deux fois plus d'occasions de faire des commérages autour d'une tasse de café.

Il ricana.

— J'ai trouvé ça assez drôle.

Signe le toisa. Anders s'empressa d'ajouter :

— Bien sûr que c'est une question importante. Et malgré tout, Leo a l'air de penser que la plupart ne viennent que pour échanger les derniers potins.

Il présentait la chose comme si Leo n'avait pas compris le cœur du problème, mais au fond, il le soupçonnait de ne pas avoir tort. Signe commençait à se sentir dans la peau d'une suffragette.

— Il a raison, rétorqua-t-elle sèchement. Les droits, c'est secondaire, pour nous. On manquait juste d'occasions d'échanger des ragots. Quelqu'un a lu un truc sur le droit de vote et a trouvé que ça ferait l'affaire. En fait, nous sommes bêtes comme des oies. Aucune d'entre nous ne comprend les enjeux de la question. Heureusement, il y a du café.

Anders rit comme si Signe venait de plaisanter. Comment pouvait-il être de si bonne humeur ? C'était une véritable provocation. À l'entrée, ils furent accueillis par Klara Sundin, avec laquelle Signe avait brièvement discuté à Uppsala. La journaliste lui fit un signe de tête sans la reconnaître et décocha un sourire charmeur à Anders.

— C'est formidable qu'un homme se soit déplacé, dit-elle en leur indiquant une rangée au centre de la salle.

On avait dû ajouter des chaises. Signe s'assit sur un siège au vernis écaillé.

Lorsqu'elle fit son entrée, Mme Brita Löfstedt était encore plus imposante (à supposer que cela soit possible) que lorsqu'elle trônait dans sa voiture sur la place de Tierp. Dire qu'elles avaient été assises ensemble sur l'herbe, Signe et elle, et qu'elles avaient partagé le même plaid ! Son poing qui, la veille, brandissait un morceau de pomme, se dressait toujours avec la même puissance rhétorique. Les derniers murmures se turent rapidement.

— Honorable assemblée, commença Brita. Tous, ici présents, nous sommes profondément liés à notre mère Svea et à sa terre, notre terre mère. Nous la cultivons. Nous y puisons notre quiétude, notre bien-être. Nous y sommes ancrés. Par ailleurs, nous sommes peut-être nous-mêmes mères.

Elle balaya le public du regard.

— La maternité est notre fondement premier. J'aimerais que nous réfléchissions tous un instant à l'importance que nos mères ont eue, ou auraient dû avoir, dans nos vies. Et que nous nous demandions comment un personnage aussi essentiel peut être entièrement exclu de la vie politique du pays.

Signe en eut le souffle coupé. Ces premières phrases lui avaient rappelé sa propre mère : obstinée, droite, vive et concise, mais jamais sévère. Dans ses souvenirs les plus anciens, Signe se voyait enfouir son visage dans son tablier rayé. Les mains puissantes de sa mère la soulevaient pour lui montrer quelque chose et toutes deux savouraient ce moment de partage. Puis elle se revoyait faire ses adieux, sur le point de partir faire ses études. Sa mère cachait mal sa fierté… Non, sa satisfaction. Elle avait insisté pour que ses fils et ses filles suivent un enseignement privé, bien que ce fût inhabituel pour de simples enfants de commerçants. C'était également elle qui avait remarqué le don de Signe pour les études. Le jour où Signe quitta Vagnhärad, elle dépassait sa mère de plusieurs centimètres. Mais elle n'avait pas encore sa force.

— Car la politique, poursuivit Brita Löfstedt, ne serait pas une affaire de femmes. Mais permettez-moi de poser cette question : Si la politique n'est pas une question de vie, et que la vie n'est pas une affaire de femme, alors qu'est-ce qui a encore un sens dans notre monde ?

Des rires et des applaudissements épars fusèrent dans la salle. La bouche de Brita se pinça.

— Rions, si cela nous donne de la force. Mais pas si cela nous diminue. Quand je dis qu'il faut des femmes en politique, quand je dis que nous ne nous contenterons pas de l'influence que nous pouvons exercer sur un homme qui céderait à notre volonté, je parle d'un véritable projet. D'un projet de société.

Signe buvait ses paroles comme de l'eau fraîche. Elle avait l'impression d'être remplie à ras bord de volonté pure, et s'étonnait que son corps puisse en contenir autant. Elle avait du mal à tenir en place. Le pasteur parlait parfois d'une puissance surhumaine, d'un esprit qui vous dépassait. Il ne savait certes pas que ses mots pouvaient servir la lutte pour le droit de vote des femmes.

— Ce qu'il faut comprendre, dit Brita en brandissant la main, c'est que nous avons de nombreux adversaires et que notre lutte est souvent perçue comme une menace. Ils prétendent que nos obligations sont moins lourdes que celles des hommes et que les droits que nous revendiquons ne sont pas proportionnels à nos responsabilités. Pire : que notre intérêt pour la politique est illusoire.

Anders fit une grimace qui agaça Signe. L'air pensif, il gardait cependant les yeux rivés sur Brita qui poursuivait son raisonnement. Peut-être Signe s'était-elle trompée sur le sens de cette grimace. Brita baissa la main et changea de ton, sans rien perdre de son autorité.

— Laissez-moi vous parler de ma patrie.

Ce furent les derniers mots que Signe distingua clairement dans son discours. "Laissez-moi vous parler de ma patrie." Juste après, une blonde frisottante assise au premier rang se retourna et sembla chercher quelqu'un des yeux. Anna. Signe, ravie, observa la joie envahir le visage d'Anna lorsqu'elle la reconnut dans la foule. Comme si les paroles enflammées de Brita, qui la faisaient littéralement bondir de sa chaise, ne suffisaient pas. Dans une odeur de bois et de sueur, Mme Löfstedt parlait d'hommes et de femmes marchant côte à côte à un public captivé. Anna tourna à nouveau ses regards vers la tribune et sa nuque demeura muette. Malgré le poing levé et la présence fascinante de Brita, Signe ne pouvait s'empêcher de la regarder. Au bout d'un moment, Anna lui adressa un sourire et un petit signe de la main. Son regard était plein de promesses. Signe fit à son tour un petit geste, qui lui sembla maladroit.

À la sortie de la salle, le crachin s'était transformé en pluie. Des parapluies s'ouvrirent, des jeunes filles s'éloignèrent au pas de course pour ne pas se mouiller. Une bonne partie de l'auditoire resta sur le perron, sous l'auvent, pour échanger des impressions en attendant que la pluie cesse. Anders scruta le ciel :

— Il va pleuvoir encore un bon moment. Ça ne s'arrêtera que ce soir.

— Ah bon ? s'exclama Signe avec une joie mal dissimulée. Alors, on va devoir attendre ici.

Impossible qu'Anders ne saisisse pas la portée de cette remarque.

— C'est ça, ou tu rentreras trempée. Dis-moi, je trouve qu'elle exagère un peu.

— Quoi ? Qui ça ?

— Je ne crois pas que vous gagniez à vous radicaliser. Je pensais à ce qu'elle disait sur les devoirs des hommes et des femmes, sur le fait qu'on accomplissait des travaux aussi lourds et qu'on en faisait autant pour le pays. C'est un peu bête de s'appuyer sur des arguments pareils, en particulier quand ils sont faux.

Signe dut tousser pour reprendre sous souffle.

— Pardon ?

— Enfin, Signe... D'habitude, tu n'es pas aussi lente. Tu sais très bien que les hommes, dans l'ensemble, en font plus pour le pays que les femmes. Qui défend nos frontières ? Qui exporte notre production ? Qui conduit nos usines ? Qui dirige l'évolution de la société ? Le droit de vote des femmes n'a rien à voir avec leur rôle dans la construction du pays. Tout le monde a le droit d'avoir une opinion et l'exprimer, voilà tout. C'est le genre de discours que vous devriez tenir.

Signe en resta bouche bée. Son cerveau survolté traitait toutes ensemble les nombreuses affirmations d'Anders. Pourquoi croyait-il que les hommes dirigeaient l'évolution de la société ? Le fait que les femmes demeurent sans droit de vote y était peut-être pour quelque chose ? Et puis cette façon agaçante de l'inclure dans le mouvement... "Le genre de discours que *vous* devriez tenir..." Alors qu'Anders semblait prendre son silence pour un assentiment, une douce main se posa sur l'épaule de Signe, et l'odeur d'Anna se faufila avec audace jusqu'à ses narines.

— Vous devriez expliquer à votre mère qu'elle en a moins fait pour ce pays en vous donnant naissance et en vous élevant, que vous ne le faites vous-même en cloutant des sabots ou en jouant de l'accordéon.

La voix d'Anna, même agacée, était un enchantement – encore un paradoxe : attirer et repousser en même temps.

— Je suis maître d'école, dit Anders sur un ton orgueilleux qui surprit Signe. J'instruis notre jeunesse. Je lui enseigne le monde et la démocratie. Vous trouvez peut-être ça insignifiant ?

— Non, c'est vous qui semblez trouver insignifiant le travail de votre mère quand elle en faisait autant pour vous. Maître d'école... Et toi, Signe, tu n'es pas maîtresse ?

Signe étouffa un gloussement et inspira une bouffée d'air parfumé de pluie fraîche. Elle entendait encore planer son nom, prononcé par Anna.

— Si, je travaille dans notre deuxième école. Enfin, on peut aussi la considérer comme la première, puisqu'elle est plus ancienne que celle d'Anders.

— La mienne porte le nom de "nouvelle école communale" et est un peu plus moderne que celle de Signe, qu'on appelle communément "l'ancienne école", précisa Anders.

Pendant qu'Anders lui parlait, Anna garda les yeux rivés sur Signe. Et voilà que cela se reproduisait… Cette chose inouïe que s'échangeaient leurs regards… Signe la ressentit jusqu'aux orteils.

— Je vous admire pour le travail essentiel que vous accomplissez, dit la bouche d'Anna.

Ses yeux en amande s'assombrirent. Bleus comme un matin d'été, ils regardèrent Signe avec une intensité qui lui fit baisser la tête – et elle s'en voulut.

— Pour ma part, je compte devenir journaliste, dit Anna.

Anders se tourna vers la salle.

— Je vais voir si Johan est encore là.

Il s'éloigna en quelques enjambées dégingandées. À l'entrée de la maison paroissiale, la foule se faisait plus rare. La pluie était redevenue crachin. De nombreux spectateurs en avaient profité pour rentrer chez eux sans trop se mouiller. Signe releva la tête et plongea les yeux dans ceux d'Anna.

— Tes articles parleront de quoi ?

— Des injustices. De politique. De choses importantes qu'on passe toujours sous silence.

Signe était maintenant fascinée par ce qui se cachait derrière les beaux yeux d'Anna. Elle devait être issue d'une bonne famille pour vouloir devenir journaliste. D'ailleurs, cela se voyait. Signe essuya discrètement ses mains moites sur sa jupe, et ne sut plus quoi en faire. Elle finit par en poser une sur la rambarde. La pluie avait formé de petites flaques sur le bois peint. Signe se mouillait la paume, mais fit comme si de rien n'était.

— Ce serait utile, dit-elle.

— Tu as signé la pétition ?

Signe avait été l'une des premières femmes de Tierp à le faire.

— Évidemment.

— On l'obtiendra bientôt, le droit de vote. Je le sens. Après le discours de Brita et l'accueil qu'on lui a fait ici, j'en suis encore plus convaincue. Nous avons toutes les bonnes raisons de notre côté. Avec autant de signatures, ils ne pourront plus nous résister très longtemps.

Les paroles d'Anna étaient ardentes et si sincères que Signe se sentit un peu fausse, pourtant sans raison. Elle aurait voulu croire aussi intensément au progrès, mais elle n'en était pas encore là. En fait, elle n'avait pris conscience du problème du droit de vote que la veille.

— Les décisions politiques prennent pas mal de temps, non ?

Elle aurait dû le dire autrement. La question soulignait son ignorance. Une forme affirmative aurait été bien plus appropriée. Plus honnête et plus percutante.

— C'est vrai. Il faut que les deux chambres votent la proposition, c'est-à-dire qu'un tas de vieillards changent d'avis. Il faudra faire preuve de ténacité. Et rester unies.

En prononçant le mot "unies", elle leva la main. Signe crut un instant qu'elle allait la reposer sur la sienne, mais le bras d'Anna retomba. Elle avait peut-être voulu imiter le geste entraînant de Brita Löfstedt. Soudain, là où la main d'Anna aurait pu se poser, l'air lui sembla aussi froid que la solitude.

— Dans dix ans, peut-être, dit Signe, qui voulait paraître sûre d'elle et engagée.

Anna fit voler quelques mèches blondes en secouant la tête.

— Cinq. Nous avons raison, et nous menons une lutte acharnée. Nous avons déjà fait un bon bout de chemin. Avec la pétition, il leur sera très difficile de résister.

Signe sourit. Elles étaient maintenant seules devant la maison paroissiale. Dans quelques années, elles auraient toutes les deux le droit de voter.

— Ce jour-là, dit Signe sans réfléchir, on ira voter ensemble. Toi et moi.

C'était audacieux. Un sourire illumina le visage d'Anna, qui toucha subrepticement le bras de Signe, comme pour confirmer leur alliance.

— D'accord.

Brita sortit de la maison paroissiale dans la précipitation.

— Un vrai succès ! dit-elle, ravie, tenant dans la main les signatures récoltées. Signe, quel plaisir que vous soyez venue ! Malheureusement, je dois vous quitter. Anna, nous sommes un peu pressées. Nous devons être à l'auberge de Ljusne avant la tombée de la nuit. J'espère que Gustaf est déjà là. Oui, regardez, le voilà ! Pelle !

Anna eut l'honneur de porter le petit coffre de Brita jusqu'à sa voiture. Pendant ce temps, l'oratrice s'assurait que Pelle avait bien pris toutes leurs affaires à l'hôtel. Le ciel était sur le point de s'éclaircir, comme Anders l'avait prédit. Avant de partir, Anna revint en hâte vers Signe.

— On se reverra, n'est-ce pas ?

Son visage était tout proche de celui de Signe et elle avait posé la main sur son épaule.

— Au plus tard le jour du vote, répondit Signe avec un clin d'œil. Dans cinq ans, au maximum.

Anna courut vers Brita, qui lançait des commandements retentissants. Désormais seule sur le perron de la maison paroissiale, Signe regretta de ne pas lui avoir donné l'accolade. Sur la balustrade mouillée, la paume de sa main commençait à se friper. La voiture toussota et s'éloigna avec fracas. Signe ne revit pas Anna avant le mois d'août.

12

La jupe de Hanna était peut-être un peu courte. Ou un peu longue. Comment le savoir ? Pas facile. Néanmoins, une chose était sûre : c'était soit l'un, soit l'autre. Le choix des boucles d'oreilles : un autre dilemme. Le chemisier était joli. Un peu trop plissé à son goût, mais il plairait certainement à sa mère. Les chaussures norvégiennes s'accordaient étonnamment bien avec le reste de la tenue.

Au fond, cela n'avait pas grande importance que Johan ne vienne pas. Elle aurait trouvé agréable d'avoir de la compagnie dans le train, quelqu'un avec qui ironiser sur la corvée à venir, mais étant donné leur piètre schéma de communication, il était peu probable que Johan se fût prêté au jeu. Hanna s'était assise du mauvais côté du wagon et le soleil lui piquait les yeux. Il régnait une vague odeur de vomi. L'univers ironisait gentiment avec elle.

À Uppsala, on avait toujours un peu froid. Même sous un soleil éclatant. C'était une ville atroce. Bonjour, disaient les maisons basses et les étudiants bohèmes. Bonjour, nous sommes relax, nous sommes épanouis, nous sommes jolis. Et si vous n'en êtes pas convaincu, on va en rajouter une couche. Contournant rapidement la statue au pénis carré, elle eut tout juste le temps de monter dans le bus qui portait le numéro provincial de "Un". Elle était à l'heure, mais pas à l'avance. "Prévoir une marge de quinze minutes, disait toujours sa mère, mais rien ne vaut l'heure exacte." À l'entrée, la sœur de Hanna arborait le sourire représentatif qui justifiait qu'elle se charge de l'accueil et pas Hanna. Qui, de toute façon, n'avait pas postulé.

— Comment va maman ? demanda Hanna en guise de salutation, après une brève accolade.

— Au septième ciel.

Filippa rit et secoua la tête. Les manières de leur mère ne semblaient jamais l'offusquer. Peut-être parce qu'elles ne la visaient pas directement. Encadré par des boucles brunes effrontément souples et fermes, son visage était aussi lisse que des fesses d'adolescente. Une provocation de plus… Elle avait tout de même trente-neuf ans ! Autrefois, à cet âge-là, on était étendu sur son lit de mort. Filippa n'avait même pas un cheveu blanc.

— Bon, ben, j'entre, alors.

— Bienvenue !

Hanna aurait trouvé réconfortant que les paroles de Filippa aient un petit arrière-goût d'ironie, mais s'il y en avait un, il était indétectable.

Sa mère ne la regarda pas dans les yeux. Comme d'habitude, elle passa d'abord en revue sa coiffure, ses boucles d'oreilles, son maquillage, son décolleté, son haut, son tour de taille, la longueur de sa jupe, puis ses chaussures. Et là, elle sursauta.

— Mais mon petit, qu'est-ce qui t'a pris ?

— Bonjour, maman.

Le petit rire sec dont sa mère avait le secret était, dans ce cas, censé tout à la fois exprimer son étonnement devant les choix vestimentaires de sa fille et nier l'impertinence qu'on aurait pu lui attribuer.

— Enfin merci d'être là, Hanna. Quand même. Le serveur est quelque part dans le salon avec les cocktails de bienvenue, prends-en un. Mais rien qu'un.

Nouveau rire sec, comme si elles partageaient un inavouable secret sur les penchants alcooliques de Hanna, qui n'avait pourtant jamais été ivre de sa vie. Celle-ci saisit un verre au contenu rose fuchsia sur le plateau que portait le "serveur" de Viveca, c'est-à-dire son voisin aux cheveux noirs, qui lui fit un sourire et leva les yeux au ciel quand Hanna vit son nœud papillon blanc. Plutôt mignon, en fait.

L'assemblée était constituée d'avocats sexagénaires accompagnés de leurs moitiés, de quelques cousins et de trois de leurs enfants, qui couraient du petit au grand salon, rampaient entre les chaises et chipaient des gâteaux sur les étages inférieurs des dessertes.

Visiblement, les enfants agaçaient Viveca. Avec un sourire fielleux, elle les invita à aller regarder un film dans une pièce éloignée. Le plus âgé emporta clandestinement une dizaine de gâteaux sous sa chemise bien repassée et, surtout, bien large. Lorsqu'on fut débarrassé de la marmaille, Viveca fit tinter son verre.

— Chers convives, commença-t-elle. Je suis heureuse que vous soyez venus si nombreux pour célébrer mon anniversaire.

Elle balaya la salle du regard en hochant la tête à l'attention de chacun de ses invités.

— Mieux vaut ignorer l'âge que ça me fait pour mieux profiter du bon vin et de la compagnie. Oui, oublions que je fête aujourd'hui mes quarante ans.

Un frémissement amusé parcourut les sexagénaires. C'était ainsi que cette espèce riait. Viveca se pavanait ; son mari croisa les mains dans son dos, l'air satisfait. C'était ainsi que cette espèce marquait une victoire.

Ce fut le moment de remettre le cadeau. Avec un sourire mesuré, Viveca exhiba son foulard marron crotte de chat, sans oublier le sac de la boutique de luxe. Finalement, Hanna aurait pu faire du batik sur une serpillière achetée au supermarché du coin et se contenter d'acheter le sac.

Le déballage des cadeaux signa la fin de la grâce maternelle. Viveca se fraya un chemin vers Hanna en s'arrêtant pour saluer les attroupements d'hommes en costumes flanqués de leurs femmes de vingt ans plus jeunes. Lorsque Viveca riait de leurs plaisanteries, elle rejetait la tête en arrière et leur lançait un regard espiègle, comme s'ils venaient de dire quelque chose d'affreusement osé. Elle faisait des sourires de connivence aux femmes, secouant parfois la tête en réaction à ce que disaient leurs maris, à leur insu bien sûr. Puis on trinquait, et elle continuait sa route. Vers Hanna. Prisonnière, coincée entre le mur et la desserte sur laquelle on pouvait chiper des canapés en faisant semblant de trouver tout cela supportable. Elle n'avait pas vraiment d'issue.

— Je vois que tu t'amuses, dit sa mère, enjouée et superficielle, dans un sourire qui, bizarrement, lui rétrécissait la bouche.

— Follement.

Inutile de faire de l'esprit. Viveca sortait toujours gagnante de ce type d'affrontement. Hanna n'avait plus qu'à se replier sur l'ironie défaitiste qui consiste à dire exactement ce qu'on attend de vous. Sa mère s'arrêta tout près d'elle. Ses frisottis de bonne femme permanentée lui chatouillaient le nez. Viveca sentait la poudre hors de prix – l'odeur de l'arrivisme.

— Il y a beaucoup de gens importants ici, dit-elle à mi-voix, comme si Hanna et elle partageaient des confidences.

— Ah bon ?

— Deux clients de Stig, là-bas.

Elle les lui indiqua d'un hochement de tête extrêmement discret. Hanna avait l'impression de jouer, contrainte et forcée, les figurants dans un épisode d'*Amour, Gloire et Beauté*.

— Il y a aussi deux associés, Claes Dorff et Christer Orben. Personnellement, je suis très contente que Philippa Orben soit là. C'est une femme d'influence. Quand je lui ai dit que ma fille aînée portait le même nom qu'elle, on a tout de suite eu un contact privilégié. C'est drôle, non ?

Dans le genre drôle, il y avait encore plus fort. Comme, par exemple, le fait qu'une femme puisse obtenir la garde de ses enfants parce que son ex-mari est facteur et que son nouveau mari est avocat. À se tordre de rire.

— Alors tu comprends pourquoi il faut absolument qu'on fasse bonne figure. Je ne voudrais pas faire honte à Stig.

Toujours sur le mode de la confidence, elle restait si discrète que les mots arrivaient à peine à se faufiler entre ses dents.

— Ah bon ?

— Heureusement, j'avais prévu le coup. Je me suis dit que tu n'avais pas le bon goût de Filippa. Si tu te changes maintenant, je crois que personne ne le remarquera.

— Quoi ?

— Allons, ne me dis pas que tu ne comprends pas ! Tes chaussures. Comme on fait la même pointure, je t'en ai apporté une paire. Mais j'aimerais que tu en prennes bien soin. Et puis que tu me les rendes avant de partir demain.

Hanna baissa les yeux sur ses bottines. Elles s'accordaient très bien avec sa tenue, personne ne pouvait dire le contraire. Les coutures sur les bouts, bordées de petites perforations au poinçon, répondaient aux lignes du col de son chemisier. Mais manifestement, ça n'allait pas.

— Je t'avais apporté une jupe aussi, mais comme tu t'es un peu épaissie depuis la dernière fois… Le plus urgent, de toute façon, ce sont les chaussures. Je te le dis pour ton bien. Tu ne voudrais quand même pas nous faire honte à tous, y compris à toi-même ?

Ce n'était pas la première fois que Viveca se permettait de dicter leur tenue à ses filles. On pouvait quasiment parler d'habitude. Par contre, la rage qui envahissait Hanna était toute nouvelle. Elle lui venait de ses pieds. Ou plutôt, de ses bottines.

— Tu veux dire que la tenue que je porte pour répondre à ton invitation "en tenue libre" n'est pas acceptable et que je suis trop grosse pour mettre les habits que tu as prévus pour moi ? s'exclama-t-elle.

Quelques mètres plus loin, deux personnes se retournèrent. Viveca la dévisagea. On lisait dans ses yeux de l'affolement contenu.

— Hanna ! chuchota-t-elle. Tu es devenue folle ?

— Tu voudrais que je fasse comme à ta dernière fête ? poursuivit Hanna, plus fort. Que, de rage, je déchire mon chemisier parce que tu ne l'as pas trouvé assez festif ? Ou comme pour tes cinquante ans, que je passe la soirée aux toilettes, en train de vomir ton gâteau d'anniversaire pour devenir aussi mince que ma sœur ? Je ne suis pas sûre de pouvoir faire les deux : déchirer et vomir… Déchirer ou vomir ?… Il faut quand même avoir une main libre pour s'appuyer quelque part.

Des quatre coins du salon, on leur lançait des coups d'œil en coin. C'était ainsi que cette espèce satisfaisait sa curiosité. Viveca attrapa vigoureusement Hanna par la taille et tenta de l'entraîner loin des regards. Par chance, la taille de Hanna était plus solide que les biceps de sa mère.

— Je vous souhaite à tous de passer un très bon moment, dit Hanna en levant un verre de vin qu'elle venait de prendre sur le buffet.

Elle l'avala cul sec.

— En tout cas, moi, c'est ce que je vais faire. *Auf wiedersehen ! Adieu !*

Très contente de sa trouvaille, Hanna fredonnait encore la chanson quand son bus s'arrêta au centre d'Uppsala. *So long, farewell…* Tandis que les bottines la conduisaient à la gare, au rythme de claquements dignes, secs et précis sur les pavés, elle comprit enfin pourquoi elles avaient tant déplu à sa mère, malgré leurs coutures et leurs perforations au poinçon. C'étaient des chaussures-de-ras-le-bol.

13

Ce mois-là fut le plus long qu'eût jamais vécu Signe en vingt-quatre ans. Long, non pas comme l'attente d'une chose qui, on le sait, va arriver, mais comme l'attente d'un événement ardemment espéré, dont on ne sait s'il se produira le jour même, ou plus tard, ou jamais. Tous les matins, Signe se réveillait avec une seule et unique pensée : "Aujourd'hui, peut-être qu'elle reviendra." Tous les soirs, elle s'endormait déçue. À quelques reprises, croyant entendre la voix d'Anna chez l'épicier, elle se retourna vivement. À son grand dépit, elle découvrit ainsi que la cousine d'Anders, âgée de vingt et un ans, avait quasiment la même voix qu'une certaine guerrière de Stockholm aux frisottis blonds qui militait pour le droit de vote des femmes. À part cela, d'ailleurs, elles n'avaient vraiment rien en commun.

"Cher journal, écrivit Signe un soir de la fin juin. *Cela fait maintenant cinq semaines que Mlle Anna a quitté Tierp."* Elle leva les yeux vers la forêt, où les ombres grandissaient un peu plus chaque soir. Dans un mois ou deux, il ne serait plus possible d'écrire le soir, en tout cas pas à l'extérieur. Il faudrait économiser les chandelles. L'école n'allait pas tarder à commencer ; le travail finirait par chasser les rêveries autour de Mlle Anna. Enfin. *"Je sais qu'il est vain de souhaiter son retour,* écrivit Signe d'une plume fébrile. *Et je ne parviens pas à formuler mon souhait sans qu'il ressemble aux attentes d'Anders à mon égard. N'est-ce pas un sentiment singulier, celui qu'éprouvent deux amies sincères l'une pour l'autre?"* Son regard se perdit dans le ciel. Était-ce là un sentiment ordinaire entre amies, ou une immense et douloureuse chance qu'elle avait rencontrée plusieurs fois dans sa vie?

L'affection qu'on éprouvait pour une amie était-elle toujours plus forte ? Celle d'une femme pour un homme avait-elle toujours, pour croître, besoin d'être cultivée ? Le ciel prit une nuance violette. Elle n'y trouva qu'une demi-réponse.

Elle posa son journal et se mit à raccommoder. Cette occupation, certainement plus utile que l'écriture, lui permettait d'avoir de quoi manger quand son salaire de maîtresse ne suffisait pas. Sans nourriture, pas de Signe. Sans Signe, pas de journal intime. Une odeur fraîche et acide émanait du panier de pommes que la femme du pasteur lui avait offert quelques jours plus tôt. "Nous en avons tant, avait dit Mme Violetta avec un sourire chrétien. Si vous en voulez encore, n'hésitez pas." Signe allait les garder et en redemander quelques jours plus tard. Elle pourrait ensuite en apporter une partie aux enfants des ouvriers agricoles, qui auraient ainsi de meilleures pommes que si elle demandait directement à la femme du pasteur de leur en donner, elle le savait d'expérience. À la cave, les fruits se garderaient longtemps, malgré la chaleur.

À cette heure, les ombres des sapins s'étiraient au point de se rejoindre, formant une épaisse muraille. Signe rentra dans sa petite maison aux murs goudronnés, plus moderne que les vieilles maisonnettes le long de la route, mais aussi petite. L'hiver, elle maudissait sa malchance. Elle avait en effet obtenu un poste dans la seule école de la commune qui n'avait pas de logement de fonction. L'été, en revanche, cette situation à l'écart de l'école lui permettait de prendre un peu de distance. Elle avait l'impression d'être plus libre, de s'appartenir. Elle ramassa son cahier, ses chiffons et le seau d'eau du puits, puis rentra, se rinça le visage dans la pénombre et chercha sa chemise de nuit. Ces derniers jours, il avait fait un soleil éclatant. Les murs et le toit en conservaient la chaleur, et les draps de Signe étaient tièdes avant même qu'elle ne s'y couche. Voilà le genre de choses pour lesquelles Dieu voulait qu'on lui rende grâce, se dit-elle en posant sa tête sur son oreiller. Sous ses paupières closes, ses yeux tressaillirent. Elle étreignit sa couverture et trouva le calme. Le lendemain, Anna reviendrait peut-être. Elle poserait peut-être alors sur Signe ses douces mains et son regard qui ne lâchait jamais prise.

Deux semaines plus tard, l'atmosphère était fébrile. Signe le sentit dès son réveil. Ce jour-là, la chaleur allait gouverner les corps et les esprits. Le soir venu, ils s'éteindraient, comblés, sur leurs draps. La journée s'annonçait divertissante : Mme Violetta, la femme du pasteur, les avait invités, Anders et elle, à passer un moment sous la tonnelle du presbytère. Elle leur faisait ainsi un grand privilège, habituellement réservé au sacristain, aux commerçants de la ville et aux visiteurs distingués de Stockholm. Ainsi qu'aux maîtres d'école. Le sentier qui menait au presbytère était recouvert d'un gravier gris clair uniforme qui exerçait un effet apaisant sur Signe. Lorsqu'elle partagea cette impression avec Anders, il éclata de rire.

— C'est parce que tu es si petite que tu as peur de tomber dans les nids-de-poule d'une route ordinaire.

Elle s'abstint de lui raconter que le sentier lui rappelait celui de la maison de son père, à Vagnhärad, de peur qu'il y trouve prétexte à poursuivre son raisonnement.

— Viens me voir chez moi, un de ces jours, et tu verras ce que c'est qu'une route de forêt pleine de bosses et de creux, dit-elle. Là, tu auras de quoi tomber.

— C'est une invitation ?

Elle regretta immédiatement ses paroles.

— Non, une manière de parler.

Anders parut prendre cette réponse pour un "oui". C'était vraiment agaçant, cette manie qu'il avait de toujours attribuer à ses paroles un autre sens que celui qu'elle voulait leur donner.

Mme Lindeman, qui parvenait toujours à se trouver sur les marches de son perron à temps pour accueillir ses invités – même les jours où il était rigoureusement impossible de prévoir l'heure de leur arrivée – les attendait justement devant sa porte, les mains croisées, un sourire aimable aux lèvres. La chaleur ne semblait pas l'embarrasser. Plus grande que la plupart des femmes du coin, elle façonnait ses cheveux bruns en un beau chignon sur sa nuque. Quarante et un ans, pas un cheveu gris. Dieu était bon envers ses serviteurs.

— Bienvenue ! leur souhaita-t-elle en leur indiquant la tonnelle.

Celui qui l'avait conçue avait bien fait son travail. Les lilas qui avaient éclos au printemps étaient fanés, quelconques, mais d'autres buissons qui fleurissaient en juillet faisaient encore de ce coin de jardin un espace enchanteur.

— C'est encore plus beau qu'au printemps ! s'exclama Signe.

La remarque sembla faire plaisir à Mme Lindeman.

— J'en suis très contente, répondit-elle.

— Le Seigneur s'est montré clément envers notre tonnelle, dit le pasteur en s'approchant. Et envers nous, ajouta-t-il, souriant, parce que Hulda nous a encore préparé un de ses merveilleux gâteaux aux pommes.

Manger chez le pasteur et sa femme, c'était se retrouver en plein rêve d'harmonie. Leur gouvernante, la fille du voisin des parents d'Anders, avait suivi un enseignement ménager. Elle voyait immédiatement ce qu'il y avait à faire et devinait toujours quand on souhaitait sa présence ou quand elle devait se retirer. Elle rappelait à Signe la gouvernante de ses parents quand elle était petite. Le pasteur s'assit confortablement et les regarda d'un air guilleret.

— Alors, comme ça, il est bientôt temps de se remettre à enseigner à nos bambins !

Ils hochèrent la tête de concert. Anders fit une remarque sur les garçons qui oublient leur catéchisme pendant l'été et qui doivent tout réapprendre au début de l'année. Le pasteur s'esclaffa et répondit qu'heureusement, il ne prenait pas de vacances, lui. Le gâteau aux pommes était divin, mais il resta en travers de la gorge de Signe quand la femme du pasteur, se tournant vers Anders, déclara que l'été, les femmes resplendissaient.

— Nous sommes allés à Österbybruk au printemps, voyez-vous. En visite au presbytère, bien sûr. Nous y avons fait la connaissance du maître d'école, qui s'appelle… Comment s'appelle-t-il, déjà ?

— Isaksson.

— Ah, oui, Isaksson. Eh bien, figurez-vous que sa femme est maîtresse d'école !

C'était à ce moment précis que Signe avait avalé de travers. Anders lui donna des tapes dans le dos. Tandis que Signe tentait de dominer sa toux, Mme Violetta les regardait d'un air amusé.

— Nous avons eu une discussion très animée sur la question du mariage des maîtresses d'école, poursuivit la femme du pasteur.

Signe tourna sept fois sa langue dans sa bouche avant de répondre :

— Ce doit être très difficile. Instruire les enfants, c'est une vocation exclusive.

— C'est juste, approuva le pasteur. Tout à fait juste.

Sa femme reprit :

— En tout cas, d'après ce qu'ils nous ont expliqué, ils sont très bien organisés. Ils partagent le logement de fonction du maître, ce qui leur permet de mettre le logement de fonction de la maîtresse en location et de payer ainsi une fille pour aider Mme Isaksson dans les tâches qu'elle n'a pas le temps d'accomplir.

Anders avait l'air ravi. Comme un enfant. Son menton proéminent bougeait au rythme de sa mastication, tandis que, fasciné, il écoutait Mme Lindeman. Comme si elle avait pu le projeter dans le lit conjugal des époux Isaksson.

— Elle enseigne le matin et, l'après-midi, elle est libre d'accomplir ses tâches ménagères dans le logement de fonction. Cela semble fonctionner à merveille.

— Alors, renchérit le pasteur, nous nous sommes dit qu'il fallait absolument que nous vous en parlions. Et que nous vous exprimions, pour ainsi dire, notre position tout à fait favorable à l'égard de ce type d'arrangement.

— Je vous en remercie de tout cœur, dit Anders.

Tous les regards se tournèrent vers Signe, qui gardait le silence. Les parfums enivrants qui se dégageaient de l'herbe et des buissons formaient avec ses sentiments du moment un terrible contraste.

— Oui, dit-elle. C'est vraiment intéressant d'entendre comment vivent d'autres maîtres et maîtresses dans le pays. Le gâteau aux pommes était vraiment délicieux. Comment s'appelle ce buisson, déjà ?

Sur le chemin du retour, Anders était beaucoup trop gai.

— Ils nous ont quasiment donné leur bénédiction ! jubila-t-il.

Il semblait considérer le mariage comme une chose faite. Signe choisit de l'interpréter de travers.

— Oui, maintenant, tu peux te marier avec Hedvig si tu veux.

— Tu es drôle, toi !

— Je ne comprends pas d'où tu tires toute cette énergie, par cette chaleur. Possèderais-tu un système d'hydratation naturel ?

Anders lui agrippa le bras, l'arrêta et la regarda droit dans les yeux.

— Je sais que tu n'as jamais eu l'intention de te marier. Mais maintenant, c'est possible. Tu pourrais au moins y réfléchir. Je serais un bon mari. Le meilleur.

Elle libéra son bras et se remit à marcher. Ils arrivèrent bientôt à la gare, où leurs chemins devaient se séparer. Elle ne savait pas comment se dépêtrer de cette situation sans le blesser.

— Je le sais bien. Mais moi, je ne ferais pas une très bonne épouse.

Le train de Stockholm arrivait en crachant de la vapeur. Tandis qu'ils marchaient en silence, ils l'entendirent ralentir, puis s'arrêter en gare.

— Dommage que tu raisonnes ainsi. Tu vaux mieux que ça, dit Anders.

C'était gentil de sa part, mais comme il se fourvoyait !

— Pourquoi ne serais-tu pas une bonne épouse ? Tu es de bonne famille, douée pour les tâches ménagères, tu sais faire la cuisine, et nous connaissons bien ton talent pour élever des enfants. Au contraire, tu es l'épouse idéale !

Ils étaient presque arrivés à la gare. Le train de Stockholm avait repris son chemin cahotant. En jetant un coup d'œil sur le quai, Signe eut le souffle coupé. Son cœur s'emballa. Était-ce un mirage ? Mlle Anna avançait, une grosse valise à la main.

— À demain ! fit Signe en hâte.

Anders la regarda, étonné.

— Tu es pressée ?

— Un peu. Je viens de me rappeler que j'ai promis à M. Berg de finir de réparer les vêtements des enfants pour demain matin. Il faut que je m'en occupe. Comment ai-je pu l'oublier…

Elle eut un petit rire forcé. Sur le quai, plus personne.

— Du calme, lui dit-il avec une tape amicale sur le bras. Rentre chez toi, mais pas de précipitation !

Il partit à grandes enjambées nonchalantes, la laissant au croisement. Elle attendit avec impatience qu'il s'éloigne. Comment pouvait-on marcher aussi lentement ? Anna sortit de la gare, vêtue d'un manteau vert, une grande valise à la main. Elle semblait chercher quelque chose des yeux. Anders venait tout juste de disparaître, sortant aussitôt de l'après-midi de Signe. Plus personne autour d'elle pour se réjouir de leur conversation, et de ses implications, avec le pasteur et sa femme. Personne pour en informer qui que ce soit. Anna était à elle.

Sans courir, mais sans non plus, peut-être, toute l'indolence voulue, Signe s'approcha de Mlle Anna et lui tendit la main pour la saluer. Anna lâcha sa valise et se jeta à son cou. La preuve incontestable de sentiments partagés ou une coutume de la capitale ? Difficile de garder les idées claires. Le parfum d'Anna se répandait dans ses narines, sa joue brûlante était tout contre la sienne, ses bras entouraient son corps, elle sentait le doux contour de sa taille – elle pouvait enfin étreindre autre chose que son oreiller. Elle tressaillit. Anna prit son visage entre ses mains.

— C'est justement toi que je cherchais ! Comment savais-tu que je viendrais ?

Incapable de réprimer un sourire niais, Signe baissa les yeux. Anna était venue pour la voir, elle et elle seule.

— Je ne peux pas rester longtemps. Je dois repartir par le train du soir, mais nous avons presque quatre heures.

Quatre heures. Depuis la Saint-Jean, de jour en jour, les ombres s'étiraient toujours plus. Néanmoins, cet après-midi-là, il y avait dans l'air quelque chose de fébrile. Anna se pencha sur sa valise.

— Avant que je n'oublie, dit-elle en fouillant méthodiquement. Ne t'y trompe pas, c'est une marque d'affection. Tu me promets de ne pas le prendre mal ?

Dans la chaleur, sa nuque scintillait, et une rougeur se répandait juste au-dessus de sa clavicule. Son pouls battait vite, on le devinait.

— J'aurais dû un peu mieux ranger mes affaires, rit-elle en tournant la tête vers Signe, les bras plongés dans la valise.

Signe se sentit prise sur le fait et rougit, mais Anna ne remarqua rien. Elle avait trouvé ce qu'elle cherchait.

— Quel que soit le nombre d'inspecteurs qui t'obligeraient à les récurer, elles tiendront bon. Et elles t'iront à merveille. J'espère que c'est la bonne pointure.

Brandissant une paire de bottines neuves, elle attendit la réaction de Signe.

— De la part de Mme Brita Löfstedt ! Elles te plaisent ?

Signe les prit. Elles étaient de très belle facture. On n'en trouvait pas d'aussi raffinées à Tierp. Le bout était orné d'une couture, et un beau motif de perforations au poinçon témoignait du talent de l'artisan qui les avait confectionnées et du temps qu'il y avait consacré.

— Elles sont très belles, dit Signe. Mais même sans cela, j'aurais été très heureuse de te voir.

La main posée sur l'épaule de Signe, Anna contempla son amie de son regard le plus bleu. Droit et sincère, il recelait néanmoins une nuance secrète.

— Je ne supportais pas l'idée de ne pas te revoir.

14

Il devenait de plus en plus évident que les bottines n'étaient pas seulement des chaussures-de-ras-le-bol.

— Tu es bizarre, ces derniers temps.

— Comment ça ?

— Tu n'es pas comme d'habitude… Quelle mouche a bien pu te piquer ?

Assis dans le canapé, Johan pointait sur elle un regard accusateur. D'un coup de balai, Hanna envoya balader quelques popcorns en orbite sur le balcon.

— Aucune. Pourquoi ?

— D'abord, tu es complètement malade de porter ces chaussures à l'intérieur. On t'entend approcher à des kilomètres, on dirait un chat avec une clochette autour du cou. N'importe quoi !

— Je suis bizarre parce que je porte des chaussures ? Dans ce cas, toi aussi, parce que tu portes une casquette, je te signale.

Pointant l'index sur elle, il plissa les yeux.

— Voilà ! C'est exactement ce que je voulais dire ! Tu es devenue une vraie garce… Avant, tu n'étais pas comme ça.

Peut-être, en effet, subissait-elle une transformation. L'idée n'était pas pour lui déplaire, en tout cas.

— Et en plus, tu vas trouer le sol avec ces godasses, marmonna-t-il.

Elle rit.

— Notre précieux lino ? Et alors ? D'ailleurs, avec de tels talons aiguilles, c'est un miracle que je ne perfore pas le bitume aussi, pendant que j'y suis.

Johan haussa les sourcils, ce qui signifiait : "Qu'est-ce que je disais ?", et changea de chaîne.

Soudain, Hanna eut une vision télescopique de leur vie : la rediffusion à la télé, la poussière sous le canapé, les conversations superficielles et le ketchup, seul aliment dont leur frigo ne manquait jamais. Leur lit plein de bosses et de ressorts plaintifs, non pas parce qu'ils y faisaient passionnément l'amour, mais parce que le meuble avait dépassé sa date de péremption. Et au beau milieu de tout ça, elle se ridiculisait dans des bottines du siècle dernier. Parce qu'elles donnaient à ses jambes une sensation singulière. Hanna s'affala à côté de Johan et les ôta. Ridicule, c'était le mot. Elle ouvrit une double barre chocolatée qu'elle avait cachée entre les coussins du canapé.

— Voilà, c'est ça, dit Johan. Redeviens normale. Tu as reçu une lettre, au fait. Tu attendais quelque chose ?

Il la regarda d'un œil scrutateur.

— Non, pourquoi ?

— Ça n'a pas l'air d'un courrier administratif, en tout cas.

— Ah bon.

— C'est quoi ?

— Comment je le saurais ?

— Ben, regarde.

Hanna soupira.

— Qui est bizarre, à la fin ? dit-elle en se levant péniblement et en traînant ses savates jusqu'à la cuisine.

Une écriture ronde et péremptoire au stylo bille bleu, de jolies boucles dans les "j" et les "g"… Elle pinça l'enveloppe entre ses doigts et la lâcha dans le carton de recyclage papier. Puis, changeant d'avis, elle l'enfonça dans la poubelle d'ordures ménagères, sous une purée de tomates moisies. Définitivement disparue.

— Un sondage, dit-elle en revenant. Une espèce d'institut. Je l'ai jetée. Ça les regarde, le nombre de bouteilles de shampoing que j'achète par semaine ? Ils font une enquête sur l'hygiène de la population, ou quoi ? On se croirait dans les années 1940.

Johan prit un air bluffé.

— Ils faisaient des enquêtes sur l'hygiène de la population dans les années 1940 ?

— J'en sais rien. Maintenant, ils en font, en tout cas.

— Dans des petites enveloppes ? Écrites à la main ?

— Oui, grogna-t-elle.

En quoi son courrier le regardait-il, d'abord ? Et puis cet appartement sinistre… Des murs couleur jaune pisse, claire comme quand on a bu plein d'eau. En traversant les vitres, la lumière du jour devenait maladivement terne. Johan fixait le téléviseur de ses yeux vides. Une voix anglaise expliquait qu'une dénommée Laurie était ravie de son opération de chirurgie plastique. Hanna étouffait.

— Je sors, dit-elle en se dépêchant de remettre ses bottines.

— Qu'est-ce que tu vas faire dehors ?

Elle ne pouvait plus rester une minute de plus. Dans la précipitation, elle eut du mal à nouer ses lacets.

— Il faut que je sorte. À plus tard.

— Mais qu'est-ce qui te prend ?…

À mi-chemin du couloir, la question de Johan n'était déjà plus audible. De toute façon, Hanna était sortie de l'immeuble en faisant claquer ses talons. Elle ouvrit la porte sur la rue et se trouva aussitôt baignée de lumière. Tous les matins, elle tournait à droite pour aller travailler. Ce jour-là, elle prit à gauche. Les claquements secs de ses talons sur l'asphalte lui confirmèrent ce qu'elle avait déjà deviné. Les chaussures-de-ras-le-bol pouvaient aussi être des chaussures-de-coups-de-pieds-au-derrière. Elle emplit ses poumons d'air frais.

15

Stockholm, le 12 septembre 1906

Chère Signe,

Je ne puis te décrire ma joie et ma surprise lorsque j'ai reçu ta lettre. Je remarque que tu emploies l'orthographe moderne. Je vais essayer d'en faire autant. J'implore ta clémence si, parfois, je retombe dans l'ancienne.

J'espère que vous allez tous bien, toi, tes amis et les enfants de ta classe. La difficulté de la tâche qui t'incombe est grande, j'y pense parfois. Le travail que tu fais est capital ! Les gens ne le comprennent pas assez. Je voudrais tant accomplir un jour une mission aussi importante dans le journalisme. Crois-tu que j'y parviendrai ?

J'aurais moi aussi voulu rester plus longtemps à Tierp. Cela ne fut pas possible, et tu m'en vois désolée. Peut-être la prochaine fois. Car j'espère que nous nous reverrons bientôt. Surtout, ne vois rien de naïf ou d'enfantin dans mes paroles si je t'écris que tu as exprimé dans ta lettre un sentiment que j'éprouve également. Nous ne sommes pas seules, ni dans la lutte, ni dans la vie. Il arrive qu'une rencontre nous émeuve profondément, plus qu'on n'eût pu l'imaginer. Bien que nous ne nous soyons vues qu'à deux occasions, je suis certaine de mes sentiments envers toi. Je sais que nous deviendrons très bonnes amies, et cela me comble.

Quant à notre pétition, Mme Löfstedt et d'autres femmes zélées l'ont fait signer par cent trente mille personnes à travers le pays ! La proposition devrait bientôt être adoptée : l'Assemblée nationale ne peut pas continuer à ignorer un principe démocratique fondamental ni davantage le désir clairement exprimé par toutes ces femmes d'exercer une plus grande influence. J'ai moi-même entendu un député s'exprimer favorablement sur le projet.

Il y a tant de choses que je voudrais te dire dans la présente lettre ! Mieux vaut les taire jusqu'à ce que nous nous connaissions mieux. N'est-ce pas exaltant de s'être tout juste rencontrées et d'avoir tant à apprendre l'une sur l'autre ? Pour moi, c'est comme un puzzle.

Parle-moi de ta vie et de tes fréquentations. J'ai rencontré Anders. Tu m'avais également parlé d'une institutrice de maternelle (Hedvig ?), du pasteur et de sa femme. Tes parents sont-ils encore en vie ? As-tu des frères et sœurs ? Je meurs de curiosité !

Amitiés,

Anna

Tierp, le 16 septembre 1906

Chère Anna,

Merci pour ta magnifique lettre. Elle m'a réchauffé le cœur. Comme toi, il y a des choses que je tairai jusqu'à ce que nous nous connaissions mieux, mais je ne peux nier mon bonheur à la lecture de tes mots.

Quel temps fait-il à Stockholm ? Ici, le soleil se lève tous les jours un peu moins haut. Ma petite maison sera bientôt plongée dans l'ombre. Elle se trouve à la lisière de la forêt, du côté nord, et pendant les mois d'hiver les plus sombres, on peine à trouver la volonté d'en sortir. Mais une fois que j'arrive à l'école, je me sens toujours mieux. Je regarde avec tendresse les enfants se réchauffer les doigts et les orteils devant le feu de cheminée crépitant. Cette perspective me ferait presque souhaiter la venue de l'hiver. Enfin, je regretterai sûrement ce vœu dans un ou deux mois.

Il n'y a pas grand-chose à dire sur Hedvig. Nous ne sommes ni amies ni ennemies. Comme beaucoup d'institutrices, elle vient d'une famille modeste. Elle a commencé comme bonne, puis, grâce aux bons soins du pasteur, elle a suivi la formation au métier d'institutrice de maternelle. Nous n'avons pas grand-chose en commun. J'ai bien essayé de converser avec elle, mais sans grand succès. Ses sujets de prédilection sont les fuites dans son toit et ses douleurs à l'épaule, alors que les miens sont la littérature et la pensée démocratique. Mon amitié avec Anders est plus enrichissante. Il vient d'une famille de paysans, mais il a une tête bien faite et m'apporte la stimulation intellectuelle dont j'ai besoin pour ne pas sombrer dans la léthargie hivernale. La seule chose qui me manque, dans notre dialogue, c'est qu'il conçoive la perspective féminine des droits civiques, et qu'il consente enfin à comprendre que le mariage ne m'intéresse pas. Avec ou sans la bénédiction du pasteur.

J'ai beaucoup de chance, puisque presque tous les membres de ma famille proche sont encore en vie. Mes parents habitent à Vagnhärad, où mon père est commerçant. Il vient d'Uppsala. J'ai un frère. Avant ma naissance, il y avait un autre garçon aussi, mais, malheureusement, il est mort de la tuberculose. J'ai également trois sœurs plus âgées et une plus jeune. Elles sont toutes mariées, sauf une. Aucune ne vit à Tierp, et nous n'échangeons les nouvelles que par courrier. L'une habite très loin, en Scanie !

~~Même si mon père est commerçant Je suis très~~ Mon grand-père maternel était sacristain et ma mère a veillé à ce que tous ses enfants, y compris ses filles, reçoivent une instruction convenable. Elle s'est arrangée pour que nous suivions le même enseignement privé que les enfants du sacristain de Vagnhärad. Je lui en suis profondément reconnaissante.

Merci de m'annoncer que vous avez récolté cent trente mille signatures. Cela me fait très plaisir que le travail se poursuive avec tant de conviction et de rapidité. Je regrette seulement de ne pas pouvoir y participer plus amplement ! Nos dirigeants ne semblent pas avoir compris que nous ne sommes plus au XIXe siècle. Rien que d'y penser, je bous d'impatience et de mécontentement. Mais j'espère comme toi que l'heure approche et que l'État mènera bientôt une politique qui correspond à nos esprits modernes. Sais-tu si la question des salaires des maîtres et des maîtresses d'école a avancé ?

Je crois beaucoup en toi et en ton avenir dans le journalisme. J'ai par ailleurs la certitude que, quand on est passionné, tout est possible, et je vois bien que tu brûles pour ce que tu fais. C'est l'une des qualités les plus fascinantes.

Une question audacieuse : Penses-tu passer à Tierp cet automne ou cet hiver ? ~~Je~~ Cela me rendrait très heureuse.

Amitiés,

Signe

16

Le problème, avec la promenade de Hanna dans ses bottines radicales, c'est que, quelques pas de liberté et d'enthousiasme plus tard, les mêmes bottines la reconduisirent chez elle. En effet, où aller, autrement ? Dans un foyer ? "Bonjour, je suis sans abri parce que je ne supportais plus de regarder la télé avec mon copain." C'était justement à cause de ce type de considération logistique que les films se terminaient sur des acteurs radieux en route vers de vagues couchers de soleil, ou sur un chemin de campagne, le regard habité par la foi en l'avenir. Hanna eut, pour sa part, le temps de parcourir deux pâtés de maisons avant que l'âpre réalité ne la reconduise à son immeuble, puis dans son deux-pièces. "Capituler, se dit-elle, telle est la condition humaine."

En ce dimanche matin, sa thèse ne fut pas contredite. Johan était sorti, ça ne commençait donc pas trop mal. Elle se frotta le visage à l'eau froide, vit dans la glace des valises sous les yeux et tenta de s'habituer au fait qu'elles lui appartenaient. C'était plus facile à faire avant de mettre ses lentilles : sa vision floue lui épargnait les rides qui commençaient à s'installer sérieusement sur son visage. Elle soupira, poussa de l'ongle une lentille hors de son petit cocon et la déposa sur son globe oculaire droit, se préparant à la très légère irritation que celle-ci allait provoquer toute la journée, juste assez pour lui rendre la vie un tout petit peu plus difficile. La deuxième lentille glissa de son doigt. De son œil droit, elle suivit sa trajectoire. La lentille tomba dans l'évier, plus précisément dans l'un des petits orifices de la bonde. Dans d'autres circonstances, on aurait admiré la rigueur et la justesse de la chute.

Il fallait néanmoins qu'elle garde sa dernière paire de lentilles pour le lendemain. Fixant de son seul œil valide l'index maudit, elle poussa un juron. Inutile de fouiller dans la canalisation à la recherche de la lentille perdue. Si jamais elle la retrouvait, elle serait trop abîmée pour servir. Ses miracles optiques seraient désormais réservés aux rats, car elle resterait au fond de son trou comme une méduse morte dans la fange.

Ses deux yeux étaient totalement désynchronisés. Hanna gratta doucement sa lentille droite pour retrouver un semblant d'équilibre optique, puis remit la lentille usagée dans sa capsule, contre l'avis de tous les professionnels.

Ses lunettes se trouvaient certainement quelque part dans la chambre à coucher. Du moins, elles auraient dû. Mais elles n'étaient pas parmi les vieux lecteurs MP3 dans le tiroir de la table de chevet, ni dans la bibliothèque, ni dans les tiroirs de chaussettes et de sous-vêtements. Ayant vidé les caleçons de Johan par terre, Hanna abandonna. Elle retourna dans le salon et s'affala dans le canapé.

A priori, on pourrait croire qu'il est embêtant de regarder la télé sans lentilles. Eh bien, pas du tout. Au son, sans image nette, le vide de la plupart des émissions de télévision devenait affreusement criant, et vous obligeait à un zapping continuel. Les moins idiotes compensaient leur relative intelligence par une insoutenable monotonie. "Quel ennui pour les aveugles ! se dit Hanna. Ils doivent devenir affreusement lucides." À force de plisser les yeux devant l'écran, elle commença à avoir mal au crâne. Elle éteignit la télé. Que faire un dimanche aussi flou ? Une promenade ? Parmi les retraités sportifs et les adeptes du régime pauvre en glucides ?

Dans son désœuvrement profond, elle décida de sortir les vieilles lunettes de leur sac en plastique et de les essayer. Les branches ressemblaient aux pattes d'un de ces grands moustiques appelés cousins. Grêles et écartées, elles semblaient sur le point de se rompre. Les verres étaient épais et encombrants. Du pouce, elle éprouva encore la fragilité des branches. Celles-ci, contre toute attente, tinrent bon. Évidemment, c'était du métal. Lorsque Hanna passa les lunettes, elle eut l'impression d'enfiler du fil de fer, mais elles pesaient lourd sur l'arête du nez. Elle tenta d'ajuster son regard aux objets plus éloignés. Plus proches. Éloignés. Super éloignés. Super proches.

Quand Johan rentra, Hanna était allongée dans le canapé en train de lire un des nombreux livres que Filippa lui avait offerts et qu'elle n'avait jamais ouverts. À quand remontait le dernier roman qu'elle avait lu en entier ? Bref, une fois celui-ci entamé, elle ne l'avait plus lâché. Elle l'avait même emporté aux toilettes. Et dans la cuisine, où elle l'avait taché de beurre. Elle n'avait fait de pause que pour remonter ses lunettes. Par ce geste intime, d'ailleurs, les lunettes et elle étaient en train de lier connaissance.

Johan la dévisagea comme si elle s'était transformée en extraterrestre.

— Quoi ? demanda-t-elle.

— Rien, dit-il. Tu ressembles à une espèce de professeur. Ou à une grosse bibliothécaire qui fermente et qui gonfle depuis quarante ans. Où tu as trouvé ces lunettes ?

— Qu'est-ce que ça peut te… faire ?

Elle ne parvint pas à dire "foutre", le mot était trop en contradiction avec sa lecture de roman et ses culs de bouteille.

— Tu ne lis jamais de livres, d'habitude, je me trompe ? dit-il, toujours cloué au sol.

— C'est une question ou une constatation ?

— Quoi ?

— Soit tu te demandes si je ne lis jamais de livres, auquel cas la réponse me semble assez évidente. Soit tu prétends que je n'en lis jamais, ce qui, étant donné que c'est ce que je suis en train de faire, peut paraître exceptionnellement bête à dire en ce moment précis.

Elle faillit terminer avec un "même pour toi", mais ravala cette remarque acide. Johan sembla digérer la réponse pendant plusieurs secondes. Ou peut-être y avait-il un décalage dans la transmission radio.

— Disons que c'est une question, alors, bafouilla-t-il enfin.

— Tu veux dire une question rhétorique ?

— Une question rhétorique… Dis donc, Hanna…

À travers ses culs de bouteille, elle le regardait attentivement. Il se frotta le visage comme si elle venait de le mettre dans une situation douloureuse et très angoissante.

— Pourquoi tu es si bizarre ?

Il avait insisté sur le mot "bizarre" qui, du coup, sonnait comme une accusation. Elle remonta ses lunettes et se redressa dans le canapé.

— C'est peut-être toi qui es bizarre. Avoir ce genre de réaction parce que ta copine lit un livre dans le canapé…

Il poussa un soupir qui signifiait : "Décidément, impossible d'avoir une discussion normale avec toi", et alla dans la cuisine.

— C'est peut-être toi qui es bizarre ! cria-t-elle. Dire de sa copine qu'elle ressemble à une grosse bibliothécaire qui fermente et qui gonfle depuis quarante ans, tout ça parce qu'elle ne ressemble pas à une femme de footballeur…

Derrière ses verres épais, ses glandes lacrymales étaient sur le point d'exploser. Dans le chaos de son esprit, les pensées rationnelles et irrationnelles se confondaient. Ce qu'elle ressentait, ce n'était pas du chagrin, mais de la colère. Non, de l'énervement. Elle était agacée, mécontente et insatisfaite. Non, grosse. Et puis les lunettes lui pesaient. Elles lui faisaient mal au nez.

17

La jeune fille assise en face de Signe parlait sans arrêt d'un certain Theobaldi. D'abord, Signe crut qu'il s'agissait de son fiancé, mais à mesure qu'ils approchaient de Stockholm, il devint clair que ce n'était pas le cas.

— Comme lui ! s'exclama la jeune fille avec ardeur en montrant du doigt une silhouette sur le quai de gare où ils s'étaient arrêtés. Avec la moustache et tout le reste, mais en beaucoup plus élégant, bien sûr !

L'inconnu se tourna vers elles et la fille se jeta en arrière sur son siège. Cela fit rire Signe.

— Vous croyez qu'il m'a vue ? De toute façon, il n'était pas très ressemblant.

Le train se remit en marche. Il leur restait une heure de voyage.

— Vous me trouvez niaise ? D'habitude, je ne parle pas à cœur ouvert à n'importe qui. C'est que vous m'inspirez confiance. Chez moi, je suis obligée de cacher mon amour pour Theobaldi. Personne ne me comprend. Ils trouvent tous que je ferais mieux de tomber amoureuse de quelqu'un que je connais mieux. Ma mère m'a dit qu'il m'avait sûrement oubliée, depuis le temps. Vous ne trouvez pas ça cruel de dire une chose pareille à quelqu'un qui éprouve une véritable passion ? Elle ne doit pas savoir ce que c'est d'aimer vraiment.

Ses boucles brunes et soyeuses tombaient gracieusement. Elle devait avoir dix-huit, dix-neuf ans. Vingt ans tout au plus. Elle avait rougi en prononçant sa tirade. La curiosité de Signe était piquée. Quelle relation entretenaient-ils, ces deux-là ? Enfin, cela ne la regardait pas, au fond.

— Et qu'en dit Theobaldi lui-même ? demanda-t-elle.

La fille fit un sourire gêné.

— Nous ne nous sommes jamais vraiment parlé. Il était très occupé quand il est venu à notre église, il a dû discuter avec un tas de gens importants et il n'a pas eu beaucoup de temps à me consacrer. Mais nos yeux se sont parlé. Et nos âmes. Vous savez ? Les yeux peuvent se dire tant de choses…

Signe se souvint de sa première rencontre avec Anna, deux ans auparavant, de la manière dont son regard se faufilait sous sa peau et se répandait dans ses veines.

— Oui, répondit-elle. Je sais.

La fille sembla satisfaite de la réponse. Theobaldi devait donc ressentir la même chose qu'elle.

— Je suis convaincue que nous sommes faits l'un pour l'autre, dit-elle d'une voix basse mais enflammée. Il joue du violon dans mon sommeil. En rêve, je vois sa belle silhouette se dresser devant moi. C'est ce que ma mère et ma tante ne comprennent pas. Ça fait quatre mois, et je ne l'ai toujours pas oublié.

"Quatre mois… se dit Signe. Essaie donc d'attendre deux ans." Il est vrai qu'Anna et elle communiquaient par courrier. Signe avait d'ailleurs emporté dans son sac à main une lettre écrite après un séjour partagé à Uppsala, cet hiver-là, dans laquelle Anna regrettait qu'elles ne puissent pas se voir avant plusieurs mois. Cela lui faisait l'effet d'une "épine dans le cœur", ce qui, par-delà leur sentiment commun, touchait particulièrement Signe, car Anna était habituellement avare de métaphores. Signe glissa la main dans son sac et caressa l'enveloppe. Les premiers jours à Stockholm, il faudrait bien sûr se concentrer sur les questions du droit de vote et des élections, mais en ce qui concernait Mlle Anna, le cœur suivrait ses raisons. Tout comme le jour de leur rencontre, deux ans auparavant.

Leur amitié avait grandi au fil de leur correspondance. C'était une manière douloureuse et très insatisfaisante de lier connaissance avec un être aussi vif que Mlle Anna. Signe attendait toujours la prochaine lettre avec impatience, sachant pourtant que la sensation de vide qu'elle lui laisserait ensuite risquait de lui arracher des larmes. À chacune de leurs rencontres, quand elles se donnaient l'accolade, leurs corps se collaient l'un contre l'autre, irrémédiablement attirés, toujours plus fort. Suivait la pudeur. Puis les conversations, les joues rougies, leurs mains qui s'apprivoisaient et, enfin, le départ du train qui les arrachait l'une de l'autre. La situation était insatisfaisante et, plus encore, malsaine.

— Que ne donnerais-je pas pour sentir son visage tout près du mien ! rêva la fille, le menton appuyé sur ses mains. Que ne ferais-je pas pour sentir sa bouche contre la mienne !

Elle eut un rire gêné.

— Comprenez-moi, je ne peux jamais parler de lui aux gens que je connais, répéta-t-elle.

Signe lui fit un sourire compréhensif et sentit ses propres lèvres s'enflammer, car une pensée interdite lui avait traversé l'esprit. La bouche d'Anna contre la sienne. L'idée la paralysait, l'empêchait de respirer. Elle la convoqua à nouveau. La bouche d'Anna contre la sienne. Les douces pulsations du train rendaient l'image encore plus réelle. Elles allaient bientôt se revoir.

— Et vous, pour quelle raison allez-vous à Stockholm ?

Le silence prolongé de Signe avait sans doute été interprété comme un manque d'intérêt. Pourquoi elle allait à Stockholm ? Parce qu'au sud de Tierp l'attendaient des joues soyeuses et un rire cristallin, et qu'elle y trouvait son rayon de soleil.

— Je vais lutter pour nos droits. L'Union nationale pour le droit de vote des femmes tient son assemblée générale. Étant donné l'époque que nous vivons, ce sera une réunion très importante.

Elle lança un coup d'œil lourd de sens à la jeune fille. L'époque, cela n'avait échappé à personne, ne suivait pas les prophéties de Mlle Anna. Ces messieurs devenaient de plus en plus égaux, et les revendications des femmes, de plus en plus absentes du discours officiel.

— L'Union natio… dit la jeune fille. Qu'est-ce que c'est ?

Signe en resta bouche bée. Sa voisine de compartiment était, certes, jeune, mais comment pouvait-elle ignorer l'existence de l'Union nationale pour le droit de vote des femmes ? Comment avait-elle pu rater la gigantesque pétition ? C'était incompréhensible.

— Le droit de vote… dit Signe lorsqu'elle eut rassemblé ses esprits. Le droit de vote des femmes… Vous n'en avez vraiment jamais entendu parler ?

La jeune fille eut un rire gêné.

— Ah ! Oui ! Cette affaire-là… Excusez-moi, je ne suis pas très au courant. Mais ce sera sûrement très bien. Je veux dire si c'est volontaire. Si on n'est pas obligé d'aller voter. Parce qu'à mon avis, les hommes sont plus doués pour ce genre de choses. Ils en savent plus sur la politique.

Signe n'eut aussitôt plus d'oreille pour le rire communicatif de la jeune fille et pour son irrésistible penchant pour un violoniste inconnu. Elle passa le reste du voyage à lire en silence la convocation à l'assemblée générale de l'Union, et la dernière lettre d'Anna. Lorsqu'elle eut mal à la tête à force de lire, elle fit semblant de continuer. Mais avant de descendre, elle adressa à la jeune fille un sourire qu'elle espérait à la fois aimable et sévère – le genre de sourire qui l'encouragerait à réfléchir un peu plus à ses devoirs de citoyenne et un peu moins aux charmes des violonistes.

Stockholm était une marmite bouillonnante, un déluge, un tourbillon. Une fourmilière. Les attelages affluaient sans interruption de tous côtés et disparaissaient aussitôt du côté inverse pour laisser la place aux suivants. Des garçons de courses, des vendeurs de journaux, des cireurs de chaussures… En une heure, Signe vit plus de voitures qu'elle n'en avait vu de toute sa vie. Si l'on pouvait comparer Uppsala à un ruisseau printanier, Stockholm était en revanche une cascade tonitruante.

— Tu as trouvé le chemin ? fit une voix derrière son dos, la voix que, depuis février, Signe invoquait tous les soirs.

Anna la serra dans ses bras et, pour la première fois en sa présence, la pensée interdite traversa l'esprit de Signe. Ses lèvres… Elles semblaient soudain si proches. Et en même temps, si lointaines.

— Tu m'as tellement manqué ! murmura Anna tout près de son oreille.

Son chignon était plus serré, plus sévère qu'à leur dernière rencontre. Une nuée de frisottis blonds s'en étaient évidemment libérés, mais la coiffure, plus proche de celle de Brita Löfstedt et des autres femmes mariées des barricades, la changeait un peu. Pensive, Signe tira sur son propre chignon peu rigoureux. Enfin, il ne servait à rien d'imiter les autres, mieux valait rester soi-même. D'ailleurs, on appréciait la diversité, dans le mouvement, n'est-ce pas ? En tout cas, c'est ce qu'elle avait cru comprendre. Comme si elle venait de lire ses pensées, Anna dit :

— J'aime tes cheveux.

Alors qu'elles longeaient une rue dont Signe ne se rappellerait jamais le nom, au lieu d'arrêter un fiacre, Anna passa tendrement la main sur son chignon, comme si la sensation des cheveux de Signe sous ses doigts passait avant tout le reste. Et lorsqu'elle glissa des cheveux à son cou, la chair de poule envahit jusqu'au moindre recoin de la peau de Signe.

— M… Merci, dit-elle lorsqu'elle eut retrouvé la voix. Ma coiffure est peut-être un peu passée de mode.

Anna secoua la tête et posa son bras autour des épaules de Signe qui, à nouveau, en eut le souffle coupé.

— Tu es terriblement belle.

La réunion sur le droit de vote des femmes ressembla comme deux gouttes d'eau à la conférence de Brita Löfstedt à la maison paroissiale de Tierp. Signe s'était imaginé une assemblée assise autour d'une grande table ronde, un président qui ferait régner l'ordre parmi les femmes et un secrétaire qui noterait tout ce qui se disait. En découvrant la salle, elle se sentit idiote.

— Comme nous sommes nombreuses ! murmura-t-elle à Anna, qui avait l'air tout à fait à l'aise.

— Il va encore en arriver. Reste près de moi !

Les oratrices se succédèrent derrière le pupitre. Elles parlèrent de voyages en Suède, de femmes engagées qu'elles avaient rencontrées, d'hommes qui contrecarraient leurs projets et d'autres qui décidaient de soutenir leur cause. La plupart discouraient sur la patrie, certaines, sur le caractère sacré de la maternité, d'autres, sur les idéaux d'égalité. Toutes plaidaient pour l'application du suffrage universel. L'une osa même demander qui, en fin de compte, faisait partie de l'univers.

— On nous parle volontiers du suffrage universel. On nous en parle même beaucoup et sans arrêt. Le suffrage universel, dit-on, est enfin appliqué depuis l'admirable prise de position du gouvernement Lindman, en accord avec les principes démocratiques. On en a beaucoup parlé depuis que l'Assemblée nationale l'a voté, et on en parlera encore plus avant qu'il ne soit appliqué par le prochain gouvernement ! Tout cela est très bien, je ne le critique pas. La question que je pose et à laquelle personne ne répond est la suivante : si nous, citoyens du royaume de Svea, nous avons vraiment adopté le droit de vote universel, alors comment se fait-il que la moitié de la population en soit encore privée ? Le terme "universel" ne signifie-t-il pas "pour tous" ? Alors, que sommes-nous, nous, les femmes, s'il ne s'applique qu'aux hommes ? Si c'est ainsi que ce pays comprend "universel", alors je me déclare ici même opposée à l'univers. Oui, je lutte contre l'universalité et je défends ce qui n'en fait, de toute évidence, pas partie : les femmes. Faute d'être universelles, nous sommes unies !

Tout autour de Signe et d'Anna, des femmes applaudissaient et riaient aux larmes. Ce sentiment de solidarité dans la lutte s'opposait diamétralement au désenchantement, et les jeunes filles qui n'avaient jamais entendu parler de l'Union nationale pour le droit de vote des femmes semblèrent soudain bien lointaines à Signe, comme inexistantes. L'heure était à la fierté, la salle en semblait remplie à craquer. Tout cela n'allait pas manquer d'exploser, ce n'était qu'une question de temps. Une certaine Elvira tendit un tract à Signe.

— L'union fait la force, lui dit-elle.

Elles ne s'étaient jamais rencontrées, et la voix rauque et le regard d'Elvira en disaient aussi long que ses mots. Anna exerça une petite pression sur la main de Signe.

À la fin de la réunion, un nouveau conseil d'administration fut élu. Signe reconnaissait presque tous les noms des nouveaux membres, ainsi que les signatures en bas du tract de Mlle Elvira. Elle faisait désormais partie du mouvement. Elle était une femme de la Cause. Pourtant, elle avait parfois le sentiment diffus d'être un imposteur.

— Pourquoi tu fais ça ?

Anna la regardait en penchant la tête.

— Quoi ?

— Pourquoi tu plisses les yeux en lisant ?

— Je ne plisse pas les yeux…

Anna rit et essuya une saleté invisible sur la manche de Signe.

— Nous avons fait ton lit dans la chambre à côté de la mienne, chuchota-t-elle.

Comme si c'était un secret.

L'immeuble de Mlle Anna était un vrai palais. Devant la porte, un homme en uniforme bleu leur souhaita un bon après-midi. La cage d'escalier aurait pu, à elle seule, contenir une maisonnette d'ouvrier agricole. Bouche bée devant tant de grandeur, Signe se promit de ne jamais emmener Anna dans sa petite maison brune.

— Ce ne sont que des murs et un toit, dit Anna en haussant les épaules. L'essentiel, ce sont les gens qui vivent à l'intérieur.

Lorsqu'elle déverrouilla la porte de l'appartement, une odeur de fumée de pipe dense et sucrée se répandit autour d'elles. Anna se tourna vers Signe et, pour la troisième fois de la journée, Signe prit conscience de la proximité vertigineuse de ses lèvres. Il fallait qu'elle se débarrasse de cette idée, qui commençait à la gêner dans ses tâches les plus rudimentaires. Comme ôter son manteau. Ou faire le salut de circonstance à la mère d'Anna, qui, s'approchant d'elles avec le port altier d'une reine, leur demanda aimablement s'il s'agissait bien là de Mlle Sivander.

— Vous avez faim, je suppose ? demanda-t-elle avec la même intonation que celle de Brita Löfstedt – et que Signe ne parviendrait jamais à maîtriser.

Dans le salon, le sol était couvert d'un tapis, comme chez le pasteur et sa femme.

— Un tapis persan, précisa Anna avec le même désintérêt que pour les murs et le toit.

On eût dit qu'elle s'en fichait complètement.

— Tu n'es pas heureuse d'habiter dans un endroit aussi distingué ? lui demanda Signe, perplexe.

Ils burent un thé épicé auquel Signe n'avait jamais goûté auparavant. Anna, qui s'était perchée sur une haute chaise capitonnée, se pencha vers elle sans vraiment parvenir à s'approcher.

— J'ai grandi ici, dit-elle tout bas pour éviter d'être entendue dans la pièce d'où sortait la fumée de pipe. J'ai l'habitude, j'ai appris les bonnes manières, je sais me conduire. Mais tu sais, je me sens prisonnière ici. Insidieusement, et de plus en plus à mesure que les années passent.

— Parce que tu es sous la surveillance de tes parents ?

L'air grave, Anna secoua la tête. Quelques mèches s'échappèrent de son chignon et rebondirent à l'air libre. Signe l'imagina les cheveux détachés.

— C'est pareil là-bas, dit-elle en désignant le palier et l'appartement des voisins. Dans tous les immeubles du quartier, d'ailleurs. Il n'y a pas de liberté, ici. C'est inscrit dans le comportement des gens.

— Qu'est-ce que tu veux dire ?

— Les conversations doivent toujours tourner autour des mêmes sujets. Les habits doivent être portés d'une certaine manière. Il faut suivre la mode. Il faut tenir sa fourchette d'une certaine façon. Ce n'est pas pareil chez vous.

Signe pensa à sa famille. Aux conversations creuses sur la moisson et le temps, aux plaisanteries grossières et à l'ivrognerie. Si vous parliez d'autre chose, si vous rêviez d'une autre vie ou d'un autre monde, on vous regardait comme si vous étiez tombé de la lune. Non, décidément, Signe ne comprenait pas ce que voulait dire Anna.

— La première fois que je me suis sentie complètement libre, c'était pendant mon voyage avec Mme Löfstedt, quand nous avons visité la Suède. Pour être tout à fait exacte, c'était la première fois où nous nous sommes parlé, toi et moi, sur le pré de la Saint-Jean, il y a deux ans.

Le regard bleu d'Anna, dans la faible lueur de la lampe à pétrole, devenait marine. Le soleil serait bientôt complètement couché. Les immeubles se faisaient de l'ombre. Anna rit. Si elle n'avait été une jeune fille de bonne famille, on aurait presque dit qu'elle avait gloussé.

— Votre tapis vient de Perse. Chez les gens plus modestes, ils sont tissés à partir de la vieille robe d'été de la cousine, de chemises raccommodées, du vieux pantalon de travail du père. Votre monde nous est inconnu, mais je rêve d'en faire partie.

Signe eut envie de rire de ses propres paroles, mais, dans le souci de ne pas parler trop fort, elle émit un ricanement incontrôlé qui se transforma en caquètement prolongé. Son thé clapotait dans sa tasse, qu'elle était obligée de tenir des deux mains.

Anna paraissait ravie de l'entendre rire ainsi.

— Tu rêves de ça ? Tu es complètement folle. Où tu habites, toi, au fait ? Depuis deux ans qu'on se connaît, tu ne m'as pas même invitée chez toi ! J'aimerais tant voir ta maison !

Signe posa sa tasse sur le sous-verre en crochet. Anna se pencha plus près d'elle et lui prit la main.

— Il n'y a pas grand-chose à voir.

— Je sais qu'il y a deux pièces, que la maison est à la lisière de la forêt et que tu trouves la route trop longue pour moi. Ça ne fait qu'aiguiser ma curiosité, tu ne le vois donc pas ?

— Je ne sais pas quoi te dire. Elle est brune. C'est une maison brune tout à fait ordinaire. Avec une petite remise à bois. Un lit, une table, des chaises.

Le visage d'Anna exprimait un tel enchantement que Signe dut à nouveau en rire.

— Elle n'a rien d'extraordinaire !

— Promets-moi de me la montrer la prochaine fois que je viendrai te voir !

— Je te le promets. Si tu me promets de ne pas être déçue.

— Rien qui t'appartienne ne peut me décevoir, c'est impossible.

Elle disait de ces choses, Mlle Anna... On ne pouvait pas lui résister. Elle vous prenait toujours par surprise, avec un bouquet de feux d'artifice complètement inattendu. Que pouvait bien répondre Signe ? Anna voulait-elle réellement qu'elles soient aussi franches l'une que l'autre ? Elle lui tira la main.

— Viens ! Je vais te montrer ta chambre !

C'était une petite pièce au plafond haut et aux papiers peints décorés de fleurs bleues. Contre un mur, il y avait un petit bureau et, sur le rebord intérieur de la fenêtre, deux chandeliers. Anna talonnait Signe.

— C'était la chambre de ma sœur. Enfin, c'est sa chambre quand elle est à Stockholm. Maintenant, elle habite à Malmö.

Signe regarda le lit soigneusement fait, l'oreiller rebondi comme un ballon. La chaleur d'Anna rayonnait dans son dos.

— J'ai aussi une sœur à Malmö.

Anna s'assit sur le lit où allait dormir Signe.

— Je le sais ! Je sais tant de choses sur toi, Signe... Et en même temps, si peu.

Signe s'assit à côté d'elle. Elles ne s'étaient jamais retrouvées ainsi seules entre quatre murs. Seules au beau milieu d'une fourmilière. Anna avala sa salive et se releva d'un geste brusque.

— Tu vas faire ta toilette. Je vais te montrer où.

La lueur capricieuse de la bougie posée sur la table, à côté du lit, faisait voleter les fleurs bleues sur les murs. Des murs qui respiraient la ville et la haute société, qui en disaient si long sur la sœur d'Anna, sur toutes les règles qu'enfants, elles avaient dû apprendre et que Signe, malgré son instruction et tous les efforts de sa mère, avait certainement déjà enfreintes plusieurs fois. Ces murs s'interrogeaient encore sur Anna. Ils méditaient sur leur rôle de murs d'enceinte tandis que ses cheveux se répandaient sur son épais oreiller. Signe se retournait sous ses draps amidonnés, serrée contre l'endroit du mur dont elle se figurait qu'Anna était la plus proche à cet instant. À la distance d'un doigt. Quand la cire eut fondu d'un centimètre, elle se rassit. Elle envisagea d'aller frapper à sa porte. Juste quelques coups légers, pour voir si Anna était encore éveillée… Elle se leva. Se rassit. S'il était déjà mal élevé de se servir du beurre avec le mauvais couteau, que dire d'une telle visite intempestive. Et si le père d'Anna était levé et la voyait… Pire encore, si son initiative ne plaisait pas… Elle tendit la main pour attraper le tract et le relut. Pour arriver à distinguer les lettres, elle était obligée de le tenir tout près de la flamme et de se pencher un peu en arrière. Anna avait donc raison. Elle plissait les yeux. Lorsqu'elle approchait le texte, les lettres devenaient floues. Riche de cette nouvelle certitude, elle souffla sa bougie, frissonna et se glissa sous ses draps. Le corps tout près du mur, elle entendit deux faibles coups. Sortant frileusement les doigts de dessous la couverture, elle frappa deux coups identiques. Elles étaient si proches l'une de l'autre.

18

— Bizarre... maugréa Hanna.

On était déjà lundi, inutile de se rajouter une raison de maugréer. D'après Johan, le simple fait de porter des lunettes et de lire un livre la rendait donc bizarre, alors que c'était peut-être l'activité la plus courante de Suède.

Elle avait acheté des muffins et en avait mangé trois dès son retour chez elle. Les autres attendraient qu'elle soit allée aux toilettes. Elle sentit la légère irritation de ses lentilles sur sa cornée. Dire qu'elle n'y avait jamais pensé... Elles lui raclaient les yeux! Hanna se frotta les paupières du dos de la main, et les lentilles l'irritèrent de plus belle. Non pas qu'elle en ait absolument besoin. De toute façon, elle n'avait pas prévu de sortir. "Pas besoin de vous", pensa-t-elle en les regardant disparaître avec la chasse d'eau. Ses yeux s'en trouvèrent soulagés ; le décor devint flou.

Les lunettes rondes sur le nez, elle revint à la cuisine, où le carton de muffins éventré côtoyait des miettes de la veille, divers sacs en plastique, une planche à découper sale, et une très vieille pomme qu'elle attrapa du bout des doigts. Elle la jeta aux ordures, recouvrant ainsi efficacement le dernier coin de l'enveloppe reçue quelques jours plus tôt. La poubelle sentait mauvais. Au lieu de reprendre un muffin, Hanna noua le sac et sortit le déposer dans le local poubelles. "Ça ne me ressemble pas." Voilà ce qu'elle se disait en nouant ses lacets. Johan avait au moins en partie raison.

Dans le couloir, une pensée lui traversa l'esprit : c'était la première fois qu'elle portait en même temps les bottines et les lunettes. Un moment solennel, nul doute. Ou bizarre. Un voisin qu'elle croisa dans l'escalier tourna la tête à son passage. Elle le regarda à travers ses lunettes.

— Bonjour, lui dit-il sans raison.

Ils ne s'étaient jamais salués. Elle s'arrêta sur une marche d'escalier, se demandant comment réagir. Elle opta finalement pour un signe de tête aimable mais discret et poursuivit son chemin. Un peu plus loin, elle se dit que son geste avait été à la limite de l'arrogance, et elle ajouta un "Bonjour" que le voisin n'entendit sans doute pas.

De retour chez elle, elle se mit à arpenter les pièces dans son ensemble bottines et lunettes. Les mollets tendus, les talons claquant et les verres lourdement posés sur le nez, elle avait presque l'impression d'être une autre. La sensation la fit rire. Le son bref et soudain de sa voix lui rappela à quel point l'appartement était silencieux. À son deuxième tour de piste, elle remarqua l'enveloppe par terre. Alors qu'elle l'attrapait du bout des ongles, elle aperçut son propre reflet dans la glace. Ridicule. Non pas à cause des bottines à talons, ou parce que les culs de bouteille ronds posés sur son nez évoquaient vaguement John Lennon, mais parce qu'une enveloppe blanche parfaitement ordinaire ne pouvait pas représenter un tel danger qu'on devait l'attraper du bout des ongles. Elle la prit donc à pleines mains. De toute façon, il fallait la jeter, mais autant la tenir correctement.

Elle la posa devant elle sur la table de la cuisine. Dans le carton éventré, il restait trois muffins. Ce n'est pas parce qu'on ouvrait une enveloppe qu'on allait forcément sortir le papier qu'elle contenait et le lire. Elle pouvait se contenter d'en déchirer le bord… Pour voir l'effet que ça lui faisait. À côté des muffins, il y avait un couteau. Comme par hasard.

"Ceci est la toute dernière lettre que je t'écris", disait la première ligne. Elle n'était pas obligée de poursuivre la lecture, elle pouvait jeter le courrier quand elle en aurait envie. Elle s'assit. Les bottines l'obligeaient à se tenir droite sur sa chaise. *"Je ne comprends pas, tu as dû recevoir ma première lettre et toutes les autres, et pourtant, tu ne donnes aucune nouvelle. Je me suis demandé si j'allais t'appeler ou t'écrire un mail, mais je ne peux pas m'humilier à ce point. Je croyais que ça te rendrait heureuse. Et puis je n'ai pas voulu abandonner. Félicitations, tu as gagné. On peut vraiment*

traiter les gens n'importe comment : ils finissent par abandonner. J'abandonne. Tu as gagné. Je te souhaite une belle vie." Dans une écriture manuscrite assez fine, la signature, joliment sinueuse, comportait quelques belles boucles. Hanna soupira et croqua dans un muffin. Elle ne s'attendait pas à cela.

19

Les paroles lourdes de sens, les volontés unies dans un même but, les rires qui résonnaient dans la salle de conférences… Toutes ces impressions avaient suivi Signe quand elle avait quitté Stockholm. Elles rendaient ses pas plus légers, son poing serrait plus fort la poignée du panier qu'elle emportait tous les jours à l'école. Au fil des réunions, dont l'assemblée générale avait constitué l'apogée, le sentiment d'appartenance s'était ancré en elle. Dès son retour, elle écrivit à Mlle Anna, d'abord dans un style qui ne lui ressemblait pas – le genre de discours qu'on adressait plutôt à des femmes comme Brita Löfstedt. Les murs, les plafonds hauts, les tapis persans… Et l'homme dont le travail consistait à surveiller une porte d'entrée. Elle écarta ces visions et recommença. *"Ma très chère Anna."*

La nuit qu'elles avaient passée à quelques centimètres l'une de l'autre, séparées seulement par un mur, avait changé la nature de leur relation. En un moment pareil, quelque chose traverse la paroi, ignore la matière pour relier deux âmes. Même si le possessif "ma" se prêtait à diverses interprétations, elle l'écrivit avec un frisson d'aise. Et de chagrin. Elle leva les yeux et contempla la forêt, la route, les passants – tous ces gens qui ne faisaient pas partie de la lutte. La seule personne à la comprendre vraiment, c'était Anna.

Elle fit tout de même une tentative auprès de Hedvig, l'institutrice de maternelle. Toutes les autres femmes étaient occupées, mariées ou encore trop jeunes pour se soucier de leurs droits civiques. Pourquoi avait-on signé une pétition deux ans auparavant ? Pour mieux retomber dans la léthargie, semblait-il. Cependant, Hedvig avait une formation d'institutrice de maternelle, elle avait de l'instruction et n'était pas mariée. En toute logique, elle aurait dû rejoindre Signe sur la question de l'échelle de salaires qui s'appliquait aux institutrices de maternelle et lutter vigoureusement pour la cause des femmes.

— Vous voulez que ça change, non ? lui demanda Signe.

La seule plante à vraiment se plaire dans le potager pierreux était le chardon. Signe levait la main, exaltée : une agitatrice dans un lopin de boue. Hedvig la regardait de ses yeux aqueux, lèvre pendante. Elle avait les cheveux blonds comme Anna, mais la comparaison s'arrêtait là.

— Oui, concéda-t-elle en se remettant à arracher de petits chardons avec leurs racines. Bien sûr, je le veux. D'un autre côté…

Elle se redressa et mit les mains sur les hanches.

— D'un autre côté, il faut se méfier quand on formule un vœu. L'année dernière, j'ai souhaité une poule, et figurez-vous que le Seigneur m'a envoyé une gélinotte qui attirait des mâles criards jusque devant la maison. J'aurais pu me souhaiter un fusil mais, si je l'avais fait, j'aurais sûrement été frappée par la foudre.

Elle rit de ses propres comparaisons bancales. Signe sentit un poids lui oppresser la poitrine. Une impression pénible que, bizarrement, elle parvenait toujours à oublier d'une fois à l'autre.

— Si j'appelais de mes vœux un peu de chan-ge-ment, dit Hedvig en détachant bien les syllabes du dernier mot, mon mal de dos se propagerait sûrement à mes genoux, mes pommes de terre seraient de la taille d'un petit pois et mon bois se transformerait en pâte à papier.

Signe soupira. Il fallait tenir bon.

— Hedvig ! C'est de la complaisance, tout ça. Ne voyez-vous pas les nouvelles perspectives qui s'ouvrent à nous, et que nous pouvons…

À court de mots, elle s'interrompit. Hedvig était appuyée sur son râteau, le dos tordu. Toutes les paroles que Signe avait entendues à Stockholm s'évanouirent entre les pierres du potager, vaines et inappropriées. Qu'avait-elle à lui proposer, en fin de compte ? Une lutte pour quelque chose qui adviendrait peut-être, mais pas nécessairement, et qui, de toute façon, ne garantirait de revenu à aucune institutrice de maternelle ? Cela dit, poursuivit néanmoins Signe, leur sort ne pouvait être que meilleur si les femmes avaient plus de poids en politique. Signe était péniblement consciente de la frénésie qui animait sa propre voix, mais il n'empêchait que tout cela était vrai. Hedvig lui répondit par un sourire résigné.

— C'est bien beau, tout ça. Vous avez un don pour la politique.

Même avec la meilleure volonté du monde, ce constat ne pouvait pas être pris pour un compliment. Pourtant d'un rang plus élevé, Signe était animée d'un certain sentiment d'infériorité lorsqu'elle s'éloigna à pas lourds de ce lieu sinistre où l'institutrice tirait le diable par la queue. Anna lui manquait tant qu'elle en devenait folle. Il fallait à tout prix qu'elle trouve une excuse pour retourner à Stockholm…

À défaut de Mlle Anna, elle devait se contenter d'Anders. Soit, il n'était pas femme. Soit, il ne lui faisait ni flageoler les jambes ni frissonner le bout des doigts, mais il savait tenir une conversation digne de ce nom sans se considérer systématiquement comme une victime. De plus, il était sincèrement engagé dans la lutte pour le droit de vote, même s'il s'agissait plus du sien que de celui de Signe. Les "droits civiques" étaient ses mots préférés en cet été 1908.

— Ils ont enfin compris qu'être propriétaire d'une usine où triment d'autres hommes, ça ne rend pas plus citoyen qu'un autre, disait-il parfois.

— Et où triment des femmes, intervenait Signe.

— Et où triment des femmes, bien sûr. Mais il y a quand même une différence.

— Je sais que tu le penses, mais tu te trompes.

— Ah bon ? Tu veux qu'on vote ?

Anders évitait en riant la fausse gifle de Signe, et reprenait ses occupations. Car au fond, il savait qu'il se trompait. N'est-ce pas ?

— Tu penses vraiment qu'il y a une différence, Anders ?

— Non. Évidemment, je trouve que tout le monde devrait avoir le droit de voter, même les femmes. Les femmes sont parfois plus intelligentes que certains hommes. Pourquoi défendrait-on aux unes de voter alors qu'on y encourage les autres ?

Signe eut un soupir de soulagement. Il reprit :

— Tout ce que je dis, c'est que l'essentiel, c'est de donner d'abord le droit de vote à tous les hommes. C'est un des fondements de la démocratie. En plus, ça permettra aux femmes d'avoir plus d'influence.

Signe bondit.

— Tu entends ce que tu dis ? "Bien sûr qu'il faut donner le droit de vote aux femmes, mais c'est plus important de le donner aux hommes." Pourquoi le vote serait-il plus approprié pour les uns que pour les autres ? Je croyais que tu avais compris le concept de démocratie !

Il soupira et fit tourner la roue qu'il était en train de réparer.

— Pousse ton raisonnement un peu plus loin, Signe. Tu ne m'écoutes pas. Si tous les hommes ont le droit de vote, toutes les femmes l'auront aussi, indirectement. Chaque homme a une femme qui le bassine avec ses opinions. Et chaque femme a un homme à bassiner. Quand tous les hommes auront enfin le droit de vote, les femmes auront elles aussi leur mot à dire.

Il fit une pause, secoua la roue et jeta un coup d'œil sous l'essieu. Signe enfonça furieusement son aiguille à travers le tissu de la jupe qu'elle avait apportée pour la raccommoder. S'étant piqué le pouce, elle porta par réflexe sa main à sa bouche. Rien d'exceptionnel, ces petits accidents devenaient de plus en plus fréquents. Elle ne voyait pas bien l'aiguille.

— De plus, dans la vie, le premier maître d'un homme est une femme. En voyant les choses sous cet angle, on peut dire que les femmes ont plus d'influence que les hommes ! Tu vois, il faut voir plus loin que ce qui est strictement mesurable.

— Et les femmes qui ne se marient pas ? Et celles qui n'ont pas d'enfants ? Elles doivent renoncer à leur influence ? Et à leur citoyenneté ?

Anders ricana et s'accroupit devant Signe.

— Ne t'en fais pas, tu as suffisamment d'influence sur moi pour que je me considère déjà comme ton mari. Il ne nous reste plus qu'à négocier les formalités.

Elle fut tentée de le renverser. Il eût suffi d'une petite pression sur l'épaule. Il se serait retrouvé sur le derrière et elle aurait ri. Mais elle préféra ranger ses affaires et partir.

Bien sûr, il y avait dans la région des femmes qui pouvaient la comprendre. La salle paroissiale de Tierp n'avait-elle pas été comble le jour de la pétition ? Signe se remémora l'ambiance de l'assemblée générale à Stockholm. Ce souvenir la réconfortait, elle se sentait moins seule dans la lutte. À l'épicerie, lorsqu'elle avait expliqué au patron combien il était important que son épouse et lui obtiennent tous deux le droit de vote, deux clientes avaient discrètement acquiescé. "Une femme qui s'occupe de politique, c'est moche !" avait proféré Jönsson, le boucher, mais là aussi, Signe avait cru apercevoir quelques sourires compréhensifs. D'ailleurs, la femme du pasteur n'était-elle pas présente à la conférence de Brita Löfstedt, deux ans plus tôt ? Ces pensées redonnèrent du cœur à l'ouvrage à Signe tandis qu'elle apportait un panier de chaussettes raccommodées au presbytère.

Comme toujours, Mme Lindeman l'attendait en haut du perron, les mains croisées sur sa jupe. Elle l'invita à entrer boire un verre de sirop.

— Comment vont vos carottes ? lui demanda-t-elle.

Pure politesse, Signe le savait. En fait, Mme Violetta voulait savoir si Signe avait enfin accepté la demande en mariage d'Anders. Cela faisait tout de même deux ans qu'on leur avait donné la bénédiction. De temps en temps, Signe devinait un certain agacement de la part du couple paroissial. Ou peut-être l'imaginait-elle ?

— Bien, merci, répondit-elle. Les larves ne se plaisent pas chez moi. Elles laissent mes carottes et mes pommes de terre tranquilles, Dieu merci.

— Ah ! Ces larves… soupira la femme du pasteur. Elles nous mettent à l'épreuve cette année. Je suis heureuse que certains y échappent. Le pauvre Anders n'est pas de ceux-là, d'après ce que j'ai compris.

Signe voyait-elle le mal partout ? Une ou deux répliques, et on y était…

— En effet, elles l'ont fait souffrir. Enfin, il n'aura qu'à s'acheter des carottes avec les quelques pièces de plus qu'il gagne en tant que maître.

La femme du pasteur eut un rire surpris, comme si elle ne croyait pas Signe capable de tant de sarcasme. Elle avait beau la connaître depuis quatre ans, ses commentaires l'étonnaient toujours autant. Mme Lindeman masquait-elle son amusement sous des réactions plus convenables ? L'idée réconforta Signe.

— Lui avez-vous parlé, ces derniers temps ?

Signe but une gorgée de sirop avant de répondre.

— Oui. Hier encore, il m'expliquait que les femmes n'ont pas vraiment besoin du droit de vote parce que, en tant que femmes, elles peuvent induire leurs hommes à voter comme elles le feraient elles-mêmes.

La femme du pasteur émit un nouveau rire surpris.

— Ce n'est certainement pas ce qu'il voulait dire.

— Nous avons une tâche sans fin, nous, les femmes : essayer de comprendre ce que veulent réellement dire les hommes alors que, finalement, ils ne veulent peut-être rien dire de plus que ce qu'ils disent.

La femme du pasteur fit un sourire vertueux et se leva.

— Avec vous, mademoiselle Sivander, la conversation est toujours aussi stimulante.

Son verre de sirop terminé, Signe fut invitée dans le bureau du pasteur, qui la salua tout aussi aimablement que l'avait fait sa femme et la pria de s'asseoir. Puis il lui demanda de lui faire une liste du matériel scolaire dont elle avait besoin.

— Par ordre d'importance décroissante, je vous prie. Vous terminerez par les articles dont vous pourriez éventuellement vous passer. J'ai déjà fait le tour des écoles pour m'informer des besoins, il s'agit plutôt d'une formalité qui servira de support à ma commande.

Signe s'assit et prit le stylo, droite comme un cierge. Le fait de constituer un rouage important dans la machinerie du pasteur la remplissait toujours de fierté et de nervosité. Elle tint la feuille à une certaine distance pour parvenir à la déchiffrer. Anders avait demandé une carte d'Europe et un tableau des cinq races humaines. Tout en bas de sa liste figuraient deux planétaires représentant respectivement la terre et la lune. Il ne les obtiendrait pas, elle le voyait aux notes que le pasteur avait faites dans la marge. Pour sa part, elle inscrivit un mètre, deux grands blocs-notes et un meuble de rangement pour les cartes géographiques. Après un dernier regard à la demande de Tellurium d'Anders, elle nota tout en bas de sa liste : “orgue”. Celui de sa salle de classe avait presque vingt ans. Le *do* et le *fa* émettaient des sifflements et la courroie de la pédale de gauche était irréparable. En levant la tête, Signe découvrit que le pasteur l’observait.

— Vous avez des problèmes de vue, mademoiselle Sivander ?

Elle rougit.

— Je pensais que cela passerait.

— C’est rare.

— Oui.

— Difficile d’enseigner aux enfants quand on n’y voit pas clair.

— Oui.

— Il vous reste encore quelques semaines avant la rentrée. Je vous propose une petite subvention pour des lunettes. En échange, vous devrez attendre un peu avant de recevoir… Il s’interrompit pour parcourir la liste… votre meuble de rangement pour les cartes.

En sortant du presbytère, Signe fit un pas de danse. D’abord quelque chose de l’ordre d’une scottish, puis, en accord avec le vent grandissant, des pirouettes plus débridées. Bien entendu, elle devait elle-même se procurer les lunettes, avait ajouté le pasteur. Il fallait qu’avant la rentrée, elle ait eu le temps de les commander et d’aller les chercher. Signe tournoyait, la bourrasque arrachait des mèches de cheveux à son chignon et jouait avec l’ourlet de sa jupe. Pour se faire faire des lunettes, il valait mieux aller à Uppsala, avait encore dit le pasteur. *Ou à Stockholm.*

20

Par chance, personne ne sortait jamais vider le recyclage papier. Il y en avait deux gros sacs pleins dans l'armoire à balais et un troisième derrière la table de la cuisine. Hanna commença par trier les prospectus et les journaux gratuits à la main. Assez vite, elle se lassa et vida le contenu du carton par terre. Une cascade de papier glacé envahit l'entrée. Elle perdit ses lunettes dans le tas et, un instant, eut l'impression de se voir à distance, en train de remuer frénétiquement des déchets. Les lunettes récupérées, elle ne pensa plus qu'à une chose : retrouver les enveloppes blanches manuscrites à fermeture gommée.

Il y en avait onze. Elle sortit les lettres de leurs étroits fourreaux, les déplia et les exposa à la lueur conjuguée de la lampe de cuisine et du soleil déclinant. Enfin, elle les lut. Elle s'attendait à tout autre chose. Et pourtant leur contenu lui sembla, à travers les gros verres ronds, s'imposer comme une évidence. La première datait d'un an auparavant.

Chère Hanna,

Je n'ai pas donné des nouvelles, parce que... Oui, en fait, pourquoi ? En premier, je veux que tu ne penses pas à l'argent, car je ne m'en soucie absolument pas ! Je me suis dit que peut-être c'était pourquoi tu ne t'étais pas manifestée, parce que tu n'avais pas d'argent ou mauvaise conscience. Comme je t'ai dit il y a longtemps : aider quelqu'un, ce n'est pas perdre quelque chose, c'est un prix.

Alors pourquoi je t'écris ? Peut-être pour te dire que tu ne dois pas regretter l'argent. Je me souviens quand nous avons parlé d'égoïsme et d'entraide. Tu as dit des choses marrantes et sinistres. Tes pensées sur les gens m'ont rendu triste, comme tu t'en souviens. Sache que même s'il y a des gens comme tu le décris, tout le monde n'est pas comme ça ! Ne l'oublie pas !

Maintenant, je sais pourquoi je t'écris. Parce que tu me manques. Tu peux m'appeler ou m'envoyer un mail, mais j'aime surtout les vraies lettres. Le frottement du papier est plus beau que le bruit d'un SMS. :-/

Ton ami,

Ági

Sa propre bêtise arracha un long soupir à Hanna. Elle sentit le soulagement et les regrets s'entrechoquer dans la région abdominale de son corps, elle eut envie de les recracher dans une quinte de toux, comme une boule de poils. Dire qu'elle aurait simplement pu ouvrir la lettre, la lire, respirer un bon coup, y répondre et ne plus jamais avoir à angoisser à cause d'Ági… Au lieu de cela, elle devait maintenant prendre position vis-à-vis de onze lettres qui, heureusement, n'étaient pas aussi accusatrices qu'elle l'avait imaginé. Plutôt le contraire, d'ailleurs. Elle inspira une grande bouffée d'air et remonta ses lunettes. Dehors, la nuit était tombée. Johan n'était toujours pas rentré. En jetant un rapide coup d'œil à la fenêtre, elle en apprit plus sur son propre état d'esprit que sur le temps qu'il faisait. Johan avait raison. Elle ressemblait à une bibliothécaire détraquée.

Elle rassembla les lettres et les enveloppes et en fit un petit tas soigné. Ce faisant, elle ne put s'empêcher de suivre son reflet. Sa manière de trier automatiquement les plis par ordre chronologique, son maintien, ce visage aux lunettes rondes… Qui était-elle, au juste ? Où était passée l'ancienne Hanna ? Décidément, son identité chancelait. Elle aurait pu jurer qu'elle voyait une autre dans la vitre.

En fait, tout avait commencé avec les bottines, qui lui tendaient les mollets et lui redressaient le dos. Lorsqu'elle les portait, ses hanches se balançaient dans de nouvelles directions. Pensive, Hanna se rassit sur sa chaise, ne quittant pas son reflet des yeux. Craignait-elle que la femme dans la fenêtre lui saute dessus si elle baissait la garde ? Elle tourna un regard méfiant vers ses bottines. D'où sortaient-elles ? Que lui avaient-elles fait ? À ses pieds, les jolies bottines restaient muettes. Et les lunettes… N'était-ce pas une drôle de coïncidence que les chaussures et les lunettes se soient retrouvées en sa possession le même jour et lui aillent parfaitement ? Elle décrocha les branches de ses oreilles et scruta les binocles, qui demeurèrent floues.

Lorsque l'idée se fut enfin précisée, elle se précipita. Chaussée de ses bottines noires, elle traversa l'entrée couverte de papier, sortit le sac en plastique contenant les autres objets et les étala sur le canapé. Mais ils n'y étaient pas à leur aise, elle le sentait. Elle alla les poser sur la table de la cuisine, devant le tas de lettres et les trois muffins toujours intacts. L'affreuse petite broche côtoyait la règle d'écolier en bois. Elle retira ses bottines et les posa à côté, ce qui n'eut aucun effet. Elle ôta alors les lunettes et les aligna avec les autres objets, se remémorant le jour où elle s'en était retrouvée propriétaire.

— Si elles vous vont, elles sont à vous, avait dit la sauveteuse norvégienne.

— En attendant, prenez-en bien soin, avait dit le vieux dans sa voiture.

La règle était tombée d'un sac à main, la broche gisait par terre. “Qu'est-ce que vous cachez ?” pensa-t-elle en les fixant des yeux. Mais les quatre objets restèrent inanimés, ordinaires. Muets.

21

— Je ne savais pas que tu avais une aussi mauvaise vue! s'exclama Anna.

Ce jugement sans appel fit tressaillir Signe.

— C'est parce que, dans mon travail, je lis beaucoup... En fait, ma vue vaut celle de la plupart des gens, mais les paysans ne se servent pas autant de leurs yeux.

À peine une petite exagération. Il est vrai que les paysans portaient rarement des lunettes, même quand leur vue diminuait. Anna lui prit la main.

— Je ne voulais pas te vexer. Les gens très intelligents portent presque tous des lunettes. Disons que je suis une exception à la règle...

Elle s'esclaffa gaiement. L'odeur d'une boulangerie évoqua à Signe des souvenirs de sa mère.

— Je plaisante, bien sûr. Et comme ça, tu me vois?

Anna lui lâcha la main, fit quelques pas, se tourna vers elle et la regarda d'un air curieux. Signe la rattrapa.

— Bien sûr que je te vois. Ma vue est mauvaise de près, pas de loin. Je vois le coq en haut de l'église, par exemple.

— Ma chère mademoiselle Sivander, vous êtes présomptueuse! Ce n'est pas un coq qu'il y a en haut de l'église Adolf Fredrik, c'est une girouette!

Les délicieux affronts d'Anna manquaient à Signe lorsqu'elles étaient loin l'une de l'autre. Anna s'accrocha de plus belle à son bras.

— Et comme ça, tu me vois? demanda-t-elle, le visage à dix centimètres de celui de Signe.

Si les contours de ses yeux et de sa bouche étaient un peu flous, son parfum n'en ressortait que plus nettement, dominant soudain l'odeur de pain frais et la chaleur des fours à bois. Anna s'arrêta et retint Signe par le bras. Elle approcha tant son visage du sien que leurs nez se frôlèrent. Signe sentit son souffle brûlant. Une boucle blonde lui chatouilla la joue.

— Et comme ça, tu me vois ? murmura Anna.

Elle lâcha Signe et s'éloigna en dansant. Le cœur de Signe battait la chamade. "Les sentiments qui me submergent ne sont pas chrétiens", songea-t-elle avec affolement. Mais au creux de son ventre, comme pour lui prouver le contraire, voletait une troupe d'anges.

— Alors, tu viens ? Qu'est-ce que tu fabriques ? On est arrivées chez l'horloger !

— Les lunettes seront prêtes dans quelques jours. Vous pourrez venir les chercher ici même, à la boutique.

L'homme au comptoir rit comme s'il venait de faire une plaisanterie. Signe et Anna se joignirent poliment à lui. Il était nettement plus aimable que l'oculiste chez qui elles avaient eu rendez-vous plus tôt dans la journée et sa boutique regorgeait de curiosités à l'usage parfois difficile à déterminer. Signe reconnut les longues-vues et les thermomètres accrochés au mur, à côté du brevet de maîtrise du patron. Sous le verre du comptoir, des montres plus ou moins luxueuses étaient alignées. Anna regarda Signe.

— Si tu veux, je peux venir les chercher et te les apporter.

— Tu avais prévu de passer à Tierp ?

Anna lui fit un clin d'œil.

— Maintenant, oui.

Elles arrivèrent en avance à la gare et s'assirent un moment. Difficile d'imaginer que quelqu'un pouvait grandir dans un endroit comme celui-ci, où le moindre espace entre les maisons devenait une rue. Passer toute son enfance dans une grande ville, c'était étrange. Anna était née au croisement de la Kaptensgata et de la Skeppargata et ne s'en était pas éloignée de plus d'un kilomètre avant l'âge adulte. Dans ces conditions, comment pouvait-elle idéaliser autant la vie à la campagne ? À moins que ce ne soit justement pour cette raison.

— Quand je me dis que je vais peut-être passer le reste de mes jours ici… dit Anna. C'est affligeant.

— Vous avez un très bel appartement. Vous avez accès à tout ici : cordonnier, verrier, sellier, ramoneur… Il y a même des gens qui font le pain pour les autres ! Chez moi, le boulanger le plus proche est à deux kilomètres.

— Je sais faire le pain. Je sais coudre aussi, et je pourrais apprendre à… ramoner.

Anna avait hésité. C'était mignon.

— Et à porter le bois ? demanda Signe. À aller chercher de l'eau, déblayer la neige, désherber, récolter des pommes de terre…

— Tu ne m'en crois pas capable, l'interrompit Anna. Attends un peu. Je vais bientôt te rendre visite. Si tu ne fais pas attention, je resterai chez toi, et là, tu verras !

Elle serra la main de Signe – sans se douter de l'écho que suscitaient ses paroles au fin fond de son âme.

— Très bien, j'attends de voir.

— La seule chose qui me retient à Stockholm, c'est mon futur métier de journaliste. Un jour, tu liras ma signature au bas d'articles importants. J'écrirai pendant la semaine et, le week-end, j'irai te voir pour déblayer tes mauvaises herbes… Enfin, pour t'aider.

Signe ricana.

— Pour porter mes pommes de terre, désherber mon eau…

— Récolter ta neige… Voilà ton train !

La locomotive ralentissait. Son souffle soulevait en cadence les mèches rebelles des deux femmes.

— À très bientôt.

— Oui, dans quelques jours seulement.

À la porte du train, Anna serra Signe dans ses bras. Les habits de Signe gardèrent la chaleur de cette étreinte jusqu'après Uppsala.

22

Aucun doute : c'étaient les bottines et les lunettes qui l'avaient poussée à ramasser les papiers qui couvraient le sol de l'entrée et à le remettre dans les sacs de recyclage. Ces objets possédaient manifestement un certain pouvoir. Malgré sa laideur, Hanna avait accroché la broche, un peu au hasard, à son vieux sweat à capuche. Le bijou était constitué de deux pièces d'argent en forme de cœurs, réunies par une petite perle au centre. De quelque manière qu'on la porte, l'un des cœurs semblait toujours à l'envers. Un peu débile. Mais ainsi fixée au niveau du cœur, la broche lui procurait une étrange sensation, comme une exhortation à accomplir des prouesses. Le ménage, par exemple. Elle avait mis la règle dans sa poche. En s'asseyant devant l'ordinateur, elle faillit la casser. Passant une main pleine de remords sur les graduations, elle posa le précieux objet devant elle et ouvrit le moteur de recherche.

"Bottines règle broche lunettes", tapa-t-elle pour commencer. Sans surprise, il apparut une énumération vaine d'entreprises et de détenteurs de licence. Il y avait peu de chances que les forces cosmiques qui avaient mis les objets entre ses mains détaillent également le but de l'opération sur un site Internet. Elle lança une recherche séparée. Les lunettes, apprit-elle, existaient depuis le XIVe siècle. Néanmoins, pendant environ cinq cents ans, on n'avait pas eu l'idée de les relier aux oreilles. Léonard de Vinci avait conçu la première version de la lentille de contact, et des gens vraiment débiles avaient cru que le pouvoir de comprendre les lettres était conféré par les lunettes que portait le lecteur. Quant à ses propres lunettes, rien. L'information la plus pertinente était douteuse. Quelqu'un prétendait que la seule personne à pouvoir porter des lunettes rondes sans se ridiculiser, c'était Ozzy Osbourne.

Sa recherche sur les règles d'écolier aboutit à une récolte malsaine d'offres publicitaires. On voulait absolument lui vendre des instruments de mesure en plastique transparent de quinze ou vingt centimètres. Dans l'une des annonces, un adolescent semblait concourir sur la base de la longueur centimétrique de sa virilité plutôt que vendre une règle. En faisant une recherche sur "règle en bois", Hanna obtenait à peu près les mêmes résultats. Avec, en bonus, une série de photos représentant une maîtresse d'école rondelette en bas résille qui punissait un jeune élève. Intéressant.

Lorsque Hanna voulut s'informer sur la broche, elle apprit qu'une quantité incroyable d'atroces petits bijoux était en circulation dans le pays. Cela ne suffisait pas que l'humanité ait de tout temps fait preuve d'un mauvais goût notoire. En ce XXIe siècle, une foule de dames de cinquante-cinq ans avaient décidé de s'adonner à leur passion : participer à des ateliers de pâte d'argent ou de pâte de verre et exhiber leurs créations sur les cols de leurs proches et même sur toute la toile ! Leur motif de prédilection semblait être la feuille morte. Lorsqu'on en avait réalisé une, on fixait simplement une aiguille au dos et on forçait un membre de sa famille à l'accrocher sur sa robe. En comparaison, les étranges cœurs assemblés de Hanna pouvaient passer pour sophistiqués. Elle tapa "broche cœur". Des visions plus cauchemardesques les unes que les autres se succédèrent. Révoltée par les critères esthétiques de ses semblables, Hanna fit un tour dans l'appartement. Elle ouvrit la fenêtre pour aérer et, sur un coup de tête, attrapa une serpillière et se mit à dépoussiérer la table basse – disons plutôt, à la débarrasser de son tapis de miettes. Toujours en mouvement, elle retourna dans l'entrée, puis dans la cuisine. Elle ne trouverait pas de réponses sur Internet. Il fallait remonter à la source.

Impossible de localiser l'enfant qui avait jeté la broche, mais par contre le propriétaire du sac qui contenait la règle ? Cela dit, il faudrait qu'elle soit en mesure de lui expliquer pourquoi elle devait conserver l'objet. Peut-être la règle avait-elle une immense valeur sentimentale, ou son propriétaire s'en servait-il du matin au soir pour prendre des mesures. La Norvégienne se rendait à une noce, si Hanna se souvenait bien. Il n'y avait qu'à jeter un coup d'œil aux annonces de mariage, ou faire une recherche dans la blogosphère sur les cérémonies prévues ce week-end-là. Hanna habitait tout de même à Stockholm, la ville où les alliances conjugales les plus folles se faisaient et se défaisaient quotidiennement. Il ne resterait plus qu'à trouver l'origine des lunettes.

Quel jour tous ces objets lui étaient-ils tombés entre les mains ? Elle ne travaillait pas, il devait donc s'agir d'un samedi ou d'un dimanche. Ou du jour où elle s'était fait porter pâle parce qu'elle avait mal à la tête. Enfin, on se mariait plutôt le samedi. Un samedi, donc… Le lundi suivant, elle était allée au travail chaussée de ses nouvelles bottines. En rentrant, elle avait trouvé une lettre d'Ági par terre dans l'entrée. Mais laquelle ? Elle en avait reçu trois ce mois-là. Elle fronça les sourcils. Les lunettes glissèrent sur son nez. Pour la énième fois, elle dut les remonter. Ce faisant, elle toucha sûrement une zone sensible de son cerveau, car brusquement, l'évidence lui apparut dans toute sa splendeur : un accident de voiture dans la Hornsgata, ça ne passait pas inaperçu.

"Hornsgata accident cycliste", tapa-t-elle. La réponse ne tarda pas. Dans le couloir, la serrure cliqueta. Pas trop tôt.

— Bonjour ! s'exclama Johan.

— Hmm ! répondit-elle assez fort pour qu'il l'entende.

Tout en l'écoutant s'affairer dans la cuisine, plus précisément dans le frigo, elle lut un encart dans *Stockholm City* sur une collision entre une voiture et un vélo dans la Hornsgata. "Une voiture a heurté un cycliste dans la Hornsgata, à Stockholm", écrivait le journaliste. Rien de plus. Heureusement, l'article était daté. Elle ouvrit l'un des principaux moteurs de blogs et écrivit "voiture accident" dans la fenêtre de recherche. "Accident de voiture" entre guillemets aurait donné moins de résultats. Dans ce pays, personne ne savait plus écrire un groupe nominal complet avec des prépositions. Elle tapa également "Vélo écrasé". Deux blogueurs basés à Stockholm mentionnaient des accidents de voiture et des vélos écrasés le jour concerné.

Le blog de Nilla, 15 août

OMG ma tante et son copain se sont presque fait écraser aujourd'hui quand ils se promenaient dans la Hornsgata. Une journée complètement ordinaire. C'est vraiment horrible, ce genre de trucs. On réfléchit à la vie et à la mort et à d'autres choses profondes aussi. En tout cas, moi, je n'aimerais pas mourir. Aujourd'hui, j'ai mis une robe que j'ai achetée chez Monki. Avec des collants rétro de chez H & M et une ceinture que j'ai prise dans l'armoire de maman. Qu'est-ce que vous en dites ?

Le journal du chien, 15 août

J'ai réveillé ma maîtresse avec une haleine dégoûtante qui s'était bonifiée pendant la nuit. J'avais fait tout ce qu'il fallait pour. Elle m'aime quand même.
(Image.)
J'ai pris mon petit-déjeuner. Avec mes boulettes habituelles, il y avait un bout de saucisse de viande. Génial !
(Image.)
Première sortie de la journée. J'ai fait pipi sur un vélo. Bien fait pour eux : c'était un Mountainbike. Ma maîtresse a un BMX. Rien à voir. Vraiment rien à voir.
(Image.)
Relax max.
(Image.)
Deuxième sortie. Un vrai film d'action. Un cycliste fou furieux (qui ne roulait pas en BMX) a déboulé dans la rue et s'est fait écraser par une Renault balèze. J'en ai profité pour aboyer un peu. Ma maîtresse m'a éloigné de là. J'ai reniflé le pipi du voisin sur un poteau.
(Image.)
J'ai dormi. J'ai dû rêver que je courais.

— Je vais me coucher ! s'écria Johan en fermant la porte de la salle de bains.

La seconde blogueuse avait systématiquement illustré ses entrées avec des photos prises à l'aide de son téléphone. Un bol de nourriture pour chien contenant un bout de saucisse. Un chien noir essoufflé. Une grande voiture en travers de la Hornsgata. Hanna cliqua fougueusement sur l'image pour l'agrandir. Impossible. Il fallut l'étudier de près pour en tirer toutes les informations qu'elle contenait. Par la porte avant ouverte, on voyait le bras et les cheveux du conducteur, assis à l'intérieur. Sur le siège du passager, on apercevait un petit bout de la tête de Hanna. La voiture était en partie hors cadre. On distinguait sur un logo coupé le début de deux mots : "Kihl… Ench…" Peut-être un nom et un prénom, ou une entreprise. Hanna fit une recherche sur les fragments, mais cela ne la conduisit qu'à un tas de forums de discussion et de présentations Myspace rédigées dans des langues étrangères totalement inconnues. Il pouvait vraiment s'agir de n'importe quoi.

"Ench" tapait-elle sur son ordinateur. "Kihl." "Kihl Ench."

— Qu'est-ce que tu as dit ?

En sortant de la salle de bains, Johan passa devant le coin ordinateur. Hanna posa le coude devant la règle et cacha la broche à l'aide son avant-bras.

— Rien. Je me demandais ce qui pouvait bien commencer par "kihl". Et par "ench". Je regardais une photo sur Internet. Juste comme ça.

Torse nu, il haussa les épaules et alla dans la chambre à coucher.

— Enchanté, cria-t-il après un moment. Enchères. Je vais dormir. Ne me réveille pas en te couchant.

Enchères ! Bien sûr. Cela correspondait à la typographie un peu précieuse de l'inscription et au véhicule encombrant. L'homme se trouvait donc dans une voiture utilisée pour des ventes aux enchères. Restait à trouver la signification de "Kihl". Et ce que tout cela pouvait bien apprendre à Hanna sur ses bottines noires. Elle ouvrit un annuaire de prestataires de services et choisit le secteur "ventes aux enchères". Les As des enchères, le Cabinet de ventes Almén, K.P.H. Enchères, la Chambre des commissaires-priseurs d'Örebro… Elle parcourut rapidement les résultats, qui n'apparaissaient malheureusement pas dans l'ordre alphabétique. Pas de "kihl" dans la première page. Résultats suivants : les Œuvres et enchères Sunne, les Antiquités de Dalarö et le fâcheux Service de vente aux enchères Kil. Au troisième clic, son cœur bondit. Kihlberg Ventes aux enchères. Avec un lien. Le souffle court, elle se rendit sur le site, qui contenait les horaires d'ouverture, les modalités des estimations, un onglet "calendrier", un onglet "qui sommes-nous ?" et un onglet "contact". Elle cliqua sur le deuxième : il apparut. L'homme qui lui avait donné les lunettes rondes lui souriait.

Sous l'image, on précisait qu'il était dans le métier depuis plus de cinquante ans, et qu'il était devenu en quelque sorte une légende dans la profession, une référence parmi les connaisseurs. Il s'appelait Erik. La page avait été modifiée le lendemain de l'accident. La présence de la photo souriante sur le site pouvait donc être considérée comme une preuve que l'homme n'était pas mort. Que faire ensuite ? Hanna cliqua sur l'onglet "contact", qui contenait deux numéros de téléphone et une adresse mail.

Lorsqu'elle se glissa au lit, Johan ronflait. Elle poussa légèrement son bras pour se faire un peu de place, ce qui ne l'empêcha pas de continuer. Pourquoi demander à Hanna de ne pas le réveiller ? De toute façon, c'était une mission impossible. En revanche, le bruit de moissonneuse-batteuse que faisait son nez aurait pu réveiller un mort. Sous le lit, Hanna avait posé un bout de papier sur lequel elle avait noté deux numéros de téléphone et une adresse mail. Rien qu'à y penser, elle eut du mal à s'endormir.

23

Tierp avait revêtu ses plus beaux atours. La petite ville semblait s'être préparée à la visite de Mlle Anna. Les baies rouges luisaient sous le soleil du mois d'août, dont les rayons se frottaient sensuellement à la robe vert profond des sapins et entouraient les moissonneurs d'un joli halo de lumière. Signe avait demandé à Anna si elle ne préférait pas faire le trajet en voiture à cheval, mais celle-ci, vexée, lui avait répondu qu'elle était tout de même capable de poser un pied devant l'autre. Cheminant sur le bord de la route, elles portaient entre elles la lourde valise d'Anna. Cette dernière bombardait Signe de questions.

— Que font-ils ?

— Ils rentrent les foins. Là, ce sont les fanoirs où le foin va sécher.

— Je croyais qu'on l'engrangeait directement.

Signe essaya de ne pas rire trop méchamment. Elle avait beau être d'une famille de commerçants, à part Anna, elle ne connaissait personne qui ne fût pas au courant des rudiments du séchage du foin. Cela dit, elle-même n'avait pas reconnu tous les outils accrochés aux murs de l'horloger, à Stockholm, et elle n'avait pas osé poser de questions. Contrairement à Anna.

— Encore une barrière ! Ce doit être la quatrième !

— La troisième.

— On les adore, dans le coin.

Signe savourait l'instant. Si Anna et elle n'avaient pas été séparées par la valise, elle l'aurait entourée de son bras. Par une journée aussi magnifique, cela allait de soi.

— Quelle mauvaise foi... Tu n'ignores quand même pas tout de la vie à la campagne ! Les barrières empêchent les animaux de s'échapper.

Le rire d'Anna lui donna raison. Mauvaise foi, c'était beaucoup dire, mais elle exagérait un brin.

— Je les aime bien. Chez nous, il n'y en a pas. Enfin, si, des grilles devant l'église. Il fait un temps splendide, Signe ! Quelle bonne odeur… Ça, là-bas, ce n'est pas du foin, quand même ?

— De l'orge. On en cultive beaucoup, par ici. Et par là-bas aussi. Plus au nord, on sème plutôt du seigle.

Elle fit un vague geste vers l'est, puis vers le nord. Elle ne savait pas exactement quel paysan cultivait quoi. Enfin, il était peu probable qu'Anna vérifie ses dires. Signe prenait un malin plaisir à lui faire la leçon. Pour une fois… Et à entendre son prénom prononcé par ses lèvres.

— Pour produire du malt ?

Elle aurait pu répondre indéfiniment aux questions d'Anna. En portant sa lourde valise sur une route de campagne, les pieds endoloris et le cœur débordant.

— Surtout, mais on met aussi de l'orge dans certains plats.

— Je le sais bien. Je sais cuisiner pas mal de choses. Tu ne l'aurais pas cru, n'est-ce pas ? Signe, tout le monde porte du bleu ! Pourquoi ?

— Pour imiter le ciel. De cette façon, les campagnols, qui croient que les moissonneurs flottent dans les airs, vont se réfugier dans la forêt pour leur échapper. Sinon, ils mangent le grain.

Anna sembla abasourdie par tant de superstition. Ou de sagesse populaire. Puis, ses yeux soudain perplexes se plissèrent et ne formèrent plus que deux petites fentes.

— Tu plaisantes…

Signe éclata de rire et ne put s'arrêter. Elle avait l'impression d'avoir les poumons envahis par l'été. Et la belle Anna marchait à ses côtés.

— Tu es affreuse ! s'écria Anna en gloussant. Les campagnols… On est encore loin ?

— On a fait un tiers du chemin.

Anna tomba sous le charme de la petite maison de Signe. Elle en fit deux fois le tour, inspecta le potager et glissa ses doigts le long des planches goudronnées comme s'il s'agissait du plus précieux des marbres.

— C'est plus grand que ce que tu m'as dit, affirma-t-elle en jetant un coup d'œil à l'intérieur par une fenêtre.

Signe déverrouilla la porte. Ce matin-là, tôt, elle avait récuré les sols et même une partie des murs. Puis elle avait songé que le plus important était de sortir des draps frais, ranger les habits à raccommoder et aller chercher de l'eau pour le soir. Laisser entrer Anna chez elle, une demoiselle qui vivait parmi les tapis persans et la porcelaine de Chine… Une véritable épreuve pour Signe ! Chaussée de ses délicates chaussures de ville, Anna franchit le seuil, s'arrêta et respira l'odeur. Un air chargé d'anxiété. Signe avait l'impression d'être jugée.

— On se sent bien ici. Cela me plaît. Maintenant, tu vas enfin pouvoir passer tes lunettes. C'est quand même pour ça que je suis venue, n'est-ce pas ?

Elle fit un clin d'œil à Signe, comme si la vraie raison de sa venue était évidente. Ce qui n'était pas le cas. Loin de là.

Quelle gêne de devoir essayer les lunettes devant Anna… Signe aurait préféré s'exhiber dans sa belle chemise de nuit, ou vêtue du chapeau qu'elle avait acheté à Stockholm à un prix exorbitant. Mlle Anna allait donc être le premier témoin de cette preuve encombrante que Signe n'y voyait pas clair. On ne pouvait pas dire que les lunettes étaient jolies, mais l'idée d'en posséder une paire suscitait chez Signe une certaine exaltation.

— Mets-les et place quelque chose sous tes yeux pour faire l'expérience de la transformation !

Signe rit. Anna ménageait toujours ses effets. Elle brandissait un journal sous le nez de Signe. Sur la page, les lettres qui se confondaient, touffues comme des nuages gris, devinrent brusquement noires, nettes et tranchantes comme des lames de rasoir. Signe refit le test : elle souleva les lunettes et les reposa sur son nez. Même résultat.

— Qu'est-ce que ça donne ?

La précision soudaine de la présence d'Anna, debout à côté de sa petite table en bois, et de tous les autres objets désormais nets autour d'elle… Un instant, Signe eut l'impression de se trouver en plein rêve. Au-dessus du journal, elle voyait les yeux bleus d'Anna avec une exactitude inédite. Elle aurait presque pu compter ses cils. Anna replia le journal.

— C'est affreux, n'est-ce pas ?

Ses lèvres arquées ne lui étaient jamais apparues aussi clairement. Ni le bout de sa langue qui les humectait.

— Quoi ?

— Ça !

Anna pointa l'index sur le journal.

— Tu vois ce qui est écrit, non ? Sinon, à quoi elles te servent, ces lunettes ?

Elle désignait un article qu'elle venait de lire : "À la question du maître d'école Bergqvist, à savoir quelle était la position qu'adopterait monsieur N. vis-à-vis du droit de vote des femmes, celuici a répondu qu'il soutiendrait le droit de vote des femmes, mais pas leur éligibilité aux deux chambres du Riksdag, car celle-ci impliquerait qu'elles pourraient être considérées comme aptes à occuper le poste de ministre des Affaires civiles et, en conséquence, appelées à remplir la mission de ministre de la Guerre." Anna la dévisageait avec une telle intensité que Signe en oublia le contenu de l'article.

— Tu es mignonne.

Voilà tout ce qu'elle parvint à dire. Dehors, les ombres s'étiraient, contribuant à camoufler ses rougeurs.

— Je veux dire… reprit-elle, c'est un vrai plaisir de discuter avec toi. Ici, au village, les gens sont tellement lents… Et moi, je voudrais que les choses changent tout de suite ! Je voudrais que tout le monde comprenne à quel point il est important et urgent de lutter pour ses droits civiques ! Mais en réalité, à la campagne, on ne peut en parler que du bout des lèvres. L'autre jour, l'épicier m'a conseillé de réfléchir à la quantité de farine que je voulais acheter plutôt qu'à des polémiques autour de la mainmise des hommes sur la politique nationale. Ils comprennent très bien ce que je leur dis et, ensuite, ils m'envoient quand même paître.

— Ce sont des paysans. Peut-être ne voient-ils pas plus loin que le bout de leur nez.

Le commentaire d'Anna déclencha une défense d'un autre ordre.

— Mais c'est parce qu'ils ont autre chose à faire ! Tu as vu tous ces gens dans les champs pour la récolte ? Comment veux-tu qu'ils lisent des articles ou qu'ils assistent à des réunions alors qu'ils ont les bras dans le seigle ? Et quand ils ne sont pas aux champs, ils cueillent les pommes, lavent le linge, récurent, coupent du bois, vont chercher de l'eau…

Soudain, Signe voyait Anna sous un nouveau jour. Comme si les verres de ses lunettes lui faisaient apparaître que la citadine n'était pas à sa place. Comment eût-elle pu comprendre qu'un paysan manquât de temps pour faire de la politique, que l'abattage d'un cochon représentait plusieurs semaines de travail pour une fermière et que la manière dont un mineur disposait de ses quelques heures à l'air libre ne regardait que lui ? Signe eut soudain l'impression de se retrouver du côté de l'institutrice de maternelle, tragiquement opposée à tout ce qu'il y avait de plus beau dans sa vie, c'est-à-dire à Anna, juste en face d'elle. Celle-ci la contempla de ses yeux bleus impénétrables.

— Toi aussi, tu es mignonne, dit-elle. Avec tes lunettes, tu ressembles à notre pasteur.

Elle fouilla dans son sac et en sortit un miroir de poche. Signe y vit son reflet muni d'épais verres ronds. L'air d'un pasteur ? Ah bon.

— Ou comme l'épicier, là-bas, poursuivit Anna en étouffant un gloussement.

Fallait-il se vexer ? À quoi bon ? Il vint alors à Signe une idée qui ne lui aurait pas traversé l'esprit sans le regard bleu d'Anna. Elle se leva et se dirigea d'un pas ferme vers la chambre à coucher.

— Ne regarde pas !

— Qu'est-ce qu'il y a ?

— Je vais te montrer quelque chose. Ne regarde pas !

— Tu veux me montrer quelque chose sans que je regarde ?

Dans la chambre, Signe sortit les vêtements usés qu'elle avait soigneusement cachés. Ils appartenaient au fermier Björk et à sa famille. L'hiver approchait, ils allaient bientôt servir et on les lui avait fait porter par un garçon de ferme pour qu'elle les répare. Il y avait entre autres le grossier pantalon de laine du fils Björk âgé de quatorze ans. Signe déboutonna sa jupe et son jupon et les ôta d'un seul geste.

— Tu ne regardes pas ?

— Absolument pas.

La voix d'Anna, pourtant convaincante, semblait proche de la porte.

En se glissant dans le pantalon, Signe se sentit transformée. Ses cuisses n'étaient plus en contact l'une avec l'autre. Elle se sentit traversée par une vague de courage et de bêtise, comme celle que doit ressentir un garçon de ferme enfiévré un soir d'été comme celui-là. La sensation n'était pas entièrement désagréable. Signe acheva sa tenue en enfilant une chemise appartenant à Enok Björk, dont l'odeur un peu musquée ne faisait qu'amplifier l'effet d'ensemble.

Pendant son absence, Anna avait allumé la lampe de la cuisine. Si cela n'avait tenu qu'à Signe, elle aurait attendu encore une bonne heure pour économiser le pétrole. Son invitée n'avait pas eu ce genre de pensée. Cependant, lorsqu'elle se retourna, Signe oublia tous ses soucis.

— Formidable ! Magnifique ! s'écria Anna en éclatant de rire.

Signe se racla virilement la gorge.

— Comment ça, mademoiselle ?

— Eh bien… dit Anna en comprenant son rôle. Je voulais dire que c'est une soirée délicieuse, monsieur, monsieur… ?

— Sivander. Maître Sivander.

— Maître, excusez-moi, je ne savais pas… Vous voudriez peut-être vous retrouver seul chez vous pour vous reposer ?

Signe s'esclaffa comme l'aurait fait son alter ego.

— Hé hé hé… Et laisser une si jolie fille aux paysans ? Je ne suis pas si bête ! Sinon, je ne serais pas maître d'école. Allons, jeune demoiselle, ne soyez pas timide…

Signe s'assit sur le banc, jambes écartées, et se tapa démonstrativement le genou. Voilà donc ce que ressentait un jeune homme avant d'entraîner une jeune fille dans la danse, avant de la faire valser, de lui voler un baiser… ou dix. Oui, aucun doute, l'état d'esprit de Signe en était la preuve.

Anna hésita, mais seulement pour la forme, et s'assit de bon gré sur les genoux de Signe. Enfin, de maître Sivander. Son parfum envahit l'air et Signe sentait désormais son poids. Anna vacilla, et Signe eut le bon réflexe de la retenir par la taille. D'abord timidement, puis, peu à peu, avec plus de fermeté. Les gloussements d'Anna étaient-ils sincères ou faisaient-ils partie du jeu ? Difficile de le savoir.

— Mais que faites-vous, maître Sivander ? demanda-t-elle en feignant l'indignation.

— Vous n'êtes pas bien assise ?

Entre la main de Signe et le ventre d'Anna, il n'y avait plus que quelques couches de tissu. Signe sentait la laine lui écorcher l'intérieur des cuisses. Anna sourit et posa le bras autour de son cou.

— Si, je suis très bien assise.

Pendant quelques secondes, elles ne se quittèrent plus des yeux. Puis, d'une voix enjouée, Anna rompit l'enchantement.

— Parlez-moi du mouvement dans la région.

Signe se racla la gorge.

— Eh bien, commença-t-elle de sa nouvelle voix d'homme, je suis un homme, et quand vous dites "mouvement", je suppose qu'il ne s'agit pas de la junte des bonnes femmes.

Anna faillit sourire, mais parvint à garder son sérieux.

— Naturellement. Je parlais du vrai mouvement, pas de ces bêtises auxquelles nous nous consacrons quand nous n'avons rien de mieux à faire.

— Eh bien, ma petite dame, vous avez raison, il n'y a pas grand-chose à en dire. Parce que le droit de vote… Je veux dire le principal, celui des hommes… Nous sommes quelques-uns à lutter pour l'imposer, mais il y a peu de défenseurs de la cause dans la région. En ce qui concerne les syndicats, par exemple, il y a eu un petit incident l'année dernière.

Dans la nuque de Signe, la douce main d'Anna avait commencé à détacher des cheveux de son chignon et jouait avec les mèches en les passant entre ses doigts souples et ronds.

— Alors, vous me racontez ?

— Oui… Euh, l'incident. Des ouvriers agricoles s'étaient réunis pour constituer un syndicat.

— Une assemblée générale, en somme ?

— C'était une réunion… Disons… Informelle. En pleine forêt. En pleine nuit.

Était-ce le fruit de son imagination, ou le visage d'Anna s'était-il rapproché du sien ? Désormais, la petite lampe à pétrole brillait plus fort que le ciel bleu foncé. Anna, impayable, prit la mine d'une femme effarouchée.

— Mon Dieu ! gémit-elle. En pleine nuit !

— Oui. Ils devaient se retrouver dans une clairière et se mettre d'accord sur la façon de lutter pour de meilleures conditions de travail dans les domaines. Comme le régisseur était un ennemi juré des syndicats, ils ne pouvaient pas se réunir au village.

— Et comment ça s'est passé ?

— Les ouvriers n'étaient pas tous hostiles au régisseur... Ou alors, il a été informé par un autre biais. Quoi qu'il en soit, la réunion allait commencer lorsqu'il est arrivé au grand galop dans sa voiture à cheval. Fulminant, bien sûr.

— En pleine forêt ?

— Oui... Euh, enfin... Sur la route. La clairière n'était pas loin de la route. Ne posez pas tant de questions, ma petite dame. Vous ne pouvez pas comprendre.

Anna étouffa un ricanement. Sa main s'était resserrée sur la nuque de Signe. Leurs haleines s'entrecroisaient.

— Excusez-moi.

— Le régisseur a tenu un impitoyable discours de mise en garde destiné à ceux qui oseraient bousculer l'ordre établi. Les trois ouvriers qui avaient pris l'initiative de la réunion ont évidemment perdu leur travail à la ferme, et leur président, le huchier Johansson, a été quasiment exilé. Voilà ce qui arrive aux petites gens.

Elle ne savait plus si c'était elle-même ou le maître Sivander qui parlait. Ses paroles flottèrent un moment dans le silence, le temps d'être digérées. Puis Anna lui fit un baiser.

Elle ne gloussa pas. Aucunement. Elle se mordit la lèvre et dévisagea Signe de ses grands yeux. La flamme de la lampe s'était figée comme si elle retenait son souffle. Signe leva son bras encore habillé de la chemise du fermier et caressa les épaules et la nuque d'Anna. Ses lèvres assoiffées rencontrèrent à nouveau celles d'Anna.

Elles passèrent la nuit l'une contre l'autre, les battements de leurs cœurs entremêlés. Plus rien ne les séparait. Lorsque les premiers rayons du jour transpercèrent les sapins et qu'Anna cligna des paupières, le pouls de Signe martelait ses coups avec une telle frénésie qu'il aurait pu à lui seul réveiller un dormeur tout proche. Mlle Anna lui fit un sourire matinal et plissa ses yeux aux cils épais.

— Je vais peut-être mettre ma menace à exécution. Rester ici.

24

Elle aurait dû apporter ses lunettes au travail. Elles lui auraient donné de l'aplomb, de la force, et elle ne se serait pas retrouvée à hésiter ainsi devant un téléphone de bureau, un bout de papier à la main. Les dix chiffres auraient été composés sur l'appareil comme par magie. En plus, cerise sur le gâteau, les lunettes lui auraient évité d'être considérée par Krysztof comme un objet sexuel. Cinq minutes plus tôt, il lui avait dit en exhibant ses dents noircies : "Tu mets vraiment des trucs sympas, en ce moment." Il fallait absolument qu'elle demande à son employeur, l'Agence pour l'emploi, de fournir à Krysztof une liste de synonymes du mot "sympa" – une mesure ergonomique visant à améliorer leur environnement professionnel, nul doute.

Ce matin-là, après une rapide délibération intérieure, Hanna avait décidé qu'on ne pouvait pas porter des montures en fil de fer munies de verres parfaitement ronds en société, en tout cas pas à l'ère moderne. Elle avait donc écrabouillé des lentilles de contact sur ses globes oculaires. En compensation, elle avait accroché l'affreuse broche sur le maillot qu'elle portait sous son chemisier. Elle posa la main dessus pour y puiser la force de composer le numéro des Ventes aux enchères Kihlberg. Du point de vue de Krysztof, elle devait avoir l'air de se caresser le sein gauche.

— Tu as besoin du téléphone ?

C'était Gun, dans ses sandales beiges de mémé.

— Parce qu'il faudrait que j'appelle la *hotline*.

Gun l'appelait toutes les demi-heures. À elle seule, elle devait justifier l'existence d'une filiale d'assistance entière. Ça aussi, c'était une manière d'accomplir sa mission de soutien à l'emploi.

Le plus souvent, Gun voulait savoir pourquoi une page de texte avait disparu. Hanna composa rapidement le numéro à dix chiffres inscrit sur son bout de papier.

— Ça risque de prendre un petit moment, dit-elle à Gun. Essaie de faire “alt + tab”.

Elle entendit un signal.

— Halte ?

Encore un signal.

— La touche “alt”. Krysztof ! Tu peux montrer à Gun comment on fait “alt + tab” ?

Un grésillement retentit dans le combiné, une voix d’homme inconnue répondit.

— Allô ?

— Oui ?

— C’est Erik Kihlberg ?

— Non, c’est son fils. Je peux vous aider ?

Krysztof était planté devant elle avec des points d’interrogation dans les yeux.

— Comment… Non… Est-ce qu’Erik Kihlberg est là ?

À l’autre bout du fil, on posa le combiné. Il y eut de vagues marmonnements en dialecte du Småland.

— Quoi ? grogna-t-elle à Krysztof.

Celui-ci lui répondit tout aussi hostilement.

— Pourquoi elle doit faire “alt + tab” ?

Hanna entendit quelqu’un soulever le combiné. Elle fit signe à Krysztof de s’éloigner. Après une seconde d’hésitation, celui-ci s’exécuta. Hanna se tourna vers le mur pour échapper à d’autres distractions éventuelles, serrant la broche sous son chemisier.

— Erik Kihlberg à l’appareil.

La voix tremblotante – le dialecte n’aidait sans doute pas – lui sembla néanmoins plus stable que lors de leur première rencontre. Ne sachant trop quoi dire, Hanna se présenta. Après un silence embarrassant, elle précisa :

— C’est moi qui suis venue m’asseoir à côté de vous dans votre voiture après l’accident.

— Ah.

Erik Kihlberg ne semblait pas particulièrement impressionné. Ni reconnaissant. Il aurait quand même dû l’être, non ?

— Ah bon, ajouta-t-il, plus prolixe.

Nouveau silence.

— Eh bien, je vous appelle à propos des lunettes.

— Des lunettes ? Quelles lunettes ?

— Vous m'en avez donné une paire quand on était assis dans la voiture. J'aimerais savoir d'où elles viennent.

— Ah ! Les lunettes ! Les lunettes !

La voix éraillée s'anima brusquement.

— Oui, je me souviens très bien. Je les avais gardées pendant longtemps et, dans le tumulte, je vous les ai transmises. Vous les avez encore ?

— Vous m'avez demandé d'en prendre soin pour vous, répondit Hanna avec tant d'aplomb qu'elle parvint presque à se berner elle-même. Alors elles sont à vous, au départ ?

Elle entendit un grincement bizarre. Après réflexion, il devait s'agir d'un rire.

— Je ne suis pas si vieux que ça ! Mais je dois pouvoir me renseigner, puisque ça semble important pour vous.

— Oui, ce serait… J'apprécierais.

— Je vais voir ce que je trouve. Comme vous en avez pris soin pour moi…

Sans doute de l'ironie. Quoi qu'il en soit, la bonne nouvelle, c'était qu'il avait l'intention de l'aider.

— Merci, répondit-elle docilement.

Elle lui donna son numéro de téléphone et son adresse mail, au cas où il serait capable de s'en servir. Elle ne lui posa pas la question.

— C'est gentil à vous, dit-elle sur le ton qu'elle employait habituellement pour conclure. Je vous dis à bientôt, alors.

— Mademoiselle… Anna, c'est ça ?

— Hanna.

— Vous voulez peut-être savoir comment je vais, étant donné les événements ?

Hanna rougit.

— Oui. Comment allez-vous ?

— Merci de vous en soucier. Je me porte comme un charme.

25

Lorsque Anders s'approcha d'elles, arborant sa mine la plus dévote, il avait le dos si droit qu'il semblait avoir poussé de vingt centimètres. Ses grandes mains, qui, habituellement, voletaient dans tous les sens, se tenaient dignement le long de son corps. Son costume sombre était bien repassé, son col de chemise, amidonné, raide comme une planche. Il ne pleuvait pas. D'ailleurs, il n'avait quasiment pas plu de tout l'été.

— Un sermon édifiant, je trouve, leur dit-il en les rattrapant.

— S'il n'avait pas été aussi liturgique… maugréa Anna suffisamment haut pour que tous puissent l'entendre.

— On peut quand même en retenir quelque chose, objecta Signe.

Elle se sentit aussitôt ridiculement influençable. Trop tard.

Depuis qu'Anna avait décidé de faire des visites plus fréquentes et plus longues à Tierp, Signe avait dû endosser le rôle de médiateur à plus d'une reprise.

— Par ici, les gens n'ont pas l'habitude des prises de position radicales, lui avait-elle expliqué, un soir, avec un sourire censé enrober de miel ses paroles.

— Eh bien, autant les y habituer, alors, avait dit Anna.

Signe adorait secrètement ce genre de repartie. Mais cela devenait parfois pénible.

— Toujours sur les barricades, sourit Anders.

Il s'était habitué. D'ailleurs, il aimait cela. Il se plaisait en compagnie de "deux belles dames cultivées, plutôt qu'une". S'il avait su qu'Anna était en réalité sa pire rivale, il n'aurait peut-être pas été aussi bienveillant.

— Ce n'est pas une prise de position, répondit Anna. C'est une évidence. On doit porter un regard critique sur sa religion aussi bien que sur son gouvernement. Et ne m'attribuez pas le mérite de ses paroles, elles sont de Brita Löfstedt.

Anders ricana encore.

— Et ne devrait-on pas porter un regard critique sur ce que dit Brita Löfstedt ?

— Bien entendu. Il faut tout remettre en question, sans pour autant sombrer dans la bêtise.

Signe savourait les ripostes cassantes d'Anna. Elle lui serra le bras. Signe et Anna n'étaient pas les seules filles à quitter l'église bras dessus bras dessous. Mais nul autre qu'elles ne savait ce qui faisait battre leur cœur. Le même comportement aurait fait beaucoup plus jaser si elles avaient été de sexe opposé.

— Pour ma part, je serai bientôt dans l'isoloir pour exprimer ma critique par le biais d'un bulletin de vote, clama Anders.

Cet apparent changement de sujet, après sa défaite oratoire, pouvait tout aussi bien passer pour une manière finalement assez peu élégante de souligner son avantage. Quelle délicatesse y avait-il, en effet, à pérorer sur son droit de vote devant deux citoyennes sans citoyenneté ?

— Si tu votes pour la gauche ou les libéraux, passe encore, dit Signe pour tirer la couverture à elle. Mais si tu votes à droite, tu devras répondre des conséquences.

Les sociaux-démocrates et les libéraux avaient fait une déclaration de principes commune avant les élections. D'après les ouï-dire, l'espèce d'"alliance" qu'ils avaient ainsi conclue accueillait avec beaucoup plus de tolérance que la droite les revendications de droit de vote pour les femmes. Anna lâcha le bras de Signe pour souligner en gesticulant combien il était capital que l'alliance ait le dessus dans la seconde chambre du Riksdag.

— Je plaisante ! dit Signe en pouffant de rire. Inutile de convaincre Anders de voter pour le bon côté. Bientôt, tu essaieras de convertir le pasteur au christianisme !

Anna rit de sa propre exaltation.

— Je sais. Mais ça me met hors de moi !

Anders se joignit à leur hilarité. Il semblait à nouveau grandi de vingt inexistants centimètres.

— En tout cas, tu n'as pas à t'inquiéter pour mon vote.

— Je suis convaincue que non. Nos efforts ont dû porter leurs fruits, à l'heure qu'il est, vous ne croyez pas ? Nous y avons tant travaillé… Cela ne m'étonnerait pas que nous obtenions le droit de vote d'ici un an.

Elle passa la main sous le bras de Signe, qui passa sous silence son propre jugement : “Moi, ça m'étonnerait.”

Lorsque Anders franchit le seuil de la maison paroissiale, transformée pour l'occasion en bureau de vote, Signe comprit que son propre pied lui révélait quelque chose. Anna et Signe étaient restées dehors, à quelques mètres. Là, soudain, dans ce pas qu'elle n'avait pas franchi, Signe reconnut la retenue de sa mère, les protestations silencieuses de sa grand-mère, les rêves inexprimés de son arrière-grand-mère. Tout cela s'était accumulé dans son pied immobile au seul nom d'une vertu : savoir rester à sa place. Voilà ce qui lui gonflait la poitrine et refusait de se laisser anéantir.

Le régisseur Henningson, bête comme oie, entra. L'inspecteur d'académie Westerberg, colérique notoire. Le sacristain accompagné du pasteur. Bientôt, leurs valets auraient le même privilège, les ouvriers agricoles aussi. Pendant ce temps, leurs femmes seraient gentiment cantonnées dans la petitesse familière du foyer. Le cordonnier Östman, perpétuellement soûl, avait une voix. Signe n'en avait pas. Elle serra fort la main d'Anna.

— Nous voici, dit-elle avec amertume, en train de contempler ceux qu'on considère comme plus aptes que nous-mêmes à décider du cours des choses et de nos propres vies.

Pour une fois, Anna ne dit rien. Le visage grave, elle observait les hommes qui allaient et venaient. Comme à un enterrement. Signe poussa un soupir de désespoir, chagrinée par l'expression d'Anna autant que par sa propre prise de conscience. Non, elle ne luttait pas pour faire partie d'un mouvement. Ni pour être auprès d'Anna, ni pour faire des séjours dans la grande ville, ni pour écouter des oratrices fascinantes vêtues de cols montants. Elle luttait pour faire entendre sa voix. Car si elle ne le faisait pas, l'Histoire ne retiendrait sans doute d'elle que ceci : qu'elle était restée muette comme une carpe.

Elles firent leur toilette du soir en silence. Le lendemain, Signe devait se lever tôt pour accueillir les filles qui balayeraient sa salle de classe, et Anna devait retourner à Stockholm glaner du contenu pour un article. Selon elle, l'inspiration ne manquait pas, mais il fallait tout de même coucher les mots sur le papier.

— C'est une rude journée qui nous attend demain, dit Signe, préférant les sujets terre à terre.

— Nous avons encore de rudes journées devant nous avant d'obtenir le droit de vote, répondit Anna d'une voix si ténébreuse qu'il était difficile de la prendre au sérieux.

Signe sourit. Croisant son regard, Anna voulut accompagner ses paroles d'un soupir de la même profondeur, mais le rire prit le dessus. Elle déboutonna son gilet et ôta son chemisier. Sa peau était d'une blancheur lunaire. Elle frissonna, se glissa entre les draps et incita Signe à en faire autant. Elles avaient désormais leurs petites routines. Cette pensée réchauffa le cœur de Signe. Elle posa soigneusement les habits d'Anna sur une chaise et les siens sur une autre, puis, grelottante, s'unit à son amie de cœur sous la couverture qui retiendrait la chaleur de leur corps.

— M'oublieras-tu quand tu seras à Stockholm ?

Anna la serra contre elle.

— Je pourrais te poser la même question. M'oublieras-tu pendant que je serai partie ?

Elles étaient toutes deux bordées jusqu'aux oreilles. Leur souffle se mêlait intimement à la laine comme s'étend l'eau tranquille d'une baie. Dans les murmures de cette atmosphère, Signe parvint à partager le sentiment nouveau qu'elle éprouvait.

— C'était ignoble de devoir constater leur supériorité... Non, notre infériorité. Et pénible de rester ainsi dehors alors qu'ils entraient tous, les uns après les autres.

Anna ne fit pas de réplique véhémente et combative, comme Signe s'y attendait. Sa réponse la surprit.

— Toi, au moins, tu as Anders. Tu as quelqu'un à convaincre.

Signe ne sut pas d'emblée comment prendre ces paroles. Elle médita un moment, puis se redressa en s'appuyant sur son coude et contempla le regard détourné d'Anna. Son visage était nu, beau et recelait une question.

— Mon Anna chérie, dit-elle. Tu sais bien… Sache que c'est avec toi que je veux être. Les désirs d'Anders ne me font ni chaud ni froid. J'ai peut-être de l'influence sur lui, mais il n'en a aucune sur moi.

Signe voyait à peine son regard dans le noir, pourtant, elle le sentit distinctement quand elle le croisa.

— Viens, dit Anna en l'attirant vers elle. Viens près de moi.

Lorsque Signe se réveilla, le lendemain matin, l'air était plus froid qu'à leur coucher. Anna dormait comme une enfant, et gémit lorsque Signe se libéra doucement de son étreinte. Dans peu de temps, elle serait à Stockholm, où elle allait passer presque une semaine. Le froid servit d'excuse à Signe pour penser à autre chose qu'à cette affreuse perspective. Bientôt, il faudrait faire du feu le soir, puis le jour aussi. Le plancher grinçait sous ses pieds nus. Elle enfila rapidement ses jupes, son chemisier, son gilet et son châle, puis se frotta les mains pour se réchauffer. Son panier sur le bras, la main sur la poignée de la porte, elle sentit soudain une douce pesanteur sur son épaule. Le visage ensommeillé d'Anna lui souriait, les yeux plissés. C'était dans ces moments-là qu'il était le plus beau.

— Tu ne me dis pas au revoir ?

Signe secoua la tête.

— Je ne te dis pas au revoir, parce que pour moi, tu ne pars pas. Je ne considère ton départ que comme une toute petite interruption dans un très long séjour ici.

Anna ne la quittait pas des yeux.

— Tu as peur que je ne revienne pas ?

Signe acquiesça.

— Un peu.

Anna se retira dans la chambre. D'abord, Signe crut que sa méfiance l'avait froissée, mais lorsqu'elle revint, elle tenait un objet entre ses doigts. D'une main, qui était chaude, elle souleva doucement le menton de Signe, et de l'autre, elle accrocha la broche à son cou. C'était l'une de ses préférées, un bijou que lui avait offert sa tante. Il était désormais fixé au modeste col de Signe. Anna lui fit un léger baiser sur la bouche et appuya sur la poignée.

— Maintenant, tu sais que je reviendrai.

26

Jusqu'à ce jour, Hanna ne s'était jamais souciée de savoir ce qu'il advenait des congés qu'on ne prenait pas. Devant son ordinateur, elle tenait une feuille fraîchement imprimée, un document qu'un serviable et patient employé de la *hotline* – Hanna commençait à comprendre pourquoi Gun les appelait à tout bout de champ – l'avait aidée à trouver sur le portail broussailleux de l'Agence pour l'emploi. Il y était clairement écrit qu'elle avait accumulé dix jours de congé et en avait encore quinze à prendre dans l'année en cours. Cela faisait cinq semaines de vacances aux frais de son employeur.

— Pris, marmonna-t-elle.

Forte de ses lunettes rondes et de ses bottines noires, elle paracheva sa signature d'une boucle inédite.

Sur son écran brillaient les propositions des chemins de fer suédois. La moins chère était le car Swebus, mais il fallait alors compter six heures de trajet et on risquait de se retrouver à côté d'une maman et de son gosse en train de vomir. Ou d'un gâteux qui, ravi d'avoir une (plus ou moins) jeune voisine contre laquelle frotter sa cuisse noueuse, voudrait savoir quelles positions sexuelles étaient les plus à la mode parmi les jeunes de l'époque. Dans le train, on pouvait toujours s'enfuir au wagon-restaurant, et le billet ne coûtait que deux cents couronnes de plus. Elle cliqua sur "achat". Sa réservation clignota sur l'écran : Stockholm-Kalmar, aller et retour.

Quelques jours après sa conversation téléphonique avec M. Kihlberg, elle avait reçu par mail une invitation qui l'exhortait à accepter, si elle souhaitait apprendre quoi que ce soit sur les lunettes.

“Des nouvelles aussi réjouissantes ne s’annoncent pas par téléphone”, disait la missive d’Erik Kihlberg. Hanna, perplexe, lui avait tout de même demandé de vive voix combien de temps elle devrait rester et si, par exemple, elle allait être obligée de poser un congé. La réponse d’Erik Kihlberg avait été aussi énigmatique que l’étaient souvent les conversations avec les personnes de son âge – sûrement un symptôme de démence. Bref, il valait mieux avoir tout son temps : pour M. Kihlberg, un congé s’imposait. Ce qui correspondait d’ailleurs au vague pressentiment qui envahissait Hanna.

27

Tierp, le 24 octobre 1908

Mon amour,

Cela fait maintenant quatorze jours que nous ne nous sommes pas vues, ce qui représente trois cent trente-six longues heures. Je n'ai pas eu besoin de faire la multiplication : pour chaque heure qui passe, tu me manques toujours plus. C'est donc mon intuition qui mesure la durée. Savais-tu qu'on pouvait à ce point se languir de quelqu'un ? Au moment où je me suis établie à Tierp, il y a quatre ans, mes amis étudiants m'ont manqué, mes parents aussi, bien sûr. Mais ce dont je souffrais, vois-tu, n'était que solitude et mélancolie. Ce que je ressens aujourd'hui, en revanche, m'écorche le cœur au point qu'il peine à battre comme il le devrait.

Dans ta dernière lettre, tu me demandes si, dans ma vie, j'ai déjà éprouvé le genre de sentiment que j'éprouve à ton égard. Il suffit de me voir poser un seul regard sur toi pour connaître la réponse. Mais puisque tu me demandes cet examen de conscience, je dois t'avouer que pendant mes études, il y a six ans, j'avais une amie que j'aimais beaucoup. J'ai le souvenir d'émotions semblables encore plus tôt dans ma vie, mais jamais je n'ai éprouvé pour qui que ce soit ce que j'éprouve aujourd'hui pour toi. D'aucuns diraient que c'est parce qu'un amour malheureux est comme une allumette sans bois, mais je ne suis pas si bête. Tu représentes infiniment plus pour moi qu'un morceau de bois que ma flamme allumerait. Tu es Anna. Chaque fois que je pense à toi, mon cœur fourbu se réchauffe, et quand je prononce ton nom, j'y puise de nouvelles forces. C'est grâce à toi que je vis.

Te souviens-tu des trois cent trente-six heures ? Elles sont maintenant trois cent trente-sept.

Ta Signe

Stockholm, le 28 novembre 1908

Ma chère !

Je suis à peine montée dans le train que j'ai déjà sorti mon papier à lettres. Nous venons de nous séparer, mais je n'ai de cesse de sentir ta présence. Je ne prends pas le temps de contempler les champs couverts de neige que nous traversons. Cet été, je crois qu'il y poussait des pommes de terre. Je garde un vague souvenir de leurs fanes verdoyantes. J'ai appris tant de choses sur l'agriculture et la vie à la campagne depuis que je passe plus de temps chez toi !

Je suis maintenant dans ma chambre, à Stockholm. Sais-tu que mon père est convaincu que j'ai rencontré un homme à Tierp et que je lui rends visite en cachette ? C'est déconcertant. Il "n'avale pas" mon histoire de visites chez une amie. Pourrais-tu m'écrire une lettre dans laquelle tu décrirais sur un ton amical les occupations les plus convenables que nous partageons, et exprimerais le souhait que je revienne te voir ? Je pourrais la montrer à mon père, et il me laisserait repartir.

À ma prochaine visite, j'apporterai du linge de lit plus chaud. J'aurais dû le faire depuis longtemps, mais, comme je te le disais, il y a toujours un contretemps qui me le fait oublier. Rappelle-le-moi dans ta prochaine lettre, je t'en prie ! Ah ! Comme tu vas aimer le drap que j'ai choisi pour toi ! Il est bordé de fleurs brodées tout du long et si doux qu'on le sent à peine sur sa peau.

J'aimerais pouvoir t'écrire plus longuement et avec plus de délicatesse, mais je veux que cette lettre parte vite pour que tu en aies la surprise dès demain ou après-demain.

Tout mon amour,

Ton Anna

P.-S. : N'est-ce pas formidable qu'à notre époque, le courrier puisse traverser le pays en une seule journée ? Dans le temps, cela eût semblé impossible !

Tierp, le 10 janvier 1909

Mon amour,

La nouvelle année est commencée depuis dix jours déjà, dix jours blancs et vides. Blancs parce que la neige, qui était déjà profonde quand tu es partie, a doublé d'épaisseur depuis. Vides, parce que tu n'es pas là.

Je t'écris ces mots tout près de la fenêtre. La lueur de ma lampe à pétrole se mêle aux pauvres rayons du soleil épuisé. L'hiver provoque en moi une tristesse qui se marie à une joie ténue. Car, envers et contre tout, nous survivons dans le froid et l'aridité. J'imagine que c'est cela que l'on appelle la mélancolie.

Certains enfants restent chez eux durant ces jours froids, mais la plupart traversent infatigablement la campagne blanche et viennent à ma rencontre le matin, les joues toutes rouges. Les filles conduisent leurs frères et sœurs plus jeunes le long des sentiers tracés dans la neige. Les garçons, bien que hauts comme trois pommes, font le feu dans notre poêle. Ces visions sont des bénédictions. Trois enfants d'ouvriers agricoles portent aux pieds des guenilles qu'on ne peut décemment pas appeler chaussures. Mon cœur saigne quand je vois leurs orteils bleuis par le froid, comme des myrtilles après quelques jours de pluie. Si les femmes avaient le droit de vote, je suis convaincue qu'aucun petit enfant ne serait obligé de sortir sans chaussures l'hiver. La femme du pasteur m'a dit qu'elle allait voir ce qu'elle pouvait faire.

En ces jours de mélancolie et d'absence, les enfants me redonnent un peu de joie. Il y a une petite fille qui s'appelle Anna, j'ai dû t'en parler. Chaque fois que j'entends son nom, mon cœur fait un bond.

J'espère que tu apporteras des nouvelles de notre lutte à ton retour, car c'est comme si la neige, qui emmaillote tout signe de vie, éloignait aussi la politique de ces contrées. J'ai besoin de savoir que nous avançons, malgré le silence, l'aridité et les masses blanches qui pèsent sur les branches des arbres. J'ai besoin de sentir que notre cause n'est pas oubliée.

Plusieurs messieurs de la haute société m'ont encore demandé de cesser de parler du droit de vote. Tu n'en vois rien quand tu es ici mais, me connaissant mieux que toi, ils se croient le droit de me réprimander comme une enfant. Même la femme du pasteur, d'ordinaire si douce et pleine de tact, m'a demandé de garder mon calme et de ne pas m'enflammer quand quelqu'un ne partage pas mon opinion. Je suis découragée de voir que tant de femmes se désintéressent de notre cause. En ce qui concerne les ouvriers, je peux le comprendre, ils ont déjà assez à faire pour assurer leur survie. Mais quand on a les moyens de vivre correctement, il n'y a aucune raison de ne pas s'engager. Je sais que tu es d'accord avec moi sur ce point. Il me plaît d'imaginer que tu acquiesces en silence.

Anders est allé au séminaire dont je t'ai parlé à Uppsala. Il m'intéressait au plus haut point, c'est même moi qui avais eu l'idée d'y participer, mais le pasteur s'est tourné directement vers Anders. Son salaire étant plus élevé, on peut dans une plus ample mesure exiger de lui qu'il affine ses compétences : voilà l'explication qu'il a donnée. Cela ne m'étonnerait pas que les compétences affinées d'Anders servent bientôt d'explication à son salaire plus élevé.

Le soleil s'est couché, excuse mon écriture. J'aimerais passer toute la nuit à te raconter les nouvelles. Tant que je tiens ma plume, c'est comme si tu étais près de moi. Mais je ne veux pas t'importuner avec une écriture illisible, je m'arrête donc là.

Ta Signe

Stockholm, 28 février 1909

Ma chère !

Voilà quatre lettres d'affilée que tu me parles des mises en garde de la femme du pasteur ! C'est bizarre, car dans mes conversations avec elle, elle m'a frappée par son côté "anti". Cela dit, en y réfléchissant bien, ses manières douces et indulgentes ne sont qu'un vernis. Lui as-tu sérieusement exprimé ta perplexité ?

Pour ma part, je ne supporte pas les "anti". Elles me font bouillir et cracher comme une locomotive à vapeur. À la fin, je suis obligée d'ouvrir la bouche et de pousser un hurlement pour relâcher la pression. Il y en a une dans mon immeuble. Selon elle, les femmes se rendent malheureuses à vouloir se mêler des affaires des hommes. Elle s'arrange toujours pour exprimer ce genre d'opinion quand il y a un homme à proximité. Inutile d'ajouter que, du matin au soir, les messieurs de mon quartier chantent les louanges de cette bonne Mme Dufva, si intelligente et si clairvoyante. Rien qu'à t'écrire ces mots, j'enrage !

J'espère que tu vas bien et que ton rhume est en voie de guérison. Et que le dos de Mlle Hedvig ne se porte pas encore plus mal, par ce temps. Comment va Anders ? Je l'ai croisé quand je faisais une commission à Uppsala, il t'a bien saluée de ma part ? Quand nous nous sommes quittés, je lui ai dit que j'aurais souhaité prendre le même train que lui. Ô ! Tierp ! Douce musique que ce nom ! Ma mère dit que je suis folle.

Dans cinq jours, je reviendrai te voir. Voilà pourquoi cette lettre est si brève. Nous allons bientôt nous parler de vive voix !

Salutations empressées,

Anna

Tierp, le 19 mars 1909

Mon amour,

Voilà plusieurs heures que tu es partie. La clarté va encore s'obstiner un moment. Ce ciel qui, jour après jour, refoule l'obscurité, ce ciel se prépare déjà au nouvel été qui vient. On le sent déjà venir. La lutte est belle quand on sait que le bien vaincra.

J'espère qu'un jour, nous repenserons ainsi à notre combat pour le droit de vote. Le plus souvent, je le trouve gris, morne et laid. Et j'ai douloureusement conscience de ne pas en faire assez. Je pense aux grandes dames comme Brita Löfstedt et à toi, Anna. Vous accomplissez un travail inestimable ! Moi, je n'aurais pas le courage de prendre la parole devant des assemblées, je ne parviens même pas à être un membre visible de l'Union nationale pour le droit de vote des femmes - tu sais de quoi je veux parler. Jusqu'ici, ma participation n'a donné aucun résultat concret. Pourtant, je consacre une bonne moitié de mon temps à des réflexions sur le sujet. Et l'autre, à penser à toi.

Tu me manques tellement ! C'est inimaginable. Chaque fois que tu pars, c'est comme si l'air que je respirais perdait toute sa substance. En outre, au cœur de cette cruelle absence est plantée comme une épine. Je n'avais pas l'intention de te l'écrire, bien plutôt de t'en parler de vive voix, mais ma main forme les mots malgré moi : tu semblais soucieuse quand tu étais ici. Quelque chose te tracassait, n'est-ce pas ? J'aurais voulu t'en parler avant ton départ, mais le temps m'a manqué. Je t'ai sentie oppressée par une mystérieuse inquiétude que tu me taisais. Est-ce que je me trompe ? Ma nature impressionnable me jouerait-elle des tours ?

Je relis ces lignes, je vois que je manque complètement de mesure. On nous reproche d'avoir des émotions irrationnelles. Dans le cas présent, je reconnais que c'est vrai. Je ne raye pas les questions que je viens de te poser, mais, je t'en prie, prends-les comme une marque de tendresse et d'attention, guidée par une âme trop sensible.

Dans un mois, on plantera les pommes de terre. Je te le dis parce que je me plais à imaginer ton visage qui observe avec curiosité les méthodes, la manière dont on manie la houe et dont les plants, avec leurs germes en tire-bouchon, deviendront les racines des nouvelles pommes de terre. J'espère que tu ne cesseras jamais de t'émerveiller devant ces petites choses de la vie. Ton sourire radieux m'apporte la quiétude.

Il semblerait que pour cette fois, l'obscurité l'ait emporté sur la lumière. Je suis à nouveau seule, penchée au-dessus de mon papier à lettres à la lueur de ma lampe à pétrole. Mes lunettes glissent le long de mon nez et tombent sur la table. Si tu étais ici, tu me maudirais parce que je ne suis pas encore couchée. Mais si tu étais ici, il me serait plus facile de trouver le chemin de mes jolis draps.

Tout mon amour,

Ta Signe

28

Alors qu'ils quittaient le peu de civilisation dont pouvait se vanter la ville de Kalmar, son conducteur lui jeta des regards en coin. Il ressemblait sûrement à son père, le vieux qui lui avait donné les lunettes, en plus rond et, bien sûr, en plus jeune. Ses mains légèrement potelées reposaient fermement sur le volant.

— Alors vous habitez à Stockholm…

Hanna acquiesça en marmonnant. Techniquement parlant, elle vivait dans la banlieue de Stockholm mais, pour les provinciaux, c'était du pareil au même. Ils croyaient sans doute que, dès qu'on avait passé Flemingsberg, on se faisait dévaliser par des pickpockets et attaquer par des bandes de jeunes délinquants. Les provinciaux étaient désespérément mal informés.

— J'ai habité à Stockholm pendant un moment, dit l'homme replet, dans la Götgata. Deux ou trois ans seulement, pendant les années 1970.

Hanna resta parfaitement impassible. Ah bon, il connaissait Stockholm. Ça ne l'empêchait pas de porter une casquette avec un logo publicitaire.

— Et vous êtes là pour quoi, exactement ? Une vente ?

Hanna regardait par la vitre. Des arbres. Elle se réjouit que M. Kihlberg soit resté discret sur l'affaire qui les concernait.

— C'est personnel, répondit-elle.

— Le vieux ne veut rien dire non plus. Du moment qu'il n'a pas d'ennuis… Il n'a pas fait de bêtises, au moins ?

— Non.

— Dans ce cas… Je ne m'en mêlerai pas.

Ils prirent une petite route. L'homme à la casquette sifflotait.

— Comme qui dirait, je ne me mêle pas de ce qui ne me regarde pas.

Elle lui fit un sourire poli, pensant que cela attiserait encore plus sa curiosité.

— Tant mieux.

— Oui… Mais si vous avez besoin de quelque chose, je ne serai pas loin. On habite tout près, juste à l'autre bout de la ville. Alors si vous avez…

Il laissa sa phrase en suspens et se gara devant une maison en brique jaune.

Erik Kihlberg, un vieillard noueux vêtu d'un jean taché, était penché sur une machine. Quand l'homme à la casquette l'appela, il se redressa et s'étira le dos.

— Je t'avais dit que je m'en occuperais !

— Pfff… Ce n'est rien, juste une pièce de travers. Il n'y avait qu'à la clapser un peu.

Bon. Ils parlaient une langue à eux. Il fallait s'y attendre. Erik Kihlberg s'essuya la main droite sur son jean. De la main ou du jean, difficile de dire quelle surface en devint la moins sale.

— Alors, voilà Hanna, dit-il en lui tendant une main huileuse mais ferme et en la dévisageant de ses yeux gris métallisé. J'avoue que je ne vous ai pas bien vue la dernière fois. J'essayais surtout de ne pas bouger la tête. C'est un plaisir de vous revoir.

Hanna acquiesça d'un petit signe de tête. Dans la voiture accidentée, Erik Kihlberg lui avait paru vieux et très fragile, mais dans son élément, il était plutôt leste et nerveux.

— Eh bien, je crois qu'on va faire du café.

On lui servit un café noir et amer. Elle demanda deux morceaux de sucre. Quand Kihlberg lui tendit la boîte, elle en prit trois : il n'était visiblement pas à un près.

— J'ai oublié de vous remercier, la dernière fois, dit-il en se levant. Alors je vous ai trouvé un petit cadeau. Rien d'extraordinaire, mais je me suis dit que ça vous conviendrait.

Il posa un écrin allongé sur la table, devant Hanna, qui peina à manœuvrer le dispositif de fermeture. L'écrin était vide. Kihlberg venait de lui offrir environ dix centilitres d'air.

— C'est un étui à lunettes. Pour vos lunettes.

Elle devait avoir eu l'air bien bête en l'ouvrant, sinon, il ne se serait pas senti obligé de préciser qu'un étui à lunettes était fait pour ranger des lunettes. Un peu moins perplexe, elle se pencha sur l'objet.

— C'est l'étui original ?

— Non, je ne crois pas. Celui-là était dans ma réserve, parmi le fourbi. Mais il doit dater à peu près de la même époque.

Elle rouvrit et referma l'étui, but une gorgée de son café noir comme de l'encre et parcourut des yeux la cuisine encombrée d'Erik Kihlberg. On aurait dit qu'un ouragan s'était abattu là après avoir dévasté une brocante. Une main zélée avait dû ensuite planter des crochets et fixer des étagères pour que chaque colifichet s'installe à l'endroit même où il avait atterri. Manifestement, Kihlberg n'avait aucune notion de feng shui. Tout à coup, Hanna prit conscience qu'il lui avait donné une indication sur les lunettes.

— Et de quelle époque sont-elles ?

— Ben... dit Erik Kihlberg en la dévisageant, les yeux plissés. Je dirais du tournant du siècle dernier. Mais elles pourraient être plus récentes. Ou plus vieilles.

Passerait-elle pour impolie si elle demandait une petite douceur pour accompagner le café ? C'est bien ce qu'on disait, avec les vieux, "une petite douceur" ? Si M. Kihlberg avait l'intention de ne lui livrer les informations qu'au compte-gouttes, elle en aurait bien besoin.

— Alors, dit-elle pour accélérer un peu le tempo, si vous ne savez pas de quand elles datent, que savez-vous sur elles ?

Était-ce un sourire en coin ? Sa bouche s'était-elle tordue avec l'âge ? Kihlberg prenait son temps, sirotant son café comme pour la taquiner. Il aspira bruyamment le liquide, avala une gorgée, recommença son manège trois fois de suite. Enfin, il posa sa tasse.

— Eh ben... Je ne peux pas dire que je sais grand-chose.

"Qu'est-ce que je fais là ?" se demanda Hanna. Dans cette maison jaune au beau milieu de la cambrousse, face à cet homme sec comme un raisin de Corinthe qui, contrairement à ce qu'il lui avait dit, ne savait rien. Qu'est-ce qu'il y avait, comme compagnies de taxi, à Kalmar ?

— Ah bon… Vous ne savez rien. Et vous m'avez conseillé de prendre un congé et de venir jusqu'ici ? Pour rien ?

Hanna essaya de dominer sa voix, qui aurait été bien plus stridente si elle s'était laissée aller. Kihlberg sourit. Cette fois, elle en était sûre : il avait souri.

— N'est-ce pas la meilleure raison de prendre un congé ? Encore du café ?

Elle fit une grimace qui, l'espérait-elle, ne paraîtrait pas trop impolie. Elle restait une invitée.

— Non… Merci.

Erik prit leurs tasses et se rendit à l'évier, où il remplit un bol d'eau, y ajouta quelques gouttes de produit de vaisselle et se mit à les récurer avec une brosse.

— Restez assise, dit-il magnanimement, comme si elle lui avait proposé de l'aider.

Découragée, Hanna resta sur sa chaise à barreaux. Elle sortit son téléphone portable. Pas de réseau. Évidemment. Elle leva les yeux au ciel. Quelle misère… Erik Kihlberg faisait la vaisselle en silence. Les tasses eurent le temps d'être lavées cinq fois avant qu'il ne les pose sur l'égouttoir. Puis il appliqua le même traitement aux cuillers.

— Comme je vous le disais, je ne sais pas grand-chose sur les lunettes, dit-il, tourné vers le carrelage. Mais disons que je me suis renseigné sur la manière dont on pouvait se renseigner à leur sujet.

— Comment ça ?

Il se tourna vers elle.

— Une chose à la fois. D'abord, je vais vous montrer votre chambre. Ensuite, vous allez me raconter pourquoi une vieille paire de lunettes vous intéresse autant.

La chambre, au deuxième étage, était pleine de babioles entassées. Pourtant, ici aussi, on devinait un certain ordre dans le chaos. Kihlberg avait précédé Hanna dans les escaliers, peut-être pour qu'elle ne croie pas qu'il voulait lui reluquer les fesses. Soit, l'explication était un peu tirée par les cheveux.

— Ça ne vous dérange pas de faire votre lit vous-même ? dit-il en posant une pile de linge sur un lit en bois surmonté d'un matelas en mousse.

Les draps usés, décorés de fleurs bleues, semblaient néanmoins propres. La pièce sentait les vieilles planches.

— Après, vous n'aurez qu'à descendre. On discutera. Prenez les lunettes.

Était-ce un ordre ? Si oui, fallait-il s'y opposer ? Cela dit, il avait eu le tact de le camoufler. Elle sortit les lunettes de sa valise, posa la broche et la règle sur sa couette fleurie et les bottines au pied du lit.

Kihlberg l'avait peut-être attirée là uniquement pour avoir de la compagnie. Les personnes âgées faisaient parfois ce genre de choses, même quand on n'avait aucun lien de parenté avec elles. C'était sûrement cela. Il voulait un peu de compagnie et d'aide à la maison. Hanna recula d'un pas et contempla ses affaires sur le lit étranger. Elle avait dit à Johan qu'elle allait rendre visite à une copine. Il lui avait demandé qui, puis il avait haussé les épaules.

— Si tu crois que c'est une bonne idée, vas-y, avait-il marmonné.

C'était à peu près le degré d'encouragement auquel elle s'attendait de sa part. Elle saisit les lunettes entre le pouce et l'index et descendit l'escalier grinçant de M. Kihlberg.

Elle le trouva assis dans un fauteuil marron clair. Dans la cheminée, un feu crépitait. Pour répondre au stéréotype, il aurait dû fumer la pipe et boire un whisky devant une peau de loup. Eh bien non. Il lisait un livre en buvant un verre de lait. Ne sachant pas quoi dire, Hanna agita les lunettes jusqu'à ce qu'il la voie. Il referma son bouquin sur un marque-page en tissu et tendit la main pour attraper les lunettes.

— Oui, c'est ça, dit-il comme si elles lui rappelaient quelque chose. Et là, elles sont tordues. On se demande comment c'est arrivé. Vous ne vous asseyez pas ?

Hanna s'installa sur le canapé en bois sombre, au dossier bombé et au siège bien rembourré, garni d'une toile vert et rose. Il n'était absolument pas assorti au fauteuil mais très confortable, comme Hanna fut étonnée de le constater. Erik faisait rouler les branches des lunettes entre ses doigts, comme si ça allait l'aider à découvrir quelque chose sur leur origine. Hanna mourait d'envie de les récupérer.

— Elles me vont parfaitement, dit-elle.

Il ne saisit pas la perche tendue, et ne fit pas l'amorce d'un geste pour les lui rendre. Il est vrai qu'en fin de compte, elles lui appartenaient.

— Je veux dire par là, reprit-elle, qu'en plus d'être parfaitement adaptées à la forme de ma tête, elles correspondent exactement à mon défaut de vision.

— C'est très bien, dit-il aimablement en continuant à tordre les branches avec ses mains de vieillard. C'est pour ça que vous voulez savoir d'où elles viennent ?

Elle n'avait pas envie de lui raconter l'histoire. Pourquoi le ferait-elle ?

— Oui.

— Ah bon…

Soudain, comme s'il en avait fini avec elles, il les lui rendit. Ou les lui prêta à nouveau. Hanna les replia et les posa sur ses genoux, gardant la main en coupelle au-dessus d'elles pour les protéger.

— Mais pas seulement pour ça.

— Ah non ?

29

Il était clair que quelque chose tracassait Anna. À sa dernière visite, elle n'était restée que quelques jours et, chaque fois que Signe lui demandait ce qui n'allait pas, elle se mettait à parler d'autre chose en rougissant. Cela durait depuis plusieurs mois. Signe ne comprenait pas ce qui lui arrivait, mais ne pouvait pas lui poser la question à chaque jour, à chaque heure. À ce rythme-là, Anna se lasserait d'elle. Voilà ce qui préoccupait Signe sur le chemin du presbytère.

En attendant, cette journée de mai était radieuse. "Nous faisons des progrès", se dit-elle en inspirant un grand bol d'air. Depuis les élections, on n'avait, hélas, pas avancé sur la question du droit de vote des femmes, ni sur l'égalité des salaires entre maîtres et maîtresses, mais au moins, on ne reculait pas. Les femmes mariées avaient obtenu le même statut que les femmes célibataires ou veuves, assorti d'un droit de vote aux élections communales – qui l'eût cru, dix ans plus tôt ? Telles étaient les pensées qui éclairaient l'esprit de Signe, tandis que mai s'installait et que les champs passaient du brun au vert.

Il était temps qu'elle s'organise, mais le pasteur lui donnait du fil à retordre. Il lui avait expliqué son point de vue en termes diplomatiques et, en fin de compte, c'était lui qui lui versait son salaire. Elle pouvait peut-être le faire légèrement flancher – même un homme pouvait éventuellement se remettre en question de temps en temps.

"Une conséquence de l'isolement rural ?" se dit-elle en approchant du presbytère. Il n'était pas facile, pour Anna, de se fondre dans le milieu conservateur des petits propriétaires terriens et des filles de ferme un peu simples, elles avaient pu le constater à maintes reprises. Peut-être était-ce pour cela que, lasse de la vie à la campagne, elle désirait passer plus de temps en ville. N'avait-elle pas semblé moins émerveillée que d'habitude la dernière fois que Signe avait voulu lui montrer quelque chose ? Quelques semaines auparavant. La première anémone bleue du printemps.

La femme du pasteur, toujours aussi aimable, lui tendit les bras pour lui faire l'accolade. Signe se dit : "Bon… Eh bien, si elle préfère vivre à Stockholm, je déménagerai."

— Mademoiselle Signe ! Bienvenue !

Tandis que Signe suivait la femme du pasteur jusqu'au bureau de son mari, parlant de tout et de rien, l'idée lui parut de plus en plus tentante. À Stockholm, il y avait tout… Notamment le noyau dur du mouvement pour le droit de vote ! Si elle obtenait un poste dans une école progressiste, peut-être même dans une école de filles, rien ne ferait plus obstacle à son adhésion. Anna s'arrangerait pour lui procurer les recommandations nécessaires. Soudain, l'avenir lui sembla beau et sauvage.

Bien entendu, le pasteur ne soupçonnait pas le moins du monde ces pensées téméraires.

— Nous sommes très contents du travail que vous avez accompli cette année, mademoiselle, dit-il en lorgnant par-dessus ses lunettes.

Elle espéra que les siennes ne lui donnent pas cet air-là.

— L'inspecteur d'académie Westerberg n'a malheureusement pas pu se joindre à nous aujourd'hui, reprit-il, mais nous en avons parlé et nous sommes parfaitement d'accord. Nous ne pourrions nous estimer plus satisfaits.

Devant son grand sourire chaleureux, l'idée d'aller chercher son bonheur ailleurs pâlit quelque peu dans l'esprit de Signe. Anna avait peut-être simplement besoin de s'habituer encore à la vie rurale. Il fallait lui accorder un peu plus d'attention.

— Votre augmentation de salaire représente donc un et demi pour cent de plus que celle qui est préconisée par la loi, annonça le pasteur, l'index posé sur une page de comptabilité. Nous espérons que vous poursuivrez votre excellent travail dans notre école communale.

Gonflée de fierté, Signe eut un peu honte de ce qu'elle éprouvait. Fallait-il reparler de l'orgue alors qu'elle avait déjà abordé le problème deux fois ?

— En ce qui concerne l'orgue, la devança le pasteur, soudain grave, il y en a deux en mauvais état dans l'école, le vôtre et celui d'Anders, qui a lui aussi accompli un très bon travail dans la paroisse. N'êtes-vous pas d'accord ?

Signe se renfrogna. La réponse allait malheureusement de soi.

— Oui, très.

— Nous n'avons pas les moyens d'acheter un nombre illimité d'orgues cette année. Nous allons remplacer celui d'Anders. Pour le reste, nous verrons ce que notre trésorerie nous autorisera l'an prochain.

Anders n'avait aucune notion de solfège, contrairement à Signe, qui avait pris des cours particuliers de piano pendant quatre ans. Mais il était trop tard pour invoquer ce genre d'argument, il n'y avait plus qu'à ravaler son dépit. Anders était passé voir le pasteur la veille. On lui avait déjà annoncé les bonnes nouvelles quant à son orgue et son augmentation.

— Je suppose qu'il a obtenu une augmentation supérieure à la mienne, observa-t-elle en essayant d'atténuer l'acidité de la remarque par la douceur de la voix.

Le pasteur gloussa et ôta ses lunettes. Son regard sincère était censé la désarmer.

— Il vaut mieux éviter ce genre de comparaison, mademoiselle, ne serait-ce que pour vous préserver. Vous avez de quoi être très fière de ce que vous avez accompli et de l'augmentation qu'on vous a accordée. En ce qui concerne Anders, nous devons garder à l'esprit qu'en tant qu'homme, il réalise des travaux plus lourds que vous. Mais surtout, en tant que chef de famille, il aura des dépenses plus élevées.

Signe se retint de lever les yeux au ciel. Décidément, le pasteur n'avait pas encore perdu tout espoir de les voir se marier. Elle ne savait plus comment lui montrer son désintérêt, sauf à embrasser Anna sous son nez. L'idée la fit sourire. Cependant, elle eut brusquement l'impression d'avoir raté quelque chose dans les paroles du pasteur. De quoi avait-il fait mention, au juste ? D'une nouvelle situation familiale ?

— Quelle nouvelle situation familiale ? demanda-t-elle.
— Mais… dit le pasteur, soudain hésitant. Vous n'êtes pas sans savoir qu'Anders et Mlle Anna Dahléus se sont fiancés ?

30

La nuit était tombée autour de la maison en brique jaune, près de Kalmar. Dans le salon d'Erik Kihlberg, le feu crépitait toujours. Des bûches reposaient dans un panier en cuivre à côté de la cheminée. Penché en avant, les jambes croisées, Erik la dévisageait d'un regard perçant.

— Vous voulez dire que ces quatre objets auraient sur vous un effet surnaturel ?

Hanna haussa les épaules pour dédramatiser les propos qu'elle venait de tenir à ce parfait inconnu. L'histoire paraissait beaucoup plus fantaisiste quand on la racontait à haute voix que dans sa tête. Mais comment expliquer autrement tout ce qui lui était arrivé depuis qu'elle avait commencé à porter les bottines, sans parler des lunettes ? Sa rébellion à l'anniversaire de sa mère, ses crises en ville, l'ouverture des lettres, et même leur lecture ? Erik Kihlberg se pencha en arrière.

— Je veux bien croire qu'un vieux machin peut inspirer un sentiment nouveau. Les vieilleries ont une âme, voyez-vous, car elles ont été créées par quelqu'un.

Hanna se détendit. Il la comprenait, au moins en partie.

— Mais que ça puisse aller au-delà, je ne le crois pas. Enfin, cela dit, je suis assez vieux pour savoir qu'il ne sert à rien de donner tort à autrui.

Elle envisagea de protester contre sa première affirmation, mais choisit de sourire à la deuxième.

— Vous ne voulez pas me raconter ce que vous savez sur les lunettes ?

Erik prit un bonbon dans un saladier qui avait l'air d'avoir passé cent ans à la même place, sur la table basse, rempli des mêmes bonbons. Ses joues se creusèrent alors qu'il suçait. Hanna était sur le point de répéter sa question, mais il prit la parole.

— Voyez-vous, je note tout dans mes cahiers. Le commis trouve ça superflu. C'est normal, il n'a jamais connu la joie que peuvent procurer des archives rigoureusement tenues.

Il lui lança un regard perçant censé décourager toute tentative de remettre en cause le bien-fondé d'un archivage rigoureux. Elle fit mine de l'avoir compris.

— Je ne prétends pas noter chaque petit réveille-matin ni chaque petite cuiller qui me passe entre les mains, mais les objets importants, je les consigne toujours. Vous n'avez qu'à me demander quand j'ai vendu ma dernière tête d'élan, je vous donnerai la date et la salle.

— Ah bon.

Il ignora le manque d'enthousiasme de Hanna et se pencha en avant pour donner du poids à son raisonnement.

— Remontons jusqu'au jour où je suis tombé sur ces lunettes. J'ai parcouru mes notes pour vérifier, mais de toute façon, je me souviens de cette vente. Elle n'a pas eu lieu ici, à Kalmar. Il m'arrive de parcourir le pays, voyez-vous. Il y a peu de commissaires-priseurs sérieux qui le fassent encore, de nos jours.

Hanna attendait la suite, captivée malgré elle.

— C'est qu'on m'invite, voyez-vous. La vente dont je parle s'est déroulée à Jönköping, je m'en souviens très bien. Une succession dont s'occupait le petit-fils. Et sa femme. Des gens très convenables. Nous avons vendu…

Il se leva vivement et alla chercher quelques papiers sur une étagère murale.

— Nous avons entre autres vendu une vieille armoire à linge pour la somme non négligeable de cinq mille couronnes. Les gens comprennent rarement la valeur de ce type de grand meuble bien rodé, alors vous pensez que je m'en souviens !

Il était déjà 11 heures du soir. Avait-il l'intention d'énumérer tous les objets qu'il avait liquidés à cette vente avant d'en arriver aux lunettes ?

— Voilà pourquoi je crois que je n'en ai pas fait un cas de conscience quand j'ai gardé les lunettes pour moi. Même si ce n'était pas bien de ma part. Bref, je suis allé chercher dans mes petites archives la vente à Jönköping où une armoire à linge en bouleau du XIXe siècle était partie à cinq mille couronnes.

Erik lui montra une feuille.

— Vous voyez ? C'était il y a quinze ans, aux Enchères et antiquités de Jönköping. Le vendeur était un certain Christer Bock.

Il désigna une case.

— Numéro de téléphone.

— Appelons-le sur-le-champ.

Il plissa les yeux.

— Déjà fait ! Il a changé de numéro, mais aux renseignements, ils ont trouvé le plus récent.

— Et qu'est-ce qu'il a dit ?

— Vous ne croyez quand même pas que j'allais lui parler des lunettes ?

Hanna le dévisagea. Un homme bien étrange, en vérité…

— Et pourquoi pas ?

— Je lui ai demandé si sa grand-mère avait des descendants plus vieux que lui encore en vie. Comme sa mère, par exemple.

Il garda le silence. But une gorgée de lait. Maintenant, elle en était sûre, c'était un moyen de la taquiner.

— Et… Elle en avait. Alors j'ai obtenu le numéro de téléphone de la mère de Christer Bock, Caroline Bock. Qui est donc la fille de la défunte.

Elle hocha la tête en espérant qu'il ne continue pas à expliciter des liens familiaux évidents.

— Et elle a dit quoi ?

— Eh ben… Elle n'a pas dit grand-chose sur les lunettes, mais c'est peut-être parce que je ne lui ai rien demandé de précis à ce propos.

Autant baisser les bras tout de suite. Hanna s'appuya sur l'accoudoir dur du canapé et attendit. C'était ce qu'elle avait de mieux à faire.

— Je ne trouve pas que ce soit de très bon ton d'aborder des affaires graves au téléphone. Je ne dis pas que je ne l'ai pas appelée. Je l'ai fait, elle habite à Falun. Je me suis présenté comme le commissaire-priseur qui avait dirigé la vente aux enchères après le décès de sa mère. Elle a dit : “Ma mère ?” J'avais peur de m'être trompé de numéro. C'était il y a longtemps, tout ça. Mais j'ai insisté, je lui ai dit qu'il s'agissait d'une vente réalisée il y a quinze ans. Ça a éveillé sa curiosité. C'est bien naturel.

"Sauf dans mon cas", se dit Hanna. Mais elle se tut.

— Je ne peux pas vous promettre que vous allez trouver une explication à vos expériences surnaturelles, dit-il d'une voix grinçante avant d'avaler sa dernière gorgée de lait. Mais demain, vous et moi, nous allons rendre visite à Caroline Bock.

Que faisait-elle là ? Elle s'était mise toute seule dans cette situation complètement absurde. Elle s'était volontairement rendue chez un vieux bonhomme, en pleine cambrousse. Et maintenant, il fallait qu'elle se prépare à aller interviewer une vieille dame sur sa défunte mère. Pourquoi avoir eu l'idée stupide de découvrir l'origine d'une vieille paire de lunettes ? Elle ne se souvenait même pas comment elle en était arrivée là. Elle se leva du canapé et fit le tour de la pièce en zigzaguant pour éviter le fourbi. Deux lampadaires entouraient le canapé. La table basse sur laquelle Erik avait posé ses papiers était en bois, surmontée d'une tablette en verre. Sur une étagère au-dessus du panier à bûches, un cheval de Dalécarlie, un bougeoir, un ocarina, deux verreries miniatures, un soldat de plomb et une lampe à pétrole étaient alignés apparemment sans aucune logique. Le manteau de cheminée, en revanche, tranchait par son minimalisme, puisqu'il n'était décoré que d'une seule photographie. Hanna s'arrêta devant. Une dame rondelette aux cheveux tressés souriait aimablement.

— C'est ma femme, dit Erik derrière elle. Anna-Lisa.

— Ah. Elle est à la maison ?

Hanna eut immédiatement envie de se mordre la langue. Étant donné la place du portrait et le grand âge d'Erik, sa femme devait être morte.

— Certainement, à la maison, chez son Dieu.

Avant de se retourner, Hanna rectifia les traits de son visage pour exprimer quelque chose comme la sérénité et le respect des morts, mais elle doutait que cela fût très efficace. Elle rejoint rapidement le canapé et se rassit à sa place.

— On part demain, donc ? dit-elle après un silence calculé.

— Exact. Il y a un bout de chemin jusqu'à Falun, mais j'emporte une armoire que je dois livrer là-bas. Comme ça, on joindra l'utile à l'agréable.

Lorsque Hanna se mit au lit, la voix grinçante d'Erik résonnait encore dans son esprit. L'escalier geignait, les gonds de sa chambre à coucher crissaient, les murs craquaient… Au moins, l'identité sonore de la maison était claire. Toujours pas de réseau de téléphonie portable. Dès qu'elle posa la tête sur l'oreiller, ses paupières tombèrent comme celles d'une poupée. De toute façon, qui l'aurait appelée ? Dans le temps, sans nouvelles d'elle depuis plus de vingt-quatre heures, Johan se serait morfondu. Les temps changeaient.

31

Quand mon cœur réfugié sous mon sein battait
La mesure d'un air intime et ravissant
Que, pour ma plus grande joie, tu chantais
Harmonie inconnue de ces tons inouïs !

Que peu à peu, mon sein s'ouvrit
Comme une fleur au printemps s'épanouit,
S'abandonne au point que plus jamais
Elle ne recouvrira son noyau palpitant

Ainsi mis à nu, mon cœur tout gorgé de sang
de ta petite main tu as sorti
et le contemplant, tu sembles avoir compris,
que jamais je n'avais fait don aussi grand

Signe passa la main sur sa joue baignée de larmes et renifla un peu du liquide qui s'écoulait inexorablement de son corps. À la lecture de la dernière ligne, elle fut secouée par les sanglots. Elle en avait mal aux yeux. Elle jeta le cahier par terre et, pliée en deux, resta un moment assise, la tête entre les genoux, alors que les larmes et la morve coulaient le long de son visage. Ses lunettes tombèrent. Le monde devint un espace vague et flou.

D'abord, elle ne l'avait pas cru. Dans une lettre, elle avait raconté à Anna le grossier malentendu, sur un ton qui laissait entendre qu'elle ne croyait pas un mot de cette sotte rumeur. Puis, en quête d'un démenti définitif, elle était allée voir Anders. Là, confrontée à des formulations vagues et à une attitude fuyante, elle avait compris. Anders lui avait expliqué qu'Anna ne voulait pas qu'il lui dévoile quoi que ce soit.

— Elle voulait t'annoncer elle-même la bonne nouvelle, alors, s'il te plaît, fais comme si je n'avais rien dit.

Signe était partie en claquant la porte si fort que le voisin s'était penché par sa fenêtre. C'était donc vrai. Elle avait l'impression que son sang lui-même allait perforer son cœur pour ressortir ensuite par ses yeux.

Quand ses tremblements se furent calmés, elle se redressa et alla ramasser son cahier. Elle remit ses lunettes et trempa la plume dans l'encrier. Le souffle court, elle écrivit la dernière strophe.

Et alors que mon cœur battait pour toi
Tu es allée offrir le tien à la hâte
Oubliant le mien dans la rue
Refusant de le voir se briser

Après avoir relu son œuvre, elle déchira la page du cahier. Une adolescente béate d'admiration pour Theobaldi en aurait fait autant. Ces lignes n'arrivaient pas à la cheville de ses sentiments. Le mépris que lui inspiraient ses piètres talents lyriques se mêla au vide innommable qui lui creusait le cœur. Comment Anna avait-elle pu…

Une voix se faufila entre les arbres, qui portaient désormais juste assez de feuilles pour bruisser. Une voix claire. Signe plia en hâte la page déchirée et la cacha dans le cahier.

— Signe ! Tu es là ?

Lorsque la voix fut assez proche pour que Signe la reconnût, son cœur s'emballa. Anna… Signe n'avait pas l'intention de lui faciliter la tâche.

— Eh là ! Signe !

Signe garda les yeux rivés au sol. Pas un souffle ne traversait l'herbe. La végétation restait immobile, tout comme elle. Les jambes d'Anna entrèrent dans son champ de vision.

— Tu es là !

Le ton était fuyant et légèrement suraigu. Signe leva la tête et la dévisagea. La trahison enlaidissait-elle l'être cher ? Non. Anna n'avait rien de laid. Elle était ravissante comme le printemps.

— Ma chérie ! s'écria-t-elle en découvrant le visage éploré de Signe.

Elle se précipita vers elle, bras ouverts. Le parfum d'Anna enveloppa Signe de douceur. Elle en avalait de grandes bouffées qu'elle recracha ensuite dans des sanglots. Elle renifla dans ses cheveux, les mouillant, mais Anna ne la serra que plus fort.

— Allez… disait-elle pour la calmer. Allez…

Le bonheur était revenu. Anders et le pasteur leur avaient joué un mauvais tour, mais, en réalité, personne ne pouvait faire obstacle à leur amour. Au fond, Signe n'en avait jamais douté, n'est-ce pas ? Car leur amour était plus fort que tout. Elle saisit le visage d'Anna entre ses mains et croisa ce regard qu'elle avait si souvent laissé pénétrer au plus profond de son âme.

— Ce n'est pas vrai, n'est-ce pas ?

La main d'Anna lui caressait le dos. Le printemps était d'une beauté à couper le souffle, elle le voyait désormais. Elle riait entre les larmes.

— J'ai été si bête…

Anna lui fit un sourire un peu hésitant.

— Anders m'a dit que tu t'étais mise dans une colère noire. Ça m'a fait atrocement mal au cœur. J'ai été obligée de venir te voir tout de suite.

Signe garda le silence. Que voulait-elle dire ? Que le pasteur et Anders avaient dit vrai ? Un clou lui écorchait le cœur, prêt à le transpercer.

— Ma Signe bien-aimée… Je comprends que ce soit difficile pour toi. Je le comprends. Mais… Ça ne change rien, ne le vois-tu pas ?

— Qu'est-ce que tu veux dire ?

— Je sais bien comment se transforment les femmes mariées, en général. Surtout ici, à la campagne. Elles sont absorbées par leur vie de famille et s'effacent de leurs cercles d'amis. Mais moi, ça ne m'arrivera pas. Je suis différente !

Le clou rouillé était désormais solidement planté dans le cœur de Signe. Les yeux d'Anna cherchaient les siens. La main d'Anna s'agrippait à la sienne, elle avait l'impression d'être piégée.

— Je te demande, dit Signe le plus calmement possible, de m'expliquer clairement ce que tu veux dire.

Anna fit une grimace résignée.

— Je n'arrivais pas à te l'annoncer. C'était trop difficile. Anders t'avait déjà demandée en mariage, toi et moi, nous avions passé des moments merveilleux ensemble, toutes les deux, alors je ne savais pas comment te le dire. J'ai essayé ! Plusieurs fois, mais il y avait toujours un obstacle.

Signe retira sa main. Le billot sur lequel elles étaient assises lui semblait tournoyer. Elle avait l'impression de flotter autour de la scène, d'en être détachée, de la contempler de haut. Elle avait tout de même le droit de décider du sort de sa propre main. Anna essaya de l'attraper, mais elle l'éloigna. Tous les muscles de son corps la faisaient souffrir.

— Ne sois pas fâchée contre moi ! la supplia Anna. Ce n'est pas facile de te parler de ces choses, et tu es quand même ma meilleure et seule amie dans ce village ! Je t'en prie, Signe, dis quelque chose !

— Amie... murmura Signe à travers des océans de plomb.

Anna se pencha en avant pour distinguer ses chuchotements. Incapable de retenir encore les flots de noirceur que charriait son sang, Signe éclata.

— Amie ! gronda-t-elle. Tu crois que c'est en amies que nous nous sommes embrassées tous les soirs jusqu'à ce que le sommeil nous gagne ? À ton avis, les lettres que tu m'as écrites étaient-elles de celles que s'échangent des amies ? Appelles-tu tes amies "Mon amour", les caresses-tu ?...

Elle s'interrompit pour renifler.

— Non, dit Anna faiblement. Non, bien sûr. Je... C'était maladroit de ma part. Nous ne sommes pas... Nous sommes... Que sommes-nous ?

Signe la regarda. Ses yeux lui brûlaient.

— Maintenant ? Plus rien.

Anna reprit son souffle. Elle tenta à nouveau de saisir la main de Signe, mais celle-ci la cacha sous sa jupe.

— Signe, ma chère Signe, essaie de raisonner un peu. Nous savions toutes les deux que ce jour arriverait.

— Ah ? Nous le savions ?

La voix de Signe devenait acide, envahie d'une frénésie contre laquelle elle ne pouvait rien.

— C'est étrange, reprit-elle, car je suis passée complètement à côté de cet aspect des choses. Peut-être parce que tu ne m'avais jamais parlé de ce jour. Tu étais trop occupée à me raconter comment, dans dix ans, tu serais assise dans ton cabinet, tapant sur ta machine à écrire pendant que je pendrais tes robes sur le fil à linge, au dehors. Que tu serais mon lendemain, mon surlendemain et tous les jours qui suivraient, que j'étais tout ce dont tu avais besoin, que nous étions un puzzle éternel. Est-ce que, par hasard, tu reconnaîtrais ces paroles ?

Au-dessus de leurs têtes, un oiseau émit un gazouillis absurde. Son chant distordu se fondit dans le bruit blanc qui remplissait désormais l'esprit de Signe. Elle était épuisée, il fallait qu'elle dorme. Il fallait qu'elle crie. Il fallait qu'elle se réveille. Anna poussa un profond soupir, comme avant de répéter une explication qu'on vient de donner.

— C'était sans espoir, dit-elle. Les choses ne se passent pas comme cela. Et quand Anders et moi… Ça nous a paru naturel. Je suis sûre que ça t'arrivera à toi aussi, un jour.

Elle lui fit un sourire d'encouragement, comme si c'était ce dont Signe avait besoin. De baisser les bras, elle aussi, de se marier avec un maître d'école suffisant et arrogant affublé de mains aussi grandes que des couvercles de margelles. De piétiner l'amour et de le laisser saigner à mort en tournant les talons. Voilà ce qu'Anna choisissait de faire, Signe s'en rendait brusquement compte. Elle laissa passer quelques respirations pour digérer ce qu'elle venait de comprendre.

— Tu veux dire que mon amour pour toi n'a aucune importance, résuma-t-elle.

Au-dessus d'elles, l'oiseau s'était tu, ou peut-être s'était-il envolé pour pousser loin de là son ardent cri de désir. Les mots de Signe résonnèrent quelques instants dans le silence, sincères et solitaires. Puis, sur le point de se lever, elle vit une larme couler le long de la joue rouge d'Anna.

— Moi aussi, je t'aime, gémit minablement Anna. Tu ne peux pas envisager la chose autrement ? Ainsi, nous serons proches l'une de l'autre. Tout le temps !

— Dans deux lits à part. Dans deux maisons à part. Ça ne suffit pas.

Rien de tout cela ne pouvait convenir à Signe. Ni les mots ni la réalité ; ni la décision d'Anna et son absence ni sa présence au moment même. Ses yeux endoloris parvinrent encore à verser quelques larmes. Elle renifla, le regard fixé sur une brindille floue quelques mètres plus loin. Puis elle ravala une gorgée de liquide visqueux, d'air et d'amour noyé.

— Dis-moi exactement, reprit-elle en faisant un effort surhumain pour maîtriser son ton de voix, ce que tu voudrais que je pense de tout cela. De tout ce que tu m'as dit et écrit. Dois-je considérer toutes ces paroles comme des mensonges ? Quand tu parlais de vivre ensemble, de ne jamais plus être séparées, de nous procurer quelques poules et de leur construire un nid pour que tu puisses voir éclore des poussins tous les ans. Que représentaient-ils, tous ces mots ?

Anna prit la main de Signe, désormais trop faible pour lutter.

— Ils représentent les plus beaux rêves que j'aie jamais faits. Les plus beaux rêves. Je t'aime encore, Signe. Tu ne le vois pas ? Sinon, pourquoi serais-je ici ?

— C'est ce que tu dis. Et ensuite, tu te maries avec Anders. Comment veux-tu que je te croie ?

— Parce que c'est la vérité. Et tu es certainement capable de comprendre que... Enfin ! Je te l'ai déjà dit, s'il te plaît, gentille Signe, comprends-moi ! Il y a les attentes, il y a mes parents, les choses telles qu'elles sont, la réalité. Et Anders est un homme bien, tu le sais !

Signe dut rassembler ses ultimes forces pour formuler une réponse. Elle se sentait vidée, mais la rage lui redonna assez de vigueur pour tourner les yeux vers Anna, dont le nez rougi était le seul signe qu'elle pleurait aussi. Les mots sortirent de la bouche de Signe comme un torrent entrecoupé par les rochers contre lesquels il se brise.

— Quoi ? Qu'est-ce que je suis censée savoir ? Tu n'es pas obligée de te marier ! Les temps ont changé ! Tu es une femme de la nouvelle génération, n'est-ce pas ? Tu devais devenir journaliste indépendante, non ?

En prononçant ces mots, Signe comprit soudain qu'en fait, Anna n'avait pas écrit un seul article.

— Ce que tu veux dire, dit Anna d'une voix transformée, c'est que tu ne m'accordes pas le bonheur de fonder une famille et d'être heureuse en ménage avec un homme que tu as toi-même éconduit sept fois de suite.

Elle se leva du billot, se planta devant Signe et resta immobile jusqu'à ce que cette dernière daigne lever les yeux sur elle. Ses mots furent tièdes.

— Maintenant, je sais que tu ne m'as jamais vraiment aimée.

32

Ils naviguaient sur la nationale, quelques dizaines de centimètres plus haut que les autres véhicules. Les "petites voitures", comme les appelait Hanna en elle-même, étaient peu nombreuses en cette heure matinale du samedi.

— Autant se lever avant que la journée ne se termine, avait dit Erik en la réveillant à 7 heures.

Il lui avait tendu une assiette de bouillie d'avoine. À côté de sa tasse de café, il avait posé trois sucres.

— Je ne suis pas allé là-bas depuis... C'est quand, déjà, la dernière fois que j'étais à Falun ?

Elle bâilla et plissa les yeux pour voir défiler au bord de la route une ou deux maisons désolées. La question d'Erik était rhétorique et sans aucun intérêt. Hanna tenta de reposer sa tête contre l'enrouleur de la ceinture de sécurité, ce qui se révéla aussi confortable que d'essayer de dormir sur des poings fermés.

— J'y suis passé en 1995, en tout cas, grinça Erik sans se soucier de ce que fabriquait Hanna. Je m'en souviens parce que j'avais essayé d'y vendre un somptueux bureau à double fond. C'était courant, au XIXe siècle, les caches secrètes. Ne me demande pas pourquoi.

Hanna ne le lui demanda pas, ce n'était pas la peine.

— C'était peut-être une époque très secrète. Ou au contraire, une époque où on dévoilait les secrets. Il fallait donc mieux les cacher. L'industrie se développait, on avait trouvé de l'or en Amérique... Le XIXe siècle a vu naître la théorie de l'évolution, les grandes migrations...

Derrière ses paupières closes, Hanna leva les yeux au ciel.

— Tu as une très bonne mémoire, dit-elle.

Il ne répondit pas. D'abord, elle crut l'avoir vexé, mais en soulevant une paupière, elle le vit pouffer de rire.

— Ça aurait été quelque chose, en effet, dit-il. De vivre au XIXe siècle. L'époque où les théories de Darwin provoquaient des tollés dans tout le monde civilisé. C'est à se demander ce qu'on en aurait pensé soi-même.

De toute évidence, Erik n'avait pas l'intention de se taire. Il ne se taisait que lorsqu'on voulait qu'il parle. Hanna se redressa et appuya la tête contre le dossier.

— Où les mettaient-ils, ces doubles fonds ?

— N'importe où. Dans les murs, les parquets, les bibliothèques… Mais surtout dans les bureaux, bien sûr. Là où il était facile de les intégrer. Les gens n'étaient pas censés voir qu'un tiroir était un peu trop court, ou une surélévation un peu trop haute. Cela dit, on trouve des doubles fonds dans n'importe quoi, du moment qu'il y a assez de place pour y mettre une cache.

Deux petites voitures les doublèrent à toute vitesse. Hanna avait ôté ses chaussures. Alors qu'elle les tâtait du bout des orteils, une idée lui traversa l'esprit.

— Dans des chaussures aussi ?

— Oui, dans les talons. Tout à fait. Ça s'est vu.

Elle se baissa pour ramasser une de ses bottines noires. La ceinture la bloqua, mais elle parvint tout juste à l'attraper. Aucun doute, les talons étaient assez larges pour y cacher une babiole. Son pouls s'accéléra.

— Ah oui… pouffa Erik. Ce serait vraiment intéressant si tu trouvais une cache dans ces chaussures-là.

Il semblait très sûr de lui : le ton de sa voix était profondément énervant.

— Et pourquoi ça ?

— Bien sûr, tout peut arriver. Mais elles ne datent pas d'une époque où on trouvait très intéressant ni très pratique de fabriquer ce genre de dispositif.

— Et de quelle époque elles datent ?

Cela agaçait Hanna qu'Erik détienne des informations dont elle avait besoin. Enfin, elle n'allait pas se plaindre, puisqu'il était assis à côté d'elle, pour ainsi dire captif. Elle passa discrètement le pouce le long du talon pour y trouver une jointure éventuelle qui indiquerait la présence d'une cache. En fait, elle cherchait la réponse à une question qu'elle n'avait même pas formulée. Mais rien.

— Je dirais du début du XXe siècle. D'avant guerre. Et ce ne sont pas des chaussures bon marché, elles devaient être portées par une dame de la haute société. Elles ont été faites à la main par un habile cordonnier.

Faisant mine de vérifier les dires d'Erik, comme pour admirer le travail de l'artisan, Hanna retourna la bottine, espérant toujours trouver un compartiment secret.

— Je ne crois pas que tu y trouveras une cache, répéta-t-il.

— Alors elles sont du début du XXe siècle ? dit Hanna pour ne pas le brusquer. Les lunettes aussi, n'est-ce pas ? Et la broche ?

— Je n'y ai jeté qu'un bref coup d'œil quand tu me l'as montrée hier. Je peux la voir ? Oui… Peut-être un peu plus vieille. Fin XIXe. Pas évident. Si elle a été fabriquée en Allemagne, elle peut dater d'avant.

— Mais elle peut être du tournant du siècle ? Si elle a été fabriquée en Suède ?

— C'est possible. Mais non, décidément, je crois qu'elle date d'avant 1900.

Ses réponses ne collaient pas. Les objets auraient dû dater exactement de la même époque. Cela aurait été un signe. Hanna tourna la broche comme elle le faisait souvent, pour trouver le meilleur angle.

— Je ne comprends pas ce qu'ils avaient en tête quand ils l'ont fabriquée.

— Qu'est-ce que tu veux dire ?

— Quoi qu'on fasse, l'un des cœurs est dans le mauvais sens.

Erik jeta un nouveau coup d'œil au bijou.

— Je n'avais pas vu qu'elle représentait deux cœurs, dit-il, le regard à nouveau fixé sur la route. Je trouve plutôt qu'elle ressemble à une bouche.

En la tordant d'un quart de tour, Hanna comprit ce qu'il voulait dire. La forme était en effet celle d'une bouche.

— Les deux cœurs sont quand même plus crédibles, persista-t-elle. En tout cas, impossible de trouver une bonne manière de l'accrocher. Je n'ai jamais vu un bijou aussi laid.

Elle illustra ses mots en fixant la broche à sa poitrine, d'abord avec les pointes vers le haut, puis vers le bas, puis aux extrémités, comme des lèvres.

— Tu devrais boutonner ton col jusqu'en haut, dans le cou, si tu veux lui faire justice.

Hanna regarda le décolleté de son tee-shirt. Erik lâcha le volant d'une main et sortit quelque chose de la boîte à gants.

— Elle est propre. J'en ai toujours une de rechange.

Après quelques secondes d'hésitation, Hanna enfila la chemise à carreaux. Après un coup d'œil insistant d'Erik, elle la boutonna jusqu'en haut. Ainsi vêtue d'une chemise de vieux bonhomme fermée quasiment jusqu'au menton, elle se sentait parfaitement absurde.

— La broche doit être placée là, dit Erik. Tout en haut du col. Sur le dernier bouton.

— J'ai l'impression de m'étrangler.

— Alors, c'est que tu l'as bien mise.

Il lui jeta un coup d'œil en coin et pouffa de rire.

— Joli ! Dire qu'il suffisait d'une dame et d'une broche Art nouveau pour que cette vieille chemise retrouve toute sa fraîcheur !

Elle se contempla dans le rétroviseur. Complètement loufoque. Le matin, elle avait mis ses lunettes pour ne pas avoir à se triturer les yeux dans la salle de bains du vieux. Les verres ronds répondaient à la broche, de l'autre côté du menton, mais sa queue de cheval négligée ne faisait pas bon ménage avec l'ensemble. Elle retira l'élastique et s'entortilla les cheveux en chignon. Dans l'image que lui renvoyait désormais le rétro, il n'y avait plus que la moitié d'elle-même.

— On va s'arrêter dans une auberge pour faire une petite pause café, dit Erik.

Hanna contemplait son nouveau visage. Un objet lui tiraillait la peau du cou, l'autre pesait sur l'arête de son nez. Elle se tourna vers le vieil homme.

— Je ressemble à une vieille maîtresse d'école !

33

Si elle n'allait pas au mariage, toute la ville jaserait.

"Pauvre Signe, dirait-on, elle est tellement amoureuse du maître d'école qu'elle ne veut même pas se montrer à l'église. Ça ne doit pas être facile pour elle, ils étaient si proches, et voilà qu'une fille de la ville vient le lui voler. Sous son nez. Pauvre petite. Voilà ce qui arrive, ajouterait-on en hochant lourdement la tête, quand on attend trop longtemps avant de nouer les liens de l'hymen."

Elle n'allait pas leur faire ce plaisir. Renfrognée, Signe serra très fort les lacets des bottines qu'Anna lui avait un jour offertes à la gare de Tierp. Anna… Elle ne déboutonnerait jamais le nouveau jupon de Signe, elle ne le ferait jamais glisser le long de ses hanches, elle ne détacherait jamais plus son corset de ses doigts apaisants, elle ne rirait plus de la voir si soulagée d'en sortir… Signe boutonna sa robe jusqu'au cou et prit la broche. Depuis qu'Anna l'avait quittée, elle portait de préférence son ancienne broche mais, ce jour-là, elle avait décidé de mettre le bijou en forme de cœurs.

— Ce sont nos deux cœurs, avait-elle dit à Anna par un matin clair. Ils se frôlent en permanence.

Anna s'était esclaffée.

— Je trouve plutôt qu'elle ressemble à une bouche ! C'est ce que je me suis toujours dit.

D'une main experte, Signe enfonça l'aiguille dans son col bleu, puis ferma le dispositif à l'arrière. Il fallait qu'Anna aperçoive la broche en traversant la nef – un pâle rappel de sa trahison et de tout ce qu'elle avait sacrifié.

Dans l'église pleine à craquer, on semblait se serrer un peu plus du côté droit de l'allée. Pas étonnant, la famille d'Anders était nombreuse à Tierp. Signe reconnut les parents d'Anna au premier rang. Sa mère lui fit signe et elle lui répondit – Mme Dahléus ne s'était rendue coupable d'aucune trahison. Quelques rangées plus loin, Signe aperçut Mme Brita Löfstedt accompagnée, une fois n'était pas coutume, de son mari, ainsi que d'une femme que Signe avait rencontrée à une réunion de l'Union pour le droit de vote à Stockholm. Parcourant distraitement un feuillet qui ressemblait plus à un tract qu'à un psautier, cette dernière semblait attendre le train plutôt qu'un couple de jeunes mariés. Signe se faufila du côté droit et s'assit à côté de la belle-sœur du pasteur. Elle n'avait aucune envie de se retrouver au premier rang, mais elle devait assumer sa fonction de maîtresse d'école et ne pouvait pas se placer trop loin à l'arrière, parmi les paysans. Pas question, en tout cas, de se placer du côté d'Anna.

Elle la haïssait. Elle l'aimait. Sous ses yeux se déroulaient les prémices d'un destin qui lui échappait de peu. Désormais, ses sentiments resteraient serrés, encapsulés dans son cœur. Elle essayait de ne pas y penser, mais les larmes se bousculaient au coin de ses yeux. Elle ne put cependant retenir un sourire quand elle vit Anna s'avancer à pas solennels, attifée, en toute innocence, d'une robe blanche chargée de falbalas, ignorant sans doute que jamais personne, pour autant qu'on s'en souvienne, ne s'était marié en blanc à l'église de Tierp.

— C'est peut-être ce qu'on porte à Stockholm pour se marier, chuchotait-on derrière Signe, mais je ne trouve pas ce genre de nouveauté très convenable dans une église.

La voisine de la chuchoteuse acquiesça et insista sur la valeur et le sens de la vieille tradition qui voulait que la mariée porte une robe noire. Mais Signe savait d'ores et déjà que toutes les jeunes filles du coin casseraient les oreilles à leurs parents pour porter une robe blanche comme celle d'Anna le jour de leur mariage.

À côté d'Anna se trouvait Anders. Signe ne le remarqua que quand ils passèrent juste devant son banc et qu'il lui cacha celle qu'elle suivait ardemment des yeux. Sa nouvelle queue-de-pie faillit frôler Signe. Il lui aurait suffi de tendre la main pour la toucher, l'agripper, la tirer en arrière et renverser Anders. On aurait dû repousser la cérémonie. Mais le costume glissa sous ses yeux et sa main bien élevée ne broncha pas. Le couple s'arrêta devant le pasteur, qui fit un signe de croix. Lorsque Anders souleva le voile qui couvrait le visage d'Anna, un bref instant, Signe crut croiser son regard… Elle avait bien regardé de son côté, non ? Que pouvait-elle bien penser à ce moment-là ?

Le pasteur Lindeman prit la parole. Il bafouilla un peu, sans doute nerveux devant une assemblée si distinguée d'un côté de la nef. Mais une fois lancé, il se montra d'une rare éloquence. On sentait le plaisir qu'il éprouvait à unir cet homme-là et cette femme-là par le sacrement mystérieux du mariage. Dorénavant, ils vivraient ensemble. Anders poserait sa main sur le sein d'Anna le soir, et son grand corps sur sa silhouette svelte, et il goûterait ses lèvres avec la bénédiction de Dieu. Les sentiments qu'Anna et Signe avaient partagés, les étincelles jaillies de la rencontre de leur peau n'existeraient plus que pour Signe.

La broche – celle qui représentait leurs deux cœurs l'un contre l'autre ou la bouche d'Anna sur le cou de Signe – manqua de l'étouffer. Si l'aiguille s'ouvrait, elle se planterait droit dans son gosier. Signe se vit soudain s'effondrant sur le sol, sans vie, imagina l'assemblée s'écriant : "Mon Dieu, que lui arrive-t-il ? Quelle est cette broche qui a perforé sa gorge et volé son âme à tout jamais ?" Rongée par les remords, le visage baigné de larmes, Anna accourrait le long de l'allée, se pencherait sur elle et l'embrasserait jusqu'à ce qu'elle se ranime. "C'est moi ! avouerait-elle, tourmentée, à l'assemblée. Nous nous aimions et je l'ai trahie. La broche était le symbole de notre amour, mais j'ai commis un méfait tellement abominable que seul Dieu pourra me le pardonner !" Mais, pleine d'amertume, la broche ne bougea pas d'un millimètre sur le col bleu étriqué de Signe.

Elle fut tirée de sa pénible rêverie par un regard pénétrant venant de sa gauche. Au lieu de contempler le couple de mariés, la jeune militante qui accompagnait Brita Löfstedt la dévisageait avec insistance. Signe la connaissait. Il s'agissait d'Elvira, qui lui avait un jour tendu un tract sur le droit de vote. Très longtemps auparavant. À Stockholm, à l'époque où seule une mince paroi fleurie séparait son lit de celui d'Anna, et où elles cheminaient encore l'une vers l'autre. Agacée, Signe soutint le regard d'Elvira jusqu'à ce que celle-ci retourne à sa lecture. Ses cheveux foncés, presque noirs, étaient rassemblés sous un chapeau nettement moins criard que celui de Mme Löfstedt et elle n'accordait strictement aucune attention à l'alliance sacrée en train de se lier face à l'autel.

Le pasteur avait le mérite de rarement verser dans les verbiages. Après quelques belles paroles sur le don de l'amour, l'obéissance qu'une femme devait à son mari, le respect mutuel et la crainte de Dieu, il déclara les époux unis par les liens du mariage. Le sacristain fit résonner le nouvel orgue. Anna… Elle qui luttait pour l'égalité des droits entre hommes et femmes depuis que Signe la connaissait n'avait pas bronché en entendant ces sottises sur l'obéissance de la femme ! Après avoir tant craché sur la conception traditionnelle du respect et de l'amour, elle avait fait une mine béate quand le pasteur en avait parlé ! À la sortie de l'église, Signe essaya d'attirer son attention, mais elle ne lui accorda même pas un regard. Arrivée à sa hauteur, elle tourna la tête du côté opposé, joyeuse, saluant amicalement des gens qui jamais ne s'étaient étendus contre sa peau, qui jamais n'avaient plié ses habits sur le dossier d'une chaise ni senti son corps sous une couverture brodée. Signe serra les mâchoires. À l'autre bout de l'église, Elvira la dévisageait à nouveau.

La fête devait avoir lieu dans la maison du sacristain. Le cadre était plus agréable qu'à la maison paroissiale et il y avait plus d'espace qu'au presbytère, avait décrété la femme du pasteur, décidant ainsi du déroulement de la célébration. Elle était d'ailleurs plongée dans une discussion avec la mère et la sœur d'Anna, dans la cour. Signe restait à l'écart, malheureuse, ne sachant où se réfugier.

— C'est tellement… campagnard, ici, à la campagne, dit Mme Dahléus avec un sourire forcé.

— Tout à fait, renchérit Mme Violetta comme si son interlocutrice venait de dire quelque chose de substantiel.

— Nous n'aurions pas cru que notre petite Anna choisirait des conditions de vie aussi simples. Enfin, c'est très beau, par ici.

— Anders est un maître d'école très estimé dans la région, répondit Mme Violetta. Il a également quelques attributions de sacristain et jouera un grand rôle dans la distribution future du courrier.

Comment ? Mme Violetta racontait-elle des balivernes ? Derrière les deux femmes, une troisième grande dame approchait : Brita Löfstedt, accompagnée de la brune Elvira. Mme Dahléus la salua gracieusement.

— Oui, il nous donne l'impression d'être un homme convenable et responsable. Et Anna est très moderne. Elle a du caractère. Espérons que M. Anders atteindra la position que mérite un esprit aussi élevé.

De toute évidence, il ne s'agissait pas d'un simple espoir, mais d'une condition.

— Quel temps ma-gni-fique ! s'écria Brita Löfstedt de sa voix de diva.

Elle prit place parmi les dames avec l'évidence déconcertante d'une reine. Elvira, plus petite qu'elle le paraissait à distance, se glissa entre elle et Signe.

— Dans le temps, Anna parlait même de ne pas se marier du tout ! confia Mme Dahléus à voix basse, sur un ton amusé.

— Oui, il nous arrive du continent des modes de vie si modernes, dit la femme du pasteur.

— Du continent ? demanda Elvira.

Sa voix était rêche et profonde, comme ce jour où elle avait tendu un tract à Signe.

— Oui, ou… Enfin, ces idées doivent bien venir de quelque part.

— Peut-être de femmes indépendantes éprises de liberté ?

Signe sourit pour la première fois depuis le début de la cérémonie. La femme du pasteur semblait gênée. Mme Dahléus vint à son secours.

— En tout cas, la cérémonie était magnifique !

— Les femmes vont devenir éligibles, souffla Elvira à Signe, et ici, on parle de la pluie et du beau temps, et on porte aux nues la dernière idiote qui a décidé de se soumettre à un homme.

Signe sourit, sans doute surtout parce que Elvira venait de traiter Anna d'idiote.

— Éligibles ? demanda-t-elle. Aux conseils généraux ?

— Vous êtes idiote aussi, ou plutôt visionnaire ? Aux conseils municipaux, bien sûr. Une nouvelle proposition a été déposée, vous n'en avez peut-être pas encore entendu parler. Enfin, c'est à peu près la même que celle qui a été rejetée. Les choses avancent très lentement, en Suède. On dit que la goutte d'eau qui tombe creuse la pierre, et on oublie qu'on tient une perceuse entre les mains.

— Que voulez-vous dire ?

Elvira la prit par les épaules et l'éloigna du défilé de chapeaux.

— Pourquoi ne sommes-nous pas en grève ? Pourquoi hochons-nous bêtement la tête quand ils décrivent les femmes comme vaines et décoratives ? Avez-vous déjà vu une apparition plus féminine et plus consciente de la dernière mode qu'une militante suédoise pour le droit de vote ? Elles appellent ça de la stratégie. Moi, j'appelle ça des sottises.

Signe jeta un coup d'œil à sa propre robe bleue. Elvira s'esclaffa d'une voix rauque.

— On a le droit de s'habiller un peu quand c'est la fête, bien sûr ! Surtout pour sa meilleure amie.

Cette réplique cachait-elle quelque chose, ou l'imagination de Signe lui jouait-elle encore des tours ? Elvira ne la laissa pas longtemps méditer la question, car elle changea brusquement de sujet.

— Je ne connais pas très bien Anna et, si vous vous demandez ce que je fais ici, je suis en tournée avec Brita sur le droit de vote. Elle a voulu faire un petit détour pour assister à la cérémonie. En ce qui me concerne, j'ai d'autres choses à l'esprit. Enfin, il vaut peut-être mieux rester en bons termes avec la famille Dahléus. Brita est un fin stratège.

— Oui, j'ai cru comprendre qu'on raisonnait ainsi.

— Je vous ai vue en arrivant. Alors, qu'est-ce que vous aviez à vous dire, vous et Mme Dahléus ?

— Elle trouve la campagne campagnarde.

— Vous lui avez demandé si elle trouvait la cité citadine ?

Elvira était divertissante. Si Signe arrivait à tricher avec le placement à table, elle ferait en sorte d'être assise dans le voisinage de cette créature rauque à la langue de vipère. Cela l'aiderait à survivre.

34

— On va faire une pause café ici, dans cette auberge.

Il tourna à droite et ils cahotèrent sur une route à peine plus large que leur voiture.

— Je n'ai pas vu de panneau qui indiquait une auberge.

— Un panneau ? Pour quoi faire ? Tu veux le ronger pendant que je prends mon café bien au chaud ?

Il s'arrêta devant une maison marron en pleine forêt.

— Bon, on y va.

Il n'y avait d'écriteau ni dans la cour ni sur la porte. Hanna marchait derrière Erik, à l'ombre des arbres où personne ne verrait son visage s'empourprer quand on leur demanderait pourquoi ils étaient entrés par effraction. Enfin, si l'endroit était habité. Un enfant leur ouvrit la porte, accompagné d'un énorme chien gris. À l'intérieur, un homme dans la quarantaine approchait avec un large sourire. Il portait un veston noir et une très longue moustache.

— Bienvenue ! C'est pour un brunch ?

— Ne me dis pas qu'on n'a plus d'œufs ! cria quelqu'un à l'autre bout de la maison.

— Nous n'avons plus d'œufs, alors l'omelette n'est pas au menu du jour.

— On la remplacera par un petit pain à la cannelle.

— C'est le vieux Erik ! cria l'homme au pied de l'escalier, en direction de l'étage.

La réponse ne se fit pas attendre.

— Je sors des petits pains à la cannelle !

En haut de l'escalier, dans un grand salon, Erik et Hanna entendirent de nouveaux arrivants frapper au rez-de-chaussée.

— Les gaufres sont très bonnes, dit Erik en filant vers un buffet dans un coin de la pièce. Sers-toi avant qu'il n'y en ait plus.

"Max 3" indiquait un écriteau à côté des gaufres. Hanna en prit deux, ainsi qu'une tartine de jambon. Dans la salle, il y avait deux canapés et une table entourée de chaises. Erik s'installa en bout de table. Deux robustes gars en bleu de travail et une femme en jupe accompagnée d'un enfant arrivèrent par l'escalier. Ils s'assirent sur les canapés après s'être servi des tartines, des gaufres et du café. Le chien gris s'étendit à leurs pieds. Il était plus long que le tapis. La femme n'avait presque pas de menton.

— Salut, Erik ! dit l'un des hommes.

Erik lui fit un signe de la main. La scène était insolite.

— Alors tu veux connaître l'histoire de ces lunettes parce que après les avoir mises, tu as ouvert une lettre d'Ági ? dit Erik en se gavant de petits pains à la cannelle. Ça n'aurait pas été plus logique d'essayer de joindre Ági ? En y réfléchissant un peu, je veux dire.

Hanna coupa un bout de gaufre qu'elle tartina de confiture. Erik n'avait manifestement rien compris.

— Le truc, ce n'est pas Ági, dit-elle en avalant la bouchée. C'est juste un symptôme.

— Mouais, répondit Erik.

Il termina sa réplique par un grognement indéfinissable, comme si, contrairement à elle, il savait quelque chose.

— Elle m'a écrit qu'elle me pardonnait, dit Hanna.

Elle voulait lui montrer que c'était elle qui détenait les informations sur Ági.

— Ah bon ?

— Je lui ai emprunté de l'argent il y a deux ans, et je croyais que toutes ses lettres étaient pour me le réclamer. Alors j'ai repoussé le moment de les ouvrir, c'était trop pénible.

Hanna entamait sa deuxième succulente gaufre, commençant à comprendre pourquoi on avait indiqué un nombre maximum par client.

— Mais ça me dérange un peu qu'elle m'ait pardonné, confia-t-elle.

C'était un aveu. Le fait qu'elle ait emprunté de l'argent lui avait échappé, mais le pardon l'agaçait. Elle enfourna vite un morceau de gaufre pour cacher son embarras.

— Elle n'aurait pas dû se mettre en colère ?

Hanna ne voulait pas en dire plus sur sa relation avec Ági. Pourquoi expliquerait-elle à Erik leurs philosophies divergentes et leurs discussions sur ce qu'on pouvait ou non pardonner ? D'ailleurs, il ne lui avait rien demandé.

— Non, répondit-elle laconiquement.

Erik venait de terminer son quatrième petit pain à la cannelle, qu'il rinçait de grandes goulées de lait.

— Un jour, ma femme m'a pardonné, dit-il.

Hanna lui lança un regard en biais. Il avait son expression habituelle. Sans doute un effet de l'âge. Avec le temps, la peau s'étirait, se relâchait et pendait, quel que soit l'état d'âme qu'elle recouvrait. Hanna se resservit du café en attendant la suite. Erik l'observait de ses yeux gris acier.

— Je ne l'ai jamais compris. Je croyais être arrivé à lui faire croire qu'il n'y avait rien à pardonner. Les femmes… On croit avoir un train d'avance, mais c'est parce qu'elles ont déjà fait un tour complet et qu'elles vous rattrapent par-derrière.

Il fit une grimace pour renforcer le poids de cette description de la moitié de la population mondiale.

— En tout cas, avec Anna-Lisa, c'était comme ça. Elle devinait ce que je fabriquais, en pleurait, me jugeait et me pardonnait. Elle l'a consigné par écrit pour la postérité. Je l'ai lu cinq ans après sa disparition.

Hanna tenta de se représenter la réalité derrière ces paroles. Peut-être inventait-il. Pourtant, un bref instant, son regard s'embua et devint aussi trouble que le bord de son verre de lait.

— Alors tu vois, je peux comprendre qu'on soit déçu d'avoir été pardonné.

Elle n'aimait pas questionner les gens. Elle s'en rendit compte dans la voiture alors qu'Erik, silencieux, reprenait la nationale. Interroger quelqu'un sur sa vie n'était pas dans ses habitudes, ce qui, entre autres, expliquait son manque d'enthousiasme au travail. Elle ne saurait donc jamais ce qu'Erik avait fait à sa femme, ni comment tous ces gens avaient trouvé le chemin d'un restaurant qui n'était indiqué nulle part, mais elle s'y résigna sans effort.

— Tu sais ce que tu veux lui poser, comme questions ? lui demanda Erik, comme pour retourner le couteau dans la plaie.

— Comment ça ?

— À notre arrivée à Falun. Il nous reste à peu près une heure de route. Après, on y passera l'après-midi et on devra repartir. On ne va quand même pas devoir refaire le trajet une deuxième fois parce que tu n'es pas préparée ?

Il avait raison, elle ne l'était pas. Jusque-là, toute l'opération n'avait été qu'une vague recherche orchestrée par une série de coups de tête, qui l'avait conduite sans grand obstacle à l'entreprenant Erik Kihlberg. Mais que voulait-elle savoir, au juste ?

— On peut par exemple se demander où elles ont été achetées, reprit Erik après un long silence. Et vérifier que je ne me trompe pas quand je dis qu'elles datent du début du xxe. Je m'avance, mais je dirais même… 1905.

Hanna fut envahie par une curiosité décidément omniprésente ces derniers temps.

— Cent couronnes qu'elles sont de 1908.

Le jeu fit pouffer Erik. Sans quitter la route des yeux, il lui tendit sa main fripée, qu'elle serra. Puis, comme réconforté par la bonne ambiance, il alluma l'autoradio. Une cassette audio se mit en marche et une voix de femme glapit faiblement à travers les haut-parleurs. Hanna l'ignora poliment.

Une heure plus tard, ils entraient à Falun.

— Tu peux prendre la carte dans la boîte à gants ? J'y ai noté l'adresse sur un bout de papier.

— Je peux chercher sur mon téléphone.

Il renâcla.

— Toi et le commis… Vous avez tout dans votre téléphone. Bientôt, vous en tirerez un pis et vous le trairez pour mettre du lait dans votre café, le matin. Sors la carte. Tu mettras un point là où on va, comme ça, je pourrai le voir aussi.

Elle s'exécuta, non sans pousser un soupir. Il y avait déjà trois points rouges autour de Falun. Impossible de savoir comment Erik arrivait à les distinguer entre eux. Quelques centimètres plus bas, elle lut d'autres noms de villes, dont l'un résonna en elle.

— On a passé Avesta ?

— Si tu avais lu la carte, tu le saurais.

Sa plaisanterie douteuse le fit rire.

— Non, on a pris par Ludvika, dit-il. On vient de traverser Borlänge. Pourquoi ? Tu as des “conechances” à Avesta ?

Pouvait-on parler de “conechances” ? En tout cas, au dos de toutes ses enveloppes, Ági avait écrit “774 41 Avesta”. Hanna préféra changer de sujet.

— Tu veux que j’appelle cette fameuse Caroline pour lui dire qu’on arrive ?

— Si elle n’est pas complètement à côté de la plaque, elle sait bien qu’on arrivera quand on arrivera.

35

Il allait falloir deux ans à Elvira Löfvenberg pour convaincre Signe d'ouvrir une filiale à Tierp : plusieurs allers et retours en train, une dispute retentissante et une nuit d'amour fatale. Tout commença par un deuil de plusieurs mois.

Depuis qu'Anna avait épousé Anders, la vie de Signe était devenue affreusement pesante. Au puits, la pompe était devenue lourde à manœuvrer. La première neige devant sa porte lui sembla lourde à déblayer. Les neiges suivantes, devant l'école, également. Il lui pesait de sourire aux enfants, mais elle s'y efforçait, pesamment, pour ne pas rendre leurs journées trop lugubres. Le catéchisme, le psaume du matin qu'il fallait chanter avec éclat, fermeté et puissance… Elle s'acquittait de ces tâches, accablée par leur poids. Se lever de son lit était parfois si pénible qu'elle se demandait quel effet cela lui ferait de recracher tout l'air que contenaient ses poumons et de ne plus en inspirer.

Un jour du mois d'avril qui rappelait douloureusement ce jour du mois de mai où Signe avait cheminé vers le presbytère en envisageant secrètement de s'installer à Stockholm avec Anna, Elvira descendit pour la première fois du train à Tierp. Elle allait loger chez Signe, on s'était mis d'accord là-dessus, car le mouvement avait mieux à faire de l'argent que lui aurait coûté une nuit d'hôtel. Les premiers mots qu'elle prononça en posant ses bagages sur le quai furent :

— As-tu réfléchi à mon idée de former une association locale ?

Signe lui fit en retour un sourire blême et souleva une de ses valises.

— Je t'ai expliqué la situation dans mes lettres. Ça compliquerait ma relation avec le pasteur. Il fait déjà passer Anders avant moi. Si je m'engage encore plus, il ne voudra peut-être même pas me garder à l'école !

Elvira fit une grimace de mécontentement et attrapa son autre valise.

— C'est ce que tu dis, en effet.

Elles se tutoyaient depuis le dîner de mariage d'Anna. Ce soir-là, Elvira était parvenue à lui arracher un ou deux rires et l'avait entraînée dans des discussions militantes si enflammées que Signe en avait oublié un instant les yeux brillants d'Anna sous son voile de mariée. À part cela, la fête avait été parfaitement exécrable.

— Je dors ici cette nuit et demain à Söderfors. C'est comme ça, quand on veut faire bouger la Suède. Centimètre par centimètre.

Elles se mirent en route vers le chemin forestier.

— Tu as dit exactement la même chose l'été dernier, fit remarquer Signe. Tu n'aimes donc pas ta patrie ?

Elvira ricana.

— Je l'aime tant que je veux qu'elle change, dit la mariée en passant la bague au doigt du marié. Non, sérieusement, aux réunions, je tiens les propos habituels sur la patrie, je les connais sur le bout des doigts. Mais comme cela avance lentement !

Elle avait lourdement insisté sur le dernier mot. C'était clair, du point de vue d'Elvira, notre mère Svea n'évoluait pas à un rythme satisfaisant.

— Tu es au courant pour l'Angleterre ?

Signe acquiesça, posa un instant la valise pour mieux l'attraper.

— Tu me l'as écrit.

— Je t'ai parlé des manifestations ?

— Sur deux pages.

— Alors tu sais. Voilà ce que je pense ! Pourquoi ne leur montrons-nous pas que ça compte vraiment pour nous, comme elles le font en Angleterre ?

— Mais on leur montre, non ? Toutes ces réunions, tous ces articles dans la presse… Ça prouve bien quelque chose, non ?

Elvira pinça les lèvres et secoua énergiquement la tête. Son austère chapeau resta bien accroché à ses cheveux bruns.

— Nous ne nous prenons pas au sérieux, déclara-t-elle en fronçant les sourcils. Et alors, forcément, les bonshommes, eux, ne se gênent pas pour se moquer de nous. Tu vois ce que je veux dire ?

Elle s'arrêta et plongea dans les yeux de Signe un regard sombre nuancé de vert qui visait à lui faire comprendre une donnée fondamentale. Signe eut l'impression que c'était la première fois depuis plus d'un an qu'on la regardait droit dans les yeux.

— Il faut que nous croyions en notre propre valeur, sans cela, personne d'autre ne le fera.

Elvira repartit à pas vifs. Signe lui courut après.

— À gauche, haleta-t-elle. C'est ici qu'il faut tourner.

Contrairement à Anna, Elvira ne fut pas fascinée par les planches qui assemblaient la maison de Signe. En revanche, pendant que Signe déverrouillait la porte, elle inspecta les arbres aux alentours. Pressée d'allumer le feu, Signe ne lui posa pas de questions et entra. Elvira la suivit. Bientôt, la chaleur rayonna sur leurs visages.

Cela lui fit une drôle d'impression de recevoir quelqu'un d'autre qu'Anna. Depuis les terribles paroles d'Anna, "Maintenant, je sais que tu ne m'as jamais vraiment aimée", personne n'avait plus rendu visite à Signe. En invitant Elvira à passer le seuil, elle eut le sentiment de profaner quelque chose, comme si elle dispersait ainsi les quelques traces de l'âme d'Anna encore incrustées dans les murs. C'était ridicule, bien sûr, mais cela la rendit morose.

Pour faire taire Elvira, qui ne cessait de bavarder, Signe l'obligea à avaler un morceau de pain. Si cela avait été Anna... L'Anna d'avant, celle qui ne devait jamais épouser un homme, celle qui gloussait quand Signe faisait des imitations et demandait comment, en ramassant un œuf, on pouvait être sûr que le poussin n'allait pas éclore et vous attaquer. Si cette Anna-là avait été là, la lumière de l'âtre aurait illuminé la maison jusque dans ses plus petits recoins.

— La seule chose à laquelle nous sommes parvenues pendant les huit années que j'ai consacrées au mouvement, c'est que les femmes mariées ont obtenu le droit de vote aux élections communales et que toutes les femmes sont à présent éligibles dans les communes. Après huit années d'acharnement !

En mâchant un morceau de pain, Signe médita sur ces mots. Huit ans, c'était tout de même impressionnant... Quel âge pouvait bien avoir Elvira ? Trente ans ? Trente-cinq ans ?

— C'est déjà mieux que rien, fit-elle. Ça prouve que les choses progressent.

— Ça prouve que l'État est réservé aux hommes et qu'on ne cède que la paroisse aux femmes, rien de plus.

Le courroux d'Elvira, ses avis tranchés sur les piètres accomplissements du mouvement contrastaient fortement avec l'optimisme d'Anna. Enfin, du temps où elle partageait sa réflexion avec Signe. Depuis le mariage, elles ne s'étaient vues que le dimanche à l'église, où elles s'échangeaient des sourires forcés et quelques propos suffisamment polis pour que nul ne soit tenté de mettre son nez dans leurs affaires. Lorsque Elvira insista à nouveau pour que Signe forme une association locale à Tierp, la maîtresse de maison posa la main sur la table. Sans colère, mais sans discrétion particulière non plus.

— Je trouve ça très bien que tu continues la lutte, dit-elle d'une voix maîtrisée, mais tout le monde n'a pas la même énergie que toi. Pour ma part, j'ai autre chose à faire. J'ai la tête pleine et mes journées sont longues. Je n'en ai pas la force !

Elvira, au lieu de répondre du tac au tac, pinça les lèvres et baissa les yeux. Après quelques instants, elle répondit avec la même intensité, mais sur un ton différent.

— Je sais ce qui te ronge de l'intérieur.

Signe la regarda, perplexe. Beaucoup de gens croyaient savoir mais, en général, ils se trompaient du tout au tout.

— Crois-moi, reprit Elvira. Je le sais. Et à mon avis, il serait temps que Mlle Signe se ressaisisse.

36

Caroline Bock disposa avec brusquerie le café et les petits gâteaux sur la table. Petite, elle rattrapait en largeur ce qui lui manquait en hauteur. Son corps rondelet fusait de la cuisine au salon, cahotant et haletant comme une locomotive à vapeur. Lorsqu'elle s'assit enfin pour prendre part à l'en-cas, elle poussa un soupir de soulagement.

— Les carrés au chocolat datent du week-end dernier. Mes petits-enfants étaient en visite. J'ai fait les autres gâteaux pour aujourd'hui. Vous avez déjeuné, je suppose ? Sinon, vous préférez peut-être quelque chose de plus consistant ?

Elle se releva avant qu'Erik et Hanna n'aient eu le temps d'unir leurs forces pour la retenir. Ils lui assurèrent qu'ils avaient mangé un solide déjeuner en chemin et qu'ils n'avaient d'autre désir qu'une bonne tasse de café accompagnée de petits gâteaux.

— Délicieux, dit Erik au lieu d'interroger Caroline sur les lunettes.

— C'est la recette de ma mère, répondit-elle. Une très vieille recette gardée secrète. Et, comme par hasard, la même que celle du *Livre de cuisine de la mère de famille*.

Elle leur jeta un coup d'œil en coin.

– Vous avez éveillé ma curiosité. Et, donc, ça concerne ma mère ?

Appesanties par ses rides, ses paupières menaçaient de s'effondrer comme des auvents mal accrochés, et ses cheveux couleur de gaz d'échappement entouraient sa tête comme une éponge métallique. Dire qu'elle avait été jeune… Et qu'un jour, sa mère l'avait tenue par la main…

— Eh bien, ce qui nous amène est une affaire compliquée, mais d'une importance assez modeste, commença Erik. Rien d'extraordinaire, vraiment. Hanna se posait des questions sur une antiquité, et j'ai voulu lui donner un petit coup de pouce.

— Bien aimable à vous.

Erik s'esclaffa, comme si Caroline plaisantait.

— En effet.

Il reprit un gâteau. Caroline leur resservit du café. Au lieu de parler de ce qui les amenait, justement. Il eût été normal qu'Erik lui présente le problème, c'était quand même lui qui avait déniché cette femme et vendu les affaires de sa mère aux enchères. Après avoir grignoté un gâteau entier par minuscules bouchées, il sembla s'en rendre compte.

— Eh bien, à cette vente, il y a quinze ans... Il y avait entre autres – oui, d'ailleurs, j'y avais vendu une belle armoire très spacieuse, une armoire à linge en bouleau, je m'en souviens parfaitement...

— Mais oui, la vieille armoire de ma mère ! Quelle mémoire ! C'est admirable, après tant d'années. Et tant de ventes... N'est-ce pas ?

— Oui, j'en ai dirigé un certain nombre.

Hanna fixa Erik des yeux avec toute l'intensité qu'elle pouvait y mettre sans attirer l'attention de Caroline.

— Mais il ne s'agissait pas de l'armoire, si j'ai bien compris, dit Caroline.

— Non, en effet.

Erik fit signe à Hanna d'ôter ses lunettes. Elle les tendit à Caroline, qui les prit de ses mains tachetées de vieille femme et sourit.

— C'est drôle, dit-elle.

Caroline était floue. Erik aussi. Bizarrement, il fut ainsi plus facile à Hanna de se mêler à la conversation.

— Vous les reconnaissez ?

— Et comment ! Si ce sont celles qui étaient à la vente aux enchères de ma mère.

— Ce sont elles, lui assura Erik. Elles doivent dater du début du siècle, si je peux me permettre une hypothèse.

— Mais certainement. Elles étaient tordues à cet endroit-là.

— Pourquoi étaient-elles tordues ? demanda Hanna.

— Ça, je n'en sais rien.

— Votre mère est peut-être tombée avec?

Caroline et Erik la regardèrent comme si elle venait de dire quelque chose d'étrange. Erik émit son habituel rire grinçant. Caroline lui fit un sourire chaleureux et posa une main sur ses genoux.

— À vos yeux, je suis peut-être vieille, mais je suis née en 1939.

Hanna ne réagit pas immédiatement. Caroline poursuivit :

— Ma mère est née en 1919. Ces lunettes ont une génération de plus qu'elle. Elles remontent à la jeunesse de ma grand-mère.

Hanna ne cacha pas sa gêne. D'après son expérience, les personnes âgées aimaient préciser leur âge, croyant à tort que leur expérience de la naissance de la télévision compenserait leur profonde ignorance des blogs et autres smartphones. En tout cas, c'était sûr : il fallait une génération de plus pour arriver au XIXe siècle.

— Et en quelle année est née votre grand-mère?

— Ah!... En 1885, je crois, ou 1886. Elle avait plus de trente ans quand elle a eu ma mère, en tout cas.

Hanna fit le calcul. Si elle était née en 1886, elle avait dix-neuf ans l'année où, selon Erik, les lunettes avaient été fabriquées. Vingt-deux ans l'année sur laquelle avait parié Hanna.

— Mais, reprit Caroline, les lunettes ne lui appartenaient pas.

— Ah non?

Si elle avait daigné fournir tout de suite les bonnes informations, on aurait gagné un temps considérable. Twitter avait démontré qu'on pouvait résumer la plupart des communications à cent quarante signes. Hanna, elle, était condamnée à tirer les vers du nez à des dinosaures.

— Et à qui appartenaient-elles?

— À ma grand-tante. Enfin, on l'appelait comme ça, mais ce n'est pas le terme exact. Quand on dit grand-tante, il peut s'agir de la tante de la mère ou du père, ou de la mère de la tante. Enfin, quelque chose comme ça.

Après trente secondes, Hanna avait décroché. De toute façon, le degré de pertinence de cette logorrhée était nul. Et finalement, que lui apporteraient d'éventuels renseignements sur les lunettes? Elle saurait quelle tante les avait portées – la belle affaire... Que ferait-elle d'une pareille information ? En quoi cela pouvait-il l'aider à comprendre l'effet que lui faisaient les quatre objets ? Erik pouffa.

— Oui, de nos jours, on peut appeler la plupart des gens "beau-frère". S'ils ne le sont pas déjà, ils le deviendront tôt ou tard, dit-il, complètement hors sujet.

Caroline sourit et leur resservit du café. Hanna en était à sa cinquième tasse.

— Ma grand-tante était la tante de ma mère. C'est-à-dire la sœur de mon grand-père. Et ce sont ses lunettes que vous avez là.

Hanna regarda les verres ronds qui avaient appartenu à une dame qui avait été vieille quand cette vieille dame ne l'était pas encore. Elles avaient aidé sa propriétaire à y voir clair. Elles avaient un jour été neuves. Sans être tout à fait révolutionnaire, l'idée lui parut intéressante.

— Vous l'avez en photo ?

— Oui, dit Caroline. J'ai deux photos d'elle, si je me souviens bien. Mais où ? Ça, c'est un autre problème. Je ne savais pas que vous vous intéressiez à ma grand-tante, alors je ne les ai pas sorties.

Elle se leva en cahotant, mais Erik l'arrêta.

— On va peut-être d'abord faire une petite pause après le café ?

Hanna se retint de lever les yeux au ciel. N'était-ce pas justement pour faire une pause qu'on prenait le café ? Bientôt, Erik proposerait qu'ils se reposent un peu après la pause après la pause café.

— Ça nous permettra de parler un peu de votre grand-tante, si ça ne vous dérange pas, bien sûr. Ensuite, Hanna et moi, nous irons trouver un hôtel où nous pourrons passer la nuit. Ça vous laissera le temps de chercher les photos. Enfin, si ça ne vous ennuie pas de passer encore quelques heures en notre compagnie…

Dans la voiture, il avait suggéré à Hanna de réfléchir aux questions qu'elle voulait poser parce qu'ils n'avaient qu'une après-midi en ville et, tout à coup, il voulait passer la nuit sur place. Il perdait les pédales. Caroline se rassit.

— Ah bon ! Vous passez la nuit en ville ?

— Nous ne sommes pas pressés, dit Erik. D'ailleurs, j'ai une armoire à livrer.

Conformément à ce nouveau plan, Erik et Hanna parcoururent donc quelques rues avant de trouver, comme par hasard, une auberge de jeunesse assez bon marché où passer la nuit. Ils auraient dû dîner dans une pizzeria locale, mais Caroline insista pour les inviter. Erik ne fit pas de manières. Ils couraient donc le risque de se voir servir du ragoût de foie ou une autre concoction abominable que les personnes âgées aimaient faire avaler aux plus jeunes pour leur former le caractère. Hanna acheta trois barres chocolatées dans un kiosque.

À leur retour, Caroline avait sorti une caisse de vieilles photos.

— Beaucoup de souvenirs, dit-elle, un peu gênée, en montrant les images étalées sur la table basse.

— Je veux bien le croire, la réconforta Erik qui examinait les photos d'un œil expert.

— Figurez-vous que j'ai trouvé celles dont je vous parlais. Venez voir !

Caroline s'assit sur le canapé, entourée de ses invités. Le premier cliché était une photo de groupe prise à une réunion de famille, devant une grande maison. Les hommes étaient en costume cravate, les femmes, en habit, coiffées de chapeau. Les enfants étaient assis au premier rang.

— On fêtait les cinquante ans de mon oncle, dit Caroline. Le voici, au milieu. Per-Ola. Né en 1902. Je le sais parce que la date est notée au dos.

Hanna scruta l'image à la recherche de l'éventuelle propriétaire des lunettes. Pas une seule paire sur la photo. Erik tendit son index noueux.

— C'est vous, là ?

Hanna se pencha en avant. Une jeune fille, une vague réminiscence de l'actuelle Caroline, tenait un autre enfant sur ses genoux.

— Vous avez l'œil, vous, dit Caroline en toisant Erik. Vous en avez même deux.

Elle s'esclaffa, s'amusant de sa prétendue blague. Puis elle déplaça le doigt d'un centimètre vers le haut.

— Mon frère. Et là, mon père et ma mère. Mère portait des lunettes, mais dès qu'il était question de photographie, la vanité prenait le dessus. Il fallait une occasion spéciale pour qu'on fasse appel à un photographe. Maintenant, on se prend soi-même en photo vingt-quatre heures sur vingt-quatre mais, à l'époque, c'était un événement.

— Je ne vous le fais pas dire, fit Erik avec une grimace de dégoût énigmatique.

— D'une certaine manière, ça ne s'est pas amélioré, acquiesça Caroline qui semblait avoir compris ce qu'il voulait dire. Mais enfin, aujourd'hui, je peux voir ma fille et lui parler en temps réel quand elle est en voyage en Asie. Sans une seule seconde de décalage.

Erik grogna. Hanna poussa un petit soupir d'aise. N'empêche, tous ces bavardages creux sur des gens qui n'avaient rien à voir avec ses lunettes l'assommaient. Pourquoi étaient-ils venus à Falun, à la fin ?

— Et votre grand-tante ?

Un sourire indulgent embellit le visage de Caroline, qui désigna une vieille dame en robe sombre assise sur une chaise du côté gauche de l'image.

— Ma grand-tante. C'est elle. Sur la photo, elle a presque soixante-dix ans. Elle ne les fait pas.

Hanna la dévora des yeux. Ridée et ratatinée, bien sûr, mais néanmoins déterminée. Ses mains étaient fermement posées sur ses genoux. On devinait qu'au besoin, elles pouvaient se transformer en implacables pinces. Son regard était rivé sur l'objectif et son sourire, celui de quelqu'un qui ne les gaspille pas. Elle portait un petit chapeau sur la tête.

— Nous la voyions souvent, se rappela Caroline. À une époque – elle était déjà vieille – elle a même vécu chez nous. Pas très longtemps, seulement quelques mois, mais elle m'a marquée. Je dirais même que sans elle, je ne serais pas la même femme.

— Ah bon ? Comment ça ? demanda Erik.

Hanna se demanda s'il était sincèrement curieux de savoir comment une vieille dame avait influencé une autre vieille dame. Pour sa part, elle aurait pu faire preuve de ce genre d'enthousiasme pour… disons… sept cents couronnes de l'heure. Ce qui n'était pas ce qu'on gagnait à l'Agence pour l'emploi, inutile de le préciser.

— J'en ai une autre, dit Caroline, ignorant la question d'Erik. Vous allez voir le genre de personne que c'était. On ne le voit pas très bien sur la photo de famille.

La femme apparut dans la main de Caroline. Elle observait Hanna. Avec sévérité. Avec grâce. Avec une détermination tenace. Son nez camus et son menton doucement arrondi tranchaient avec ses sourcils noirs et épais. Son regard était perçant. Elle ne portait pas ses lunettes et avait environ trente ans de moins que sur l'autre cliché. La tête découverte, la veste néanmoins boutonnée jusqu'en haut du cou. Hanna voulait savoir. Oui, décidément, elle le voulait.

— Quelle influence a-t-elle eue sur vous ? Vous dites que vous n'auriez pas été la même femme sans elle ?

— Pas seulement sur moi, dit Caroline, le regard fixé sur le portrait. Elle a sûrement influencé tous les gens qu'elle a rencontrés. D'une manière ou d'une autre. Personne n'a autant milité qu'elle.

— Milité pour quoi ?

— Demandez plutôt pour quoi elle n'a pas milité ! Ce qui revenait le plus souvent dans la conversation, c'était le droit de vote et le salaire des maîtresses d'école. À part ça, tout ce que vous voulez. Elle a milité contre les nazis. Un jour, j'ai lu un courrier furieux qu'elle avait écrit sur la notation de la conduite à l'école primaire.

Caroline sourit et essuya une larme. Mouvement de l'âme ou simple fuite d'eau ? Difficile à dire. Hanna médita sur l'action supposée de la femme sur son entourage. Dans ce cas, était-ce bizarre qu'elle la ressente elle aussi à travers ses lunettes, cent ans plus tard ? La question lui sembla si absurde qu'elle la garda pour elle. Au dos de la photo, dans une calligraphie pleine de boucles, étaient inscrits un nom et une date.

— Kate... lut-elle. Kateli... Qu'est-ce qui est écrit ? Son nom ?

— “Kateline photographie, dit Caroline. 1912. Elvira Löfvenberg avant le lancement.”

— Le lancement de quoi ?

Caroline retourna le portrait, mais n'y trouva aucun indice.

— J'aimerais pouvoir vous le dire. Je vais fouiller dans mes boîtes secrètes. Malheureusement, il ne reste plus grand-chose de son passage chez nous. Ses affaires ont été vendues aux enchères, elle n'avait pas d'héritier. Si, à l'époque, on avait eu les outils technologiques d'aujourd'hui, pensez un peu ! Je l'aurais enregistrée avec mon iPhone aussitôt qu'elle se mettait à parler du bon vieux temps.

— Elvira… dit lentement Hanna.

Des profondeurs du regard de la femme en noir et blanc lui vint une réponse. Ou un écho en creux, difficile à dire.

37

— Je t'explique comment tu dois raisonner.

Elvira fixa sur elle son regard perçant. L'été était arrivé et deux projets de loi sur le droit de vote et l'éligibilité des femmes avaient été rejetés par la première chambre du Riksdag.

— D'accord, sur le plan personnel, ça joue peut-être contre toi qu'Anna se soit soumise à cet Anders…

Signe posa sur elle un regard vide. Pour quelqu'un qui était censé comprendre l'épreuve qu'elle traversait, Elvira se montrait singulièrement insensible.

— Mais pour la cause du droit de vote, reprit Elvira, l'événement peut s'avérer utile.

— Tant mieux pour la cause.

Elvira rit et fit semblant de lui mettre une gifle, ce qui, bizarrement, lui remonta le moral.

— Maintenant, écoute-moi bien. Tu n'as pas envie de savoir comment ton malheur peut servir notre cause ?

— Si, un peu.

— Bon ! Anna milite pour le droit de vote, n'est-ce pas ?

— Oui.

— Elle milite, et en plus, elle est la fille d'un homme fortuné dont la position à Stockholm est enviée. Et respectée, surtout parmi les gens modestes de la campagne. Par exemple, les pasteurs. Tu me suis ?

— Oui.

— Alors, nous pouvons considérer que c'en est fini de l'hostilité du pasteur vis-à-vis du mouvement pour le droit de vote. Surtout si Anna et toi, vous cessez de vous regarder en chiens de faïence pour la bonne cause.

Signe lança un regard dépité à Elvira.

— Décidément, tu ne me comprends pas. Vraiment pas. Et là, il faut y aller, ou nous serons en retard à l'église.

Elvira fit une grimace.

— La prochaine fois, je penserai à ne pas prendre le train du matin. Si j'arrivais juste après le service, personne ne s'offenserait de mon absence.

— Tu blasphèmes autant qu'Anna. Elle disait que le pasteur lisait la Bible à l'envers et qu'elle passait ses sermons à répéter sa table de multiplication.

— Ah bon ! Elle a donc un peu de jugeote. Eh bien, en ce qui me concerne, je ne perdrais pas mon temps en multiplications, mais à fignoler un discours ou à trouver les bonnes tournures pour un article polémique. Cela dit, maintenant que j'y pense, personne n'est au courant de ma présence ici. Pendant que tu vas à l'église, je pourrais aussi bien rester chez toi faire quelque chose d'utile.

Elle sortit hâtivement un cahier et un crayon et les posa sur le secrétaire, mais Signe la tira par le bras.

— Pas question ! Viens avec moi recevoir un peu d'éducation chrétienne. Je ne veux pas y aller seule. En chemin, je te ferai réviser ton catéchisme. Attention, je suis diplômée !

Elvira obtempéra, mais glissa subrepticement le cahier et le crayon dans leur panier avant de partir.

Les tourments que lui infligeait l'apparition d'Anna s'étaient un peu émoussés avec le temps. Du moins le croyait-elle jusqu'à ce qu'Anna et Anders surgissent dans son champ de vision, assis sur un banc d'église ou franchissant une marche. Alors, la douleur lui dévorait à nouveau le cœur. Ce jour-là, c'était la fête des saints Pierre et Paul, une semaine donc avant la date anniversaire du mariage d'Anna.

— Ressaisis-toi ! grogna Elvira en roulant des yeux. Vous militez pour une cause, vous êtes du même côté. Dis-lui bonjour, fais-lui un sourire poli et débrouille-toi pour que le combat ne souffre pas de sa bêtise.

Signe essaya de ne plus jeter de regards en coin au joli dos d'Anna, de ne plus éprouver tant de noirceur, de mettre de côté les considérations personnelles. Mais elle ne put s'empêcher de reprendre les mots d'Elvira.

— Tu trouves que c'est de la bêtise de sa part ? chuchota-t-elle à son oreille.

— Oui.

— J'emploierais plutôt les termes de "trahison", "fausseté" ou "perfidie". Ou des mots encore pires, que ma mère, en bonne chrétienne, ne m'a jamais appris.

— Non, c'est surtout de la bêtise.

Signe soupira.

— Dans ce cas, je maintiens que tu ne comprends rien à ce que j'éprouve.

— Qu'est-ce que tu en sais ? Moi, je maintiens qu'Anna a été bête, rien de plus.

— Pourquoi ? Pourquoi dis-tu ça ? Tu veux me faire enrager devant la maison de Dieu ?

— Parce que si elle avait été intelligente, elle ne t'aurait jamais quittée.

Signe en eut le souffle coupé. Elle perdit le fil. Elvira posa sur elle un regard sévère qui la rendit encore plus mélancolique. "Elle ne m'aurait jamais quittée, se dit-elle. Si elle avait été intelligente."

— Alors maintenant, tu vas aller parler à cette écervelée et tu vas faire en sorte qu'on profite un peu de sa distinguée famille.

Elles s'approchèrent d'Anna à pas mesurés, exactement comme des amies qui viendraient de s'apercevoir à l'église. Le bras ferme d'Elvira poussait Signe quand ses pieds refusaient d'avancer. Lorsqu'elles arrivèrent face à elle, Anna sursauta.

— Bonjour, monsieur et madame Johansson ! lança impassiblement Elvira.

Anna sourit. Pour qui ne la connaissait pas, son sourire pouvait paraître chaleureux, mais Signe voyait bien qu'il était forcé. Elvira lui pinça le bras.

— Bonjour, grommela Signe dans un râle.

Anna répondit exactement en même temps. Puis elles se dévisagèrent comme de parfaites inconnues. Le tendre bras ganté d'Anna était soutenu par celui d'Anders, qui avait l'air sincèrement ravi. Un sourire élargissait son long menton.

— Beau temps, n'est-ce pas ?

Elvira hocha énergiquement la tête et pinça le bras de Signe, fort. Encore plus fort.

— Très, obtempéra Signe d'une voix éraillée.

Elle avait l'impression d'avoir avalé un crapaud. Deux ans auparavant, Anna en aurait ri, se serait glissée auprès d'elle et lui aurait murmuré quelque chose sur la ressemblance de ces messieurs avec les pingouins du pôle Sud ou sur le point de vue de Brita Löfstedt sur la Bible. Ce jour-là, son sourire lisse resta figé sur son visage.

— Un peu de soleil, ça fait du bien, dit-elle. Mais à ce qu'il paraît, il va se remettre à pleuvoir.

— C'est tant mieux pour les champs, dit Elvira.

— On en souffrira pendant quelques jours mais, en août, on n'en sera que plus contents, renchérit Anders.

Signe avait l'impression d'être sur une scène de théâtre. Anna la regardait droit dans les yeux, mais son regard restait en surface. Elvira bavardait avec insouciance, comme si elle était payée pour le faire ; et Anders, comme s'il demeurait aveugle au mur dressé entre Anna et Signe. Lorsque le couple s'éloigna enfin vers un banc, Signe se sentit complètement épuisée.

— Bien, dit Elvira fermement. Quand on n'est pas capable de se conduire en êtres civilisés, il faut faire semblant.

— Pour la cause ?

— Pour la cause.

Pendant le service, Signe crut à plusieurs reprises sentir le regard d'Anna sur elle, mais, chaque fois qu'elle tourna la tête pour s'en assurer, Anna se tenait bien droit, la tête tournée vers l'autel. Chaque fois.

Il advint donc qu'Elvira, en chemin vers le nord, emprunta le lit de réserve de Signe. La première fois, c'était une solution provisoire. À la troisième fois, la chose était pour ainsi dire établie. Elvira faisait seulement halte à Tierp pour atteindre plus aisément, le lendemain à l'aube, Skutskär où elle devait tenir un discours. Question de commodité. Et puis le discours n'en était que meilleur quand on avait une ou deux heures pour se préparer. Elle enseignait volontiers à Signe l'art de la rhétorique, cet outil essentiel dont les hommes avaient eu bien trop longtemps le monopole.

— Exactement comme le pouvoir politique. En fait, la rhétorique, c'est le pouvoir.

— La rhétorique et l'argent ?

— La rhétorique, l'argent et des millénaires de domination physique : les voilà, les trois pieds du tabouret. Et la fille de ferme assise dessus, avec ses grosses fesses, en train de traire la vache, c'est qui ? C'est Arvid Lindman !

La vision du Premier ministre en fille de ferme fit sourire Signe, allongée dans son lit. La pièce où Elvira occupait le lit de réserve était séparée de la chambre de Signe par une ouverture dépourvue de porte. Elles pouvaient donc converser normalement. Mais l'obscurité favorisait l'intimité, et les mots qui, dans la lumière du jour, étaient comme absorbés par le contexte, se retrouvaient à nu, lâchés dans l'espace.

— Tu dis toujours que tu connais mon tourment, dit Signe dans la nuit. Est-ce parce que tu as connu mon bonheur, ou mon chagrin ?

Le silence qui suivit se prolongea si longtemps que Signe se demanda si Elvira s'était déjà endormie.

— C'est parce qu'une fois, j'ai donné mon cœur. Sans réserve. Elle m'a donné le sien. Et puis… Cela s'est terminé.

Rien que des mots simples. Les paroles douloureuses restaient suspendues sous le toit en bardeaux. Signe se jura de ne plus jamais remettre en question ce que savait ou non Elvira sur les affres qu'elle traversait. Le mot qui résonna le plus longtemps fut "elle". Signe n'était donc pas seule. Elle aurait dû en demander plus à Elvira, qui avait vécu la même chose qu'elle, mais, en toute décence, quelle question aurait-elle bien pu poser ?

— Alors, en partant du principe que le pasteur ne s'oppose plus à notre cause, reprit la voix rauque d'Elvira, et si nous sommes d'accord pour poser certaines limites aux répercussions d'un chagrin d'amour, qu'est-ce qui t'empêche d'ouvrir une association locale ici, dans la campagne reculée de Tierp ?

De toute évidence, Elvira ne souhaitait plus parler de l'amour étrange qu'elles étaient toutes les deux capables de ressentir. Son militantisme acharné arracha à Signe un sourire las.

— Parce que c'est une campagne reculée, justement. Les femmes y sont lentes et leurs maris, opposés à la cause. Où pourrais-je bien aller recruter des adhérents pour une pareille association ?

— Tu ne le sauras que quand tu t'y seras mise. Pour le moment, une seule chose est sûre. S'il n'y a pas d'association, il n'y aura pas d'adhérents.

Signe regarda le plafond. Si on fixait les yeux sur le recoin le plus sombre, on s'habituait peu à peu à l'obscurité jusqu'à pouvoir distinguer des planches et des crochets fichés au mur.

— Et Anna ?

— Anna ? On en a déjà parlé, non ?

— Je veux dire : pourquoi pas elle ? Elle pourrait former une association. Après tout, elle est aussi engagée que nous, c'est même dans ce contexte qu'elle a découvert Tierp. Tu devrais lui demander de le faire.

— Ah… Anna, c'est notre petit rayon de soleil, n'est-ce pas ?

À en juger par le ton qu'elle avait employé, elle n'en pensait rien. Ses draps se froissèrent lorsqu'elle se retourna dans son lit. Sa voix parut plus proche à Signe lorsqu'elle reprit.

— C'est en toi que je crois. Tu as du sang de louve dans les veines. Quand on te connaît mieux, c'est évident. Moi, je le vois, en tout cas.

— Vraiment ?

— Et c'est de louves que nous avons besoin. De femmes qui ne craignent pas le changement et qui ne plient devant rien. Tu as entendu parler des manifestations en Angleterre ?

Signe ferma les yeux et sourit. Elvira allait encore parler d'Angleterre. Quoi qu'on pense d'elle, son énergie semblait intarissable. Et Signe la trouvait distrayante.

— Quand on est profondément déçue par l'amour, dit Signe, que faut-il faire ?

— Je t'ai peut-être déjà parlé des manifestations.

— Oui, plusieurs fois.

Elvira poussa un soupir qui s'entendit jusque dans la chambre.

— On remplit son cœur d'autre chose. De quelque chose qui nous fait progresser au lieu de reculer.

— Comme la question du droit de vote ?

— Nos droits civils, voilà ce pour quoi nous devons lutter. Ce n'est pas une alternative à l'amour, mais le droit de vote doit occuper notre esprit et nous inspirer dans nos actes jusqu'à ce qu'il devienne réalité.

Difficile de déterminer si Elvira faisait bien une différence. En tout cas, ses paroles venaient du cœur. Signe se retourna dans son lit pour essayer de s'endormir.

— Je vais y réfléchir.

38

Depuis qu'elle avait aperçu le point représentant Avesta sur la carte, Hanna n'arrêtait pas d'y penser. Bien entendu, elle n'en avait rien dit à Erik. Il ne savait même pas qu'Ági habitait là-bas, encore moins que Hanna avait emporté sa dernière lettre et qu'à son réveil à l'hôtel, en voulant sortir une paire de chaussettes propres, elle l'avait trouvée dans sa valise à roulettes et relue jusqu'à en avoir les pieds gelés. La voix d'Ági ne la quitta plus de la journée. Après tout, ils n'étaient pas très loin d'Avesta.

Erik, pour sa part, avait pris sa bouillie d'avoine, fait une promenade en ville et acheté quatre bobèches anciennes dans une brocante. Il annonça à Hanna que dès qu'elle aurait avalé son petit-déjeuner, ils retourneraient chez Caroline Bock voir si elle avait autre chose à leur raconter sur sa grand-tante Elvira. Si son instinct ne le trahissait pas, Caroline était du genre à passer la nuit à fouiller dans des vieux recoins secrets.

Le hic, c'est que personne ne leur ouvrit la porte. Ils sonnèrent deux fois. Frappèrent. Pas de réponse.

— Peut-être qu'elle a fait une chute et qu'elle ne peut plus se relever, dit Hanna.

Erik lui lança un regard perplexe.

— Il faudrait qu'elle se soit pris une sacrée gamelle pour ne pas arriver jusqu'au téléphone. Elle est peut-être à l'église.

— Hmm.

— On est dimanche. Ça arrive que les gens aillent à l'église, le dimanche. Bon… On n'a plus qu'à trouver autre chose à faire en attendant.

Hanna n'aimait pas poser de questions. Elle s'y efforça quand même.

— On est loin d'Avesta ?

— Loin, loin… Peut-être à cinquante kilomètres. Qu'est-ce que tu irais faire là-bas ?

Hanna haussa les épaules comme pour se débarrasser du regard inquisiteur d'Erik.

— J'ai une copine qui y habite.

Erik dodelina de la tête. Quand il parlait, il avait vraiment toujours l'air d'avoir une autre idée derrière la tête.

— Eh ben… Faisons un tour à Avesta, dans ce cas. Je n'y ai pas mis les pieds depuis l'époque d'Olof Palme.

À mi-chemin de la voiture, Erik s'arrêta.

— Tiens, la voilà, constata-t-il.

Pas de tour par chez Ági… Hanna dut reconnaître, bien qu'à contrecœur, qu'elle était un peu déçue. Caroline leur fit signe et monta en cahotant la pente qui menait au parking. Erik lui cria :

— On va faire un tour à Avesta ! Vous venez ?

Comme ils étaient désormais trois, ils prirent la voiture de Caroline. Erik leur avait pourtant assuré que deux dames tiendraient facilement sur le siège avant de son pick-up, à côté de lui, mais Caroline avait répondu "non non, non non" et avait sorti son véhicule du garage. Puis elle lui avait laissé le volant.

— Vous ne savez pas conduire votre propre voiture ? lui demanda Hanna pendant qu'Erik faisait le tour du véhicule pour s'asseoir sur le siège du conducteur.

— Si, mais puisqu'on a un monsieur à notre disposition, autant en profiter pour admirer le paysage.

Hanna médita sur ce raisonnement et le trouva, en fin de compte, assez logique.

— Notez que je fais pareil quand ma fille est en ville, ajouta Caroline avec son gloussement caractéristique. Ma grand-tante Elvira m'aurait mis une dérouillée si je m'étais laissée aller devant elle à un comportement aussi "anti".

— "Anti" ?

— Elles appelaient "anti" les femmes qui étaient contre les droits de la femme. Pour Elvira, ne pas prendre ses responsabilités, cela constituait déjà une conduite "anti".

— Elle était en avance sur son temps, commenta Erik au volant.

— En tout cas, sur les lois de son temps. Vous savez, hier, j'ai beaucoup pensé à elle et à tout ce qu'elle a essayé de me transmettre. Je devais avoir treize ou quatorze ans à l'époque où elle a habité chez nous, mais elle avait quand même vu quelque chose en moi. Elle me disait que je ne devais jamais me sous-estimer. J'ai passé mon permis à dix-neuf ans. Pour une fille, c'était inhabituel, là où j'habitais. Elvira était déjà morte à l'époque, mais quand je conduisais, je sentais son âme insoumise à mes côtés.

— À gauche, dit Erik avec un sourire en coin.

— Eh oui.

Ils se mirent à parler de la tempête populaire qu'avait déclenchée la décision du gouvernement de passer à la conduite à droite, dans une lointaine préhistoire. Manifestement, la grogne avait été tenace, certains prévoyaient une hausse dramatique du nombre d'accidents de la route. En fait, pendant les jours qui avaient précédé et suivi le changement, le nombre d'accidents avait baissé. Caroline et Erik trouvaient ça infiniment drôle, et leurs vieux gloussements grinçants formèrent une espèce de tapis sonore en arrière-plan du moteur. Hanna tenait en main l'enveloppe d'Ági. Elle connaissait déjà son adresse par cœur. Ági et ses boucles brunes qui partaient dans tous les sens, Ági et sa tête de mule pleine d'idées, Ági et son pardon… “Je ne lâche jamais le morceau”, avait-elle un jour dit à Hanna qui, à l'époque, ne l'avait pas comprise.

Erik et Caroline supposèrent délicatement que Hanna voulait se retrouver seule avec son amie. Ils la laissèrent donc en bas de chez Ági, le temps d'une promenade.

Le soleil du mois de septembre lui réchauffait le corps. En regardant bêtement le nom d'Ági sur sa boîte aux lettres, Hanna se demanda pourquoi elle n'avait pas envoyé de SMS avant de débarquer. Le faire à ce stade eût été trop absurde. Ági pouvait ouvrir la porte à tout moment. Qui sait si elle ne l'observait déjà par le judas. À cette idée, Hanna se hâta d'appuyer sur la sonnette. Pas de réponse. Elle respirait déjà plus calmement, soulagée, quand, de l'intérieur, on actionna la poignée. Elles se retrouvèrent face à face. Ági eut un moment de stupeur.

— Hanna ! s'exclama-t-elle en riant. Entre !

Pour pénétrer chez Ági, il fallait se glisser entre les pendeloques tintinnabulantes d'un rideau de perles. Ági ferma doucement la porte. Comme au bon vieux temps, ses cheveux bondissaient autour de sa tête. Elle portait une écharpe indienne autour du cou et un pantalon d'intérieur.

— C'est un peu le désordre, dit-elle en désignant le salon.

Hanna resta immobile. Que dire ? Désolée pour l'argent ? Excuse-moi de ne pas avoir répondu à tes onze lettres ?

— L'entreprise marche bien ? demanda-t-elle.

À l'instant où elle prononça ces mots, elle se rendit compte que ce n'était peut-être pas la question à poser. Surtout après deux ans, et encore moins quand on avait soi-même contribué à faire maigrir un budget déjà serré.

— Super bien ! Je me suis mise à polir moi-même, alors je n'ai plus qu'à me fournir en cristaux. Je ne vais peut-être pas beaucoup m'enrichir, mais ça marche mieux que ce que j'aurais cru. Je ne vends pas que des bijoux sertis, il y a aussi des gens qui me commandent des cristaux tout simples.

Elles s'étaient rencontrées pendant leurs études d'économie. L'âge moyen des étudiants était de dix-neuf ans. Entre les futurs économistes et les réceptionnistes qui voulaient faire carrière, elles s'étaient trouvées, comme deux souffre-douleur dans la même classe, poussées l'une vers l'autre alors que leurs camarades élargissaient implacablement leurs territoires. Ági voulait apprendre le système suédois pour fonder son entreprise et vendre ses bijoux ; Hanna ne voulait rien, son conseiller à l'Agence pour l'emploi l'avait forcée à s'inscrire à la formation pour la rendre plus attractive sur le marché de l'emploi. Et pour prouver que la formation avait bien l'effet escompté, le conseiller avait fait en sorte qu'elle soit recrutée par l'Agence pour l'emploi, mais pas dans un service où ils risquaient de se croiser.

— Tu veux du thé vert ?

Hanna ne put s'empêcher de sourire. Dans le temps, Ági essayait toujours de lui faire avaler cette eau jaunâtre et vaguement âcre. Elle en sirotait elle-même sans interruption dans une grande tasse, durant leurs interminables soirées de rédaction de mémoire.

— Est-ce que ça m'est déjà arrivé de vouloir du thé vert ?

Ági s'esclaffa. Sa joie de revoir Hanna semblait sans ombre. Finalement, cette histoire d'argent n'était peut-être pas essentielle.

— Je n'ai pas de soda… Mais j'ai du café-pour-amis.

L'expression "café-pour-amis" avait été lancée par Hanna lorsque, trois ans auparavant, elle avait insisté pour qu'Ági ait chez elle une réserve de café instantané. Sans cela, à minuit, la concentration de Hanna flanchait. Ági avait donc conservé l'expression. Cela fit plaisir à Hanna.

— Dans ce cas, je prendrai volontiers une tasse de café-pour-amis.

L'individu aimable qu'elle devenait en compagnie d'Ági lui avait manqué. Elle s'en rendit compte en s'asseyant dans sa cuisine, à la table qu'elle avait elle-même peinte. Elle parcourut la pièce des yeux. Beaucoup de choses lui avaient manqué. Mais surtout son propre comportement.

La question était plutôt de savoir ce qu'Ági pouvait bien retirer de sa compagnie. Elle avait son clan d'amis de la pierre qui ingurgitaient des litres de thé vert et se regardaient dans les yeux en disant des trucs du style : "Tu as senti les vibrations d'énergie que je t'ai envoyées hier ?" Ági avait ri quand elle lui avait posé la question, et répondu qu'à s'entourer du même genre de personne sans arrêt, on finissait par se fermer. Ce n'était pas directement un compliment, mais Hanna le prit tout de même comme tel.

— Raconte, dit Ági, les mains autour de sa tasse de thé, les yeux fixés sur Hanna. *Qu'est-ce que tu deviens ? Pourquoi tu ne me donnes jamais de nouvelles ?*

Pour une immigrée à tendance *new age*, Ági avait un étonnant bagage de références à la culture populaire suédoise des années 1990. Tout ça parce que, dans le cadre des cours de suédois pour étrangers qu'elle avait suivis, il y avait un cours du soir en culture populaire suédoise. Le professeur, qui avait quitté la Suède en 1993, croyait que le groupe Ace of Base était encore invité aux émissions matinales de la télévision suédoise et qu'on pouvait toujours considérer la chaîne TV4 comme un agent de l'impérialisme culturel américain. Cela dit, la citation du chanteur de pop Tomas Ledin était indéniablement pertinente dans le contexte. Hanna détecta pourtant dans le regard d'Ági un éclat plus tranchant que les paroles d'une vieille bluette à la mode.

— Je suis restée en ville, dit-elle, hésitante. Comme... avant.

— Avec ton mec ? Le mec mignon ? Celui que tu avais rencontré... Comment il s'appelle, déjà ?

— Johan. Oui, c'est ça. Enfin...

Hanna fit une grimace.

— Enfin quoi ?

— Je ne sais pas. Ce n'est plus comme avant. On ne s'amuse plus trop.

Ági hocha énergiquement la tête, comme si Hanna venait de dire quelque chose de profond.

— Et il faut s'amuser ?

Voilà, c'était comme ça, avec Ági. Ça lui revenait, maintenant. Ági ne donnait jamais de réponse convenue, elle scrutait toujours ce qu'on disait sous toutes ses coutures.

— Il faut, il faut… dit Hanna. Non, il ne faut pas forcément. Mais quand on ne s'amuse pas, ce n'est pas très drôle.

— Je voulais juste dire qu'on n'est pas obligé de s'amuser tout le temps. Mais qu'on a besoin d'être stimulé. Et inspiré.

— C'est ça qui rend les choses amusantes, non ? D'être stimulé et inspiré.

Ági sourit comme si elles étaient parvenues à une conclusion intéressante.

— C'est ça, on se comprend.

En sortant de chez Ági, Hanna avait l'impression de peser dix kilos de moins. Quelle bêtise de ne pas avoir gardé le contact ! D'avoir négligé une personne de cette qualité et de s'être contentée à la place de gens qui avaient des exigences tordues ou qui n'attendaient rien du tout. Hanna se trouvait méprisable à bien des égards et, paradoxalement, se sentait dans une forme olympique. Ses bottines claquaient sur le parking d'Avesta. Elles enjambèrent quelques petites flaques d'eau devant le kiosque où Ági faisait ses courses. Ági n'avait fait aucun commentaire sur ses bottines ni sur ses lunettes, elle avait simplement tendu la main pour les toucher, d'un air approbateur. À travers ces mêmes lunettes, Hanna voyait à présent Erik s'approcher de son pas raide, flanqué d'une Caroline cahotante. Pile à l'heure.

— Il s'est mis à pleuvoir, annonça Caroline, mais on a trouvé un café où s'installer jusqu'à ce que ça cesse. Tu as passé un bon moment avec ton amie ?

Après une conversation confuse dont il émergea néanmoins qu'Erik et Hanna ne pouvaient pas prendre congé de Caroline sans récupérer d'abord le pick-up d'Erik, ils montèrent en voiture. Et puis, précisa Caroline, ils avaient encore des choses à se dire sur sa grand-tante Elvira.

— Une simple pause café ne suffit pas pour faire le tour du sujet, constata-t-elle en démarrant.

Hanna s'esclaffa, encore de bonne humeur après ses retrouvailles avec Ági.

— Tu ne vas pas en profiter pour regarder le paysage pendant qu'Erik conduit ?

Caroline secoua la tête.

— Pas question ! Moitié-moitié, voilà ce qui aurait plu à Elvira.

Cette nuit-là, ils furent invités à dormir chez Caroline. À présent, ils se connaissaient assez. De plus, elle voulait leur servir sa délicieuse bouillie de son au petit-déjeuner.

— Si vous aimez ça, bien sûr.

Erik avoua sa grande faiblesse pour la bouillie de son matinale et Hanna sourit poliment en pensant à ses barres chocolatées. Caroline ajouta qu'elle avait aussi des corn-flakes et partit en cahotant chercher des draps. Erik la suivit du regard en secouant la tête d'un air amusé.

— Sacrée bonne femme… Elle m'a raconté un tas de choses sur Elvira pendant que tu étais chez ton amie Ági. J'espère que j'arriverai à me souvenir de tout.

Comment savait-il qu'elle avait rendu visite à Ági ? Décidément, il fallait se méfier des vieux. Avec leurs airs lents et inoffensifs, ils étaient pires qu'un ex qui vous espionne sur Facebook. Cela lui rappela quelque chose… Le lièvre et la tortue… Enfin, peut-être à cause de leur physique. À son retour, Caroline leur montra un petit objet en plastique rouge.

— Ma grand-tante Elvira me l'a offert quand j'étais petite. Je m'en suis souvenue hier et je l'ai retrouvé au grenier. Il m'est très précieux, je le montrais à tous les autres enfants. Il vient d'Angleterre !

Curieux, Erik attrapa l'objet : un hélicoptère miniature aux pales et aux roues blanches. Hanna fut déçue en apprenant de quelle décennie il datait. Il n'avait donc aucun rapport avec les lunettes ni les autres objets en sa possession. Erik, cependant, était fasciné.

— *Made in England*, dit-il avec un accent du Småland à couper au couteau. Tu n'aurais pas gardé l'emballage d'origine, par hasard ?

Caroline secoua la tête avec un sourire.

— Nos jouets, c'était pour jouer, dit-elle en insistant étrangement sur le verbe "jouer", les yeux rivés sur Erik.

On sortit un matelas pour Hanna et on le plaça dans la pièce que Caroline appelait "bureau", mais qui semblait plutôt servir de fourre-tout. Les derniers objets que contempla Hanna avant de s'endormir furent une machine à écrire électrique, une étagère croulant sous les livres, un violoncelle poussiéreux, un escabeau et un arrosoir. Sa dernière pensée fut pour le rideau de perles tintinnabulant de chez Ági.

39

Au moment précis où 1909 céda le pas à 1910, Signe se trouvait dans la neige, devant la maison du sacristain, à côté d'Elvira qui avait passé Noël dans le Nord. Elvira s'était déclarée très satisfaite de fêter le Nouvel An à Tierp et sa présence au dîner avait grandement soulagé Signe car Anna et Anders y étaient naturellement invités, eux aussi. La nuit était d'une clarté magique, et les convives avaient décidé à l'unanimité d'attendre minuit sous la voûte céleste étoilée. On leur avait servi un repas exquis. Devant la saucisse de Noël que leur avait présentée la femme du sacristain, Anna s'était exclamée que des charcuteries pareilles, elle pourrait en manger tous les jours de l'année. Tous avaient ri de bon cœur sous le regard flatté de la discrète maîtresse de maison.

— Je suis contente que les choses ne soient plus aussi tendues entre Anna et moi, dit Signe en contemplant les cimes des sapins aux confins de la paroisse. Il me restait juste quelques derniers rêves à tuer.

Ses propres paroles lui parurent soudain solennelles et un peu écrasantes, comme toujours la nuit du Nouvel An. Elles pouvaient se révéler prémonitoires.

— C'est une nouvelle décennie qui commence, dit-elle en serrant le bras d'Elvira. Une décennie que l'humanité ne connaît pas encore. À nous de la construire.

Elvira fit un de ses rares sourires. Trop rares, selon son voisin de table qui, plus tôt dans la soirée, avait osé lui suggérer d'en décorer un peu plus souvent le monde. Il ne devait pas revoir ne fût-ce que l'ombre de ce sourire.

— C'est joliment dit, répondit Elvira de sa voix rauque. À nous de la construire… Tu es une vraie poétesse.

Signe respira l'air cristallin. Bientôt, on tournerait la page sur une décennie. Pendant ces dix ans, elle en avait passé trois à s'enticher d'Anna, à l'aimer et à la pleurer. À certains moments, elle ne s'était même plus reconnue elle-même.

— Pour 1910, je promets, dit-elle cérémonieusement, de panser les blessures de mon cœur jusqu'à ce qu'elles guérissent. Et de toujours me rappeler qui je suis.

— De ne jamais cesser de lutter pour le droit de vote, dit Elvira, le regard perdu dans le lointain. De me consacrer corps et âme au combat pour les droits civiques de la femme. De sacrifier tout ce que je possède pour la cause, si cela peut la faire avancer ne serait-ce que d'un pas.

Signe fut parcourue d'un frisson.

— Mon vœu paraît futile à côté du tien. Le droit de vote, c'est ce qu'il y a de plus important, bien sûr.

Elvira piétinait pour ne pas se refroidir. Le bras de Signe sous le sien suivait le mouvement.

— Ton vœu n'est pas futile. Si tu ne restes pas toi-même, qui le fera à ta place ?

C'était vrai, et cela réchauffa le cœur de Signe.

— Tu es vraiment mignonne, dit-elle.

Elvira sourit encore, pourtant, son expression demeurait insondable.

— Et surtout, ajouta-t-elle, pragmatique, personne n'y arriverait aussi bien que toi.

Les étoiles semblaient toutes proches et la noirceur du ciel était si profonde que, sans le soutien d'un bras, on risquait de tomber dedans. Le marmonnement de l'assemblée leur rappela l'insignifiante présence de l'humanité dans l'univers.

— Tu viens à Stockholm le 8 ?

— Oui, mais je ne sais pas très bien ce que je vais y faire. Les femmes de la cause ne vont quand même pas toutes marcher ensemble jusqu'au gouvernement.

— Tu as vu le programme, la marche n'en est qu'une partie. Cela ranimera ta flamme, on a besoin de ce genre d'enthousiasme. Avant que tu ne formes ta propre association.

Elvira lui fit un clin d'œil. Elle insistait plus que jamais pour que Signe s'engage à fond, et cette dernière s'était secrètement mise à apprécier ce rabâchage. Il lui arrivait même d'envisager sérieusement le projet. Mais elle avait peur de franchir le pas. D'occuper le premier plan de la lutte pour le droit de vote à Tierp. Après six années à l'école, elle avait l'impression de lutter encore pour se faire accepter en tant que nouvelle maîtresse.

— On ne la connaît pas, celle-là, chuchotait-on dans son dos encore un mois auparavant pour la simple et bonne raison qu'elle n'était pas du coin.

Le militantisme ne lui faciliterait pas la vie.

— Minuit ! annonça quelqu'un.

Dans la maison, le gong résonnait. Les convives poussèrent des cris de joie et se félicitèrent. En se retournant, Signe aperçut Anders qui trinquait avec le pasteur. Anna portait un bonnet en fourrure de mouton et un manteau de ville, élégant mais pas très chaud. Elle grelottait en dévisageant Signe.

— Signe ?

C'était Elvira. Lorsque Signe se tourna vers elle, le ciel et la neige envahirent à nouveau son champ de vision. Elles étaient toujours bras dessus bras dessous.

— Bonne année, lui dit Elvira.

— Bonne année.

À peine deux jours plus tard, Anna parcourut à pied le chemin de chez Signe, qui fut ébahie de la trouver sur le pas de sa porte. Anna haussa les épaules et lui fit un sourire hésitant, comme une question sans paroles.

— Bonjour, finit-elle par dire.

Signe la pria d'entrer. D'un coup, sa présence emplit la pièce, c'était comme si la maisonnette entière inspirait son parfum, se souvenant de jours anciens. Anna paraissait émue. Signe crut d'abord qu'il était arrivé quelque chose de grave.

— C'est bizarre… dit Anna en reprenant son souffle. C'est bizarre d'être ici.

Signe garda ses distances, ce qui n'était pas facile dans cet espace étriqué.

— Et qu'est-ce que tu fais ici ?

Anna fit une grimace, un tressaillement lui traversa la joue. Elle avala sa salive, puis elle regarda Signe droit dans les yeux et lui annonça la raison de sa visite :

— Tu vas à Stockholm, non ?

Instinctivement, Signe eut envie de lui mentir, de taire ses intentions. Comme une vengeance ridiculement tardive.

— Le 8, répondit-elle.

— Je veux… J'aimerais t'accompagner.

Le regard bleu d'Anna suspendu à sa volonté… Ouvert, interrogateur, presque aussi nu qu'elle l'avait jadis été sous la couverture de Signe. Une illusion d'optique ? Face à cette Anna ressuscitée, Signe avait du mal à faire la part des choses.

— À Stockholm ?

— Oui.

Signe fronça les sourcils, mais cela ne l'aida pas à comprendre ce revirement. Anna lui fit signe de s'asseoir. Signe lui obéit, et ce geste avait le goût amer d'une défaite. Ou d'une victoire, selon ce qui était en train de se jouer. Anna posa sa main sur la table, entre elles. Il ne s'agissait pas d'une caresse, mais cela s'en rapprochait.

— J'aimerais vraiment… Signe, si tu savais…

Sa voix faillit se briser. Que penser ? Que dire ? Comment réagir ? Nulle part dans le catéchisme on ne trouvait la conduite à adopter dans pareille situation. Enfin, mis à part au septième commandement. Mais Signe n'était pas sûre qu'il soit applicable lorsqu'un mariage représentait déjà en soi un crime contre l'amour. Décidément, la vie n'était ni claire, ni nette, ni limpide. Perplexe, Signe respirait l'atmosphère de la maisonnette, tout enivrée par le retour d'Anna.

— Et pourquoi ça ?

Son ton était plus sévère que prévu. Le visage ouvert d'Anna se referma légèrement. "Non !" hurla le cœur déchiré de Signe.

— Je veux juste dire, ajouta Signe à la hâte, que je ne comprends pas bien.

— Qu'est-ce que tu ne comprends pas bien ? demanda Anna, désespérée. Nos conversations me manquent, notre intimité, te voir le matin, rire de tes… Enfin, de ce qui me fait rire quand je suis avec toi. Tu me mets toujours de si bonne humeur ! Tu me rends tellement…

Anna poussa un soupir entrecoupé de hoquets, des sanglots retenus, se pencha sur la table et posa la tête sur ses bras. Signe mourait d'envie de la réconforter, mais elle était momentanément pétrifiée. Anna renifla contre le bois veineux.

— Tu me permets de t'accompagner ? demanda-t-elle d'une petite voix piteuse, soufflant dans ses boucles blondes.

S'extirpant de sa paralysie, Signe tendit la main et toucha les cheveux qui s'étaient répandus sur sa table. Le contact fit bondir son cœur et s'appliqua juste à l'endroit de la cicatrice encore légèrement douloureuse, comme une pommade.

— Si, répondit-elle d'une voix tremblante. Bien sûr que je te le permets. Nous irons ensemble à Stockholm.

Les cils humides d'Anna et sa lèvre inférieure frémissaient comme ceux d'un enfant. Elle saisit la main qui lui avait caressé les cheveux.

— Merci.

Ce soir-là, Signe ressortit la broche. Depuis le mariage, deux ans auparavant, le bijou était resté rangé dans son écrin, inerte. S'il ne parlait pas à Anna, il n'y avait aucun sens à le porter. Assise au bord de son lit, Signe caressait du bout des doigts les deux cœurs réunis. Ou les lèvres. La bouche d'Anna, se souvint-elle avec un frémissement. Elle s'endormit les mains posées sur les montures rondes des lunettes et les pointes acérées du métal, qui infusaient de doux rêves à son esprit.

40

La grise bouillie matinale au goût de colle était encore plus ignoble que prévu. Les petits grains de son qui la parsemaient se coinçaient entre les dents, empêchant de se rincer correctement la bouche à l'aide d'une bienfaisante gorgée de lait. À la moitié de son assiette, Hanna annonça qu'elle avait l'estomac tellement plein qu'elle ne pouvait plus en avaler une bouchée. Caroline ne l'entendit même pas, captivée par le récit d'Erik qui, enjolivant quelque peu la réalité, lui racontait comment Hanna et lui avaient fait connaissance. L'histoire commençait quinze ans auparavant, lorsque sur un coup de tête, Erik avait gardé les lunettes au lieu de les vendre aux enchères.

— Et pour quelle raison je les ai prises justement ce jour-là, et pourquoi la vente à laquelle je devais me rendre a été annulée, et pourquoi je suis entré en collision avec un cycliste cinglé, eh bien, ça, c'est ce que certains appellent le destin.

— Et toi, tu appelles ça comment ?

Il rit.

— La vie. Ce serait tout de même bizarre s'il n'arrivait jamais rien de bizarre.

Hanna était sur le point de protester contre cette vision des choses. "Il n'y a pas que les lunettes ! avait-elle envie de s'écrier. Moi, je me suis retrouvée avec des lunettes, des chaussures, une règle d'écolier et une broche le même jour, qu'est-ce que vous dites de ça ? Et toute ma vie en a été chamboulée !" Mais se mêler du récit d'un vieillard, ce n'était pas son genre, même si ce vieillard l'avait, par pur intérêt archéologique, conduite jusqu'à la source des lunettes.

— Et les autres objets ? demanda Caroline à Hanna. Tu as bien parlé d'autres objets ? Ils n'étaient pas en vente le même jour, quand même ?

Quand Hanna avait-elle parlé de ses trouvailles à Caroline ? Jamais, sinon, elle s'en souviendrait. Erik... Quel sale mouchard ! Enfin, répondre à une question, ça n'impliquait pas forcément de se mêler des histoires des autres.

— Je ne les ai pas tous récupérés de la même manière, mais le même jour. Ils venaient de personnes différentes. Mais ils sont exactement de la même époque.

Qu'Erik ait estimé que la broche était antérieure de quelques années au reste et que la règle soit impossible à dater, Hanna ne s'en soucia pas à ce moment-là. À côté d'un hélicoptère sans aucun intérêt des années 1940, on pouvait dire qu'ils remontaient à la même époque.

— Ça fait froid dans le dos, dit Caroline en pouffant. C'est quand même une drôle de coïncidence, non ?

Erik sourit sèchement et se resservit une portion de bouillie visqueuse.

— L'humanité a toujours été friande de coïncidences, dit-il, énigmatique.

Caroline fit une grimace résignée à Hanna.

— En tout cas, moi, je trouve ça captivant. Alors... Il y avait une paire de lunettes, une paire de chaussures...

Elle plissa ses yeux bruns de vieille dame de façon si curieuse que les réticences de Hanna s'évanouirent.

— Une règle et une broche. Je crois que... Après tout, ce n'est pas impossible qu'elles aient appartenu à la même personne.

— Une règle et une broche, médita Caroline. Tu sais, ça me fait penser à quelque chose... Il doit y avoir quelque part une vieille broche qui appartenait à ma grand-tante Elvira. Je ne crois pas que nous l'ayons vendue aux enchères, elle doit être rangée dans...

N'achevant pas sa phrase, Caroline prit son élan en s'appuyant sur la table et se propulsa vers le couloir sans qu'aucun de ses invités n'eût le temps de réagir. Erik observait Hanna d'un regard perçant, comme si, d'une certaine manière, il faisait abstraction de son point de vue sur le destin.

— Tu ne vas pas chercher ta broche ?

Quand Hanna eut trouvé les cœurs en métal dans son sac, Caroline revint.

— Elle était tout en haut du tiroir. C'est quand même énorme, comme coïncidence ! dit-elle en faisant un clin d'œil à Erik.

Elle tenait la broche. Le cœur de Hanna s'affaissa. Le bijou ne ressemblait en rien à celui qu'elle avait elle-même trouvé dans la rue. D'ailleurs, pourquoi Elvira aurait-elle possédé deux broches identiques ?

— Pour nous et nos contemporains, cet objet peut paraître ordinaire, une simple bricole sertie de verroterie colorée, dit Caroline.

Hanna étouffa une brusque envie de contester l'étiquette de "contemporaine" que lui avait collée Caroline. En tout cas, sa décoration intérieure avait du chemin à faire pour correspondre au concept.

— Et qu'est-ce que c'est ? demanda-t-elle.

— Tu vois les couleurs ? Violet, bleu et vert… Eh bien, je ne le saurais pas si ma grand-tante ne me l'avait pas consciencieusement expliqué. Tu le sais, toi, Erik ?

Hanna ne connaissait Erik que depuis quelques jours, mais elle pariait qu'en cet instant, il maudissait sa propre ignorance. Un jour, elle lui montrerait ce qu'on pouvait récolter à l'aide de Google et d'un iPhone caché sous la table. Un jour, si elle était de bonne humeur.

— Ce sont les couleurs des suffragettes, annonça Caroline, triomphante. Pas celles des Suédoises, celles des Anglaises.

Erik haussa les sourcils et hocha la tête, impressionné. Caroline leva la broche dans la lumière pour qu'ils en voient les reflets colorés.

— Elle avait aussi un chapeau dans ces couleurs-là, mais il a disparu depuis longtemps. C'est passionnant, n'est-ce pas ?

Était-ce ou non passionnant ? Hanna se le demandait. Ils avaient beau parler de cette fameuse Elvira, cela n'apportait aucune réponse à ses questions sur les quatre objets. Caroline leur montrait des babioles qui avaient appartenu à la vieille dame, c'est tout. Bien sûr, l'enquête de Hanna s'en serait trouvée grandement facilitée si elle avait su ce qu'elle cherchait. Enfin, Elvira était en tout cas la première propriétaire des lunettes. Cela avait peut-être son intérêt que la broche date de la même époque… C'est-à-dire du temps où les femmes avaient obtenu le droit de vote – quand était-ce, déjà ?

— Elle date de quand ?

— Je ne peux pas te le dire exactement, mais je dirais qu'elle n'est pas des toutes premières années. Au début, les militantes ne devaient pas encore avoir les moyens de faire fabriquer des bijoux. Les pionnières anglaises ont eu la vie dure, tout comme les suédoises. J'ai retrouvé une carte postale écrite par mon arrière-grand-mère à mon grand-père en 1907, pendant le premier séjour d'Elvira en Angleterre, mais le bijou doit être un peu plus tardif.

Pour une raison obscure, Erik s'esclaffa.

— Et qu'est-ce qu'elle raconte ?

— Qu'elle s'inquiète pour Elvira, si loin, en terre étrangère. Qu'elle espère qu'elle prenne bien garde à elle et qu'elle évite les mauvaises fréquentations. Un peu ce que j'écris, au pluriel, à mes enfants quand ils sont en voyage.

Hanna ne lui demanda pas la raison de ce pluriel énigmatique. Caroline lui avait tendu la broche pour qu'elle puisse l'admirer. Le bijou se trouvait au creux de sa main, rond, d'un violet profond. C'était quand même spécial que cette chose existe encore alors qu'Elvira n'était plus.

— Elle n'a pas eu d'enfants, dit Caroline comme si elle pensait à la même chose que Hanna. Elle ne s'est jamais mariée, c'est pour ça qu'elle m'a donné le bijou, alors qu'il ne lui restait plus très longtemps à vivre. Je suis contente d'avoir été assez grande à l'époque pour le comprendre.

Caroline poussa un long soupir. Elle contempla la broche entre les doigts de Hanna.

— Elle m'a dit que la seule chose qui mourrait en elle, c'était son corps. “Mes pensées, mon cœur et mon chagrin me survivront.”

Elle eut soudain l'air gênée.

— Enfin, quelque chose du genre, je ne me souviens pas exactement. C'était il y a plus de cinquante ans.

En entendant ces mots, Hanna fut plongée dans un état d'âme qu'elle eut du mal à cerner. Il ne s'agissait pas d'ennui. Au contraire, elle trouvait que la conversation prenait, malgré tout, une tournure intéressante. Ce n'était pas non plus de la faim : elle n'avait même pas envie de sucré. Elle se sentait profondément agacée.

— Par contre, je n'ai jamais oublié le sens de ses paroles. Vous savez, c'est assez éprouvant de me souvenir de toutes ces choses sur ma grand-tante.

C'était de l'envie. L'héritage que cette vieille dame avait reçu ne lui appartenait pas. Elle ne partageait pas un seul gène avec cette vieille acharnée d'Elvira, seulement ses lunettes. Pouvoir s'épancher ainsi sur les bravades d'une grand-tante et sur la manière dont elle s'était confiée quand la fin approchait, quelle chance! En plus, au-delà de son air renfrogné, Elvira était belle.

— Grand Dieu! s'exclama Caroline, la larme à l'œil. Il est temps de débarrasser le petit-déjeuner. Vous déjeunerez avant de partir, n'est-ce pas?

Erik lui assura que oui, et qu'ils seraient enchantés d'en apprendre plus encore sur la vie d'Elvira. Sur la lutte pour le droit de vote – un sujet passionnant en soi. Sur sa jeunesse aussi, puisque Hanna avait fait le voyage à Falun dans l'idée qu'il existait un lien entre les quatre objets. Caroline se figea, les yeux rivés sur Hanna.

— Mais bien sûr… J'allais oublier de te demander de me montrer ta broche. Tu l'as apportée?

La broche de Hanna ne portait pas les couleurs momifiées d'une quelconque lutte préhistorique pour le droit de vote. Elle n'était faite que de quelques jointures en métal qui formaient deux cœurs. Ou une bouche.

— Elle ne lui ressemble pas fort.

— Qu'elle est belle! Un vrai petit joyau d'artisanat! Elle est mignonne, non?

La question de Caroline s'adressait directement à Erik, qui fit un mouvement sec de la tête, sans doute censé représenter un acquiescement.

— Un baiser innocent ou les prémices d'un jeu amoureux? demanda Caroline avec une grimace espiègle. Enfin, peut-être que les amants ont déjà conclu… Cette broche donnait matière à réflexion à ceux qui la voyaient, en tout cas.

— Alors tu y vois une bouche? s'enquit Erik. Hanna y voit deux cœurs.

Caroline les regarda, soudain perplexe.

— Je ne vois ni une bouche ni deux cœurs, mais deux bouches qui s'embrassent !

41

Elle était de retour à Stockholm avec Anna. Comme jadis, lorsqu'elles avaient parcouru les rues de Stockholm en brandissant l'ordonnance d'un oculiste. Entre ce passé béni et le présent, Signe s'était étourdie dans des brumes toxiques qui l'avaient affaiblie, mais une violente bourrasque venait d'en dissiper les miasmes. Les rues de Stockholm étaient recouvertes d'une épaisse couche de neige qui, piétinée par des milliers de pieds, de sabots et de roues, n'avait rien à voir avec le blanc manteau de Tierp.

— Il n'y avait pas autant d'automobiles il y a deux ans, dit Signe pour limiter autant que possible la conversation au domaine du concret.

— Il y en avait déjà quelques-unes, répondit Anna en enjambant d'un bond un petit tas de neige gris. Mais elles sont plus nombreuses, c'est vrai. Dans dix ans, elles seront plus nombreuses que les chevaux. C'est ce que dit père, en tout cas.

Signe sourit.

— Dans le temps, l'autorité à laquelle tu faisais sans cesse référence, c'était plutôt Brita Löfstedt. Tu l'as remplacée par ton père ?

Elle eut un pincement au cœur. Évoquer l'époque où elles se fréquentaient la troublait donc encore. Elle ne l'aurait pas cru, après tout ce temps. De plus, Anna s'était à nouveau matérialisée : elle marchait à ses côtés. Elle lui donna même un coup de coude pour la punir de sa taquinerie.

— Je n'ai pas parlé à Brita depuis longtemps, et je ne sais pas ce qu'elle pense du développement de l'automobile. On sera bientôt en mesure de le lui demander de vive voix. Tu pourras constater que mes priorités n'ont pas changé et que j'ai toujours les mêmes modèles. Voilà, c'est ici.

Elles pénétrèrent sous un porche, puis dans une cour intérieure. Les échos du bon vieux temps résonnaient encore dans l'esprit de Signe. Elle tenta de se concentrer sur le présent.

— Je ne crois pas que l'automobile remplacera les chevaux, dit-elle. Imagine le coût d'un moteur comparé à un cheval ! Et puis, ils sont plus rapides, ils ne tombent pas en panne et tout le monde sait s'en occuper.

Anna appuya sur une sonnette.

— Mais les automobiles ne lâchent qu'un peu de fumée par leur derrière, dit Anna en tournant son beau visage vers Signe. De ce point de vue, un cheval, c'est plus embêtant.

Signe rit. La poignée de la porte tourna. La conversation avec Anna était légère, prompte et vive. Comme si rien ne les avait jamais séparées... Lorsque la chaleur de son corps se mêlait à l'hiver, la bouche d'Anna laissait échapper des bouffées de vapeur. Brita Löfstedt apparut sur le seuil.

— Bienvenue ! tonna-t-elle en contemplant Anna avec ravissement. Madame Anna Johansson ! Quel plaisir !

Ce n'était qu'une formule, mais elle dérangea Signe. D'abord "madame". Puis "Johansson". Anna n'aurait-elle pas au moins pu refuser ce nom de paysan ordinaire, alors que celui de son père avait tant de prestige ? Serait-elle réellement amoureuse d'Anders ? L'idée lui sembla ridicule.

Au salon, Brita les présenta à une multitude de gens : de nombreuses femmes et un homme.

— Voici Anna et Signe de Tierp. Lovis, Gerda, Anna, Mauritz, mon mari et, là-bas, Frigga et Elvira.

Elvira les observait, assise dans un coin du canapé. Comme à son habitude, son visage ne dévoilait rien de ses pensées, mais Signe devina tout de même une question sous son air de statue. Anna, rayonnante, salua plusieurs femmes et s'installa à côté de celle que Brita avait appelée Gerda. Un court instant, Signe ne sut pas quoi faire. Elle décida de rejoindre Elvira. Anna avait sûrement encore beaucoup d'amies qui la respectaient dans le mouvement, ne serait-ce que pour ses voyages avec Brita Löfstedt, autrefois, mais Signe n'avait pas besoin d'elle pour militer. Elle volait de ses propres ailes. N'était-ce pas à elle qu'on avait demandé de former une association locale ? Elvira se poussa pour lui faire une place sur le petit canapé durement rembourré.

— Que se passe-t-il ? demanda-t-elle, les sourcils froncés. Que fait-elle là, elle ?

Signe haussa les épaules. "Tu me manques chaque matin", avait dit Anna, les yeux embués. Ces mots-là ne s'adressaient à personne d'autre qu'à Signe.

— Je suppose qu'elle voulait se remettre au travail. Pour la cause.

Elvira sourcilla imperceptiblement.

— Ah bon ? Il était temps.

Autour de la table ovale, les femmes étaient désormais en effervescence, plongées dans une discussion sur l'usage approprié des titres.

— Ce sont toujours les hommes qui nous définissent, dit l'une d'elles en brandissant l'index. Dès qu'on rencontre une femme, il faut se demander si elle est ou non mariée, sans quoi on n'est même pas en mesure de lui adresser la parole !

— Et paradoxalement, on considère comme malpoli de lui poser la question, invoqua une autre. On se répand alors en chuchotis jusqu'à ce que la chose soit éclaircie : madame ou mademoiselle ? Tout cela alors qu'il ne s'agit finalement que de la relation contractuelle qu'entretient la femme en question avec un autre individu. Comment peut-on donner une telle importance à cet aspect de la vie d'une personne au point d'en oublier toutes ses autres caractéristiques ?

Elvira se pencha vers Signe et lui chuchota :

— C'est la discussion de l'année. Tout le monde est d'accord pour qu'on cesse de se donner du "madame" ou du "mademoiselle". Imagine un instant que le titre d'un homme dépende de sa femme ! En revanche, nous n'arrivons pas à nous entendre sur ce qui devrait remplacer ces titres.

— Pourquoi ne pas tutoyer tout le monde, pendant qu'on y est ? dit une voix courroucée à l'autre bout de la table. La question est toujours la même : luttons-nous pour les droits de la femme ou pour une dissolution complète des fonctions sociales ?

— Excellente idée ! s'exclama Elvira. En tout cas, il y a une personne que j'aimerais bien tutoyer : notre pasteur. Enfin, avec un petit quelque chose devant, par respect pour sa fonction. Je lui dirais : "Dis donc, toi..."

Puis elle reprit son dialogue à voix basse avec Signe.

— Tu restes jusqu'au 12 ? Ce jour-là, nous nous réunirons formellement pour définir notre position vis-à-vis des titres. Comme tu peux l'imaginer, c'est difficile de mener un véritable combat quand certaines insistent pour qu'on s'appelle "madame" et d'autres, "votre grâce" ou "*milady*".

Signe sourit.

— Je vois. Malheureusement, je ne peux pas rester, nous devons repartir demain.

— Nous ? Tu veux dire que tu as tenu Anna Johansson par la main pour venir jusqu'ici et que tu dois également la raccompagner ?

Signe rougit. "Heureusement que l'éclairage est trouble", espéra-t-elle.

— Non, je veux dire que je dois être de retour à Tierp mardi matin. Le fait qu'elle doive l'être aussi n'est qu'une coïncidence.

Signe s'emmêlait les pinceaux. De toute façon, Elvira n'avait pas à se mêler de sa relation avec Anna. Elle ne lui devait pas d'explication. Elvira pinça les lèvres.

— Prends bien soin de toi, Signe, dit-elle, énigmatique.

Puis elle se relança avec fougue dans la discussion, qui tournait maintenant autour de la manière dont la délégation – dont aucune des militantes présentes n'allait faire partie – pouvait avantageusement présenter leur revendication de droit de vote au gouvernement lors de la marche du lendemain.

Anna avait insisté pour que Signe passe la nuit du dimanche au lundi chez ses parents.

— Je meurs d'envie de te voir, de discuter avec toi. À Tierp, c'est difficile, tu as ton travail, moi, ma vie, avait-elle expliqué, évitant soigneusement de mentionner Anders.

Lorsque, ce soir-là, Signe fit sa toilette à côté d'Anna, parmi les émaux blancs de la salle de bains des Dahléus, ses sentiments étaient partagés. Leurs gestes, si évidents lorsqu'elles arpentaient jadis ensemble les rues de la ville, tenaient désormais du mirage. La surface dure et brillante de la porcelaine était en revanche bien réelle. Signe la toucha pour éviter de poser la main sur le dos d'Anna. Ou de la frapper.

— J'apprécie vraiment le luxe, maintenant que je ne suis plus obligée de le côtoyer au quotidien, s'esclaffa Anna, le visage penché sur le lavabo. Que ne donnerais-je pas pour une vraie salle de bains moderne dans le logement de fonction du maître d'école !

— Ah bon ? Tu regrettes ton mariage avec Anders ? rétorqua Signe.

Évitant de répondre, Anna s'essuya frénétiquement le visage. Des boucles mouillées lui retombaient sur le front. Ses joues étaient rougies par les sévices qu'elle venait de s'infliger à l'aide d'une serviette. Elle se mit à tresser ses cheveux, mais Signe attrapa sa tignasse et continua à sa place. Le contour du visage d'Anna se modifia subrepticement, Signe devina qu'un sourire s'y dessinait.

— J'avais oublié que c'était toi, dit Anna.

Des paroles chaudes comme le poêle en faïence de la pièce voisine... Les mèches d'Anna entre ses mains... Signe avait cru pouvoir dominer la situation, mais c'était insensé. Elle avait envie de crier, de plonger le nez dans la chevelure d'Anna, d'aspirer son odeur de toutes ses forces, d'enfoncer les ongles dans sa nuque blanche comme l'hiver. Elle continua à tresser. Anna se retourna. Elles se retrouvèrent face à face et leurs haleines se mêlèrent comme si l'histoire faisait un brusque bond en arrière.

— Je viendrai te voir cette nuit, dit Anna en caressant la joue de Signe. J'irai me coucher dans ma chambre, mais ensuite, je te rejoindrai. Si quelqu'un me voit, je dirai que j'ai fait un cauchemar.

Elle tourna les talons et s'éloigna dans le couloir. Signe resta seule avec son reflet dans le miroir : une femme calme en apparence. Un bon observateur aurait cependant remarqué que sa poitrine se soulevait et se baissait par à-coups, comme juste après une course effrénée. Quant aux battements de son cœur, nul ne pouvait en mesure la cadence.

Une éternité s'écoula, dans la nuit noire, avant qu'Anna ne fasse son apparition. Dehors, il neigeait. Seuls les flocons tournoyants éclairaient Signe. Elle avait bien une lampe à pétrole sur sa table de chevet, mais il lui avait semblé inutile de l'allumer. Inutile et présomptueux, comme si elle croyait réellement qu'Anna allait tenir sa promesse. Elle préféra attendre dans le noir, veillant pour ne pas manquer d'hypothétiques coups à sa porte. Elle récita le catéchisme, puis la table de multiplication, puis la famille des astéracées. Sa courtepointe était raide, mais si rembourrée de plumes qu'elle ne pouvait appartenir qu'à de riches citadins. Cela sentait la ville, et les bruits de la rue se faufilaient par les fentes des fenêtres. Par deux fois, elle s'endormit, puis se réveilla en sursaut au son d'un craquement qui évoquait celui d'un loquet. La troisième fois, il s'agissait bel et bien d'Anna.

— Tu dors ?

— Non !

Ses poils se dressèrent sur tout son corps lorsque Anna se glissa à côté d'elle dans le lit, sans allumer la lampe. Désormais, les flocons dansaient pour Anna et Signe. Grelottante, Anna se serra contre Signe comme à l'époque où elles dormaient ensemble sans se poser de questions. Signe avait du mal à respirer, elle avait l'impression de flotter dans le vide, entre passé et présent. Anna lui avait caché ses projets, elle s'était mariée avec son meilleur ami et l'avait ignorée pendant un an et demi. Lorsqu'elles se voyaient à l'église ou à l'épicerie, elle levait le nez en l'air ou s'éclipsait rapidement. Et dorénavant, elle était étendue tout contre Signe, chaude, bien vivante. Signe sentait ses yeux la dévisager dans le noir.

— Pourquoi… demanda Signe d'une voix qui menaçait de se briser, t'es-tu montrée si froide ?

La main d'Anna, sur sa nuque, se mit à jouer avec ses cheveux, ce qui ne fit qu'augmenter son trouble.

— C'est toi qui t'es montrée froide, répondit Anna.

Signe sentit une rage profonde envahir tout son être, en totale contradiction avec la sensation de la main d'Anna dans ses cheveux, ses lèvres si proches des siennes. Elle grogna.

— J'ai été froide ? J'ai… Et toi, tu t'es mariée ! L'aurais-tu oublié ?

— Non.

— Tu as oublié tout ce que tu me disais ? Qu'on vieillirait ensemble, que tu… que tu… que tu m'aimais et… tout le reste !

— Mais je t'aime encore.

La voix d'Anna était étrangement calme, et ses paroles semblaient limpides sans l'être. Elle caressait la joue de Signe.

— Je t'ai toujours aimée. Pendant tout ce temps, tu n'as jamais cessé de me manquer.

La couche de givre, sur le cœur de Signe, refusait de fondre, même si le corps d'Anna irradiait la chaleur.

— Mais... dit Signe, désespérée. Que veux-tu dire, au juste ?

— Mais enfin, Signe ! J'ai tant pensé à toi... Je me suis tant demandé comment tu allais... J'ai tant désiré qu'on soit à nouveau réunies... S'il te plaît, il faut me croire !

Sincère, écorchée, presque désespérée. Tout contre l'oreille de Signe qui, cherchant à se dominer, poussa un profond soupir. Et inspira une grande bouffée du parfum d'Anna.

— Je ne pense pas être capable de te partager avec un autre.

Anna lui caressa la joue, les lèvres et le cou.

— Tu n'aurais pas besoin de le faire.

Les mots étranges mêlés à l'odeur familière d'Anna se répandirent dans les veines de Signe. Dans la bouche d'Anna, ils perdaient mystérieusement leur sens impossible. Anna lui étreignit la taille, lui tint doucement la tête, lui embrassa les lèvres. Le bout de sa langue était aussi doux que deux ans auparavant, ses mains, encore plus affamées. Le gel qui pétrifiait Signe fondit et s'écoula comme un filet de miel vers son entrejambe palpitant. Elle tira sur le bord de la chemise de nuit d'Anna, qui leva la hanche pour que le vêtement glisse plus facilement vers le haut. Au son de sa respiration, entre larmes et rires, Signe la toucha enfin là où elles se rencontraient vraiment. Elles n'étaient ni de givre ni de glace. Ni d'eau. Mais de vapeur.

42

— Elle était l'une des rares femmes journalistes de son époque, voilà ce qu'on peut dire de sa vie professionnelle proprement dite. Mais elle a surtout milité pour le droit de vote.

Erik lança un coup d'œil à Caroline au-dessus de la soupe de pommes de terre qu'elle leur avait servi pour le déjeuner.

— C'était lucratif, comme secteur ? demanda-t-il avec un sourire ironique.

— Non, pas vraiment. Tout ce que je sais, c'est ce qu'elle m'en a dit, mais d'après les rumeurs, le militantisme politique ne permettait pas d'avoir de véritable revenu. On travaillait le plus souvent bénévolement, certaines opérations étaient financées par les cotisations des adhérents. Elle disait beaucoup de bien des filles et des familles qui lui offraient le gîte. Cela lui évitait de loger à l'hôtel. Elle était sans arrêt en voyage.

— Il y avait sacrément peu de femmes journalistes, observa Erik après avoir bruyamment aspiré une cuillérée de soupe, même quand j'étais petit. Je dois vous avouer que cette grand-tante m'impressionne.

Caroline hocha la tête, flattée par procuration.

— Elle avait l'avantage de parler très bien anglais. Elle bénéficiait d'un traitement d'exception dans le monde de l'édition, on la voyait comme une espèce de… joker, peut-être. D'ailleurs, beaucoup de gens ne la considéraient pas comme une femme à part entière.

Hanna contempla le portrait d'Elvira que Caroline avait posé bien en évidence sur le vieux piano. S'il ne représentait pas une vraie femme, on pouvait se demander ce qui en était une.

— Qu'est-ce qu'on exigeait des femmes à cette époque ? C'est monstrueux.

— Le seul fait de travailler suffisait peut-être à la disqualifier, observa Erik.

— Sûrement. En tout cas, avant la guerre. Après, les choses ont un peu changé. Mais laissez-moi réfléchir... Est-ce qu'elle était déjà journaliste avant la guerre ? Je n'en suis pas sûre. Et j'aurais du mal à trouver ce genre de renseignement. Quel dommage qu'on n'ait rien conservé d'autre que la broche et le jouet !

— Et les lunettes.

— Oui, les lunettes. Mais elles ne nous disent pas grand-chose de sa vie professionnelle.

Ils mangèrent en silence. Hanna observait du coin de l'œil le portrait d'Elvira, sa veste boutonnée jusqu'au menton. C'était donc ainsi qu'on se baladait cent ans auparavant, étranglé par son col sous un chignon bouclé. La personnalité d'Elvira lui avait tantôt valu de marquer ses interlocuteurs, tantôt d'être jugée trop masculine. De quoi parlait-elle au public lors de ses tournées à travers la Suède ? Qu'écrivait-elle ? Une idée traversa l'esprit de Hanna.

— Il n'y a pas un endroit où on peut consulter des vieux journaux ? Sur Google, peut-être.

Caroline hocha pensivement la tête.

— Tu peux toujours essayer. Mais je ne crois pas. Sur Internet, il n'y a pratiquement que des choses récentes.

Son scepticisme fit rire Hanna, qui ouvrit une fenêtre sur son téléphone.

— Sur Google, il y a tout, dit-elle.

— Il doit avoir un sacré mal de dos, ce Google, dit Caroline.

Hanna se rembrunissait peu à peu. Elle avait lancé plusieurs recherches successives : presse et dates, articles et dates, tournant du siècle et article de presse. Il n'y avait presque rien.

— Quoi ? s'exclama-t-elle, irritée.

— Il y a tout sur Google... gloussa Caroline.

Erik émit un grincement amusé. Un rire de bonhomme, un rire de bonne femme, une blague affligeante et un article sans intérêt sur un vieil incendie, voilà toutes les données qu'avait récoltées Hanna.

— Pourquoi y avait-il si peu de femmes journalistes ? demanda-t-elle pour faire cesser au moins une source d'agacement.

Cela fonctionna. Caroline la regarda d'un air grave.

— D'après ma grand-tante Elvira, c'était parce que trop peu de femmes avaient encore compris quel bonheur ça représentait de gagner son propre salaire et de ne plus dépendre d'un homme pour sa survie. Forcément, puisqu'on ne leur donnait pas accès au monde du travail.

— Qui ne le leur donnait pas ?

— Ce n'était pas interdit par la loi, en tout cas pas au XXe siècle, mais l'ordre social s'appliquait dans tous les domaines. C'est difficile à imaginer pour nous, aujourd'hui.

Pourtant, Hanna le pouvait très bien. La généralisation de Caroline était abusive.

— Il suffit d'avoir été au collège pour savoir en quoi consiste un ordre social.

— Possible. Mais alors, imagine un collège où une fille est sévèrement punie dès qu'elle prétend avoir un avis, faire ses devoirs, obtenir de bonnes notes ou participer aux jeux de balle à la récréation. Punie par ses camarades et par ses professeurs. Une femme digne de ce nom devait se marier, de préférence avec un homme choisi avec l'approbation de ses parents, donner naissance à de nombreux enfants et se consacrer à son foyer. La plupart, pour employer une des expressions préférées de ma grand-tante, "s'y résignaient". De toute façon, au tournant du siècle, chercher un emploi quand on était une femme, c'était peine perdue. Quand on veut briser l'élan de quelqu'un, les moyens ne manquent pas.

Hanna était sur le point de rétorquer qu'il suffisait sans doute de s'affirmer un peu, quand tout à coup elle pensa à Mahmoud. Quel rôle avait-elle joué dans son parcours, au juste ? Elle eut comme un arrière-goût amer au fond de la bouche.

— Permettre aux femmes d'exercer les métiers du journalisme était dangereux à bien des égards, continua Caroline. Ça impliquait de leur donner assez de liberté de mouvement pour qu'elles puissent écrire leurs reportages. À ce moment-là, elles pouvaient se retrouver seules à seuls avec des inconnus, en particulier des hommes. Elles pouvaient se mettre à critiquer l'ordre établi. Pire que tout, elles avaient soudain voix au chapitre. Au lieu d'être cantonnées à un rôle d'accessoire ou d'argument dans les débats, elles pouvaient se mettre en tête de formuler elles-mêmes leurs points de vue et de les immortaliser en les imprimant. Pas étonnant que les gens convenables, y compris dans les rédactions, aient lutté contre ce fléau par tous les moyens imaginables !

Erik hocha la tête comme s'il pouvait lui-même témoigner de ce que racontait Caroline. Décidément, il jouait les lèche-bottes.

— Elvira pensait pouvoir libérer toutes les femmes, poursuivit Caroline. Mais elle trouvait toujours que les choses allaient trop lentement. Même vieille !

Elle secoua la tête, l'air amusé.

— En tout cas, je suis vraiment heureuse que vous soyez venus raviver tous ces souvenirs. Elle a beaucoup compté pour moi. Je suis moi-même étonnée de me rappeler tant de choses. Vous avez assez mangé ou vous voulez goûter mes poires au four avant de partir ?

Voilà tout. Un portrait et les souvenirs d'une vieille dame. Hanna en fit le bref récapitulatif mental alors qu'ils faisaient leurs adieux dans le couloir. Ni les bottines, ni la broche, ni la règle n'avaient de rapport avec la vieille Elvira, en tout cas pas d'après ce que leur avait raconté Caroline. Elvira et elle avaient la même pointure, trente-huit, et Caroline n'aurait jamais pu enfoncer le pied dans les bottines de Hanna. Sur le point de partir, Hanna se sentit déçue. Certes, les récits de Caroline n'avaient pas manqué d'intérêt, et Hanna était contente d'avoir vu en photo la propriétaire des lunettes, mais elle avait espéré mieux.

— En tout cas, merci pour tous tes efforts, dit-elle, surtout pour canaliser les effusions d'Erik.

Caroline émit un rire étonné.

— "En tout cas" ?

— Non… Ce n'est pas ce que je voulais dire. Merci, tout simplement.

À noter : ne jamais dire "merci" quand on ne vous a rien demandé, ça tourne toujours en eau de boudin.

— Il ne te reste plus qu'à te creuser la tête pour trouver des éléments surnaturels dans le destin d'Elvira, dit Erik avec un grincement. Tu y arriveras sûrement.

Hanna lui lança un regard torve. Il serra chaleureusement la main de Caroline.

— Merci encore de nous avoir permis de mettre un visage sous ses vieilles lunettes, conclut-il.

La porte de Falun se referma sur une dame qui possédait une photographie de la grand-tante de sa mère. Ni plus ni moins. Ce constat creux et prosaïque résonnait dans l'esprit de Hanna lorsque Erik claqua sa portière, tourna la clef du démarreur et engagea le véhicule dans l'allée. Soudain, une apparition verte et rebondie battit les bras dans le rétroviseur. Hanna se retourna.

— C'est Caroline. Attends.

Accourant jusqu'à leur vitre baissée, la vieille dame semblait sur le point de suffoquer. Elle rit de son propre essoufflement.

— On a oublié quelque chose ? demanda Hanna.

— Il s'est passé quelque chose ? demanda Erik.

Caroline secoua la tête et s'étira le dos.

— C'est juste une idée qui m'est venue. Quand vous avez parlé de mettre un visage sous les lunettes.

Elle regardait Erik. Comme si Hanna n'avait pas dit exactement la même chose une centaine de fois.

— Ma grand-tante Elvira... continua Caroline. Je ne l'ai jamais vue porter de lunettes. J'ai le souvenir d'elle, c'est très net, dans une chaise à bascule, lisant le journal sans rien sur le nez. Pourtant, ma mère disait toujours à mes enfants de ne pas jouer avec ces lunettes, parce qu'elles avaient appartenu à la grand-tante Elvira qui y tenait beaucoup. C'est bizarre, non ?

Ce nouvel élément d'information balaya d'un seul coup la déception de Hanna. En d'autres termes, le mystère subsistait. Erik balançait la tête, pensif.

— Oui, très. Alors, on devra peut-être revenir...

— Oui, il faut absolument éclaircir cette histoire, insista Caroline.

— Absolument.

Encore des sous-entendus espiègles entre les deux vieux. Si ce n'était leur âge, on aurait quasiment pu croire qu'ils se draguaient. En reprenant la route – qui n'allait pas à Avesta – Erik se mit à fredonner. Il ne cessa que lorsque Hanna appuya sur le bouton “play” de l'autoradio, avec un résultat à peu près aussi atroce.

43

La promesse d'Anna fondit comme un onguent sur la peau de Signe lorsque leurs deux corps s'apaisèrent, bercés par leurs souffles à l'unisson. La respiration d'Anna enveloppa Signe tout au long de la nuit. À son réveil, son souffle formait encore un halo autour de son cœur. Elle n'aurait pas besoin de partager Anna, elles allaient trouver le moyen de s'endormir tous les soirs dans leurs parfums mêlés, l'amour vaincrait. C'était leur destin.

— Hmm, dit Anna tout bas lorsque Signe parcourut de ses doigts sa colonne vertébrale. Je voudrais que le temps s'arrête. Je voudrais rester ici étendue à côté de toi.

— Nous y arriverons, murmura Signe en lui donnant un léger baiser sur l'oreille. Tous les soirs, nous nous retrouverons. Tous les soirs.

Elle posa ses lèvres sur la joue d'Anna et la sentit sourire.

— Quelle pensée merveilleuse…

Elle l'était en effet. Une pensée merveilleuse, un projet merveilleux. Qui allait se réaliser, bien sûr…

— On trouvera le moyen d'être à nouveau ensemble, dit Signe, savourant toujours l'idée. Comme avant.

Anna s'appuya sur le coude pour regarder Signe malgré l'obscurité qui les enveloppait encore.

— Enfin… dit-elle d'une voix moins somnolente. Je suis toujours mariée avec Anders. Mais c'est un très beau rêve.

Se recouchant sur le bras de Signe, elle lui demanda de continuer à lui caresser le dos. Signe obéit par automatisme, et dans le vague espoir, sans doute, que sa paume rappellerait à Anna ses avantages sur Anders. Mais au fond de son âme, l'inquiétude sourdait.

— Comment vas-tu faire ? Tu as dit que je ne serais pas obligée de te partager avec lui.

Anna leva la tête et lui fit un bref baiser sur la bouche.

— Tu ne me partagerais pas. Tout ce que je ressens pour toi t'appartient, à toi et à toi seule. Je ne le donnerai à personne d'autre.

Des paroles apaisantes. Et vagues.

— Et comment tu feras ?

— L'amour est ainsi fait. Ce que je te donne, je te le donne de tout mon cœur. Et ce que j'éprouve pour Anders, je le lui donne.

Le sentiment fuyait. La coulée de miel se gelait, se figeait en plaque de glace, flottant sur un océan de froideur. La main de Signe s'arrêta sur le dos d'Anna. Les seins d'Anna contre les siens, la douceur de sa gorge, tout cela se retrouverait sous les mains d'Anders le soir même. Et Anna n'en semblait pas désolée.

— Ça ne te dérange pas ? De retrouver Anders, de me quitter à nouveau, de dormir à côté de son corps immonde toutes les nuits ?

Anna la serra fort et l'embrassa.

— Et si on dormait encore un peu ? D'ailleurs, comment saistu que son corps est immonde ? Essaie de te calmer un peu.

Signe tenta de dominer sa respiration et sa voix. Non pas pour obéir à Anna, mais parce qu'en perdant le contrôle, elle n'obtiendrait aucune réponse.

— Anna, dit-elle calmement, les yeux grands ouverts dans le noir. Anna ?

— Hmm.

— Quand tu es étendue à côté d'Anders…

— Hmm.

— Qu'est-ce que tu ressens ?

— Comment ça ?

— C'est désagréable ? Ou au contraire, agréable ?

— Agréable.

La réponse transperça Signe comme une lame. C'était exactement ce qu'elle ne voulait pas entendre. Elle lui avait posé la question dans le but de pouvoir se rendormir et Anna lui avait donné la mauvaise réponse. Sauf si elle avait mal compris la question.

— Je veux dire… reprit Signe. En comparaison avec mes baisers.

— J'adore tes baisers, Signe.

Il en fallait si peu pour apaiser Signe… La malheureuse trichait habilement.

— Je veux dire si tu compares les baisers d'Anders aux miens. Lesquels sont les plus agréables ?

Anna réfléchit. Signe retint son souffle. Anna réfléchissait. Pourquoi ?

— Ils sont différents, voilà tout.

Le frémissement qui parcourut Signe n'avait rien de ces frissons de plaisir qui secouaient jadis leurs deux corps unis. Il lui donnait la nausée. Signe retira son bras endormi de sous la nuque d'Anna, s'assit, droite comme un cierge, et enfila sa chemise de nuit – une bien maigre protection.

— Je ne vois qu'une raison de ne pas hurler ni te jeter… ce pot de fleurs à la tête, gronda-t-elle. C'est que tes parents dorment dans les chambres voisines. Et que je suis trop raisonnable. Affreusement… Bêtement raisonnable !

En haussant légèrement le ton, Signe sentit combien cela lui aurait fait du bien de hurler à tue-tête.

— Tu dramatises, dit Anna. Reviens te coucher. Nous nous aimons, n'est-ce pas ? C'est ça qui compte. Pense à Anna Bugge ! Knut Wiksell et elle ne sont pas mariés. Ils ont compris que l'essentiel, c'est l'amour. S'il te plaît, Signe, reviens et ne sois pas fâchée contre moi.

Signe s'assit par terre. Le sol était froid, mais elle le remarqua à peine.

— Knut Wiksell a-t-il essayé de faire croire à Anna Bugge qu'il n'aimait qu'elle pour se marier ensuite avec une autre ?

— En tout cas, je ne crois pas qu'Anna Bugge aurait une conduite aussi déraisonnable que la tienne ! On ne peut pas restreindre l'amour comme tu le fais, essaie d'être un peu moins égoïste. Quand tu ne penses qu'à toi, mes sentiments pour toi s'émoussent, alors fais un peu attention !

Elles furent interrompues par des coups sur la porte. Il était 8 heures, la femme de chambre était venue leur annoncer que le petit-déjeuner était servi. Avant de repartir, elle regarda longuement Anna, recroquevillée dans le lit de Signe, et Signe, en chemise de nuit, recroquevillée par terre.

Après un petit-déjeuner peu bavard, Signe fit savoir qu'elle allait faire une promenade en solitaire.

— M. et Mme Dahléus ont sûrement à cœur de passer un peu de temps avec Mme Johansson et, pour ma part, je suis curieuse de ce qu'une si belle ville va m'offrir, expliqua-t-elle.

Elle ne cilla pas en appelant Anna "Mme Johansson". Celle-ci lui lança un regard inquisiteur, et Signe lui répondit par un sourire aimable. C'était donc là toute sa vengeance. Elle était en effet bien trop raisonnable.

— N'oublie pas que nous devons nous retrouver à la Mynttorg à midi, lui rappela Anna.

— Vous trouverez ? demanda sa mère.

— Je crois, mentit Signe. Et si je me perds, je demanderai mon chemin.

Ce fut une libération de se retrouver dans la Skeppargata. Elle inspira une grande bouffée d'air frais, recula pour éviter une des nombreuses automobiles qui circulaient dans le quartier, enjamba un tas de crottin et s'engagea sur le chemin de l'indépendance. Dans quelle direction ? Elle n'en avait aucune idée. N'importe où ferait l'affaire, du moment que c'était très loin de ce qui venait de se dresser entre Anna et elle dans l'appartement de l'avocat Dahléus. Elle avait des maux de tête, une douleur lancinante qui exerçait une forte pression sur ses sourcils et rendait sa respiration difficile.

Après une demi-heure de promenade, la douleur s'apaisa. "Ce sont mes pas, se dit-elle en posant un pied devant l'autre. Ce sont mes pieds, mes jambes." Ces pensées banales la réconfortèrent. Elle les répéta comme un mantra qui accompagnait le rythme de sa marche. À 11 heures, elle jugea qu'il était temps de se diriger vers le lieu du rendez-vous. Elle arrêta un garçon de courses.

— Pourriez-vous me dire comment je peux me rendre à… à…

Absence complète. Elle savait pourtant pertinemment à quelle adresse elle devait se rendre. Depuis la veille, et on le lui avait répété le matin. Et soudain, plus rien. Le garçon la regarda d'un air sceptique. Il devait avoir environ douze ans.

— Qu'est-ce que vous cherchez, mademoiselle ?

— *Y*, il y a un *y* dedans, dit-elle en le retenant. Attendez. C'est une place. La Bryggartorg ? Ou peut-être la Kyrktorg.

Le garçon haussa les épaules. L'effort avait ravivé la migraine. Soudain, cela lui revint.

— La Nytorg ! Savez-vous où se trouve la Nytorg ?

— Mouais, répondit le garçon, blasé. Je sais. Mais ce n'est pas tout près.

Il lui proposa de l'y conduire, mais lorsqu'il lui annonça combien il souhaitait pour le dérangement, elle se contenta de prendre la direction qu'il lui avait indiquée. Lorsqu'elle avait marché un moment dans une rue, elle arrêtait un vendeur ambulant ou un balayeur et redemandait son chemin. Elle avançait ainsi dans des ruelles inconnues, entre des immeubles qui se dressaient loin au-dessus de sa tête. Petit à petit, elle se rendit compte qu'elle n'arriverait pas à temps. Elle allait même avoir une bonne heure de retard. Son sentiment de liberté et d'indépendance commençait à s'estomper.

Elle poursuivit sa route entre excréments d'animaux et garçons de journaux. Le fourmillement changea progressivement de nature. Les messieurs distingués, les quelques rares élégantes et les directeurs en automobile furent remplacés par des mères fatiguées, des hommes soûls et des mendiants crasseux. La plupart semblaient aller quelque part, il ne s'agissait donc pas de vagabonds, mais aucun ne portait de mallette en cuir ni n'était accompagné d'un valet ou d'un chauffeur. "Södermalm, résonna la voix d'Elvira dans son souvenir, là où les travailleurs triment et ne gagnent pas ce qu'ils méritent." "Södermalm… disait encore la voix d'Anna. Les gens y font pitié." Signe leva ses yeux plissés vers le soleil, qui s'était hissé au sommet de sa hauteur hivernale. Il indiquait le sud, en toute logique, elle se trouvait donc à Södermalm. Fallait-il craindre de se faire détrousser ou assassiner au tournant d'une venelle ? Dans le premier cas, le coupable rentrerait bredouille.

Dix minutes plus tard, elle arriva à la Nytorg. Elle put le vérifier auprès d'une passante, puis sur un panneau. Un clocher sonna midi mais, en parcourant la place, elle ne trouva pas de militantes pour le droit de vote. Avaient-elles changé le lieu du rendez-vous à la dernière minute ? Seule parmi des pauvres qui se servaient sûrement quand l'occasion se présentait, Signe ressentait une nervosité grandissante. Soudain, ce fut comme un éclair. Elle se rappela ce qu'Anna lui avait réellement dit.

— La Mynttorg ! soupira-t-elle.

Lorsqu'elle y parvint, la place était vide. Un fiacre passa, des citadins pressaient le pas autour d'elle, mais aucune militante pour le droit de vote des femmes ne l'attendait. Pas étonnant. La visite au gouvernement avait déjà dû avoir lieu. Elles devaient ensuite s'être rendues chez l'une ou chez l'autre, ou dans un restaurant. À l'heure qu'il était, elles s'échangeaient certainement des impressions passionnées. Les femmes qui avaient eu l'honneur de faire partie de la petite délégation devaient faire le compte rendu exact des mots qu'elles avaient choisis pour exprimer leur requête et décrire les mines des membres du gouvernement tandis que les autres les écoutaient religieusement, se moquant à l'occasion d'un conservateur, néanmoins soucieuses de ne pas froisser les femmes de droite, puisqu'il y en avait parmi elles. Et pendant ce temps-là, Signe se trouvait sur une place inconnue, dans une ville qui n'était pas la sienne, les pieds gelés.

Elle avait également froid aux mains, et son interminable promenade sur les pavés lui avait fatigué les jambes. Elle tenta de lutter contre le désespoir qui se resserrait sur elle comme un étau. Bientôt, elle fut rattrapée par des images d'Anna et d'Anders. Elle étouffa un sanglot – de quoi aurait-elle l'air ? Une maîtresse d'école en pleurs au beau milieu de la capitale… Elle connaissait en tout cas l'adresse des parents d'Anna. Et elle pouvait demander son chemin jusqu'à la gare. Elle tapait des pieds pour retrouver un peu de courage et ranimer sa circulation sanguine, lorsque les gloussements radieux d'Anna et le timbre rauque d'Elvira la firent sursauter.

— Nous nous demandions quand tu allais arriver ! Je commençais à m'inquiéter.

Anna fixait Signe de ses yeux ardents. Son regard la transperça et effleura au fond d'elle ce qui, la veille, avait été ému, puis délaissé.

— Moi aussi.

Signe resta pétrifiée par cette intensité – si seulement ses yeux n'avaient pas été aussi bleus et aussi brillants ! Elvira se racla la gorge. Passant de l'une à l'autre, son regard semblait lire en elles comme à livre ouvert.

— Nous disions donc… Je suis sortie plusieurs fois guetter ton arrivée. Tu as eu un contretemps ?

Signe eut un sourire gêné. Bien sûr, c'était contrariant de devoir avouer s'être trompée de place et avoir atterri en plein Södermalm. Mais elle était à présent entourée de deux des meilleures femmes, venues à son secours comme des anges gardiens : la blonde, reflet de soleil courant sur un mur ; la brune, gravier solide sous les pas. La gratitude prit le dessus. Elle saisit leur main, serra très fort, puis elles partirent dans une direction connue de toutes sauf de Signe. Lorsque Anna s'arrêta pour refaire son lacet, Elvira ne lâcha pas la main de Signe. Elle lui décocha un regard perçant, de ceux qu'on réserve à une enfant qui n'a pas été sage. Lorsqu'elle fut satisfaite de la réponse silencieuse de Signe, elle lui fit une grimace de mécontentement et grogna :

— Je croyais que tu étais consciente de ta propre valeur.

Signe baissa les yeux.

— Je me suis perdue.

— Je ne parle pas de la cause.

Anna les rattrapa et entendit les derniers mots d'Elvira, qui la firent rire.

— Elvira Löfvenberg qui ne parle pas de droit de vote ? Ça, c'est nouveau !

— Alors, dit Signe hâtivement, comment ont-ils réagi, au gouvernement ?

Elvira poussa un soupir affligé.

— Merci d'être passées, mesdames, déclama-t-elle. Cela nous a fait bien plaisir de passer un moment en une aussi charmante compagnie. Ah… Vous aviez une requête ? Dans ce cas, nous nous permettons de vous renvoyer à l'enquête parlementaire en cours. Lorsque nous en connaîtrons les conclusions, nous nommerons un petit comité sans aucun poids réel et nous le chargerons d'évaluer la pertinence de ces résultats, puis nous saurons enfin s'ils comportent des recommandations à suivre, hormis celle de conforter l'ordre établi, bien entendu.

Malgré le sinistre message, le suédois ministériel d'Elvira fit rire Signe. Elvira sourit.

— Je n'étais pas présente, je ne peux donc pas te relater les termes exacts de l'échange. Mais quelque chose dans ce goût-là.

— Signe Bergman, Anna Margret Holmgren et Gulli Petrini étaient chargées des pourparlers, ajouta Anna. J'en ai parlé avec

Gulli Petrini pendant un bon moment. C'est une femme très engagée et très aimable.

Elvira reprit son expression neutre… Enfin, chargée d'un sens mystérieux.

44

— Et maintenant ?

Elle venait de rompre un long silence – abstraction faite des vagissements de l'autoradio.

— Eh ben… dit Erik, qui laissa s'évider cette introduction avant de continuer. Plus qu'à se mettre à la généalogie.

— Ah oui ? Et comment on fait de la généalogie à partir d'une paire de lunettes ?

Il se racla la gorge.

— Je vais te dire, ma petite demoiselle. Cette histoire m'amuse beaucoup. Les vieilleries, leur origine et les temps révolus, c'est mon passe-temps préféré, vois-tu. Mais je me demande si tu n'es pas en train d'accorder une trop grande importance à ces binocles.

Boudeuse, Hanna détourna la tête et regarda par la fenêtre.

— Il y a quand même aussi les bottines, et puis la broche…

—… et la règle, oui, je sais. Que tu as toutes récupérées le même jour. Mais tout de même ! Tu ne dois pas être déçue chaque fois qu'on tombe sur une explication qui n'est pas surnaturelle, parce qu'à ce rythme-là, ça va devenir éprouvant pour nous deux ! Ce serait beaucoup plus drôle si tu t'intéressais aux véritables faits historiques. Si tu décides de t'y mettre, je te dirai comment faire en partant d'une paire de lunettes.

— Comme si la vraie histoire ne m'intéressait pas… marmonna Hanna pour elle-même.

Ils avaient déjà passé deux restoroutes lorsque Erik reprit la parole.

— D'abord, il faut se demander qui était le propriétaire des lunettes. Puisque la tante de Dagny y tenait tant…

— Dagny ?

— La mère de Caroline. Tu n'écoutes pas !

Hanna ne daigna pas répondre. Dagny ? Elle n'avait jamais entendu ce nom.

— Il doit s'agir de quelqu'un qu'Elvira aimait beaucoup. Le plus probable, c'est qu'elle ait gardé cet objet en souvenir de quelqu'un. Comme le font les gens d'habitude.

Information superflue, se dit Hanna. Et accusation masquée, puisqu'elle conservait elle-même quatre objets sans lien avec elle. Mais Erik avait raison sur un point.

— Peut-être qu'elles étaient à sa mère.

— Possible… Réfléchissons… Si Elvira est née entre 1875 et 1880, comme le pense Caroline, sa mère devait avoir au moins cinquante ans quand les lunettes ont été fabriquées. C'est possible, je ne dis pas le contraire. Mais je me demande si elles n'étaient pas destinées à quelqu'un de plus jeune.

— Ça doit forcément être une femme ? Je veux dire, ce sont des lunettes de fille ?

— Non… Non, à l'époque, on ne faisait pas tellement de différences. Si les lunettes vous allaient, vous les preniez. Par contre, elles sont peut-être un peu petites pour un homme.

— Sauf si c'est un homme de petite taille.

— À quoi tu penses ?

— Elle n'était pas mariée. Mais tout le monde a des histoires, non ?

— Ouvertement ou en cachette. Ou les deux.

— Elle vivait peut-être en concubinage.

Erik se gratta le menton.

— S'il s'agissait d'une femme ordinaire, j'aurais dit non, catégoriquement. Mais elle militait pour le droit de vote…

— Qu'est-ce que ça veut dire ? Qu'elle pouvait fréquenter des hommes sans être mariée ?

Il émit un sifflement sourd signifiant qu'il réfléchissait.

— Possible. Là, tu vois, je sens que j'atteins les limites de mes connaissances sur la période.

Cet aveu ragaillardit Hanna. Elle ne put s'empêcher de s'esclaffer.

— Tu veux bien me l'avouer à moi, mais tu ne le dirais jamais à Caroline, hein ?

Au ton forcé d'Erik, Hanna devina qu'elle avait vu juste.

— Bon… Je ne pourrais pas le jurer, il faut qu'on fasse un tour à la bibliothèque pour glaner plus de renseignements sur les militantes de l'époque. Même pas sûr qu'on y trouve tout de suite une réponse.

Hanna tapa "militante droit de vote mariage" sur son téléphone et trouva quelque chose d'intéressant dès les premiers résultats.

— "Parfois, pour des raisons idéologiques, elles choisissaient de ne pas se marier, lut-elle à voix haute, telle Anna Bugge, qui vivait une « union libre » avec Knut Wiksell."

— Ah bon ! grinça Erik. Tu as trouvé ça dans ce petit truc ? Et qu'est-ce que ça dit de plus ?

Son air de ne pas être dans le coup fit sourire Hanna. Certains vieux affectaient l'ignorance pour taquiner les plus jeunes, et les gens comme Gun, à l'Agence pour l'emploi, leur fournissaient un excellent alibi.

— "Cette prise de position provoqua la rupture avec sa famille et compliqua considérablement sa carrière de juriste."

— M'étonne pas.

— Eh ben, reprit Erik quelques kilomètres plus loin, on va faire un tour aux Archives nationales. On a une bonne raison. Enfin, sauf si tous les actes de naissance suédois sont consignés dans ton truc ?

Sans grande conviction, Hanna lança une recherche sur "Elvira Löfvenberg" dans Google.

— Autant y aller aujourd'hui. Qui sait si on sera encore en vie demain. On peut passer un coup de fil à Caroline avec ton machin ? Elle pourrait nous donner des tuyaux. Par exemple nous renseigner sur son adresse.

— Sûrement, c'est une femme de tête, dit Hanna, se moquant joyeusement d'une des expressions préférées d'Erik.

Bientôt, elle répondrait systématiquement "possible" et commencerait toutes ses phrases par "eh ben". Cela dit, sa touche d'humour n'avait pas fait mouche. Erik n'écoutait pas. Il marmonna quelque chose sur ce "tchinisse" et mit les essuie-glaces en marche.

Caroline répondit immédiatement. Tout ce qu'elle avait, c'était sa propre adresse à l'époque où Elvira vivait chez eux. Mais elle allait fouiller dans ses recoins secrets à la recherche du carnet d'adresses de sa mère. Si elle trouvait quelque chose, elle les rappellerait sur-le-champ.

— Mais… On n'a pas besoin d'adresse pour consulter les Archives nationales, si ? dit Hanna. On doit pouvoir faire une recherche par nom.

Erik s'esclaffa, semblant dire qu'elle était passée à côté d'une donnée absolument fondamentale.

— Je constate que tu n'as pas fait beaucoup de généalogie dans ta vie.

Son explication s'arrêta là. Une personne normalement constituée aurait poursuivi en donnant, par exemple, une information pertinente à son interlocuteur.

— Ah bon ?

— Trouver la dernière adresse, ce n'est que la première étape. Il nous faut le domicile pour savoir dans quelles archives chercher. Mais puisqu'on est en Dalécarlie, on va aller aux Archives d'Uppsala. Dans ce cas, il va bientôt falloir tourner.

— Alors, qu'est-ce que ça dit ?

Ils traversaient la Suède à l'horizontale. Erik s'était décidément juré de ne pas passer tout près d'Avesta. Hanna était penchée sur son téléphone.

— Ça dit : "La filiale de Ljungsbro de l'Union de Linköping pour le droit de vote des femmes a tenu son assemblée générale le 17 mars. On y a présenté le rapport annuel de l'association, après quoi Mlle Elvira Löfvenberg a décrit les derniers événements mondiaux en rapport avec le droit de vote des femmes."

— Comment tu as trouvé ça ?

— J'ai fait une recherche sur "Elvira Löfvenberg" et "droit de vote".

— Oui, mais où ? Qui a écrit ça ?

— Je vais voir… "Droit de vote des femmes… *Journal de l'Union nationale pour le droit de vote des femmes*."

— Ah bon, et ils ont mis ça sur Internet ? Qu'est-ce que ça dit d'autre ?

— Pas mal de trucs. "Étude statistique de Ludvig Widell." Super long. Je n'ai même pas eu le courage de terminer la première phrase. Écoute ça : “Il advint un jour de mars 1910 que le maire Lindhagen interpelle Son Excellence Lindman au sujet de l’enquête parlementaire sur le droit de vote politique des femmes, et lui demande haut et fort s’il avait réellement l’intention d’examiner l’influence dudit droit de vote sur la fréquence des mariages et les taux de natalité dans les États qui l’ont adopté.”

— Ah bon ? Et alors ?

— Quoi ?

— Il en avait l’intention ?

— Je ne sais pas, je te dis : je n’ai même pas le courage de lire l’article. Son intention ? Je ne sais même pas qui c’est, ce Lindman, et je me fiche des intentions qu’il a pu avoir il y a un siècle.

— Jeune dame, tu es vraiment très hermétique aux recherches historiques.

Hanna gloussa, satisfaite du jugement. Elle chercha d’autres références à Elvira dans le document. Erik reprit :

— Lindman était Premier ministre, à l’époque. Ses opinions devaient être d’une importance cruciale pour les femmes qui demandaient le droit de vote. Elvira par exemple. Je te rappelle que nous cherchons l’origine de ses lunettes, au cas où ça t’aurait échappé.

— Ça m’étonnerait que le Premier ministre de l’époque ait un quelconque rapport avec les lunettes.

Erik ignora son objection.

— Alors ils ont fait une enquête parlementaire sur les conséquences éventuelles du droit de vote sur la structure familiale ? C’était prévisible.

Il n’avait pas l’intention de lâcher le sujet. Hanna se replongea dans le texte long et laborieux qui s’étalait sur deux pages entières de journal, sans aucune photo. Après avoir relu plusieurs fois les premières phrases, elle commença à en comprendre le contenu. Elle cita l’article avec un certain amusement.

— “Les femmes ont protesté contre cet attentisme évident, les hommes, trouvé le sujet ridicule et les journaux satiriques se sont réjouis de cette nouvelle manne. Mais M. Lindman, qui savait combien il est utile d’avoir une enquête parlementaire en cours à blâmer lorsqu’on ne veut pas tenir une promesse, a laissé les choses suivre leur cours. Les résultats de la susdite « enquête » sont enfin rendus publics dans le livre cité ci-avant.”

Les formulations faisaient rire Erik, et sourire Hanna qui poursuivit sa lecture avec un intérêt croissant. Une fois intégré le vocabulaire obsolète, l'auteur de l'article se révélait intelligent, voire d'un cynisme plaisant.

— "Il arrive à M. Widell de ne pas bien maîtriser les chiffres qu'il manipule. Après avoir mentionné le nombre d'hommes et de femmes inscrits sur les listes électorales en Nouvelle-Zélande, il découvre que la différence de ces chiffres avec le nombre d'hommes et de femmes adultes dans le pays est négligeable. Ce fait lui semble étrange car, en Nouvelle-Zélande, les citoyens doivent prendre eux-mêmes l'initiative de s'inscrire sur les listes électorales et il refuse de croire que l'intérêt pour la politique soit aussi grand dans ce pays que le démontrent les chiffres – en fait, il rechigne à penser qu'il y ait eu de quelconques progrès dans les pays où l'on a introduit le droit de vote pour les femmes. Pour contourner cette difficulté, il suppose que les données statistiques en provenance de ces pays ne sont pas entièrement fiables et ajoute : « Il faut chercher la cause de ces erreurs dans les listes elles-mêmes, car nombre d'hommes et de femmes se sont certainement inscrits en tant que votants dans plusieurs circonscriptions électorales à la fois. Si cette supposition est vraie – et il est difficile d'envisager une autre explication aux résultats constatés –, il faut supposer qu'en Nouvelle-Zélande, la morale politique est à son niveau le plus bas. »"

Le rire grinçant d'Erik, ce texte vieux de cent ans qui l'amusait et puis peut-être aussi les sièges chauffés… Tout compte fait, Hanna n'aurait pas voulu être ailleurs. Étrange sentiment.

— Ce n'est quand même pas Elvira qui a écrit ça? demanda Erik.

— Non, c'est une certaine Gulli Petrini. J'ai déjà fait une recherche sur Elvira. Elvira, Elvira… Si, il y a quelque chose. "Réunion de l'Association pour le droit de vote des femmes de Tierp le 15 mars, au cours de laquelle Elvira Löfvenberg a fait un exposé intitulé « Ce que nous avons à apprendre des suffragettes anglaises ». Après son allocution, les échanges ont repris sous la présidence de Mlle S. Sivander."

— Des événements historiques, Hanna.

Elle chercha un moyen de s'appuyer confortablement sur le tableau de bord pour reposer ses bras tout en continuant ses recherches. Pour suivre les accès de solennité d'Erik, il fallait être à son aise, bien assis et, de préférence, pouvoir somnoler un instant de temps en temps.

— Ah bon ?

— Elvira et toutes celles que tu viens de nommer. Cette S. Sivander, qui était à la réunion à Tibro ou je ne sais plus où, luttait réellement pour le droit de vote. Et on en a gardé la trace dans ce document. S'il n'y avait eu personne pour le documenter, ce serait comme si elle n'avait jamais existé. Pourtant, elle était bien présente, en chair et en os. Nous aussi, un jour, nous nous résumerons à deux lignes dans un document. Avec un peu de chance.

Hanna médita de mauvais gré sur ces mots. Elle doutait qu'un quelconque futur document ne la mentionne jamais, et encore plus que quelqu'un juge un jour opportun de le retrouver – il n'y avait plus qu'à commencer un blog.

Ils pénétrèrent dans une zone habitée. Peut-être s'agissait-il déjà d'Uppsala.

— Et voici le petit chef-lieu de la philosophie, dit Erik en entrant dans un parking.

Devant eux se dressait un énorme bâtiment en brique. Un écriteau indiquait : “Centre d'archives d'Uppsala”.

45

En colère, ce n'était pas le mot. Plutôt enragée. Juste après son imprudente nuit d'amour avec Anna, Signe s'était mise à rédiger son tout premier discours destiné à des adultes, à des femmes. Trois mois étaient passés et, alors qu'elle s'appliquait à organiser la réunion, Anna se permettait de remuer le couteau dans la plaie. D'ailleurs, les dernières nouvelles ne dérangeaient que Signe, il fallait bien l'avouer. C'était ce qui la faisait le plus enrager. Le fruit de la traîtrise d'Anna ne provoquait chez les autres que de tendres sourires. Signe, elle, devait sans cesse détourner ses pensées de ce sujet, l'une après l'autre. "Cultive ta colère, mais dirige-la vers un autre objet", avait dit Elvira. Signe essayait, mais le soulagement n'était que partiel. Au moins, elle gardait la tête hors de l'eau.

Son introduction avait été prudente. Il s'agissait là de sa première expérience oratoire et l'auditoire semblait, dans l'ensemble, être venu par curiosité : chacun espérait être la première bouche à faire circuler la rumeur. Il fallait néanmoins considérer ce rassemblement de curieux comme un vivier de militants potentiels pour le droit de vote, qui pouvait noyer dans la masse les quelques femmes authentiquement intéressées par la cause et jusque-là trop timides pour le montrer. Quoi qu'il en soit, il y avait une trentaine de personnes dans la salle, ce qui était déjà une prouesse en soi. Tout au fond, la femme du pasteur se tenait droite comme un cierge sur sa chaise, les mains sur les genoux.

— Bien… dit Signe en levant une main hésitante. Notre souhait n'est donc pas de nous rendre aux urnes le même jour que les hommes. Il ne s'agit pas de jalousie envers ceux qui accomplissent ce pèlerinage à la maison paroissiale – un de plus ! – alors que nous sommes confinées à nos foyers.

Au premier rang, deux femmes lui faisaient des sourires encourageants. Ailleurs, on sortit des tricots. Des voisines bavardaient. Signe se répétait mentalement les instructions d'Elvira : "Garde les yeux sur les auditeurs les plus attentifs." Elle se concentra sur le premier rang.

— Non ! L'enjeu est bien plus important : il s'agit de notre avenir et de celui de nos enfants !

Elle mit soigneusement l'accent sur le mot "enfant" ; une ou deux personnes, soudain plus intéressées, levèrent la tête. La porte s'entrebâilla, et Anna se faufila dans la salle. Signe, qui avait jusque-là maîtrisé son émotion, sentit sa respiration s'emballer. Comment osait-elle ? La colère ravivée étreignait le cœur de Signe, qui se força à détourner les yeux de la souriante Anna. Le discours servit d'échappatoire à son agitation intérieure.

— Ce que vous pensez, face aux horreurs qui ont lieu dans notre pays, ce que vous pensez est digne d'intérêt ! Votre opinion a de la valeur ! Vos idées sont judicieuses et vous n'avez pas voix au chapitre ! Et pendant que ces vaniteux messieurs du gouvernement inventent sans arrêt de nouvelles folies – des salaires en diminution pour les métiers féminins, l'incitation à la guerre et à l'hostilité, le laxisme en matière de sobriété publique –, vous cultivez inutilement vos sages pensées. On ne vous prive pas de voix par souci de notre chère patrie, comme on le prétend. Mensonge ! On veut seulement sauver sa propre peau ! On craint que nous, femmes, en exprimant nos judicieuses opinions sur la société et l'humanité, nous levions le voile sur des discours trompeurs et que nous jugions les personnes d'après leurs actes. Ces messieurs ont-ils des raisons de s'en faire ?

Elle parcourut l'assemblée d'un regard perçant. La main qu'elle avait levée sans bien savoir pourquoi se serra, son poing était désormais levé dans un geste spontané d'incitation à la lutte. Quelle oratrice talentueuse ! Elle avait envie d'éclater de rire, mais elle parvint à conserver sa mine redoutable jusqu'à ce que quelques voix timides s'élevassent pour répondre.

— Oui ! cria Anna.

Pas elle… Signe avait beau faire passer la lutte avant sa vie privée, ce soutien-là ne l'aidait pas du tout.

— Alors ? Ont-ils des raisons de s'inquiéter ? hurla-t-elle – de rage envers ses propres sentiments, et un peu aussi envers les hommes du Riksdag.

Dans la salle, les auditrices se regardaient en coin. Les deux femmes du premier rang parlèrent.

— Oui ?

— Exactement ! Ils ont de quoi trembler, car nous qui luttons pour nos droits civiques, nous devenons plus nombreuses à chaque minute qui passe !

Elle avait détaché les quatre derniers mots, volés à un discours d'Elvira. Signe les avait trouvés efficaces, ils exhortaient à se joindre au mouvement. L'auditoire sembla en penser autant, du moins les deux femmes du premier rang. À la fin de la réunion, elles restèrent assises sur leurs chaises jusqu'à ce que Signe s'approche.

— Vous souhaiteriez peut-être faire partie de l'Association de Tierp ?

Aucune ne voulut inscrire son nom sur la liste. Signe leur assura que cela n'engageait à rien et qu'elles seraient simplement informées de l'évolution du projet. Exaspérée par la réticence des femmes de Tierp, elle se souvint néanmoins qu'Elvira en avait pensé autant d'elle pendant deux ans.

— Moi, je veux bien participer à la fondation de l'association avec toi, dit tout haut Anna. Ici, à Tierp, il serait temps qu'on rattrape un peu notre retard sur les grandes villes et les lieux les plus modernes du pays.

— Oui, dit l'une des femmes du premier rang, l'épouse d'un meunier de Gillberga que Signe reconnaissait vaguement. Mais il faut d'abord le temps d'y réfléchir un peu.

— La réflexion, voilà un excellent préalable à une grande décision, dit Signe avec la même autorité compréhensive dont elle faisait preuve envers ses élèves.

Le sourire soulagé de son interlocutrice lui indiqua que la méthode était la bonne. Peut-être l'association verrait-elle finalement le jour. Elle regrettait que la salle, l'association et la lutte entière fussent désormais souillées par la présence d'Anna. Et cela la perturbait que des paroles sorties de sa bouche eussent effectivement contribué à rendre des femmes plus favorables au projet. “C’est une renégate!” avait-elle envie de hurler, au risque de désagréger le mouvement. “Elle vomit des paroles sans se soucier de leurs conséquences! Quand elle prononce le mot « aimer », elle le vide de tout son sens! Elle se fiche bien de savoir ce qui advient des cœurs qu’elle a passés au hachoir! Vous avez peut-être entendu la nouvelle, mais vous ne comprenez pas son sens profond!” En silence, Signe nota les noms et les adresses des deux femmes, puis elle leur promit qu’elles recevraient rapidement des nouvelles de l’ouverture prochaine de la filiale. Lorsque Anna lui sourit gaiement, heureuse d’avoir peut-être participé à un recrutement, Signe lui lança le regard le plus noir dont elle fût capable.

La femme du pasteur s’était également attardée au fond de la salle. Elle avançait à présent vers Signe avec son sourire bienveillant et son air maternel.

— Vous êtes si engagée, mademoiselle Sivander!

Ne sachant comment interpréter ce constat, Signe se contenta d’acquiescer aimablement.

— Et quel soulagement que vous soyez parvenue à conserver votre douceur féminine pendant toute votre allocution… Je trouve inconvenant pour une femme d’adopter à tout bout de champ les manières des hommes.

Ces remarques cachaient une insinuation, mais Signe fréquentait les notables de Tierp depuis assez longtemps pour comprendre quand le clergé local lui adressait un signe.

— Les manières des hommes? demanda-t-elle en penchant la tête, l’air songeur.

— Il y a eu un moment ou deux, quand vous vous enflammiez, où je me suis sentie un peu mal à l’aise. Si je me souviens bien. Dans vos moments les plus… batailleurs. Je ne suis pas la seule à avoir trouvé cela un brin déplaisant.

— Vraiment?

La femme du pasteur hocha la tête et, dans un élan de confiance, prit les deux mains de Signe dans les siennes.

— Je vais être franche avec vous, Signe. Vous n’avez tout de même pas l’intention de devenir comme ces femmes viriles et inconvenantes qui ne se soucient pas de la société dans laquelle elles vivent?

Signe ravala le rire étonné qui lui venait en guise de réponse. Fâcher la pastoresse, voilà qui eût été inconsidéré.

— Bien sûr que non ! répondit-elle gravement. Je me soucie tellement de la société dans laquelle je vis que j'ai décidé d'œuvrer pour que les femmes y gagnent en influence.

La pastoresse eut un sourire indulgent, comme si Signe n'avait pas bien compris sa question.

— La société, c'est bien plus vaste qu'une simple question politique. Nous, les femmes, nous sommes bien placées pour le savoir. Je pense par exemple à quelqu'un comme Mlle Elvira Löfvenberg.

— Elvira ?

— Elle est si masculine, si hargneuse… Qu'elle profite sans arrêt de votre hospitalité, soit, mais si vous vous mettez à lui ressembler, vous qui êtes si amicale et si gracieuse… Il faut bien que quelqu'un réagisse.

La pastoresse serra légèrement les mains de Signe et lui fit un sourire bienveillant. Son regard gris et chaleureux exprimait une requête, ou peut-être un ordre.

— Nous tenons à garder une maîtresse d'école douce, gracieuse et féminine pour donner l'exemple aux plus petits.

Signe secoua la tête. Elle trouvait cela assez amusant. Et inquiétant.

— Et Brita Löfstedt, cette oratrice indépendante et engagée ? Que pensez-vous d'elle ? Fait-elle également partie de ces femmes que vous trouvez viriles ?

La pastoresse secoua doucement la tête.

— Vous ne m'avez, je crois, pas bien comprise. Mme Löfstedt a une grande réputation, c'est une personnalité hors du commun. Un genre de… cirque ! Et en même temps, une incarnation de l'élégance féminine.

Signe comprenait très bien ce qu'elle voulait dire, mais n'en laissa rien paraître. Brita Löfstedt était célèbre ; ce n'était pas le cas d'Elvira ou d'elle-même. Jetant un coup d'œil derrière elle, Signe vit qu'Anna l'attendait toujours.

— Et Anna ? ne put-elle s'empêcher de demander.

— Anna ? Elle attend un heureux événement. Je n'ai aucune inquiétude à son égard.

Et voilà.

— Comment ça va ? lui demanda Anna quand la pastoresse eut quitté la salle.

Signe ne lui accorda même pas un regard. Elle passa son chemin sans un mot, ignorant l'expression interrogative et les nouvelles rondeurs d'Anna, et marcha tout droit vers la porte qu'elle fit claquer en sortant. Trois mois étaient passés depuis leurs retrouvailles dans la chambre d'amis, à Stockholm. Et Anna en était à son troisième mois.

46

La femme qui les accueillit aux Archives nationales d'Uppsala, section de l'état civil, s'appelait, selon sa plaque, Gudrun. Penchée sur la table, entre eux deux, elle leur montra une fiche manuscrite.

— Votre parente a dû habiter à Falun de 1949 à 1952. Ensuite, elle s'est installée à Stockholm. À partir de là, je ne peux plus rien vous dire, puisque ce n'est plus dans notre district, mais il suffit de prendre contact avec les Archives de Stockholm pour se renseigner.

L'idée qu'ils puissent être considérés comme parents, Erik et elle, amusait Hanna. La seule chose qu'ils avaient peut-être en commun, c'était leur couleur de cheveux, avant que ceux d'Erik soit ne blanchissent, soit ne disparaissent.

— Et avant, elle n'a pas habité ailleurs à Falun ? demanda Erik, penché sur la fiche. On peut voir chez qui elle s'était installée, chez qui elle était avant ?

— Oui, je peux vérifier si d'autres personnes étaient domiciliées à la même adresse.

— Merci, nous le savons déjà. Vous n'avez pas d'indication sur son domicile d'avant Falun ?

— Si, fort heureusement. Et c'était cette adresse.

Elle désigna un endroit sur la fiche, un peu plus bas. Erik plissa les yeux pour mieux voir. Hanna se pencha en avant.

— C'est succinct, comme adresse.

— Elle était maîtresse d'école ? demanda Gudrun.

Erik et Hanna échangèrent un regard perplexe.

— Pas à notre connaissance, dit Erik. Elle était journaliste et militante pour le droit de vote des femmes.

— En tout cas, elle a habité ici. Je me demandais si elle était mariée à un maître d'école, mais il est clairement indiqué qu'il s'agit d'un logement de maîtresse.

— Hmm, dit Erik, la fiche entre les pinces. Pas très clair.

Gudrun leur fit un sourire encourageant.

— Il y avait seulement quelques logements prévus pour les enseignants dans chaque paroisse, et une adresse comme celle-ci est plus claire qu'il n'y paraît pour un œil moderne.

Hanna tripota ses lunettes. Une idée réjouissante faisait son chemin dans son esprit. Ne s'était-elle pas dit, les verres sur le nez, qu'elle était le portrait craché d'une maîtresse d'école ?

— Quelqu'un d'autre occupait-il le logement ? Elle habitait peut-être chez la maîtresse d'école ? C'était peut-être la maîtresse qui… habitait là.

Elle avait failli dire "qui portait mes lunettes", mais s'était ravisée juste à temps. Ça n'aurait eu ni queue ni tête pour la secrétaire administrative adjointe Gudrun. Elle se limita à une redondance à faire pâlir un vendeur d'abonnements téléphoniques.

— Ce n'est pas indiqué ici. Il faut que je fasse une recherche sur le bien immobilier.

Gudrun fit un sourire à Erik et sortit de la pièce. D'abord Caroline, puis Gudrun… Hanna avait-elle raté quelque chose ? Cette surface rugueuse cachait-elle le canon du siècle ? Elle lui lança un regard en coin : Erik sifflotait sans gêne en parcourant des yeux la pièce impersonnelle.

— Prochaine étape, Tierp, dit-il comme s'il était parfaitement naturel de se rendre immédiatement dans tout lieu mentionné dans la conversation.

— Et si elle avait habité en Australie, tu y serais allé ?

— Ça aurait été quelque chose ! Il paraît que c'est très beau. En ce qui concerne la langue, je suis sûr qu'on peut se débrouiller. J'ai un vieux dictionnaire de poche quelque part, sinon, j'aurais pu m'en sortir avec le peu d'anglais que je connais. Comme *hello* et *odouyedou*.

How do you do. Hanna ricana en décryptant les mystérieuses paroles. Caroline aurait sûrement trouvé ça mignon.

Après les Archives, il était évident que, pour Erik, "prochaine étape, Tierp" voulait dire "tout de suite".

— On ne peut pas rentrer d'abord? supplia Hanna. Se reposer un peu, regarder la télé...

Erik la regarda, perplexe.

— C'est intéressant de faire connaissance avec toi, Hanna, mais j'ai vraiment du mal à comprendre pourquoi tu préfères rester collée devant des écrans que te déplacer dans le monde réel.

C'était un affront. Elle médita cette insolence tout le long du trajet, et découvrit qu'elle la dérangeait quelque part entre ses côtes inférieures. Elle essaya à plusieurs reprises de se ressaisir, sans résultat notable. Que savait-il de sa vie et de ses besoins? De quel droit lui faisait-il la leçon?

— Tu sais, tu as peut-être raison quand tu supposes que c'était le logement de la maîtresse d'école, dit-il sans se soucier de cacher son mécontentement.

Qu'ils soient en route pour Tierp, ce n'est pas ça qui la gênait. Il aurait pu s'exprimer en des termes un peu plus aimables. Après tout, il en était bien capable avec Caroline...

— Tu as la fiche? Elle s'appelait bien Signe?

Hanna acquiesça et sortit le papier que leur avait remis la secrétaire administrative adjointe.

— Signe Sivander, dit-elle, songeuse. Il ne s'agissait pas d'une Sivander, dans l'article que je te lisais?

Elle sortit son téléphone et retapa "Elvira". Après quelques recherches infructueuses sur des mots-clés, elle retrouva le vieux journal, mais pas l'article en question. Le moteur de recherche interne semblait hors service.

— En tout cas, je crois bien qu'elle s'appelait Sivander.

Ils étaient donc en route pour Tierp, à la recherche de l'ancien domicile d'Elvira, qui avait également été le logement de fonction des maîtresses d'école. Hormis le rire grinçant d'Erik, Hanna trouvait l'aventure assez fascinante. D'après Gudrun, ce type d'habitation était généralement situé dans l'enceinte de l'établissement, et s'ils ne retrouvaient pas l'ancienne adresse, ils pourraient toujours suivre la piste de l'école. Si elle existait encore.

— Et qu'est-ce qu'on fait en arrivant? On ne va pas parcourir les rues à la recherche d'un bâtiment qui ressemble à une ancienne école...

— On demandera, bien sûr.

— Tu demanderas.

— Ça, tu vois, je l'avais déjà compris.

Manifestement, Erik pensait la connaître assez pour ne pas lui confier cette mission. L'idée qu'il se faisait d'elle lui sembla soudain assez peu flatteuse et, surtout, injuste. Assez confuse aussi.

— Qu'est-ce que tu penses de moi, au juste ? demanda-t-elle, l'air aussi blasé que possible.

Le fait qu'elle pose la question démontrait déjà qu'il avait tort. C'était en contradiction avec l'idée qu'il se faisait apparemment d'elle.

— Ce que je pense de toi… répéta-t-il lentement, comme si elle lui avait posé une colle. Je crois que tu es une fille qui, pour une raison ou une autre, s'est mis en tête qu'elle ne comptait pas.

Avant même qu'il ouvre la bouche, elle savait qu'il aurait tort. Ne pas compter ? Bien sûr qu'elle comptait ! D'ailleurs, cette opinion archifausse lui faisait affreusement mal au ventre… Elle ne posa plus de questions ; il poursuivit quand même.

— On s'est peut-être mal conduit à ton égard. Ça s'est vu, ce genre de chose. Et voilà ce que ça donne. Des gens qui pensent ne pas mériter une bonne vie.

Elle déglutit, Erik ne le vit sans doute pas. De toute façon, il avait architort.

— Ah bon ? Mais qu'est-ce que… Oh eh bien… Non, pas exactement.

Toute personne normalement constituée aurait entendu son objection. Qui avait vécu sa vie, sinon elle ? Erik n'y avait fait irruption que quelques jours plus tôt. De quel droit portait-il sur elle un jugement de valeur ? En plus, cela revenait à dire qu'elle ne valait rien, non ?

— Et quand on ne croit pas en sa propre valeur, forcément, on regarde de travers tous ceux qui vivent sans réserve. On les observe sans participer. Et on les regarde de haut pour se rehausser.

Il soupira comme s'il venait de décrire un phénomène tragique. Hanna avait envie d'ouvrir la portière et se jeter dans le fossé.

— Alors ce que je crois… C'est que tu es une fille qui a beaucoup de capacités, mais qui n'a pas compris grand-chose. Qui a besoin de vivre et d'apprendre un peu à respecter les gens, à commencer par elle-même.

Elle voulait sortir. Se boucher les oreilles. Empêcher ses insultes, sa suffisance, son ignoble dialecte d'envahir l'habitacle. Elle n'était plus une gamine depuis longtemps, elle n'avait pas à écouter les bonshommes qui se permettaient de lui dire ses quatre vérités. Erik prit une route plus petite.

— Tu as la carte ?

Hanna lui jeta un regard furibond. Qu'avait-il voulu dire, à la fin ? "Qui n'a pas compris grand-chose", c'était offensant. Mais que signifiait "de grandes capacités" ?

— Tu as la carte ? répéta-t-il. Tu n'as plus qu'à y chercher "Vieux Schnock".

— Pas la peine, j'en ai un à ma gauche.

Il entendit son marmonnement et ricana. De grandes capacités, avait-il dit. Elle sortit la carte et l'ouvrit à la page de Tierp.

47

Le hêtre venait de perdre ses feuilles lorsque le message parvint à Signe, colporté par un garçon essoufflé du cours élémentaire.

— On a cherché… haleta-t-il. On a cherché mademoiselle dans la maison de mademoiselle, mais mademoiselle n'était pas là, puis j'ai couru au marché, mais mademoiselle n'était pas là, puis après, j'ai vu mademoiselle sur la route.

Haletant après sa course, il la regardait de ses grands yeux. Son petit torse se soulevait et se baissait violemment. Signe fronça les sourcils.

— J'étais allée faire une promenade en forêt, dit-elle. Il est arrivé quelque chose ? C'est grave ?

— Mme Johansson est chez le sacristain, elle va accoucher, et on m'a envoyé vous chercher sur-le-champ !

Signe aurait pu se passer de cette nouvelle. Que voulait-on qu'elle aille faire là-bas ? Être le témoin d'une manifestation de plus de l'union d'Anna et d'Anders, d'un événement dont, personnellement, elle serait à jamais privée ?

Comme elle restait silencieuse, le garçon reprit :

— C'est très important. Mme Johansson criait tellement… On aurait cru qu'elle allait mourir.

Elle ne voulait pas l'entendre. De toutes ses forces, elle essaya de rester impassible, en vain. Elle ne voulait pas que l'image d'une Anna mourante, gémissante, fasse battre la chamade à son cœur et la force à voler à son secours.

— Comme notre coq, quand il est passé sous la charrette, ajouta le messager, plus hésitant.

Courant aux côtés du garçon, elle se maudissait. Ce n'était pas son affaire de porter assistance à celle qu'elle aimait, sur le point de donner naissance à l'enfant d'un autre. Elle n'y gagnerait absolument rien, elle le savait, Anna l'avait déjà reniée et humiliée à plusieurs reprises. La meilleure chose à faire eût été de se tenir à l'écart. Pourtant, elle courait, coupant par un isthme, pour atténuer les souffrances d'Anna. Il fallait au moins espérer que saint Pierre en prendrait bonne note.

À leur arrivée, Anna était calme. Son visage brillait sous ses cheveux humides. En voyant entrer Signe, elle sourit et demanda aux autres femmes de quitter la pièce. Puis elle lui tendit la main.

— Signe ! Je suis si heureuse que tu sois venue ! Plus que toute autre, c'était toi que je désirais avoir à mes côtés. Aïe…

Un instant, son visage se tordit de douleur. Signe lui prit la main et s'assit au bord du lit.

— Pourquoi ne peux-tu pas… commença-t-elle, déchirée par la présence d'Anna et écrasée par l'atmosphère solennelle de l'instant. Ta mère est ici. Tu as de l'aide.

Anna la regarda paisiblement, les contractions s'étaient manifestement calmées. Ses yeux étaient plus bleus que jamais, capables d'aspirer celui qui n'y prenait pas garde.

— On a fait venir la sage-femme de la famille de Stockholm, sourit-elle. Comme c'est gentil de la part de mère…

Signe acquiesça. Elle n'avait toujours pas obtenu d'explication concernant la nécessité de sa présence.

— Mais je ne voulais que toi. Ce que je ressens, c'est très fort, depuis le début. Mais j'ai préféré ne pas t'importuner, tu as ton travail et je n'ai pas pu t'aider autant que je l'aurais souhaité à l'association.

En effet, après la première réunion dans la salle paroissiale, la participation d'Anna avait été très irrégulière.

— Quoi ? demanda Signe en évitant de croiser trop longtemps le regard d'Anna. Qu'est-ce que tu ressens ?

Anna fouillait son visage avec tant d'intensité qu'il était quasiment impossible de détourner les yeux.

— Tu te souviens de Stockholm, en janvier ?

— Oui.

— J'ai ressenti, je ressens, je sentais déjà alors… C'était il y a neuf mois.

Signe hocha la tête.

— Je sais.

Le ton était amer, et elle espérait qu'Anna le perçoive, au moins un peu. "Je sais compter, aurait-elle voulu dire, cassante. Tout le monde n'apprécie pas l'idée de sa bien-aimée sous le corps d'un autre." Mais sous son front brillant, Anna la dévisageait de ses yeux bleus.

— Je sais bien que c'est impossible, Signe. Que c'est physiquement impossible, je sais qu'Anders est le père de l'enfant. C'est ainsi, bien sûr.

Front brillant ou pas, Signe avait son mot à dire.

— Tu m'as fait venir ici pour m'annoncer qu'Anders est le père de ton enfant ? C'est quand même… C'est quand même…

Elle avait du mal à reprendre son souffle, Anna lui serra la main.

— Ce que je veux dire, c'est que même si ce n'est pas matériellement possible, je crois que l'enfant est de toi. Son âme vient de toi.

Elle serra les mâchoires et fit une grimace. Même rouge d'effort, son visage crispé de douleur était beau. Sa main s'agrippait à celle de Signe comme pour ne pas se noyer. L'air vibrait, se préparant à accueillir une nouvelle vie.

— La sage-femme, souffla Anna.

Signe bondit et courut la chercher.

"Elle va mourir." Lorsque tous les tendons d'Anna se contractèrent et que les hurlements déchirants se succédèrent, Signe fut submergée par cette pensée. "Elle m'a parlé de l'enfant pour que je m'en occupe quand elle sera partie." Les mains posées sur les cuisses écartées d'Anna, la sage-femme lui parlait calmement, avec autorité, lui disait qu'elle voyait des cheveux, une tête. "Elle va mourir et elle a confiance en moi." Signe serra la main d'Anna, lui saisit le bras, sentit combien elle aimait cet être qui se sacrifiait pour donner naissance à un autre dans l'air vibrant, dans les cris, dans la douleur qui passait de la main d'Anna à la sienne. Peu importait sa conduite. Elle l'aimerait toujours. Et maintenant qu'elle en prenait conscience au rythme des halètements, de la respiration bruyante, des battements de son propre cœur, on la lui enlevait. Soudain, ce fut le silence. La poitrine d'Anna s'immobilisa. Et un petit cri d'enfant retentit.

À l'instant où elle le vit, elle sut que c'était vrai. Il y avait quelque chose d'elle dans ce paquet de chair rouge et furieuse qu'enveloppait la sage-femme de Stockholm. Anna était épuisée, mais pas morte. Un sourire las se répandit sur son visage lorsqu'on posa la petite sur son ventre et qu'elle referma ses mains sur elle. Les yeux mi-clos, elle contemplait la petite tête duveteuse qui ne savait pas encore se redresser. Signe sentit que sa présence n'était plus nécessaire. Elle était venue, elle avait été présente, elle avait tenu la main d'Anna et lui avait prodigué l'amour qu'il lui fallait pour mener à bien le travail. Maintenant, elle était à nouveau superflue. Au bord des larmes, elle se leva doucement pour ne pas déranger, mais Anna, haussant la tête, la transperça de son regard brillant. Après un silence lourd de sens, elle déclara :

— Elle s'appellera Signe.

48

À Tierp, aucun lieu appelé “Vieux Schnock”. Ni sur la carte ni dans la nomenclature des rues. Erik s’arrêta et baissa la vitre.

— EUH, J’AURAIS VOULU SAVOIR… hurla-t-il à un passant sur le trottoir.

L’homme ralentit et tourna la tête, mais ne s’arrêta pas.

— Est-ce qu’il y a un endroit qui s’appelle “Vieux Schnock”, dans le coin ?

L’homme secoua la tête. Erik réussit à redémarrer le moteur et à le rattraper. Il donna un coup de coude à Hanna.

— Souris, Hanna ! Fais le genre de truc que vous faites, vous, les femmes !

— Quoi ?

— Allez, fais-le !

Il se dandina et dodelina de la tête, dans une interprétation assez étrange du langage corporel féminin. Hanna éclata de rire, et l’homme se retourna. Contente de son effet, Hanna se pencha au-dessus d’Erik et cria :

— Vous êtes sûr que ça n’existe pas ? “Vieux Schnock”, comme celui qui est assis à côté de moi.

L’homme ricana et s’arrêta.

— Non, sauf si vous voulez dire “Vieux Chenaux”. Ça doit être à environ un kilomètre au nord.

Hanna examina la fiche de Gudrun.

— C’est peut-être ça, dit-elle. Merci !

— Attendez, dit Erik, vous savez s’il y a une vieille école, là-bas ?

L’homme haussa les épaules.

— Merci quand même ! s’écria Hanna.

Lorsqu'ils se remirent à rouler, elle se félicita intérieurement de sa contribution.

— On a le droit de dire merci. Un peu de politesse, quand même ! dit-elle pour taquiner Erik.

— Tu as mille fois raison, répliqua-t-il.

Comme si l'idée venait de lui, en somme.

Il y avait en réalité deux fois rien aux "Vieux Chenaux". Après avoir parcouru un chemin bien plus long que le kilomètre annoncé, ils aperçurent enfin un petit panneau. Puis la route déboucha sur une piste de motocross. Hanna se tourna vers Erik.

— Et tu comptais demander à qui, par ici ?

Erik sembla réfléchir un moment.

— On va faire demi-tour pour voir si, par hasard, on aurait raté une habitation, dit-il en appuyant sur le champignon.

Hanna poussa un profond soupir. Bien sûr, suivre des pistes était un passe-temps passionnant, mais tout de même, quelle folie de partir en voiture retrouver, sans but précis, une maison qui aurait existé cent ans auparavant ! Et à supposer qu'ils y parviennent, qu'allaient-ils faire ? Ils regarderaient bêtement la façade en se disant : "Et dire que c'est là qu'elle a vécu !", puis ils repartiraient sans avoir rien appris de plus ? Comme pour souligner la bêtise de l'expédition, il se mit à pleuvoir.

— Là, une maison !

Hanna resta dans la voiture pendant qu'Erik sonnait à la porte. À Stockholm, une pareille villa jaune aurait coûté plusieurs millions de couronnes, mais, étant donné sa situation, elle devait valoir environ le même prix qu'une place de parking en banlieue. Erik grelottait sous la pluie. "Quel vieux maigrelet, songea Hanna. Comme une branche d'arbre." Après quelques minutes, la porte s'ouvrit et une lumière chaude filtra par l'entrebâillement. Erik disparut à l'intérieur. Hanna resta sous le battement de la pluie contre le toit de l'habitacle, entourée d'une vague odeur d'essence.

"Mériter, se dit-elle, le regard perdu sur les gouttes de pluie qui se rassemblaient à la surface de la vitre. Mériter une bonne vie…" Qu'en savait-il ? Oui, comment pouvait-il savoir si elle croyait ou non en… sa propre valeur. Une notion qui frisait l'absurde, conclut-elle. Un mot qu'on utilisait pour dire à quelqu'un qu'il raisonnait mal. De toute façon, si un être humain pouvait avoir une "valeur", c'était forcément la même que les autres, sans plus. Non ? L'idée tournoya dans le vide, sans trouver prise. Hanna avait l'impression de se perdre, de confondre les termes qu'il avait employés. Elle regretta de ne pas les avoir enregistrés sur son portable. Erik frappa à la vitre ; elle sursauta.

— Tu veux du café ?

Les tignasses blondes du couple qui les accueillit étaient assorties à la couleur jaune de leur maison. Une dose de tabac à priser apparaissait sous la lèvre de l'homme, au-dessus de ses incisives ; la femme pressa ses seins de ses avant-bras lorsqu'ils se saluèrent. Ce geste avait dû lui valoir un certain succès, à une époque. Elle disposa des tasses sur une table en pin ronde pendant que l'homme dosait du café moulu dans une cafetière.

— Vous voulez des sandwichs avec ?

Hanna acquiesça.

— Avec plaisir, dit Erik.

— Avec plaisir, répéta Hanna.

Bien obligée, après sa remarque sur les vertus de la politesse...

L'homme leur raconta qu'il adorait le motocross, et que c'était l'une des raisons pour lesquelles ils s'étaient installés là.

— Ma poulette aussi s'y est mise, dit-il avec un large sourire, en lançant un regard en coin à sa femme.

— C'est sympa, j'aime bien, dit-elle en s'asseyant. J'ai grandi dans le coin, de toute façon.

Hanna se demanda quelle valeur avaient ces gens à leurs propres yeux. Une maison jaune à côté d'une piste de motocross... Qu'est-ce que cela disait d'eux et de leur valeur ? Rien.

— Et qu'est-ce qui vous amène jusqu'ici ? demanda la femme en comprimant ses seins entre ses coudes appuyés sur la table. Vous parliez d'une maison...

L'homme se gratta la tête. Il s'était débarrassé de sa dose de tabac à priser avant de s'asseoir pour prendre le café – une marque de civilisation à n'en pas douter. Ou une démonstration de sa supposée valeur ? Hanna secoua la tête pour chasser ses idées embrouillées. Mieux valait se concentrer sur ce qu'on leur racontait.

— La seule école qui me vienne en tête, c'est une maison qu'on appelle "la vieille école", dit l'homme.

Hanna et Erik échangèrent un regard. Elle vit dans ses yeux qu'il pensait la même chose qu'elle. La vieille école de Vieux Schnock, ça ne pouvait être que ça.

— J'y pensais aussi, dit la femme. Je ne sais pas si une maîtresse d'école y a habité, surtout il y a longtemps, mais, oui… La vieille école. Ce n'est pas loin.

— Elle est désaffectée ?

Le couple acquiesça.

— Elle ne sert plus d'école, en tout cas, poursuivit la femme. C'est un vieil homme qui en est propriétaire, son fils l'utilise comme entrepôt, il y garde entre autres ses pneus. Comment il s'appelle déjà ?… Jom… Jomsjö, ou quelque chose dans le genre.

L'homme blond était d'accord avec sa femme : il pouvait s'appeler Jomsjö.

— Comme je vous le disais, ce n'est pas loin. On pourra aller y faire un tour après le café, si ça vous intéresse.

"Inutile", répéta Erik à plusieurs reprises. Chaque fois, Hanna acquiesçait. Il leur suffisait de leur expliquer le chemin. L'homme insista. De toute façon, il fallait qu'il sorte le chien, et ce n'était pas facile à trouver quand on ne connaissait pas le coin.

— Dans ce cas, ce sera avec plaisir, dit Erik.

— Oui, merci beaucoup, dit Hanna.

— Vous aurez peut-être besoin d'emprunter une paire de bottes en caoutchouc, dit la femme blonde en faisant un sourire oblique et un signe en direction des bottines.

Hanna accepta sans protester. Quelque chose lui disait que seules ses bottines du tournant du siècle pouvaient la conduire dans la bonne direction, mais la pluie et la boue qu'on apercevait au-dehors la persuadèrent d'enfiler les bottes. Ce soir-là, dans la villa jaune, on rirait bien en repensant aux gens de Stockholm qui n'avait pas les chaussures qu'il fallait. Tant pis, le jeu en valait la chandelle.

Ils s'enfoncèrent dans la forêt par un étroit chemin, qui débouchait sur un sentier encore plus étroit. En arrivant à la maison, assez grande, ils durent enjamber une flaque d'eau qui s'était formée à l'entrée. La peinture, typiquement rouge, était si ancienne qu'elle se fondait désormais dans le paysage. En jetant un coup d'œil par les vitres, ils virent des piles de pneus et, un peu plus loin, quelques cartons et une boîte à outils. Voilà donc où avait vécu Elvira. Peut-être.

— Il y a moyen d'entrer ? dit Erik, la main en visière contre une vitre.

L'homme haussa les épaules et enfouit une dose de tabac sous sa lèvre supérieure.

— Le proprio est plutôt sympa, ça ne le dérangerait pas, enfin, je ne crois pas. Mais je ne voudrais pas entrer par effraction.

— On ne voit pas grand-chose de l'extérieur, mais je me demande…

Erik fit le tour de la maison et examina la poignée de porte. Le chien le suivait avec curiosité.

— Je me demande s'ils ont pris la peine de changer les huisseries. Ça sent l'entre-deux-guerres. Cette Sivander habitait ici depuis le tournant du siècle, non ? Ce n'est pas ce qu'on nous a dit ?

— Aucune idée. Mais en tout cas… Voilà la maison. Vous pouvez toujours revenir demain voir s'il y a quelqu'un.

L'homme voulait rentrer au chaud avec son chien, c'était clair. Hanna prit une photo à l'aide de son portable et ils retournèrent sur leurs pas.

Dans la villa jaune, la femme était au téléphone. Quand ils entrèrent, elle leva une main comme pour leur demander de ne pas partir avant qu'elle ait terminé sa conversation. Puis elle reprit son bavardage.

— Oui, je comprends, ça ne doit pas être facile, lui qui avait l'esprit si alerte, et maintenant, il erre un peu partout… Oui… Oui, je comprends tout à fait… Oui, merci beaucoup, ça m'a fait plaisir d'avoir de vos nouvelles. J'espère qu'on aura bientôt l'occasion de passer vous voir !

Après cinq rounds de formules de politesse, elle parvint à l'adieu final. Elle raccrocha et leur fit un sourire d'excuse. Ses avant-bras pressaient ses seins.

— C'était ma grand-mère. Après votre départ, je me suis dit qu'elle saurait peut-être des choses sur la vieille école.

Erik haussa les sourcils. Hanna émit un petit bruit qui, l'espérait-elle, exprimerait son intérêt.

— Eh bien, il se trouve que c'était son école. C'est quand même bizarre qu'on n'en ait jamais parlé avant toutes les deux. Bref, elle m'a dit que l'école était neuve quand elle y a commencé sa scolarité. Ça m'a fait réfléchir. Parce qu'elle est née dans les années 1920. Vous disiez bien que la maison existait avant, non? Mais entrez, je vous en prie… Enfin, vous n'êtes pas pressés, j'espère?

Ils se rassirent dans la cuisine. Hanna songea au passage que ses chaussettes étaient encore sèches.

— Ma grand-mère disait donc qu'avant ça, il y avait une autre maison qu'on appelait "la vieille école", à son époque à elle.

Elle insista sur "à elle" et rit.

— Et avant, il devait y avoir encore une autre école qu'on appelait comme ça, et ainsi de suite. Elle m'a aussi dit, quand je lui ai expliqué que vous cherchiez le logement d'une maîtresse d'école, qu'il y avait une maisonnette pas très loin, plutôt vers le sud. Vous avez marché vers le nord, c'est bien ça? Eh bien l'autre maison était celle de la maîtresse quand ma grand-mère allait à l'école. Elle est petite, marron, en plein milieu de la forêt. Personnellement, je ne l'ai jamais vue, enfin, je ne crois pas. Et toi, Lasse?

Elle fronça les sourcils et se gratta le cou.

— Si… Il y avait bien une ruine… Au fond de la forêt, là où on avait trouvé tous les champignons? Comme pour aller chez les Andersson, mais derrière la butte. Ce ne serait pas ça?

— Mais oui! Je n'y avais pas pensé! En fait, on n'y pense pas vraiment comme à une "maison".

Cette fois, c'est la femme qui leur proposa de les y accompagner. Elle ordonna : "Lasse, tu mettras un peu d'ordre?" Sans préciser ce qu'il devait ranger. Il est clair qu'elle ne comptait pas les laisser s'y rendre seuls.

— C'est en pleine forêt. Si vous vous perdiez, je l'aurais sur la conscience. D'ailleurs, Étoile sera très contente de ressortir avant qu'il ne fasse noir.

Il fallait se trouver juste devant la maisonnette pour enfin la voir. Un peu en retrait, le chien du couple aboyait après quelques oiseaux. Le crachin s'était faufilé à travers la chevelure de Hanna et mouillait désormais son cuir chevelu, mais en apercevant les frêles parois de planches, elle oublia tout le reste. La ruine grisâtre et veineuse comme un vieux bras n'avait rien à voir avec la “vieille école”, et ce n’était pas seulement un effet du crépuscule. Deux des fenêtres n’avaient plus de vitres ; les autres étaient recouvertes de terre et de crasse. Le toit ployait comme si sa colonne vertébrale menaçait de se rompre, mais il tenait bon. D’un côté, un petit appentis était encore muni d’une porte, mais ses gonds n’étaient plus que deux taches de rouille. De l’autre côté, la margelle d’un puits bouché tombait elle aussi en ruine, recouverte de mousse. Un peu d’herbe poussait dessus, ainsi qu’un buisson très clairsemé. Hanna dut enjamber un enchevêtrement de branches de sapin pour atteindre la maison.

— Quelle jolie petite ruine, grinça Erik en contournant la bâtisse.

Hanna en avait déjà fait le tour. Au milieu de la façade avant, une porte fatiguée mais encore en état de marche était entourée de deux fenêtres identiques, comme sur la façade arrière. Lorsque Hanna remua la poignée, celle-ci résista. Erik la secoua lui aussi, puis il fit une grimace.

— Verrouillée.

Hanna toucha l’encadrement de la fenêtre. Deux vitres manquaient, mais les boiseries subsistaient. Elles constituaient un obstacle pour qui désirait s’introduire à l’intérieur. Hanna frissonna à l’idée de les ébranler. Cela eût été comme de secouer un fantôme. L’obscurité grandissante ne rendait pas l’endroit plus chaleureux.

— Même si on arrive à entrer, on n’y verra rien, dit-elle.

Non, elle n’avait pas peur, mais si, par le plus grand des hasards, la poignée s’était mise à remuer, actionnée de l’intérieur, elle ne se serait pas sentie très à l’aise. Ni si le visage d’Elvira était apparu derrière une fenêtre.

— Il serait peut-être temps de partir, dit-elle d’une voix plus ténue que prévu.

Erik acquiesça, comprenant son état d’esprit – ou animé par une préoccupation plus pragmatique.

— C’est vrai, on n’a pas pensé à prendre de lampes de poche, dit-il en tirant une dernière fois sur la porte. Enfin, maintenant, on connaît le chemin.

— Merci pour votre aide, glissa Hanna à la blonde.

— Oui, on vous remercie beaucoup, renchérit Erik.

Comme si c'était lui qui insistait sur l'importance de dire merci depuis leur arrivée à Tierp.

— Oui, merci, répéta Hanna. Vraiment, merci.

Lorsqu'ils la quittèrent, la ruine ne leur paraissait plus aussi effrayante. L'imagination de Hanna aurait très bien pu se déchaîner. Au lieu de cela, malgré la pluie qui s'infiltrait par le col de sa veste, le souvenir de la maison et l'idée de ce qu'elle ressentirait en passant les doigts sur ses murs de planches lui réchauffèrent le cœur. Ce n'était qu'une vieille ruine au milieu de la forêt, mais elle n'avait rien d'ordinaire. Elle lui manquait déjà.

49

En fin de compte, toutes ses réflexions débouchaient toujours sur la même question : qu'est-ce que l'amour ? *S'agit-il de compréhension mutuelle ? D'une folle traversée sentimentale ? Quel que soit le point de vue qu'on adopte, il n'y a pas d'amour sans que la fascination ne comble un fossé. L'amour – c'est d'ailleurs ce que dit la Bible ! – est plus fort que tout. Dois-je, une fois de plus, me soumettre à cette règle ?* Elle trempa sa plume, qui eut le temps de goutter avant qu'elle ne formule sa pensée suivante dans son journal intime. Le fossé entre Anna et elle avait été comblé par ses propres tourments le jour de l'accouchement d'Anna ; la distance entre elles n'avait jamais eu plus d'amplitude qu'un battement de cœur. Elle rinça son porte-plume. Il était temps qu'elle aille rendre visite à Anna et Anders. De son plein gré.

Elle chaussa les bottines que lui avait un jour offertes Brita Löfstedt par les bons soins d'Anna. Comme ce temps lui paraissait lointain… Elle les avait portées avec parcimonie, elles étaient trop belles pour les user inutilement, même les dimanches ordinaires. Elle les avait mises au baptême de l'enfant, par exemple, alors que, assise sur un banc d'église, agréablement calme, elle avait vu ce début de vie confié au Christ, comme il se devait (on n'était jamais trop prudent).

— Signe… avait amoureusement susurré Anders à la petite.

Il n'avait pas la moindre idée de la véritable raison de ce prénom. Anna lui avait certainement donné une explication plausible.

Depuis sa naissance quelques semaines auparavant, l'enfant avait provoqué une espèce de perpétuelle éruption volcanique à l'intérieur de Signe. En fin de compte, toutes ses réflexions débouchaient toujours sur la même question : qu'est-ce que l'amour, si ce n'est une douleur que nous n'avons de cesse d'éprouver ? Une douleur dont nous voulons faire notre demeure et que nous voulons voir scintiller comme si nous n'en souffrions pas. Puis : qu'est-ce que l'amour si ce n'est tout le contraire ? La réponse lui venait toujours sous forme d'un éboulement qui la terrassait : finalement, elle n'en avait aucune idée. Mais l'enfant possédait quelque chose d'elle, quelque chose qu'Anna lui avait pris et avait insufflé à la petite, et cela, personne ne le lui enlèverait.

Elle n'était pas allée chez Anders depuis son mariage. Confuse, elle se demanda même un instant où pouvait bien habiter Anna. Puis elle retrouva ses esprits : chez Anders, bien sûr, là où elle avait jadis passé tant de bons moments. À l'époque, elle s'y rendait pour discuter avec lui de choses qui leur semblaient alors capitales, pour éluder ses avances et se moquer avec lui des paysans, avant que, l'air grave, il ne lui rappelle qu'il était lui-même né dans une ferme, ou encore pour lui rapporter ses chaussettes raccommodées et récupérer ses récipients réparés. Dans une autre vie.

Désormais, dans sa cuisine, Anna allaitait sa fille. Son sein, qui avait jadis reposé dans la main de Signe, prodiguait la vie à un être minuscule dont les mains, qui s'escrimaient dans l'air, ressemblaient à des framboises. Anna jeta un coup d'œil par l'entrebâillement de la porte pour voir qui venait d'arriver. Apercevant Signe, elle se tourna si brusquement vers elle que l'enfant en perdit presque prise.

— Signe !

Ce cri trahit sa surprise, mais, aussitôt, elle leva en souriant un petit pied couvert d'une minuscule chaussette ornée d'un nœud.

— Tu as vu comme c'est mignon ? Ça vient de ma sœur ; Anders les a apportées directement avec le courrier hier.

Elle ne voulait parler que des nouvelles chaussettes de la petite, bien sûr. Autrement, on aurait pu croire qu'elle se vantait de la nouvelle position d'Anders au bureau de poste. Elle coucha l'enfant sur son épaule et la berça énergiquement, comme si elle n'avait jamais rien fait d'autre de toute sa vie. Comme si elle n'avait jamais dansé dans les rues de Stockholm, seule et sans autre charge que sa propre personne. Comme si elle n'avait jamais murmuré : "Et comme ça, tu me vois?"

— Tu ne t'assois pas?

Signe prit place à côté d'elle sur une chaise moderne. Depuis le mariage d'Anders, son mobilier semblait avoir été en partie mis au goût du jour. Enfin, entre cela et des tapis persans, il y avait encore un monde.

— Tu les as eues, finalement, tes lirettes, dit Signe en souriant.

Elle s'acharnait à ignorer sa douleur.

Ou à y consentir. Selon la définition qu'on retenait de l'amour.

— Et un billot dans la cour, rit Anna. Heureusement que c'est Anders qui coupe le bois, je sais à peine distinguer le haut du bas d'une hache.

— Moi, je sais, marmonna Signe tout bas.

Anna ne l'entendit pas – une chance. Signe n'était pas venue pour s'épancher sur son état de maîtresse éconduite. Anna rassit l'enfant sur ses genoux et la regarda.

— Tu veux la tenir?

Recevoir la petite dans ses bras fut comme tenir l'univers par la nuque pour l'empêcher de s'effondrer. Comme regarder tout droit dans l'âme la plus sage qu'on eût jamais rencontrée et ne pas obtenir une seule des réponses que l'on attendait. La chaleur de la petite vie se répandait à travers ses paumes. Son visage rouge et comprimé à la naissance s'épanouissait désormais, rose et potelé. Ses cheveux formaient un épi au beau milieu de la tête. Signe se pencha légèrement pour humer la tête de la petite : le parfum d'un être immaculé issu d'Anna et de ce qu'elle avait elle-même de meilleur. Lorsqu'elle posa l'enfant contre sa poitrine, le lien fut accompli.

— Je suis heureuse que tu sois venue.

"Aimer quand c'est possible, dès que possible – cette exhortation surgie du plus profond de son être, pleine de vérité, fut suivie par d'autres. Savoure l'instant, cette petite vie qui respire contre ton sein, la joie d'Anna quand tu es apparue. Oublie le reste."

— Depuis quatre semaines, j'ai à peine mis les pieds dehors, dit Anna. Je ne sais plus ce qui se passe dans le monde! Comment va Violetta? Et la lutte pour le droit de vote? Je suis assoiffée de nouvelles!

Les questions d'Anna ramenèrent Signe à la réalité. Elle fit une grimace.

— En ce qui concerne le droit de vote, rien n'a changé. La semaine dernière, j'ai lu un article dans lequel on comparait le droit de vote politique de la femme à celui des chiens. Un point de vue rafraîchissant.

Elle choisit de taire que c'était Elvira qui lui avait montré le texte. Tout comme elle avait décidé de ne pas parler de l'accouchement d'Anna en présence d'Elvira qui, de toute façon, avait dardé sur elle son regard brun et perçant, celui qui signifiait qu'elle avait tout compris.

— Mais la section fonctionne assez bien. Pour l'instant, il n'y a toujours que moi, Stina de Tofta et Hjördis, l'institutrice de Hullsta. Tu te souviens d'elle ?

Anna hocha la tête comme si, en tant que membre actif de l'association, elle s'en souvenait très bien. Signe décida de ne pas s'en émouvoir – une posture tranquille confortée par le rythme du souffle de l'enfant sur son épaule.

— Nous ne sommes pas inactives mais, au printemps, les choses se mettront réellement en mouvement. Deux conférencières assez douées vont venir, cela attirera du monde. Il y aura entre autres Brita Löfstedt.

Elle évita de nommer l'autre, Elvira.

— Des oratrices de renom et de talent, c'est le b.a.-ba de la réussite, renchérit Anna. As-tu remarqué qu'en tant que femme, il suffit d'entendre les bons arguments pour le droit de vote pour le désirer ?

Signe choisit de ne pas considérer cette remarque comme une critique de ses propres procédés oratoires.

— Oui, dit-elle, je ne comprends pas pourquoi les femmes de Tierp sont si réticentes. Il est vrai qu'elles doivent être très occupées.

Anna hocha la tête.

— Il n'y a pas que le droit de vote, dans la vie, renchérit-elle sur le ton de la sagesse. On ne peut pas penser qu'à cela.

Signe lui jeta un coup d'œil, mais ne dit rien. Il était compréhensible qu'une femme qui venait d'accoucher ait autre chose en tête que le droit de vote politique, mais tout de même… Signe devait fouiller pour retrouver l'Anna de jadis, celle qui argumentait avec passion pour le droit de vote durant les douces nuits d'été, celle qui accordait à la cause une importance primordiale ! Signe vivait ce changement de personnalité comme une espèce de deuil.

— Cela dit, avec le nouveau gouvernement libéral, nous avons enfin une chance, dit-elle, hésitante.

Anna sourit et tout réapparut d'un coup : l'engagement, la volonté de fer. Ils ne l'avaient jamais quittée.

— Je suis convaincue, insista Anna, que notre droit de vote nous sera bientôt servi sur un plateau en argent.

Elvira se montra plus sceptique qu'Anna.

— Celles qui croient que le droit de vote est acquis à cause du changement de gouvernement, dit-elle à sa rencontre suivante avec Signe, sont le genre de personnes décidées à gravir une montagne et qui crient "sommet !" dès qu'elles aperçoivent une simple butte.

Signe apprécia la comparaison. C'était d'ailleurs le genre de détails auxquels s'attachait volontiers Elvira, comme lorsqu'elle transformait des "il" en "elle". Qui avait décidé que l'humanité devait être au masculin ?

— Ce genre de personnes se lassent vite, constata-t-elle encore, la main autour de l'une des tasses à café de Signe. La prochaine fois qu'elles se retrouveront devant une côte, elles n'auront pas la force de grimper. Alors que nous…

Elle leva le poing et, d'un large geste circulaire, inclut Signe dans son "nous".

— Nous faisons notre sac, prêtes à affronter toutes les défaites. Ainsi, le jour venu, la victoire nous surprendra !

— Et nous soulagera.

— Et comment !

Elvira rit, but une gorgée de café, puis reposa sa tasse avec fracas, comme s'il s'agissait d'une vulgaire chope de bière dans un troquet de dockers. Elle était ainsi, Elvira. Elle ne passait jamais inaperçue. Elle embarrassait certains et en réjouissait d'autres – Signe par exemple. Qui, ce jour-là, avait d'ailleurs plus d'une raison de se réjouir, des raisons qui, à strictement parler, ne concernaient pas Elvira, car entre celle-ci et Anna, il subsistait quelque chose d'inconciliable, un je-ne-sais-quoi qu'il était en outre bien inutile d'attiser.

— Tu m'as l'air de bien bonne humeur, aujourd'hui, et un peu secrète.

Signe rougit malgré elle. On avait tout de même le droit de se conduire convenablement, de ne pas toujours arriver avec ses gros sabots, son intraitable franchise et ses regards inquisiteurs. *"Chaque fois que je te vois, je me rappelle le lien très fort qui nous unit, et un passé qui me manque cruellement"*, écrivait Anna dans une lettre, quelques jours après la visite de Signe. Celle-ci aurait aimé pouvoir parler de cela et des récents événements à Elvira, la seule à pouvoir comprendre. Mais c'était impossible. Et de toute façon, pas indispensable à Signe.

— Il fait si beau!

Elvira regarda par la fenêtre. Une pluie glaciale était tombée toute la journée. Désormais, un ciel un peu couvert assombrissait le ciel.

— Beau, dis-tu?

Elle fit une grimace à Signe, comme pour lui dire qu'elle n'avait décidément pas toute sa tête. Elle ne pouvait pas savoir à quel point un enfant transfigurait une vie, ni ce qu'on ressentait – ou alors si, mais pas exactement – quand on vous annonçait la nouvelle bouleversante qu'avait reçue Signe : Anders possédait certes la main d'Anna, mais Signe disposait de son cœur. Anna le lui avait déclaré dans sa lettre. Peut-être que l'amour, finalement, c'était de croire ce que vous écrivait l'être aimé.

50

Le trajet entre le petit hôtel de Tierp et le sentier forestier des Vieux Chenaux se révéla plus court que dans leur souvenir. Zones boisées et maisons rustiques filaient sous leurs yeux. Dans un champ, trois chevreuils broutaient. Hanna les montra du doigt ; Erik sourit.

— Caroline aurait voulu qu'on s'arrête ici.

La supposée volonté de Caroline fut déterminante. Le vieux avait beau grommeler, cette petite femme boulotte lui avait décidément mis des idées en tête. Il n'était pas le seul à avoir le sens de l'observation…

— Pourquoi ça ? demanda Hanna sur un ton si blasé qu'Erik fut forcé de répondre.

— Tu ne te souviens pas ? Elle nous a demandé de nous arrêter si on voyait des chevreuils. N'importe qui se le rappellerait…

Hanna décida d'interpréter cette insulte voilée comme un simple mécanisme de défense et son indulgence lui inspira aussitôt un sentiment de magnanimité.

À la lumière du jour, la maison leur parut différente. Plus claire, plus avenante.

— Parfois, j'ai l'impression, dit Erik, que nous ne sommes pas seulement curieux des objets, mais qu'ils sont aussi curieux de nous.

Hanna pensait justement la même chose. Étrange… Qu'un vieux bonhomme du Småland puisse avoir les mêmes pensées qu'elle… Surnaturel.

— C'est exactement ce que je dis ! Les lunettes, la règle, les bottines, tout ça… Ces objets me veulent quelque chose !

— Oui, oui… dit-il, sceptique.

Mais aussi sur le ton de la concession.

Une atmosphère solennelle entourait la vénérable masure qui, malgré ses vitres manquantes et ses planches pourries, tenait encore debout, comme dans un combat désespéré et infiniment lent contre le temps. L'inébranlable coquille semblait regretter la vie qu'elle avait abritée autrefois. Tout autour poussaient de l'herbe et quelques arbres, dont deux grands sapins et peut-être, avec un peu de recul dans le temps, d'imagination et quelques suppositions, des pommiers.

— Tu crois qu'Elvira avait un jardin ici ?

Erik se pencha en arrière et contempla les cimes des sapins.

— Je ne suis pas expert en botanique, dit-il, mais il est possible que ces arbres datent d'après.

— Il faudra se renseigner.

Hanna était satisfaite de sa réplique. Elle venait de proposer une prochaine étape, ce qui revenait quasiment à prendre les commandes. Hanna, femme de tête.

Erik s'était approché de la maison.

— On y voit un peu plus clair, annonça-t-il en passant le nez à travers une fenêtre béante.

Hanna se dépêcha de le rejoindre. Une fois que ses yeux se furent habitués à l'obscurité, elle parvint à distinguer les contours de la pièce, vide à part une table fixée au mur et une chaise cassée. Il y régnait une odeur de bois pourri. Dans un coin, au fond, une masse noire indéfinissable était surmontée d'un conduit qui la reliait au plafond. Impossible de voir le mur le plus proche, les carreaux étaient trop petits pour que l'on puisse y passer la tête.

— C'est vide.

— Quelqu'un a fait le ménage. Il y a un bon moment, à en juger par le sol.

Maculé de grandes taches et, par endroits, presque désagrégé, celui-ci était couvert de toutes sortes de déchets : crottes de souris, épillets de graminées, quelques pommes de pin. En relevant les yeux, Hanna distingua clairement l'objet au fond : une vieille cuisinière en fonte.

— Comment on va faire pour entrer ?

Erik s'approcha de la porte et la secoua, mais elle ne s'ouvrit pas par magie.

— On ne va quand même pas casser une fenêtre ? proposa Hanna, hésitante.

Erik la dévisagea.

— Casser quelque chose ? Dans une vieille maison ? Tu es complètement folle !

— C'est bien ce que je disais, marmonna Hanna, qu'on n'allait PAS briser une fenêtre…

Erik tâtait le linteau de la porte.

— Avec un peu de chance, on y aura laissé une clef. Dans un recoin… Sous une panne, par exemple.

— Caroline l'a peut-être, dit Hanna en lançant un regard en coin à Erik. Par exemple, si elle faisait partie de l'héritage.

Erik eut le même sourire que quand ils avaient aperçu les chevreuils. Hanna, détective de choc !

— Si c'était le cas, elle nous l'aurait dit.

Il continua à tâtonner autour du chambranle et jeta un coup d'œil à travers la fente comme si cela lui permettrait miraculeusement de comprendre comment fonctionnait la serrure.

— N'oublie pas de regarder sous le paillasson, ricana Hanna.

Elle fit le tour de la maison. Il y avait aussi une porte à l'arrière. Elle tira dessus sans trop d'acharnement pour qu'Erik ne l'accuse pas de vandaliser une ruine. Cette porte-ci non plus ne s'ouvrit pas par magie.

— Tu n'es pas si bête ! cria Erik depuis l'autre côté.

Elle lâcha la porte aux gonds rouillés.

— Tu veux dire qu'il y avait un paillasson ?

— Un peu primitif, mais oui.

À l'aide d'un bâton, Erik avait ébranlé une pierre ronde enterrée devant la porte.

— Attrape, dit-il à Hanna, qui se dépêcha de lui venir en aide.

Lorsqu'ils sortirent la pierre de son trou, une expression victorieuse se dessina sur le visage d'Erik.

— Je me disais bien qu'il y avait quelque chose par ici, grinça-t-il en s'accroupissant. Tu veux ?

La vieille clef dépassait du sol. Ils la contemplèrent solennellement. Puis Hanna s'accroupit face à Erik et regarda ses ongles.

— Je t'en prie, dit-elle.

Ils s'escrimèrent pendant quelques minutes sans parvenir à introduire la clef dans la serrure. Erik alla chercher de l'huile dans sa voiture. Hanna eut l'idée de s'aider de brindilles ramassées par terre pour extraire la crasse accumulée dans le trou. Elle piochait dans la serrure, essayait d'y enfoncer la clef, piochait, réessayait... Quand la clef s'introduisit enfin, ce fut un grand moment. Mais elle ne tournait toujours pas... Une bourrasque parcourut la cime des arbres. Instinctivement, Hanna eut un mouvement de recul, sans lâcher l'anneau de la clef, comme si elle risquait de disparaître. Elle eut l'impression fugitive de se voir de l'extérieur, d'en haut, comme observée par les sapins. Seule dans la forêt, entourée d'épines, d'herbes et de pommes de pin. Il régnait une odeur de sapin froid. Ce mardi-là, à 10 heures du matin, les doigts agrippés à la clef d'une demeure d'un autre temps, elle eut une brève pensée pour son canapé. Il lui semblait bien lointain.

Elle pinça la clef, qui tourna. Oui, la clef avait tourné! "Elle a tourné!" voulut-elle crier à Erik. Mais, retourné chercher de l'huile dans la voiture, il ne pouvait pas l'entendre.

Hanna donna deux coups secs à la porte, s'attendant à ce qu'elle s'ouvre avec un geignement. Elle s'ouvrit effectivement, mais avec un craquement sourd. Hanna put enfin pénétrer dans la maison.

Elle pensait arriver dans la cuisine mais, en franchissant le seuil, elle se retrouva dans un minuscule vestibule. En face, un chambranle sans porte, à gauche, un autre. Elle entra dans la pièce qu'elle avait observée à travers la fenêtre : la cuisine, qui semblait plus petite de l'intérieur. Dans l'angle mort, celui qui ne se voyait pas de l'extérieur, le sol était pareillement couvert de crottes de souris et d'insectes morts. Une autre ouverture menait à une pièce qu'elle n'avait pas encore vue. Elle contourna la vieille cuisinière et s'arrêta dans l'embrasure. Ici aussi, le ménage avait été fait. Il ne manquait qu'un carreau à la fenêtre et la couche de détritus qui jonchaient le sol était moins épaisse qu'à côté. Le long d'un mur, il restait un cadre de lit équipé d'un sommier en bois. Contre un autre, un meuble compact, comme une sorte de commode.

— Tu as réussi à ouvrir la porte? Bravo!

Elle sursauta. Un court instant, elle s'était sentie seule propriétaire des lieux. Maintenant, ils leur appartenaient à tous les deux.

— C'est joli, ici, grogna Erik depuis la porte d'entrée. Les menuiseries sont bien conservées. Enfin, ce n'est pas un artisan de renom qui les a faites.

— Quoi ?

Elle aurait pu le rejoindre, mais l'espèce de commode l'attirait irrésistiblement. Peut-être contenait-elle des trésors cachés, l'étui des lunettes, l'écrin de la broche… Elle voulait s'en rendre compte par elle-même.

— Tu as vu l'étagère à chapeaux ? Très intéressante, je trouve. Si j'arrive à la décrocher sans l'abîmer… Mais oui, regarde-moi ça !

Hanna s'approcha rapidement de la commode. Enfin, il s'agissait peut-être d'un chiffonnier. Ou d'un secrétaire… Elle n'était pas très sûre de la différence.

— Je crois qu'on est à la bonne adresse, s'exclama Erik en faisant du raffut dans l'entrée, tout excité. Il y a une inscription à la peinture. Ça ressemble diablement à "Sivander".

En retenant son souffle, Hanna ouvrit le tiroir du haut. Il glissa sans peine. Vide. À part une feuille de papier ciré soigneusement pliée dans le fond. Hanna ressentit un pincement de déception. Le deuxième tiroir se montra plus récalcitrant mais, après quelques efforts, il céda aussi. Vide. Béant. Le joyeux papier ciré à carreaux ne lui apprenait qu'une chose : le meuble bien conservé avait été complètement nettoyé de son contenu. Mais qu'est-ce qu'ils avaient, les gens de l'époque ? Ils passaient leur vie à faire le ménage ?

— Je n'arrive pas à déchiffrer le reste, c'est peut-être un autre nom.

Hanna leva la tête, comprenant enfin ce qu'Erik marmonnait depuis un moment.

— Ce ne serait pas "Elvira" ?

— Je ne crois pas. Ça commence par un *o*. Plus loin, il y a un autre *o*, si je ne me trompe pas.

Elle alla voir de ses propres yeux la fameuse inscription illisible, gardant le troisième tiroir pour plus tard. De toute façon, il y avait des chances pour qu'Erik reste scotché aux détails de la menuiserie et lui laisse le champ libre. Il avait effectivement décroché l'étagère, munie de trois crochets portemanteaux et soutenue par deux traverses parfaitement banales. Hanna ne l'avait même pas remarquée en entrant. La peinture marron s'écaillait ici et là.

— C'est écrit où ?

Erik lui indiqua le dessus du plateau. On y avait peint en noir : "Ma isel Siva de d O… O ka".

— "Siva de". Ce doit être "Sivander". Mais ce qui est écrit avant et après, il faudra y réfléchir.

— "Ma isel"… Ma ficelle ? Ce n'est peut-être pas un *s*, mais un *c*…

Debout sur le plancher, Hanna eut l'impression d'avoir déjà vécu ce moment. Elle eut un petit sourire en se souvenant.

— J'ai fait exactement le même exercice mental pour te retrouver.

— C'est-à-dire ?

Allait-elle le laisser mariner ou lui raconter l'histoire de la photo sur Internet et de l'inscription "Kihl Ench" ? Brusquement, un bout de solution surgit dans son esprit.

— "Mademoiselle" ! s'écria-t-elle. "Mademoiselle Sivander", bien sûr !

Très satisfaite, elle continua le déchiffrage.

— "d O", dit-elle, songeuse. Duo. Déo. Dio. Mademoiselle Sivander en duo. Ce doit être un vieux titre de journal.

Sa propre plaisanterie la fit rire. Erik grogna par politesse. On ne pouvait pas en attendre plus de quelqu'un qui voyait dans les jeux de mots de Caroline le summum de l'humour.

— Faute de mieux, on y réfléchira ce soir, dit-il. Parce que maintenant, j'ai envie de jeter un coup d'œil au reste. Que c'est bien conservé ! Incroyable ! Ils ont dû boucher le conduit de cheminée.

Il s'appuya sur l'épaule de Hanna pour se relever. Elle le conduisit intentionnellement à la cuisine pour pouvoir retourner en toute discrétion dans la chambre. Comme prévu, il resta scotché devant la cuisinière en fonte, qui lui arracha un marmonnement enthousiaste. Hanna avait déjà exploré le premier et le deuxième tiroir, il ne lui restait plus que le troisième. Et la partie supérieure du meuble, bien sûr, celle qui était fermée par un battant. Elle déplia celui-ci et découvrit, sur la paroi du fond, un tiroir de taille moyenne, flanqué, de chaque côté, de trois petits tiroirs. La tablette n'était qu'une planche ordinaire couverte d'un revêtement lisse, sous une couche de poussière.

— Tu as vu ? dit Erik comme si Hanna le suivait dans son soliloque.

— Quoi ?

Il reprit ses marmonnements. Hanna se hâta de fouiller le haut du meuble. Elle ouvrit les petits tiroirs aussi grand que possible, scrutant les quatre coins pour ne rien rater. L'un était muni d'une serrure, mais pas fermé à clef. Rien. Son exploration ne donna absolument rien. Le meuble avait été nettoyé à fond. Il ne lui restait plus que le troisième tiroir, qu'elle avait gardé pour la fin.

— Qu'est-ce que tu fais ? demanda Erik.

Elle l'ouvrit. Vide.

51

L'enfant apprenait à une vitesse stupéfiante. Un moment, elle regardait son pied gauche d'un air perplexe ; l'instant d'après, elle avait appris à l'attraper. Un moment, elle se balançait furieusement aux quatre coins de son plaid ; l'instant d'après, elle savait se retourner sur le ventre. Lorsque Elvira revint à Tierp, la petite Signe venait de découvrir qu'elle pouvait provoquer elle-même le bruit de son hochet. L'événement était bien plus capital que les nouvelles qu'apportait Elvira.

— Tu as été engagée comme bonne d'enfant ? demanda Elvira à Signe avec un sourire pincé, en brossant la neige de son manteau. On m'a dit que tu étais ici, j'ai dû demander mon chemin.

Si ces propos n'avaient rien d'étrange, ils cachaient néanmoins une question.

— Anna a besoin qu'on la relève de temps en temps, répondit Signe en tournant la petite vers Elvira. N'est-elle pas merveilleuse ?

— Anna ?

Signe rit. Elle n'avait pas vu Elvira depuis plusieurs mois. L'enfant sur un bras, elle toucha sa joue glacée.

— Espèce de folle… Tu m'as manqué !

Elvira, Signe et la petite Signe. Toutes trois formèrent un clan, pendant quelques minutes, dans la cuisine d'Anna et Anders. Un court instant, Elvira la combative au regard énergique se transforma. Elle desserra les poings et cacha son visage dans ses mains. La petite Signe la regarda, hypnotisée, jusqu'au sommet de l'extase :

— Coucou !

La petite était prise d'une hilarité sans bornes. Elvira riait de sa voix rauque, timidement, puis de tout cœur. Signe gloussait. La mise en scène fut répétée quatre fois. Anna ne put s'empêcher d'en rire lorsqu'elle entrebâilla la porte. Elles levèrent la tête.

— Tu es là ?

Anna tenta d'exprimer une surprise joyeuse, mais son sourire forcé cachait mal le subterfuge. Signe se hâta de lui annoncer la bonne nouvelle.

— Elvira dit que le gouvernement a déposé une proposition de loi ! Sur le droit de vote ! Raconte, Elvira !

Elvira, en revanche, n'était pas coutumière des sourires forcés. Elle prit donc un air renfrogné, se redressa et regarda Anna droit dans les yeux.

— Ce n'est pas encore officiel mais, en ce moment même, le gouvernement est en train de rédiger une proposition assez élaborée sur le droit de vote des femmes. Ils vont la déposer en avril de cette année.

— Comment ? s'exclama Anna. Mais c'est formidable ! C'est allé plus vite que ce que nous pensions, n'est-ce pas ?

Son enthousiasme fit sourire Signe.

— Ce n'était pas toi qui disais que nous l'obtiendrions avant 1908 ? Nous sommes en 1912, au cas où tu l'aurais oublié.

Anna secoua ses boucles blondes.

— Ah oui, juste… J'étais si jeune, si naïve…

Elle fit un clin d'œil à Signe et jeta un regard anxieux à Elvira.

— Il vaut mieux que je couche la petite, maintenant. Elle a besoin de dormir.

— Pourquoi ? demanda Elvira. Elle ne m'a pas l'air fatiguée.

Signe caressa la tête de l'enfant et expliqua :

— Cette mine-là signifie qu'elle est fatiguée.

Anna prit l'enfant dans ses bras.

— Exactement.

Lorsque Anna eut disparu avec l'enfant, Elvira et Signe restèrent assises face à face.

— On ne rentre pas ? Tu n'es pas de garde toute la nuit, quand même ?

Signe ignora la question.

— Tu imagines si ça passe… dit-elle. Essaie de te le représenter ! Je veux dire… C'est une proposition de loi faite par le gouvernement, elle a vraiment une chance d'être adoptée !

Elvira s'esclaffa sèchement. Mais la douceur de son expression quand elles avaient joué à cache-cache avec la petite n'avait pas entièrement quitté son visage.

— On peut se le représenter, ça ne coûte rien, répondit-elle d'une voix douce, avant de reprendre son ton habituel. Étant donné l'extrême prudence avec laquelle est mené notre mouvement suédois, il faudra s'estimer heureux si on dépose un bulletin de vote dans une urne avant d'être soi-même dans l'urne.

— Je suis sûre que nous l'obtiendrons de ton vivant. Tu ne me croiras peut-être pas, mais les réformes tranquilles parviennent aussi à changer le monde.

Elvira poussa un grand soupir.

— Il est vrai, reprit Signe, que "réformes tranquilles" ne fait pas partie du vocabulaire d'Elvira.

— J'aimerais seulement que le changement se fasse tout de suite. Maintenant, pas dans cent ans. Ni dans cinq ans, ni dans dix. Je parle souvent de la nécessité de se préparer à une lutte de longue haleine, je le sais bien. Mais c'est maintenant que nous vivons.

Elles gardèrent le silence. Signe leur servit du café et posa un regard méditatif sur Elvira. Hormis sa ride au milieu du front, son visage semblait paisible, lisse. Elle n'avait pas les traits naïfs d'une fillette, elle n'était pas assez féminine pour cela, mais son expression dénotait la jeunesse et la vitalité.

— Parfois, je me demande ce que je ferai quand nous l'aurons obtenu, dit Elvira. J'ai l'impression qu'il faudra attendre ce jour pour que les véritables occasions se présentent.

Signe sirotait son café.

— Je ne connais personne qui sache aussi bien que toi provoquer les occasions, répliqua-t-elle. Quand nous aurons le droit de vote en plus, tes possibilités seront décuplées. J'espère être là pour le voir.

C'était la première fois qu'elle gratifiait Elvira d'un semblant de compliment. Cette dernière n'était pas le genre de femme à encourager les manifestations d'admiration. Elle avait vite fait de balayer ces “bêtises” de son regard perçant. Elle ne devait pas être commode à aimer.

— Tu peux toujours prendre ta retraite, reprit hâtivement Signe. Tu as suffisamment travaillé pour la mériter. T’allonger sur une plage en Espagne avec un bon bouquin.

Comment Elvira allait-elle accueillir pareille proposition ? Elle sourit en s’imaginant dans un coucher de soleil espagnol.

— Plutôt en Angleterre, répondit-elle. De toute façon, même en vacances, je n’arriverai jamais à m’ôter toutes ces injustices de la tête.

— Quel que soit l’endroit où tu poseras ton panier de pique-nique, renchérit Signe, tu y construiras une barricade.

— Exactement comme moi ! s’écria Anna qui était revenue de la chambre d’enfant.

Signe aurait voulu qu’elle reste quelques instants de plus avec la petite, mais elle s’installa à table, face à Elvira.

— Parfois, j’aimerais me retrouver en ville, au centre des événements. J’aurais été au courant de la proposition de loi bien avant, puisque je connais Brita Löfstedt et Gulli Petrini.

Elvira fronça imperceptiblement les sourcils.

— Gulli Petrini ? Comment cela ?

Anna rougit et passa une main sur ses cheveux comme pour détourner l’attention. Signe essayait d’ignorer le combat qui se déroulait sous ses yeux.

— Je l’ai rencontrée lors des événements, l’an dernier. Nous ne nous sommes pas vues depuis, mais nous nous sommes très bien entendues. D’ailleurs, je crois que je vais lui écrire une petite lettre tout à l’heure.

Elvira la dévisagea un peu trop longtemps.

— Bonne idée, répliqua-t-elle calmement.

Signe adressait des sourires à gauche et à droite, comme pour désarmer un ennemi invisible. Puis elle avala le fond de sa tasse de café en deux grosses gorgées.

— Bon, je crois qu’il est temps qu’on y aille.

Le soupir de soulagement d’Elvira fut limpide.

— Excuse-moi, dit-elle en posant sa valise à l’extérieur de la maison d’Anna, mais il y a un problème.

Signe la contempla. Cela ressemblait bien à Elvira de prendre le taureau par les cornes, comme si elle avait à faire à un Arvid

Lindman. Et quel était-il, ce problème, au juste ? Signe eut brusquement un mauvais pressentiment, son cœur rata un battement, sa respiration se fit courte. Lorsqu'il s'agissait d'hommes et de femmes, Elvira et elle étaient semblables.

— Le problème, ce sont ses affabulations. J'ai essayé, mais tu devras te montrer indulgente. La prochaine fois, je t'attendrai chez toi.

Signe ne savait plus quoi dire. Elle resta les bras ballants, sans esquiver le regard d'Elvira, qui lui prit la main et la serra.

— Je sais que tu tiens à elle, je n'irai donc pas plus loin. En revanche, je pourrai bientôt te montrer la vraie nouvelle.

Elle fit un sourire malicieux et se remit en marche.

— Quoi ? demanda Signe en trottinant à ses côtés. Quelle "vraie nouvelle" ?

Elvira s'esclaffa brièvement de sa voix rauque – parmi les expressions d'Elvira, c'était ce qui se rapprochait le plus d'une minauderie. Signe la regarda d'un air méfiant.

— Nous avons obtenu le droit de vote et tu ne voulais pas le dire devant Anna ?

Elvira riait maintenant à gorge déployée. Ses yeux brillaient.

— Ça aurait été quelque chose ! Non, le droit de vote, je te parie mon chapeau que nous ne l'obtiendrons pas avant de longues années.

Signe jeta un coup d'œil amusé au modeste chapeau d'Elvira, qui n'aurait pas hésité une seconde à l'échanger contre le droit de vote.

Elvira se mit à fouiller dans sa petite valise et, triomphante, brandit la "nouvelle".

— Le premier numéro !

52

Un bref coup d'œil au secrétaire suffit à Erik pour remarquer des détails qui avaient échappé à Hanna. Le commissaire-priseur s'accroupit. Il allait encore avoir du mal à se relever.

— On a enlevé les ferronneries d'origine et on les a remplacées par ça, dit-il pour commencer. Les boutons sont plus récents que le reste du meuble, mais il y a mieux. Regarde !

Il désigna de petites marques.

— Signes de maltraitance, philosopha-t-il, ou… bel exemple de vie…

Hanna examina d'un air sceptique les petites égratignures sur le bois. Un "exemple de vie" ? Mystère.

— Ce n'est quand même pas de la maltraitance de changer des boutons. Les anciens ont dû se casser.

— Je crois qu'il y avait d'autres ferronneries, ici. Qu'on a revendues ou réutilisées ailleurs et remplacées par celles-ci, nouvelles et bon marché.

Hanna contemplait les boutons en bois et les planches qui les entouraient sans en tirer la moindre information pertinente.

— Il est vide, au cas où tu te poserais la question.

— Ah bon ? Même pas un peu de bric-à-brac ?

Elle secoua la tête, satisfaite d'être celle qui l'annonçait.

— Seulement du papier ciré.

Il haussa les sourcils et se releva péniblement. Puis il ouvrit le tiroir du haut.

— Tu ne me crois pas ?

— C'est du beau papier, ça ! Années 1940.

Elle eut un sourire résigné. Comme il fallait s'y attendre, il s'intéressait même au papier. Bientôt, il analyserait le pliage dans les coins et le scotch qui tenait le tout en place. Erik passa consciencieusement la main sur le papier.

— Je ne crois pas qu'on ait caché quelque chose là-dessous, malheureusement.

— Ça se faisait ?

Il eut un rire grinçant un peu gêné.

— Non, mais je me disais que cette fois, peut-être, on l'avait fait.

Elle lui lança un regard en coin et se permit un sourire à la dérobée. Il essayait de le cacher, mais il croyait que la commode recelait quelque chose.

— On n'a qu'à enlever le papier.

Erik fit une grimace.

— Oui, on pourrait. Mais ce papier ne nous appartient pas. Et si tu passes la main dessus, je suis sûr que tu sentiras une petite irrégularité.

Hanna soupira. Le papier n'était fixé que par quatre bouts de scotch. Elle n'allait pas attendre l'autorisation d'Erik pour l'ôter. D'ailleurs, c'était elle qui avait ouvert la porte de la maison, pas lui. Elle détacha le papier ciré avec une infinie précaution et le souleva. En dessous, pas un grain de poussière. Elle referma le tiroir avec un soupir.

— Je te laisse t'extasier tout seul sur cette commode. Tu as trouvé quelque chose dans la cuisine ?

— Rien qu'une cuisinière à bois. Avec un peu de tirage, elle fonctionnerait sûrement très bien. Mais on ne le devinerait pas au premier coup d'œil !

— Parfait, alors on sait où on pourra s'installer quand le monde sera anéanti. Je parlais d'Elvira, bien sûr !

Erik examinait le secrétaire. Manifestement, il n'avait pas encore compris que le meuble avait désormais peu d'importance.

— Si tu t'intéressais un peu plus aux vieilles choses, dit-il, les yeux rivés sur les petits tiroirs, je te dirais que ce secrétaire date sans doute du milieu du XIXe siècle.

— Ah ?

— Et si tu t'intéressais un peu plus au XIXe siècle, poursuivit-il après une longue pause théâtrale, tu te souviendrais que c'était l'âge d'or des doubles fonds et des compartiments secrets. Mais dans l'état actuel des choses…

Hanna envisagea de le traiter de vieux con. Avec amour, bien sûr.

— Et où il est, ce fameux compartiment ?

— S'il y en a un, ma petite Hanna. Jusqu'ici, il ne s'agit que d'une hypothèse.

Elle leva les yeux au ciel.

— Et où faut-il chercher, mon petit Erik ?

Il faillit dire quelque chose, mais éclata d'un rire crissant.

— "Mon petit Erik" ! dit-il, hilare, en ouvrant sans hâte, d'un geste lent et appliqué, les tiroirs de la moitié supérieure du meuble.

L'un après l'autre, il les déposa sur la tablette. Ils étaient tous de la même profondeur. Sauf un.

— Regarde, grogna-t-il. Tu veux jeter un coup d'œil ?

Hanna se pencha en avant et regarda dans l'ouverture béante du tiroir dissemblable. D'abord, elle ne remarqua rien. Après quelques secondes, elle distingua quelque chose, ou plutôt, un vide. Elle regarda Erik.

— Il y a une espèce de trou, à peu près de cette taille.

Elle fit un geste du pouce et de l'index. Erik hocha impérieusement la tête vers l'orifice.

— J'ai rarement vu un chercheur de trésor d'aussi mauvaise volonté, marmonna-t-il quand elle refusa d'enfoncer le doigt dans le trou.

Il pouvait y avoir n'importe quoi là-dedans, pourquoi pas des rats ?

— Tant mieux pour moi, grogna-t-il.

Hanna regretta un peu sa réticence. Erik sortit l'objet caché : une boîte d'environ vingt centimètres sur vingt-cinq, faite du même bois que le meuble. Mais contrairement aux tiroirs, celle-ci était remplie à ras bord.

— Merde ! laissa échapper Hanna.

Soudain solennel, Erik contemplait la boîte.

— La plus belle trouvaille qu'on puisse faire, dit-il avec un sourire béat.

S'il avait su glousser, il l'aurait fait.

— Sauf de l'or, peut-être, ajouta Hanna.

Il secoua fermement la tête.

— Non. De l'or, ce n'est jamais que de l'or. Des lettres, ce sont des vies et des âmes.

53

— Tu ne peux pas imaginer le travail qu'il a fallu pour que ce journal soit imprimé, ni le nombre de gens qui y ont participé !

Elvira avait les joues rouges, ce qui ne lui arrivait pas si souvent, malgré son militantisme enflammé. Elle regardait amoureusement les pages imprimées.

— Lis donc quelque chose ! L'éditorial, par exemple, "À nos lecteurs". Il explique tout. Ou bien "Notre cause et nous". Enfin, tu connais déjà la raison d'être de ce journal. Je te l'ai expliquée, tu t'en souviens peut-être.

Devant tant d'exaltation, Signe sourit, amusée de voir Elvira douter de sa mémoire à court terme. Celle-ci ouvrit le journal, enthousiaste, et se mit à lire.

— Voici une analyse des prochaines élections, écoute ! "En outre, nous avons la majorité dans la deuxième chambre. Nous l'avons déjà obtenue auparavant, en 1909 et en 1911, mais en 1911, elle n'était que de cent vingt voix contre quatre-vingt-douze ; cette fois-ci, elle devrait représenter les deux tiers ou les trois quarts de la chambre. Elle deviendra ainsi déterminante. Dans la première chambre, en revanche, nous n'avons pas la majorité. Nous ne l'avons jamais eue, mais il nous est désormais permis d'espérer une minorité autrement plus importante que lors des précédents suffrages."

Elvira fit un sourire ironique.

— Qu'est-ce que tu en dis ? Il nous est désormais permis d'espérer une plus grosse minorité. Cela en dit long sur la mentalité en Su…

—… en Suède, l'interrompit Signe en riant. Oui, je sais, mais quelle majorité n'a pas été minorité à ses débuts ?

Après un long silence, Elvira répondit en regardant Signe droit dans les yeux :

— Les femmes.

Elles éclatèrent toutes deux de rire. Signe prit le journal et en parcourut quelques pages.

— Il a l'air tellement professionnel, tellement… réel !

Elvira mit les points sur les *i* :

— Il n'en a pas que l'air ! Il *est* professionnel !

Signe se sentit un peu gênée. Elles avaient si souvent parlé de la façon dont les hommes considéraient le professionnalisme d'une femme comme un simple passe-temps vaguement attendrissant…

— Et où est ta contribution ? Je ne vois aucune signature en bas des articles.

— L'auteur n'a pas d'importance. C'est notre parole à toutes. Mais jette un coup d'œil à la page suivante, les grandes oratrices y ont signé leurs papiers. Gulli Petrini va nous écrire une série d'articles et, dans ce numéro, nous avons même un texte inédit d'Ellen Key ! Je ne suis pas toujours d'accord avec elle, comme tu le sais, mais je trouve qu'elle s'exprime avec beaucoup d'intelligence sur la nécessité de penser non seulement la manière de gagner le pouvoir, mais aussi l'exercice que nous en ferons ensuite.

"Anna, songea Signe, aurait immédiatement indiqué les articles auxquels elle avait contribué, ne fût-ce qu'en y faisant des corrections typographiques." Signe tourna les pages et se mit à lire les brèves.

— À Göteborg, on prépare une conférence sur le statut juridique de la femme dans différents pays, remarqua-t-elle. Intéressant, tu ne trouves pas ? Je veux dire pour notre petite association locale. Nous devrions être plus actives.

Elvira acquiesça.

— Nous arriverons peut-être à éveiller plus de vocations au printemps. Alors, je ne viendrai pas seulement pour profiter de ton hospitalité, mais aussi pour parler.

— Oui… Si seulement j'avais ne fût-ce que la moitié de ton éloquence…

— Ne me flatte pas inutilement. Tu es une excellente oratrice. De toute façon, bien souvent, les gens sont plus impressionnés par un conférencier qui vient de loin. Par exemple, prends un artiste qui aurait fait le voyage depuis la lointaine Italie… Il est forcément plus intéressant que des jeunes gens du coin qu'on connaît depuis l'enfance, non ?

La comparaison fit s'esclaffer Signe. Quelques lignes plus bas, son attention fut attirée par un entrefilet. Elle redevint grave.

— "L'un des plus anciens membres de l'Association pour le droit de vote des femmes de Stenstorp…" Tu as lu ça ? "L'un des plus anciens membres de l'Association pour le droit de vote des femmes de Stenstorp, Mme C. W. Klingström, née Keil, est décédée à Stenstorp le 8 février, à l'âge vénérable de quatre-vingt-dix ans. Mme Klingström, qui était membre de l'Association de Stenstorp depuis sa fondation, a, jusqu'à la fin, milité avec la même ardeur en faveur du droit de vote."

Elvira hocha la tête, pensive.

— Cela me fait frémir.

— Quatre-vingt-dix ans…, répéta Signe.

— De ce point de vue là, sa mort n'est pas excessivement tragique, dit Elvira. Elle a eu une longue vie et elle est restée en assez bonne santé pour pouvoir militer jusqu'à la fin. Mais c'est bien malheureux qu'elle…

—… qu'elle ne puisse pas goûter aux fruits de sa lutte, continua Signe. C'est affreux. Elle a dû naître en… 1822. Avec toutes les injustices qu'elle a subies, elle a dû passer un temps fou à y réfléchir. Et là, enfin, enfin une lueur au bout du tunnel.

— Oui, dit Elvira. Il ne faut pas non plus oublier toutes celles qui ont lutté avant nous. Sans elles, nous n'en serions pas là. Toi, par exemple, tu n'aurais pas le droit de travailler comme maîtresse d'école. La lutte est longue avant d'obtenir quelque chose.

— Tout cela grâce à Mme Klingström et ses semblables. Cela me donne la chair de poule. Regarde mon bras !

Signe remonta sa manche et montra ses poils hérissés. Elvira posa la main sur son avant-bras et dévisagea Signe d'un air insondable. Pensait-elle encore au destin de la vieille femme ? La profonde émotion suscitée par la vie et la mort de Mme Klingström rendit plus intense encore la sensation de la paume d'Elvira sur la peau de Signe. Signe conclut sa lecture :

— "À l'occasion de son enterrement, l'Association pour le droit de vote des femmes a fait don d'une couronne de fleurs ornée d'un ruban aux couleurs du droit de vote." Ils ont bien fait, je trouve. Je peux t'acheter le journal ?

Elvira secoua la tête.

— Prends-le. Ce premier numéro est bien peu de chose en compensation du logis et du couvert que tu m'offres depuis tant d'années.

— En général, tu apportes des vivres. Quant au logis, franchement…

Signe avait envie de lui dire que même quand le droit de vote serait adopté, elle ne voudrait pas se passer de sa compagnie, mais cela aurait pu passer pour une tentative de séduction. Elle ne parvint pas à terminer sa phrase.

— Tout le plaisir est pour moi, conclut-elle finalement en se levant. Je vais faire une place d'honneur à ce premier numéro dans mon secrétaire et ménager un espace pour les suivants. Mais j'insiste pour les payer. Soixante-quinze centimes, comme on le fait remarquer dans le journal, c'est abordable, même pour une maîtresse d'école.

— On verra, dit Elvira sur un ton taquin.

Signe sentit le regard d'Elvira dans son dos alors qu'elle rangeait le journal. Elle n'était pas sûre de ce qu'elle éprouvait, peut-être simplement que quelque chose les rapprochait, que sur un point au moins, elles se ressemblaient.

— N'oublie pas de lire l'article sur notre statut dans le monde, lui dit Elvira depuis la pièce à côté. C'est de loin le plus intéressant.

Signe se retourna.

— Tu penses bien que je ne raterai pas un mot de ce journal ! La presse nationale est si frustrante… Pas une ligne sur le droit de vote ! Et me voici en possession d'un journal entier qui ne parle que de cela !

Le visage d'Elvira s'éclaira.

— C'est exactement ce que je ressens aussi.

Elle se moqua ensuite du secrétaire de Signe, où du tissu de rapiéçage côtoyait des cahiers, des carnets de notes et des coupures de presse en petit tas ordonnés – un bric-à-brac insolite aux yeux d'Elvira. D'ailleurs, Signe gardait généralement son secrétaire fermé.

— Laisse-moi deviner… Tu raccommodes des pantalons en prenant des notes, en lisant le journal et en corrigeant les copies des enfants ?

— C'est à peu près cela. Pour exercer le métier de maîtresse d'école, mieux vaut être polyvalente.

Elvira caressa distraitement la ferronnerie d'un petit tiroir.

— Je commence à comprendre à quel point.

Soudain, Signe se souvint d'un commentaire d'Anna sur le pénible travail des maîtresses d'école, et l'admiration qu'elle éprouvait pour ceux et celles qui prenaient la responsabilité d'éduquer l'humanité à venir. Pour une raison obscure, les paroles d'Elvira lui semblaient plus lourdes de sens. Peut-être parce que Elvira était là, tout bêtement.

— J'ai encore une chose à te dire, ajouta Elvira en s'appuyant sur le secrétaire.

Son visage ne laissait rien paraître. Depuis quand Signe s'était-elle mise à sonder les expressions d'Elvira ? Depuis six mois ? Pas beaucoup plus, en tout cas… Elvira respira profondément.

— C'est ridicule, ricana-t-elle, avec une gêne qui ne lui ressemblait pas.

— Quoi ? Qu'y a-t-il ? Ne crains rien, parle.

Elvira examina les ferronneries en argent du secrétaire, comme pour faire durer sa propre souffrance. Puis elle sourit légèrement.

— Je me disais que tu aimerais peut-être me voir en photographie.

Signe rit – de soulagement et de curiosité, de déception et de surprise…

— Tu t'es fait photographier ? Elvira ! Qu'est-ce que tu me caches, encore ? Montre !

Elvira eut l'air de se réjouir de la réaction de Signe. D'ailleurs, maintenant qu'elle avait dévoilé l'événement, elle avait bien envie de raconter toute l'histoire.

— Toute l'équipe de la rédaction a été envoyée chez un photographe, au cas où d'autres journaux voudraient faire état de la publication. Tu sais combien les dirigeantes sont à cheval sur l'image représentative que donnent les adhérentes…

Signe acquiesça, amusée.

— Cela a été un véritable défi pour le photographe et ses assistants de me faire paraître suffisamment féminine.

Elvira émit un ricanement rauque en fouillant dans sa valise.

— Penses-y quand tu regarderas la photographie. Ils m'ont suppliée d'avoir l'air un peu, juste un tout petit peu plus douce et charmante. À la fin, ils m'ont conseillé de prendre la pose de la Vierge Marie telle qu'on la voit en peinture à l'église. J'avoue que j'ai été assez étonnée du résultat.

Elle sortit de la valise le précieux carton entouré de papier de soie et le tendit à Signe, qui le déplia doucement, comme si elle écartait le voile d'une mariée. Signe ne savait vraiment pas à quoi s'attendre. Elle reconnut immédiatement Elvira sur la photographie. Le regard un peu plus clément que d'habitude, peut-être. Le contour de la joue et des sourcils un peu plus tendre. Signe les devinait sous ses doigts. Elle resta silencieuse. Elvira finit par conclure :

— Mais je me suis bien amusée.

— Ce portrait est formidable. Il est représentatif de toi et du mouvement tout entier. Et tu y es très belle.

Le rire rauque d'Elvira lui indiqua combien celle-ci accordait d'importance à sa réaction. La militante représentative reprit sa photo et la rangea.

— Si tu es sage, je te la montrerai encore avant mon départ, dit-elle sur un ton insondable.

Pour qui eût voulu le sonder.

54

Les lettres étaient illisibles. Couvertes de grosses taches qui avaient, par endroits, dilué l'encre d'une écriture indéchiffrable, elles étaient rassemblées en petites liasses entourées de rubans rouges qui avaient, eux aussi, déteint sur le papier. Erik s'était montré sceptique à l'idée de les détacher. Ils avaient donc commencé par décoder les parties visibles.

Après plusieurs minutes d'efforts pour déchiffrer l'en-tête de la première lettre, Hanna s'exclama sur un ton résigné :

— Sympa ! Vraiment sympa d'avoir tout consigné par écrit, surtout dans un charabia illisible !

— Hum… dit Erik. “Très chère…” “Très chère Anna…”

Possible. Mais cela pouvait être autre chose. “Trésorier”, “Chancelier”.

— Bon, dit Hanna âprement. Et après ?

— Tu sais lire, non ?

— Ne te moque pas de moi. Je n'étais pas née au temps des Vikings, quand on écrivait comme ça, rétorqua-t-elle, satisfaite de sa référence à l'écriture runique.

Mais Erik ne comprit pas la blague.

— On écrivait avec des runes, au temps des Vikings, non ?

— Mais oui ! Évidemment !

Son indulgence envers Erik s'émoussait. Elle n'était plus aussi jouissive. On lui demandait de traduire des grumeaux d'encre dans une cabane perdue au milieu de la forêt et, par-dessus le marché, on se moquait de sa capacité à lire ! Marmonnant, Erik s'éloigna sur le plancher grinçant et se rendit à la cuisine. Hanna fixa la feuille des yeux et tenta de trouver une logique à ces gribouillis. Si un *T* majuscule ressemblait à un *I* tarabiscoté, et si un *r* minuscule n'était plus qu'une petite bosse sur la ligne… Si le trait du *t* minuscule atterrissait en l'air, et si les accents sur les *e* formaient tous de grandes courbes… Elle défit le ruban. En appliquant systématiquement les règles qu'elle avait déduites, après quelques lignes, la lecture devenait plus fluide.

— "Très chère Anna, Merci pour ta merveilleuse lettre. Ici, le soleil gagne un peu de hauteur tous les jours et… truc truc… lors de ta visite."

Progressivement, elle se sentit gagnée par une paisible euphorie. Elle les déchiffrait, ces gribouillis illisibles ! Et peu à peu, il en sortait une tranche de vie. Une vie apparemment ordinaire, mais tout de même… Serrant la lettre entre le pouce et l'index, elle se rendit au pas de charge à la cuisine, où Erik était sans doute allé bouder.

— Tu arrives à point, dit Erik, de très bonne humeur. Je me disais justement que tu devais avoir faim.

Sur la table, il avait disposé deux gobelets en plastique, un thermos et deux doubles sandwichs posés sur leurs sachets en plastique. Heureusement qu'il ne les avait pas mis directement sur cette vieille table dégoûtante…

— Il vaut mieux poser les sandwichs sur les sachets en plastique pour protéger la table, dit-il. Ce serait dommage de l'abîmer en la tachant de gras ou de café.

Hanna se servit du café.

— Enfin, elle a dû être assez souvent tachée, reprit Erik en tendant trois sucres à Hanna. D'ailleurs, voilà une question existentielle pour ceux qui aiment les anciens objets du quotidien. Faut-il les garder intacts ou les utiliser ?

En prenant une bouchée de son sandwich, Hanna se rendit compte qu'elle était affamée.

— Les remplacer, dit-elle pour embêter Erik.

— Tu as raison, c'est ce qu'on fait trop souvent.

Il la regarda avec un sourire taquin. Mais peut-être avait-il tellement fait marcher les gens dans sa vie que cette grimace était devenue son sourire standard. Hanna désigna la feuille de papier.

— Elle parle de la mère d'Anna qui a été malade. Apparemment, Anna lui a rendu visite.

Erik ne sembla pas surpris qu'elle ait dénoué le ruban et déchiffré par effraction la première lettre. Peut-être s'y attendait-il.

— Elle est de Signe. En tout cas, je crois que c'est signé "Signe". Tu n'as qu'à jeter un coup d'œil. La suivante est adressée à Anna, comme la première.

— Voilà une colle, dit Erik. Si les lettres ne sont pas pour Signe mais de Signe, qu'est-ce qu'elles font ici ?

Hanna haussa les épaules. Elle n'y avait pas pensé, mais il avait raison. Pour quelle raison des liasses de lettres reviennent-elles à leur auteur ?

— Elle ne les a peut-être jamais envoyées. Dans ce cas, elle a beaucoup d'imagination, parce qu'elle paraît vraiment répondre à une correspondante. Anna est peut-être morte. Dans ce cas, elle aurait pu les récupérer.

— Oui, c'est ce que je me disais. On verra si c'est mentionné quelque part dans la correspondance.

Hanna engouffra le reste de son sandwich et mâcha consciencieusement.

— Il va falloir une éternité pour les déchiffrer. Son écriture n'est pas des plus lisibles, comme tu l'auras remarqué.

— Si tu n'y arrives pas, je peux le faire, bien sûr, répliqua Erik sans sourciller.

Hanna lui asséna un regard qu'elle espérait assassin.

— Je suis en vacances.

Il leur fallut environ deux heures pour décrypter les premières lettres. Selon Erik lui-même, l'écriture de l'auteur rendait la mission difficile, certes, mais le pire, c'était tout de même les grosses taches qui bavaient. De plus, il commençait à faire sombre, à l'intérieur comme à l'extérieur.

— Si on y réfléchit bien, ces lettres ne sont pas à nous, dit Erik.

Sourcils froncés, il contemplait les liasses enrubannées qu'il leur restait à lire dans le petit tiroir.

— On n'a pas besoin d'y réfléchir tant que ça. Si elles ne nous appartiennent pas, à qui sont-elles ? Elles datent de 1906. Il y a peu de chances que l'auteur revendique son droit de propriété.

Hanna jeta des coups d'œil à gauche et à droite, à la dérobée, comme si elle venait de défier des puissances invisibles. Un réflexe qui ne fit qu'augmenter sa frousse.

— Alors, à qui sont-elles, en fin de compte ? demanda-t-elle encore, haut et fort.

— Étant donné l'état de la maison, si propriétaire il y a, il n'est pas très curieux de savoir ce qu'elles deviennent, répondit Erik. Les logements prévus pour les maîtresses et les maîtres d'école étaient la propriété de la paroisse ou de la commune. Je ne crois pas que quelqu'un ait hérité de la maison proprement dite.

— Des héritiers ont peut-être vendu les ferronneries et laissé le meuble.

— C'est vrai, dit Erik. Les gens ne veulent plus de meubles lourds, de nos jours. C'est un peu bizarre, d'ailleurs, parce que, dans ce pays, on dispose aujourd'hui de plus de grues que lorsque tous ces robustes ouvrages ont été fabriqués.

— Alors ?

— Alors quoi ?

— On peut peut-être les emprunter…

— Ben, les emprunter…

— Si personne ne s'en soucie depuis plus de cinquante ans, on peut supposer que personne ne va le faire maintenant… En tout cas, pas avant qu'on ait eu le temps de les remettre en place.

Le vieux était d'une droiture consternante. Il avait bien lui-même volé les lunettes d'une vieille dame défunte, non ? Un argument de choc en cas de besoin.

— On peut envisager les choses de la manière suivante, grogna-t-il. Celui que ces lettres pourraient éventuellement intéresser ne le saura que si nous, en les lisant, nous dévoilons son identité.

— Finalement, ce serait donc une bonne action de les emporter.

— C'est un point de vue.

Elle se retint le lever les yeux au ciel.

— Eh bien, adoptons-le.

Ils quittèrent la maison, Hanna emportant sous le bras le robuste tiroir, Erik le sac en plastique avec les restes de leur casse-croûte. Dehors, Erik tourna soigneusement la clef dans la serrure et la replaça sous la pierre. Les fenêtres brisées par lesquelles, la veille, ils avaient passé la tête pour mieux voir les regardèrent à nouveau, béantes. Des monceaux de crasse et d'aiguilles de pin jonchaient toujours les cadres des fenêtres. Les contours de la maisonnette semblaient se mêler aux ombres jetées par les arbres, alors que l'obscurité gagnait les bois. Hanna se retourna. C'était presque comme s'ils n'avaient jamais été là.

55

La Saint-Jean était un jour spécial. Cela faisait six ans qu'elle avait entendu le rire d'Anna pour la première fois, sur fond d'accordéon et de valets de ferme éméchés. Elle ne se souvenait plus si c'était exactement ce jour-là qu'elles étaient allées en forêt et qu'elle lui avait montré son arbre. Si c'était le même jour qu'elles étaient restées sous la pluie, leurs regards plongés l'un dans l'autre, le même jour que les doigts d'Anna lui avaient fait passer des messages secrets. Mais tous ces souvenirs, qui formaient une tresse maladroite, lui réchauffaient le cœur chaque fois qu'elle voyait se dresser le mât fleuri de la Saint-Jean et se déployer les plaids dans le pré. Elle se demandait si Anna éprouvait la même chose ou si tout cela n'existait que dans le reflet joyeux de ses yeux.

D'autres enfants couraient à présent à sa rencontre, lui demandaient de s'asseoir un moment avec eux et de partager leur casse-croûte. Ceux qui étaient dans les classes supérieures à l'époque où elle avait connu Anna avaient atteint l'indomptable printemps de leur vie, se cambrant pour mieux faire ressortir des renflements qu'ils ne possédaient pas auparavant, jouant du regard entre eux comme le faisait autrefois la cousine de Hedvig sur la piste de danse. Cette dernière, d'ailleurs, avait à présent vingt-deux ans, et ceux qui connaissaient le médecin savaient que dans son ventre s'agitaient non pas deux, mais quatre petits pieds. Comme le temps passait vite…

Signe déclina les invitations des enfants à s'asseoir sur leurs plaids. Elle les salua tour à tour au gré de sa promenade, accordant à chacun un regard tendre avant de retourner aux côtés de la petite Signe. C'était sa première fête de la Saint-Jean. Signe et Anna le constatèrent ensemble en souriant. Elles l'assirent par terre et arrangèrent sa robe. La petite Signe avait récemment trouvé le moyen de ramper, ce qui s'avérait très efficace pour se déplacer, mais moins heureux pour ses habits. L'heure de son repas était venue. Signe la prit sur ses genoux et Anna lui donna à manger à la petite cuiller.

— C'est comme si nous formions une famille, gloussa Anna.

Ses yeux lançaient des éclats de soleil. Comme pour confirmer, la petite Signe étala de la compote de prunes sur la jupe de Signe.

Une famille comme les autres, sur son plaid… – même si le rêve fou d'un monde différent poursuivait Signe. À l'autre bout du pré, Anders répétait avec les musiciens. Anna lui avait juré amour et fidélité devant Dieu et les paroissiens rassemblés de Tierp, mais on aurait quasiment pu en faire abstraction. Riant aux éclats, la petite se tordait dans les bras de Signe.

— Voilà qu'elle essaie encore de nous fausser compagnie ! Tu sais, je crois que je ne vais plus lui acheter que des habits verts. Comme ça, les taches d'herbe ne se verront pas.

Elle tourna la petite vers elle.

— C'est ce que tu veux ? Des habits tout verts et tout marrons que tu pourras salir à volonté ?

La petite lui fit un grand sourire, comme si elle venait de lui dire quelque chose de parfaitement hilarant. Elle l'embrassa sur les deux joues. Cette grimace joyeuse qui dévoilait quatre petites dents de lait était si adorable.

— En parlant de fausser compagnie, dit Anna, tu veux que je prenne la petite pendant que tu vas faire un tour sur la piste de danse ? Après, nous n'aurons qu'à nous relayer.

Signe jeta un coup d'œil à la piste. Les danses des adultes y remplaçaient peu à peu les rondes des enfants. Toujours les mêmes couples mariés, et une nouvelle jeunesse qui avait passé le cap. Des jeunes filles rejetant la tête en arrière et lançant des regards d'une éloquence mesurée, des mains d'hommes qui restaient docilement là où l'exigeait la danse, ou qui provoquaient gloussements et outrages feints lorsqu'elles prenaient de rares libertés. Ce territoire n'était pas celui de Signe, elle s'y sentait étrangère.

— Vas-y, toi, dit-elle généreusement.

“Tu crois vraiment que c'est pour toi, ce qui se passe là-bas ? aurait-elle voulu demander à Anna. Il ne te vient pas à l'esprit de m'inviter à danser, moi ? Tu ne te rends pas compte que leurs jeux sont différents ? Que leurs attouchements, que leurs regards sont artificiels, alors que ce que nous partageons est sincère ?" Mais Anna foulait déjà le pré à pas légers.

— Toi, au moins, tu me comprends, dit Signe à la petite sur un ton babillant.

La petite gazouilla en retour. Signe la prit dans ses bras et se leva.

— Tout à fait d'accord, dit Signe. C'est joli, c'est vrai. Ce ciel tout rose... L'hiver prochain, nous nous en souviendrons toutes les deux.

Tenant la petite contre elle, elle partit en flânant, berçant l'enfant qui ne semblait avoir nulle intention de dormir. "Liuliuliuliuliu" était son nouveau mot préféré. Elle s'entraînait à le prononcer tout contre la joue de Signe.

— L'espoir revient, reprit Signe. Tous les ans, c'est la même chose, tu verras. L'été, on oublie la dureté de l'hiver et du printemps. C'est une grande consolation pour l'humanité.

Ses paroles lui semblèrent exagérément noires. Un hiver vraiment dur, se dit-elle, apportait la famine, la maladie, la mort ou le renvoi. La plus grande difficulté qu'elle avait éprouvée avait été de trouver sa place, ou peut-être plutôt de l'accepter. Et elle avait commis l'erreur d'essayer de tenir une grande réunion sur le droit de vote au moment même où la nouvelle du naufrage était parvenue à Tierp.

— Là, on peut parler d'hiver rude, dit-elle en berçant l'enfant. Pour ceux qui avaient des êtres chers sur le bateau. Pour nous, il ne s'agissait que d'un revers. Personne ne voulait discuter droit de vote à ce moment-là. "Luttons pour nos droits !" fit-elle, imitant les oratrices à la réunion. "Il paraît que tout le monde a survécu", chuchota-t-elle à la manière des participants, dans la salle. "Non, il paraît que tout le monde est mort. Ça se prononce *Titanic*. Non, *Taïtanic*. C'est de l'anglais !"

Elle poussa un profond soupir et caressa la joue de la petite.

— Même une Brita Löfstedt ne peut enflammer une foule qui vient d'apprendre une telle nouvelle. Je crois qu'elle n'a pas été contente, pas toi ? Enfin, ce n'était pas sa faute. Et quand la première chambre a rejeté la proposition de loi sur le droit de vote, ça a été un coup dur, mais on s'y attendait.

La petite semblait endormie. Elle répondit pourtant :

— Liuliuliu.

Signe sourit et répliqua :

— Liuliu toi-même.

Elles étaient arrivées à la piste de danse. Des odeurs d'herbe, de sueur et de bière flottaient dans l'air. Les vieux couples côtoyaient ceux qui s'étaient formés au fil de la soirée. Tous dansaient avec ardeur une jolie valse. Les semelles battaient le plancher en cadence, au son de l'accordéon et des nyckelharpas. Il n'y avait qu'un accordéon, car Anders n'était pas sur l'estrade. Lorsque Signe l'aperçut sur la piste, elle reconnut aussi Anna.

— Liuliuliu, fit la voix de la petite Signe somnolente, plus proche d'elle que les danses et les violons.

Ils étaient serrés l'un contre l'autre : Anders, qui avait reçu la main d'Anna devant Dieu, et Anna, qui la lui avait donnée. Anna ne cessa pas de sourire quand elle vit Signe, que le spectacle fit déglutir. Non, si le printemps avait voulu qu'elle trouve sa place, il avait décidément échoué. Anders posa la main sur le dos d'Anna et la conduisit à la lisière de la piste. Il n'avait pas vu Signe, c'était sûr.

Derrière les musiciens, d'autres couples étaient assis sur l'herbe. Une ancienne élève de Signe et un garçon qui, si elle ne se trompait pas, travaillait comme valet de ferme chez Björk : déjà fiancés, ils semblaient ne pas se lasser de leurs sourires. Plus loin, un autre couple se serrait. Dieu merci, on distinguait à peine ce qu'ils fabriquaient. Mais Anders et Anna, eux, étaient bien visibles, tout proches, les grandes mains d'Anders tendrement posées sur le dos et la nuque d'Anna. Il lui dit quelque chose à l'oreille, impossible à entendre, et se pencha vers sa bouche.

La Saint-Jean était un jour spécial. Signe ne parvint pas à détourner le regard quand les lèvres d'Anders rencontrèrent celles d'Anna dans la nuit d'été. Anders avait fermé les yeux, mais ceux d'Anna étaient bien ouverts. Et ils regardaient Signe. Chaque fois qu'Anders l'embrassait, elle cherchait Signe du coin de l'œil, non pas comme quand on épie à la dérobée, mais comme un être qui se languit. Signe en eut le souffle coupé. Elle serrait l'enfant qui respirait calmement, en cadence, contre son épaule. Et elle suivait fébrilement Anna des yeux, retenant son regard comme s'il n'allait pas la faire souffrir. À la fin de la valse, lorsque les musiciens entonnèrent une scottish et qu'Anders lâcha la taille d'Anna, Signe put enfin reprendre son souffle.

— Elle dort ? Formidable ! s'exclama Anna. Il faut que nous la ramenions à la maison, maintenant.

Signe ne parvint pas à prononcer une seule syllabe. La chaleur de la petite disparut quand Anna la prit dans ses bras. La musique était assourdissante.

Il lui fallut encore deux danses pour déterminer comment appréhender cette nuit de la Saint-Jean. Peu lui importait ce que l'entourage pouvait penser de la maîtresse d'école esseulée, contemplant les couples amoureux de la soirée. Ses interrogations étaient autrement plus vastes, et leur formulation autrement plus délicate. Ce fut au bout du compte une belle soirée.

Elle avait laissé ses belles chaussures chez elle. Quand une paroisse entière s'apprête à piétiner une même petite parcelle de pré, c'est ce qu'il y a de mieux à faire. Elle tourna le dos aux musiciens et aux couples folâtres et inspira un bol d'air frais encore vierge d'haleines et de sueur. Quelqu'un lui cria quelque chose au moment où elle s'éloignait. Personne, sinon, ne semblait avoir remarqué sa présence.

En foulant une herbe encore souple, un peu plus loin, elle repensa au regard d'Anna. Cette fougue qui les avait traversées de part en part pendant qu'Anders dévorait les lèvres d'Anna, l'esprit d'Anna aux côtés de Signe. Les murmures, les lettres, les baisers, tout ce qu'elles faisaient en catimini, et qui découlait néanmoins de sentiments sincères. "*À mon réveil, je pense à toi*, disaient les lettres. *Je me rappelle la douceur de ta présence à mes côtés.*" Elle avait relu ces lignes des centaines de fois, elle les connaissait par cœur. En classe, il fallait qu'elle fasse un effort pour se souvenir des paroles du psaume *Ton soleil éclatant* tellement ces lignes la hantaient. Peut-être les choses avaient-elles réellement avancé entre elles, peut-être ne lui restait-il plus qu'à trouver sa place. Elles avaient vécu l'amour, la trahison, le pardon, le respect et la compréhension. C'était beau. Beau comme un diamant taillé dont la pointe s'enfonçait dans son cœur quand celui-ci essayait de battre.

Elle arriva épuisée. Il ne lui restait qu'un peu de forces dans les jambes. Elle posa une main sur le tronc de son arbre, sur cette surface lisse et grise qui lui semblait toujours bienveillante, et posa l'autre main à côté, comme ce jour où elle avait effleuré les doigts d'Anna, au début de leur histoire. Dorénavant, elle pouvait faire bien plus que l'effleurer, tant qu'on ne les voyait pas. Mais Anna pouvait chasser de son sourire radieux tous les soucis de Signe, l'étouffer de baisers, souhaiter ardemment que revienne le temps où elles s'endormaient dans les bras l'une de l'autre, cela ne changerait rien. Signe se retrouverait toujours seule sous son arbre. Elle l'entoura de ses bras et le sentit fort, inébranlable, unique. Son cœur battit contre l'écorce robuste et bienveillante jusqu'à ce qu'elle retrouve une respiration normale, les pieds à nouveau sur terre.

56

Elle eut l'impression de rentrer chez elle par effraction. Pourquoi ? Elle n'en savait rien. Peut-être espérait-elle y trouver Johan. Ou parce que l'effraction était devenue une habitude, ces derniers temps. Elle enfonça silencieusement la clef dans la serrure, avança à pas de loup dans le couloir, étudia les paires de chaussures sur le tapis et souffla en constatant qu'elle était seule chez elle.

Puis elle sortit du linge propre : cinq culottes, cinq hauts, quelques paires de chaussettes et un jean. Elle prit la clef du grenier et alla y chercher des bottes en caoutchouc offertes par un ex qui pensait qu'un peu de camping lui ferait du bien. Elle n'oublia pas de replacer la clef dans l'appartement en redescendant.

Sur le point de sortir, elle s'immobilisa. Après quelques secondes de réflexion, elle retourna dans la cuisine, attrapa un post-it et écrivit quelques lignes à Johan. Juste pour qu'il ne s'inquiète pas.

Enfin, il ne l'avait pas appelée, songea-t-elle en reprenant place dans la voiture. Manifestement, il ne s'était pas demandé ce qu'elle fabriquait. Brusquement, elle regrettait cette folie. Trop tard : ils étaient déjà en route pour la maison d'Erik à Kalmar.

— À la maison, j'ai un classeur qui nous aidera à trouver la date de fabrication du secrétaire, enfin, plus ou moins.

Hanna regardait par la fenêtre en souriant. L'été en était à ses derniers soubresauts. Un classeur. Un jour, il faudrait que quelqu'un apprenne au vieux à se servir d'un ordinateur.

— Alors ? Qu'est-ce qu'elle écrit d'autre ? Tu nous fais un peu de lecture ?

— Si ses gribouillages n'étaient pas aussi tarabiscotés… Tout le monde écrivait comme ça, à l'époque ? Comment ils faisaient pour se lire mutuellement ?

Erik s'esclaffa. C'était plutôt bon signe, cela signifiait qu'il ne la prenait pas complètement pour une demeurée.

— *"19 novembre 1907. Très chère Anna, Je ne puis me co… me co…* quelque chose *du fréquent…* Non, peut-être *du présent. Du présent et me sentir en… fai…* Non, c'est un *p. En paix ! Je ne puis me co-*quelque chose *du présent et me sentir en paix, bien que ma fan… santé soit bonne et que rien ne me fasse à proprement parler défaut."*

Elle relut tout bas ce qu'elle venait de décrypter partiellement.

— Elle n'était pas satisfaite ou un truc du genre, expliqua-t-elle, les yeux rivés sur le texte.

— Apparemment, dit Erik.

— *"Une inquiétude me ferre… me serre* ou un truc comme ça… *le cœur. As-tu déjà éprouvé quelque chose de semblable ? Alors même que je t'éch… t'écris ces mots, je sens…"*

Elle ricana.

— D'abord, j'ai lu "je fends". Bon… *"Alors même que je t'écris ces mots, je sens ta présence attentive à mes côtés et je brûle de te demander : qu'est-ce qu'une obs… absence qui fait mal ? Est-ce la vie ?"*

— Hum, constata Erik.

Hanna relut la lettre depuis le début. Elle eut l'impression d'avoir appuyé sur un bouton. Mon Dieu… *"Alors même que je t'écris ces mots, je sens ta présence attentive à mes côtés…"* La lettre était adressée à Anna, mais pourquoi Hanna l'avait-elle trouvée ? "C'est à moi aussi qu'elle s'adresse", pensa Hanna en frémissant.

— Et après ?

— Attends.

"Une inquiétude me serre le cœur. As-tu déjà éprouvé quelque chose de semblable ?" Hanna regarda par la fenêtre, les arbres allaient bientôt couper les vivres à leur feuillage et le sacrifier. C'était exactement ce qu'elle éprouvait quand elle se permettait de laisser libre cours à ses sentiments. *"Qu'est-ce qu'une absence qui fait mal ?"* demandait Signe. *"Est-ce la vie ?"* Sans bavardages

inutiles, il fut décidé de transformer le salon d'Erik en cabinet de lecture. Erik proposa de consigner dans un registre l'ordre des lettres telles qu'ils les trouvaient dans les liasses, de les trier par ordre chronologique et de commencer par la plus ancienne. Perplexe, Hanna le regarda sortir chercher un cahier et un classeur vide. À son retour, en titre, il inscrivit proprement "Liasse n° 1 en partant d'en haut" et nomma chaque lettre d'après sa date et ses premiers mots.

— Si tu me filais un coup de main, ça irait plus vite, dit-il après un moment.

Hanna alla chercher son ordinateur portable, qu'Erik lorgna avec un petit sourire ironique – le même que celui de Hanna quand il lui avait parlé de ses classeurs. Il s'abstint cependant de toute remarque. "Liasse n° 2" écrivit-elle dans un document Word. Puis elle défit le ruban qui retenait la deuxième liasse et eut vaguement l'impression de déflorer quelqu'un.

Le destinataire et l'expéditeur étaient toujours les mêmes, les grandes taches gris-marron également, mais les feuilles ne paraissaient pas aussi abîmées. Par curiosité, elle souleva la troisième liasse, puis la quatrième. La cinquième, plus épaisse et assemblée à l'aide d'un ruban de satin au lieu des ficelles des précédentes, semblait, en comparaison, immaculée. De plus, les lettres y étaient conservées dans leurs enveloppes, intactes. Même chose pour la sixième et dernière liasse. Un frisson parcourut le corps de Hanna lorsqu'elle soupesa les petits paquets. Erik croyait sans doute qu'ils étaient en train de reconstituer une vieille histoire personnelle. Hanna, en revanche, savait qu'il s'agissait de messages qui lui étaient adressés.

Une fois qu'ils eurent inscrit toutes les lettres dans leurs registres, les liasses un, trois et six se retrouvèrent consignées sur papier et les deux, quatre et cinq, dans le document Word. Ils avaient chamboulé l'ordre et trié les lettres par année. Erik gloussa de ravissement lorsque Hanna lui montra comment elle avait rangé la correspondance pendant qu'il était encore en train d'écrire : un tas par an.

— 1906, 1907, 1908, 1909... Rien en 1910, une seule lettre en 1911, puis 1912, 1913, 1914... Enfin, tu vois. Jusqu'en 1919.

Voici la dernière. Et la première, datée du 28 juillet 1906. Les dernières liasses sont d'Anna à Signe, mais je les ai classées de façon à ce qu'on les lise dans l'ordre où elles ont été écrites.

Erik fit un hochement de tête approbateur.

— Commençons par la première, dit-il, et avançons chronologiquement. Mais d'abord, un petit café.

Perplexe, Hanna toisa l'homme qui préférait faire du café que lire des messages d'un temps révolu.

— Je pensais à un truc, dit-elle. Le début des lettres. "Ma chère Signe…", "Ma bien-aimée…", "Chère Anna…"

— Elles ne se chamaillaient pas beaucoup, ces deux-là, remarqua Erik, souriant, les yeux plissés.

— Ce que je voulais dire, c'est… Elles sortaient ensemble ?

— "Sortaient ensemble" ?

— Enfin… Elles formaient un couple ?

Erik fit une grimace.

— Ah, ça, non, ça m'étonnerait. Ce sont les termes dans lesquels les femmes s'exprimaient entre elles, en ce temps-là. Elles étaient souvent liées par des amitiés profondes, ça vient du fait que… eh bien… entre autres que la répartition des rôles était plus stricte. Les femmes se confiaient beaucoup les unes aux autres. Nos deux épistolières étaient des amies très proches, c'est sûr. Je ne serais pas étonné si, au fil de nos lectures, on trouvait certaines références aux divers messieurs qui ont traversé leurs vies.

Hanna ne protesta pas. Comment diable Erik pouvait-il savoir quoi que ce soit sur les relations entre femmes au début du siècle ? Il n'était pas une femme, qu'elle sache, et il n'avait pas vécu cent ans plus tôt.

Hanna déplia la première lettre et se retrouva aussitôt seule avec Signe. "Lettre 1", écrivit-elle dans un nouveau document. Le raffut d'Erik, dans la cuisine, lui paraissait bien lointain, à une distance incalculable, car, pour sa part, elle était plongée en l'an 1906. Lorsqu'elle déchiffrait un mot, elle le tapait dans son document. Ainsi, à partir de ces gribouillis pleins de boucles, un texte lisible apparaissait peu à peu à l'écran. Après avoir lu les deux premiers paragraphes, Hanna se rendit compte qu'il s'agissait non seulement de la première lettre de leur classement, mais aussi de la première que Signe eût jamais écrite à Anna. *"Chère Anna"*, commençait-elle...

Chère Anna,

J'ai décidé de t'écrire, car, depuis un mois, je pense beaucoup à notre rencontre.

Je suis très heureuse d'avoir fait, en juin, votre connaissance. Pour moi qui suis assoiffée de conversation intelligente et profonde, ce fut une véritable libération de me trouver en votre compagnie et d'avoir le plaisir de fêter la Saint-Jean avec Mme Löfstedt et toi.

Hanna relut le texte comme s'il s'adressait à elle et non à Anna. "Ça m'est destiné", se disait-elle en essayant d'imaginer Signe dans la pièce. La seule image qui apparaissait d'abord était celle d'Elvira, mais Signe et elle ne pouvaient pas avoir exactement la même apparence. En plus, les gens n'étaient pas réellement en noir et blanc, même en ce temps-là.

Peu à peu, une autre image se construisit dans son esprit : la maîtresse d'école dans sa petite maison, à Tierp, privée d'interlocuteurs pour échanger des idées. Assise à son secrétaire, portant les lunettes que Hanna avait sur le nez, elle trempait sa plume dans l'encre noire, tirait quelques mots de son monde intérieur et souriait mélancoliquement en rêvant à autre chose. Lorsque Hanna leva les yeux, elle la vit devant elle. Durant quelques secondes figées, le visage de Signe lui apparut réellement, puis elle comprit qu'il s'agissait de son propre reflet dans le miroir accroché au mur.

— Bon, ben... Il y a du café! annonça Erik.

— Elles se sont rencontrées à la Saint-Jean 1906, lui répondit Hanna. Regarde, c'est la toute première lettre de leur échange! J'en suis là.

Elle lut sur l'écran ce qu'elle avait décrypté. Erik se pencha sur l'ordinateur.

— Ce n'est pas bête de tout recopier comme ça dans une écriture un peu plus lisible.

"Non, pensa Hanna. Ce n'est pas si bête, en fin de compte."

— On peut se relayer, dit Erik.

Hanna eut un sourire narquois.

— Si tu les recopies à la main, on aura deux lettres manuscrites au lieu d'une. Ça servira à quoi ? Sauf si tu veux les taper à l'ordinateur…

Il fit une grimace qui ressemblait fort à des lèvres pincées :

— J'en ai un. Autant qu'il serve à autre chose qu'à prendre la poussière.

Avant de se coucher dans la chambre d'amis, Hanna posa le tiroir et les liasses qu'il contenait à côté de son lit. En buvant leur café, ils avaient découvert l'heure tardive. Enfoncée sous la couette, Hanna essayait de calmer ses paupières. En vain : elles s'ouvraient sans arrêt. À chaque nouvel échec, son regard mi-clos coulait vers le tiroir en bois posé sur sa table de chevet. Elle finit par s'avouer vaincue et alluma la lampe.

Du temps de Signe et d'Elvira, elle aurait allumé une chandelle. C'était du moins ce qu'elle se disait en enfilant ses lunettes et en ressortant la lettre qu'elle avait commencé à déchiffrer. Du temps de Signe, elle aurait ensuite sorti une feuille de papier à lettres, un porte-plume et un encrier, puis elle aurait brodé des arabesques illisibles sur les pages. Elle regarda sa main. L'effet de la nuit et de l'auréole de sa lampe de chevet ? Toujours est-il qu'elle fut parcourue par un frisson. Signe était-elle assise dans cette position cent ans auparavant, seule, à la faible lueur d'une flamme ? Contemplait-elle une feuille de papier à travers les lunettes que portait désormais Hanna ?

Hanna éprouva le même sentiment étrange que dans la voiture. Signe voulait lui faire passer un message. Le contenu des lettres venait des profondeurs de son esprit et non d'un lointain passé. Sans hésiter devant la difficulté, Hanna plia son oreiller en deux et lut en entier la première lettre de Signe à Anna. Elle fut frappée par la dernière phrase. *"Ce qui m'a poussée à prendre la plume, c'est la volonté d'exprimer ma joie et mon espoir que notre amitié se poursuive."* Si ces mots s'adressaient à Hanna, ils l'invitaient à poursuivre la lecture.

Au lieu de continuer dans l'ordre chronologique qu'avait proposé Erik, elle se tourna sur le côté et choisit une feuille au milieu du tas, en plissant très fort les yeux "Parle-moi, Signe…"

Tierp, le 25 septembre 1908

Ma bien-aimée,

Sur ma table, au-dessus de cette page, j'ai posé le bijou que tu m'as offert. Est-ce idiot, est-ce ridicule de ma part de l'appeler douaire ? Anna chérie, promets-moi de me dire si mes mots prennent trop d'ampleur !

Hanna plissa les yeux pour mieux lire. Il faudrait chercher “douaire” sur Google… C'était en rapport avec le mariage, non ?… Hanna émit un marmonnement exalté, ravie d'avoir eu ce pressentiment qu'Erik avait écarté. Soit, à l'époque, les amitiés entre femmes étaient systématiquement lesbiennes, soit il s'agissait effectivement d'une relation amoureuse clandestine.

Suivaient quelques lignes dont la présentation tranchait avec le reste du texte, peut-être des vers. Hanna remonta ses lunettes et se recoucha sur son oreiller plié. Elle était sur le point de reprendre sa lecture lorsque le déclic eut lieu. *Le bijou.* Son regard erra dans l'obscurité de sa chambre, parcourant toutes les surfaces horizontales. Il s'arrêta finalement sur le contour de la broche. Hanna dirigea le faisceau de la lampe dans sa direction, se leva et, à pas de loup, alla la chercher. Puis elle la fixa à son tee-shirt, un peu en dessous de l'endroit où Signe devait la porter sur son haut col rigide. Hanna voyait désormais le monde à travers les lunettes de Signe. Contre sa gorge reposait une lourde broche que Signe avait peut-être un jour reçue en secret de son amoureuse.

Elle poursuivit tranquillement sa lecture. À la fin de la lettre, ses paupières tombèrent d'elles-mêmes. Hanna eut un vague sursaut et se leva sur un coude pour souffler la bougie. Elle mit plusieurs secondes à retrouver l'interrupteur de la lampe.

57

Les réunions de l'Association de Tierp pour le droit de vote commençaient désormais par la lecture d'un article sélectionné dans le *Journal* pour l'intérêt de son contenu – c'était devenu une tradition. Sans doute parce qu'il s'agissait de son journal, il revenait à Signe de sélectionner les passages particulièrement intéressants.

— C'est le numéro deux du mois de janvier. Nous venons de le recevoir, commença-t-elle devant les adhérentes. J'ai choisi le compte rendu d'un discours tenu à Stockholm. Ensuite, Hjördis nous fera un exposé sur l'historique de la pétition, à laquelle j'espère d'ailleurs que nous contribuerons largement.

Les quatre femmes assises en face d'elle firent des hochements de tête encourageants. Elles étaient donc cinq à se réunir une fois par mois, six en comptant Anna, dont la présence était assez irrégulière – c'était minable comparé à ce qui se faisait dans d'autres coins de Suède. Le nombre d'adhérentes avait néanmoins doublé par rapport à l'année précédente. Depuis six mois, elles tenaient leurs réunions dans le salon de Mme Stina Pettersson, ce qui leur avait redonné du cœur à l'ouvrage.

— L'intérêt de ce compte rendu, c'est qu'il fait clairement état de nos raisons les plus justes de lutter pour le droit de vote, telles qu'elles ont été prononcées par le Dr Gulli Petrini dans son discours sur le nouveau système de retraite.

Une des assistantes exprima son dédain pour ledit système de retraite par un soupir retentissant ; une autre, en faisant claquer ses aiguilles à tricoter.

— Je lis : "On nous explique que les femmes toucheront une retraite moins élevée parce qu'elles deviennent plus tôt invalides et vivent plus longtemps que les hommes. Mais s'il est vrai qu'elles deviennent plus tôt invalides, cela montre simplement que dans leur vie, elles ont trimé bien plus durement que leur époux. Il ne manquerait plus qu'après cela, on les laisse mourir de faim ! Et leur longévité dépend peut-être de leur mode de vie plus sobre et plus convenable que celui des hommes. Que les vieilles soient plus gentilles et plus agréables à vivre que les vieux et qu'on les accueille ainsi plus volontiers chez soi serait également un argument pour leur attribuer une retraite moins élevée. S'il y avait des femmes au parlement, cette proposition n'aurait jamais vu le jour."

— Vrai, acquiesça Mme Pettersson.

— Voilà justement le cœur du problème. Il faut répandre cette idée parmi les anti qui pensent que notre désir de "faire de la politique" se résumerait à une volonté de briller dans les salons.

— D'ailleurs, je n'ai aucun désir de faire de la politique, lança une recrue récente.

Sanna était jeune et d'apparence plutôt maussade, mais dégageait tout de même un certain charme. Fille d'un grand fermier, elle s'était montrée très utile à l'association lorsqu'il avait fallu tenir des comptes. Elle arborait généralement un air blasé, puis, soudain, faisait une remarque qui démontrait qu'elle avait bien suivi tout le débat. Et elle venait d'exprimer avec fermeté qu'elle n'avait aucune envie de faire de la politique.

— Tout ce que je veux, c'est travailler, vivre dignement et jouer mon rôle dans la société, c'est-à-dire lui donner ce que je peux et recevoir d'elle ce que je mérite. Mais puisque je suis représentée par des salau… des idio… les messieurs que nous connaissons, je suis obligée de me mêler de politique.

Sa colère fit rire Mme Pettersson, qui reçut un regard assassin en retour.

— C'est bien ! lui dit la maîtresse de maison en posant une main bienveillante sur son bras. C'est ce que nous pensons toutes, au fond.

— Tu devrais t'exprimer en public, dit Signe. Parfois, les plus récalcitrantes sont les meilleures.

— Comme toi, dit Sanna.

Signe eut un rire gêné et reprit hâtivement :

— Voici ce que dit ensuite l'article. Le Dr Petrini souligne l'importance de notre loyauté envers les femmes de droite, malgré l'opposition de leur parti à notre cause. Longue vie à la solidarité entre femmes ! écrit l'auteur.

La cinquième adhérente, entraînée par la verve de Gulli Petrini, se retint juste à temps de crier hourra. Augusta n'était pas une lumière, mais elle était dévouée. En la voyant ravaler son exaltation, Signe lui fit un tendre sourire.

— L'article cite ensuite Mme Louise Woods-Beckman, qui parle du premier congrès sur le suffrage universel à Londres. Elle explique la tactique des suffragettes, qui consiste à soutenir systématiquement le parti travailliste à chaque élection, "car c'est le seul parti qui se soit prononcé sur le droit de vote des femmes".

— Nous devons donc nous montrer solidaires avec les femmes de droite, mais loyales envers la gauche et les libéraux, sourit Hjördis, l'institutrice de Hullsta.

Signe acquiesça, amusée. Elvira lui avait souligné ces deux paragraphes, ajoutant une annotation dans la marge : *"Quelle chance que parmi les militantes, il s'en trouve d'assez bien nourries pour pouvoir s'asseoir sur deux chaises à la fois !"* Hjördis était bien trop intelligente pour n'enseigner qu'aux tout petits en gagnant un salaire ridicule. D'un autre côté, il fallait peut-être exactement cette finesse d'esprit pour éduquer les générations futures.

— Je passe la parole à Hjördis, dit Signe. Elle va nous parler de la nouvelle pétition.

Hjördis fit en ses propres termes un compte rendu de ce que racontait le journal sur la grande pétition qu'on prévoyait de lancer en 1913.

— Il est écrit que ce n'est pas exactement une pétition. Parce que, à ce qu'il paraît, le temps des pétitions est révolu. La nouvelle, qui n'est donc pas une pétition, est ce qu'on appelle un "manifeste". Quelle est donc la différence entre une pétition et un manifeste ?

Elle fit une pause rhétorique, pendant laquelle Mlle Augusta apprit aux autres participantes qu'elle ne connaissait pas la réponse.

— Eh bien, reprit Hjördis, c'est une déclaration dont le but est de démontrer que les gens qui prétendent que les femmes ne veulent pas le droit de vote ont tort. On lit aussi que l'association envisage d'acheter une automobile, une "votomobile", pour le transport des oratrices ambulantes.

Sanna eut un rire indigné.

— Décidément, ce mouvement est mené par des baronnes et des femmes de banquiers ! Une automobile ? Les chevaux sont tous morts, ou quoi ?

Signe réprima un sourire et nota mentalement la formule, qui aurait plu à Elvira – même si, aux yeux de Sanna, elle aussi appartenait bel et bien aux classes supérieures incriminées.

— N'oublions pas, dit Mme Pettersson, que ce sont justement ces baronnes et ces femmes de banquiers qui choisissent de consacrer leur temps et leur argent à notre cause. Alors si elles veulent se promener en auto…

Elle haussa les épaules.

— De plus, elles sont libérales et, comme nous le savons toutes, les libérales se rallient à la gauche, ce qui, à long terme, favorise certainement les moins privilégiés.

Assise sur le canapé rembourré, Signe regardait tantôt l'une, tantôt l'autre. Elles formaient dorénavant une équipe, Signe l'avait compris lorsque le point de départ des discussions avait cessé d'être systématiquement sa propre opinion ou celle d'Anna. Stina Pettersson, Hjördis, la maussade mais ardente Sanna, la brave Augusta et elle-même. Elles constituaient une petite troupe de militantes clairvoyantes et au fait de l'actualité, qui remplissait Signe de fierté, au même titre que sa classe à la fin de l'année scolaire. "Les grandes choses ont de petits commencements, se dit-elle en parcourant des yeux les murs qui abritaient le noyau dur du mouvement de Tierp. Partout dans le pays, l'idée du suffrage universel s'infiltre à travers des murs comme ceux-ci. Lors de discussions entre cinq femmes, dans des brèves sur Forshaga, Markaryd ou Eslöv. Au cours de distributions de vêtements pour les enfants pauvres de Säffle, dans le testament de la défunte Ida Johansson qui lègue cent couronnes au mouvement pour le droit de vote. C'est là que ça se passe", songea Signe. Elle s'apprêtait à partager cette prise de conscience avec les militantes, en pleine discussion sur un projet de statue de Fredrika Bremer. Certaines s'ébahissaient lorsque d'autres avouaient n'avoir jamais entendu parler d'une quelconque Mme Bremer. Au lieu de les interrompre pour leur parler d'une vision dont elle se savait incapable de donner une description précise, elle décida de se taire et de les laisser poursuivre. À la fin de cette soirée, une femme de plus saurait qui était Fredrika Bremer : un grain de sel supplémentaire dans la marmite bouillonnante de la cause.

La question des salaires n'avait pas évolué d'un pouce. En chemin vers chez elle, Signe vint à y penser, peut-être en passant devant l'arbre que, furieuse, elle avait un jour maltraité. Il était couvert d'un lourd manteau de neige. Signe aurait pu en dire autant de son intérêt pour la question. Dans un lointain passé, cette injustice avait attiré son attention sur le problème du droit de vote des femmes. Elle influait directement sur son niveau de vie. Pourtant, dans ce domaine de la lutte, Signe se considérait désormais comme passivement indignée.

Lorsqu'elle se demanda la raison de ce changement, la voix d'Elvira résonna dans son esprit, répétant l'un de ses mantras : "Tout ce qui m'indigne me conduit invariablement à la question du droit de vote." L'air hivernal se réchauffait dans les poumons de Signe, qui se dit : "Le froid entre. Les injustices salariales et les différents niveaux de retraites aussi. L'exclusion des études supérieures, les lois matrimoniales et la pauvreté. Allez, entrez donc ! Plus j'éprouverai votre froid, plus cela renforcera ma volonté de vous arracher par la racine."

Arrivée chez elle, elle secoua la neige de sa jupe et battit ses bottines contre les marches du perron pour ne pas laisser entrer le froid et l'humidité. Puis, sans retirer son manteau ni son châle, elle se dépêcha de rentrer et de faire du feu dans la cuisinière. Elle resta debout devant le foyer jusqu'à ce que la chaleur se soit un peu répandue dans la maisonnette. Elle avait faim. Avant lundi, il fallait, en plus de ses tâches ordinaires, qu'elle ait reprisé cinq paires de chaussettes de laine et recopié au propre des appréciations dans son carnet de notes. Avant de se préparer à manger, elle rouvrit le journal. Le feu irradiait presque assez pour lire. Elle tint les feuillets juste au-dessus des flammes. *"Quelle chance que parmi les militantes, il s'en trouve d'assez bien nourries…"* lut-elle, puis elle tourna les pages à la recherche d'autres annotations dans la marge. La plupart du temps, elles se résumaient à une exclamation du genre : *"Faible !"* ou *"Bien !"* Les plus longues continuaient dans la marge de droite. "Affreusement drôle, nous avons ri aux larmes", avait écrit Elvira à propos d'un exposé intitulé *Le Monologue de Mme Anti. "Cela m'a fait penser à toi"*, écrivait ailleurs Elvira. Signe relut cette ligne manuscrite plusieurs fois devant son dîner, à la lueur de la lampe à pétrole. Ce qui avait rappelé Signe à Elvira n'était rien de plus qu'une brève sur une maîtresse d'école récemment élue dans sa commune, mais cela lui réchauffa tout de même le cœur. Elvira aurait aussi bien pu lire cette brève sans consacrer une seule pensée à Signe. Ou penser à elle mais omettre de le préciser dans la marge.

Elle emporta au lit les chaussettes à repriser. La chambre à coucher étant toujours plus fraîche que la cuisine, elle avait pris le pli d'accomplir une tâche quelconque le soir, dans son lit, pour le réchauffer avant de s'y coucher pour la nuit.

Le fait qu'Elvira pense à elle ne signifiait rien de spécial. Bien sûr que non. Dans l'odeur de la laine, Signe raccommodait les chaussettes en choisissant des fils de couleurs approximativement assorties. Attacher le bout du fil. Ourdir. Croiser avec les fils de trame.

Anna avait manqué la réunion. Comme d'habitude, après un pincement de déception, Signe s'était sentie revigorée par les discussions. La présence d'Anna suscitait toujours des tensions, surtout quand elle apercevait les commentaires d'Elvira dans le journal et y objectait systématiquement, sans aucun discernement. D'un autre côté, elle gratifiait toujours Signe d'un effleurement. Une main chatouilleuse dans la nuque, enivrante, parfois un sourire qui avait le même effet. Rien qu'en y pensant, le souffle de Signe s'accélérait d'aise et de vexation. "La gent féminine ! s'était exclamé un jeune homme frustré à l'entrée de l'église, le dimanche précédent. Elle fixe ses appâts, vous attire et vous retient à son hameçon. Puis elle admire sa prise, sans hâte, pendant que celle-ci se tortille comme un poisson hors de l'eau. Et quand, plus tard, vous apercevez un appât identique, vous tombez à nouveau dans le piège." Si Signe avait manifesté son approbation, personne n'en aurait compris le fond.

Cela faisait bien longtemps qu'elle ne croyait plus que la plupart des gens partageaient ses émotions. Les réponses perplexes qu'avaient reçues ses questions posées du bout des lèvres aux réunions du groupe lui avaient permis d'établir que Hjördis, Augusta et Stina n'avaient probablement jamais envisagé une autre femme de cette étrange façon. Que voulait-elle dire, au juste ? Un sentiment de fraternité ? Elle avait hoché la tête à la hâte, confirmant leur interprétation. Oui, c'était cela, la fraternité entre femmes, avait-elle répondu. La jeune et maussade Sanna avait gardé le silence. Signe arrêta son fil à l'intérieur d'une chaussette et leva son ouvrage pour le contempler, puis le posa et commença le suivant. Elle attacha le bout du fil. Ourdit la laine. Toujours les mêmes gestes. Il eût mieux valu faire le travail à la lumière du jour, sa bougie n'éclairait pas assez. Enfin, le travail était routinier, la plupart des mouvements, automatiques, et ses lunettes l'aidaient même dans la pénombre. Sanna avait gardé le silence quand la conversation avait tourné autour de ce qu'on pouvait éprouver en rencontrant une autre femme, peut-être parce que c'était sa posture naturelle. Ou pas. Signe sourit en défaisant un nœud de ses doigts agiles. Il manquait quelque chose à ses mains, à son corps, une chair, mais toute chair était comme l'herbe. Cela dit, rien n'empêchait de penser, même à de doux transports. Elle tenta l'expérience, imaginant la taille de Sanna, sa peau sous ses doigts. Ses hanches, son ventre, sa peau frémissante… Ses pensées lui semblèrent de l'ordre de l'interdit le plus absolu, comme si son infidélité était plus grande lorsqu'elle s'adonnait à des rêveries que celle d'Anna lorsqu'elle se mariait et avait un enfant.

Elle décida de continuer un peu.

58

— C’est encore plus évident quand on lit le poème, dit Hanna en brandissant la lettre qu’elle avait lue pendant la nuit. *Tristan et Isolde*, ça parle d’amour, non ?

Erik émit un marmonnement outré.

— Si tu veux. On peut même dire que c’est une des plus belles histoires d’amour de tous les temps.

— Tu te formalises de mon vocabulaire ? Ou tu préfères entendre la suite ?

Il maugréa dans sa barbe. Quelque chose du genre : “Anna-Lisa”. Comme quoi Hanna lui ressemblait.

— Bon, je lis. “Quoi que Tristan ait pu voir en Isolde, jamais il n’a pu percevoir tout ce qui dans ta palette m’émerveille et captive mes yeux…” Quelque chose. Je reprends un peu plus loin. “Tels les pétales d’une rose quand elle éclôt, ainsi je te veux voir à chaque instant, depuis le commencement jusqu’à la fin des temps, sans qu’une seconde de ta vie ne se dérobe à moi. Car dans les traits de ton visage se dessine l’étrangeté, se dessinent mes pensées.”

Hanna leva les yeux et regarda Erik, qui haussa les sourcils.

— Eh ben, dis-moi… fit-il après un moment de silence. Notre épistolière est une vraie poétesse. Moi, je trouve ça pas mal, en tout cas.

— Et elle était amoureuse d’Anna, aucun doute là-dessus.

Il fit un hochement de tête abrupt, peut-être embarrassé.

— Oui, on dirait bien qu’elles étaient de ce bord-là.

Hanna lui lança un regard noir. N’avait-elle pas senti dans sa remarque un certain mépris sous-jacent pour Signe, malgré son habileté à rimer ?

— Comment ça, “de ce bord-là” ?
— Eh ben… Celles qui sont… Comme tu dis qu’elles sont.
Il avait l’air si confus qu’elle adoucit un peu le ton.
— Il faut que tu lises. C’est vraiment puissant, enfin, si ça peut se dire comme ça. Une véritable histoire d’amour clandestine.
— Dans un vieux secrétaire, sourit Erik, comme si parler un peu de meubles amoindrissait sa gêne.
Hanna aurait préféré porter la broche au cou comme elle l’avait fait la veille au soir. Elle en éprouvait même le besoin pressant, mais impossible d’arborer ce genre de bijou accroché à un tee-shirt en plein jour.
— Je me demande où on trouve ce genre de chemise, dit-elle, l’air de rien.
Erik était en train de traîner sa table d’ordinateur dans le salon pour participer à la numérisation. Il posa sur elle un regard interrogateur.
— Du même genre que celle d’Elvira sur la photo, précisa Hanna. Si on voulait s’en procurer une. Pour voir comment ça fait.
Elle gardait les yeux rivés à son écran pour souligner le peu d’importance de la question. Erik marmonna un instant et disparut dans la cuisine.
Elle pouvait au moins enfiler ses bottines. De parfaites chaussures d’intérieur. Une fois chaussée, elle s’installa devant la table basse, le pied cerné par une couture et la cheville étirée. Elle aurait voulu se plonger dans la période la plus ardente de la correspondance amoureuse, mais décida de suivre l’ordre chronologique, comme prévu, et ouvrit donc la quatrième lettre.

Stockholm, le 21 septembre 1906

Chère Signe,

Tout d’abord, je voudrais te remercier pour ta prompte réaction. […] pendant quelques jours, je me suis demandé si tu tarderais à me répondre. Je crains que l’attente de tes lettres ne plonge mon existence dans la plus délicieuse des […], si notre correspondance se poursuit ainsi.
En ce qui concerne la question des salaires, je n’ai rien appris de nouveau. Lors de ma prochaine rencontre avec Mme Löfstedt, je

l'interrogerai à ce sujet. Elle est au courant de tout ce qui se passe au […] des femmes et, avant tout, à leur […] (détriment ?).

Erik revint et s'accroupit devant l'écran de Hanna.

— La question des salaires, répéta-t-il. Toujours d'actualité, bien sûr. De tout temps.

— Il s'agit des salaires des maîtres et des maîtresses d'école. Signe en parle dans la lettre précédente, la numéro trois.

Erik étala trois habits sur le canapé à côté d'elle.

— Ce ne sont pas des copies conformes, mais c'est plus ressemblant que ce que tu portes en ce moment. Ah bon, la numéro trois ? Ça commence à chauffer !

Hanna admira les corsages qu'Erik avait trouvés quelque part dans son bric-à-brac. L'un était clairement trop petit, inutile de s'humilier en l'essayant. Le deuxième, tout noir, ressemblait assez à l'habit que portait Elvira sur la photo. Mais Signe aurait choisi le bleu. Hanna le prit et laissa Erik rattraper son retard seul devant l'ordinateur.

Lorsqu'elle redescendit majestueusement les marches de l'escalier vêtue des bottines noires, des lunettes et de la broche, qu'elle avait attachée au vieux corsage bleu sorti d'on ne sait où, Erik fit mine de ne rien remarquer. Elle s'était coiffée en chignon comme, l'imaginait-elle, une maîtresse d'école au tournant du siècle dernier. De toute façon, si Erik avait ouvert le bec, quoi qu'il eût dit, cela l'aurait irritée. En l'occurrence, ce fut son indifférence qui l'agaça.

— Ça avance ? demanda-t-elle pour attirer son attention.

— Lettre numéro cinq, dit-il, le visage collé à son écran.

Ses doigts appuyaient sur les touches du clavier gris avec une lenteur inconcevable, inscrivant dans le document signe après signe, comme au ralenti. Elle prit la lettre suivante et se remit au travail.

Hanna songea à la posture de Signe. Le dos droit, sûrement, car en ce temps-là, avant toute autre chose, on apprenait aux enfants à bien se tenir. La maîtresse d'école devait porter une jupe, mais à part cela, Hanna et elle étaient quasiment identiques. Dans la lettre numéro sept, Signe et Anna s'étaient déjà revues, et Signe qualifiait leur séparation d'"absence qui me ronge le cœur".

— Dramatique, cette nana, marmonna Hanna.

Elle ironisait, certes, mais la lettre lui donnait quand même la chair de poule. Car si Hanna ressemblait à Signe, si elle la connaissait intimement, elle savait que ces mots exprimaient une émotion sincère et non un drame surfait. Elle se la représentait aisément, le corps gorgé d'hormones et de mélancolie, le cou serré par la broche, la plume d'oie dans la main, devant la page blanche – sa seule compagnie dans la privation. Enfin, si on utilisait une plume d'oie pour écrire, à l'époque. En tout cas, Signe écrivait ses lettres sur la tablette de son secrétaire, seule dans sa maisonnette, Hanna en était presque sûre. C'était là qu'elle pensait à son Anna, qu'elle la comparait à une rose fraîchement éclose ou à une mélodie fringante. Hanna prit dans la liasse la lettre numéro huit, la réponse d'Anna, imaginant Signe qui déchirait l'enveloppe. Ou plutôt, qui l'ouvrait soigneusement : le bord semblait coupé au scalpel. Hanna ajouta un coupe-papier au tableau dans lequel se tenait Signe. Celle-ci avait donc ouvert la lettre, le cœur battant, mais avec douceur, comme il était de coutume en ce temps-là. Et dans la réponse d'Anna, elle avait lu… *Tes sens ments rél…* Hanna soupira et se redressa. Ces textes ne se livraient pas vraiment à leur lecteur. Elle remonta ses lunettes, comme Signe avait dû le faire.

Stockholm, le 3 décembre

Ma chère Signe,

Merci de penser ainsi à moi, cela me réjouit et rend ma solitude plus supportable. Si je te dis que je souffre plus encore que toi de notre séparation, peut-être ta douleur en sera-t-elle apaisée. En te quittant après ce séjour bien trop court à Tierp, j'ai contemplé mon reflet dans la vitre du train comme si j'étais toi et que tu m'observais.

Signe avait dû relire cent fois ces mots. En tout cas, c'est ce que Hanna aurait fait à sa place. Elle aurait voulu raviver coup sur coup la sensation d'être tout près d'Anna. Enfin, si Hanna avait été amoureuse d'Anna, si elle était née au XIXe siècle, si elle avait été lesbienne et à la place de Signe. Elle aurait lu ces lignes, elle les aurait absorbées comme de la drogue et aurait fermé fort les yeux pour les retenir. Mais le terme d'"amie" l'aurait un peu écorchée.

— On pouvait... Erik?

— Oui?

— On pouvait appeler quelqu'un "amie", dans le temps, même si on voulait dire "chérie"?

Erik cligna d'un œil comme si cela pouvait l'aider à se souvenir.

— Je crois qu'on aurait dit : "bien-aimée".

— Écoute ça.

Elle lut la lettre d'Anna. Erik grimaça.

— Le reste de la lettre est... enfin... plus qu'amical. Il faut quand même le dire.

Il semblait gêné d'en parler. Erik était sans doute le genre d'homme à ne pas pouvoir prononcer le mot "lesbienne" sans se racler préalablement la gorge. Hanna décida de le tester plus tard, à un moment où elle s'ennuierait.

D'ailleurs, il ne s'agissait que de la huitième lettre, c'est-à-dire la quatrième écrite par Anna. L'affaire n'était pas très avancée. À l'époque, les gens n'échangeaient pas des sécrétions corporelles après s'être rencontrés dans un bar trois minutes plus tôt. En 1906, on considérait sûrement comme très audacieux d'appeler une nana "amie" quand on la fréquentait depuis seulement cinq mois. Et il suffisait sans doute de tirer un peu sur sa broche et de dévoiler un centimètre carré de cou pour provoquer un orgasme chez son interlocuteur. Hanna relut les dernières lignes. *"Comme si j'étais toi et que tu m'observais."*

Elle était Signe, et elle se souvenait du regard que celle-ci avait posé sur elle à travers ses lunettes. Elle était Signe, et son corsage se tendait autour de ses épaules alors qu'elle s'asseyait pour répondre, qu'elle étendait le bras pour attraper l'encrier et la plume. Elle était Signe et son cœur battait la chamade. Ses hormones avaient un siècle.

59

— En fait, c'est la faute de l'Union des jeunesses suédoises, dit Stina Pettersson en prenant résolument une cerise dans un bol. Je n'avais jamais entendu personne tenir de discours aussi violent contre le droit de vote des femmes. Un matin, mon mari m'a réveillée en me parlant des Jeunesses suédoises. Je me suis levée d'un bond, absolument furieuse.

La déclaration fut saluée par une salve de rires. La petite Signe se joignit à l'hilarité générale comme si elle comprenait de quoi il s'agissait. Et d'une certaine manière, c'était certainement le cas. "Une enfant de la lutte", disait d'elle Signe, fièrement, devant les initiées. D'ailleurs, au bout du compte, la petite avait participé à bien plus de réunions sur le droit de vote que sa mère. Anna était très occupée par la nouvelle fonction de son mari à la poste. Signe dénoyauta une cerise et la donna à la petite, puis se servit elle-même.

— Mais à qui la faute si les Jeunesses suédoises sont contre le droit de vote des femmes ?

— Elles peuvent bien se faire toutes seules leur propre opinion, constata Hjördis. L'égoïsme est naturel chez l'être humain, pas besoin de l'encourager. Enfin, du moins chez les hommes.

Elvira aurait dû arriver la veille et participer à la rencontre, mais elle avait été retenue à Stockholm. Sûrement quelque chose en rapport avec la lutte… Elle n'aurait tout de même pas trouvé une autre raison de manquer une réunion à laquelle elle avait promis de venir ?

Les yeux de Sanna suivaient avec vivacité Stina, Signe et Hjördis. Soudain, elle se mêla de la discussion :

— C'est la faute du roi.

Signe lança un regard en coin à Augusta. Celle-ci se mit au garde-à-vous, prête à défendre Sa Majesté.

— Comment ça? demanda Signe, ne laissant pas à Augusta le temps de répliquer.

— S'il n'avait pas tenu son discours, cet hiver, le gouvernement n'aurait pas été obligé de démissionner. Et les gens ne se seraient pas sentis obligés de changer de camp et de voter à droite.

— Je ne crois pas qu'on peut désigner Sa Majesté par "le roi", intervint Augusta.

— Vrai, dit Signe, tournée vers Sanna. Dans ce cas, nous devons nous demander ce qui a poussé le roi à vouloir renforcer la défense nationale. Ceci dit, la première chambre n'a pas attendu ce discours pour rejeter nos propositions.

Sanna hocha gravement la tête, puis un sourire se dessina sur son visage.

— Je voulais juste dire que c'était la faute du roi, dit-elle en lançant un regard taquin à Augusta.

Plus d'une année s'était écoulée depuis que Signe avait laissé ses pensées parcourir le corps de Sanna. Pendant les réunions qui avaient suivi sa coupable rêverie, elle avait rougi à son approche. Elle pouvait désormais en rire, mais elle n'oubliait pas cette simple liberté de laisser glisser, durant quelques secondes, son imagination de la personne d'Anna à une autre. Une personne inoffensive. Au printemps, Sanna s'était fiancée et l'avait annoncé au groupe.

— En tout cas, ce n'est pas la faute de la petite Signe, dit Hjördis en présentant une cerise dénoyautée à la petite.

— Non, renchérit gaiement l'enfant.

On partit dans un éclat de rire général.

Qu'est-ce qui pouvait bien avoir retardé Elvira? Elle devait arriver le 26 juillet, elle l'avait écrit dans sa lettre précédente, et on était déjà le 27. Un soupçon s'abattit sur elle comme un coup de tonnerre. Elvira avait rencontré une autre femme, évidemment.

— Ne lui donne pas trop de cerises, dit-elle par réflexe. Sinon, elle n'aura plus faim à l'heure du repas.

Dans ce cas, il devait s'agir d'une femme de grand mérite. Une surfemme. Une reine. Seul un être supérieur pouvait parvenir à détourner l'attention d'Elvira de la lutte, ne serait-ce qu'une courte seconde, et l'amener à lui ouvrir son cœur. Signe se résigna. Si c'était le cas, elle les féliciterait.

— Bien, fit un timbre rauque derrière son dos.

Brusquement, toutes les mauvaises pensées de Signe s'évanouirent, comme si elles avaient seulement voulu lui donner un coup de fouet. Elvira n'avait fait aucune rencontre. La retardataire prit une chaise et s'assit à la table.

— De quoi parle-t-on aujourd'hui à l'Association pour le droit de vote de Tierp ?

La petite Signe était toujours assise sur les genoux de la grande Signe. Elvira fit un gentil sourire à l'enfant et lui caressa la joue. Puis, croisant le regard de son amie, elle lui fit la même caresse, et tendit la main vers le bol de cerises.

— Nous nous demandons à qui la faute si nous n'avons pas encore obtenu le droit de vote, répondit Hjördis.

Signe ne pouvait plus s'arrêter de sourire. Se sentant infiniment ridicule, elle se pencha pour dénoyauter une autre cerise pour la petite, malgré ses propres paroles. Tout cela parce que Elvira était arrivée.

— Selon Stina, poursuivit Hjördis, c'est avant tout la faute des Jeunesses suédoises. Selon Sanna, celle du roi. Augusta trouve qu'on ne peut pas faire porter le chapeau au roi et Signe tient des propos philosophiques sur les causes et les effets.

Le compte rendu fit rire Elvira.

— Ce n'est ni la faute de Sa Majesté, ni celle des Jeunesses suédoises, répliqua-t-elle. C'est la faute des femmes.

Sanna et Stina se figèrent.

— Notre faute ?

— Oui, parce qu'elles ne protestent pas assez contre la place qu'on veut bien leur attribuer dans la société. Si nous le faisions, je veux dire avec vigueur, rien ne pourrait nous arrêter. Nous sommes plus de la moitié de la population et le mieux que nous trouvions à faire, c'est rester devant nos casseroles, frustrées à l'idée de ne pas participer à la marche du monde.

Augusta lui lança un regard sceptique.

— Pourtant, regarde, nous : nous protestons. Dans des réunions comme celles-ci.

Elvira divisa la queue d'une cerise en petits bouts qu'elle disposa côte à côte sur la table.

— Bien sûr, répondit-elle. C'est déjà cela.

Elle semblait sur le point de dire encore quelque chose, mais elle se tut et distribua à chacune un sourire amical.

— Vous faites du bon travail, ici. Plusieurs personnes m'ont demandé comment on était parvenu à récolter autant de signatures à Tierp l'an dernier.

Signe sentit son cœur se réchauffer. Elvira se souciait de ses semblables. En dépit de son incurable impatience, elle voulait leur donner le sentiment qu'elles comptaient.

— Les grandes choses ont de petits commencements, dit Signe pour lui signaler qu'elle l'avait comprise.

Elvira eut un sourire fataliste.

— Oui, sans doute.

— La tempête se déchaîne en Europe, dit Elvira, en marchant à côté de Signe. Voilà pourquoi je ne suis pas venue hier.

— L'Europe t'a retenue ?

Elvira tendit la main vers le panier de Signe.

— Donne. Je n'ai qu'un sac et, toi, tu portes ton panier et la petite. Où est Anna, d'ailleurs ? Elle envoie sa fille à des réunions auxquelles elle ne participe même pas ?

— Elle travaille pour la poste.

— Ah. Tu veux dire qu'elle fait le travail pour lequel Anders est payé ?

— Et alors ? Elle te manque ?

Elle jeta un coup d'œil taquin à Elvira, qui sourit.

— Que se passe-t-il en Europe ?

Elvira s'arrêta, sortit un journal de son sac et se mit à lire en anglais :

— *"Austria-Hungary has addressed a strong note to Servia, attempting to place upon her a great part of the responsibility for the murder at Sarayevo of the Archduke Francis Ferdinand and his wife."* Tu comprends ?

Sa prononciation était impeccable. On eût dit qu'une Anglaise s'était soudain logée dans sa bouche. Signe, en admiration, n'en comprit cependant que quelques mots.

— Un peu… dit-elle en rougissant. Tu peux peut-être traduire le reste…

— “L’Autriche-Hongrie vient d’adresser un avertissement à la Serbie, la rendant en grande partie responsable du meurtre, à Sarajevo, de l’archiduc François Ferdinand et de sa femme.” Plus loin, on dit que le ton de la missive est sec, et que cela pourrait déclencher une crise internationale d’une ampleur inédite.

La petite Signe se renversa brusquement en arrière dans les bras de Signe et dit à Elvira :

— Une fois… Une fois, il y avait un très grand mille-pattes qui a traversé la route !

Elle gigota pour que Signe la pose par terre.

— C’est vrai, dit Signe. C’est incroyable que tu t’en souviennes !

Elvira s’accroupit.

— Sais-tu où il y a de très gros mille-pattes ? Grands comme ça ? En Chine. Enfin, je crois, dit-elle en se tournant vers Signe.

Elle se releva.

— Quel genre de crise ? demanda Signe.

— Des conflits. Si les deux pays entraînent leurs alliés dans la dispute, la France, la Russie et l’Allemagne pourraient se trouver mêlées à l’affaire. Ne me dis pas que tu n’es pas au courant !

Au lieu de justifier son ignorance en matière de politique internationale, Signe demanda :

— Où as-tu déniché ce journal ? Il vient d’Angleterre ?

La petite les devançait sur la route à la recherche d’insectes. Elles la laissèrent faire. Il n’y avait aucun cheval à l’horizon. Aucune automobile non plus, d’ailleurs.

— C’est Laura Jenkins qui me l’a donné. Je t’ai parlé d’elle dans une lettre, tu te souviens ?

Le regard de Signe erra sur les champs. Dans une semaine déjà, on moissonnerait. Les épis formaient un océan jaune clair parcouru de vagues harmonieuses dans la brise tiède. La petite arrachait des tiges entières avec leurs racines, avec discernement, une par une. Pour une gamine de trois ans, elle faisait preuve d’une grande précision. Signe se souvenait très bien de la lettre dans laquelle Elvira lui avait parlé de Laura Jenkins.

— Je la croyais en Angleterre, répondit-elle, le regard toujours perdu dans les blés. Mais vous vous écrivez, non ?

— Oui, d’habitude, mais elle est venue nous rendre visite à Stockholm. Elle a passé sa première nuit chez moi. Elle a dû avancer son séjour à cause de la situation politique. Elle est journaliste.

Signe imagina Laura Jenkins : immensément belle, d'une intelligence acérée et dotée du très divertissant humour britannique. Pas étonnant qu'Elvira se soit sentie obligée de retarder son voyage à Tierp.

— Tu viens, petite Signe ? appela-t-elle. On va bientôt arriver.

L'enfant ne se décida à les rejoindre qu'après un long moment. Elle avança lentement vers elles, comme si elle tenait quelque chose en équilibre dans sa main. C'était une tige. Avec une grande concentration, elle la souleva pour la montrer à Signe, dissipant d'un coup toutes ses sombres pensées sur l'envoûtante Laura Jenkins : une coccinelle.

Chaque fois que la petite repartait chez elle, la maison de Signe semblait déserte. Un jour, Anders avait déclaré que Signe mériterait un salaire pour tout le temps qu'elle consacrait à l'enfant. La remarque lui avait fait l'effet d'un seau d'eau froide sur la tête. Anders, bien sûr, ne pouvait pas savoir.

— Tu t'occupes souvent d'elle ?

Elvira avait posé la question comme ça, l'air de rien. Elle se pencha vers le sous-bois et laissa quelques fraises des bois tomber dans sa paume. Vraiment l'air de rien.

— De temps en temps.

— J'ai l'impression qu'elle est chez toi chaque fois que je viens.

Cela sonnait comme une accusation. Elvira s'en rendit peut-être compte, car elle nuança :

— Elle est incroyablement mignonne, je te comprends très bien. D'ailleurs, je n'ai rien contre. Ça peut sembler un peu étrange, voilà tout.

Signe ne sut que répondre. Devait-elle lui annoncer que la petite était aussi d'elle, qu'Anna le lui avait pratiquement avoué ? Elle lança un regard en coin à Elvira. Cette femme qui se consacrait corps et âme à la lutte pour le droit de vote et à la politique étrangère pouvait-elle comprendre le sentiment inouï de céder une part de soi à un autre être ? Jamais, d'ailleurs, elle ne le ferait. Signe contempla sa nuque penchée et ses doigts triant soigneusement les baies pour ne cueillir que les plus mûres. La douceur était là, mais encapsulée dans une carapace invincible, une carapace qui devait ouvrir la voie aux femmes de Suède, mais qui ne s'ouvrait à personne. Sauf peut-être à une Anglaise de passage. Signe rougit soudain de colère.

— Et en quoi ça te regarde que je m'occupe de la petite ?

Elvira leva les yeux et changea d'expression :

— Alors… Tu vois souvent Anna ? Plusieurs fois par semaine ?

— En quoi ça te regarde ? répéta Signe.

— Elle te mène par le bout du nez. Ou le bout des lèvres, si tu préfères.

Elvira la regardait droit dans les yeux. Autour d'elles, l'atmosphère de fin d'été se trouvait soudain bouleversée. Elles ne s'étaient jamais rien dit de tel, pas de manière aussi directe.

— Qu'est-ce que tu en sais ? répliqua finalement Signe. Tu ne penses qu'au droit de vote. Le droit de vote, le droit de vote… Et à Laura Jenkins.

Elle le dit avec son accent le plus anglais, et le résultat fut aussi parodique qu'elle le souhaitait.

— Je sais que tu vois Anna au moins une fois par semaine, répondit vivement Elvira.

Sa voix rauque avait un timbre un brin plus criard que d'habitude. Signe se sentait prisonnière de son regard sombre.

— Et que tu es amoureuse d'elle depuis que je te connais.

Les oiseaux cessèrent de gazouiller – du moins en eut-elle l'impression. On ne disait pas ce genre de choses tout haut, qu'elles soient vraies ou non. Et quand on les écrivait, on cachait soigneusement la feuille dans un secrétaire. Signe regarda aux alentours d'un air effaré. Après un moment, les oiseaux se remirent à piailler. Elvira fronça les sourcils, perplexe.

— Laura Jenkins ? Qu'est-ce qu'elle vient faire là-dedans ?

Signe baissa les yeux et, d'un mouvement de pied, rasa un petit tas de gravillon.

— C'est à cause d'elle que tu n'es pas venue.

— Et tu en conclus que je suis amoureuse d'elle ?

Elvira rit.

— De Laura Jenkins ?

Elle franchit d'un pas le fossé et remonta sur la route. Elle venait de prononcer le mot "amoureuse" à deux reprises, et les oiseaux continuaient quand même à gazouiller. Elle tenait au creux de sa paume un tas un peu minable de fraises des bois, qu'elle tendit à Signe en la dévisageant, comme une mère essaie de lire la vérité dans le regard d'un enfant qui a désobéi. Signe se sentait à la fois soulagée, gênée et à bout de souffle. Elle prit une fraise et, lorsque sa main frôla celle d'Elvira, elle sut qu'elle n'était plus amoureuse d'Anna. Elvira avait tort. Signe leva les yeux vers elle et rougit.

— J'ai bien aimé la chronique sur l'élection de Selma Lagerlöf à l'Académie suédoise, dit-elle hâtivement.

Elvira ne dit rien. Signe fit un pas sur la route et reprit.

— C'est un progrès. Les choses progressent. Enfin, même si on fait quelques pas en arrière, dans l'ensemble, on progresse.

Sa réplique se répéta dans son esprit, comme en écho. On aurait dit que son vocabulaire se réduisait à la famille du mot "progrès". Elvira la rejoignit et elles se mirent à marcher. À progresser.

— On m'avait demandé de l'écrire, dit Elvira, mais j'ai refusé.

Voilà qui était mieux. Il était si agréable de se promener aux côtés d'Elvira en discutant de choses importantes et impersonnelles.

— Pourquoi ?

Elvira avala d'un coup ses dernières fraises.

— C'était trop personnel.

— Comment ça ? Tu convoitais la place ? ricana Signe.

Elvira eut un sourire tiède.

— Non. Il valait mieux que quelqu'un d'autre écrive l'article.

Signe freina Elvira en posant une main sur son épaule. À travers le tissu, la chaleur du corps d'Elvira se mêla à celle de la paume de Signe, qui tenta de l'ignorer et regarda Elvira avec insistance.

— Allez, raconte.

Elvira respira profondément, sa poitrine se haussa et s'abaissa. Les contours de son armure se devinaient dans ses yeux.

— Je préfère pas. Mais je trouve que Selma Lagerlöf mérite cette place plus que personne d'autre. C'est une écrivaine merveilleuse et pleine de sagesse.

Il y avait dans cette réplique un point final que Signe ignora.

— Alors, qu'est-ce que tu as contre elle ?

Elvira sourit. Enfin.

— Rien. Cela aurait simplement pu paraître déplacé que j'écrive justement cet article-là. Pour toutes les personnes concernées.

Signe hocha la tête, même si les choses n'étaient pas très claires dans son esprit. Si Elvira et elle n'avaient été qu'amies, en lui lâchant l'épaule, elle aurait pu lui prendre la main. Elle décida de repartir les bras ballants, frôlant parfois celui d'Elvira. Quelle journée magnifique… Elvira avait prononcé tout haut des mots interdits et, ainsi, camouflée par le chant des oiseaux, ébranlé un peu le monde.

— Il paraît qu'elle est comme nous, dit Signe.

— Oui, elle l'est. Elle est des nôtres.

Elles marchèrent un moment en silence. Signe méditait. Puis elle s'enhardit :

— Et qui sommes "nous" ?

60

Johan ne lui avait même pas écrit un petit SMS pour lui demander si tout allait bien. Cette négligence n'avait rien d'extraordinaire en soi, mais devenait criante à la lecture des lettres d'amour que s'échangeaient Signe et Anna. Hanna était partie depuis presque une semaine. Johan était sans doute à la maison en train de jouer à ses jeux vidéo, sans même remarquer son absence. Il suffisait de comparer : il n'y avait rien entre eux. Strictement rien.

Mon cœur en son cloître palpite
Un coup pour moi et deux pour toi
Entre donc, viens, reste avec moi,
N'oublie jamais mon cœur qui bat

La lettre contenait d'autres vers porteurs du même message somme toute assez banal. Mon cœur bat, ne m'oublie pas. Hanna posa la main sur son cœur et le sentit palpiter à travers le chemisier à col haut. Celui-là battait, certes, mais seulement pour faire circuler le sang dans son propre corps.

La production des années 1908 et 1909 regorgeait de ce type de vers. Erik avait surnommé la période "l'âge d'or de la poésie de Signe". Le plus souvent, les strophes décrivaient les boucles blondes et les yeux bleus d'Anna, ou la douleur d'en être séparée. "Mon cœur en son cloître palpite", se dit Hanna. Un coup d'abord et deux ensuite. Puis trois, puis quatre, cinq et six. Il bat sans que rien je n'y puisse. Elle ricana, ouvrit un document et y tapa son poème.

— Écoute, dit-elle.

Elle le lut à voix haute.

— Encore une création de Signe, je présume, dit Erik. Elle doit dater de plus tard, je la trouve plus prosaïque.

Hanna rit sous cape, exactement comme Erik avait l'habitude de le faire. Autant le laisser croire que Signe avait écrit ces vers. À moins que ce ne soit réellement le cas… L'idée lui serra le cœur, celui qui battait sans qu'elle n'y puisse rien. Elle en prit brusquement conscience : c'était la première fois qu'elle écrivait un poème. "Mais qu'est-ce que tu fabriques, Signe ?"

Aux toilettes, Hanna s'arrêta devant le miroir. Qui se cachait réellement derrière ces lunettes ? Hanna, l'employée cynique de l'Agence pour l'emploi qui partageait sa vie avec un homme veule à la calvitie naissante ? Son reflet ne correspondait plus à la description.

— Hanna ! dit Erik lorsqu'elle revint.

Lui, en tout cas, la reconnaissait encore.

— Tu as lu les lettres de 1906 que j'ai informatisées ?

— On n'informatise pas des lettres. On les numérise ou on les saisit.

Il poussa un grognement.

— On informatise un système, précisa-t-elle.

Cette manière d'informer l'entourage des usages corrects était raffinée. Digne d'une maîtresse d'école. Erik la dévisagea comme si elle venait de dire quelque chose de profondément inconvenant.

— Je disais donc : je me demande si tu as lu les lettres de 1906.

— Les lettres saisies, dit Hanna, pédagogique, en s'asseyant à côté de lui.

Erik émit un ricanement étouffé, se leva et se dirigea vers la cuisine. Le ricanement étouffé était l'arme la plus redoutable du troisième âge, Hanna le savait désormais. Il n'existait pas d'arme pour riposter.

Le document d'Erik était bourré de fautes. Des doubles espaces un peu partout. Il avait réussi à décaler les marges au milieu du fichier. La suite du texte subissait donc un rétrécissement de trois centimètres. Cela dit, son déchiffrage était plus complet que celui de Hanna, il fallait bien l'avouer. La page qui apparaissait à l'écran datait de novembre 1906.

Je ne me suis pas encore résolue à chausser les bottines de la très généreuse Mme Löfstedt. Aucune occasion ne m'en a paru digne.

Si l'ordinateur n'avait pas été fixe, Hanna l'aurait attrapé et se serait précipitée à la cuisine. Au lieu de cela, elle dut mémoriser l'essentiel du contenu.

— Tu as lu ce qu'elle écrit sur les chaussures ? Erik ? Elle parle des bottines. Celles de la super généreuse Mme Löfstedt.

— Oui, je crois que j'ai vu un truc sur des bottines.

— Ce doit être celles-ci.

Elle leva un pied, au cas où il les aurait oubliées.

— Tu crois ? Et pourquoi ça ?

— Parce que... Enfin !

Parce que les bottines, la règle et la broche avaient fait irruption dans sa vie en même temps que les lunettes. Et parce qu'à l'écran, le fichier était calé sur ces lignes-là comme si Hanna devait les lire. Parce que les quatre objets dataient de la même période. Parce que la facture luxueuse des bottines s'expliquait parfaitement si elles avaient constitué un précieux cadeau. Hanna secoua la tête devant son impuissance à expliquer le raisonnement à Erik.

— Tout est lié, tu vas voir, dit-elle en tournant les talons.

Des paroles pour ainsi dire prophétiques, prononcées d'une voix si caverneuse qu'elles feraient forcément de l'effet sur Erik. Mentalement, elle ajouta "médium" à sa liste de professions envisageables. Maîtresse d'école, poète, médium.

Lorsqu'elle revint s'asseoir sur le canapé, le clac, clac des semelles contre le sol lui parut plus distinct que jamais. Enfiler ces bottines neuves, quand le cuir était encore tout raide sur les bords... Les porter à des occasions très spéciales qui exigeaient de très belles chaussures... De quelles occasions pouvait-il bien s'agir ? Ils ne le savaient pas encore. Ils n'en étaient qu'à l'an 1908.

Tierp, le 23 décembre 1908

Ma bien-aimée,

Il neige à nouveau. Les flocons qui tombent solitaires depuis des hauteurs insoupçonnées s'unissent sans bruit en touchant le sol. Mes pensées vont souvent à toi, à moi, à nous. Au moment où nous glissons naturellement l'une vers l'autre, sans résistance. Je m'abandonne au souvenir de ces sensations, mes désirs sont terrestres. Tes baisers, ton souffle. Je sais qu'il est téméraire d'exprimer ces choses dans une lettre, mais mon désir doit trouver sa place, et tant que tu ne seras pas là, je n'aurai que cette page. Je la tiens contre moi comme tu te serres contre moi la nuit.

— Qu'est-ce que tu lis ?

La nuit était tombée. On n'entendait plus que les salves de tapotements de Hanna et les cliquetis lourds et réguliers d'Erik. Ce qu'elle lisait ? Elle faillit répondre : du porno du XXe siècle, mais des rougeurs naissantes auraient vidé la réplique de son sarcasme. *Ton souffle.* Un euphémisme pour "tes halètements". La buée sur les fenêtres de la petite maison dans les bois, le tabou brisé par les baisers enflammés de la blonde Anna. Hanna se mordait la lèvre. Erik attendait toujours une réponse.

— Elle parle du temps. Il neigeait.

La lettre du 23 décembre 1908 se trouvait en haut de la pile. Hanna l'avait emportée au lit la veille. Juste pour la relire, si elle en avait envie. Elle avait accroché la broche à son tee-shirt et senti la présence de Signe dès qu'elle s'était allongée. En elle, sous la couverture à fleurs bleues. Signe y avait sa place.

"C'est arrivé, se dit Hanna. Nuit après nuit, Signe a tiré sur elle une couverture à fleurs bleues. Elle a eu froid. D'abord, très froid, puis elle s'est réchauffée. Parfois seule. Parfois, Anna l'a rejointe. Leurs lèvres se sont rencontrées. Quel effet cela lui a-t-il fait, la première fois ? Le même que quand on prend un deuxième chocolat en sachant que c'est interdit ? Quel effet cela fait-il de sentir les lèvres d'une autre femme sur les siennes à une époque où c'est contraire à tout ?"

Hanna posa sa main en coupe sur son sein et la retourna. Quel effet cela faisait-il à Signe de sentir le corps d'une autre femme sous sa paume ? De déshabiller Anna, de toucher le bout de sa langue, de faire un voyage interdit dans son pantalon ? Enfin, sous ses jupons. Hanna ferma les yeux et laissa ses doigts faire le reste, sans plus de questions.

61

Ces derniers temps, la voix rauque et les yeux sombres d'Elvira revenaient sans cesse s'imposer à ses pensées dès qu'elle se déconcentrait un peu. Obstinés. Tenaces. Jadis, Signe avait cru qu'elle n'éprouverait jamais pour personne d'autre le sentiment qu'Anna avait éveillé en elle. D'une certaine manière, elle n'avait pas entièrement tort. Son sentiment pour Elvira était complètement différent, mais les questions qui se bousculaient sous sa peau n'avaient pas changé. Enfin, pour l'essentiel, car elles étaient peut-être un brin plus criardes. Plus réelles. Quoi qu'il en soit, son histoire avec Anna appartenait désormais au passé. Et ce qu'elle vivait avec Elvira… n'existait même pas.

— Pourquoi la France est-elle si bête ?

La question surgit en pleine table de multiplication. La situation mondiale suscitait de plus en plus d'interrogations de ce genre dans la classe, et l'autorité de Signe ne venait pas toujours à bout de l'inquiétude de ses élèves.

— On ne peut pas dire d'un pays qu'il est bête. Quand les temps sont durs… commença-t-elle, mais elle s'interrompit.

— Beaucoup de pays sont méchants avec les autres sur le continent, reprit-elle. Cela vous étonne ? Réfléchissez. Quand un garçon se conduit mal envers un autre garçon, celui-ci se met peut-être en colère. Et, au lieu de démêler calmement les choses, il fait à son tour des méchancetés.

L'enfant qui avait posé la question hocha la tête sans lâcher Signe du regard. Un autre élève leva la main.

— Oui, Lars ?

Lars se mit debout à côté de sa chaise.

— Tous les pays sont en guerre les uns contre les autres, c'est bien ça ?

— Oui, c'est ça. Parce que quand un pays est méchant avec un autre, un troisième se met du côté du deuxième et devient méchant avec le premier. Comme quand un garçon va chercher un camarade pour se venger. Vous trouvez ça bien ?

La plupart secouèrent la tête, mais quelques-uns hésitèrent. Une fillette prénommée Hertha se mordilla la joue, l'air pensive. Elle était aussi bagarreuse que les garçons. Ou plus exactement "aussi bagarreuse que certains élèves, filles ou garçons" : Signe ne devait peut-être pas limiter la comparaison aux seuls garçons.

La fillette bagarreuse lui rappelait quelqu'un… Voilà de quoi Elvira devait avoir l'air quand elle avait onze ans. Signe lui sourit, et la fillette prit un air coupable. Elle n'avait pourtant rien fait de mal.

— Ce n'est pas une très bonne idée, n'est-ce pas ? D'essayer de résoudre les conflits par la violence, quand on pourrait aussi bien en discuter calmement.

Toujours un peu perplexe, la fillette secoua la tête. Il n'y avait pas de ressemblance physique à proprement parler, mais quelque chose dans ses manières lui évoquait immanquablement Elvira. Un beau jour, quelqu'un éprouverait de l'attirance pour Hertha… Un homme ou une femme. La voisine de table d'Hertha leva la main.

— Oui, Britt ?

Le soir même, Signe devait accueillir Elvira à la gare. Elle y pensait depuis le matin. Pourquoi cette obsession… Elvira ne lui avait jamais fait d'avances. Et Signe n'oserait jamais lui en faire. La petite Britt, beaucoup plus douce que sa voisine Hertha, se leva.

— Vingt et un.

Cette petite discussion dans la salle de classe constituerait une parfaite anecdote pour entamer la conversation avec Elvira et éviterait à une Signe rougissante de se perdre en rêveries intimes sur des effleurements ou autres futilités auxquelles Elvira n'accordait certainement pas une seule de ses précieuses pensées. Elles pourraient ainsi avoir un dialogue intéressant sur les réactions respectives des filles et des garçons, par exemple lorsqu'on leur parle de bagarre. Signe était très désireuse de connaître le point de vue d'Elvira et s'attendait à des critiques sévères sur sa manière de mener la discussion en classe. Elvira lui proposerait certainement d'autres approches qui mettraient l'inspecteur des écoles en état de choc.

Mais le train entra en gare et elle oublia tout. Quand la silhouette d'Elvira apparut entre les autres passagers, elle se donna une tape sur la joue et se somma intérieurement de se ressaisir. Quand était-ce arrivé ? D'où lui venait cette soudaine attirance pour les mains d'Elvira quand elle… ne cueillait pas de fraises des bois ? Elvira la rejoignit en quelques rapides enjambées. Spirituels ou superficiels, tous les sujets de conversation derrière lesquels Signe avait prévu de camoufler sa nervosité se révélèrent vains. Elvira poussa un soupir de soulagement en posant ses valises.

— Enfin quelqu'un de rationnel à qui parler.

Elle avait partagé un compartiment avec une dame qu'elle décrivit comme "une anti sans pareille". En apercevant l'insigne du droit de vote des femmes sur l'habit d'Elvira, la passagère avait déclaré qu'en ces temps de guerre imminente, les femmes avaient enfin une bonne raison de rester en dehors de la politique.

— Selon cette dame, la guerre démontrerait que la politique est une affaire d'hommes et que nous, les femmes, nous ne devons pas nous en mêler, car cela risquerait de troubler la pureté de notre caractère. Mon Dieu qu'il fait sombre ! L'été est déjà fini ?

— Attends, tu vas voir, il fait encore plus sombre dans la forêt. Ce n'était peut-être qu'une métaphore…

Le rire rauque d'Elvira s'insinua dans l'âme et le corps de Signe et alla gratter des surfaces enfouies tout au fond d'elle. Des surfaces qui en avaient très envie.

— Non, c'était à prendre au pied de la lettre, je le crains. Enfin, je me suis défendue, bien sûr.

— Oui, bien sûr.

— "Mademoiselle, comment la pureté du caractère féminin justifierait-elle l'interdiction aux femmes de voter ? lui ai-je demandé. Selon vous, vaut-il mieux qu'un pays soit dirigé par des caractères purs ou impurs ?"

— Qu'a-t-elle répondu ?

— "Madame !" Elle était vexée comme un pou que je l'aie appelée mademoiselle.

— Elle a dû manquer la discussion sur les titres.

— Oui. Elle devait être absente à cette réunion-là.

Signe ricana. Les arbres formaient des ombres noires dans le soir déjà obscur. Elles marchaient toutes deux en cadence. Le bruit de leurs semelles contre le gravier produisait un écho particulier dans le crépuscule.

— Selon elle, les gens comme moi la confortent dans sa conviction que les femmes détruisent leur psychisme en faisant de la politique. Et de toute façon, c'est ce qu'elle m'a dit, les seules qui s'y intéressent sont des hommasses comme moi, incapables de retenir un homme, de mener une vie convenable ou de fonder un foyer.

Elvira, loin de se mettre en colère, semblait décrire un animal étrange vu au cirque.

— Et qu'est-ce que tu as répondu ?

— Que si j'étais vraiment aussi hommasse qu'elle le disait, le fait que je revendique le droit de vote ne devrait pas lui poser de problème.

Signe savourait l'air noir. Elles n'étaient plus très loin de la maison. Cela faisait des années qu'Elvira dormait chez elle durant ses séjours à Tierp, mais ce soir-là, la perspective suscitait en Signe une nervosité de première fois. À trente-deux ans, Signe avait l'impression de retomber en adolescence.

— Ces théories ineptes sur notre prétendue incapacité à retenir un homme… philosopha Elvira sans remarquer les joues rougissantes de Signe. Je n'ai jamais essayé, mais il ne me semble pas particulièrement difficile d'attirer leur attention. Quoi qu'il en soit, je sais où les trouver.

— Tu as toujours… Tu n'as jamais voulu être avec un homme ?

— Comment ça ? J'a-do-re les hommes ! Enfin, certains.

Elvira insista tant sur ce "j'adore" que Signe se demanda si elle ne s'était pas trompée depuis le début. Elle se remémora leurs conversations du mois d'août, les faisant défiler à toute vitesse dans son esprit… Non, Elvira avait bien parlé de "nous". Elle lui avait raconté les habitudes de certains milieux londoniens. Signe avait l'air si confuse qu'Elvira éclata de rire.

— Exactement comme j'aime les arguments bien aiguisés !

La maison apparut.

Elles avaient leurs petites routines : Elvira dormait dans la cuisine et Signe, dans la chambre. Elles échangeaient quelques mots avant de s'endormir. Quand Signe se réveillait au milieu de la nuit, elle entendait la respiration profonde d'Elvira, un peu plus loin.

Mais cette fois, l'état de décontraction dans lequel sombrait habituellement Signe une fois qu'Elvira était couchée dans la cuisine se fit attendre. Les fibres des draps lui semblaient trop rêches sous sa peau, elle n'arrivait pas à détacher les yeux de la silhouette d'Elvira, qu'elle devinait plus qu'elle ne voyait. "Sûrement le sentiment d'avoir une âme sœur, se dit-elle, quelqu'un qui éprouve la même chose pour les femmes…" Cela devait la travailler. Non, sa fébrilité n'avait rien à voir avec ce regard perçant qui mettait son esprit à nu, cette douceur soudaine dans le toucher d'Elvira, ses larges sourires quand elles se retrouvaient seules… Signe se tourna sur le côté et tenta d'analyser la situation, de dompter ses pensées.

— Elvira ?

Après une petite seconde, celle-ci répondit dans le noir.

— Oui ?

— Si tu aimes un homme comme tu aimes un bon argument…

Signe s'interrompit et attendit qu'Elvira la relance. Elle n'était pas encore capable de le dire. Elvira termina la phrase à sa place :

— Alors comment j'aime une femme ?

— Oui.

— Hmm…

Son silence dura si longtemps que Signe crut qu'elle s'était endormie, mais soudain, un long soupir retentit dans la pièce voisine.

— Comme j'aime une tournée éreintante qui me donne un sentiment de force et de vitalité. Et me vide en même temps. Après coup, je reste étendue, en sueur, démunie, toujours sans droit de vote.

Les doigts de Signe suivaient les veines du bois de son lit, cherchant fiévreusement quelque chose à toucher. Pas Elvira, cela semblait désormais évident.

— Quand vas-tu te décider à me raconter ce qui t'est arrivé ?

— Pas maintenant.

— Et pourquoi ?

Elvira respirait. Signe respirait. Elle aurait voulu poser sa main sur le sein d'Elvira, lui arracher cette carapace qui entourait son cœur. Elles restèrent chacune de leur côté.

— Et toi ? demanda Elvira. Comment tu aimes une femme ?

"J'aimais Anna comme on aime le chocolat, songea Signe. Toi… Je… Je t'ai…" Son cœur s'emballa.

— Tu dors ?

— J'aime, dit Signe, elle-même étonnée de prononcer ces mots, j'aime une femme comme on aime l'été.

Dehors, les oiseaux s'étaient tus. Comme ils le faisaient toutes les nuits.

— L'été… répéta Elvira de sa voix profonde et éraillée.

— Oui. Au début, le soleil m'éblouit. Sous sa lumière, tout s'évapore. On sent la vie s'agiter dans son corps. Mais peut-être que cela commence déjà quand la neige se met à fondre, tout doucement. Elle se transforme en eau, elle est absorbée par la terre et quelque chose se met à germer. Et quand la pousse rencontre la lumière, cela… cela…

Hors d'haleine, Signe reprit son souffle. Ses paroles trahissaient son sentiment pour Elvira, et elle n'était pas sûre de vouloir se mettre ainsi à nu devant une carapace. Elle enfonça ses mains sous la couverture.

— Tu es une vraie poétesse, dit Elvira. Tes pensées sont belles.

"Tes pensées sont belles." Quelle sorte de compliment était-ce là ? Après quelques minutes, Signe entendit la respiration désormais régulière d'Elvira.

Son regard erra encore un moment dans le noir. Sous un plaid, à quelques mètres, elle devinait le contour de son dos, de ses hanches. Elvira était couchée sur le côté, les bras repliés contre le corps. La militante implacable, intrépide et culottée dormait comme une enfant.

"J'aime, murmura encore Signe sous sa couverture. Une femme." Dans ces paroles, la chaleur et l'interdit s'enchevêtraient. Signe en frissonna d'aise, jetant encore un coup d'œil au plaid qui se levait et s'abaissait régulièrement contre le mur de la cuisine. Quand elle lui avait demandé qui était "nous", Elvira lui avait parlé de l'Angleterre. Là-bas, il y avait des femmes qui aimaient les femmes quasiment au grand jour. Elles se connaissaient entre elles, elles organisaient des réceptions. Voilà qui expliquait peut-être pourquoi Elvira exprimait si souvent le désir d'aller à Londres. Quelles rencontres avait-elle bien pu y faire ? Sûrement des dames terriblement distinguées. Et mille fois plus intéressantes que Signe.

Sa main tâtonna encore le long du cadre en bois, se rassasiant de la sensation réconfortante des fibres ligneuses qui la ramenaient sur terre pendant que ses pensées erraient dans des espaces infinis. Si elle avait été l'une de ces Anglaises sophistiquées, elle aurait fait quelques pas britanniques sur le plancher, rejoint Elvira et caressé ses cheveux. Elle aurait posé ses lèvres sur sa tête et défait sa tresse. Voilà le genre d'idées qui traversaient l'esprit de Signe alors qu'elle caressait tendrement le bois. Elle ferma les yeux et laissa sa respiration s'ajuster à celle d'Elvira. En cadence… Ce fut sa dernière pensée avant de s'endormir. "Nous respirons en cadence. Elle et moi."

62

Au réveil, Hanna n'avait qu'une question en tête : à qui pourrais-je en parler ? À qui raconter que je suis possédée par une nana du siècle dernier, que je fantasme sur des femmes d'il y a cent ans et que je ne me reconnais plus dans la glace ?

Elle tenta le coup avec Erik, bien qu'il ne fût pas l'interlocuteur idéal, en aucun cas. Mais il n'y avait personne d'autre dans la cuisine.

— Ça t'est déjà arrivé, dit Hanna d'une voix aussi blasée que possible, de ne pas te sentir toi-même ?

— Oh oui.

Erik mâchait sa bouillie d'avoine, ce qui était original en soi : en général, on l'avalait plutôt. Hanna imagina la mère du petit Erik lui demandant de ne pas parler la bouche pleine.

— Quand Anna-Lisa est morte. Je n'ai pas été moi-même pendant plusieurs années.

Il reprit une cuillérée. Mâcha. Avala.

— Enfin, je n'étais pas non plus devenu quelqu'un d'autre. En tout cas, me voici : soixante-seize ans et tout à fait moi-même. Mais pas tout à fait le même qu'avant sa mort.

Hanna beurrait une tranche de pain, n'écoutant que d'une oreille le soliloque d'Erik.

— Mais ce n'est pas si simple. Parce que si un événement pareil ne m'avait pas changé, je n'aurais vraiment pas été moi-même, vois-tu.

Il la regarda en plissant les yeux, comme s'il venait de dire quelque chose de profond. Elle sourit poliment. Il fallait absolument trouver quelqu'un d'autre à qui parler.

— Enfin, ça fait longtemps, maintenant, reprit Erik, la mine pensive, les sourcils froncés.

Soudain, Hanna comprit ce qu'il était en train de lui dire. Pourquoi il fronçait les sourcils d'un air pensif. Pourquoi il semblait tenter de se comprendre lui-même en mangeant sa bouillie. L'idée qui germa alors dans l'esprit de Hanna allait leur filer un sérieux coup de pouce à tous les deux.

— Je me posais une question. Toi qui aimes faire des kilomètres en voiture… On pourrait peut-être retourner à Falun voir si Caroline s'est souvenue d'autre chose ?

La réaction à peine camouflée d'Erik s'avéra parfaitement satisfaisante.

Elle ne prit conscience qu'ils étaient à nouveau en route vers la Dalécarlie que quand elle vit des sapins défiler à toute allure des deux côtés de la voiture. Pourtant, elle aurait dû avoir l'habitude : dans le monde selon Erik, tout ce qui pouvait être remis au lendemain devait être fait tout de suite. Le ciel du Småland était gris. À mi-chemin entre leur point de départ et Oskarshamn, elle sursauta : ils avaient oublié les lettres.

— Tu peux toujours lire une ou deux lettres en cours de route si tu t'ennuies, répliqua Erik. Elles sont à l'arrière.

Le coffret était sagement posé derrière eux. Hanna se sentit traversée par une vague de bienveillance à l'égard d'Erik. Pas si bête, ce bonhomme.

— Heureusement que tu y as pensé, dit-elle.

Le compliment était sincère. Direct et sans chichis. Hanna s'en félicita. Erik ne répondit pas. Peu importait. Enfin, si, quand même, mais ce n'était pas très grave.

La lettre qui l'avait fait fantasmer était posée tout en haut, dans le coffret. Sa réaction de la veille lui parut soudain incongrue. Il faut dire qu'elle était à présent assise dans la voiture à côté d'Erik. En la relisant, elle sentit tout de même d'agréables réminiscences lui parcourir le corps. *Tes baisers, ton souffle.* Elle posa la lettre sur ses genoux et prit la suivante.

Tierp, le 10 janvier 1909

Ma bien-aimée…

— C'était bien en 1910 qu'il n'y avait pas de lettres ?

— Oui, je crois bien.

Elle feuilleta le tas en comptant. Sept lettres pour 1909, puis on passait à 1911. Elles s'étaient peut-être mises en ménage, enfin si, à l'époque, deux nanas pouvaient vivre ensemble. Quand on habite sous le même toit, en général, on ne s'écrit pas.

Tierp, le 10 janvier 1909

Ma bien-aimée,

La nouvelle année est commencée depuis dix jours déjà, dix jours blancs et vides. Blancs parce que la neige, qui était déjà épaisse quand tu es partie, a doublé de hauteur. Vides parce que tu n'es pas là.

Je t'écris ces mots tout près de la fenêtre. La lueur de ma lampe à pétrole se mêle aux............ du soleil épuisé. L'hiver provoque en moi une tristesse qui se marie (?) à une joie ténue. Car, envers et contre tout, nous survivons dans le froid et l'....... J'imagine que c'est cela que l'on appelle la mélancolie.

Hanna jeta un coup d'œil par la fenêtre. Ils approchaient déjà de Norrköping, mais le temps restait maussade. Elle avait eu froid en allant à la voiture après le petit-déjeuner, elle s'en souvenait. Il ne neigeait pas, certes, mais elle comprenait bien l'état d'esprit de Signe. *"L'hiver provoque en moi une tristesse"*, *"dix jours blancs et vides."* Depuis combien de temps s'étaient-ils mis à la recherche de l'origine des lunettes ? Dix jours exactement, en comptant celui où elle avait acheté son billet de train pour Kalmar. Dans les bottines noires, ses orteils gelaient.

— Ces lettres… commença-t-elle.

— Oui ?

— Elles sont un peu horribles, parfois. Comme si elles parlaient de… Enfin.

Elle allait dire "moi" mais, sachant qu'Erik ne la prendrait pas au sérieux, elle s'interrompit. Elle devinait déjà un soupçon de raillerie dans son expression. Heureusement, elle aurait bientôt quelqu'un d'autre à qui expliquer tout cela. Un SMS stocké dans sa boîte de réception le confirmait.

— Qu'est-ce que Caroline t'a dit quand tu l'as appelée? demanda-t-elle pour combler le silence et provoquer la gêne d'Erik – douce vengeance.

Pas une ombre ne passa sur son visage malgré, quand même, un certain embarras.

— Elle a dit… eh ben… qu'on était les bienvenus.

Le ton de sa voix en disait plus long que ses paroles. Satisfaite, Hanna fixa des yeux la route qui disparaissait sous le véhicule. Puis elle décida de le taquiner encore un peu.

— Elle paraissait contente que tu l'appelles?

— En tout cas, ça n'avait pas l'air de lui déplaire complètement.

— Elle est gentille.

— Ça, oui.

— Physiquement, elle est pas mal aussi. Tu ne trouves pas?

Elle le scrutait. Il gloussa brièvement, peut-être de surprise, puis se ressaisit et fronça les sourcils, comme si la conduite exigeait soudain une concentration intense.

— On peut passer par Avesta, cette fois. J'ai envoyé un SMS à Ági. On a rendez-vous tout à l'heure. Elle me conduira à Falun un peu plus tard. Je t'appellerai quand on sera en route, histoire de ne pas arriver à l'improviste.

Erik grommela longuement. Hanna souriait. Plonger Erik Kihlberg dans la gêne était devenu son nouveau passe-temps préféré. Un passe-temps décontractant, qui ne présentait aucune difficulté particulière.

Lorsqu'ils arrivèrent à Avesta, elle venait de terminer la lecture d'une lettre de plusieurs pages qui parlait d'élèves, de droit de vote et de neige. Les deux premiers sujets lui paraissaient substantiels. Les raisonnements autour de l'accès au suffrage universel seraient considérés comme un trésor par n'importe quel conservateur de musée. La neige, en revanche, lui semblait vraiment sans intérêt. En toute saison, Signe décrivait avec zèle les vicissitudes de la météo. Dans chacune de ses lettres, il était question de pluie, de neige, de soleil, de vent et de température, comme si Anna, à Stockholm, devait absolument savoir quel temps il faisait à Tierp quelques jours auparavant. Hanna en fit la remarque à Erik, qui répliqua qu'il y aurait sûrement à l'Institut météorologique un quelconque monomaniaque que cela intéresserait. Enfin, pas tout à fait dans ces termes-là mais, en gros, c'est ce qu'il voulait dire.

Ági les accueillit en bas de chez elle, manifestement curieuse de voir Erik. Ses cheveux rebondissaient sur sa tête comme des ressorts marron clair. Elle portait un jean délavé et un affreux pull bariolé. Erik et elle se dévisagèrent avec la même intensité. Hanna se dépêcha de dire au revoir à Erik avant qu'Ági ait la mauvaise idée de l'inviter à prendre un thé vert chez elle.

— À quelle heure tu as dit à Caroline qu'on arriverait ? dit Hanna pour hâter le processus.

Puis Ági et elle restèrent seules sur le pas de la porte. Ági regardait d'un air interrogateur le coffret contenant la correspondance de Signe.

— Joli sac à main.

En arrivant chez Ági, Hanna remarqua qu'elle s'était équipée d'une nouvelle commode et débarrassée d'une chaise. Dans un coin, des coquillages pendaient à des fils, formant une énorme grappe. Ági lui expliqua qu'ils lui avaient été fournis par un mec de passage.

— De passage à Avesta ?

— Exactement. En les ramassant sur une plage d'Afrique du Sud, il a trouvé qu'ils me parlaient.

— Qu'est-ce qu'il avait fumé ?

Ági rit.

— Pas besoin de drogue, il suffit d'ouvrir les yeux.

Hanna sourit. D'un côté, Ági était la personne idéale pour parler des lettres et de l'effet qu'elles faisaient sur elle. D'un autre côté, si Hanna admettait leur pouvoir surnaturel, cela signifiait qu'elle était aussi cinglée que le mec aux coquillages. Elle tendit discrètement l'oreille vers le coin du salon. Les coquillages ne lui parlaient pas.

— Tu as changé de look, dit Ági. En tout cas, si c'est la dernière mode, je suis vraiment à côté de la plaque.

Hanna regarda le chemisier à col haut. Une sensation de bien-être se répandit dans tout son corps. Elle respira profondément et s'assit en posant le coffret sur ses genoux.

— J'espère que tu as toute la journée devant toi.

63

La petite Signe était très concentrée. Signe l'observait par-dessus son tricot, qu'elle avait emporté avec un tas de copies à corriger. Elle aurait dû faire tout ce travail chez elle. Chez les Johansson, elle n'avançait pas et, en réalité, cette perte de temps était au-dessus de ses moyens. Mais chaque fois que son regard se posait sur la petite, elle oubliait tous ces soucis matériels.

— Viens ! dit-elle à l'enfant d'une voix claire. Viens jouer par ici, que je te voie !

La fillette se leva, sans devoir désormais s'appuyer des deux mains sur le sol, à la manière des tout-petits. Elle était devenue une personne à part entière. Elle l'avait toujours été, bien sûr, mais pas de façon aussi évidente. Elle leva son ouvrage en l'air pour le montrer à Signe, puis se rassit par terre un peu plus près d'elle et se remit à jouer. Signe ne se souvenait pas de sa propre petite enfance, mais d'après ce qu'on lui avait dit, elle et la petite se ressemblaient. Concentrée, secrète, observatrice. Elvira avait également usé des mêmes qualificatifs pour la décrire à l'âge adulte.

Celle-ci devait arriver en train le lendemain. Elles discuteraient droit de vote et s'endormiraient à trois mètres l'une de l'autre, le cœur de Signe martelant comme une pluie battante.

— Regarde, il a deux ailes, dit la petite Signe, très clairement, en roulant exagérément les "r".

Penchée sur une pomme de pin transformée en animal à l'aide de brindilles et de feuilles mortes, la petite fronçait les sourcils en fixant à de nouvelles places les membres qui étaient tombés.

— Mais un vrai papillon en a quatre. C'est vrai, hein, qu'il en a quatre ?

Elle leva des yeux interrogateurs sur Signe.

— Oui, comme nous l'avons dit hier. Et combien d'ailes a une mouche ?

— Deux. Et moi, j'ai trois ans.

Les femmes du village disaient parfois de la petite qu'elle parlait trop bien pour son âge. Signe s'efforçait de mitiger sa fierté mais, arrivée chez Anna et Anders, elle pouvait lâcher la bride. Anders pensait qu'elle exprimait de l'admiration pour sa progéniture à lui. Anna en était aussi fière qu'elle.

— Et bientôt, tu en auras quatre.

La petite n'écoutait plus, complètement absorbée par une minuscule brindille qu'elle essayait d'enfoncer dans une fente encore plus petite. Ses boucles blondes étaient négligemment rassemblées en deux couettes, et on voyait encore l'épi sur le dessus de sa tête, celui que Signe avait remarqué trois ans auparavant, dans la même cuisine. Elle se souvenait encore de cette odeur de nourrisson qui vous ferait déplacer des montagnes. Signe, d'ailleurs, était encore prête à tout pour la petite. À l'époque, l'enfant s'étonnait de sa propre respiration. Dorénavant, elle roulait les "r" et baptisait "papillons" des pommes de pin.

— Tu t'appelleras Rullgarrrotta.

Le prénom inventé se transforma en chansonnette, sur une mélodie qui ressemblait vaguement à celle d'une célèbre berceuse.

— Rullgarotta, rullgarottaaa… Tu t'appelles Rullgarotta, tu t'appelles… tu. Je m'appelle Signe, je m'appelle Signe, je m'appelle Signe, et toi, tu t'appelles…

L'enfant s'interrompit et leva le menton, comme pour se souvenir du nom du papillon qui lui échappait. Impossible de détacher les yeux de la précieuse petite.

— Rullgarottaaa.

Elle se mit debout sur ses petites jambes, abandonna le jouet et marcha d'un pas décidé vers l'entrée en chantonnant.

— Où vas-tu ?

Signe poussa un soupir et posa son tricot. Il ne suffisait plus de lui dire clairement non. À présent, la petite arrivait à ouvrir la porte par ses propres moyens. Elle faisait vraiment des progrès phénoménaux.

— Petite Signe, dit Signe en se levant. Viens me montrer ton papillon. Comment s'appelle-t-il, déjà ?

La petite actionna la poignée de la porte qui, consciencieusement huilée par Anders, ne faisait aucun bruit. On n'entendait que le déclic du verrou. Anders, hélas, n'avait pas eu la présence d'esprit de l'équiper d'un crochet. Signe fit deux pas rapides, s'accroupit à côté de l'enfant et fit pression sur son bras pour qu'elle se retourne. Ce qu'elle ne fit évidemment pas.

— On ne va pas sortir.

Signe exerça une nouvelle pression sur le bras de la petite, qui le retira vivement. De l'autre, elle tirait de toutes ses forces sur la poignée, que Signe retenait.

— On ne va pas sortir, répéta calmement Signe.

L'affaire n'était pas réglée pour autant, elle le voyait à l'expression butée de la petite.

— Viens, on va regarder ton papillon. Maman Anna va bientôt rentrer.

Elle avait eu un jour l'idée de dire "maman Anna" au lieu du simple "maman", mais elle ne le faisait que seule avec l'enfant. Il lui était même arrivé de se qualifier de "maman Signe", mais cela l'avait rendue affreusement nerveuse. On aurait pu l'entendre. On l'aurait mise à l'hospice.

La joue de la petite tressaillait, ses sourcils furieux ombrageaient son regard.

— Je sors.

Un combat acharné s'engagea, mais Signe allait l'emporter. Au passage, elle aurait une pensée pour tous les parents qui considéraient le châtiment corporel comme la meilleure réponse à la désobéissance, et une autre pour Friedrich Fröbel, ce génie de la pédagogie, parfaitement muet quant à la façon de maîtriser un enfant de trois ans qui veut sortir chasser les papillons en septembre. Au prix d'un gros effort, elle garderait une voix posée, tenterait de ne pas céder aux pleurs déchirants de la fillette, mêlerait les avertissements aux cajoleries et finirait épuisée, tenant sur ses genoux une enfant en sanglots mais malgré tout relativement contente.

Lorsque Anna revint des commissions, la petite dormait tranquillement sur les genoux de Signe. Plus une trace de conflit. De son bras libre, Signe tenait les exercices d'écriture de ses élèves – un tableau digne d'une affiche vantant les mérites de “la nouvelle femme” : maternelle, dynamique, travailleuse, intellectuelle, attentionnée, alerte et spirituelle, qui remplissait toutes les conditions posées par la société à part celle de partir en guerre. Que de contradictions… Elle ne manquerait pas de lancer la discussion avec Elvira. Non pas sur la question des exigences insensées qu'on faisait peser sur la gent féminine, les nouvelles s'ajoutant aux anciennes – cela faisait quelques siècles que les femmes connaissaient le problème. Mais sur sa propre qualité d'icône dans le domaine. Elvira en sourirait. Elle avait une si jolie bouche… Pas en cul de poule, comme Anna. Plus lisse, enfin, si c'était le terme adéquat.

— Tu m'entends ?

Signe leva les yeux de sa feuille, qu'elle ne regardait que pour mieux penser aux lèvres d'Elvira. Anna rit.

— Tu travailles trop. Je t'ai demandé si tout s'était bien passé.

“Lisse”, ce n'était pas le bon mot. Il évoquait des lèvres pincées, un sourire qu'Elvira n'arborait que pour donner le change dans un débat ou pour juger une formulation particulièrement laide sous la plume d'un homme de droite. Quand elle souriait, ses lèvres s'épanouissaient. Quand Signe disait une bêtise qui la faisait rire, sa bouche paraissait veloutée comme…

— Tout s'est bien passé ? Mais à quoi tu penses, dis-moi ? Il est arrivé quelque chose ?

— Nous nous sommes beaucoup amusées. Comme d'habitude.

Signe caressa les cheveux de la petite dormeuse. Anna rit comme si elle venait de faire une plaisanterie, puis détacha le ruban qui retenait sa tresse et défit ses cheveux.

— Ils sont pleins de saletés depuis que j'ai aidé Anders à vider l'abri de jardin, ce matin. J'ai eu envie de les secouer toute la journée.

Signe scruta la chevelure blonde étalée sur les épaules d'Anna.

— Je ne vois rien.

— Tu peux m'aider à les rattacher ?

Lorsque Signe changea de position pour tresser les cheveux d'Anna, la petite poussa un léger gémissement dans son sommeil. Les mèches blondes avaient glissé entre ses doigts d'innombrables fois, mais quelque chose avait changé. Signe le sentait, tout comme elle sentait que la petite n'était plus un bébé. Entre ses doigts, elle ne tenait plus de précieuses boucles lumineuses, mais de simples cheveux.

— Ça fait du bien, dit Anna sur un ton un rien exagéré. Personne ne me touche avec autant de douceur et de grâce que toi.

De la paille ou du lin. À une époque, Signe ne comparait ces mèches qu'à de l'or. La gauche sur celle du milieu, la droite sur celle du milieu.

— Seulement toi… dit Anna comme si l'allusion n'était pas déjà assez évidente.

Elvira ne se serait pas exprimée ainsi. Si elle sous-entendait quelque chose, elle le faisait au point qu'on ne pouvait plus le détecter. Parfois fermée comme une huître, parfois plus limpide. "Elle doit vouloir dire que je lui manque, disait parfois Signe à la petite, la seule personne avec laquelle elle pouvait parler de sa relation avec Elvira. Elle ne viendrait pas jusqu'ici pour une raison aussi fantaisiste si elle n'attendait pas autre chose de son séjour, n'est-ce pas ?" Il fallait qu'elle arrête de raconter ces choses à l'enfant, désormais capable de les comprendre et de les répéter.

Signe noua le bout de la tresse avec un ruban et se leva, tenant toujours l'enfant dans ses bras. Elle rit tout bas.

— Mon petit bout de chou… Tantôt, elle a une énergie infernale et veut sortir chercher des insectes ; tantôt, elle s'endort comme une petite travailleuse lessivée.

Anna rit aussi.

— Pourtant, elle n'a fait que jouer avec cette pomme de pin, d'après ce que j'ai compris.

Elle tenta de croiser le regard de Signe, qui l'esquiva. Penchée contre le front duveteux de la fillette, celle-ci songeait : "Toi et moi, nous nous comprenons."

Lorsqu'elle revint chez elle dans le brouillard, elle trouva une fenêtre allumée. La lampe à pétrole éclairait à peine quelques centimètres carrés d'espace au-dehors. Son cœur fit un bond. Une seule personne se permettrait d'allumer la lumière chez elle… Elle pensait devoir faire du feu en arrivant, mais la maison était déjà chaude et accueillante.

Lorsqu'elle eut ôté son manteau, Elvira lui tendit un morceau de pain.

— De la boulangerie d'Uppsala.

Signe transforma le gloussement qui couvait dans sa gorge en un large sourire. Elvira n'était pas le genre de femme à s'expliquer sur son arrivée avec un jour d'avance, mais bien plutôt à l'inviter à manger du pain à sa propre table.

Signe prit le pain et s'assit. Elles avaient fait ensemble un voyage à Uppsala, et Elvira s'était moquée de l'expression béate de Signe devant la vitrine d'une de ces boulangeries qui s'y multipliaient. Se retrouver dans cette ville où étaient sans doute nés les sentiments d'Anna pour Anders avait été une aventure mélancolique pour Signe à l'époque, mais désormais, Uppsala était synonyme de nostalgie : le souvenir d'Elvira prenant Signe par le bras et l'entraînant dans la boulangerie au son de la clochette. Le pain qu'elle lui avait rapporté était aussi bon que ce jour-là. Four de pierre, farine fraîche. Deux années d'attentions.

— Tu veux savoir ce que vient de faire l'armée britannique ?

Signe contempla le visage d'Elvira. Ses yeux bordés de cils noirs. Sa peau nette, couleur de bois de hêtre. Souhaitait-elle vraiment apprendre ce que venait de faire l'armée britannique ?

— Non, merci. J'aimerais plutôt savoir si tu as passé une bonne journée.

Elvira gloussa en baissant les yeux. Dieu, comme elle était belle ! Cette beauté originale était celle de la couleur noire, de la nuit profonde, quand on n'a aucune raison d'en avoir peur.

— Ma journée, dit-elle en levant la tête et en prenant un air songeur. Eh bien, j'ai pris un fiacre. C'était… agréable.

Elle se coupa une tranche de pain. Lorsqu'elle saisit le pain au milieu de la table, ses mains se rapprochèrent de celles de Signe. Elles se regardèrent.

— Tu aurais trouvé une façon plus poétique de décrire ce trajet en fiacre.

Signe luttait pour ne pas laisser paraître son trouble. Elvira prit sa tranche de pain, la dévisageant toujours.

— Tu aurais parlé du ciel, dit-elle avec un clin d'œil presque imperceptible. De la route, des petits oiseaux, de la Création et des chevaux. Le tout en vers, bien sûr.

Signe fit semblant de jeter son pain sur Elvira qui leva le bras en souriant pour se protéger.

— Je suis sérieuse, dit-elle encore. Tu as un don pour raconter les choses.

— Et toi, tu as un don pour… être.

Signe rougit aussitôt. Elle ne voulait pas le dire, juste le penser. Elvira haussa un sourcil en la regardant, puis rit.

— Mon rossignol…

En voilà, une réponse… Signe grimaça, le temps de reprendre le contrôle d'elle-même. Les yeux d'Elvira transperçaient sa peau, sondaient sa chair.

Elle avait si peu d'expérience, finalement. Quelles initiatives avait-elle prises pour embrasser Anna ? Frôler ses mains. Enfiler des habits d'homme – ce qui ne fonctionnerait pas avec Elvira. Il lui restait les mains. Les effleurer, les tenir, puis les garder. À cette simple idée, sa gorge se serra tant qu'elle eut l'impression de s'étrangler.

— Tu en veux encore ?

Elle secoua énergiquement la tête. La véhémence du geste était censée camoufler les tremblements qui traversaient son corps. Les doigts d'Elvira, qu'elle n'avait pas effleurés, balayèrent les miettes sur la table et poussèrent la chaise. Elle ne faisait jamais cela. Signe se leva pour l'aider à débarrasser. Récurer une cafetière serait une distraction bienvenue pour ses doigts. La nervosité l'obligea à contourner la table pour ne pas passer trop près d'Elvira mais, du coin de l'œil, elle la vit se retourner. Sa cuisine était si petite.

Elles ne dirent pas un mot. Elvira essuya encore la table, à l'aide d'un chiffon, cette fois. Elle était déjà allée chercher de l'eau au puits : le seau posé par terre était plein. Souriant d'un air niais, Signe s'appuya sur l'évier, sous l'effet d'un léger vertige. Puis elle couvrit le fond de la cafetière d'un voile d'eau, la nettoya, la rinça, vida l'eau dans une bassine en zinc et reposa la cafetière sur le plan de travail. Chaque étape lui semblait durer une éternité ; elle avait de ses mains une douloureuse conscience. Une fois la tâche accomplie, elle s'appuya à nouveau sur l'évier, les yeux rivés au mur. Les nœuds dans le pin restaient muets mais l'apaisaient à la manière des choses familières. Respirer. Faire sa toilette du soir. Vider l'eau. Aller se coucher. Ou frôler Elvira, par inadvertance, pour voir ce qui arriverait. La frôler, puis oser s'attarder.

La main d'Elvira, sur sa nuque, se fit toute douce.

64

— Oh, mais c'est…

Ági fit une grimace et un ample geste pour exprimer ce qu'elle n'arrivait pas à dire à l'aide de mots.

— Incroyable, quoi.

Hanna trouvait son enthousiasme sympathique. Elles étaient assises chacune sur un gros coussin, le coffret par terre, entre elles. Ági avait écouté avec beaucoup de concentration l'histoire des quatre objets qui avaient mené Hanna et Erik à la petite maison dans les bois de Tierp. Elle toucha la broche que Hanna avait accrochée à son col.

— C'est elle ?

— Et là, les chaussures. Selon Erik, il s'agit d'une série de coïncidences.

Ági secoua ses mèches châtaines.

— Dans la vie, tout est lié par la supposition qu'elle est faite de coïncidences et par la conviction qu'elle ne l'est pas.

Hanna répéta intérieurement la phrase pour tenter de déterminer si elle avait un quelconque sens. Ági lui fit un clin d'œil et lui tendit un prospectus.

— Je l'ai écrit moi-même dans ma brochure, c'est pour ça que je m'en souviens. J'ai demandé à ma voisine si c'était correct, du point de vue grammatical. Elle m'a dit que pour la forme, oui, mais que sur le fond, c'était un peu bizarre.

Ági sourit. Hanna aussi.

— Pourquoi pas, dit Hanna en relisant la phrase. Si ça explique que je… C'est-à-dire qu'en lisant les lettres, j'ai commencé à me sentir comme Signe. D'une certaine manière.

— Comment ça ?

— Comme si je devenais elle.
— Ou comme si c'était toi qui les avais écrites ?
Hanna réfléchit.
— Oui. Enfin, sauf qu'elle emploie un tas de mots bizarres.
Ági prit une lettre.
— La réincarnation se fiche du vocabulaire.
Hanna croisa son regard et en eut la chair de poule.
— Tu crois ?
Ági haussa les épaules.
— Comment savoir ce qu'il en est ? Et comment savoir ce qu'il n'en est pas ?
— Tu es complètement barjo. Je ne l'ai pas commencée, celle-là, mais je suis curieuse de la lire. C'est la dernière avant un long silence qui dure toute l'année 1910.
Ági regarda la feuille de papier en silence, se concentra pendant presque deux minutes avant de lâcher un long soupir et de la passer à Hanna.
— Comment tu fais pour déchiffrer cette écriture ?
Hanna passa sous silence tous les problèmes qu'elle avait eus au début.
— Ce n'est pas si terrible. Je te la lis, et tu notes, d'accord ?

Tierp, le 19 mars 1909

Mon amour,

Voilà plusieurs heures que tu es partie. La clarté va encore s'obstiner un moment. Ce ciel qui, jour après jour,... ... ... l'obscurité, ce ciel se prépare déjà au nouvel été qui vient. On le sent déjà venir. La lutte est belle quand on sait que le bien vaincra.

— Tu étais poétique dans ton ancienne vie.
— J'étais aussi complètement obsédée par la météo.
— Tu veux un petit coup de cravate ?
— Quoi ?

Pour Ági, un "coup de cravate", c'était un *shot* de saké, seul ou accompagné d'une biscotte.

— Tu disais qu'on n'avait pas besoin de se droguer, qu'il suffisait d'ouvrir les yeux… dit Hanna en suivant son amie dans sa cuisine vert pomme.

— Je ne t'ai pas demandé si tu en avais besoin, mais si tu en voulais un. D'ailleurs, je l'ai reçu en cadeau.

Elle leur servit chacune un fond de liquide clair dans des bols bruns qui étaient sans doute compris dans le cadeau.

— Enfin, si tu peux rester dormir cette nuit. Dans ce cas, je te conduirai demain.

— Un coup de cravate ? répéta Hanna.

— C'est mon voisin qui a appelé ça comme ça ! Je l'ai invité à prendre un verre de saké et il m'a dit qu'il pouvait bien se permettre un petit coup de cravate. Moi aussi, je trouve ça complètement débile. Mais c'est marrant !

Elles avalèrent leurs coups de cravate cul sec en même temps et grimacèrent. L'alcool leur réchauffa le gosier et le ventre.

— Ton voisin, celui qui a baptisé la boisson, dit Hanna, il n'aurait pas dit "un petit coup derrière la cravate", par hasard ?

— Ah, oui, ça doit être ça. J'apporte la bouteille au salon ?

Hanna gloussa – à cause de la confusion, sans doute, car elle ne sentait pas encore l'effet de l'alcool.

— On n'a qu'à finir la lettre. On prendra un coup de cravate après, en récompense.

En outre, au cœur de cette cruelle absence est plantée comme une épine. Je n'avais pas l'intention de te l'écrire, bien plutôt de t'en parler de vive voix, mais ma main forme les mots malgré moi : … … … (ici ?) Quelque chose te tracassait, n'est-ce pas ? J'aurais voulu t'en parler avant ton départ, mais le temps… … manqué. Je t'ai sentie oppressée par… … … que tu me taisais. Est-ce que je me trompe ? Ma nature impressionnable me jouerait-elle des tours ?

Hanna relut le paragraphe, exaltée.

— Voilà ! C'est là que ça se passe !

— Anna cache quelque chose.

Hanna leur resservit un fond de saké.

— En plus du secret qu'elles partagent.

Elle avala la boisson cul sec et médita pendant que l'alcool se répandait dans son corps. Quel effet cela faisait-il de partager ce genre de relation clandestine un siècle plus tôt ?

— Il y a anguille sous roche, c'est sûr. Je comprends très bien ce qu'elle éprouve : on sent que ça ne tourne pas rond, qu'il y a un os, mais on n'arrive pas à mettre le doigt dessus. Et l'autre ne dit rien.

— Tu parles de Johan, là ?

Hanna fronça les sourcils.

— De Signe, bien sûr. Johan et moi, on n'a quasiment pas… Enfin, c'est fini entre nous. On habite ensemble, c'est tout. Et en plus, je n'ai pas été à la maison depuis plus d'une semaine.

— C'est bizarre, non ? Je me souviens, avant…

— Oui, avant.

— Tu le trouvais incroyable, il faisait tout pour te mettre de bonne humeur. J'étais convaincue que c'était pour la vie, vous deux. Toi aussi, d'ailleurs.

Hanna haussa les épaules.

— Il…

Elle hésita, puis se décida. Ági était quelqu'un de confiance.

— Il m'arrive des trucs, ces derniers temps.

— Depuis que tu as trouvé les chaussures et les autres objets ?

Hanna acquiesça et regarda Ági dans les yeux.

— Je suis quasiment devenue quelqu'un d'autre.

Pendant que Hanna, pour la première fois, mettait des mots sur sa transformation, Ági l'écoutait, riait, se mordait les lèvres d'excitation. Ses boucles bondissaient sur ses épaules quand elle acquiesçait énergiquement. Hanna lui raconta tout : comment elle avait envoyé valser sa mère à sa fête d'anniversaire, ce qu'elle avait dit à Fredrik-le-parasite devant le portillon du métro, comment elle se voyait parfois de l'extérieur et que tout cela semblait prendre sa source dans les semelles de ses bottines. Elle faillit lui parler de ses fantasmes sur la relation intime de Signe et d'Anna, mais se retint. Ági buvait ses paroles. Hanna leur servit un troisième saké, qu'elle accompagna d'une biscotte – cela rendait réellement la boisson plus supportable. Elle regardait Ági du coin de l'œil. Inutile de lui présenter la chose de façon trop personnelle, il n'y avait qu'à en parler comme d'une généralité. Après tout, on n'était pas au XXe siècle. Ce genre de sujets n'était plus tabou.

— Tu as déjà été avec une fille ?

Ági gloussa et haussa les sourcils.

— Tu me fais des fringues ?

— Quoi ? Heu… Ah ! Si je te fais du gringue ? Non, c'était juste une question.

Hanna rougit. Bêtement. Ági la regarda, espiègle.

— Voilà ce que je pense. Pourquoi est-ce qu'on attache autant d'importance au fait qu'on soit avec une fille ou avec un garçon ? Tu comprends ? On est tous des êtres humains.

— Oui, mais on est aussi tous des garçons ou des filles.

— Non, pas tous.

— Bon… Je me demandais seulement si tu avais déjà couché avec une fille. Tu comprends ma question, quand même ?

Voyant son agacement, Ági pouffa de rire et mit la main sur son bras pour la calmer.

— Avant de venir en Suède, pendant trois ans, j'ai eu une relation avec une personne qui était née sans sexe déterminé, qu'on avait opérée pour en faire une fille quand elle était petite, mais qui ne s'est pas développée comme une femme à la puberté. On lui a donné des hormones, puis elle a arrêté le traitement de sa propre initiative. Elle acceptait d'avoir un numéro de sécurité sociale féminin, mais ne voulait pas qu'on l'appelle ni femme ni homme. Ça répond à ta question ?

Ági était donc sortie avec une bête de cirque… Elle l'avait sûrement fait exprès pour pouvoir donner la repartie dans ce genre de situation. En réalité, Hanna était jalouse. Ági et son ex avaient vécu une aventure clandestine subversive, comme jadis Signe et Anna.

— Je me demande combien de fois Signe a dû s'entendre traiter de "bête de cirque", pensa tout haut Hanna.

Ági éclata de rire.

— À propos de mon ex ? C'est vrai… Les gens toujours s'amusent à donner des noms rigolos à ce qu'ils ne comprennent pas.

Elle aurait pu faire du gringue à Ági… Si son corps était réellement possédé par une maîtresse d'école lesbienne, Ági n'aurait pas été un mauvais choix. Une dentition blanche et régulière. De beaux yeux marron clair. Et, à cet instant-là, un sourire un tantinet provocateur.

— Et toi ?

Hanna ne répondit pas. Inutile de dévoiler des lacunes dans son expérience. Pour l'heure, l'alcool japonais circulait dans ses veines et Signe nageait dedans. Signe, la femme qui avait défié toutes les conventions en embrassant la blonde Anna… Hanna toucha les cheveux d'Ági, qui la regarda droit dans les yeux pendant un moment. Puis Ági dirigea les lèvres de Hanna vers les siennes.

Embrasser Ági avec une dose suffisante d'alcool japonais dans le sang, c'était à peu près comme d'avoir très faim, de rêver d'un repas consistant et de devoir se contenter d'une sucrerie. Au milieu du baiser, Hanna gloussa. Ági aussi.

— Pas trop mal ? demanda Ági.

Hanna acquiesça. Pas trop mal. Ági l'embrassa encore. C'est ainsi que le sommeil centenaire de Signe se rompit sur les coussins indiens brodés de perles, à Avesta. Une aura d'interdit flottait autour d'elles. Quand Ági se mit à tripoter le chemisier bleu, Hanna le déboutonna.

La main d'Ági était toute petite sur son sein. "Une main de fille", se dit Hanna, sourire en coin, en s'allongeant sur le canapé. La respiration d'Ági devenait saccadée, mais elle gardait une expression amusée au fond des yeux. Elle avait ôté son pull bariolé. Le débardeur qu'elle portait en dessous était parti du même coup. L'embrasser, c'était comme croquer dans une pomme d'amour. Ági s'étendit contre Hanna. Douce, partout. Aucune friction, des muscles qui se tendaient sans dominer, pas de barbe naissante, des seins contre sa peau. Hanna osait à peine les toucher. Quand elle le fit, elle eut l'impression que c'étaient les siens.

Mais l'étincelle se faisait attendre. Hanna pensa à leurs deux corps de filles désireuses de jouir, elle tenta d'aimer l'idée du sexe plat d'Ági sous son jean. Mais Signe avait disparu de son système vasculaire. Hanna rêvait de coups de butoir, d'explosions contre son corps, de membres qui titillaient sa féminité de leur… inféminité. D'un homme, en fin de compte. Qu'y avait-il de bizarre à cela ? Lorsque Ági glissa plus bas, Hanna se déroba avec un faible grognement – qu'avec Johan, elle devait répéter pour qu'il l'entende. Du temps où ils s'aimaient sauvagement, passionnément, s'embrasant comme un feu de forêt – et sans sucre. Ági retira sa main et se mit à démêler les cheveux de Hanna.

— Ce n'est pas grave, lui dit-elle tendrement.

Hanna décolla une paillette de son dos, regarda le plafond où une longue étoffe jaune citron s'étendait d'un coin à l'autre de la pièce. La déception de ne pas réincarner le penchant sexuel d'une défunte maîtresse d'école était l'une des expériences les plus originales qu'elle eût jamais faites dans sa vie. Il fallut que l'alcool japonais fît encore plusieurs tours de piste dans son corps avant qu'elle parvienne à la surmonter.

65

L'évier. Le mur de bois clair. La bassine en zinc et la lampe à pétrole. La main d'Elvira sur sa nuque avait interrompu toutes ses pensées. Seule sa respiration résonnait dans la pièce alors que la sensation tactile se répandait dans son corps. Fulgurante.

Elvira glissa silencieusement la main autour du cou de Signe qui, toujours appuyée sur la surface métallique de l'évier – un soutien illusoire –, percevait la chaleur de son corps dans son dos. Elvira attendit un instant, puis entoura l'épaule de Signe de son autre main. Lorsque, deux respirations plus tard, Signe lâcha l'évier pour se retourner, les yeux d'Elvira brillaient, et son visage habituellement si fermé exprimait un trouble. Signe passa ses doigts entre les siens et pressa doucement sa main. Pendant quelques secondes, leurs regards se parlèrent, entourés de la seule lueur sombre de la lampe. Signe rompit à contrecœur le silence :

— Elvira...

Pour toute réponse, Elvira plongea dans les yeux de Signe un regard aussi perçant que caressant qui sembla la déshabiller de l'intérieur. Ses mains s'agrippèrent légèrement aux cheveux de Signe qui, tremblante, reprit son souffle. Avec un sourire presque fragile, Elvira durcit sa prise. Signe ne sentit pas la douleur, ou peut-être pas assez. Leurs lèvres ne s'étaient encore jamais rencontrées. Avant cet instant-là.

Il faisait noir dans la chambre, peut-être froid. Mais entre elles, l'air vibrait comme une canicule estivale. Du visage d'Elvira ne se voyaient plus que des ombres et le reflet brillant dans ses yeux. Elle laissa Signe goûter le poids de son corps sur elle dans le lit.

Chemisiers et jupes parsemaient déjà le sol, ainsi que le tablier que la petite Signe avait souillé de confiture d'airelles quelques heures auparavant. Dans l'espace dépourvu de friction entre leurs deux peaux, les aventures de l'enfant paraissaient bien lointaines. Dans un instant de lucidité fugace, Signe remarqua qu'Elvira portait sous sa robe le type de corset souple à bretelles qu'elle-même affectionnait. Le vêtement était boutonné sur le devant – ou plutôt déboutonné. En équilibre sur le côté, cherchant leurs lèvres, elles tiraillèrent leurs boutons respectifs, puis s'escrimèrent avec leur propre corset. Les seins d'Elvira devinrent des ombres dans la nuit, une tentation au creux de sa main. Entre l'index et le majeur, Signe sentit les contours durcis de son mamelon. La respiration d'Elvira était dorénavant audible.

Alors que leurs jambes enchevêtrées se frottaient les unes contre les autres, Signe sentit à travers la culotte d'Elvira une moiteur, une chaleur. Le pouls qui battait à travers son corps désirait Elvira, voulait se mêler à elle, se fondre à elle. Lorsque ses ongles plongèrent en elle, elle y parvint presque. Elvira s'escrimait avec leurs derniers sous-vêtements, marmonnant qu'ils étaient une vraie plaie. Quand le corps de Signe fut enfin offert à ses paumes, elle poussa un soupir rauque.

— Moi aussi, souffla-t-elle alors que ses doigts montraient à Signe ce qu'elle savait d'elle.

Signe, à bout de souffle, piaillait ou murmurait.

— Comment ?

— Moi aussi, répéta Elvira en guidant la main de Signe vers son bas-ventre.

Dans le sexe d'Elvira, elle trouva enfin la pulsation dont se languissait son sang. Elle la sentit dans ses cinq doigts, dans sa paume, du majeur et de l'index qui fouillait Elvira pour découvrir les lieux où elle retenait encore quelque chose. Lorsque Elvira gémissait, haletante, Signe restait juste assez longtemps pour que son pouls s'accélère, puis s'éloignait avec le sentiment de la tenir encore au creux de sa main. La troisième fois, lorsque le souffle rauque d'Elvira s'interrompit soudain, celle-ci se pressa contre Signe et chuchota :

— Tu sais me taquiner, toi…

Signe poussa un gloussement de fierté et croisa les yeux plissés d'Elvira dans le noir. Un instant plus tard, celle-ci, la retournant, concentra en quelques légers mouvements les battements de son cœur, sa respiration et toutes ses sensations en un unique point.

— J'avais oublié, dit-elle de sa voix rauque qui remuait les tréfonds de Signe, à quel point j'aime taquiner aussi.

Signe n'en prit conscience qu'un peu plus tard. Lorsque leur sueur cessa de s'évaporer et rafraîchit leurs fronts, lorsqu'elles se furent blotties sous le plaid, enlacées, paisibles, Signe sut qu'elle pouvait désormais serrer Elvira contre elle.

66

Hanna et Ági entrèrent dans le parking, en bas de chez Caroline, à l'instant même où cette dernière concluait avec Erik un marathon de sexe et de chocolat sur le sol de sa cuisine. Du moins était-ce ce que suggéraient leurs yeux rougis et la forte odeur de chocolat qui emplissait la maison.

— Vous voilà ensemble sur le pas de la porte pour nous accueillir ! dit Hanna.

— C'est un plaisir de te revoir, répondit Caroline avec tant de bienveillance que Hanna en regretta presque son ton railleur.

Ági faufila sa main entre le chambranle et Hanna.

— Ági.

Caroline mourait de curiosité depuis qu'Erik lui avait parlé de la passionnante correspondance sans pouvoir lui en montrer un seul échantillon. Mais ils avaient tout de même passé un très bon moment et discuté d'un tas d'autres choses. Le regard comblé qu'Erik jeta en biais sur Caroline amusa tant Hanna qu'elle ne ressentit même pas le besoin de le taquiner.

— Par exemple de ma grand-tante Elvira, dit Caroline en regardant Hanna droit dans les yeux.

Comme pour l'éduquer un peu.

— C'est drôle, plus je parle d'elle, plus les souvenirs de l'époque me reviennent.

— De quoi t'es-tu souvenue ?

Ági les suivait des yeux comme devant un match de ping-pong aux règles incompréhensibles.

— Elvira, c'est la nana qui habitait à l'adresse de Signe, lui précisa Hanna.

Le choix des mots fit ricaner Erik et Caroline. Celle-ci alla chercher la photo, qui se trouvait désormais sur son buffet, dans le salon, appuyée contre un portrait encadré d'un homme coiffé à la Elvis Presley. Ági prit la précieuse photo par les bords et l'étudia, impressionnée.

— Canon !

Caroline s'assit sur l'accoudoir de son fauteuil. En repliant un peu les jambes, elle aurait pu passer pour une écolière. Erik fit mine de laisser errer son regard de-ci de-là, ce qui trahissait clairement ses coups d'œil en coin sur leur aimable hôtesse. Hanna le trouvait assez attendrissant.

— Je parie que c'était une vraie charmeuse, dit Ági. Enfin, si c'est comme ça qu'on dit. Quelqu'un dont tout le monde tombait amoureux.

— Elle était plutôt pas mal, en effet. Tu seras peut-être étonnée d'entendre qu'elle ne s'est jamais mariée !

— Non, dit Ági en se retenant de rire. Ça ne m'étonne pas spécialement.

— On pourrait peut-être prendre une petite tasse de café, dit Erik hâtivement. Les gâteaux au chocolat… Caroline a fait des gâteaux au chocolat.

Traînant dans le salon pendant que les autres se rendaient à la cuisine, il fit signe à Hanna de rester avec lui puis, d'un air grave, il baissa la voix :

— Que nous ayons quasiment la preuve de… la nature de la relation entre les demoiselles Signe et Anna, c'est une chose. Mais se mettre à spéculer sur les vénérables aïeux de Caroline, c'en est une autre. J'espère que tu le comprends.

Hanna le regarda.

— Erik, dit-elle. Kilhberg, ajouta-t-elle pour donner plus de poids à ses propos. Si tu veux avoir ta chance avec Caroline, il va falloir te mettre à jour. On est au XXIe siècle. Accuser quelqu'un d'être homo, c'est *grosso modo* comme le traiter de blond ou de hongrois.

Il pinça les lèvres, croyant sans doute qu'elle le faisait marcher.

— Je suis sérieux, Hanna. Vous, les jeunes, vous avez vos idées. Mais ne mêle pas Caroline et sa grand-tante à ça. Si tu l'écoutes un tant soit peu, tu comprendras toute l'admiration qu'elle avait pour Elvira.

Hanna serra les dents comme elle ne l'avait plus fait depuis son adolescence, marmonna "okey" et suivit son vieux compagnon homophobe à la cuisine, où la cafetière hoquetait, mieux qu'aucune machine à expressos au monde. Ági posait des petites cuillers sur des sous-tasses fleuries.

— Tu entends ça, Erik ? s'exclama Caroline. Les lettres contenaient apparemment bien plus que ce qu'on ne pensait !

Erik grogna :

— Ah bon.

— Des choses passionnantes. Tu veux les entendre ?

— Ça m'a l'air bon, ça, fit-il.

Caroline se dandina vers lui et lui secoua amicalement l'épaule.

— Enfin, tu es sûrement au courant, puisque tu as déjà écumé la moitié des lettres. Figure-toi que Signe et Anna, les deux correspondantes, entretenaient une relation amoureuse secrète. L'une avec l'autre. C'est sensationnel, tu ne trouves pas ?

Hanna jeta un coup d'œil en coin à Erik, qui se racla la gorge et feignit l'étonnement avec une crédibilité mitigée.

— Ça alors.

— Mon Dieu ! dit Ági. Ces gâteaux sont délicieux.

Après avoir bu le café, ils farfouillèrent tous les quatre dans le coffret. Voilà ce qu'était devenue la vie de Hanna. Elle tournait désormais autour d'un élément central, la correspondance. Hanna finissait toujours par farfouiller dedans, avec ou sans compagnie.

— C'est tout de même bizarre qu'elle contienne à la fois les lettres d'Anna et de Signe… fit remarquer Caroline. Avez-vous remarqué si les liasses avaient été assemblées par des personnes différentes ou par une seule ? Quelqu'un qui les aurait attachées avec des rubans pour la postérité…

— Comment le savoir ? On n'a pas fait de test d'ADN, si c'est ce que tu veux dire.

— Non, mais vous avez peut-être étudié les nœuds avant de les défaire…

Ils auraient dû, bien sûr. Pourquoi aucun n'y avait-il pensé ? Erik grimaça. Hanna rougit.

— En tout cas, les lettres de Signe sont plus sales que les autres.

Dans un mois, on plantera les pommes de terre. Je te le dis parce que je me plais à imaginer ton visage qui observe avec curiosité les méthodes, la manière dont on manie la houe et dont les plants, avec leurs... ... ... en tire-bouchon, deviendront les racines des nouvelles pommes de terre. J'espère que tu ne cesseras jamais de t'émerveiller devant ces petites choses de la vie. Ton sourire radieux m'apporte la quiétude.

Il semblerait que pour cette fois, l'obscurité l'ait emporté sur la lumière. Je suis à nouveau seule, penchée au-dessus de mon papier à lettres à la lueur de ma... ... . Mes lunettes glissent le long de mon nez et tombent sur la table. Si tu étais ici, tu me maudirais parce que je ne suis pas encore couchée. Mais si tu étais ici, il me serait plus facile de trouver le chemin de mes jolis draps.

Hanna toucha ses lunettes, qui avaient effectivement tendance à glisser le long du nez dès qu'on penchait la tête en avant. Ils n'avaient pas encore la preuve que les bottines eussent appartenu à Mlle Signe Sivander, il fallait l'admettre. Ni la broche, ni la règle. Mais les lunettes étaient, quasiment avec cent pour cent de certitude, celles que mentionnait Signe dans sa dernière lettre de 1909. En tout cas, elles avaient été portées par quelqu'un qui habitait à la même adresse qu'elle. En réalité, on pouvait encore interpréter autrement les faits, ce qui était un poil contrariant.

— Une vraie citadine, cette Anna, sourit Caroline. Signe, au contraire, semble être une fille de la campagne. J'allais dire "paysanne", mais elle avait de l'instruction, aucun doute là-dessus.

— Elle était quand même maîtresse d'école.

— J'arrive quasiment à me les représenter, pas vous ? Anna était blonde, c'est bien ça ? À quoi ressemblait Signe ?

— À…

"À moi, pensa Hanna, mais les autres ne le comprendraient pas."

— On n'a pas d'indications sur l'apparence de Signe, à part à un endroit où on parle de ses beaux yeux.

Caroline scrutait une lettre. Un sourire se dessina sur ses lèvres.

— Celui qu'on aime a toujours de beaux yeux. Là, je crois que c'est "lampe à pétrole".

Hanna pensa aux yeux de Johan. Elle se souvenait du moment précis où elle avait commencé à les trouver beaux. La façon dont il la regardait… dans le temps.

— C'est romantique, glissa Ági. Une fille de la ville et une fille de la campagne.

Hanna jeta un coup d'œil à Erik, dont le visage n'exprimait rien de particulier. Enfin, quand Caroline avait fait sa remarque sur les yeux des amoureux, il avait quand même manifesté une gêne seyante. En revanche, il ne semblait toujours pas prêt à débattre de la relation lesbienne que décrivait la correspondance. Espèce de vieux bonhomme.

— Je me demande si le coffret est de la même époque que le secrétaire, dit Hanna.

Erik, manifestement intéressé, se pencha en avant avec un certain flegme.

— Oui, oui, répondit-il sur un ton que Hanna décrivait désormais comme "plaintif et traînant". C'est vraisemblable. Le modèle correspond à l'époque. D'ailleurs, il est fait du même bois.

Hanna acquiesça gravement, se réjouissant intérieurement de lui avoir fait desserrer les dents. Erik pouvait bien croire qu'il l'avait percée à jour, mais, en réalité, c'était elle qui avait compris le fonctionnement de son psychisme primaire. Si elle échouait comme maîtresse d'école ou comme poétesse, elle pourrait toujours se lancer dans une carrière de psy.

— Et le meuble était entièrement vide, à part ce coffret ? demanda Caroline.

— La personne qui a fait le ménage ne devait pas connaître l'existence du double fond ! s'exclama Ági. Enfin… c'est bizarre, non ?

— Quoi ?

— Celui ou celle qui a caché les lettres ne voulait pas qu'on les trouve. Pourtant, quand on garde sa correspondance dans un secré… dans un machin, c'est bien parce qu'on veut que quelqu'un les trouve un jour. Moi, en tout cas, je les cacherais ailleurs.

— Ou je les brûlerais, ajouta Hanna. Oui, je les brûlerais.

— Tout le monde n'est pas aussi doué que toi pour se débarrasser de lettres, rétorqua Ági sur un ton cassant, ou peut-être provocateur.

Un instant, Hanna se demanda si elle n'essayait pas de la séduire depuis le début. Que pour y parvenir, Ági ait été obligée de disposer des objets du XIXe siècle sur le chemin de Hanna, de placer un secrétaire au milieu des bois de Tierp et de rédiger une cinquantaine de lettres jaunies, eh bien, tout cela démontrait finalement que la confiance en soi de Hanna n'était pas aussi lamentable que le croyait Erik.

Caroline se massait la joue, pensive. Puis elle se leva d'un bond.

— Je… dit-elle.

Elle alla chercher la photo de famille dans laquelle on voyait Elvira. De retour dans le salon, elle scruta sa grand-tante d'un air perplexe. Les autres, silencieux, l'épiaient discrètement, comme s'ils étaient devenus malgré eux les spectateurs d'un événement d'ordre privé. La vieille dame au large derrière et aux bras fripés, coudes appuyés sur la table basse, examinait tour à tour les deux images : Elvira jeune et Elvira vieille. Elle finit par pousser un soupir.

— Je croyais qu'elle s'était réellement confiée à moi, mais… dit-elle d'une voix claire et éraillée.

Hanna l'imagina enfant, assise aux côtés de sa grand-tante. Une petite fille aux cheveux nattés, désireuse de partager les trésors de sagesse amassés derrière le front austère de la vieille dame.

— Pas tant que ça, finalement.

67

L'année 1915 commença par un dimanche qui aurait dû venir cinq mois plus tôt, et se termina lorsqu'en plein hiver, la clarté arriva enfin.

Une action concertée contre la guerre s'imposait, toutes s'accordaient là-dessus. L'engagement des femmes était aussi indissociable de la paix que le beurre du miel, et l'initiative venant de Stockholm avait, après réflexion, fait l'unanimité. En outre, le "dimanche pour la paix" donnait aux militantes de Tierp une bonne excuse pour entreprendre une petite excursion. Elles choisirent la destination d'Uppsala.

L'action coordonnée à travers le pays s'organisait dans le plus grand secret, et elles avaient le privilège de prendre part aux préparatifs. Glacées par le long et rude hiver mais brûlant d'un feu intérieur, Signe, Sanna, Stina Pettersson et la dévouée Augusta projetaient l'achat des billets de train, dont serait chargée une personne bien précise. Rien ne devait être laissé au hasard.

— C'est important de rester groupées, répéta Augusta pour la quatrième fois. Dieu seul sait ce qui peut arriver si nous nous perdons de vue.

Elle avait pris un ton quasiment menaçant. Sanna ricana.

— À t'entendre, on croirait que nous partons en Amérique.

Augusta jeta un coup d'œil vexé à Sanna, qui haussa les épaules – une scène désormais habituelle.

— Si je m'égare, ne vous inquiétez pas pour moi. Je suis déjà allée à Uppsala, je me débrouillerai.

— Quand tu étais petite, oui, dit Mme Pettersson. Ça m'étonnerait que tu te souviennes de la ville quinze ans plus tard. Et que dirait ton jeune mari s'il te savait seule, errant dans les rues d'une grande ville ?

— Je me réjouis de faire ce voyage en votre compagnie, dit Signe, sur le ton qu'elle employait pour détourner l'attention de la petite Signe.

Cela dit, le plaisir qu'elle tirerait de l'excursion demeurait somme toute assez égoïste. Les membres du groupe, qui faisaient parfois preuve d'une certaine étroitesse de vue, allaient enfin pouvoir constater de leurs propres yeux à quel point, en ville, les femmes pouvaient se montrer aussi distinguées que radicales. Cela changerait peut-être la manière dont Stina Pettersson concevait le rôle d'un époux lorsque sa femme partait sans lui en voyage. Cela pouvait également nuancer l'admiration jusqu'alors inaltérable d'Augusta pour la famille royale et l'évêque. Ni elles ni les autres recrues n'avaient jamais vu de militantes extérieures au groupe, à part Elvira et Brita Löfstedt, qu'elles considéraient peu ou prou comme des oiseaux exotiques.

— Oui, quelle aventure ! renchérit Stina Pettersson. Ce sera la première fois que j'adopte une résolution !

— Comment ça se passe, concrètement ? demanda Augusta, méfiante.

— Eh bien… répondit Signe qui, en fait, n'en savait rien. Nous rencontrerons un tas de militantes, nous nous réunirons comme pour manifester et un représentant lira la résolution.

— Tu n'as qu'à penser aux hommes quand ils manifestent, lança Sanna. Vous croyez qu'ils discutent en tricotant avant d'agir ?

— Effectivement, on peut se demander s'ils se donnent le temps de la réflexion, répliqua Signe. Quoi qu'il en soit, il ne me semble pas nécessairement judicieux de les imiter. Notre pays se porterait sûrement mieux si Hjalmar Hammarskjöld avait été forcé au moins une fois dans sa vie de broder une pensée sur un joli canevas avant de la soumettre au vote du Riksdag.

Sanna ricana, Augusta pinça les lèvres. Si Elvira avait été présente, elle aurait enrichi de quelque détail cette vision du Premier ministre occupé à broder. Signe respira l'air du salon des Pettersson, se réjouissant de la facilité avec laquelle son cœur se laissait manipuler. Il suffisait d'une seule pensée pour Elvira.

Les préparatifs furent interrompus par un effroyable vacarme : une sonnerie criarde retentit dans toute la maison. Mme Pettersson sursauta.

— C'est notre nouveau téléphone.

La dernière acquisition de M. Pettersson et, par extension, de toute la famille Pettersson, était une petite merveille d'élégance et de modernité. Elles avaient déjà eu le loisir de l'admirer, et Mme Pettersson leur avait fait une démonstration des multiples fonctions de l'appareil en répétant à la cantonade que le préfet en personne possédait le même. À l'entendre, on eût cru qu'un mystérieux lien unissait de ce fait la famille du préfet à la sienne et qu'ils partageaient désormais un destin commun. Signe s'était laissé impressionner par la surface noire rehaussée d'argent. Les militantes entendirent les pas fermes de M. Pettersson, le déclic de l'engin lorsqu'il décrocha et sa réplique concise pour confirmer son bon raccordement. Quelques secondes plus tard, il apparut sur le pas de la porte.

— Mlle Löfvenberg souhaite s'entretenir avec Mlle Sivander d'une affaire très urgente et, semble-t-il, hautement confidentielle.

Signe ignora son haussement de sourcils. Sans doute avait-elle bondi avec un peu trop d'ardeur. Les militantes l'observèrent depuis l'encadrement de la porte alors qu'elle soulevait le combiné d'argent et de tôle. Elle se tourna discrètement vers le mur, submergée par le ravissement d'entendre la voix d'Elvira à l'autre bout du fil. Sa respiration bruissait dans son oreille.

— Bonjour. Signe à l'appareil.

— Est-ce que quelqu'un d'autre m'entend ?

Signe se retourna et lança un regard sans équivoque à ses compagnes de lutte, qui s'éloignèrent à reculons dans le salon.

— Je ne crois pas.

— Dans ce cas, j'aimerais d'abord te dire que je tiens à toi.

Signe voulut s'empêcher de glousser, mais n'y parvint pas.

— Moi… aussi.

— Je ne vais pas parler pendant plus d'une unité. Je suis dans une cabine téléphonique pour les appels nationaux.

Les abonnés de Stockholm ne pouvaient pas appeler les clients du réseau national depuis leur ligne domestique et vice versa, à cause de la division du réseau entre plusieurs sociétés de télécommunications concurrentes. Ils avaient fini par s'y habituer. Elvira expliqua brièvement l'objet de son appel et eut le temps, avant que la téléphoniste ne leur signale que leur temps de communication était écoulé, de lui transmettre encore un rapide témoignage de tendresse. En faisant quelques tours de manivelle pour couper la ligne, Signe se sentait toute chose. Et profondément déçue.

— Le dimanche de la paix est annulé, annonça-t-elle aux militantes.

— Comment ça ?

— La reine Victoria a eu vent du projet et s'est publiquement opposée à l'engagement politique des femmes.

Comme l'avait exprimé Elvira sur fond de crépitement, cette déclaration, qui venait non seulement d'une femme, mais en plus d'une reine, pouvait être considérée comme un acte éminemment politique. Dans le salon de M. Pettersson s'exprimait la même perplexité, quoique dans d'autres termes.

— C'est vraiment décevant.

— Quelle réaction minable !

— Une seule personne, qu'elle soit reine ou non, peut-elle vraiment empêcher un tel événement à travers toute la Scandinavie ?

Augusta semblait en proie à un profond dilemme. Après avoir laissé libre cours à leur mécontentement pendant quelques minutes, Stina et Sanna se tournèrent vers elle. Augusta regarda les autres participantes d'un air grave.

— C'est la première fois que Sa Majesté la reine et moi sommes en désaccord.

Signe, réprimant un sourire, lui prit la main pour la réconforter. Le bonheur d'entendre la voix rêche d'Elvira au téléphone, encore plus éraillée que d'habitude, papillonnait encore dans tout son corps. Pouvait-elle se permettre d'en toucher un mot à ses camarades sans que cela paraisse suspect ?

— Ça m'a fait plaisir d'entendre Elvira, en tout cas.

Stina acquiesça solennellement.

— La troisième communication passée sur notre nouveau téléphone était consacrée au droit de vote des femmes. Les temps changent, quoi qu'en pensent certaines royautés.

Signe avait laissé percer juste ce qu'il fallait d'exaltation, la mesure du sentiment qu'elle aurait pu retirer d'une conversation avec une simple connaissance. Elle n'était pas moins convaincue que, même si elle avait laissé exploser sa joie, personne n'y aurait prêté attention. Ses émotions étaient donc enfermées, aussi bien que si elle les avait tues. Elle était condamnée à passer son bonheur sous silence. Pour le ressentir pleinement, elle ferma les yeux.

— Il y aura sûrement une autre action, dit Sanna fermement. Et ce jour-là, nous serons prêtes.

68

Démêler ce qui était arrivé à Signe après 1909 se révéla peu aisé. *"Très chère Signe"*, écrivait subitement Anna, deux ans plus tard. *"J'ai passé à Stockholm un merveilleux moment avec toi. Cela m'a rendue très heureuse de te revoir exactement comme avant."* La raison pour laquelle elles ne s'étaient pas revues entre-temps n'apparaissait nulle part, et ce voyage à Stockholm n'était mentionné qu'à cet endroit. Hanna jeta un coup d'œil à la dernière lettre de Signe en 1909 et à la première d'Anna en 1911, comme si l'intervalle muet pouvait lui révéler quelque chose. Puis elle prit la lettre suivante, dans l'ordre chronologique. Datée de deux mois plus tard, elle était aussi de la plume d'Anna. Signe ne lui avait donc pas répondu. Mais elle avait gardé ses lettres.

— Ou alors, dit Hanna de but en blanc, elle ne les a jamais envoyées.

— Qui ? demanda Erik.

— Pourquoi ? demanda Caroline.

Ági pouffa et ajouta :

— Lesquelles ?

— Nous ne savons même pas qui a rangé les lettres. Certaines n'ont peut-être jamais été envoyées.

— Vous savez, dit Caroline, je me demande si quelque part, dans cette liasse, il y a quelque chose sur Elvira.

Erik prit les deux lettres d'Anna. Ses vieilles mains noueuses sortirent la deuxième de son enveloppe. Ági poussa un cri.

— Elles ne sont pas sales ! Elle ne les a jamais envoyées !

D'abord enthousiaste, Hanna émit un ricanement déçu.

— Les lettres d'Anna ne sont jamais sales. Ce sont celles de Signe qui sont tachées.

— Ah ! Oui…

Ági s'affaissa, mais ne garda pas longtemps son air abattu.

— Vous savez, comme toutes les lettres de Signe sont sales, il n'y a que deux possibilités. D'une : elle les a salies avant de les envoyer. De deux : Anna les a conservées dans un endroit salissant.

Hanna hocha pensivement la tête.

— Et humide. On dirait que de l'eau a goutté sur le papier.

Erik étudia de plus près une lettre de Signe.

— Quelqu'un les a peut-être rangées dans un bâtiment qui est ensuite tombé en ruine. Elles ont pu être retrouvées bien plus tard, déjà abîmées par la saleté et l'humidité. Certaines ont même pu être détruites.

Hanna fronça les sourcils.

— Par quelqu'un qui savait où Signe rangeait sa correspondance ?

— Peut-être par Signe elle-même, proposa Caroline. Une autre hypothèse est qu'Anna se soit sentie obligée de cacher ses lettres.

Ági suggéra qu'Anna pouvait les avoir conservées dans un grenier où, poursuivit Erik, les fenêtres auraient été brisées. Hanna lisait la première lettre de Signe après les trois d'Anna restées sans réponse. À travers ses lunettes rondes, elle découvrait la raison du silence de Signe.

— Il y a bien un Anders quelque part dans la correspondance, n'est-ce pas ? Dans les toutes premières lettres…

Ils la dévisagèrent, perplexes.

— Si, j'en suis sûre… Où est mon ordinateur ?

Elle ouvrit le document et fit une recherche sur "Anders". Quinze occurrences. Sous sa broche, son cœur battait d'indignation.

— Elle s'est mariée avec le meilleur ami de Signe.

Hanna cliqua et les différentes mentions d'Anders apparurent successivement à l'écran. *"Mon amitié avec Anders est plus enrichissante. Il a une tête bien faite et m'apporte la stimulation intellectuelle dont j'ai besoin pour ne pas sombrer dans la léthargie de l'hiver."* Janvier 1909 : *"Anders est allé au séminaire dont je t'ai parlé à Uppsala."* Et dans la réponse d'Anna : *"Comment va Anders ?*

Je l'ai croisé quand je faisais une commission à Uppsala, il t'a bien saluée de ma part?" Quand Hanna comprit que l'aventure d'Anders et d'Anna avait débuté à Uppsala, par empathie avec Signe, elle serra les mâchoires et prononça très distinctement la phrase qui s'imposait :

— Quelle sale garce!

Uppsala, pensa Hanna une demi-heure plus tard. Ce lieu ne lui avait-il pas toujours donné la chair de poule? Il n'avait pas dû changer depuis un siècle. Des bohèmes faussement cool qui faisaient semblant de ne pas se soucier de la mode. Des mamans aux sourires hypocrites qui ne pensaient qu'au prochain voyage scolaire. D'ignobles petites citadines blondes qui trompaient leur maîtresse d'école et leur meilleure amie à l'ombre d'une statue massive au pénis vert d'inspiration vaguement cubiste.

Désormais, ils étaient tous occupés à saisir laborieusement les lettres. Le travail avançait tout de même un peu plus vite avec huit paires d'yeux sur trois ordinateurs. Le ton de Signe dans sa première lettre à Anna après la trahison était distant – pas très étonnant. *"À tes questions sur la raison de mon silence, je ne sais que répondre. Je te rappelle que je t'ai vue jurer amour et fidélité à ton époux devant Dieu et les paroissiens rassemblés de Tierp. Il me semble inutile d'en dire plus."* La réponse d'Anna était d'autant plus débordante d'affection. *"Permets-moi de te revoir, ma chérie! Laisse-moi t'embrasser! Laisse-moi te prouver les sentiments dont regorge mon cœur! Je suis convaincue que tu me comprendras."*

— Elle sait tourner ses phrases, dit Caroline, penchée sur une lettre de Signe. J'ai vraiment pitié d'elle. Écoutez ça.

Tierp, le 21 octobre 1911

Ma douce et tendre,

Comment te croire quand tu m'écris que ton amour pour Anders ressemble à celui qu'on éprouve pour un bon ami? Comment croire que ton cœur m'appartienne encore? Quand tu prétends que tu voudrais vivre dans un autre monde, un monde où tu ne serais pas à Anders mais à moi, mon cœur bondit. Et quand il bondit, il me fait mal. Et quand j'ai mal, je me sens vivre. Dans mes moments les plus sombres, je me demande à quoi sert de vivre.

Hanna ne cernait pas bien la stratégie stylistique, cette façon de se faufiler dans le sujet par une minuscule ouverture, une chatière ou un trou de souris. Et d'où venaient à Hanna les palpitations, l'angoisse, le sinistre présage qui rampaient sous sa peau ? Un soupçon la rongeait : cela dépassait l'identification. Elle avait un lien avec l'histoire de Signe. Un lien réel.

Signe encaissait. À mesure que les lettres suivantes le confirmèrent, Hanna poussa des soupirs de plus en plus retentissants. Signe, espèce de mauviette ! Elle avait encaissé le mariage de sa nana avec son meilleur ami. Anna se débrouillait pour continuer à tirer d'elle de petites douceurs lesbiennes, et elle encaissait toujours. *"Ma bien-aimée, je comprends maintenant que tu aies considéré le mariage avec Anders comme la seule solution."* Mais tu es débile, ou quoi ? hurlait intérieurement Hanna. Brusquement, sa gorge se serra. Elle crut d'abord que ce n'était qu'un raclement. En fait, il s'agissait d'une émotion tout entière pelotonnée en boule dans son gosier.

Décidément, elle perdait la tête. Cette pensée lucide ne parvint pas à calmer la mutinerie de ses fonctions corporelles. Finalement, elle attrapa quelques-unes des lettres tachées de Signe à Anna et les emporta aux toilettes, où elle fixa les fleurs stylisées des carreaux beiges à la mode dans les années 1990 jusqu'à ce que ses yeux cessent de larmoyer. Alors, elle put enfin respirer. "Signe, espèce de conne !" se dit-elle, pensant vaguement que plus elle emploierait de grossièretés, plus la distance se creuserait entre Signe et elle. Elle aurait tant voulu lui inspirer un comportement plus digne ! *"Les moments passés en ta compagnie sont un grand réconfort, même lorsque nous ne pouvons nous voir pendant plusieurs jours interminables*, disait une lettre. *Je me suis habituée à cette pensée, je laisse désormais ma vie suivre son cours et me réjouis que tu en fasses encore partie."* On qualifiait le chien de meilleur ami de l'homme, mais on était encore loin du compte en matière de servilité. "Pourquoi encaisses-tu tout cela ? Pourquoi, Signe ?" Hanna entendit sa propre voix tremblotante prononcer ces mots bien trop lourds de sens. “Pourquoi tu encaisses tout ?” Elle se regarda dans la glace et y croisa le regard de Signe à travers les lunettes.

Brusquement, son cuir chevelu se rétracta. Elle eut l'impression que les murs qui l'entouraient savaient de quoi elle parlait, tout comme les lunettes, la broche et le chemisier, que son corps même portait le secret à son insu. Elle parcourut fébrilement les lettres en quête de réponse à l'énigme, mais n'y retrouva que les mêmes mots, dans l'écriture penchée qui lui était devenue familière. De l'autre côté de la vitre dépolie de la salle de bains se déployait un espace vert sombre et mouvant. Un soir venteux traversait les arbres. Elle sortit et posa les lettres sur le guéridon de l'entrée.

— Je vais faire un tour ! lança-t-elle en direction du salon.

Elle ne leur laissa pas le temps de répondre.

Elle avait d'abord pensé chausser les bottines de Signe, avant de changer d'avis et d'enfiler ses vieilles tennis. S'éloignant de l'autoroute, elle laissa l'air doux du soir d'automne caresser son palais et circuler dans ses poumons.

Le fossé entre les deux siècles ébranlait son équilibre mental. Rien d'étonnant à cela. Elle était complètement isolée, renfermée sur elle-même dans des limbes depuis quasiment deux semaines. De quoi chambouler n'importe qui. Chaussée de ses sneakers confortables, elle posait un pied devant l'autre. Mais à qui appartenaient ces pieds ? Privés de l'effort que leur infligeaient les bottines à talons, ses mollets soudain détendus feignaient la surprise. Hanna longea des maisons inconnues qu'elle avait pourtant l'impression d'avoir vues cent fois, des pavillons anonymes typiques d'une petite ville suédoise. L'oxygène fouillait à travers son corps pour arriver jusqu'à son sang. Il faudrait qu'elle le fasse aussi.

Les mots qui avaient fait déborder la coupe n'étaient pas de Signe, mais d'elle-même. Ils ne lui laissaient aucun répit, la rongeaient de l'intérieur, faisaient vibrer ses cordes sensibles pour la tourmenter davantage. “Pourquoi tu encaisses tout ? Hein ? Toutes ces choses que tu supportes, que je supporte pour ne pas me compliquer la vie. En est-elle vraiment facilitée, ta vie ? Oui. Et non. Qu'est-ce qui ne va pas, au fond ? L'affreuse couleur des murs. Les commentaires de Johan sur mon derrière. Le fait que ma mère profite de chaque occasion pour me rappeler que j'ai failli me retrouver en classe spéciale. Ses critiques incessantes sur ma façon de m'habiller, son indulgence quand elle devrait être fière de moi. J'encaisse. Bien. Bien ?"

Elle arriva à un croisement. Après une brève hésitation, elle tourna à gauche. "Bien ? C'est quoi, bien ?" pensa-t-elle amèrement.

Es-tu seulement consciente de tout ce que tu encaisses ? dit la voix de Signe dans son esprit – c'était elle, aucun doute. *Tu acceptes le monde tel qu'il est. Tu glisses à la surface, comme du bois flottant, sans volonté, perdue au milieu de l'océan.*

Du bois flottant sans volonté ? Il n'y avait qu'une personne pour s'exprimer ainsi. Mais Signe elle-même n'avait-elle pas accepté le monde tel qu'il était ? Elle avait poursuivi sa relation avec la femme qui l'avait trompée. Franchement, en matière de force de caractère, elle n'avait pas de leçons à donner.

Le rire de Signe retentit dans son esprit. *Décidément, tu n'as pas bien lu mes lettres. Tu n'as pas encore compris que ma vie entière fut une lutte à contre-courant. Que toutes mes décisions allaient dans le sens du changement. Je vivais peut-être à une époque qui me dévalorisait, mais au moins, je ne me dévalorisais pas moi-même.* Hanna grogna. "Tout ce que tu dis n'est qu'un produit de mon psychisme, il faut donc croire que je l'ai compris", se dit Hanna, boudeuse. Qu'avait dit Erik sur la dévalorisation, déjà ?

Le chemin qu'elle avait suivi faisait le tour du quartier, et elle se retrouva sur l'emplacement d'arrêt d'urgence à une centaine de mètres de chez Caroline. C'était un signe. Elle se frotta les mains pour les réchauffer. L'air automnal s'était rafraîchi depuis la dernière fois qu'elle l'avait respiré pleinement. Entré à son insu dans ses poumons, il faisait désormais pression pour qu'elle ouvre les vannes du refoulement. Signe, par pur défi, aurait pris une profonde inspiration. Hanna frissonna.

69

Les événements donnèrent raison à Sanna, qui ne manqua pas de le leur faire remarquer avant et pendant le voyage à Stockholm.

— Je vous avais bien dit que cela se ferait !

La petite Signe avait insisté pour les accompagner. Avec une fermeté qui raidissait tout son petit corps, elle avait déclaré qu'elle participerait au dimanche de Stockholm et n'avait pas voulu céder, jusqu'à ce que Signe lui explique qu'il n'y avait pas de lait dans la capitale.

— Voilà où nous serions descendues si nous nous étions contentées d'une petite excursion, dit Sanna en se calant dans son siège.

En cette heure matinale du solstice d'été, le jour était aussi clair qu'à midi. Elles voyageaient depuis un bon moment, mais les gens sur le quai bâillaient, encore somnolents.

— Je dois avouer que je n'ai pas bien compris pourquoi nous ne sommes pas restées à Tierp, tout simplement, dit Stina Pettersson. N'est-ce pas ce que dit le programme ? Que les femmes doivent manifester à travers le pays. Pas seulement à Stockholm.

— Oui, et si tu étais restée à Tierp, tu regarderais une vache mâchonner le manifeste, pendant que nous, à Stockholm, nous écoutons les célèbres militantes du mouvement. Détends-toi un peu. À l'aventure, que diable !

Dans le compartiment qu'occupaient à elles seules les cinq femmes, il flottait une vague odeur de tabac et de parfum pour dames. Hjördis contemplait les gens à travers la vitre.

— Toi qui prends souvent le train, dit-elle sans détacher les yeux du paysage, dis-moi, ça arrive souvent, comme on le lit dans les livres et les journaux, qu'on y rencontre des inconnus et que, du jour au lendemain, ils transforment votre vie ? demanda Hjördis, songeuse.

Un sourire discret dévoilait qu'elle connaissait déjà la réponse. Elle avait sans doute ressenti le besoin d'exprimer ses rêveries. Signe jeta un coup d'œil furtif à la maîtresse d'école qui venait de fêter ses vingt-neuf ans.

— La personne la plus drôle que j'aie rencontrée dans un train, dit-elle, était une jeune fille immensément amoureuse d'un violoniste, un certain Theobaldi, auquel elle n'avait jamais adressé la parole.

Signe étoffa l'anecdote de maints détails. Les rires fusèrent : celui, doux, de Hjördis, le rire cru de Sanna, le gloussement d'Augusta et le pouffement réservé de Stina Pettersson. Lorsque le conducteur annonça Stockholm, elles étaient pleines d'énergie, prêtes à prendre d'assaut le quai de gare. Sanna et Hjördis, hilares, échangèrent leurs chapeaux. Augusta, inquiète, voulut s'assurer que Mlle Elvira les accueillerait bien à la gare. Signe sourit et laissa le soleil qui perçait entre les fils électriques et téléphoniques lui caresser le visage. Oui, elle en était sûre.

— Eh bien, voilà ce qui nous attend quand on aura l'électricité à Tierp, dit Stina Pettersson en montrant les câbles dans le ciel.

Signe lançait des coups d'œil impatients au bâtiment principal de la gare. Elvira devait pourtant les retrouver sur le quai… Signe regarda l'heure. Le train avait dix minutes d'avance. Augusta se frappa le front.

— Mon Dieu ! Je viens de comprendre que c'était l'électricité. Je me disais qu'ils devaient avoir des quantités énormes de linge à faire sécher.

Sanna éclata de rire. Signe, les yeux rivés sur la gare, les entendait à peine. Hjördis prit amicalement Augusta par le bras. La porte s'ouvrit et un homme sortit, chargé d'une valise. Suivi d'Elvira. Signe, immensément soulagée, fut soudain capable de s'amuser de l'interprétation toute personnelle d'Augusta.

Elvira les rejoignit à pas rapides, souriant de plus en plus largement à mesure qu'elle approchait. Après une accolade trop brève à Signe – un pauvre filet d'air comparé au grand bol d'air dont on a besoin après avoir retenu son souffle –, elle salua chaleureusement les autres et se proposa de porter la valise d'Augusta. C'était le genre de choses qu'elles faisaient pour éviter d'éveiller les soupçons. Quant à celui qui, malgré leurs efforts, aurait vu clair dans leur jeu, il aurait vraisemblablement fait semblant de rien, dans l'intime conviction que le plus important était de sauver les apparences.

— Nous avons le temps d'avaler quelque chose avant de nous rendre à l'Auditorium.

Les cinq militantes n'étaient pas de la ville, cela se voyait comme un nez au milieu de la figure. Signe s'excluait du groupe, elle avait passé bien plus de temps dans la capitale que ses camarades. Elle savait néanmoins qu'elle ne partagerait jamais le regard que les citadins portaient sur sa jupe et son chemisier. Elvira semblait s'amuser. Elle participait avec enthousiasme à la conversation. Alors que les provinciales envahissaient les trottoirs de Stockholm, la discussion tournait encore autour de l'électricité, attendue à Tierp.

— Finalement, nous sommes très mal informés, dit Hjördis. Je ne crois pas que ce soit dangereux, mais je ne comprends pas pourquoi nous ne prenons pas plus de précautions.

— Qu'est-ce qui te fait peur ?

— Rien, mais si le pétrole qui fait brûler une petite lampe pendant dix heures peut exploser en cas de mauvaise manipulation, que faut-il penser de l'électricité, qui peut faire brûler la même lampe indéfiniment ?

— Enfin, Hjördis, c'est complètement différent, répliqua Sanna.

Stina Pettersson marmonna son approbation. Elvira fit un geste pour retenir les femmes lorsqu'un attelage arriva dans un sens et une automobile dans l'autre. Augusta fit un grand bond pour les éviter. Les autres se plaquèrent plus discrètement contre le mur. Sanna parcourut des yeux la paroi de l'immeuble jusqu'en haut.

— Vous avez l'électricité depuis longtemps, ici, à Stockholm. Est-ce qu'il y a eu des explosions ? demanda Stina Pettersson à Elvira.

Celle-ci secoua la tête. L'observant discrètement, Signe se dit qu'il était facile de tomber amoureuse d'elle. En fait, tout le monde devait être secrètement épris d'Elvira.

— Le tramway marche à l'électricité depuis une dizaine d'années, répondit-elle. Il n'y a eu aucune explosion, en tout cas, pas à ma connaissance. Voici un endroit où nous pouvons manger quelque chose.

Elvira se réjouissait manifestement de leur faire découvrir la métropole. "Voyez! semblait dire sa posture aux paysannes. Voyez comme je navigue dans mon milieu naturel! Voyez comment on se glisse entre les fiacres, les automobiles et les grands immeubles. Je ne suis ni exotique, ni étrangère, en tout cas pas dans ce décor familier, voyez-le donc!" La gestuelle d'Elvira prenait de plus en plus d'aisance à mesure qu'elles approchaient de l'Auditorium. Des centaines de femmes marchaient dans la même direction. Nombre d'entre elles étaient habillées dans le même style que leur guide : chapeaux, sacs, chaussures…

— C'est énorme, chuchota Hjördis en essayant d'embrasser du regard le flux des militantes pour la paix.

La plupart associaient visage grave et robe d'été. Elvira, croisant quelques amies dans la foule, les présenta au groupe. Signe ne put s'empêcher de se comparer aux citadines, mais parvint à s'arrêter avant que la morosité ne la gagne. Comme si elle lisait dans ses pensées, Elvira lui prit la main. Rien d'étrange à cela, d'ailleurs. Entre elles, les femmes se tenaient souvent par la main ou marchaient bras dessus bras dessous. Une idée lui effleura l'esprit : combien d'entre elles éprouvaient en cachette le même sentiment qu'Elvira et elle?

La foule dense se forma rapidement devant l'Auditorium. Sur la pointe des pieds, Signe jeta un coup d'œil au-dessus des têtes à l'entrée de la salle.

— Il paraît qu'on ne tiendra pas toutes, leur annonça une connaissance d'Elvira qui avait joué des coudes pour les rejoindre. Il vaut mieux que tu passes par l'entrée des artistes. Mlle Hesselgren te demande!

Elvira secoua la tête.

— Je suis accompagnée, comme tu le vois.

— C'est toi qu'elle demande à voir.

— Vas-y, dit Sanna hardiment. Nous nous débrouillerons, n'est-ce pas?

“Non, se dit intérieurement Signe. Je ne me débrouillerai pas.” Mais elle prit sur elle pour ne pas se plaindre. La cause exigeait certains sacrifices.

— Ceux qui n’entrent pas ici iront ailleurs, mais nous ne savons pas encore où, poursuivit la femme. Tout le monde participera à la manifestation.

Après une brève hésitation, Elvira se décida.

— Alors rendez-vous ici, sur ce bout de pelouse, au plus tard à 17 heures. Vous êtes sûres que ça va aller ?

Sanna hocha résolument la tête. Signe détestait ce qui était en train de lui arriver. À peine avaient-elles passé deux heures ensemble à Stockholm que des militantes intransigeantes et furieusement à la mode lui arrachaient Elvira. D’un ton inébranlable, Elvira prononça alors les plus belles paroles de la journée :

— Eh bien, Signe, tu viens ?

La manifestation dans l’Auditorium fut une expérience inoubliable. Elles étaient si près de la scène que Signe sentait l’odeur des planches et l’énergie de milliers de femmes dans son dos. À aucun instant Elvira ne lui avait lâché la main. Le souvenir lointain d’une séduisante chevelure blonde lui traversa l’esprit à la vitesse d’un éclair – une sorte de commentaire fugace sur la relativité des choses. La présidente Anna Whitlock monta sur l’estrade. Elle était plus âgée que Signe ne l’aurait cru, mais elle appartenait manifestement à la catégorie de femmes qui, avec les années, gagnaient de l’autorité sans rien perdre du reste. “Les années… songea Signe. La fuite du temps aurait pu, comme dans le cas de l’oratrice, rehausser la beauté de toutes les femmes de Suède, si elle n’était pas prétexte à les priver de leur dignité.” Dans le fourmillement exalté de la salle, elle se dit soudain que cela pouvait changer.

— Elle est maîtresse d’école, murmura-t-elle à Elvira.

Une information inutile, car Elvira savait en principe tout sur les militantes, y compris ce qu’elles prenaient au petit-déjeuner.

Elle exerça une légère pression sur la main de Signe.

— Comme toutes les femmes intelligentes.

Cette flatterie fit sourire Signe pendant toute l’allocution de Mlle Whitlock, qui parlait de la tendance prononcée des hommes à s'accrocher au pouvoir alors que les femmes n'essayaient même pas d'y prendre part, et des écueils que cela représentait pour la nation. Que de sang eût-on évité de verser pendant la Grande Guerre si les femmes avaient eu une plus grande influence sur les décisions politiques à travers le monde ? Tant de pères, tant de fils auraient encore été en vie si les nations avaient été dirigées par des gouvernements équilibrés, portant les aspirations des mères et des filles au même titre que celles des pères et des fils ? La question de la paix était décidément indissociable du droit de vote des femmes.

— Comme toutes les grandes questions, murmura une participante à sa voisine.

Derrière Elvira et Signe, mille huit cents femmes partageaient cette opinion. L'atmosphère était chargée de leur conviction. Mille huit cents. Plus que tous les habitants de Tierp réunis. Si mille personnes étaient capables de diriger une commune, se dit Signe, alors… Elle décida néanmoins d'interrompre le raisonnement pour mieux le reprendre plus tard, en dialogue avec d'autres militantes. Mlle Hesselgren se tenait désormais debout sur la scène, prête à lire la résolution. Un silence révérencieux se fit dans la salle.

— Nous, femmes de Suède, commença-t-elle d'une voix tremblante d'émotion, représentantes de toutes les couches de la société et de toutes les tendances politiques…

Elle fit une courte pause pour balayer du regard l'illustration vivante de ce qu'elle venait de dire. Signe sentit sa gorge se serrer d'émotion.

— Nous nous unissons, reprit Mlle Hesselgren, aux femmes des nations en guerre et des nations neutres qui, au congrès qui s'est tenu à La Haye du 28 avril au 1er mai, ont unanimement protesté contre la déraison et les horreurs de la guerre.

Dans un coin de la salle, juste devant la scène, Signe remarqua par hasard une femme qui semblait les observer. La considérant plus attentivement, elle fut confortée dans son impression. La femme portait une robe d'été verte et un chapeau assorti qui couvrait une chevelure blond foncé. Elle les contemplait paisiblement.

— Avec elles, conclut Mlle Hesselgren d'une voix claire, nous exprimons notre conviction que l'influence grandissante des femmes sur la société fera naître l'espoir d'une paix durable.

Après la cérémonie dans l'Auditorium, la salle bondée se vida, déversant une foule toujours dense aux abords du bâtiment, sous un soleil qui portait la promesse encore prudente d'un changement de saison. Des nuages flottaient dans le ciel, philosophant ici et là, sans inquiéter les spectatrices qui avaient envie de s'asseoir dans l'herbe. Elvira et Signe avancèrent lentement vers le bout de pelouse convenu, sans cesse arrêtées par des femmes qui saluaient Elvira.

— Il paraît que cela s'est bien passé à Huskvarna, disaient-elles, encourageantes ou admiratives. Avez-vous bien profité du congrès de La Haye ? Que pense Mlle Löfvenberg de la nouvelle situation des femmes anglaises sur le marché du travail ?

Certaines la tutoyaient. Quelques-unes scrutèrent Signe avec curiosité, une ou deux prirent un air entendu.

— Seriez-vous Signe ? demanda l'une d'elles en lui prenant la main.

Si Elvira et Signe avaient été de sexe opposé, l'homme aurait enlacé la taille de la femme pour ne laisser subsister aucun doute sur leur relation dans l'esprit de leurs interlocuteurs. Elvira et Signe se contentèrent de sourire et de profiter de la chaleur estivale. Ce qu'elles vivaient en cet instant était, tels les plus beaux moments d'une existence, à la fois incommensurable et insuffisant. Elvira répondait du tac au tac aux questions sur le service militaire des Anglaises.

— C'est tout de même incroyable qu'une petite guerre fasse ainsi changer d'avis le gouvernement anglais sur la capacité des femmes à travailler.

Signe ricana.

— Le congrès de La Haye a donné la preuve éclatante que les femmes ne se considéraient pas en premier lieu comme des citoyennes, mais comme des défenseurs de la vie et du progrès.

Elvira avait eu beaucoup de mal à se rendre en Hollande, Signe s'était inquiétée pour elle. Mais à en croire l'énergie qu'elle avait à son retour, elle avait bien fait de partir. Lorsqu'elles furent enfin arrivées au lieu de rendez-vous, Signe lui dit gravement :

— Je suis fière de partager une partie de mon existence avec une militante comme toi.

Les yeux d'Elvira brillèrent d'un nouvel éclat.

— Toi, alors…

Elles eurent la chance qu'une connaissance prévoyante d'Elvira leur prête un coin de plaid pour s'asseoir sur l'herbe. Elles se retrouvèrent serrées l'une contre l'autre.

— Moi aussi, je suis fière de partager une partie de mon existence avec une militante comme toi, dit Elvira tout bas.

— Comme moi ? Qu'est-ce que j'ai accompli, au juste ? Je n'assiste pas à des réunions aux quatre coins du pays. Je n'ai jamais diffusé de pétition. Et quand je suis venue à Stockholm pour la visite au gouvernement, je suis parvenue à me perdre en plein Södermalm.

Elle eut un ricanement d'autodérision pour ses ratés politiques, mais Elvira retint son regard avec la même fermeté qu'une paysanne qui retient le pis d'une vache pour le traire.

— Regarde autour de toi. Pourquoi ces femmes sont-elles rassemblées ici ? Qu'est-ce qui les a encouragées à venir clamer leur opinion ?

Il arrivait encore que le regard d'Elvira fasse rougir Signe, qui baissa les yeux.

— Parce qu'il y a des gens comme toi, répondit-elle.

— Pas du tout ! Parce qu'il y a des gens comme toi ! Parmi toutes les personnes réunies ici, une poignée seulement a le privilège de se consacrer entièrement à la lutte. Seules, nous n'aurions rien accompli ! Toi, par contre… Te rends-tu compte que cinq des femmes ici présentes sont là grâce à toi ?

Pour s'occuper les doigts, Signe cueillit des trèfles et entrelaça leurs tiges. Elle avait oublié son tricot dans sa valise.

— Je suis à la marge du mouvement, dit-elle.

Elvira tira sur les tiges dans la main de Signe.

— Pas du tout. Tu es au centre. La lutte est justement menée par des gens comme toi, qui dirigent bénévolement des associations locales alors qu'ils exercent déjà un métier à plein temps. Ils récoltent des signatures parmi le voisinage, répondent à des articles dans la presse locale, contredisent les commerçants au marché à l'aide d'arguments qu'ils ont lus dans le journal du droit de vote ou formulés eux-mêmes, dans leur infinie sagesse. Vous constituez le noyau du mouvement. Si quelqu'un est à la marge, c'est moi.

Elvira tirait sur les tiges des trèfles dans la main de Signe, qui tirait à son tour, songeuse. Ce combat ludique à toute petite échelle pouvait bien sûr être mal interprété.

— Si tu insistes pour renverser la perspective, c'est que tu dois vraiment m'aimer, dit Signe.

Elvira sourit.

— Sans doute.

Un instant, l'air s'immobilisa autour d'elles comme si quelqu'un avait mis une main en coupe sur leurs paroles. Soudain, une paire de chaussures entourée d'un léger ourlet de toile verte apparut devant elles. Elvira leva les yeux et, l'air impénétrable, salua la femme aux cheveux blond foncé.

— Görel.

Sa robe était brodée d'un délicat motif en spirale.

— Beau temps, n'est-ce pas ? dit la dénommée Görel.

Elle s'accroupit et pencha légèrement la tête sur le côté.

— Tu ne me présentes pas ?

— Naturellement. Görel, je te présente Mlle Signe Sivander. Signe, voici Mme Görel Fridell.

— Enchantée.

Mme Görel Fridell lui tendit une main tiède. Signe la serra, méditant sur l'atmosphère soudain tendue.

— Quelle ambiance dans l'Auditorium, vous ne trouvez pas ?

Elvira acquiesça, Signe tenta de dire quelque chose.

— Oui, avec tous ces milliers… de milit…

Sa réplique tourna court, étouffée par son manque d'assurance. Se laissait-elle impressionner par l'irréprochable élégance de Mme Fridell, par sa robe délicate, par ses chaussures dernier cri ? Elvira se mêla enfin à la conversation.

— Comment se porte M. Fridell ?

Görel se fendit d'un sourire ravissant – le genre d'expression que certaines filles s'entraînent à maîtriser devant leur miroir.

— Très bien. Il a un succès terrible en affaires. Nous projetons des vacances sur le continent. Enfin, maintenant, cela attendra.

— Quelle poisse qu'une guerre soit venue contrarier vos projets de vacances !

La voix d'Elvira avait quelque chose de métallique. Signe posa sa main tout près de la sienne, l'effleurant du doigt. Elvira répondit à l'attouchement en s'approchant encore de Signe. Se détendit-elle un peu ? Mme Fridell observait leur petit jeu de ses beaux yeux souriants. La nature de sa relation avec Elvira demeurait mystérieuse.

— Vous voilà enfin !

Le dialecte résolument rustique d'Augusta rompit leur conversation subtile, exactement comme une attaque cinglante peut, parfois, désarçonner un préfet inique en plein discours huilé. Son arrivée fut accueillie avec gratitude.

— Vous êtes là ! s'écria Signe en se levant.

Dans une telle compagnie, Mme Fridell ne lui semblait plus aussi imposante.

— Saines et sauves ! plaisanta Signe à l'intention des dames de Tierp.

Elle eut le sentiment de se retrouver en famille. Elle qui, malgré ses onze ans à Tierp, s'était toujours sentie légèrement exclue, un peu plus proche des femmes de la ville, fit des accolades enthousiastes à ses camarades de la campagne. Du coin de l'œil, elle aperçut le sourire d'Elvira – le premier depuis l'apparition de Mme Fridell.

— Il vaut mieux que nous nous mettions en route, nous avons un train à prendre, annonça-t-elle.

Augusta, Sanna, Hjördis et Stina Pettersson voulurent toutes en même temps raconter leurs aventures trépidantes.

— Là où nous étions, c'était formidable, déclara Sanna. Au lycée Norra Latin, avec un tas d'autres manifestantes. Nous avons eu de la chance d'entrer. Je crois que la moitié des manifestantes sont restées dehors quand ils ont fermé les portes ! Je n'ai jamais vu autant de femmes au même endroit. Dire que nous sommes si nombreuses !

— Nous avons croisé Brita Löfstedt, raconta Hjördis. Elle nous a reconnues.

— Et nous a appelées chacune par notre nom, ajouta Stina Pettersson. Ce n'est pas passé inaperçu. Nous avons discuté avec plusieurs femmes de Stockholm, mais aussi avec des manifestantes venues d'ailleurs, elles étaient de… Jönköping, je crois. J'ai leurs adresses.

— Et nous avons vu Selma Lagerlöf ! s'exclama Augusta.

Elvira fronça les sourcils.

— Vraiment ?

— Absolument !

— Non, désolée, mais vous avez dû voir quelqu'un qui lui ressemblait. Aujourd'hui, elle était encore à Strömstad.

Augusta eut l'air si déçue que Signe tenta de lui remonter le moral.

— Mais dans l'idée, ce n'était pas impossible, dit-elle. Bien moins que de l'apercevoir à Tierp, en tout cas!

Elvira fit un clin d'œil de connivence à Signe et ajouta :

— Pas impossible du tout.

Augusta hocha la tête, satisfaite de voir confirmée la vraisemblance d'un événement qui n'avait pas eu lieu. Sanna lui prit le bras, et elles s'engagèrent dans une rue plus étroite. Un instant, Signe et Elvira se retrouvèrent seules. Signe brûlait d'envie de questionner Elvira sur Mme Fridell, mais elle se réfréna et lui caressa fugitivement la joue avant de ressortir dans la grande avenue. Un regard tendre d'Elvira la conforta dans son geste.

Le petit groupe arriva de bonne heure à la gare. Les militantes avaient le temps de s'acheter une fameuse "saucisse de Stockholm", mais Elvira regardait à droite et à gauche, inquiète. Signe s'enquit :

— Tu attends une deuxième fournée de campagnardes?

Elvira lui donna un petit coup de coude amical.

— Je voulais te présenter mon frère. Il devait être là pour 7 heures. C'était une surprise mais... Ah! Le voilà! Herbert!

Un jeune homme élégant leur fit un geste énergique de la main, au loin, et approcha à l'allure accélérée à laquelle l'avait habituée Elvira.

— J'ai dû les supplier de me laisser partir, rit-il en faisant l'accolade à sa sœur.

Il prit la main de Signe, qui en profita pour le contempler. Pas très grand, des cheveux bruns comme sa sœur, des yeux clairs et un sourire contagieux. Il devait plaire aux filles. Les soupçons de Signe furent confirmés quand les autres membres du groupe les rejoignirent, tenant chacune dans la main une saucisse de Stockholm. Sanna, pourtant encore jeune mariée, lui fit un grand sourire. Augusta, une révérence maladroite qui avait son charme. Hjördis lui serra la main et devint écarlate en regardant sa saucisse. Le sifflet du train fit sursauter Augusta au point qu'elle laissa presque tomber la sienne.

Comme on aurait pu le prévoir, dans le train, la conversation tourna autour du frère d'Elvira.

— Beau comme un dieu ! s'écrièrent Sanna et Hjördis en chœur.

Stina Pettersson acquiesça avec la discrétion d'une femme mûre.

— M. Herbert Löfvenberg, répéta Hjördis lentement. N'était-il pas beau comme un dieu, Signe ?

Sanna pouffa de rire.

— Ça ne t'a pas fait envie, malgré ta vocation de maîtresse d'école ?

Signe se gratta la tête. Quelque part au fond d'elle, elle avait quand même cru que les autres savaient. Ses camarades prirent sa gêne pour un aveu, et passèrent le reste du trajet à la taquiner, jusqu'à ce qu'elle leur rende la monnaie de leur pièce en imitant Hjördis les yeux rivés sur sa saucisse. Entre Knivsta et Uppsala, elles hurlèrent de rire, à tel point qu'une dame du compartiment voisin vint les prier de faire moins de bruit. Signe lui donna un prospectus et demanda si elle était pour une paix durable.

Le voyage fut très réussi et parvint presque à distraire complètement Signe de ses questions sur Mme Görel Fridell et sa capacité à rembrunir Elvira en un fragment de seconde. Elle n'y pensa plus du tout. Enfin presque.

70

— Quelle chance que tu sois là !

Ági, les coudes appuyés sur la table basse en verre, scrutait la photo d'Elvira depuis cinq bonnes minutes pendant que les autres poursuivaient la saisie des lettres.

— Je veux dire… reprit-elle en se tournant brusquement vers Caroline, c'est inouï. Tu es un lien vivant entre elles et nous.

Caroline eut une moue hésitante.

— Un lien vivant ? Je n'en suis pas si sûre… Nous n'avons encore rien trouvé sur Elvira dans les lettres. Ma grand-tante n'a peut-être… rien à voir là-dedans. Je suis en train d'envisager d'autres explications. Une adresse erronée dans son dossier. Elle pourrait aussi avoir habité la maison après Signe. Elle a peut-être trouvé le secrétaire sur place en emménageant. Dans ce cas, elle ne se serait jamais rendu compte qu'il y avait un double fond.

Ági secoua la tête avec conviction et alla s'asseoir à côté de Caroline.

— Non.

Hanna la suivit du regard.

— Raconte-moi tes souvenirs d'elle, reprit Ági. Ça m'intéresse.

Caroline ôta ses lunettes, son regard se perdit dans le vide. Ági attendit patiemment.

— J'avais dix-huit ans quand elle est morte. Je n'étais pas si jeune que ça. Mais ça fait tellement longtemps…

— Ça a été dur ?

— Quand elle est morte ? Oui… Ça a été un coup dur. J'ai beaucoup pleuré, je me souviens.

Caroline soupira. Erik l'observait depuis le côté opposé du canapé.

— Elle a vécu chez nous pendant quelques mois. Je vous l'ai déjà dit ? Le temps de trouver à se loger dans les environs. En toute logique, elle venait de quitter Tierp, puisqu'elle y était inscrite à l'époque. J'avais quatorze ans. À cet âge-là, on n'attache pas beaucoup d'importance à des noms de communes inconnues. On a autre chose en tête. Et maintenant…

Elle gloussa et s'essuya le coin de l'œil.

— Maintenant, je ne sais pas si c'est parce que j'entends parler de Tierp du matin au soir, mais, tout à coup, j'ai l'impression de reconnaître ce nom. Possible qu'on m'en ait parlé à l'époque, mais c'est loin, vous comprenez. Essayez donc de vous souvenir de choses qui vous sont arrivées il y a soixante ans, vous verrez !

Erik sourit. Hanna regardait Ági. Caroline reprit son air songeur.

— Et moi qui croyais qu'on s'était dit l'essentiel… Je n'ai pris aucune note, ou en tout cas, je n'ai rien retrouvé. Si ma mère était encore en vie, elle nous raconterait. Ou même mon grand-père. Il a vécu plus de cent ans, presque deux fois plus longtemps que ma grand-mère, et il avait toute sa tête.

Ági sourit comme si elle se rappelait personnellement des gens dont parlait Caroline.

— Comment s'appelait-il ?

— Herbert.

— Et ta grand-mère ?

— Hjördis. Je me souviens à peine d'elle.

— Jor… dis. Je n'ai jamais entendu ce prénom. C'est suédois ? On dirait une marque de tennis.

Caroline gloussa et ébouriffa Ági.

— Mon petit, je suis contente que tu sois venue. Tu répands la bonne humeur. Vous autres aussi, d'ailleurs, ajouta-t-elle en se levant. Tout le monde mange du poulet ?

Pendant qu'Erik et Caroline s'occupaient d'un oiseau mort à la cuisine, Ági se remit à étudier la photo. Hanna reprit sa lecture : le misérable mariage d'Anna avait eu lieu un an auparavant et Signe couchait encore avec elle.

— Je ne sais pas si c'est de l'amour ou de la bêtise.

Ági fit une grimace.

— On ne sait jamais vraiment.

Hanna remonta de quelques années dans son document, puis revint à la fin. *"Au réveil, je pense à toi, au ravissement de t'avoir à mes côtés."* Quoi qu'il en soit, la beauté du style rendait les lettres agréables à lire. Elles étaient le témoignage d'un sentiment authentique que quelqu'un s'était donné la peine de coucher sur le papier. "Elle en avait fait le deuil. Exactement, se dit Hanna, les yeux rivés sur la page. J'en ai fait le deuil."

— Tu savais que Johan m'écrivait des trucs avant ?

— Quoi, comme trucs ? Dis donc, je la trouve incroyablement belle. Je suis complètement scotchée. Regarde-moi !

Ági fit semblant d'essayer d'arracher les yeux de la photo sans y parvenir.

— Elle a une tête qu'on n'oublie pas. Il y a quelque chose au dos de la photo ?

Hanna acquiesça.

— Oui : "Pour le lancement" ou quelque chose du genre.

— C'est quoi, un "lancement" ?

— C'est quand on démarre une activité. Dans la vente, par exemple.

— Elle était vendeuse ?

— Pas à ma connaissance. D'après Caroline, elle était journali… Attends !

Hanna tapota sur son téléphone et gloussa d'aise. Puis elle vérifia la date au dos de la photo, et alla se planter sur le seuil de la cuisine. Caroline tournait une cuiller dans une sauce, Erik mesurait du riz dans un récipient en inox. Hanna se racla la gorge une fois, puis une deuxième fois, plus fort. Les deux cuisiniers s'interrompirent enfin.

— Je sais de quel lancement il s'agit. Sur la photo, je veux dire, je sais à quelle occasion elle s'est fait photographier. C'est dans le journal où on avait trouvé son nom. *Droit de vote aux femmes.* Le premier numéro est paru en mars 1912.

— Formidable ! Comment tu as fait ?

Hanna débordait d'autosatisfaction.

— C'était assez logique, en y réfléchissant un peu.

Un minuscule morceau de poulet restait coincé entre ses dents. Du côté intérieur de la dentition, à un endroit difficile à atteindre même à l'aide d'un cure-dent. Elle n'aurait même pas dû le sentir tant il était petit, pourtant, il l'empêchait de se concentrer sur la lettre en cours. Mais peut-être était-ce le souvenir des mails de Johan qui l'agaçait le plus. Elle essayait de se les sortir de la tête alors que sa langue tripatouillait obstinément le creux encombré. Finalement, elle prit son téléphone et ouvrit son ancienne boîte mail Yahoo.

Le dernier message datait de trois ans auparavant. À l'époque, ils ne s'étaient vus que deux fois, la première dans un pub et la deuxième sur un canapé, les yeux rivés sur une étape éliminatoire de l'Eurovision. Johan s'était montré très détendu, comme s'il avait oublié que Hanna et lui n'avaient finalement échangé leurs numéros que le week-end précédent, et qu'il l'avait lui-même invitée. Lorsque plus tard, en contradiction totale avec ce que lui dictait son instinct et sous l'effet de quatre *shots*, elle exécuta une interprétation ignoblement fausse de *Främling* de Carola Häggkvist, tube gagnant de l'Eurovision en 1983, devant une bande de gens qu'elle ne connaissait ni d'Ève ni d'Adam, elle vit le regard de Johan passer de curieux à brillant. Quelques bières plus tard, ils étaient assis côte à côte. Impossible de se souvenir des termes exacts de leur conversation, mais ils avaient parlé des ours Gummi. Ils ne s'étaient pas embrassés, en tout cas, elle s'en souvenait très clairement. À un moment, il lui avait caressé la joue et elle avait cru que sa main glisserait plus loin sur sa nuque, mais non. À une autre occasion, leurs lèvres s'étaient retrouvées à deux ou trois centimètres les unes des autres. Deux jours plus tard, elle avait reçu un mail :

Hey!
Quand tu m'as donné ton adresse mail, tu as pris le risque que je t'écrive, alors voilà. Tu l'as bien cherché ! ;)
Sérieusement, je voulais juste te dire que tu me sembles être une fille trop cool. On fait quelque chose ce week-end ?
Bisou/Tummi

La signature la fit sourire, et elle se souvint brusquement de quelques fragments de leur conversation sur le canapé. Johan affirmait que s'il avait été un Gummi, il aurait été Gregor, le roi légitime. Elle avait ri et l'avait traité de Tummi, l'ours bleu un peu débile. Il s'était vengé en la traitant d'ogre, après quoi elle avait fait semblant d'être blessée avec tant de conviction qu'il avait posé le bras autour de ses épaules pour la réconforter. Des bavardages sans prétention. Sympathiques. Le minuscule morceau de poulet commençait à céder. Victoire. Elle ouvrit le mail suivant.

71

Lorsqu'en plein hiver, la clarté arriva enfin, les martèlements incessants commencèrent, d'abord au chemin de fer. Ils se répandirent peu à peu.

— Pourquoi ils tapent ? demanda la petite Signe.

Elle portait un petit panier qui contenait un cheval en bois et un oignon jaune. Elle répétait la même question depuis qu'elles avaient quitté l'épicerie. Chaque nouvelle réponse semblait prétexte à en poser une autre, du même modèle. Cette fois, ce fut à Elvira de répondre.

— Pour que la grande Signe ait de la lumière le soir, même quand le pétrole sera fini.

— Pourquoi Signe… va avoir de la lumière le soir, même quand le pétrole sera fini ?

— Pour écrire ses lettres et ses poèmes.

— Pourquoi elle va écrire ses lettres et ses poèmes ?

— Parce que les mots se bousculent en elle et qu'ils doivent sortir.

La petite lança un regard étonné et un peu sceptique à Elvira, puis sembla accepter l'explication et reprit son chemin en balançant le panier.

— Pourquoi les mots se bousculent en elle ?

— Parce que c'est une femme de lettres exceptionnelle.

— Pourquoi c'est une femme de lettres expec… Ah.

Elvira éclata de rire et, pour se faire pardonner de l'avoir confrontée à un trop grand défi, tendit la main à la petite, qui la prit.

Elles s'arrêtèrent au carrefour et attendirent. Il soufflait un vent d'octobre froid, mais pas furieux et, avec un petit effort, on sentait encore dans le fond de l'air les restes du soleil d'été. Elvira s'assit sur une grosse pierre, la petite s'appuya contre sa jambe et se mit à compter les rayures sur sa robe.

— Un, deux, trois, quatre, cinq, six, sept… Non, cinq, six, sept… Non, quatre… Non.

Elvira lui expliqua que c'était plus facile de compter quand on savait où on avait commencé. Elle lui montra comment placer le doigt sur la première rayure. L'enfant, concentrée, posa l'index juste à côté du sien. Signe les contemplait en silence : un tableau que personne ne peindrait jamais.

Anna apparut bientôt sur la route. En approchant, elle lança un regard torve à Elvira.

— Petite Signe ! appela-t-elle de sa voix claire.

L'enfant bondit de joie.

— Maman !

Signe retira l'oignon et tendit le panier de la petite à Anna, qui l'attrapa de sa main libre. La dernière chose qu'Elvira et Signe entendirent lorsque la petite Signe et sa maman s'éloignèrent fut :

— Maman, pourquoi ils tapent ?

— Décidément, il y a des femmes qui m'agacent, dit Elvira.

— Qui, par exemple ? Anna ?

Elvira ne l'entendit pas : elle avait la tête ailleurs. En Angleterre, pour être exact.

— Elles ont pour l'instant des arguments sans précédent pour justifier l'entrée des femmes en politique. Les hommes sont en guerre, les femmes ont dû reprendre des milliers d'emplois traditionnellement considérés comme "masculins" et s'avèrent aussi compétentes que les hommes. On appelle cela "l'effort de guerre"… Et à ce moment précis, certaines militantes trouvent qu'on doit mettre la lutte en veilleuse. À cause de la guerre.

Comprenant enfin de quoi il s'agissait, Signe hocha la tête.

— Pragmatisme féminin.

— Ou plutôt sacrifice de soi contre-productif. Que gagne l'Angleterre à continuer à priver les femmes de l'accès au suffrage ? Le fait même qu'elles sont prêtes à abandonner leur revendication parce que le pays est en guerre n'est-il pas justement la preuve qu'elles devraient l'obtenir ?

Le sens pratique des suffragettes anglaises semblait beaucoup agacer Elvira.

— Seules Laura Jenkins et quelques autres l'ont compris et continuent la lutte. Quel est le rapport avec Anna ?

— Avec Anna ? Ah, oui… Je croyais que tu parlais d'elle. Que c'était elle qui t'agaçait.

— Ce n'est pas faux. Mais en ce qui la concerne, il s'agit d'un agacement constant, comme un bruit de fond. Elle est hypocrite et égoïste, et elle profite de toi.

Signe resserra son châle et fixa les yeux sur un rocher au milieu d'un champ, se demandant pourquoi personne ne l'avait déplacé.

— Ça ne t'a jamais traversé l'esprit, demanda Elvira, qu'elle sache peut-être très bien ce qu'elle fait depuis le début ?

Signe fit une grimace.

— Bien sûr que non. D'autant plus que c'est faux.

— Vu de l'extérieur, ça en a tout l'air, pourtant.

— Ah bon. Vu de l'extérieur, elle aurait échafaudé le brillant projet de séduire une maîtresse d'école et d'épouser son meilleur ami, pour s'assurer les services d'une garde d'enfant compétente quelques années plus tard ? Cela me semble un peu sophistiqué… Voire absurde.

Cependant, Elvira parut approuver l'hypothèse.

— Exactement. Elle a toujours su que ça ne serait pas sérieux entre vous, mais elle a pris plaisir à ce que tu le croies. C'est facile de manipuler le cœur d'une femme quand on n'a rien à perdre.

Signe ne daigna pas regarder Elvira.

— Tu ne la connais pas.

— Mais je connais son espèce.

Signe aurait voulu s'arrêter pour analyser cette réponse d'une brièveté si tranchante, mais la colère hâtait ses pas.

— De la même façon que Lindman connaît l'espèce féminine ? Comme lui, tu les connaîtrais toutes parce que tu en as rencontré une ? Si tu connais son espèce, peut-être pourras-tu me dire ce qu'elle m'écrit dans ses lettres ? Et me parler du sérieux avec lequel elle envisageait notre avenir ?

Ces mots réverbérés par les troncs d'arbres sonnaient comme un plaidoyer en faveur de quelqu'un qu'elle n'avait vraiment aucune raison de défendre. L'assurance d'Elvira l'énervait. En plus, elle était en train d'ôter tout leur sens à trois années de la vie de Signe.

— Elle a dû t'écrire des lettres débordantes de sentiments, reprit Elvira. Te parler d'avenir en termes graves et intimes, sans doute plus que tu l'as fait toi-même. Elle a dû te regarder droit dans les yeux et te dire qu'elle t'aimait avant que tu ne le lui dises toi-même. Et puis, de temps en temps, elle a dû faire un commentaire en passant sur un homme. Tu as trouvé cela bizarre, mais tu n'y as pas accordé grande importance. Parce que tu ne le voulais pas.

Signe soufflait de rage. La description correspondait pourtant à Anna. En fait, elle lui allait comme un gant. Comme si Elvira avait lu leur correspondance et épié leurs conversations nocturnes. Hormis ce dernier détail : Anna n'avait quasiment jamais rien dit sur les hommes, du moins rien qui puisse éveiller les soupçons de Signe. Il leur restait une côte à franchir avant d'arriver. Le soleil pointait au-dessus des sapins. Signe s'arrêta et fouilla dans les yeux d'Elvira, qui ressemblait à une sinistre statue de fer.

— Qui t'a fait tant de mal ?

Elvira garda le silence jusqu'à ce que, déshabillées, elles se soient faufilées sous les couvertures et que Signe eût caressé ses cheveux rêches.

— Je ne sais pas si tu te souviens d'une femme qui est venue nous saluer en juin.

— Mme Fridell ?

— Kleve de son nom de jeune fille. Alors tu t'en souviens ?

Elle enfouit le bout de son nez derrière le lobe d'oreille de Signe et poussa un profond soupir.

— Görel Kleve était mon Anna. Nous vivons toutes… une histoire de ce genre. C'est inévitable.

— Toutes ?

— Toutes les femmes qui ont des sentiments pour d'autres femmes. C'est toujours la même chose. En Angleterre aussi.

Elle marmonnait dans le cou de Signe, les seins pressés contre elle. Signe lui caressa la nuque.

— J'aimerais entendre la tienne.

Dans l'obscurité indulgente, Elvira raconta l'histoire de Görel Fridell, née Kleve, d'abord hésitante, puis sans ambages. Elles s'étaient rencontrées il y avait "affreusement longtemps", avant la mort d'Alfred Nobel et la première projection cinématographique sur le sol suédois. Signe ne gardait de ces événements que de vagues souvenirs : ils avaient dû se dérouler dans sa plus tendre jeunesse.

— Je parle de la projection parce que c'est Görel qui, quelques années plus tard, m'a fait découvrir le cinéma.

Il y eut un bref silence dans le noir. Signe avait l'impression de remonter le cours du temps dans les pensées d'Elvira.

— J'étais incroyablement stupide.

La rencontre avait eu lieu à une exposition d'art. Elvira était accompagnée de deux bons amis et Görel, d'un jeune homme en haut-de-forme. Elles s'étaient arrêtées devant le même tableau, fascinées, et Görel avait levé une main gantée pour montrer une combinaison de couleurs particulièrement réussie.

— C'est du gant que je me souviens. Enfin, maintenant, je sais ce qui m'attirait en elle. On est assoiffée de réciprocité et, quand on croit en apercevoir l'ombre, on n'est plus capable de distinguer la réalité de son reflet.

Elvira avait fréquenté Görel pendant quatre ans, dans ce qu'Elvira appela "une folle danse où le soi-disant meneur se laisse en fait implacablement entraîner". Après leurs nuits d'amour, elles passaient leurs journées ensemble, ce qui, à l'époque, était presque considéré comme un idéal.

— De nos jours, il faut veiller davantage à se dissimuler, c'est l'inconvénient des temps modernes.

Leur relation, qui s'enrichissait de jour en jour, prit subitement fin le jour où Görel apprit à Elvira qu'elle était fiancée à son monsieur en haut-de-forme depuis six mois, et que la date du mariage était fixée. Ce fut le coup de grâce.

— Je n'y ai pas assisté, mais quand, plusieurs années plus tard, dans une autre église, j'ai vu le désespoir d'une belle fille dans la nef voisine, j'ai revécu l'horreur.

Le souvenir d'Anna à l'église était une vieille et laide cicatrice dans l'âme de Signe, qui glissa la main le long de l'épaule d'Elvira, tâtant doucement ses muscles, savourant l'odeur d'une femme qui se relevait et choisissait, envers et contre tout, la voie du bonheur.

— Görel m'a tenue en laisse pendant très longtemps. Chaque fois que nous nous retrouvions, il lui suffisait d'un regard ou d'une parole pour me subjuguer. Enfin, cela fait longtemps, maintenant. Et comme Anna, elle prétendait que c'était elle qui souffrait.

Le cœur d'Elvira battait contre le sein de Signe. Son martèlement racontait le reste de l'histoire. Quatre ans de rêves brisés d'un coup. Une membrane fine et vulnérable qui, en cicatrisant, était devenue un rempart. Plongées dans leurs souvenirs, elles respiraient en cadence, lentement.

— Görel n'était pas Anna.

— Peut-être. Mais elle t'a fait plus de mal que tu ne crois.

Elvira embrassa Signe sur la tempe.

— En plus, elle est fainéante et maniérée.

Le problème était à double tranchant. Un mois plus tard, juste avant l'arrivée de la clarté, Anna fit remarquer à Signe l'inconvenance de sa relation avec Elvira. Ou plutôt, sa bizarrerie.

— Je peux comprendre que tu te sentes seule.

Les yeux rivés sur deux énormes morceaux de porc cru, Anna hochait la tête comme si elle se comprenait elle-même. Signe se concentrait sur sa viande : de l'épaule qui, après quelques efforts, se conserverait jusqu'en février. Elles avaient passé un accord : si elles salaient le porc ensemble, Signe en emporterait une partie. Mais après six ans dans la commune de Tierp, Anna prétendait encore tout ignorer du salage et passait donc le plus clair de son temps à contempler les mains congestionnées de Signe.

— De toute façon, dit-elle avec un petit rire, tu m'appartiens.

Signe s'arrêta.

— Ah bon?

— Enfin, pas dans le sens où je serais ta propriétaire, bien sûr.

Elle semblait d'une humeur rayonnante, en apparence du moins.

— Enfin, tu vois ce que je veux dire? Cette chose si particulière que nous partageons…

Elle gloussa. Signe retourna l'épaule et se mit à la frotter avec le sel.

— Quand je ne serai pas là, ce serait bien que tu mouilles la viande, dit-elle. Comme ça, elle se gardera mieux que l'an dernier.

Anna fit une grimace.

— J'avais compris. Je suis de la ville, mais je ne suis pas complètement idiote pour autant. Et je ne commets jamais deux fois la même erreur.

Elle observa en silence le travail de Signe, puis attrapa le morceau de viande rincée qui se trouvait devant elle et prit une pincée de sel. Soudain, elle se figea dans son mouvement, comme si une idée venait de lui traverser l'esprit.

— Comme quand nous dormions ensemble tous les soirs, dit-elle avec un coup d'œil suspicieux vers la porte.

À côté, la petite Signe chantait d'une voix claire – c'était la garantie que personne n'écoutait.

— C'est vrai, je comprends que tu aies besoin de compagnie, je suis très occupée par mon foyer et par le travail de la poste. Ce qui m'étonne, c'est que tu préfères fréquenter Elvira dans des moments où nous pourrions nous voir toutes les deux, et même lorsque je t'invite.

— Et en quoi cela t'étonne ?

— Je veux dire… Avec elle, tu ne fais pas… Tu n'es pas…

Anna se mit soudain à frotter la viande. Signe insista :

— Qu'est-ce que je ne suis pas avec Elvira ?

Anna eut un sourire gêné, comme s'il ne s'agissait que d'une taquinerie entre elles.

— Faut-il vraiment que je le dise tout haut ? Tu ne peux pas partager avec Elvira ce que nous partageons toutes les deux. Elle ne peut pas te donner cela, ça n'existe qu'entre toi et moi. Tu ne dors pas avec elle.

Signe l'écoutait, impassible. En son for intérieur, elle revécut une récente nuit. Dressée au-dessus d'elle dans le lit, Elvira avait concentré toute la volonté de Signe entre ses mains savantes, effleurant à peine son visage de ses lèvres, capricieuse comme une plume, indomptable comme la nature. Elle croyait qu'Anna l'avait compris depuis longtemps.

— N'est-ce pas ? Vous ne l'avez pas fait ? Tu m'avais dit qu'elle dormait dans la cuisine.

— C'était il y a plusieurs années. Depuis, j'ai découvert un certain nombre de choses, y compris mes propres rides.

Après un rire forcé, Anna répéta qu'elle comprenait : Signe cherchait un ersatz, c'était bien naturel. Il était toutefois regrettable qu'elle l'ait trouvé en des contrées aussi arides. D'ailleurs, la fréquentation allait forcément la décevoir. Dans l'odeur de porc cru et le crissement du sel, les mots d'Anna glissaient, trop durs, trop lisses, trop brillants, insaisissables. Signe songea qu'en rentrant ce soir-là, elle allait devoir frotter ses habits pour en ôter les effluves.

Lorsqu'en plein hiver, la clarté arriva enfin, Signe était en chemin vers une ferme où elle allait livrer des pantalons de travail rapiécés. Elle songeait à une dispute qui avait éclaté entre deux garçons de CM1 et à l'antipathie qu'Elvira et Anna éprouvaient l'une pour l'autre. S'il n'y avait pas eu la petite Signe… L'existence de l'enfant faisait de la situation un véritable crève-cœur. Le regard sombre d'Elvira, ses mains décidées… La confiance, le rire clair, le regard songeur de la petite – qui ne lui venait ni de sa mère ni de son père. Signe aurait pu laisser Anna dans l'illusion qu'il n'y avait rien entre Elvira et elle : détenir l'information, c'était détenir le pouvoir. Le dilemme la rongeait. Tout ce qu'elle avait de plus cher lui semblait en équilibre sur la pointe d'un porte-plume, et pour lutter contre le secret, sa seule arme était… le secret. Ses pensées tourmentées furent brusquement interrompues par la voix haletante d'un enfant.

— Mademoiselle Sivander ! Mademoiselle Sivander, venez voir ! Vite !

Lorsqu'elle pénétra dans la maison, il y faisait un noir d'encre. On y voyait moins qu'au-dehors. Elle sentait des gens respirer autour d'elle et entendit des gloussements étouffés.

— Mademoiselle Sivander, préparez-vous à voir, dit une voix d'homme exultante. Tâtonnez à gauche de la porte. Vous y trouverez un interrupteur.

Signe passa la main le long du mur et trouva un boîtier arrondi muni d'un bâtonnet. Dans le noir complet, au son des respirations exaltées des Enoksson, elle se sentit gagnée par la nervosité. Elle entendit le déclic sous ses doigts et, soudain, se retrouva en plein jour. Les lampes à pétrole ne diffusaient qu'une faible auréole tout juste bonne à voir ce qu'on tenait dans les mains. Cette lumière-ci se déversait comme si le soleil lui-même éclairait l'intérieur de la maison. Éblouie, Signe cligna des yeux. M. Enoksson, ravi, étudiait sa réaction. Mme Enoksson riait.

— Éteignez ! lui dit l'enfant. Et rallumez encore !

72

C'était peut-être stupide d'envoyer un SMS à Johan. Oui, en fait, complètement stupide. Premièrement, Johan devait toujours traîner dans leur appartement, en éternel adepte de jeux vidéo, inodore, incolore et insipide. Deuxièmement, ces derniers temps, il ne faisait vraiment aucun effort pour mériter une place dans sa vie. En plus, dans son SMS, elle avait fait une blague sous forme de clin d'œil, comme pour le draguer. "Et à part ça, ça va?" Il n'avait pas répondu.

— C'est débile de lire autant de trucs sur Signe sans savoir de quoi elle avait l'air, dit Ági, songeuse. Tu crois qu'elle ressemblait à Elvira ?

Quelques instants plus tôt, Hanna avait sorti son téléphone dans l'intention d'envoyer un message à Johan : elle n'acceptait plus d'être traitée comme de la merde. C'est ce que Signe aurait dû faire depuis longtemps. Sans parler de Hanna qui, elle, était en vie. Cependant, il s'était avéré délicat de trouver les mots justes pour exprimer son sentiment sous forme de SMS. Après quelques tentatives, elle avait baissé les bras. "De toute façon, ce ne sont que des mots." Et elle avait envoyé ce SMS complètement débile à la place.

— Hé ho ! La terre appelle Hanna !

Ági, dont l'énergie ne tarissait jamais, agitait les mains. Caroline poussa le genre d'exclamation qu'on laisse échapper malgré soi.

— Oh ! dit-elle en se levant d'un bond, ravie. Oh ! Ça parle d'Elvira !

Un point soulevé à la réunion de Stockholm m'a paru intéressant : la question des titres. Après les explications de Mlle Löfvenberg à ce sujet, la redondance du système actuel est apparue clairement.

— Mlle Löfvenberg... grinça Erik. Ça pourrait être n'importe qui...

— Mais vraisemblablement Elvira. Puisqu'elle a vécu à l'adresse de Signe dix ans plus tard.

— Mais on ne sait pas si Signe y habitait encore.

Hanna soupira.

— Erik, toi qui sais apprécier la simplicité... Arrête de te compliquer la vie. Un bonh... homme aussi rationnel que toi doit bien comprendre que la demoiselle Löfvenberg de la lettre est certainement la même que celle de la maison.

Ági s'en mêla.

— C'est quoi, la question des titres ?

Hanna se tourna vers Caroline et Erik.

— Elles se demandaient s'il fallait continuer à s'adresser aux femmes en les appelant "mademoiselle" ou "madame". Écoute : *"Une distinction entre les femmes mariées et celles qui ne le sont pas, lorsqu'elle est effectuée de manière aussi immédiate que lors d'une salutation, est une atteinte à la dignité humaine de la femme."*

Ági secoua la tête.

— J'ai compris vingt pour cent de ce que tu disais.

Caroline traduisit rapidement ces formulations soutenues en suédois compréhensible, parvenant à y inclure une brève leçon d'histoire des titres. Hanna ricana.

— Tu me disais que tu ne comprenais pas pourquoi on devait à tout prix distinguer les hommes et les femmes. Tu te souviens ? Parce que tout le monde ne correspondait pas à un sexe ou à un autre. Tu trouvais que ce n'était pas la peine d'établir tout le temps une frontière.

— J'ai dit ça ?

— Quand on buvait du saké. Bref, au tournant du siècle, apparemment, Signe et Elvira se disaient à peu près la même chose, mais à propos de la distinction entre femme mariée ou non.

Ági sourit comme si elle avait déjà compris.

— Elles auraient dû avoir une longue-vue qui leur permettait de jeter un coup d'œil sur l'avenir. On n'a qu'à leur écrire une lettre pour leur raconter ce qui est arrivé depuis leur époque !

Une proposition pareille ne pouvait venir que de quelqu'un qui consacrait sa vie professionnelle à des cristaux magiques. Caroline conseilla à Erik de lire plus attentivement. Il verrait ainsi que c'était de l'Elvira tout craché. Hanna eut soudain une idée.

— Caroline… Tu n'as vraiment que ces deux photos d'elle ?

— Oui… Enfin, je crois. Mais la remise est pleine de cartons. Ils peuvent contenir n'importe quoi.

— Je me disais qu'elles avaient pu être photographiées ensemble.

Une lueur traversa le regard d'Ági.

— Je peux chercher, si vous voulez ! Enfin, si vous m'y autorisez.

Deux heures plus tard, Johan n'avait toujours pas répondu. Ági avait parcouru quatre grands cartons d'albums et de photos volantes.

— C'est qui ? demandait-elle de temps en temps en brandissant des portraits en couleurs de petites filles en maillots de bain et d'hommes austères en chapeaux, ou des cartes postales portant des signatures jetées à la hâte. Chaque fois, Caroline se levait, contournait la table et désignait des membres de sa famille avec plus ou moins de détails sur leur histoire et leur personnalité. Hanna, qui avait d'abord été traversée par une petite lueur d'intérêt, étouffa une bonne centaine de bâillements. Pas de photo d'Elvira. Comment pouvait-on s'intéresser à ce point aux petits-neveux d'une autre en randonnée à la montagne ? Ági finit par s'asseoir par terre à côté de Caroline. Hanna jeta un coup d'œil sur son portable. Toujours rien.

"Et à part ça, ça va ?" était une citation de leur deuxième conversation, qu'elle connaissait encore par cœur : "Ça baigne ?" "Oui, tranquille." "Ah, cool. Et à part ça, ça va ?" "Oui, tranquille aussi." Johan avait eu un rire gêné. Charmant. Une fois leur relation établie, Hanna l'avait sans cesse taquiné en lui répétant ces répliques. Ils étaient devenus un couple après cinq semaines, le jour où Johan l'avait, en passant, appelée sa "copine". Il avait ensuite rougi, l'épiant du coin de l'œil tout en évitant de croiser franchement son regard. Ce garçon rougissant dans un corps d'homme aux larges épaules lui appartenait donc... Enfin, à l'époque. Pour le moment, il ne répondait même pas à ses SMS. Et ça faisait un bail qu'il ne s'était pas montré charmant avec elle.

— Hé hé, fit Erik dans son fauteuil.

Il croyait ainsi attirer leur attention sans en avoir l'air. Qu'est-ce qu'il pouvait être transparent... Caroline joua volontiers le jeu. Peut-être y voyait-elle l'occasion de prononcer son nom.

— Qu'est-ce qu'il y a, Erik? Tu as trouvé quelque chose? gazouilla-t-elle.

— Eh bien, je commence à croire qu'Elvira a bien joué un rôle dans l'histoire. Écoutez : *"Elvira est convaincue que, par notre conduite, nous dictons aux autres la façon dont nous voulons qu'ils nous considèrent."*

Au début, les compliments de Johan énervaient Hanna. Ils lui paraissaient hypocrites, elle n'arrivait pas à les accepter. Les gestes exagérés dont il les accompagnait lui semblaient tout droit sortis d'une de ces émissions de téléréalité américaines dans laquelle les couples se font et se défont. Elle avait mis six mois à lui faire comprendre qu'elle voyait clair dans son jeu. Il était alors passé aux insultes. Qu'est-ce que disait Erik?

— Par notre conduite?

— Je continue. *"Pour ma part, je ne suis pas entièrement convaincue que cette règle s'applique en toute situation. En effet, une personne née pauvre ou d'une relation extraconjugale est dévalorisée de naissance."* Apparemment, elle était socialiste.

— Ou bien elle réfléchissait au monde qui l'entourait, dit Caroline. Et après?

— *"Mais ce raisonnement possède néanmoins des fondements solides. À travers des manières complaisantes et dociles, nous faisons savoir à l'autre que nous ne nous attendons pas à être prises au sérieux. En usant de poids et d'autorité, nous inspirons au contraire le respect. C'est d'ailleurs ce qu'on apprend aux hommes dès leur plus jeune âge."*

Caroline secouait la tête, souriante et éberluée.

— Ça semble tout droit sorti de la bouche de ma grand-tante. Nous décidons nous-mêmes comment les autres nous considèrent. Et dire qu'elle prêchait déjà cette idée trente ans avant ma naissance.

Hanna se gratta la gorge, gênée. La dévalorisation semblait être un sujet très à la mode. Mais qu'est-ce qu'ils avaient donc tous? C'était une véritable conspiration. Et quelles étaient ces manières injurieuses, venant de Johan, qu'elle percevait sans arriver à les définir?

Elle s'était habituée à ses offenses déguisées. Selon ses souvenirs, la première datait du jour où ils s'étaient montrés nus l'un à l'autre pour la première fois. Une semaine après avoir parlé des ours Gummi et failli s'embrasser, ils avaient pris, un brin vacillants, un bus de nuit jusqu'au studio de Johan à Älvsjö. Ils s'étaient roulé une pelle dans l'ascenseur et avaient couché ensemble sur le canapé, où ils s'étaient ensuite endormis joue contre joue. Vers 5 heures du matin, ils s'étaient réveillés en grelottant et faufilés dans le lit. À cet instant précis, lorsque, recroquevillée et frissonnante, elle traversait sur la pointe des pieds le lino sous les premiers rayons du matin qui illuminaient la bouée de graisse autour de ses hanches, il avait dit : "Tu as un super beau corps." Elle se rappelait encore l'ironie, le sarcasme sous-jacent.

Puis les injures étaient devenues plus claires. Quand l'avait-il pour la première fois appelée patapouf? Elle ne s'en souvenait plus, et ça n'avait pas grande importance.

— On ne choisit pas la manière dont les autres vous traitent, dit-elle. Il n'y a que des gens épanouis et heureux qui disent ce genre de choses. Les autres gardent leur honte pour eux.

Erik, Caroline et Ági levèrent tous ensemble les yeux vers elle, comme si elle venait de dire quelque chose de tout à fait insolite. Avant de commencer à porter les bottines, elle ne disait jamais ce qu'elle pensait. Cela évitait ce genre de regards.

Pourtant, elle avait raison, elle le savait. Il n'y avait que les gagnants qui prétendaient qu'on avait le choix, dans la vie. Elle tendit la main et saisit la lettre que tenait Erik.

— *"En effet,* lut-elle, *une personne née pauvre ou d'une relation extraconjugale est dévalorisée de naissance."* Signe en savait plus long sur le sujet qu'Elvira. D'ailleurs, Elvira était riche, non?

— Pas Signe? demanda Ági. Son père était commerçant et sa mère venait d'une famille aisée.

Caroline leva la main pour les arrêter.

— L'histoire familiale d'Elvira était assez spéciale, si vous voulez l'entendre. Elle avait grandi avec son frère, mon grand-père, dans une ferme de taille assez moyenne. Elle devait avoir six ou sept ans lorsqu'ils l'ont quittée. Mon grand-père avait à peine trois ans à ce moment-là.

— Pourquoi sont-ils partis ?

— Le père d'Elvira et d'Herbert avait un oncle qui habitait à Stockholm. Un original. De son vivant, il avait monté des affaires dans une dizaine de secteurs complètement différents. Chaque fois, il avait breveté un certain nombre d'inventions plus ou moins réussies. Son dernier domaine d'activité était celui des crayons et des stylos.

Caroline parlait comme une vieille conteuse, en articulant soigneusement chaque mot comme s'il était vital que leur formulation soit absolument exacte. Hanna se surprit à l'imiter. L'oncle excentrique était mort et avait légué tous ses biens à son frère, le père d'Elvira.

— Un certain nombre de gadgets plus ou moins utilisables, un appartement dans la capitale et une fabrique de crayons et de stylos de luxe.

Le père d'Elvira décida de vendre sa ferme et de tenter sa chance à Stockholm. À l'époque, l'industrie était florissante. Les profits de l'entreprise de crayons et de stylos ne cessèrent de croître. Pendant une vingtaine d'années, elle occupa la première place dans le secteur.

— Voilà peut-être d'où Elvira tirait sa conviction qu'on arrive à tout si on le veut. C'était ce qu'elle avait elle-même vécu. Mais elle me rappelait toujours qu'elle venait de nulle part, alors que mon grand-père avait tendance à le nier. Il faut dire qu'il était si jeune quand ils avaient déménagé… Il se sentait citadin, et ma grand-mère l'admirait comme tel.

— Et Jör-dis, sourit Ági. Elle était de la campagne ?

Ces petites digressions constantes les empêchaient d'avancer. Quelle importance que la belle-sœur d'Elvira eût ou non été de la campagne ?

— J'étais encore petite quand elle est morte. Tout ce que je sais, c'est ce que m'ont raconté mon grand-père et ma mère. Mais je crois qu'elle venait de la campagne. Ensuite, elle s'est installée à Stockholm.

Hanna jeta un coup d'œil discret sur son téléphone. Cela faisait plusieurs heures qu'elle avait envoyé le SMS et l'écran restait complètement noir. De toute façon, maintenant qu'elle se souvenait comment Johan avait changé de comportement vis-à-vis d'elle, comment il était devenu de plus en plus méprisant, elle s'en fichait. D'ailleurs, elle regrettait de lui avoir écrit quoi que ce soit. *Ne réponds surtout pas!* lui suggéra-t-elle de toutes ses forces par voie télépathique. Et cela fonctionna. L'insatisfaction était à son comble.

— Nous savons tout sur Elvira, médita Ági, mais rien sur Signe dont nous lisons les lettres. Je me demande s'il n'y a pas quelqu'un qui pourrait nous raconter son histoire.

Caroline hocha la tête. Signe semblait devenue propriété publique. Enfin, tant que Hanna n'aurait pas emporté ses lettres.

— Tout, c'est beaucoup dire, objecta Caroline. Je me pose tellement de questions sur la vie d'Elvira, maintenant... Qui sait quelles expériences elle a emportées dans sa tombe?

— Ça ne sert à rien de multiplier les conjectures sur les morts, dit Erik. Ça ne fait que semer la confusion chez les vivants.

Hanna contempla Erik, l'homme qui devenait maussade quand on osait suggérer qu'une femme avait pu aimer d'autres femmes.

— Tu as un problème, ou quoi?

— Non, mais je trouve qu'on doit montrer un peu de respect aux morts, bien que ça semble sujet à controverse.

Arborant un sourire de brave dame, Caroline posa la main sur la table avec une fermeté hargneuse.

— Essayer d'en savoir plus sur quelqu'un, c'est une manière de lui montrer du respect.

Une épreuve de force fascinante se déroulait sous les yeux de Hanna et d'Ági. Le regard d'acier d'un vieux bonhomme revêche contre celui, clignant et bleu, d'une vieille dame affable. Hanna interrompit le duel, qui menaçait de s'éterniser :

— Pas en public, vous deux!

Ági avait raison, il devait bien y avoir quelqu'un quelque part qui savait qui était Signe. Seulement, un bruit de fond dans l'esprit de Hanna l'empêchait de se concentrer sur cette idée. On ne choisit pas comment les autres vous traitent... Son subconscient la taraudait, lui rappelait avec insistance une lointaine soirée où Johan, enfoncé dans leur canapé déjà vieux, avait exprimé son découragement :

— Je ne pige pas. C'est comme si tu ne voulais pas qu'on te dise des choses bien sur toi-même. J'ai l'impression d'être le seul de nous deux à t'aimer. Ce n'est pas très marrant, à la longue.

Les compliments s'espacèrent. Pour finir, ils furent complètement absorbés pas les murs jaunes et remplacés par un abominable cercle vicieux : au fond, c'était sa faute à elle s'ils en étaient arrivés là. Elle méritait donc son sort. Et elle était donc encore plus nulle qu'elle ne le paraissait avant de se révéler à la fois complice et victime. Dévalorisation ?… Elle en eut la gorge serrée. Son cœur battait faiblement, épuisé. Il lui fallait quelque chose. Peut-être une barre chocolatée.

Le plus pathétique dans tout ça, c'était qu'elle se surprenait encore à rêver au début de leur histoire, au large sourire de Johan, à son nez de travers qu'à l'époque, elle trouvait encore charmant, à son regard plein d'admiration… Aux yeux de Johan, elle méritait tout ce qu'il y avait de plus beau, c'était évident. Avant que, comme à son habitude, elle ne lui prouve qu'il avait tort. Le plus pathétique dans tout ça, c'était qu'elle continuait à épier fébrilement son téléphone.

— Signe devait bien avoir une famille, elle aussi, dit-elle tout haut pour purger son esprit de ces pensées sinistres. Il faudrait la retrouver. Si on retournait voir aux Archives ?

Ce soudain accès de dynamisme la rendit un peu plus légère. Elle contempla Erik, l'homme qui ne pouvait pas parler d'un endroit sans être déjà en route pour s'y rendre.

— Ben… dit-il, traînant. Ben… C'est qu'on avance pas mal, ici.

Après deux semaines en sa compagnie, elle distinguait ses différents grincements. Celui-ci était fuyant. Elle lança un bref regard à Caroline, puis à Erik. S'ils préféraient cuisiner du riz et du poulet jusqu'à la fin de leurs jours, tant mieux pour eux… Elle n'allait pas les traîner jusqu'aux Archives d'Uppsala contre leur gré. Caroline en rajouta une couche : c'était vrai qu'ils accomplissaient un gros travail. On pouvait certainement envoyer des demandes par mail aux archives.

Hanna se leva, fit quelques pas jusqu'au couloir et revint, frôlant au passage le portrait d'Elvira. Elle se sentait brusquement à l'étroit parmi les napperons brodés. Quelque chose lui manquait.

Son canapé, peut-être. Chez elle. Les soupirs sans conviction de Johan. Non, son regard de jadis. Un jour, il avait passé la soirée à imiter le chef de Hanna. Elle en avait hurlé de rire, se tenant l'estomac. À l'époque, il lui caressait le dos pour la réconforter après un cauchemar. Pour l'heure, toutefois, le téléphone de Hanna gisait sur un accoudoir, noir, silencieux. Vide comme l'indifférence de Johan, comme son regard éteint, comme un passé révolu. Lorsque soudain, il s'alluma et ronronna, Hanna en sursauta de frayeur. Nouveau message. De Johan. Son cœur bondit. Pathétique…

"Oui, tranquille aussi."

73

Signe avait d'abord cru que les frictions entre Anna et Elvira s'atténueraient avec le temps. N'était-ce pas, en effet, la principale propriété du temps ? La capacité de raboter les coins trop tranchants. Son secrétaire en était un bon exemple. Anna et Elvira, pas du tout.

Signe expliquait parfois à Elvira qu'elles habitaient trop loin l'une de l'autre. Elvira répondait invariablement qu'elle ne pouvait pas mener la lutte pour le droit de vote depuis Tierp. Elle avait tout à fait raison, ce qui, d'ailleurs, n'en était que plus contrariant.

— Les choses sont compliquées entre Anna et toi, lui disait Signe. Et par-dessus le marché, tu es sans arrêt sur le départ.

Lorsque le sujet était abordé pendant les jours irritables du mois, elle ajoutait parfois, dramatique : "Être avec toi, c'est être constamment abandonnée." Elvira lui faisait un sourire compréhensif et une caresse sur la joue, enfin, si elle n'était pas elle aussi dans ses jours délicats, et lui répondait : "Je ne t'abandonne pas, je suis constamment en route vers toi."

Elvira ne remettait jamais en cause la raison pour laquelle Signe restait à Tierp. Un jour, elle avait évoqué l'idée que Signe pourrait trouver une place de maîtresse d'école à Stockholm. Signe l'avait dévisagée comme si elle était devenue complètement folle.

— Mais… mon enfant est ici ! avait-elle dit avec tant d'indignation qu'Elvira s'était tue et avait laissé s'apaiser les remous.

Leur situation resta donc la même. Les hirondelles revinrent, puis repartirent vers le sud, traversant une Europe plongée dans une guerre atroce. À l'automne 1917, le conflit continuait de déteindre sur la Suède. Certes, le pays avait évité de prendre directement part au massacre stérile de fils par d'autres fils qui se déroulait au sud du détroit, mais il ne put échapper à une sécheresse qui anéantit les pousses les plus faibles, puis à des inondations qui noyèrent les survivantes. Les paysans semblèrent soucieux dès avril. Quand l'école commença, en août, il était clair que l'hiver allait être plus dur encore que le précédent. Le rationnement de la farine, de la viande, du beurre, du poisson et du sucre qui corsetait déjà le pays se durcit, menaçant de lui briser les reins. En juillet, ce fut le rationnement du lait. Les ménagères s'employèrent à trouver encore un moyen de délayer la bouillie d'avoine et de remplacer les bonnes choses par ce qu'elles trouvaient. *"On peut supporter la faim sans perdre courage*, écrivait Signe dans son journal intime, *tant qu'on conserve deux choses : la raison et le café. Hélas, cette dernière denrée est désormais rationnée."*

En ces temps de privations, la petite Signe fut prise d'une envie très forte, qui s'exprima d'abord dans ses jeux.

— On disait que j'étais une petite fille, disait-elle à Signe, et que tu étais ma maman.

Ses jeux commençaient souvent ainsi. Impossible de l'en détourner.

— J'étais ta maman, l'imitait Signe, et tu étais une petite fille qui s'appelait… Higne.

L'enfant pouffait. La petite fille était sans cesse rebaptisée : Rigne, Bigne, Sligne. Elle allait toujours à l'école. Dans la réalité, la petite Signe devait faire sa première rentrée l'année suivante.

— J'étais une petite fille ordinaire… qui allait à l'école. Et j'avais des notes affreusement bonnes.

Signe sourit. Au village, aucun autre enfant de six ans n'employait des termes comme "affreusement". Elvira et Anna pouvaient se considérer responsables du phénomène. Les deux Stockholmoises de Tierp avaient au moins cela en commun : une influence indéniable sur le langage d'une fillette de six ans.

La petite Signe ramassa sa poupée de chiffon dans le lit de Signe, où elle l'avait couchée sous un gilet.

— Et j'allais à l'école, et j'avais une poupée en porcelaine.

Elle souriait secrètement à sa poupée en porcelaine. Signe se réjouit. Lorsque Elvira racontait des histoires de la ville à l'enfant, lui parlait de poupées de porcelaine aux bouches rouge fraise ou de pianos qui jouaient tout seuls, celle-ci faisait semblant de rien, mais ses petites oreilles écoutaient donc attentivement.

— Elle était blanche comme de la porcelaine, dit-elle à voix basse, très lisse et une bouche toute rouge et toute… comme des fraises. Et mignonne et affreusement belle. Oh ! Comme des roses et tout.

— On dirait une très belle poupée.

La petite hochait gravement la tête, les yeux perdus sur sa poupée en chiffon.

— Tu ne peux même pas imaginer.

Les allusions à la poupée en porcelaine continuèrent.

— Tu savais que les poupées en porcelaine ont le visage dur ? s'écriait parfois la petite alors que Signe et elle nettoyaient des baies pour en faire de la confiture. Et un vrai nez et une vraie bouche !

Lorsqu'en octobre, la distillation fut interdite, la petite Signe rêvait de bercer le soir une poupée de porcelaine. Lorsque la première neige tomba, elle parlait de poupées en porcelaine avec de vraies chaussures.

Anna riait et secouait la tête.

— On peut dire qu'elle s'obstine. Elle serait peut-être déçue si elle en obtenait vraiment une. Elle en a tant rêvé !

— Tu penses lui en acheter une ?

Les parents d'Anna en avaient les moyens, mais c'eût été présomptueux de la part de Signe de le suggérer. Anna secoua la tête, piquée.

— En pleine guerre, avec ça ? Franchement, je ne comprends pas ce qui a pris à Mlle Löfvenberg de parler de poupées en porcelaine à ma fille, qui est si influençable !

Inutile d'insister. Même si on lui proposait une poupée à deux centimes, Anna refuserait net de l'acheter. En revanche, si quelqu'un d'autre se la procurait… ?

Pas question de demander à Elvira : elle se serrait déjà la ceinture pour se consacrer à la lutte. De plus, elle se montrait toujours généreuse envers Signe, contribuant abondamment à son garde-manger. Signe ne voyait pas de solution évidente au problème, mais elle n'arrivait pas à oublier l'envie qui faisait briller les yeux de la petite.

Un jour exceptionnellement ensoleillé de novembre, au marché, son regard s'arrêta sur le stand du marchand ambulant Gustafsson, qui fit une sorte de grimace pincée en la voyant. C'était sa façon de sourire.

— Mademoiselle ! la salua-t-il avec une révérence.

— Les lacets ne sont pas encore rationnés, j'espère ?

— Ce n'est qu'une question de temps. J'ai aussi des aiguilles à repriser, des gants pour dames, des brosses à chaussures, des peignes et des pochettes d'aiguilles. Du succédané de café allemand. Mais mon stock sera bientôt fini.

Après réflexion, Signe acheta deux cents grammes de succédané de café, malgré son prix élevé. On risquait bientôt de ne plus en trouver nulle part et elle regretterait certainement de ne pas en avoir profité tant qu'il y en avait. Avant de quitter Gustafsson, elle lui demanda :

— Et si on voulait acheter une poupée en porcelaine…

Gustafsson lui fit son habituelle grimace pincée. Une fronce entre ses yeux indiquait qu'il réfléchissait. Signe précisa qu'elle ne pensait pas aux poupées les plus chères. Mais s'il y en avait de relativement bon marché, et s'il pouvait s'en procurer une, alors combien coûterait-elle ? Le prix qu'il lui annonça était bien au-dessus de ses moyens. C'était aussi à peu près ce qu'on lui avait déjà indiqué ailleurs. Gustafsson dut remarquer son accablement car, avant qu'elle ne tourne les talons, il ajouta :

— Vous avez peut-être quelque chose à vendre, mademoiselle…

Elle médita un moment, puis finit par avouer qu'elle ne possédait sans doute rien qui puisse l'intéresser. Contrairement à d'autres marchands ambulants, Gustafsson n'eut pas de réaction vulgaire. Il hocha poliment la tête et dit qu'il se trouverait à Gillberga le lendemain. Au cas où une idée lui viendrait entre-temps.

Ce soir-là, Signe fit les cent pas chez elle, soulevant tantôt un objet, tantôt un autre. Elle soupesa une tasse à café, tritura un bouquet de fleurs séchées, examina sa lirette tachetée sur le sol. Un mortier poussiéreux, un rouleau à pâtisserie, deux beaux porte-plumes. Elle pouvait éventuellement se séparer de l'un d'eux, mais cela ne paierait même pas un doigt de porcelaine. Elle fit encore le tour de la maison, trop fébrile pour pouvoir se concentrer sur son travail. Chez elle, deux sortes d'objets seulement avaient une quelconque valeur : les grands meubles et les bottines qu'Anna lui avait apportées, longtemps auparavant. Les meubles passaient à peine la porte et ne rentreraient certainement pas dans la sacoche de Gustafsson. Elle n'avait pas d'autres chaussures habillées que ses bottines. Si elle s'en séparait, il lui faudrait en acheter de nouvelles.

Signe aurait voulu discuter du problème avec Elvira. Deux têtes valaient mieux qu'une pour trouver une solution... Mais Elvira se trouvait à Stockholm et ne reviendrait qu'à la fin de la semaine. De plus, elle contredirait sans doute Signe et se rangerait, sans le savoir, du côté d'Anna : la petite Signe, surtout en temps de guerre et de privation, n'avait pas besoin de poupée en porcelaine. Mais Elvira n'avait d'yeux que pour Signe, et Anna ne voyait que sa part à elle de la petite. Aucune d'entre elles ne pouvait comprendre ce qui unissait Signe et l'enfant.

Cette nuit-là, elle ne ferma pas l'œil. Son regard erra sur les contours noirs dans la pièce. Elle espérait découvrir quelque chose de précieux qui lui aurait échappé. Elle ne s'endormit que lorsqu'elle l'eut trouvé.

Le lendemain, après l'école, elle se dépêcha de se rendre à Gillberga. Deux de ses élèves y habitaient. Ils l'accompagnèrent, manifestement flattés de se promener avec rien moins que leur maîtresse. Arrivés à la ferme, ils la conduisirent à la pièce qu'occupait Gustafsson qui, s'il n'avait pas été un homme aussi réservé, se serait certainement illuminé en la voyant arriver. Elle lui demanda s'il avait le temps de venir jeter un coup d'œil chez elle.

Cela pouvait être considéré comme inconvenant qu'une maîtresse d'école conduise ainsi chez elle un marchand ambulant. On jaserait peut-être au village, d'abord en ricanant. Puis, voyant que c'était l'austère marchand Gustafsson que la vieille fille Sivander conduisait chez elle, les colporteurs deviendraient railleurs. Gustafsson, néanmoins, ne semblait pas s'en soucier.

— Je ne savais pas si cela pouvait vous intéresser, lui expliqua Signe en ouvrant sa porte. Et je n'ai rien pour les remplacer. Voilà pourquoi je ne les ai pas dévissés.

De petite taille, mince et droit comme sa veste, Gustafsson lui parut soudain grand dans sa maisonnette. Un homme dans le logis d'une maîtresse d'école, un être de sexe masculin… Cela changeait un peu l'atmosphère. Elle se demanda si n'importe quel nouveau venu aurait le même effet ou si cela ne dépendait que du plafond bas. Il la suivit de près dans sa chambre à coucher, d'un peu trop près. Elle se racla très fort la gorge, comme pour effrayer un écureuil. S'il se montrait malintentionné, elle saurait sûrement se défendre.

Gustafsson hocha la tête. Au-dessus de son cou immobile, son menton bougea d'un ou deux centimètres. Il se pencha en avant pour tâter les ferronneries.

— Elles sont en argent ?

— Plaqué argent. Dans le temps, Björk m'en avait proposé quatre couronnes cinquante, et elles doivent valoir plus maintenant.

— Oui. Mais l'Europe est en guerre. Il y a peu d'acheteurs pour des ferronneries en argent.

— Ah bon ? Le cours de l'argent doit pourtant être meilleur en temps de guerre, et il doit y avoir encore moins d'acheteurs pour des poupées en porcelaine.

De petits jets d'air fusèrent hors de la bouche de Gustafsson. Son expression indiqua vaguement à Signe qu'il riait.

— Je fais volontiers des affaires avec une femme intelligente.

Lorsque Gustafsson s'éloigna vers la forêt, son sac était chargé de dix pièces de ferronnerie plaquées argent. Le secrétaire de Signe portait dix traces, pâles comme la peau sous une bague qu'on vient d'ôter. Le marchand lui avait laissé les poignées en bois, qui pouvaient être revissées. Signe se mit au travail. La première glissa docilement dans son trou. Le secrétaire ne brillait plus, mais il était toujours parfaitement fonctionnel. Décidément, Signe ne regrettait pas ses ferronneries en argent.

Fidèle à elle-même, Elvira ne remarqua pas immédiatement le changement. Son regard savait détecter les nuances d'une phrase sur une feuille de papier ou des intentions inavouées dans une paire d'yeux, mais pas des pièces manquantes sur un meuble. Elle avait déjà passé trois jours dans la maison lorsque, posant sa main sur un tiroir, elle prit un air perplexe.

— Il n'était pas comme ça avant.

Signe la regarda, amusée.

— Gustafsson, le marchand ambulant, m'a acheté les ferronneries en argent.

Elvira se tourna vers elle.

— Tu as des soucis?

— Pas du tout. Mais j'en ai obtenu un bon prix. Plus que ce qu'il me fallait, même.

— Ce qu'il te fallait pour quoi?

Signe scruta une fente dans le sol – assez grande pour que s'y glisse une souris? Elle répondit les yeux baissés :

— Pour un cadeau à la petite Signe.

— Hmm…

— Hmm?

— Hmm.

Dans la soirée, alors qu'elles étaient sur le point de se coucher, la réaction laconique d'Elvira s'expliqua. Penchée sur les boutons de son jupon, elle demanda à Signe :

— Est-ce que je suis une espèce de compensation d'Anna?

Sa voix résonna comme un mauvais présage sous les bardeaux. Signe retint son souffle un moment, puis répondit :

— Pourquoi le serais-tu?

De sa voix rauque habituelle, Elvira rétorqua :

— Vous jouez toujours à la famille.

Signe secoua la couverture et contempla le dos boudeur de sa compagne.

— Tu dis des bêtises! Viens te coucher.

Elvira se faufila en silence sous les couvertures et se tourna finalement vers Signe, qui posa la main sur sa nuque.

— Tu trouves que je dis des bêtises, mais pas Anna…

Signe éclata de rire. Elvira, encore plus vexée, haussa les épaules et lui tourna à nouveau le dos.

— Elvira, regarde-moi. Allez, regarde-moi. Je t'aime.

Signe lui caressa le bras, la nuque, les cheveux, la joue. Elvira maugréa. Signe se pencha au-dessus d'elle.

— Comment?

— Tu passes la moitié de ton temps à faire la petite femme d'Anna depuis plusieurs années. J'essaie de prendre sur moi, mais tu sais ce que j'en pense. Par notre conduite, nous dictons aux autres la façon dont nous voulons qu'ils nous considèrent et je me demande si je devrais te permettre de me traiter comme tu le fais.

Signe retomba sur sa moitié du matelas. Elle avait passé plusieurs années à faire l'autruche, à se dire qu'elle pouvait être à la fois la bien-aimée d'Elvira et la mère de l'enfant d'Anna – même si à proprement parler, les deux rôles lui étaient interdits. Malgré tous ses efforts pour se dérober, elle ne pouvait plus ignorer l'ombre au tableau. Son bonheur était menacé.

— Pour toi, je ne suis qu'une vieille chaussette qu'on ne reprise même plus, se plaignit Elvira.

Elle avait passé quasiment toute sa vie en ville, mais gardait certaines expressions ménagères adorables et, à cet instant précis, énervantes. Signe lui mit une légère tape sur la joue.

— Ça suffit. Si aujourd'hui, Anna se séparait d'Anders et me demandait de la rejoindre en me jurant l'amour éternel, je lui dirais qu'elle a perdu la tête. Tu ne vois donc pas ce dont ma vie est faite ? lui demanderais-je.

Les traits maussades d'Elvira s'adoucirent dans le noir, leurs doigts s'enlacèrent enfin et la maison sembla pousser un discret soupir de soulagement.

— Tu représentes tant de choses pour moi ! Anna n'est rien de tout cela. Je ne comprends même pas que nous soyons obligées d'en parler, reprit Signe. Et elle n'a rien de plus que toi. Sauf la petite, bien sûr.

Elle regretta immédiatement cette dernière phrase. Elvira serra ses doigts autour des siens et poussa un soupir comme ceux du vent, au-dehors.

— On verra bien.

La petite Signe ouvrit d'abord le couvercle du panier. À en juger par son expression, elle se demandait pourquoi c'était plein de papier journal – des articles sur la guerre et la législation conjugale pliés en fleurs. Un à un, elle les sortit, de plus en plus ravie, les alignant à côté d'elle sur le banc : un champ de fleurs qu'il fallait arroser. Balançant les jambes, elle gloussa à l'idée de verser de l'eau sur une fleur de papier. Que lui arriverait-il ? Elle mourrait, bien sûr, mais ensuite, le printemps suivant, un nouveau journal pousserait à sa place, plein d'informations inédites. Elle ne manquait pas d'imagination. Soudain, ses rires se turent et son souffle s'accéléra. Un regard sur Signe : c'est… ? Le temps s'arrêta. Plus de guerre, plus d'hiver, plus d'opposition au droit de vote. Seuls les yeux scintillants de l'enfant, ses doigts tremblants qui, oubliant leur agilité ordinaire, farfouillèrent et brandirent la plus belle poupée en porcelaine que Gustafsson avait pu trouver pour la valeur de dix ferronneries en argent. Son soupir de bonheur, sa voix de fillette qui s'étrangla, les mots qu'elle ne trouvait pas. Un bref instant d'éternité, de bonheur débordant, d'émotion solaire, l'amour de la petite pour la poupée qu'elle tenait dans ses bras, l'amour de Signe pour la petite. Le banc, l'enfant, la poupée. Cette image se grava pour la vie.

La poupée fut baptisée Signeriquiqui.

Impossible de culpabiliser pour un cadeau de ce genre. Impossible d'avoir honte de son amour pour un enfant. Signe regardait fixement la page blanche sur son secrétaire. À côté, une lettre d'Elvira, de l'autre, une lettre d'Anna. L'une venait de Stockholm, l'autre de chez les Johansson. Retranchées dans leurs camps respectifs, leurs écritures sinueuses hurlaient, pleines de pointes. Anna écrivait toujours en l'absence d'Anders, parfois en faisant son travail postal. Signe ne pouvait pas s'y dérober. Elle se frotta le front. *"Tant d'années côte à côte*, écrivait Anna. *Si le monde était différent, notre conte de fées se poursuivrait, notre rêve se réaliserait pour toujours. N'est-ce pas une belle pensée ?"* Signe soupira. Il fallait composer une réponse vague et flottante, comme d'habitude. Elle trempa sa plume.

Tierp, le 16 décembre 1917

Chère Anna,

Naturellement, tes belles pensées sont touchantes. Elles me flattent. C'est vrai que nous avons vécu ensemble une histoire extraordinaire. Je comprends que tu en gardes le souvenir et cela me réjouit.

Quelle joie que la petite Signe soit encore si contente de sa poupée ! Inutile de t'inquiéter des moyens que j'ai déployés pour me la procurer. Je t'assure que je n'ai subi aucune privation supplémentaire, c'est-à-dire en plus de toutes celles que nous subissons tant que dure cette guerre et qu'on empêche les produits de première nécessité (le café ! Te souviens-tu du goût du café ?) de passer les frontières. Les temps modernes nous avaient habitués à trouver des produits du monde entier au marché d'à côté, nous en prenons ainsi conscience.

Elle reposa son porte-plume sur son support et aligna les doigts sur la tablette du secrétaire, devant le texte. Cela tournait au verbiage. Dans le temps, c'était par nervosité ; désormais, par distraction. En guise de conclusion, elle ajouta quelques lignes qui feraient suffisamment plaisir à Anna pour qu'elle ne se mette pas à la dénigrer derrière son dos et qu'elle continue à lui confier la petite. Signe ne considérait plus ces compositions comme des lettres, mais comme des rançons.

74

Plus elle relisait le message, plus Hanna était de mauvaise humeur. Pour finir, elle eut même envie de descendre du train, mais il avait déjà passé Enköping, et les wagons filaient sans souci vers Stockholm sous un ciel d'airain. Dans une tentative d'autopunition, elle retint son souffle à en devenir cramoisie. Elle avait entouré Johan d'une aura de gloire complètement artificielle alors qu'il n'était en réalité qu'un mec blasé toujours prompt à balancer une blague débandante. Pire, elle avait fait un brouillon avant de lui envoyer un SMS, comme un vulgaire pot de colle, une vraie bimbo, une nana complètement à la manque. Comble du ridicule, la réponse laconique de Johan – "Tranquille aussi" – l'avait poussée à acheter un billet de train pour Stockholm. 2 – 1 pour lui. Elle décida d'écourter au maximum sa visite et de s'installer chez Ági pendant le reste de ses vacances.

En entrant dans la cage d'escalier, elle eut l'impression de ne pas être chez elle. La mosaïque fatiguée sur le mur, l'ascenseur avec ses boutons entourés d'une bande fluorescente. Était-ce là son destin ? Non. Arrivée devant sa porte, elle résista à l'impulsion de sonner et sortit ses clefs. Elle ouvrit lentement le verrou, se demandant dans quel décor elle allait débarquer. Malheureusement, sa colère s'était déjà un peu apaisée, mais l'idée de trouver Johan dans les bras d'une blonde écervelée en sous-vêtements de dentelle lui redonna du punch. D'ailleurs, c'était logique. Un homme qui montrait aussi peu d'intérêt pour sa petite amie depuis aussi longtemps se laissait forcément divertir par une autre gonzesse du même genre, à savoir une ratée sans aucune confiance en soi. Pendant que sa régulière était plongée dans des recherches archéologiques en pleine cambrousse, il fallait bien trouver d'autres cuisses à pincer.

Assis sur le canapé, Johan jouait à un jeu vidéo. Seul. D'une certaine manière, c'était encore plus tragique que s'il avait été en train d'explorer les zones érogènes d'une fille de dix-neuf ans. Lorsque Hanna entra, il tressaillit et redressa le dos. On eût dit qu'il corrigeait sa posture à l'arrivée d'une prof de piano acariâtre – la réaction typique de quelqu'un qui cache quelque chose…

— Tu es rentrée ? demanda-t-il.

Pure rhétorique.

Hanna posa le coffret sur la commode et regarda autour d'elle. Son ancienne vie. Elle en reconnaissait l'odeur.

— Dis donc, nos papiers peints sont les plus moches de l'univers, non ?

Johan se retourna, comme si le mur jaune pisse derrière le canapé pouvait être différent de celui d'en face. Il sourit.

— Ouais. La couleur est évocatrice.

Hanna reprit le coffret et l'emporta dans la cuisine, songeant brièvement que cette nuit-là, après quatorze nuits passées dans des lits d'appoint aux draps fleuris, elle allait dormir à côté de Johan. Sur le rebord de l'évier, elle aperçut le téléphone portable de Johan. Facile de consulter ses listes d'appels et ses messages pour découvrir avec qui il avait communiqué dernièrement…

— Et ça, l'entendit-elle dire, c'est quoi ?

Sans lever la tête, elle comprit à quoi il faisait allusion : le coffret posé sur la table.

— Un truc en cours.

Planté dans l'encadrement de la porte, il ne dit rien. Avait-il l'intention de rester là, dans une posture contemplative ? Un souvenir traversa l'esprit de Hanna : l'époque où elle trouvait séduisantes ses manières pensives et ses brusques et ingénieuses reparties. Décidément, la frontière entre admiration et agacement était ténue.

— Il y a des boules choco-coco au frigo si tu en as envie, dit-il, puis il partit en traînant ses savates et s'enferma aux toilettes.

Une seconde plus tard, Hanna pianotait sur le téléphone de Johan. Même quand on ne s'inquiétait pas vraiment, c'était rassurant d'être fixé. De toute façon, qu'avait-elle à craindre ? Que le mec le plus chiant du monde ait une aventure ? Tant mieux pour lui si c'était le cas. Et tant pis pour la gonzesse. En consultant la messagerie, elle sentit les battements déraisonnablement forts de son cœur.

SMS reçus : quasiment tous de ses vieux copains de collège affublés de leurs diminutifs de l'époque. Henke, Krippa, Calle. Ils s'informaient des endroits où ils allaient se rendre, faisaient des blagues parfois presque drôles, discutaient. Un fil traitait de la différence entre espace et univers. L'avant-dernier message était d'elle-même et le dernier, de Calle. *"Alors ? Qu'est-ce qu'elle a dit ?"* Qui ça ? Tendant l'oreille vers les toilettes, elle retourna dans le menu : *Messages sortants : "Elle vient de m'écrire."* Puis plus rien. Qui ça ? Aux toilettes, le silence régnait. Pas même un bruit de ruissellement dans le lavabo. Hanna continua sa recherche : *Brouillons.* Johan se lavait toujours les mains après être allé aux toilettes. Contrairement à d'autres.

Neuf brouillons. Le premier disait : *"Mais où tu es passée ?"* Le dernier : *"Tu me manques."* Ils lui étaient tous adressés. Elle tenta en vain de sonder les sentiments qu'éveillait en elle cette découverte. Johan tira la chasse d'eau. Elle reposa son téléphone sur l'évier et parcourut des yeux la cuisine : des placards aux portes blanches, dénuées de sens. Que faisait-elle ici ? Et qui était-elle, à la fin ?

Au lieu de revenir à la cuisine, Johan alla s'installer dans le salon, ce qui la dérangea. Après un bref instant de réflexion, elle y emporta le coffret et le posa sur la table basse.

Enfin elle se retrouvait seule avec Signe ! Abstraction faite d'un tas de viande masculine qui ne lui adressait pas le moindre regard. 1917. Les lettres de Signe tiédissaient. Elle prenait subtilement ses distances, ses propos rappelaient à Hanna les allusions évasives d'Annika, une conseillère zélée de l'Agence pour l'emploi, lorsqu'un demandeur se montrait particulièrement loquace vingt minutes avant la fermeture. Que Signe eût pu par ailleurs ressembler à Annika plus qu'à elle-même lui parut absurde. Fin 1917, les lettres à Anna devenaient très abîmées par la saleté, l'humidité et les taches d'encre, mais l'essentiel du texte demeurait lisible.

Naturellement, tes belles pensées sont touchantes. Elles me flattent. C'est vrai que nous avons vécu ensemble une histoire... ... ... Je comprends que tu en gardes le souvenir... ... ...

Quelle joie que la petite Signe soit encore si contente de sa poupée ! ... ... que j'ai déployés pour me la procurer. Je... ... ... aucune privation supplémentaire, c'est-à-dire en plus de toutes celles que nous subissons tant que dure cette guerre et qu'on empêche les produits de première nécessité (le café ! Te souviens-tu du goût du café ?)

Ce n'était pas la première fois que les épistolières, manifestement accros, parlaient de café. Hanna fit un tour à la cuisine pour se préparer une tasse de Nescafé et s'assit devant les lettres d'Anna. "Intéressantes en comparaison..." se dit-elle avec le flair d'un limier. Anna se démenait pour que Signe accepte de poursuivre leur liaison clandestine lesbienne. Signe lui répondait sans ardeur, mais en la caressant dans le sens du poil, parlant toujours plus de la petite Signe. Au début, Hanna, Erik et les autres avaient cru que la petite était la fille de Signe mais, se fondant sur des lectures ultérieures et des déductions plus générales, ils avaient conclu qu'elle devait être l'enfant d'Anna et d'Anders. Signe ne semblait pas avoir félicité Anna au moment de sa naissance, ce qui, quand on savait compter jusqu'à neuf, n'était pas très étonnant. La nuit d'amour à laquelle faisait allusion Anna avait pu se dérouler exactement neuf mois avant la naissance de la petite. Une idée traversa l'esprit de Hanna, qui actionna son téléphone. Ági répondit dès la première sonnerie.

— Ça va ?

— Je pensais à un truc. Signe était peut-être un homme ! Après un changement de sexe.

— Hmm... Explique-moi ton raisonnement.

— Si c'était le cas, la petite Signe aurait pu être sa fille biologique ! Non ?

— Créatif ! Aucune possibilité n'est à écarter, mais...

— Quoi ?

— Ça ne serait pas écrit quelque part ? Si Signe était un homme, elle aurait eu un tas de problèmes supplémentaires, tu ne crois pas ?

— Comme quoi, par exemple ?

— Dans ces conditions, comment Anna et elle auraient-elles pu partager une chambre sans être mariées ? Ça aurait fait scandale...

En effet, Hanna allait un peu vite en besogne. Ági, comme pour encourager un chien, lui assura qu'on ne pouvait pas entièrement exclure ce genre d'hypothèses supplémentaires. Hanna se permit de le savourer. Lorsqu'elle raccrocha, Johan leva la tête et la regarda droit dans les yeux.

— Mais qu'est-ce que tu fabriques, à la fin ?

À peine s'était-elle mise à lui raconter l'histoire qu'elle le regretta. En quoi méritait-il d'apprendre ce que Hanna avait découvert sur Signe au prix d'un dur labeur et d'errances dans des forêts profondes et pleines de broussailles ? Trop tard :

— Tu sais, les bottines…

Les traits pâteux de Johan devenaient de plus en plus nets à mesure qu'elle avançait dans son récit. Elle résuma rapidement l'apparition des bottines et des autres objets, ne lui laissant pas l'occasion d'ouvrir le bec à ce sujet. Elle n'avait pas envie de s'entendre dire à quel point elle était devenue bizarre à l'époque. De plus, cela aurait cassé le rythme de la narration.

Lorsqu'elle raconta les galanteries mutuelles d'Erik et de Caroline, il rit. Le reste du temps, il garda un silence attentif. Après une description sommaire des lettres, il se pencha sur celle que tenait Hanna.

— Qu'est-ce qui lui est arrivée, à celle-là ?

— On ne sait pas. Elles sont presque toutes comme ça, en tout cas celles de Signe. Erik pense qu'Anna les a conservées dans un grenier qui a subi des infiltrations de pluie.

Johan se gratta la joue.

— Je ne crois pas. Sinon, pourquoi seraient-elles aussi sales ? La pluie, c'est plutôt propre.

— Elle les avait peut-être rangées dans un endroit sale ou à même le sol.

— Dans ce cas, elle a dû les étaler. Enfin, si elles sont toutes sales. Si elle les avait posées en tas, il n'y aurait que celle du dessous qui aurait été salie. Ça ne me semble pas très logique.

Il médita sur sa propre objection un instant, puis se rassit dans son coin du canapé, devant le jeu vidéo. Après quelques minutes, il revint à côté de Hanna.

— Je peux voir le papier ?

Il examina la tranche d'une lettre d'Anna à Signe. Hanna l'observait : l'homme qui avait découvert une nouvelle manière de lire des lettres.

— Elle est abîmée par l'humidité et la saleté aux mêmes endroits. Regarde, le papier est tout plat.

— Ce qui signifie que l'eau et la saleté sont arrivées dessus en une fois, et pas progressivement, pendant qu'elles étaient entreposées quelque part, conclut Hanna.

— On dirait plutôt que quelqu'un les a tachées. Toutes.

— Presque toutes.

Johan médita encore quelques secondes, puis retourna à son jeu.

Hanna avait changé. Johan l'avait remarqué dès qu'elle était entrée dans l'appartement, peut-être même avant, quand elle avait tourné la clef dans la serrure. Elle avait regardé autour d'elle comme si elle mettait les pieds pour la première fois chez eux. Elle portait ses étranges lunettes, et ses cheveux, habituellement en queue de cheval, étaient noués en chignon. Johan avait fait une passe de son ailier droit à son avant, mais toute son attention était concentrée sur le couloir d'entrée. Hanna avait refermé à clef de l'intérieur. Posé son sac. Il n'allait pas lui demander où elle était passée pendant tout ce temps. Si elle voulait le lui dire, elle le ferait. Si elle s'était trouvé un autre mec, il ne voulait pas le savoir. Ou peut-être que si. Non, finalement, non. Surtout pas entendre les détails de l'histoire. Si elle ne s'était pas trouvé un autre mec, par contre, il voulait bien savoir ce qu'elle avait fabriqué. Quand elle était entrée dans le salon, il avait tressailli, l'équipe adverse avait pris la balle, elle l'avait regardé, il l'avait saluée, elle avait parcouru l'appartement des yeux. Y avait-il quelque chose de changé ? Elle avait fait un commentaire sur le papier peint. Il s'était un peu détendu. Il avait passé plusieurs semaines à se demander où elle était, quand est-ce qu'elle rentrerait et, parfois, si elle le détestait. Quand elle lui avait laissé le mot la semaine précédente, cela lui avait réchauffé le cœur, mais l'avait aussi rendu un peu perplexe. Il avait jeté un coup d'œil dans le tiroir de la table de chevet. Personne n'avait touché aux préservatifs.

Elle avait apporté un coffret en bois clair d'environ vingt centimètres sur trente. Fort de deux ans d'expérience, il n'avait pas posé de question. Une démarche aussi directe que le questionnement ne fonctionnait en aucun cas avec Hanna. Quand par malheur, on lui demandait ce qu'elle pensait, ce qu'elle faisait ou, de deux options, celle qu'elle préférait, elle se contentait le plus souvent de répondre par un regard méprisant. Parfois, elle ricanait et ripostait par une question drôle ou spirituelle, mais c'était de moins en moins fréquent. Au début de leur histoire, à travers ces réponses énigmatiques, Johan avait entrevu son intelligence. Il s'était imaginé des conversations profondes, jusqu'au jour où, las d'attendre, il avait abandonné l'idée. Finalement, il ne lui était plus resté qu'un espoir perdu d'intimité intellectuelle, comme un fil décousu quelque part dans son esprit.

Le jour où il lui avait demandé si sa mère était toujours aussi hargneuse avec elle, pas de réponse, même vague. Il avait persévéré – il manquait de recul à l'époque – en lui disant que sa mère aurait mieux fait de bien se conduire envers elle, et cela s'était passé comme d'habitude quand il essayait de la réconforter. Elle s'était fermée comme une huître. Dans ce sens, Hanna était quelqu'un de négatif, comme le négatif d'une photo. Les témoignages d'affection la rendaient tendue et nerveuse, alors que des propos que d'autres auraient pris pour des injures la mettaient à l'aise et l'incitaient à répliquer. Il leur était arrivé de passer une soirée entière à parler de ses hanches. Une lueur d'inquiétude s'était allumée dans ses yeux lorsqu'il avait dit qu'il était plutôt attiré par les filles un peu pulpeuses. En revanche, elle avait eu l'air profondément soulagée lorsqu'il avait été d'accord avec elle : oui, en effet, un peu plus d'exercice lui aurait fait du bien. Il fallait entrer dans son univers et voir les choses à travers ses yeux.

En fait, il avait commencé à la perdre le jour où ils s'étaient rencontrés. D'abord, ce côté séducteur qu'il avait remarqué quand ils sortaient et cette joie de vivre, qui s'était exprimée dans son interprétation complètement démente et horriblement fausse de *Främling* de Carola Häggkvist, s'étaient estompés. Puis l'humour, les étincelles d'espièglerie dans le regard, promesses de drôlerie, s'étaient raréfiés. Il en avait fait le deuil. Ils avaient emménagé ensemble, malgré tout, mais ce qu'il avait cru gagner avec le temps ne s'était pas matérialisé. Contre toute attente, leurs discussions se transformaient inopinément en disputes. Finalement, il ne leur était resté que le mépris, puisqu'il l'apaisait. Et quand elle s'était mise à porter ces bottines, il avait perdu le dernier fragment de Hanna qui lui restait. Ensuite, elle avait disparu.

75

Elvira et son regard de braise. Signe serrait frénétiquement ses couvertures contre elle, se tirait les cheveux jusqu'à ce que la douleur surpasse celle qui la rongeait intérieurement. Elvira, son regard de braise et le bruit des gouttes d'eau qui était devenu leur musique de fond. Le toit fuyait, toute la maison fuyait. En ce troisième été de guerre mondiale, une nouvelle vie commençait.

— Ce n'est pas pour te mettre dans le pire des embarras que je te demande de faire ce choix, avait dit Elvira en serrant les mâchoires.

— C'est injuste, lui avait répondu Signe.

Une injustice comme un puits sans fond, comme une chute sans fin.

— Peut-être pour toi, mais cela me fait trop souffrir. Tous les matins, je suis obligée de me convaincre que j'occupe une place acceptable dans ta vie. Et si, maintenant que je te demande de choisir, tu hésites, cela signifie que notre relation est bancale, que tu m'accordes moins d'importance que ce que tu représentes à mes yeux et que je me suis menti à moi-même depuis le début.

Signe, fébrile, se forçait à respirer par les narines. La neige, en fondant, s'infiltrait à travers le toit. On ne pouvait pas demander à une mère de choisir entre son enfant et sa bien-aimée. Elvira le comprendrait certainement, elle était d'une nature intelligente.

— Je ne peux pas… avait commencé Signe, puis sa voix s'était brisée.

Elvira et son regard de braise, implacable. Deux jours plus tard, Signe avait reçu une lettre qui contenait trois phrases. *"Je te comprends, crois-moi, mais je dois prendre cette décision pour conserver ma paix intérieure, et peut-être pour préserver la tienne aussi. J'ai décidé de rejoindre les suffragettes, je prendrai le train pour Londres demain. Je t'aime."*

Signe serrait ses couvertures, tirait dessus, manquant de les réduire en lambeaux, hurlait dedans.

La petite Signe était assise dans la cuisine devant le numéro d'avril du *Droit de vote aux femmes*, suivant les lignes du doigt en épelant les mots. Elle reconnaissait les majuscules depuis longtemps, mais les minuscules lui demandaient encore beaucoup d'efforts. Parfois, elle trichait et devinait le texte, surtout lorsqu'il était accompagné d'une image. Voilà pourquoi elle lisait de préférence les annonces publicitaires.

— Dans… chaque… machine à coudre.

— Dans chaque machine à coudre ?

La petite gloussa en entendant le résultat de ses efforts de lecture. Signe sourit péniblement – la petite ne devait pas pâtir de son chagrin.

— Dans chaque… foye. R. Suédois. Dans chaque foyer suédois, il doit y avoir… Tu m'écoutes ?

— Oui, tu t'en sors très bien.

— Une machine à coudre suédoise… solide… légère… maniable… de grande qua… lité. Après, je ne vois pas.

— Montre-moi. Ah ! Oui. Ces caractères sont difficiles. "Une machine à coudre Husqvarna."

La petite eut l'air satisfaite.

— J'avais déjà lu "machine à coudre" ! Qu'est-ce que raconte le journal ?

— Nous l'avons déjà lu. Plusieurs fois. Il y a l'article sur la protection de l'enfance et l'autre sur la réévaluation du travail féminin, tu ne te souviens pas ?

— Il n'y a pas de nouveau journal ?

Signe ravala sa douleur et tenta de l'enfouir au plus profond d'elle-même. Elle n'était pas parvenue à acheter un seul nouveau numéro du journal qu'Elvira lui apportait autrefois. En mai et en juin, Sanna s'y était abonnée à sa place. La petite Signe la dévisageait.

— Signe, il n'y aura pas de nouveau journal ?

Avec quelle facilité un enfant démasquait-il un sourire ?

— Elvira nous l'apportait, mais elle est partie en Angleterre.

— Pourquoi elle est partie en Angleterre ?

— Pour aider les femmes là-bas à obtenir le droit de vote.

La petite resta songeuse, puis se rongea un ongle à moitié cassé.

— Et elle ne peut pas venir ici aider les femmes de Tierp à obtenir le droit de vote ?

Signe avança de huit mailles dans son tricot. Elle aurait pu expliquer à la petite l'opposition virulente à laquelle étaient confrontées les Anglaises.

— Si. Je suis tout à fait d'accord avec toi.

La petite souleva le journal et suivit du doigt les contours de la machine à coudre. Puis elle leva les yeux sur Signe, si vivement que celle-ci n'eut pas le temps de dominer son expression. La petite l'observa attentivement.

— Elvira reviendra peut-être. Quand est-ce que je commence l'école ?

Signe sourit, sincèrement cette fois-ci.

— Dans sept semaines.

En 1918, la petite Signe fit sa première rentrée. Elle n'avait pas cessé de penser au bouleversement à venir depuis qu'elle avait pris conscience de l'âge à atteindre pour entrer dans la classe de Mlle Borg.

Signe fit également sa rentrée scolaire, comme tous les ans, mais ce jour-là, ses pensées furent principalement consacrées à la petite. Sa curiosité, à laquelle Mlle Borg n'accorderait peut-être pas suffisamment de valeur, sa sensibilité, que Mlle Borg percevrait peut-être comme une faiblesse. Naturellement, Signe s'inquiétait inutilement. Le lendemain, les yeux ronds de la petite témoignaient de l'importance accrue de celui ou celle qui désormais va à l'école. Il ne se passa pas une minute sans qu'elle mentionne son banc fixé au sol, le tableau des espèces animales ou le grand encrier de Mlle Borg, qu'on n'avait le droit de toucher sous aucun prétexte. Tout cela ressemblait aux accessoires de l'école de son papa Anders, un étage en dessous de chez elle et, pourtant, c'était si différent… Signe l'interrogeait en riant, fascinée par l'enfant qui vivait une révolution dont elle ne pouvait que deviner l'ampleur. Ses bras, ses jambes étaient désormais ceux d'une écolière. Ses rondeurs de bébé avaient disparu avec le rationnement. Elle portait désormais deux nattes blondes, toujours soignées le matin et parfois encore le soir.

En fermant les yeux, Signe pouvait se remémorer le nouveau-né qu'elle avait été et l'expression de ses yeux, déjà unique à la naissance. La petite formulait désormais des idées abstraites plus ou moins puériles ou insolites. Et puis, l'école. Sa volonté allait se doubler de connaissances. Ensuite, tout lui serait permis.

Elle s'intéressait surtout à la biologie.

— Mlle Borg dit qu'un mille-pattes, ce n'est pas la même chose qu'une chenille, qu'une chenille se transforme en papillon, et qu'un mille-pattes meurt comme il est. Et qu'en ce sens, il vaut mieux être une chenille.

— Eh bien, Mlle Borg a tout à fait raison. Tu as appris autre chose sur les chenilles ?

— Non, c'est tout. Ah ! Si, c'est vrai. Les mille-pattes n'ont pas mille pattes ! Ils n'en ont que… cent ou cinquante, je ne me rappelle pas.

Signe et Anna sourirent de concert devant tant d'enthousiasme. Lorsque leurs regards se croisèrent au-dessus de la petite, Signe se rendit compte qu'Anna avait vieilli. Des ridules rayonnaient désormais depuis le coin de ses yeux, la peau de ses bras et de ses mains était devenue plus fragile et plus rude à force de travailler. Mais ses yeux avaient conservé leur lueur enjouée et son sourire incitait toujours les hommes à se retourner sur son passage.

— C'est peut-être aussi bien que Mlle Löfvenberg soit partie, dit-elle, radieuse, lorsque la petite Signe se fut replongée dans sa lecture.

Signe garda les yeux baissés sur son raccommodage. Comme tous les automnes, avec ou sans guerre, elle avait récupéré la totalité des chaussettes de laine trouées de la famille Björk. Que cherchait Anna au juste ? Elle venait de parler d'Elvira comme si son absence n'était pas une lame enfoncée dans la poitrine de Signe et des tenailles autour de son cœur.

— De toute façon, elle ne pouvait pas te comprendre, poursuivit gaiement Anna, avec une petite moue entendue. C'était un peu… Enfin, un peu bizarre que vous deveniez si proches, toutes les deux.

Signe serra les dents et enfonça l'aiguille dans son ouvrage. Si elle ouvrait la bouche, il risquait d'en sortir un hurlement : "Tu ne vois donc pas à quel point tu te trompes !" Une réaction pareille ne profiterait à personne. Pourquoi ne pouvait-on pas fermer les oreilles comme on fermait les yeux ? Les paroles d'Anna la dévoraient de l'intérieur, elles se faufilaient dans tout son être, menaçant d'anéantir la vérité pure et simple. Comme si elle ne souffrait pas déjà suffisamment…

2 septembre 1918

Cher journal,

C'est un immense péché que de se déclarer sans volonté de vivre. Un péché dont je m'avoue, ce soir, coupable. Une vague de désespoir m'a submergée. Pire, elle refuse de me quitter, de s'éloigner avec le ressac.

La vie est une farce, elle me nargue.

Quel est le sens de mon existence, de ses lambeaux d'amour qui me restent ? Lorsqu'une femme perd son mari, une paroisse entière la soutient dans son chagrin. Mais qu'en est-il de mes sentiments ? Quelle place leur réserve-t-on ? Vaine question, car je sais que mon cœur n'a qu'une place. Dans mon corps et nulle part ailleurs.

Qu'est-ce qui me retient ? La petite Signe, bien sûr. Chère enfant… Les moments passés avec elle soufflent sur ma vie gelée comme un vent de l'est, mais dès que j'affronte à nouveau la réalité, la mélancolie m'envahit. J'essaie de me réjouir des changements politiques. Des victoires historiques ont été remportées cette année, je le vois bien. Parfois, j'en retire une certaine exaltation. La vie doit nous inspirer de la gratitude. Ma vie, c'est ce que j'essaie de me dire. Mais cela m'est pénible.

Elvira, ton absence est un vide béant qui m'aspire. Je l'écris dans ce journal, car je n'ai pas ton adresse à Londres. Tu voudrais que je t'oublie, je le sais. Peut-être pour mon propre bien, car tu me connais parfois mieux que moi-même. Tu es comme un paisible étang au fond de la forêt.

Pourtant, je prie le Seigneur de te rendre à moi. Mon amour. Appelle-moi ton rossignol.

76

Ses yeux remuaient sous ses paupières. Lentement vers la gauche, un rebond vers le haut, puis à droite. Sa lèvre supérieure tressaillait. À part cela, il semblait paisible. Hanna contemplait ses contours familiers. Allait-il lui manquer ? Elle n'en savait rien. Elle leva la main pour écarter quelques cheveux collés à sa paupière, mais changea d'avis et se retourna. Son voyage à travers la Suède l'avait éloignée de lui, inutile de faire une rechute. Pieds nus, elle alla dans la cuisine, où elle ouvrit le frigo dans l'intention de prendre une boule choco-coco, mais se ravisa. Comment préparait-on cette bouillie d'avoine collante qu'Erik mangeait au petit-déjeuner ?

Devant un compromis composé de pain grillé et de café, elle laissa son regard reposer sur une pince à linge en plastique rouge oubliée sur la table, insignifiante. Elle mâcha et avala. À la moitié de sa tartine, elle comprit ce qui lui faisait défaut, et pourquoi ses pensées erraient ainsi sans arriver à se fixer nulle part. Elle chaussa ses bottines noires et mit sa broche, d'abord au cou, puis à la poitrine – elle pouvait se permettre quelques libertés – et sentit immédiatement la présence de Signe.

Dès qu'elle planta ses talons dans le lino, ses idées se précisèrent. Pas question de se laisser aller, de stagner, de se dissoudre et de se transformer en un air vicié qui imprégnait rideaux et tapis. Elle mit son ordinateur en marche puis ouvrit sa page Facebook et le site des Chemins de fer suédois. Dans une troisième fenêtre, elle inscrivit "sous-location" dans l'outil de recherche et cliqua sur le premier lien apparu. Il lui fallait quelque part où habiter à son retour de Falun. Un filet d'air frais s'infiltra par la ventilation de la cuisine.

— Mais qu'est-ce que c'est que ces fringues ? ricana bêtement Johan sur le pas de la porte.

L'air frais s'envola immédiatement par la ventilation. Il était lui-même vêtu d'un caleçon orange vif et d'un tee-shirt sur lequel on lisait : *"Je porte un tee-shirt et tu n'y peux rien."* Sur le point de lui rétorquer : "Et toi alors, tu t'es vu ?", Hanna perdit le fil. Ses mollets étaient tendus. Qu'aurait dit Signe ?

— On ne fait pas de commentaire sur l'habit d'une dame, dit-elle froidement, le dos droit. Pas avant 10 heures, en tout cas, ajouta-t-elle.

Johan la dévisagea. Incroyable, se dit-elle, à quel point il pouvait avoir l'air bête. Il se frotta les yeux du dos de la main et retourna dans la chambre à coucher. Elle nota sa réponse incongrue dans un document Word et, bizarrement, la trouva si drôle qu'elle dut étouffer un gloussement. Sur la page de sous-locations, un homme d'âge mûr proposait un appartement en location à un prix modique, voire gratuitement, à "une jeune fille aventureuse et à l'esprit ouvert". Sur Facebook, une inconnue voulait devenir amie avec elle, le genre d'invitation émanant de personnes qui ne connaissaient pas leurs limites. Une certaine Caroline… Johan réapparut dans l'ouverture de la porte.

— Et qu'est-ce qu'on demande à une dame avant 10 heures ?

La question agaça Hanna. Cette voix traînante qui cherchait à la détourner de son emménagement dans un appartement pour prostituée pratiquement gratuit dans le Vasastad, cette volonté déplacée de faire la conversation… Mais Signe, en elle, leva la tête et croisa le regard trouble de Johan.

— Comment ça va.

Il la regarda d'un air attendri. Ou endormi. Avec un sourire de charme.

— Comment ça va ?

Elle hocha la tête avec clémence. Son alter ego d'un autre siècle s'amusait bien.

— Bien, merci.

Lorsqu'elle tourna la tête vers son écran, Johan émit un son qui pouvait signifier pas mal de choses et ouvrit le frigo. Elle changea de fenêtre. Sur le site des Chemins de fer suédois, sa recherche avait été interrompue et elle dut recharger la page. Sur Facebook, elle faillit effacer la demande d'ajout de l'inconnue, mais se figea en plein mouvement. Caroline Bock. Elle laissa échapper un rire étonné qu'elle eût mieux fait de retenir. Johan se tourna vers elle.

— Qu'est-ce qu'il y a ?

Elle secoua la tête. Cette histoire ne regardait pas Johan. Mais c'était drôle que Caroline lui ait fait une demande sur Facebook. *Accepter*, cliqua-t-elle. Elle reçut presque immédiatement une demande de chat.

Caroline Bock :	Bonjour, Hanna.
Hanna Johansson :	Bonjour.
Caroline Bock :	Erik te dit aussi bonjour.
Caroline Bock :	Ça me fait plaisir de te trouver ici sur Facebook.
Hanna Johansson :	Salue-le de ma part. Qu'est-ce que vous faites ?
Caroline Bock :	Je le ferai.
Caroline Bock :	Nous regardons de vieilles photos. Dans un des cartons qu'a fouillé Agui, il y avait un autre portrait d'Elvira.
Hanna Johansson :	C'est vrai ? Seule ou avec quelqu'un ?
Caroline Bock :	Oui, c'est vrai.
Caroline Bock :	Elle est accompagnée de deux dames, la photo date de 1937.
Hanna Johansson :	Tu me la montres ?
Caroline Bock :	Qu'est-ce que tu veux dire ?
Hanna Johansson :	Tu peux la scanner ? Ou la photographier avec ta webcam ? Tu as une webcam ?
Caroline Bock :	Là, tu me fais rire.
Caroline Bock :	Erik me demande pourquoi je ris.
Caroline Bock :	Nous nous réjouissons de ta confiance en nos capacités techniques.
Hanna Johansson :	Je n'ai aucune confiance en VOS capacités techniques, seulement en les tiennes. ;)
Caroline Bock :	Je ris encore plus fort.
Caroline Bock :	Je vais essayer de la photographier avec la webcam.
Hanna Johansson :	Merci ! Dis-moi si tu as besoin d'aide. Ou appelle-moi.

Si Johan n'avait pas été à zéro de tension, elle aurait pu partager avec lui cette conversation. Il ingurgita quatre tartines de suite en lui lançant des coups d'œil en biais, le genre de coup d'œil qu'on jette aux invités-surprises qu'on n'apprécie pas spécialement, dans une soirée. Soudain, son téléphone sonna – une interruption propice. Il sembla aussi soulagé que Hanna.

— Ouais, répondit-il. Pourquoi ? Vous allez où ?

Hanna ramassa la pince à linge en plastique rouge. Johan allait sortir, comme d'habitude. Elle aurait donc enfin un moment de paix.

— Non, dit encore Johan. Hanna est rentrée. Oui, hier. Ouais… Non… OK, passe un bon moment !

Il raccrocha sans la regarder. Se tartina une cinquième tartine. Elle lui jeta un regard en coin.

— Tu ne sors pas ?

— Non.

Elle tripotait l'insignifiante pince à linge.

— Parce que je suis rentrée ?

— Oui.

Qu'aurait dit Signe ?

— C'est noble de ta part.

Les yeux fixés sur sa tartine entamée, il ricana.

— Mais je suis quelqu'un de très noble.

Vers midi, Caroline et Erik étaient parvenus à trouver comment joindre à un message Facebook une photo prise avec une webcam. *"Tu avances dans tes lectures ? Nous sommes très curieux de connaître la suite de l'histoire. Voici la photo."*

Trois dames en noir et blanc. On aurait dit l'équipe nationale de dentelle au fuseau ou une illustration de la chanson *Trois petites bonnes femmes*. Au centre, c'était Elvira, aucun doute : même bouche pincée que sur les autres portraits, même regard perçant. À sa droite, une grande blonde portait une robe à petites fleurs et un chapeau. À sa gauche, une dame plus petite souriait gentiment à l'objectif. Hanna s'approcha de l'écran pour tenter de détecter autre chose dans cet aimable visage. Il pouvait s'agir de n'importe qui. Par exemple de Signe.

Hanna appela Ági.

— Je t'envoie une photo. Regarde la femme à droite, ça pourrait être Signe.

Johan allait et venait dans l'appartement, rasant les murs comme un chat affamé. Sa présence dérangeait Hanna. Sa décision de rester à la maison la surprenait. L'agacement et l'étonnement s'affrontaient en elle dans un combat à l'issue incertaine.

— À droite ? Pourquoi pas celle de gauche ?

— Celle de gauche est blonde, comme Anna.

Ági acquiesça d'un "hmm".

— Et l'autre est plus… Regarde son visage ! C'est Signe, tu ne crois pas ?

— Comment le savoir ? Elles ont toutes les trois à peu près le même âge. De toute façon, les femmes photographiées ensemble ont souvent à peu près le même âge. Ça ne nous avance pas beaucoup. Tu sais ce qu'il nous faudrait ?

— Une machine à remonter le temps.

— Des photos de Signe. On ne devait pas aller quelque part voir si elle a des descendants encore en vie ?

— Si, aux Archives nationales. Mais il n'y a que ce fou d'Erik pour aller aux quatre coins du pays comme ça. On doit pouvoir les appeler.

Le numéro des Archives nationales d'Uppsala figurait sur la page d'accueil de leur site. Il leur fallut trois secondes pour le trouver. Ági se chargea de les appeler.

— Il y a longtemps qu'on aurait dû le faire, ajouta Hanna. On pourra sûrement leur demander sa date de naissance, la date de son décès, ce genre de trucs. Comme ça, on saura si Elvira et elle ont habité sous le même toit. Demande-leur pendant combien de temps elle a été inscrite à l'adresse de Tierp !

Cette nouvelle piste l'avait ragaillardie. En raccrochant, elle souriait. La secrétaire administrative adjointe Gudrun allait faire claquer ses talons au service du public dans les couloirs, se lancer à la recherche d'un destin de plus, couché dans les registres paroissiaux. Encore une existence sans lien direct avec Hanna. Si elle avait eu un quelconque talent musical, Hanna aurait composé une ode à tous les centres d'archives du pays. C'est dire à quel point elle était guillerette.

— C'est elle ?

La voix de Johan, toute proche, la fit sursauter. Immédiatement sur la défensive, Hanna ravala néanmoins son agacement. Erik l'aurait qualifiée de "bisbrouilleuse" ou d'un quelconque autre adjectif absent du dictionnaire. Signe aurait pris sur elle et répondu avec amabilité.

— Peut-être. Celle du milieu, c'est Elvira.

Johan resta silencieux. Hanna dressa mentalement une liste de commentaires auxquels elle pouvait s'attendre de sa part. "Trois mémés acariâtres." "Des féministes mal baisées."

— C'est cool, en fait, dit-il.

Étonnement, agacement. Dans une lutte sans merci. Peut-être valait-il mieux prendre ses distances, les observer de loin. Et de haut.

Cette nuit-là, il ne fut pas question de sous-location louche dans le Vasastad. Ni de chambre d'ami à Falun. Quand elle se mit au lit, Johan, les mains croisées sous la nuque, regardait le plafond. À moitié sous sa couette, Hanna se figea.

— Tu as secoué mon oreiller ?

Il lui fit un sourire digne d'un gigolo.

— C'est le genre de chose qu'on fait quand on attend une dame, non ?

Elle grimaça. Décidément, son petit jeu ne l'impressionnait pas. S'il avait été un peu moins sûr de plaire… Face au mécontentement de Hanna, Johan s'appuya sur le coude et demanda :

— Qui est-ce que tu appelles sans arrêt ?

Y avait-il une once de jalousie dans cette question ? Hanna chercha une réponse énigmatique, mais la fatigue eut raison d'elle.

— Ági.

Dans l'obscurité, Hanna perçut son soulagement grâce au mouvement des ombres sur son visage.

— Qu'est-ce qu'elle a dit ?

— Pourquoi tu me poses la question ?

— Parce que ça m'intéresse.

— Ah.

Ses conversations avec Johan l'épuisaient complètement. Pourquoi ? Elle n'arrivait pas à mettre le doigt sur la cause exacte. Sûrement la faute de Signe… Si elle avait été égale à elle-même,

Hanna aurait répondu autrement, et le Johan habituel lui aurait fait des commentaires qu'elle aurait pu accueillir avec un total mépris. Mais rien à faire, Signe n'était ni méprisante ni hautaine.

— La première fois, c'était pour parler de la photo. La deuxième, pour voir comment ça s'était passé avec les Archives nationales. Mais ils n'ont pas encore sorti les documents, donc, rien de nouveau. Ils vont la rappeler.

Johan se tut. Logiquement, il aurait dû se demander ce qu'étaient les Archives nationales et à quel sujet on devait rappeler Ági. Hanna lui lança un regard en coin pour voir s'il dormait. Il la dévisageait.

— Elle a aussi dit qu'elle aimerait bien voir la maison, reprit-elle vivement. À Tierp. On va peut-être y aller.

Johan ne la quittait pas du regard. Elle avait envie de se recroqueviller, de rétrécir, de fuir. Contrairement à ce qu'aurait fait Signe.

— Je viens aussi, dit la bouche de Johan. Si ça ne te dérange pas.

77

Signe finit par comprendre la décision d'Elvira. Des paroles qu'elle avait prononcées autrefois lui revenaient peu à peu, lui permettant de construire une suite de causes et d'effets qui expliquait son départ. “Il faut que nous croyions en nous, personne ne le fera à notre place.” Elle parlait souvent de lutter contre la dévalorisation de soi, et vivait toujours conformément à ce qu'elle professait. Voilà pourquoi Signe l'aimait tant. Et pourquoi Elvira l'avait quittée. Cette décision, lorsqu'on la considérait avec lucidité, était parfaitement logique et cohérente avec sa pensée. Signe détestait cette logique.

Aux réunions de l'Association pour le droit de vote, désormais relativement courues, elles n'étaient plus que quatre adhérentes des premiers jours. Le thème du débat, lui, n'avait pas changé.

— Elle doit être morte de nervosité, dit Sanna.

Stina Pettersson acquiesça.

— On dira ce qu'on voudra sur notre indépendance et notre libération, le mariage reste l'événement le plus heureux de la vie d'une femme.

— Surtout si on le compare au reste, répliqua Sanna, ce qui provoqua ce genre d'hilarité dont les femmes mariées qui disent du mal de leurs maris ont le secret.

Seules les vieilles filles étaient plus à plaindre que les femmes mariées.

— C'est tout de même un véritable conte de fées, sourit Augusta en tricotant. Une vieille demoiselle, maîtresse d'école dans un village, qui parvient à intéresser un citadin aussi distingué qu'Herbert Löfvenberg…

— Il paraît qu'en ville, les femmes sont moins robustes qu'ici, expliqua Stina Pettersson. Toutes des douillettes. Des élégantes cultivées qui ne savent même pas faire un gâteau.

— Si je n'étais pas mariée, déclara Sanna, il aurait été pour moi. Ou pour toi, Signe.

Signe resta concentrée sur son tricot. Elle fit semblant de perdre une maille pour ne pas avoir à lever les yeux. "Pour moi, en effet, se dit-elle, mais la sœur, pas le frère." Sanna interpréta son silence de travers.

— Ce n'était pas pour te vexer. Au contraire, je voulais dire que si tu en avais envie, tu trouverais quelqu'un.

— J'ai demandé à Hjördis de saluer Elvira, dit Augusta. Quand elles se verront, au mariage.

Le souffle coupé, Signe perdit réellement une maille. Évidemment, Elvira participerait à la cérémonie. Et continuerait à être présente parmi elles à travers Hjördis. Elle ne disparaîtrait donc jamais complètement de leur petit groupe. Ni de l'esprit de Signe. Chaque fois qu'on parlerait d'elle, le cœur de Signe battrait durement, comme un pic à glace. Son rossignol.

— Tant que la première chambre pourra voter contre la deuxième, nous n'obtiendrons jamais le droit de vote, dit une voix.

Elles reprirent ainsi leur sujet de prédilection. Quel soulagement… Le droit de vote : un but clair, net et précis, une injustice qui vous faisait voir rouge, qui vous meurtrissait à juste titre, qui vous mobilisait. Signe se lança dans le débat, proposant qu'elles tiennent une grande réunion pour marquer le début de l'année, avec d'autres invitées qu'Elvira. Elle prit le journal auquel Sanna s'était abonnée – sans commentaires dans la marge – et se dit que sa souffrance n'était qu'un grain de poussière dans la grande histoire et son pouls obstiné, un "tic-tac" insignifiant comparé au bruissement de toutes ces femmes qui, un jour, savoureraient leur égalité avec les hommes. *"Nous n'en ferons jamais autant pour cette grande cause,* clamait le journal comme tous les ans, *qu'elle n'en fera pour nous."*

— Les femmes n'ont pas encore obtenu le droit de vote, expliqua plus tard Signe à la petite, mais le gouvernement a décidé d'abolir certaines injustices au niveau communal, et c'est une bonne chose pour elles.

La petite hocha pensivement la tête.

— Les femmes auront le droit de vote, dit-elle, et Jésus ressuscitera d'entre les morts.

Signe sourit et leur servit de la bouillie d'avoine.

— Oui, c'est ce qu'on dit. Dans des contextes un peu différents. Qu'est-ce qui arrivera en premier, d'après toi ?

La petite fit une réplique exacte de la grimace de son père quand il réfléchissait.

— Peut-être Jésus. Parce que c'est un garçon, et que les garçons arrivent toujours avant.

Signe éclata de rire et lui caressa la joue. La petite, satisfaite de la réaction de Signe, eut un sourire espiègle. Elle avait encore grandi. Toutes ces choses qu'elle avait apprises : ramper, marcher, courir et, désormais, ironiser sur l'ordre établi. Un jour, elle se métamorphoserait en femme.

— Quand tu seras grande, tu participeras aux élections nationales, affirma Signe. Que Jésus ait ou non ressuscité.

— Il y a beaucoup d'étoiles cette nuit ! On les voit même à travers la fenêtre !

Passer du coq à l'âne, c'était typique de la petite Signe. À un sujet grave succédaient des propos insouciants, à un raisonnement compliqué, une remarque insolite. Et pas que d'elle d'ailleurs : en tant que maîtresse d'école, la grande Signe passait ses journées à tenter de canaliser des associations d'idées débridées.

La petite avait raison, la nuit était étoilée. Après le dîner, elles sortirent admirer le firmament.

— Il y a un centimètre entre les étoiles.

La petite mesurait entre ses doigts, tenant la main à une distance adéquate.

— Un centimètre entre celle-là et celle-là, entre celle-là et celle-là... Si on garde les doigts assez près. Les étoiles font quelque chose ?

— Comment ça ?

— Papa dit qu'elles semblent se déplacer, mais qu'en réalité, c'est nous qui nous déplaçons. Est-ce qu'elles... changent parfois de place ? Quand on regarde une étoile un soir et qu'on la retrouve le lendemain, est-ce que c'est toujours la même ? Ou est-ce une autre étoile qui a pris sa place ? C'est possible ?

Question fantastique. Signe prit la main palpitante et chaude de la petite, emmitouflée dans une moufle rêche qui grattait la paume.

— Non, elles restent à la même place. Nous tournons un peu, voilà tout.

— Mais ça ne se sent pas.

— Nous sommes faits pour ne pas avoir le tournis. Dieu a prévu une petite girouette dans nos têtes pour que nous ne perdions pas l'équilibre.

— Ah.

Elles gardèrent le silence. L'explication valait son pesant de vérité.

— Quand je serai grande, j'aurai une vache en cachette.

— Une vache en cachette ?

Signe la regarda, la fillette avait toujours les yeux tournés vers le ciel.

— Tout le monde aura du lait rationné, mais moi, j'en aurai tous les jours. Parce que personne ne saura que j'ai une vache.

— C'est criminel, mais pas bête. Tu sais, petite Signe, quand tu seras grande, il n'y aura peut-être plus de rationnement.

— Ce serait encore mieux. Mais j'aurai quand même une petite vache en cachette au cas où.

Signe sourit.

— C'est merveilleux, tu vas vivre tellement longtemps. Tu verras ce que nous réserve l'avenir. Je me demande de quoi aura l'air le monde dans cinquante ou soixante ans.

— Soixante ans… répéta la petite, pensive.

— Il y a soixante ans, une femme n'avait pas le droit de devenir maîtresse d'école. Tu le savais ?

— Et pourquoi ?

— Les ministres ne devaient pas nous en croire capables.

— Et qui devenait maîtresse d'école, alors ?

Signe rit et serra la main de la petite.

— On peut se le demander. Tu crois que les gens seront plus bêtes ou plus intelligents dans soixante ans ?

La petite réfléchit. Les étoiles étaient aussi proches que le premier jour de la décennie, le 1er janvier 1910. Cette nuit-là, Elvira et Signe se tenaient encore la main comme deux amies.

— Certains seront plus intelligents.
— Toi, tu seras sûrement très, très intelligente.
— Je dors ici ?
— Non, j'ai promis de te ramener chez toi.

Signe déposa la petite chez elle et Anna la raccompagna dans la cour. Un éclair traversa son regard, elle lui tendit une lettre. Dans la précédente, elle avait exprimé le souhait de passer la nuit chez Signe. Les gens considéreraient cela comme parfaitement inoffensif, il n'y avait pas à s'inquiéter. Signe lui avait donné une réponse énigmatique, comme d'habitude. Elle pensait avoir écarté tout risque imminent. Lorsque Signe voulut prendre la lettre, Anna la retint, frôla ses doigts et s'immobilisa.

— Tu es seule, maintenant. Et je sais que je t'ai manqué.

Le ventre de Signe se noua.

— Je ne pense pas que ce soit une très bonne idée.

Pas une très bonne idée ? Non, en effet. Anna secoua lentement la tête, arborant ce sourire que Signe avait jadis tenté de déchiffrer.

— Tu n'imagines pas ce que ça représente d'être mère et épouse dans cette ville pour quelqu'un comme moi. Les femmes qui tricotent sans arrêt, se plaignent de la moisson et sont contentes de servir du saindoux à la place du beurre... Je ne suis pas comme elles.

"Quand on ne veut pas devenir femme de maître d'école à la campagne, mieux vaut éviter d'épouser un maître d'école à la campagne", songea silencieusement Signe. Anna lâcha la lettre, mais retint la main de Signe.

— J'aimerais que tu sois plus présente dans ma vie. Tu comprends ? Tu me donnes... Ce que je t'ai donné dans le passé.

Des paroles sincères, malgré le sourire censé les camoufler. Les étoiles silencieuses au-dessus de leurs têtes, reflétées par la neige. Le visage d'Anna, toujours beau. Elle rit et leva sur Signe ses yeux bleus.

— Il est temps que tu me rendes la pareille.

Signe marchait en tapant le sol pour refouler son indignation. Si seulement elle parvenait à rester indifférente ! Tiède, aimable : "Je comprends que ce soit difficile pour toi et j'en suis désolée, mais je ne pense pas t'être redevable de quoi que ce soit." Au lieu de cela, elle était traversée de mille émotions brutes qui hurlaient dans son esprit : "Si quelqu'un a une dette, ici, c'est bien elle!" "Après huit ans, je n'ai que faire de ces paroles!" avant de murmurer : "Elle a peut-être raison, au fond. De son point de vue, j'ai une dette envers elle. Je n'ai pas fait assez de sacrifices ni compris le rôle que j'ai joué dans sa pénible situation." Dans un ultime effort pour dominer sa fureur, elle fit une grimace convulsive, arracha la lettre à Anna et la quitta avec un banal au revoir. Elle la tenait toujours serrée entre ses doigts rougis par le froid en arrivant chez elle. Huit ans plus tard, les sanglots accumulés lui serraient toujours la gorge.

"Le passé ne nous quitte jamais, écrivit-elle, hors d'haleine sous la flamme blanche de sa lampe à carbure. *Il nous guette, comme un harceleur qu'on croyait avoir éloigné. D'abord aimable et de bonne compagnie, il se transforme en une ombre sinistre et gluante."*

Elle laissa les mots résonner dans son esprit. Déjà, de nouvelles pensées se bousculaient. Elle trempa sa plume. *"Il faut vivre pour échapper à ce que tu as vécu. Tes expériences actuelles sont les ombres de tes lendemains. Vain désir que celui de redevenir une page blanche… Les blessures fraîches ne guérissent pas les anciennes, elles les rouvrent."*

Elle se gratta derrière l'oreille à l'aide de son porte-plume et se demanda si ce qu'elle venait d'écrire avait une quelconque profondeur. Elvira lui disait toujours qu'elle savait tourner ses phrases. Plus personne à présent ne se souciait de son style. En se relisant, elle ne reconnut pas ses propres sentiments. Elle avait l'impression qu'Elvira parlait à travers sa plume.

Dans la lueur blanche, elle ferma son carnet, éteignit le ventilateur et attendit que la flamme meure. Elle emporta le carnet dans la chambre, dégagea entièrement le tiroir supérieur gauche du secrétaire et sortit de sa cachette un coffret d'environ vingt centimètres sur vingt-cinq, du même bois que le meuble. Elle y déposa la dernière lettre d'Anna en haut de la pile, glissa son journal dans l'étroite cavité et l'appuya contre le fond du meuble, à la verticale. Elle replaça le coffret devant, puis le tiroir qui dissimulait le tout au monde extérieur. Si quelqu'un ouvrait ce dernier, il n'y trouverait que des pelotes de laine et des aiguilles à repriser.

78

À la gare de Tierp, le soleil brillait. Sur l'asphalte gris du quai, les talons noirs résonnaient sourdement. Quand avait-on commencé à bitumer la chaussée ? Les bottines claquaient-elles autrement cent ans auparavant ? À côté, une paire de tennis neuves marchait sans bruit, et sans histoire.

"Si ça ne te dérange pas", avait dit Johan. Formule rusée qui interdisait à Hanna de juger sa demande insolente et irrecevable. Dans le temps, elle aurait réagi différemment. "Pas besoin de t'intéresser à ma vie, lui aurait-elle dit. Arrête de faire semblant." Mais depuis, la question lancinante "qu'aurait fait Signe ?" s'était insinuée puis installée dans son esprit, et elle avait accepté. Aux États-Unis, les gens arboraient bien des *What would Jesus do* sur le bas du dos. Elle n'avait plus qu'à prendre rendez-vous chez un tatoueur.

Et puisqu'elle avait Johan sous la main…

— Quand est-ce qu'on a commencé à bitumer la chaussée ?

— Comment tu veux que je le sache ?

Elle haussa les épaules.

— Tu es un mec. Le bitume, le foot, les moteurs…

Elle lui jeta un coup d'œil pour voir s'il avait compris l'ironie. C'était le cas. Il avait l'air ravi qu'elle le mène en bateau.

— Dans ce cas, la fille, dis-moi quand est-ce qu'on a commencé à utiliser des tampons.

— Dans les années 1930.

— C'est vrai ?

Elle éclata de rire. Le soleil, Tierp… Malgré la présence de Johan, elle était de bonne humeur.

— Non.

Caroline et Erik arrivèrent les premiers. Ils garèrent le break familial de Caroline dans le parking. La façon dont ils étiraient le cou et se contorsionnaient derrière le pare-brise indiquait qu'ils étaient en train de surveiller les arrivées. Hanna leur fit un signe de la main exagérément visible. Une fois tous réunis, Johan et Erik échangèrent une poignée de main virile et Caroline lâcha un mot d'esprit sophistiqué sur le thème du train. Erik s'esclaffa comme si c'était drôle. Tous firent des commentaires sur le temps et s'accordèrent à le juger excellent.

Lorsque Ági apparut sur le quai vêtue d'un manteau bleu azur, Hanna se souvint brusquement qu'elles s'étaient embrassées. Le souvenir lui semblait aussi lointain qu'une scène qu'elle aurait vue dans un film. Pendant qu'Ági descendait les marches et traversait le parking, Hanna se demanda si embrasser une fille comptait comme infidélité et si, en conséquence, elle était censée avoir mauvaise conscience. Avant qu'Ági ne les rejoigne, elle eut même le temps de se demander ce qu'aurait pensé de tout cela la spécialiste suédoise du savoir-vivre et membre de la noblesse ancienne Magdalena Ribbing.

— Les lettres m'ont manqué, dit-elle avec un large sourire en caressant, comme s'il s'agissait d'un chat, le coffret que Hanna portait sous le bras. Toi aussi, d'ailleurs ! s'exclama-t-elle avant de faire une chaleureuse accolade à Johan. Pourquoi ça fait genre deux ans qu'on ne s'est pas vus ?

Johan haussa les épaules avec un sourire gêné – celui que Hanna se remémorait autrefois pour s'aider à supporter les repas chez sa mère et les journées chargées à son travail. Décidément, le soleil d'automne faisait ressurgir de vieux souvenirs sous un vernis embellissant.

— Je meurs de curiosité ! dit Ági en faisant rebondir ses boucles. J'ai tellement envie de voir la maison de Signe ! On y va ? Tout de suite ?

Ils se serrèrent tous les trois en gloussant sur le siège arrière, Hanna au centre.

— On dirait que vous êtes nos parents et qu'on est les enfants et qu'on se dispute, dit Ági. Et qu'on s'arrête pour acheter des glaces et qu'on en met partout et qu'on ne trouve pas la Nintendo coincée derrière le dossier… Mais avec vingt ans de plus.

— Vingt ans et cinquante kilos de plus, ajouta Hanna en se tortillant pour libérer son bras coincé derrière l'épaule de Johan.

Puis ils se mirent en route : le vieux commissaire-priseur noueux, la dame souriante au pas dandinant, Ági la joyeuse pie bavarde, le grand Johan, incongru dans cette excursion généalogique sans famille. Et Hanna au centre. Comme une troupe de Fraggles, une bande de hobbits, d'elfes et de nains entassés au hasard entre les portières d'une voiture.

— Vous vous rendez compte qu'on fait des recherches généalogiques sur de parfaites inconnues ?

Ági acquiesça, enthousiaste, Erik grommela que c'était une bonne façon de décrire leur mission et Caroline objecta qu'elle avait tout de même un lien de famille avec Elvira.

— Je me demande si j'y suis allée quand j'étais petite. Est-ce que je vais reconnaître les lieux ou pas ?

Erik s'engagea dans la bifurcation et ils passèrent devant la maison jaune du couple aux cheveux jaunes, puis la route prit fin.

— Cela dit, médita Caroline, quand on est entouré de sapins, on a toujours l'impression de reconnaître les lieux.

Le soleil transfigurait la forêt, à présent sèche et froufroutante. Tel un chef scout à la retraite, Erik ouvrit la route, ce qui était une injustice, car Signe appartenait à Hanna. Mais elle ne s'y opposa pas. En effet, là où ils se trouvaient, les quatre points cardinaux se ressemblaient à s'y méprendre. Mousse, aiguilles, pierres. Erik enjambait les broussailles en marmonnant. Bientôt, il se gratterait la tête et dirait : "Bizarre… c'était pourtant ici." Elle prévoyait déjà ce qu'elle allait lui rétorquer pour faire rire la compagnie quand, soudain, la masure grise apparut sous leurs yeux. Contre toute attente, Erik savait ce qu'il faisait.

Hanna, envahie par une tendresse subite, eut l'impression de retrouver un ami de longue date. Un ami gris aux murs veineux et au toit effondré. Ági siffla, ravie. Caroline eut les larmes aux yeux.

Comme un père et sa fille arrivés à leur maison de campagne, Erik et Hanna trouvèrent ensemble la clef et ouvrirent la porte.

— Si Elvira s'est installée ici après le départ de Signe, elle a tout de même conservé son secrétaire, lança Hanna par-dessus l'épaule d'Erik, en franchissant le seuil.

— Oh… s'exclama Ági, les yeux écarquillés, en prenant la main de Caroline.

Ils se serrèrent tous dans la petite maison comme auparavant dans la voiture. Ági et Caroline parcouraient les pièces, fascinées ; Johan inspectait des objets invisibles sur les murs. Hanna essayait de retrouver une idée qui lui avait traversé l'esprit un peu plus tôt.

— Même si elles n'ont pas vécu ensemble, Elvira a tout de même conservé le secrétaire, répéta-t-elle. Et elle n'a jamais découvert le double fond.

— Peut-être qu'elle ne voulait pas le découvrir, répondit Erik. Si Signe et elle entretenaient une… Eh bien, une liaison, par exemple. On n'a pas toujours envie de tout savoir.

Non ? Hanna ne comprit pas bien la logique de ces propos, mais peut-être Erik parlait-il en connaissance de cause. C'était en tout cas la première fois qu'il parvenait à formuler tout haut la préférence sexuelle de Signe.

— Peut-être pas.

Elle essaya de les imaginer. Dans la cuisine, préparant le repas sur la cuisinière, discutant… de choses dont on parlait à l'époque. Le prix du lait ? L'industrialisation ? À en juger par les photos, sûrement de la dernière mode en matière de chapeaux. Enfin, à supposer qu'elles aient vécu ensemble dans la maison. La correspondance s'arrêtait en 1919. Que leur avait dit Gudrun sur l'emménagement d'Elvira dans la maison ? Avant ou après ? La réponse se trouvait peut-être dans les dernières lettres. Ou chez Caroline.

— Caroline ?

Pas de réponse. Hanna entra dans la cuisine. Erik avait posé un thermos et un paquet de biscuits sur la table, Johan tripotait quelque chose sur un mur, dans un coin de la pièce. Ce n'était pas son genre de demander, mais Hanna glissa la question au passage :

— C'est quoi ?

Johan la regarda.

— Une gaine en caoutchouc.

— Hein ?

— Des fils électriques. Sûrement assez vieux. Ils ne sont pas raccordés à l'extérieur, on a dû couper l'électricité à un moment ou à un autre.

En examinant le petit bout de métal que Johan lui montrait, Hanna tenta d'imaginer l'expression de Signe lorsqu'on avait installé l'électricité chez elle, et l'artisan du début du XXe siècle qui avait fixé ce truc que Johan appelait "gaine". Mais la scène dégénéra et se transforma en film porno costumé, *L'Électricien et la Maîtresse d'école*, avant que Hanna ne se ressaisisse : Signe et Elvira avaient-elles habité ensemble dans cette maison ?

Caroline n'était pas dans la chambre non plus. Ági avait ouvert le tiroir du bas du secrétaire.

— Je ne comprends pas où était rangé le coffret. Vous l'avez trouvé dans ce secrétaire, c'est bien ça ?

Hanna retira entièrement le tiroir supérieur gauche du meuble, puis celui de droite, et les posa côte à côte.

— Regarde. Il y en a un qui est plus profond que l'autre. C'est comme ça qu'on l'a vu. Il y avait forcément quelque chose de caché derrière celui-ci.

Elle venait de présenter les choses comme si elle avait activement participé à la découverte du double fond. Fascinée, Ági observa les deux tiroirs. Hanna jeta un coup d'œil dans la cavité qui avait abrité le coffret. Un rayon de soleil s'y faufilait justement. Tout au fond, elle aperçut une forme brune et carrée. Sûrement une planche du fond un peu saillante. La poussière lui chatouilla le nez. Elle éternua bruyamment, ce qui fit rire Ági.

— À tes souhaits ! Pourquoi tu cherchais Caroline ?

— C'est vrai… Elle est où ?

— Peut-être dehors.

Caroline n'était pas devant la maison. Ni aux alentours, dans la forêt. Elle se souvint de l'ambiance sinistre à la fin de leur précédente visite. Tout à coup, elle entendit un pas clopinant à l'arrière de la maison.

— J'ai réussi à ouvrir la trappe, annonça Caroline, les mains pleines de terre. Mais il fait frais, en bas.

La cave était complètement vide. Pas une seule petite pomme de terre ratatinée. Pas même une crotte de souris.

— Je me demande dans quelles conditions Elvira a quitté la maison, dit Caroline en se tournant vers Hanna. Quelqu'un d'autre devait y emménager ? A-t-elle été obligée de partir ? Quand elle est arrivée chez nous, elle n'était ni grabataire ni infirme. Et je crois qu'elle n'a rien emporté, sauf peut-être un ou deux bibelots. Où sont passées toutes les affaires ?

Hanna pensa aux bottines, à la broche et à la règle. Dans la cave, l'atmosphère terreuse était étouffante. Elles ressortirent.

— Voilà le genre de chose que je trouve très intéressante, dit Caroline en s'avançant vers un arbre. Autour de la maison, il n'y a que des sapins, des pins et des bouleaux. Tu le vois ?

— Ah ?

Hanna parcourut les alentours des yeux en essayant de paraître intéressée. Qu'avait-elle l'intention de demander à Caroline, déjà ? Cette dernière caressa un tronc d'arbre comme s'il s'agissait d'un gentil chien chien.

— Ça, par contre, c'est un hêtre. Normalement, il n'en pousse pas à cette latitude. On est trop au nord.

Elle prit un air songeur.

— Je crois me souvenir d'avoir appris ça. Enfin… Je mélange peut-être tout. Pourtant, il me semble bien qu'un jour, ma grand-tante m'avait parlé d'arbres. De hêtres, plus précisément. C'est bizarre, la mémoire, tu ne trouves pas ? On emmagasine des détails complètement insignifiants.

Hanna hésita.

— C'est peut-être important.

— Sans que je le sache. Sage remarque.

Hanna ne se sentait pas particulièrement sage, mais elle se permit d'apprécier le compliment. Les yeux sur le tronc gris, elle poursuivit le raisonnement.

— Elle a dû voir cet arbre tous les jours en sortant de chez elle. Elle se le sera rappelé quand elle était chez vous. Du coup, les hêtres, c'était important pour elle.

— Je ne crois pas. D'abord, ce hêtre n'a pas encore commencé sa floraison, ce qui en fait un arbre relativement jeune. Et regarde autour : pas de pousses de hêtre ni de graines.

Hanna étudia le sol : à quoi pouvait ressembler une pousse de hêtre ?

— Ensuite, étant donné l'exposition du lopin, il devait y avoir un potager, ici. Mais c'est vraiment incroyable de trouver un hêtre en pleine forêt de résineux… Tu ne trouves pas ?

"Bof", se dit Hanna.

— Du moins pour une passionnée d'arbres comme moi, conclut Caroline. Quelqu'un a parlé de café ?

Ce soir-là, Hanna et Johan se retrouvèrent seuls dans une chambre mauve qui n'était pas la leur. Erik, grâce à son flair infaillible, leur avait dégoté une auberge de jeunesse non répertoriée. Il flottait une vague odeur de savon. Devant les rideaux violets, Hanna ôta son jean et déboutonna son chemisier, comme s'ils étaient en instance de divorce. Ou en rendez-vous amoureux.

— Je… dit Johan d'une voix insondable. Les gaines électriques… Elles datent au plus tard des années 1960.

Assis à l'opposé du lit, tournant le dos à Hanna, il avait enlevé son pull et son tee-shirt. Elle contempla sa silhouette : colonne vertébrale, omoplates, peau pâle et lisse. Douce. Dans le temps, il frissonnait lorsqu'elle la caressait.

— Connaître le nom d'un ancien fil électrique, ça, c'est viril ! s'exclama-t-elle d'une voix criarde alors qu'elle l'aurait voulue taquine.

Johan rit. Elle devina comment il ricanerait cinquante ans plus tard.

— Il y en avait dans notre maison de campagne, dit-il. Ça énervait mon père. Il croyait que les vieilles gaines en caoutchouc allaient s'effriter et produire des courts-circuits. Et qu'on allait tous mourir.

S'ils avaient été en rendez-vous galant, elle lui aurait dit : "Quelle chance qu'il se soit trompé", mais ils formaient un couple périmé dans une chambre mauve. Elle baissa les yeux sur son ventre spongieux. Autrefois, Johan la trouvait sexy. Du moins, c'était ce qu'il prétendait, mais elle avait démasqué l'hypocrisie. Dans une tentative de se réconcilier avec son corps, elle saisit sa graisse à pleines mains. Si Signe avait été spongieuse, de quel œil aurait-elle contemplé son ventre et ses cuisses ? Non pas qu'elle ait eu à s'en soucier…

— De toute façon, en ce temps-là, les gens étaient automatiquement minces, raisonna-t-elle tout haut.

— Heu… Et donc, ça ne posait pas de problème de mourir électrocuté ?

Il ne l'écoutait pas. Elle parlait de l'angoisse que lui inspirait son corps et lui, de circuits électriques. Autrefois, il lui avait caressé le cou, les épaules, la taille. Il l'avait grondée quand elle exprimait du mépris pour sa propre personne. Elle l'avait traité d'obésophile. Ce n'était sans doute pas ce qu'aurait répondu Signe, mais le mot était tout de même assez ingénieux. Quand avait-il cessé de la trouver belle et de le lui dire ?

— Le train part à quelle heure, demain, déjà ? demanda-t-il en se glissant sous la couette lavande.

— À 12 h 12. Ça nous laisse le temps de prendre le petit-déjeuner avant. Et à Erik de faire de la marche nordique jusqu'à une quelconque brocante, de trouver une armoire à un prix défiant toute concurrence, de la fixer sur le toit de la voiture, d'aller à la bibliothèque faire des recherches pour la dater, de déjeuner et de peloter Caroline contre un mur.

Johan ricanait, cela se voyait au contour de sa joue.

— Il est cool, ce mec.

Puis, plus rien. Elle s'allongea d'un côté du lit double et regarda Johan sans même le frôler. Il s'était introduit dans son histoire avec Signe, puis dans une chambre mauve entre réalité et passé. Que faisait-il là ? Sa joue rugueuse, sa moue d'enfant boudeur, sa respiration légère qui se transformait en petits sifflements… Elle aurait pu le toucher.

79

— Sixième commandement ! s'écria l'inspecteur des écoles Westerberg.

Comme jadis, sa voix claqua tel un coup de fouet. Les écoliers sursautèrent puis déglutirent pour apaiser les battements angoissés de leurs petits cœurs. Heureusement, aucun n'urina sur les chaussures de Signe. Le garçon désigné se leva si brusquement qu'il faillit tomber. Dehors, le ciel blanc de février déversait de gros flocons de neige.

— Tu ne commettras point d'adultère. Qu'est-ce que ça signifie ? Nous devons craindre et aimer Dieu, afin d'être chastes et purs dans nos pensées, dans nos paroles et dans nos actions, et chacun doit aimer et honorer son épouse légitime.

Signe récitait mentalement la réponse, dans le futile espoir que cela puisse aider le petit Bertil. En fait, ces paroles semblaient écrites pour Anna. D'ailleurs, il suffisait que quelqu'un mentionne non seulement le sixième commandement, mais le catéchisme en général, pour que Signe pense à elle. Westerberg hocha sèchement la tête et parcourut la classe de ses yeux redoutables pour désigner sa prochaine victime.

— Dixième commandement !

Gunnar, onze ans, qui s'était levé sur des jambes tremblantes, balbutia :

— Dixième commandement. Tu ne convoiteras point la femme de ton prochain, ni son serviteur, ni servante… Sa servante. Ni aucune chose qui soit à ton prochain.

Gunnar fixait ses grands yeux malheureux sur l'inspecteur, telle une grenouille forcée de regarder en face le serpent qui s'apprête à l'avaler. Westerberg prit un air perplexe et se mâchonna la joue – un tic récent et un mauvais présage. Signe soupçonnait l'inspecteur d'avoir perdu une dent. Le sixième commandement semblait, certes, se référer directement à Anna, mais le dixième la concernait elle-même. Quoi qu'il en soit, elle allait pouvoir l'invoquer dans la lettre qu'elle se préparait à écrire. Voilà ce que songeait Signe, les yeux tournés vers la neige.

— Ce qui signifie? demanda Westerberg après une pause interminable.

Signe regarda Gunnar. Sous l'effet de la nervosité, ses mâchoires claquaient. Elle tenta là aussi de lui faire parvenir par télépathie la réponse à la question et le réconfort nécessaire pour qu'il se détende un peu.

— Nous devons craindre et aimer Dieu afin de ne pas… tourner ou lever… détourner ou enlever la femme ou les serviteurs de notre prochain.

— Et?

— Et… à… rester fidèles… à leurs devoirs.

La règle cingla, provoquant un courant d'air qui traversa la salle à la vitesse d'un éclair. Gunnar serra les lèvres. Signe aperçut les larmes qui se formaient aux coins de ses yeux. Pendant que Westerberg les sermonnait sur l'explication du dixième commandement au rythme des coups de règle, elle essaya de rendre la scène plus supportable en se disant que, dans un proche avenir, ce genre de choses ne se produiraient plus. Le nouveau programme scolaire concocté par le gouvernement devait entrer en vigueur dès la rentrée suivante et, apparemment, le petit catéchisme de Luther n'en faisait pas partie. Westerberg serait obligé de s'aligner sur les conclusions de la commission d'enquête, qui désapprouvait entre autres l'apprentissage par cœur. Signe s'en réjouissait infiniment. Gunnar, par contre, n'était pas encore en mesure de partager ses pensées : il devait pour l'instant se soucier principalement de ses doigts.

Signe pensa à sa lettre à Anna. Comment prendre très clairement ses distances sans la froisser? Une mission délicate, voire impossible. Il fallait mettre définitivement fin aux pressions, à l'inquiétude insidieuse que provoquaient en Signe les désirs chuchotés et les insinuations malsaines de son ancienne amie de cœur. Ce qui revenait à affirmer sa solitude. Allait-elle en avoir la force?

La solitude, se dit-elle, n'était pas le problème de fond. Elle lui avait juré fidélité le jour où elle avait décidé de devenir maîtresse d'école et avait vécu en sa compagnie pendant la plus grande partie de sa vie d'adulte. Elle tentait de s'en convaincre le matin, à son réveil, puis le soir, lorsqu'elle se glissait, grelottante, sous ses draps. Il lui était bien arrivé, au fil du temps, de recevoir de la visite, mais elle avait passé la plupart de ses nuits seule. Il lui semblait donc absurde de se laisser ainsi submerger par ce sentiment. Pourtant, il se faufilait entre ses pas durant ses promenades matinales dans la forêt, la tourmentait insidieusement la nuit et, à la lumière de l'aube, la brûlait de l'intérieur. Les enfants et leur besoin constant d'attention, de soins, de discipline et, au mieux, de connaissances, l'en détournaient momentanément. Les jours où elle gardait la petite Signe, elle l'oubliait complètement et, au moment de quitter l'enfant, s'attardait souvent chez les Johansson pour gagner encore un peu de temps. Mais sur le chemin du retour, la solitude la rattrapait et l'enveloppait comme un tissu mouillé. Elle n'avait plus personne à attendre. Pour se réconcilier avec les battements trop faibles de son cœur, elle se disait qu'il en serait désormais ainsi.

"Il faut avoir quelqu'un à comprendre." Voilà ce qu'un soir, elle avait dit à la petite Signe.

— Il faut avoir quelqu'un à comprendre. Cela nous apaise. Quel genre de poupée a Klara, d'après toi ?

La petite Signe, fidèle à son habitude, se mordit la lèvre pour mieux réfléchir.

— Une pas belle.

— Essaie d'imaginer que tu es Klara, et que ton amie a une très belle poupée en porcelaine. Qu'est-ce que tu te dirais ?

La petite Signe répondit à contrecœur :

— Que j'en voudrais une pareille. Mais elle est quand même à moi.

Signe hocha la tête et posa la main sur les frêles épaules de l'enfant. La petite s'appuya contre elle. Peut-être se demandait-elle pourquoi certains avaient une chose et d'autres pas. Peut-être comprit-elle soudain qu'elle était privilégiée.

— Oui, elle est à toi, répondit simplement Signe. Je te comprends.

La petite tourna vers elle son visage clair. Ses taches de rousseur estivales sur le nez avaient toutes disparu.

— Quelqu'un t'a pris quelque chose, à toi aussi ?

Cette question enfantine directe appelait malheureusement une réponse touffue. Oui, on l'avait privée de quelque chose. Elle aurait voulu l'expliquer au petit être qu'elle aimait tant. Elle aurait voulu que ses yeux ronds la comprennent. Parfois, on vous prive d'une personne sans que rien ni personne ne soit à blâmer, sauf peut-être l'Angleterre. Mais les yeux ronds abritaient un esprit de sept ans, beaucoup d'amour et d'émerveillement, mais pas encore de réponses. Signe posa son tricot et prit la petite sur ses genoux. Elle avait encore grandi, ses membres s'étaient affinés et elle possédait quelques pièces de plus à ajouter au puzzle de la vie. Malgré tout, elle aimait encore se blottir dans les bras de Signe. Elle soupira d'aise. Signe, en la berçant, sentit les battements de son propre cœur résonner près de la tête de l'enfant, lui inspirant calme et sérénité. Au bout d'un moment, Signe comprit à la respiration apaisée de la petite qu'elle s'était endormie. Au rythme de son sommeil, elle parvint à démêler ses pensées comme on démêle des cheveux, en les séparant en trois mèches.

— Nous n'avons aucune influence sur l'histoire d'autrui. Inutile de nous en féliciter ni de nous en sentir coupables. On se croise sur le chemin de la vie, voilà tout.

La petite reposait sur son sein, là où ces paroles, dont on lui avait fait don dans le passé, résonnaient le plus intimement. Elle les avait entendues dans le giron de sa mère. Et peut-être aussi entre d'autres bras, se dit-elle brusquement… Ceux de sa grand-mère ? Cette pensée apaisa un peu son sentiment de solitude. "Tu n'as rien fait de mal, se dit-elle tout bas. On lui avait brisé le cœur avant, et elle a eu peur que cela ne se reproduise. Elle a fait preuve de lâcheté. Veux-tu vraiment vivre dans la lâcheté ?"

Son cœur se serra. "Non !… Oui ! Non, Elvira n'est pas lâche ! Elle est forte ! Oui, c'est ce que je veux !"

Elle reprit son souffle et dit, un peu plus fort pour s'en convaincre elle-même :

— Ne vois pas en ta solitude une faiblesse. Tiens-toi droite. Ne tombe pas.

La petite remua. Elle avait toujours la respiration calme d'une enfant endormie, mais ses yeux étaient grands ouverts, et elle souriait doucement à Signe.

— Finalement, elle m'a rendu ma poupée.

Le lendemain, elle sentit la chaleur rayonner en son for intérieur. Elle traversa seule la forêt, enjambant des mousses scintillantes, dépassant des sapins étincelant de givre. Elle respirait l'hiver, plongeait en pensée dans le sol, à travers le gel, jusqu'à des profondeurs plus clémentes. En son centre, la Terre était toujours chaude.

Elle n'avait pas à se plaindre. Elle ne vivait pas dans la terreur. Sa vie n'était pas menacée. Elle était en bonne santé. Elle arrivait à se nourrir correctement, surtout depuis que le rationnement avait cessé. Il y avait dans l'air des promesses de paix et de changement. Le Riksdag évoluait. Signe posa la main sur la règle que Westerberg avait utilisée pour frapper le petit Gunnar. L'instrument allait changer d'usage, que cela plaise ou non à l'inspecteur. Signe avait commencé à écrire un article destiné au journal de l'Union des maîtresses d'école, sur le caractère rétrograde de l'école en ces temps modernes. Elle n'était pas encore sûre d'oser le donner à lire. Elvira l'aurait encouragée à l'envoyer, bien sûr. Non pas au journal de l'Union des maîtresses d'école, mais aux grands quotidiens nationaux. Elvira…

— Le feu est allumé, l'informa un élève en hochant poliment la tête.

— Bien, Gustaf. Maintenant, va chercher du bois avec Erik, s'il te plaît.

Le garçon refit une petite courbette et disparut. Signe contempla la règle. Les moments de zèle les plus frénétiques de Westerberg y avaient laissé des traces de sang désormais presque imperceptibles. Elle suivit les gradations des doigts, appuyant de plus en plus fort pour détourner ses pensées d'Elvira. Non, pas lâche. Bête, plutôt. "Ma cruche adorée", écrivit Signe sur son ardoise toute neuve. La classe se remplissait petit à petit. Les enfants lui faisaient la révérence en entrant, puis se tournaient en gloussant vers leurs camarades et se bousculaient pour rejoindre leur place. Signe effaça la phrase à l'aide de sa patte de lièvre et soupira. "Ton soleil éclatant se lèvera à nouveau", dirait le psaume.

10 février 1919

Elvira, ma bien-aimée, ma chère idiote !

Car aimée, tu l'es de moi. Idiote, tu l'es aussi, puisque tu refuses de le comprendre. J'écris ces mots sans intention de te les envoyer. J'aimerais que mes pensées parviennent jusqu'à toi (peut-être même te giflent), mais je respecte ta volonté de silence entre nous, puisque tu prétends ainsi préserver nos cœurs. De toute façon, tu ne m'as pas donné ton adresse en Angleterre, et je ne demanderai pas à Hjördis de transmettre ces pages. Je veux t'écrire ces phrases sans voile, comme je t'ai toujours parlé. Je les écris pour tes yeux, qui ne les verront pas, et pour les miens, qui les voient réellement. Il en va d'ailleurs d'elles comme de ma vie, ces neuf derniers mois.

Dans mon monologue solitaire, j'ai fini par comprendre que tu en es venue à craindre l'amour. Je t'imagine défendant avec indignation tes actes et tes intentions après avoir lu ces mots. Tu me dis que j'ai choisi Anna. Que c'est mon choix et non le tien. Que l'Angleterre a besoin de toi. Mais quand t'ai-je jamais donné lieu de douter de ma fidélité envers toi ? Et comment se fait-il que l'Angleterre s'en soit sortie sans toi pendant de longs siècles ? Non, tes prétextes n'y changeront rien. J'éprouve les mêmes craintes que toi, voilà pourquoi je les comprends. Comment être meurtrie par un amour et foncer droit dans le suivant sans qualifier cela de folie ? L'autre jour, j'ai écrit un poème.

Ma peau

Ma peau était vierge et diaphane
Quand elle fut touchée
Jusqu'au sang traversée
Par une belle et grisante Diane
Qui, lorsqu'elle s'en arracha
Une plaie noire et béante laissa

Je soignai alors patiemment
Ma peau délicate et meurtrie
J'en fis un inaltérable carcan
Puis, sur mes gardes, j'attendis

Le jour où cuirassée de fer
Elle ne craindrait plus ses adversaires

Derrière ma lourde paroi
Je vivais à l'abri
Un oiseau dans son nid
Si convaincue de mon bon droit
Que plus rien ne la franchissait
Mais en réalité, ma peau me possédait

Je t'en veux, Elvira, parce que tu es une cruche.

Tout mon amour,
Ta S

Signe reposa sa plume et relut la page. Elle n'avait toujours pas écrit à Anna. Dans sa verve, sa colère accumulée s'était dirigée contre Elvira, inaccessible, sans doute précisément pour éviter ce type de missive. "Enfin, se dit Signe en laissant sécher l'encre, tu es maître de tes actes, et moi, des miens." Elle plia la feuille, puis, sur le point de la glisser entre les pages de son journal, elle attrapa impulsivement une enveloppe. "Elvira Löfvenberg", écrivit-elle. *"The suffragettes, England."* Qu'importe l'adresse. Il fallait qu'elle la mette au courrier pour s'en sentir libérée. Sinon, elle continuerait à hanter les entrailles de son secrétaire.

80

Hanna se réveilla à 7h05 avec l'inexplicable conviction qu'ils devaient retourner à la maison dans les bois. Quand elle comprit à quel point l'heure était matinale, elle tenta de se rendormir, mais un filet d'une lumière éclatante, sur les bords de la porte, l'en empêcha. Elle finit par se lever, enfiler ses habits de la veille, et tuer le filet en question en ouvrant toute grande la porte sur le jour implacable qui baignait le couloir.

Dans la salle à manger, un vieil homme était assis, seul devant une tasse de café et un bol de bouillie. Elle s'installa en face de lui, sur une chaise qui avait besoin d'être rempaillée.

— Il faut retourner chez Signe.

Il aspira une cuillérée de lait avant de répondre.

— Ah bon ?

— Pour jeter un dernier coup d'œil. Autant en profiter pendant qu'on est ici.

— Ben…

Il mâchonna, puis rassembla les derniers restes de confiture d'airelles, de lait et de flocons d'avoine pour en faire une ultime bouchée peu appétissante, qu'il rinça avec un fond de café.

— Alors on y va.

D'après Erik, Caroline préférait se reposer encore un peu, mais elle lui avait prêté les clefs de la voiture. Ils roulaient sur la désormais familière route de forêt. Bizarre… Caroline semblait pourtant assez lève-tôt. Hanna garda cette observation pour elle. Cela pouvait arriver à tout le monde d'avoir une soudaine envie de grasse matinée.

Plus nette que la veille, l'odeur de décomposition forestière lui piqua les narines. Décidément, la nature avait un côté cruel et peu sentimental. Tous les automnes, elle massacrait ce qu'elle avait engendré et choyé au cours de l'été. Logique que Signe se soit obstinée, dans chacune de ses lettres à Anna, à décrire le temps qu'il faisait. Ils enjambèrent en silence les mousses, les souches et les branchages et parvinrent à la maison.

Elle s'était préparée à la trouver changée, pressentant une catastrophe arrivée pendant la nuit, quelque chose qui l'aurait incitée à se lever, mais non. La maison était restée exactement la même, au poil près. Devant la porte, elle vit le hêtre qu'elle n'avait pas remarqué jusqu'à la veille. Le contraste avec les autres arbres lui parut à présent évident.

— Ça, c'est un hêtre, expliqua-t-elle à Erik. Bizarre qu'il soit ici. Dans cette forêt, c'est le seul de son espèce.

Erik émit un grognement et gratta sous la pierre pour extraire la clef.

— Bonjour, tout le monde ! cria-t-il en entrant.

Naturellement, il n'y avait pas d'esprits à l'intérieur. Il aurait tout de même pu s'abstenir de les réveiller avec ce genre de salutation, au cas où.

Il ressortit et se dirigea vers la dépendance du côté nord de la maison. Un instant plus tard, Hanna déduisit d'un certain vacarme qu'il essayait d'ouvrir la porte.

Elle aperçut les gaines en caoutchouc dans le coin de la pièce. Bizarre qu'ils les aient ratées à leur première visite, elles pendaient tout de même très en évidence. Johan… se dit-elle en entrant dans la chambre. Il était sûrement encore en train de dormir.

Dans la chambre, les crottes de souris gisaient, intactes, à la même place que la veille. Hanna s'accroupit, suivit des yeux le bois du plancher, puis des murs. Si quelque chose d'aussi imposant qu'un arbre et des fils coupés sur un mur leur avait échappé la veille, ils avaient très bien pu manquer autre chose. Ses yeux d'aigle enregistraient tout : une toile d'araignée déchirée ; sept mouches mortes ; une poignée d'aiguilles de résineux. Du côté nord, des coups et, finalement, un grand craquement accompagné de tintamarre. Quelque chose s'était détaché. Hanna ouvrit le secrétaire.

Elle était sur le point d'enlever le papier ciré du tiroir du bas pour voir si quelque chose était inscrit au dos, lorsqu'elle se souvint de la forme carrée qui ressemblait à une planche, au fond du meuble. Elle sortit le tiroir de gauche et le posa sur la tablette, se pencha et jeta un coup d'œil dans l'étroite cavité. Il y faisait un noir d'encre. À 8 heures du matin, la visibilité n'était pas aussi bonne que la veille, dans le soleil de l'après-midi. Hanna tenta de distinguer d'éventuelles taches sombres, la main en visière, laissant le temps à ses yeux de s'habituer à l'obscurité. Si, il y avait bien quelque chose au fond, une forme carrée, peut-être une partie du meuble. L'idée d'introduire la main dans le trou l'angoissait, mais elle parvint finalement à s'y résoudre. La cavité oblongue avala presque tout son bras. Son cœur battait à tout rompre, comme si elle venait de plonger un membre dans une fosse à serpents.

La chose rectangulaire avait des coins, ce qui n'était pas, en soi, très remarquable. Toutefois, ils se détachaient très nettement du fond, ce qui signifiait qu'elle se trouvait face à un "objet" cloué ou autrement rangé au fond. Elle tâtonna le long du contour et réussit à saisir un côté. L'objet se détacha. Elle devina de quoi il s'agissait avant même de l'avoir vu.

Un carnet brun relié de carton mat. La couverture indiquait dans une écriture désormais familière : *Journal*. Un premier coup d'œil révéla des jours, puis des mois et enfin des années de notes. Hanna soupesa le volume et tâta le carton rêche. Entre ces murs désagrégés, elle tenait entre ses mains un véritable trésor : un morceau intact du tournant du siècle. Une drôle d'idée la fit frissonner : quelqu'un avait-il pu veiller sur la chambre, la protéger du passage du temps pour conserver le carnet intact jusqu'à ce qu'elle le trouve? Ou jusqu'à ce qu'elle y soit conduite par une force mystérieuse? Elle en eut la chair de poule. Dans l'entrée, Erik tapa des pieds pour ôter la boue de ses chaussures, traversa le plancher grinçant de la cuisine et l'appela. Sur un coup de tête, Hanna cacha le carnet sous son pull, comme si elle venait de le voler.

— J'ai réussi à ouvrir la remise, mais tout ce que j'y ai trouvé, c'est ça, annonça Erik en brandissant un râteau. On a vraiment nettoyé les lieux.

Hanna acquiesça en silence, comme c'était l'usage, le vieux carnet appuyé contre son ventre. Pourquoi l'avait-elle dissimulé?

Quelles ignobles petites bêtes pouvaient bien ramper entre ses pages, s'apprêtant à faire leur nid dans son nombril?

— Et toi, tu as trouvé quoi? demanda Erik.

Elle fut sur le point de répondre : rien. Mais cela aurait été un mensonge.

— Des choses et d'autres.

— Ben oui… On peut dire qu'on trouve des choses et d'autres, dans cette maison. Et rien de plus.

Contre toute attente, Johan boudait. Levé depuis plusieurs heures, il s'était demandé ce que fabriquait Hanna jusqu'à ce que Caroline l'en informe, expliqua-t-il à Hanna d'une voix tremblante d'indignation. Ce bouleversement était intéressant chez quelqu'un qui ne se souciait pas de ses allées et venues depuis plusieurs semaines. Elle était sur le point de le lui dire, mais le carnet qui glissait, sous son pull, exigeait une attention accrue. Johan la regardait d'un air maussade.

— Tu ne peux pas me laisser comme ça!

Manifestement, si, était-elle sur le point de lui répondre, lorsqu'un coin du carnet se prit dans la taille de son pantalon et la pinça. Elle se tortilla, espérant imiter un mouvement de stretching et, brusquement, comprit la portée de ce qu'il lui disait. Les douloureuses paroles semblaient se réverbérer dans ses yeux bruns. Il avait peur.

Cela lui cloua le bec. Elle marmonna un vague "hmm" et se mit à ranger des affaires dans sa valise. Craignait-il réellement qu'elle soit en train de s'éloigner de lui? Cela pouvait sembler justifié. Depuis que Signe faisait partie d'elle, elle était devenue entreprenante. On pouvait imaginer qu'elle décide de quitter un homme peu dynamique. Cependant, Signe lui avait également appris à priser sa propre droiture. Qu'aurait-elle fait, d'ailleurs, Signe? Elle aurait joué cartes sur table et décrit ses sentiments, avant de partir. Éventuellement en vers rimés.

Hanna attendit qu'ils se trouvent dans le train. Mais que dire? "Tout à l'heure, j'ai eu l'impression que tu avais peur que je te quitte"? Il lui dirait avec mépris de calmer son ego. *"Mon cœur"*, écrivit-elle sur l'écran de son téléphone, puis elle attendit que quelque chose lui vienne. Signe, qui parlait pourtant souvent de son cœur, ne saisit pas la perche. Hanna effaça et recommença. "*Tu as peur*, écrivit-elle, *que je ne sois plus ton amie de cœur.*" Meurt, fleur, sieur.

— Qu'est-ce qui rime avec peur ?

Johan se détourna de la fenêtre et fronça les sourcils.

— Tu fais quoi ?

Elle haussa les épaules. Il se remit à contempler les champs de blé fatigués de l'Uppland.

— Inspecteur, dit-il après un moment. Hacker, leurre.

"Ne fais pas l'inspecteur. Ceci n'est pas un leurre", songea Hanna. Contradictoire, certes, mais cela décrivait assez bien ce qu'elle éprouvait. Johan se pencha vers elle et tenta de lire son écran, mais elle le protégea. Que faisait-il avec elle sur ce train en provenance de Tierp ? Signe aurait posé la question, tout bonnement.

— Pourquoi tu es venu ?

— Quoi ?

— Avec moi à Tierp. Tu ne viens jamais, d'habitude.

Il hocha la tête, l'air pensif, et se gratta le cou. La question à mille couronnes… Elle contemplait son reflet dans la vitre. Ses oreilles. Ses joues chaudes qui piquaient le matin. Sa bouche.

— Eh ben… Je ne sais pas. J'avais envie.

— Tu t'ennuyais à la maison ?

Son reflet se tourna légèrement. Encore une colle. Dehors, des champs jaunes et des sapins flous défilaient. Johan sembla reprendre son souffle. Ce n'était pourtant pas dans ses habitudes de le retenir.

Le téléphone de Hanna vibra. Message entrant. Elle lut une dernière fois son poème bancal et l'effaça. Ági lui écrivait :

Les Archives ont répondu. Signe n'avait pas d'enfants et ils n'ont pas trouvé de frères et sœurs domiciliés à la même adresse. Il faut s'adresser aux Archives du domicile de ses parents. Là, on pourra consulter les documents concernant les parents et tous leurs enfants, s'ils ne sont pas partis ailleurs. Patience. Je n'abandonne pas !

Ági continuait ses recherches de son côté, Caroline, du sien. Quant à Hanna, elle transportait un véritable trésor dans sa valise. Elle aurait pu passer le reste du trajet à lire les écrits non censurés de Signe, mais son secret aurait alors été éventé en quelques heures.

À l'arrivée, Johan descendit leur valise du wagon. C'était, se dit-elle avec un sentiment d'étrangeté, la première fois qu'ils rentraient ensemble chez eux depuis de longs mois. Presque comme s'ils vivaient en couple.

81

— Alors, on aura le droit de vote, dit la petite Signe. Regarde ! L'herbe pousse.

Des constats sans lien entre eux, hélas… Elle s'accroupit et scruta la terre de plus en plus visible entre les parcelles de neige, qui, en fondant, ruisselaient le long du fossé.

— Pas si sûr, dit Signe. Avec un gouvernement de gauche et des personnalités libérales au Riksdag, nous devrions avoir notre chance, mais nous avons déjà été si souvent déçues…

La petite hocha la tête. Durant les sept ans de sa vie, autour d'elle, les adultes avaient consacré presque tout leur temps libre à être politiquement déçus. C'était un miracle qu'elle soit encore si confiante.

— Tu as dit que la proposition avait été très bien formulée. Alors on va l'avoir.

"Pour cela, des hommes sont censés eux-mêmes décider de céder la moitié de leur pouvoir", pensa Signe.

— Le plus important, dit-elle, c'est tout de même que nous nous en approchions de jour en jour. Que nous ne perdions pas espoir.

— Hmm, répondit la petite en tenant une plante microscopique dans ses mains en coupe. Je trouve qu'il serait temps. Comme Elvira.

Les arbres dégoulinaient comme le jour où Elvira avait annoncé sa décision. Signe détestait le bruit de la fonte des neiges.

À la réunion, on était dans l'expectative. D'une voix ferme et un brin victorieuse, Sanna lut des passages de la proposition de loi devant une vingtaine de femmes rassemblées. On accueillit chaleureusement Hjördis, l'invitée du jour, en visite de Stockholm, plus élégante que jamais. Son ventre ne laissait aucun doute sur son état. "Si j'écrivais un jour un roman, se dit Signe, il raconterait l'incroyable ascension de Hjördis, ancienne institutrice sous-payée désormais belle dame de la capitale."

— En ce qui concerne le droit de vote des femmes, lut Sanna, sa justification, qui découle directement de l'obtention du droit de vote par les hommes, a été maintes fois affirmée avec une grande fermeté, sans qu'il n'ait jamais été mis en œuvre.

Signe fit signe à Hjördis, qui lui répondit joyeusement de la main, lui indiquant par des gestes qu'il fallait qu'elles se parlent plus tard. Son ventre rond lui allait bien malgré son âge avancé. En plus, songea Signe, Hjördis n'était pas seulement enceinte. Elle portait l'enfant d'Herbert Löfvenberg, le frère de… L'idée lui coupa le souffle, lui donna envie de vomir, la rendit verte de jalousie. La main de la petite Signe se faufila dans la sienne, comme si l'enfant avait senti son désarroi.

— Tu vois bien qu'on aura bientôt le droit de vote, dit la fillette.

— Peut-être.

— On pourra lire la proposition ensemble, après, pour que je comprenne tout ?

— Oui, bien sûr.

Sanna leur lança un coup d'œil irrité. Elles se turent. Signe caressait du pouce la main de la fillette qui, assise sur sa chaise à barreaux, écoutait attentivement des discours politiques qu'elle comprenait à peine. La petite était unique. Comme un flocon de neige… Non, comme un soleil.

— Là où, poursuivit Sanna, le droit de vote a été instauré pour les hommes, il devrait l'être aussi, telle une conséquence inaliénable, pour les femmes. Louis de Geer, le principal auteur de la loi fondamentale sur le Riksdag de 1866, affirmait déjà ce point, alors qu'il n'était pas lui-même, est-il besoin de le rappeler, partisan du droit de vote.

Sanna tendit le journal à Signe.

— Puisque tu es là, chère présidente, tu pourrais nous lire ce qui est écrit tout en haut.

— Une présidente qui arrive en retard et obéit aux ordres d'une simple adhérente ! répliqua Signe, provoquant ainsi l'hilarité générale. Bien. Ce qu'on me charge de lire est bref, mais essentiel. Voici : *"Notons que, pour la première fois dans l'histoire du droit de vote des femmes, la proposition n'a fait l'objet d'aucune motion."*

Signe prit soudain conscience du poids de cette information. Un jour, elles l'obtiendraient, et la petite Signe ferait l'expérience d'un espoir comblé. Quelques participantes applaudirent, une jeune adhérente laissa échapper un cri de jubilation. "Nous n'y sommes pas encore", se dit Signe. Cependant, elle le leur avait tant répété que les militantes ne pouvaient pas l'ignorer. Et parfois, cela faisait du bien d'applaudir.

À la fin de la réunion, elle salua chaleureusement Hjördis, l'ancienne adhérente qui avait fait partie du noyau dur du mouvement de Tierp. Quelle chance qu'elle ait pu faire un détour par là, et comme elle avait changé ! Hjördis rougit, comblée.

— Ma chère Signe, merci. Tu ne trouves pas que j'ai affreusement grossi ? dit-elle avec un clin d'œil.

Autour d'elles, on rit discrètement.

— Je suis si heureuse pour toi ! lui annonça Signe en lui proposant un siège. Je veux tout savoir sur ta vie à Stockholm ! À ce que j'entends, ta prononciation a déjà changé.

Hjördis, gênée, rougit encore. M. Löfvenberg avait dû voir en elle quelque chose de précieux qu'on avait envie de protéger.

— À Stockholm, les gens entendent tout de suite que je suis de la campagne. Herbert aime ça.

Signe lui prit la main.

— Mais bien sûr qu'il aime ça.

Il y eut un silence. Signe ne savait plus quoi dire. Elle n'avait qu'une idée en tête : Elvira, Elvira, Elvira… Dehors, les gouttes tombaient.

— J'ai apporté notre photo de mariage, dit Hjördis. Si tu veux la voir… Je l'ai déjà montrée à Stina. Elle n'est pas extraordinaire, mais enfin…

— Montre-la-moi ! dit Signe, reconnaissante. Mon Dieu ! Ça fait si longtemps que je ne t'ai pas vue… C'est incroyable, comme tu as changé. Mais, bien entendu, tu es toujours aussi merveilleuse.

— Absolument pas, répliqua Hjördis. C'est vous toutes qui êtes merveilleuses ! Comme vous m'avez manqué… Bientôt, je serai tellement énorme que le médecin ne me permettra plus de voyager, mais si tout se passe bien, je reviendrai vous voir quand j'aurai eu l'enfant.

— Nous y comptons bien.

Hjördis caressa ce ventre dont Signe avait du mal à détacher les yeux. L'enfant ressemblerait-il à Elvira ? Serait-il possible de le tenir dans ses bras sans penser à elle ? Signe tenta de se ressaisir. Elle s'en sortait bien, finalement. Surtout quand elle évitait de remuer les vieux souvenirs.

— Tu as des nouvelles d'Elvira ? demanda Hjördis.

Le sang de Signe ne fit qu'un tour. Des propos balbutiants qu'elle échangea ensuite avec Hjördis, il ressortit que cette dernière n'avait vu Elvira qu'une seule fois depuis un an, à son mariage, en décembre.

— Elle a passé Noël en Suède. J'étais convaincue qu'elle en profiterait pour passer à Tierp, mais… Je trouve cela un peu étrange.

— Quoi ? demanda Signe, chancelante. Que trouves-tu étrange ?

— Qu'elle n'ait pas pris le temps de venir à Tierp. Elle y a tout de même de vieilles connaissances et… toi.

Hjördis lui lança un coup d'œil nerveux, comme si elle venait de comprendre que quelque chose avait pu changer entre elles.

— Oui, c'est étrange, renchérit Signe aussi légèrement que possible. Elle devait avoir beaucoup d'affaires à régler à Stockholm, et être pressée de retourner en Angleterre.

— C'est exactement ce qu'elle a dit. Enfin, elle t'a peut-être écrit ? Herbert reçoit environ une lettre par mois.

— Oui, bien sûr, mentit Signe, mais ce n'est pas la même chose… Elle avait l'air d'aller bien ?

Hjördis grimaça.

— Eh bien, elle était… égale à elle-même. Parfois agressive, surtout quand il s'agit de la cause. On croirait presque l'avoir fâchée. Enfin, c'est son caractère. Tu la connais mieux que moi.

Signe prit un air résigné censé cacher le tumulte intérieur qui l'assaillait.

— Elle n'est pas agressive, mais passionnée. Et sous sa carapace, c'est quelqu'un de très gentil.

Pourquoi défendait-elle ainsi la femme qui l'avait quittée ?

— Bien entendu, dit Hjördis. D'ailleurs, elle avait l'air assez tendue. Une affaire urgente l'attendait à Londres, je crois.

Une affaire urgente… Ou quelqu'un. Signe ne put s'empêcher de demander.

— Elle était accompagnée ?

— Tu veux dire par un homme ?

Hjördis lui fit un clin d'œil espiègle. Chaque fois que Signe croyait la chose entendue, on lui donnait la preuve du contraire. Leur invisibilité était donc sauve.

— Non. Et nul Anglais ne l'attendait à Londres, en tout cas pas d'après ses propres dires. Elle était simplement accompagnée d'une suffragette.

Signe déglutit et convoqua toutes ses forces pour sauver les apparences. Une suffragette. Évidemment. Elvira n'était pas une idiote, contrairement à Signe.

— Une dénommée Harriet. Elle ne parlait pas un mot de suédois. Mais Elvira est si douée en anglais ! Elle le maîtrise quasiment aussi bien qu'un autochtone.

Signe fit une grimace d'excuse, assura à la petite Signe qu'elle serait bientôt de retour et se précipita dehors, dans le ruissellement du mois d'avril.

Elle contourna la maison et s'appuya contre le mur, haletante, là où seules des vaches pouvaient la voir. Harriet. Dans son esprit apparut l'image d'une femme, qui se moqua de sa bêtise. *Dumb woman.* Signe se sentit lourde, elle eut envie de s'accroupir. Impossible, les gouttes de neige fondue se rassemblaient dans une flaque marron, brouillée par la boue et la crasse. Elle resta debout, sentant l'oxygène s'imposer dans son corps et l'empêcher de mourir.

Les yeux rivés sur la flaque qui, malgré le ruissellement, ne semblait pas s'agrandir, Signe resta immobile le temps de retrouver son souffle. Puis, toujours faible, elle s'appuya contre le mur de planches. "Le soleil brille", se dit-elle – une réalité supportable et identique à celle qui l'entourait quelques heures auparavant, alors qu'elle était encore relativement insouciante. Cette pensée l'aida à ne pas sombrer définitivement dans la flaque de boue. "Le soleil brille et nous ne sommes pas en guerre. L'herbe bourgeonne, la petite Signe et moi sommes en bonne santé. L'air est bon, mon corps, fort. La petite sait écrire et compter et, surtout, penser. Nos filles grandissent dans un monde qui leur ouvre certaines portes. Je suis naïve, mais j'apprends. À l'intérieur de cette maison, il y a des gens qui se soucient de moi, et je partage leur sentiment. Le soleil me réchauffe la peau. Peu importe qui se trouve à mes côtés, c'est ma peau qu'il réchauffe. Mon arbre se dresse toujours dans la forêt."

En rentrant, elle aperçut Anna. Elle ne se souvenait pas de l'avoir vue arriver. Combien de temps avait-elle passé dehors ?

— J'aurais préféré ne pas manquer le début, l'entendit-elle dire, mais le travail de mon mari à la poste me prend un temps faramineux.

Sanna rit.

— Ah ! Nous, les femmes mariées… Écoutez-nous donc : "Désolée, je devais terminer le travail de mon mari !" Imaginez un instant si les maris en faisaient autant !

— Je n'ai pas pu venir à la réunion, fit Anna d'une voix grave. J'ai dû rester à la maison faire la bouillie, traire la vache et tresser les cheveux de la petite.

Elles ricanèrent. Anna aperçut Signe et lui fit un grand sourire.

— Je demandais justement où tu étais. Nous partons ensemble, n'est-ce pas ?

La solitude était son destin. Elle pouvait feindre d'attendre Elvira mais, en réalité, seule allongée dans son lit, elle passerait ses nuits à contempler les nœuds dans le bois jusqu'à sa mort, en serrant ses couvertures. Elle se réveillerait entourée de vide. Voilà les pitoyables et terrestres pensées qui tourmentaient Signe sur le chemin. Anna observait en souriant les explorations de la petite, quelques pas devant elles, et parlait d'une formation de facteur à laquelle seuls les hommes étaient admis. Puis elle prit la main de Signe et baissa la voix.

— Je voudrais faire un voyage avec toi.

— Pourquoi ?

— Signe ! Ne sois pas idiote ! Tu n'as pas bientôt fini de me punir ? Tu sais ce que je veux et je sais que toi aussi, tu le veux.

Serrer ses couvertures, se réveiller entourée de vide. S'empêcher de tomber, jusqu'à sa mort, car personne ne vous retient dans la chute. La main d'Anna était chaude.

— Qu'est-ce que je veux ? demanda Signe.

Elle aurait pu lui donner une réponse claire, par exemple : non.

— Ça, répondit Anna.

Elle lança un coup d'œil à la petite, arrêta Signe, la tourna vers elle et posa doucement la main sur sa joue, puis jeta un nouveau coup d'œil à la fillette plongée dans la contemplation de quelque chose qui poussait sur le sol. Les lèvres d'Anna, familières comme quelque chose qu'on aurait senti en rêve, étaient douces et réelles. Autrefois, elle aurait été parcourue par un frémissement jusqu'au bout des doigts. Anna gémit dans un soupir et l'embrassa à nouveau, charnelle, bien présente. Mais sa bouche n'avait plus rien d'unique.

Anna s'interrompit, fit un discret pas en arrière au cas où la petite se serait tournée vers elles, puis un sourire haletant à Signe.

— Je t'attends depuis si longtemps…

Il n'y avait rien à dire. Pourtant, ce soir-là, Signe lui écrivit enfin.

82

Hanna avait passé la nuit à réfléchir au comportement de Johan, étudiant le profil de son oreille ou lui tripotant la tête pour se donner l'impression qu'elle contrôlait la situation. Là, ils faisaient griller du pain, et Johan était en train d'extraire de l'appareil une tranche brûlante.

— Pourquoi tu voulais venir à Tierp ?

Il leva les yeux, l'air perdu, comme si elle venait de lui demander l'hypoténuse de pi.

— Je te l'ai déjà dit.

— Non, pas vraiment. C'est quand même bizarre.

— Quoi ?

— Que tu ne veuilles pas répondre à une question simple.

Silence. Un couteau raclait la surface d'une tartine pour y étaler uniformément du beurre.

— Ça n'a rien de bizarre.

— Ah bon ?

— Je sais à quoi m'attendre.

— Comment ça ?

Sa main se figea, en suspension. Il se tourna vers elle et la dévisagea. Elle prit soudain conscience qu'il avait évité de croiser son regard jusque-là.

— Je peux te répondre sincèrement, si c'est ce que tu veux. Mais il faudra que tu l'encaisses.

— D'accord.

— Quand tu étais partie, tu m'as manqué.

Les yeux de Johan étincelèrent de défiance. Hanna détacha des graines de pavot de la croûte de sa tranche de pain. Dans son for intérieur se bousculaient toutes les répliques dévalorisantes qu'elle aurait pu lui faire. "Alors là, tu m'en bouches un coin!" "Et qu'est-ce qui t'a manqué, exactement?" Mais elle répondit simplement – enfin, elle et Signe :

— Ah bon.

"Moi aussi, je t'ai manqué?" Johan mourait d'envie de lui poser la question, c'était évident. Il avala sa tartine en deux bouchées, la rinça d'une gorgée de jus de fruit, s'essuya la bouche et se leva. Hanna resta seule devant sa tranche de pain qui, en refroidissant, devenait caoutchouteuse, se posant des questions insolubles sur sa vie.

Lorsque dans l'entrée, Johan mit ses vêtements d'extérieur, Hanna envisagea de lui dire une parole aimable qu'il aurait pu emporter avec lui. Quelque part dans la correspondance, Signe énonçait ce précepte : il est du devoir de chacun d'illuminer son foyer. Un truc de ce genre. Mais Hanna ne trouva rien. Elle eut tout de même le temps de lancer un "au revoir" avant qu'il ne referme la porte. Pas sûr qu'il l'entendit. Après avoir bêtement fixé sa tranche de pain comme si celle-ci pouvait représenter un repère inaltérable dans un monde instable, Hanna sentit qu'elle avait besoin d'entendre la voix de Signe.

La broche fixée au col rigide de son chemisier bleu, Hanna, droite et concentrée, ouvrit le journal à la première page, datée du 1er janvier 1906. Signe commençait par expliquer comment elle s'était procuré le carnet.

1er janvier 1906

Cher journal,

Le moment me semble bien choisi pour entamer l'écriture d'un journal, 1905 se terminant et la nouvelle année déployant devant nous sa surface blanche et immaculée. Je me suis procuré ce carnet, qui sera le premier journal de ma vie, de la façon la plus malhonnête. J'ai déclaré au pasteur que le cahier de notation, que je n'avais que depuis un mois, avait inexplicablement disparu. Que Dieu me pardonne, j'ai même mentionné la présence d'un galvaudeur autour de l'école et dit qu'il manquait aussi une tranche de pain dans la cuisine. J'espère du fond du cœur qu'aucune personne ne correspondant à la description que j'ai donnée n'a été trouvée flânant dans les environs en toute innocence et réprimandée par ma faute.

J'ai pris des précautions. Je n'ai pas volé le nouveau carnet que m'a donné le pasteur, mais l'ancien, auquel j'ai arraché la première page pour en faire ce journal. Espérons qu'à travers cette mauvaise action, je n'ai attiré de foudres ni sur ce carnet, ni sur cette journée.

Son rythme de lecture ayant considérablement augmenté, Hanna n'avait mis que vingt minutes à lire le texte, et moins d'une minute à déchiffrer le mot "galvaudeur", qu'elle avait d'ailleurs vu à une autre reprise dans une lettre d'Anna. Décidément, elle avait l'étoffe d'un détective.

Si Johan avait été là, elle lui aurait peut-être montré le journal et ses vestiges historiques, elle aurait fait des recherches sur Google. Regarde ! Là, c'est la réforme orthographique de 1906 – je le savais déjà, bien sûr. Serait-elle parvenue à l'impressionner ? "Tu crois qu'elle était sérieuse ?" lui aurait-elle demandé pour le faire participer, enfin, s'il avait exprimé une quelconque admiration. "Elle a réellement peur de s'attirer des foudres ou c'est de l'ironie ?" Peut-être aurait-il objecté que l'ironie était née dans les années 1980. Elle lui aurait alors lu des passages qui prouvaient le contraire.

Elle leva le nez, se demandant ce que signifiaient ces rêveries sur l'homme le plus chiant du monde. Et astigmate, en plus, ce qui signifiait qu'il avait les yeux bosselés.

Quand il revint, elle était allongée sur le canapé, plongée dans sa lecture. Elle n'avait pas écrit un mot sur l'ordinateur. Elle parcourait l'hiver 1906, lentement, comme dans un film d'auteur. C'était avant Anna. Signe avait pour principaux soucis des cheminées encrassées et des enfants sans chaussettes. Lorsque Hanna entendit à nouveau le raffut de la porte d'entrée, Signe était en plein mois de juin et parlait de la visite attendue d'un inspecteur des écoles. Bientôt, Anna arriverait à Tierp. Hanna le savait, mais Signe pas encore. Enfin, pour être tout à fait exacte, sur l'axe temporel communément admis, Signe l'avait tout de même su avant elle.

— Qu'est-ce que tu lis ?

Hanna avait oublié de dissimuler le journal. L'objet cartonné semblait même avoir disparu de sa conscience, comme si les cheminées et les pieds nus des enfants étaient plus réels que l'encre à l'aide de laquelle on les avait décrits. Johan scrutait indiscrètement le carnet, que Hanna referma en gardant un doigt entre le 6 et le 7 juin.

— C'est…

Pourquoi le lui raconter, d'ailleurs ? Ils n'avaient pas signé de contrat, rien n'engageait Hanna à lui faire des comptes rendus systématiques de ses lectures ni de ses agissements. Mais Johan, grand et gai, était planté devant elle, ses yeux bosselés débordant de curiosité. Elle ménagea quelques secondes de suspense, puis annonça :

— Le journal de Signe.

Il n'eut pas l'air impressionné.

— Ah bon ? Je croyais que vous n'aviez que les lettres.

Elle secoua la tête, mécontente, regrettant de l'avoir mis au parfum.

— Je l'ai trouvé quand je suis retournée à la maison avec Erik, le matin, dit-elle le plus nonchalamment possible.

Puis elle ne put s'empêcher d'ajouter :

— Erik n'en sait rien. Ági non plus.

Un sourire malicieux et réconfortant traversa le visage de Johan, qui finit même par s'esclaffer.

— Tu as vraiment un grain. Je veux dire : tu es spéciale, comme nana.

Il s'assit à côté d'elle sur le canapé.

— Qu'est-ce qu'elle raconte ?

— Je ne sais pas si j'ai envie de te le dire.

— D'accord.

— J'ai dit : je ne sais pas. Elle va recevoir la visite d'un inspecteur dans sa classe. Un mec plutôt horrible.

Elle l'initiait au secret de son plein gré, voire de bon cœur. Son appréhension s'estompait lorsque Johan riait aux bons endroits. Elle lui fit en plusieurs phrases le récit des enfants frigorifiés, de la rencontre à Uppsala dont Signe reparlait si souvent et lui expliqua la posture ambiguë de Signe vis-à-vis du pasteur.

— Et maintenant, elle va recevoir la visite de l'inspecteur. Tu veux que je lise à haute voix ?

D'où lui venait cette idée absurde ? Cela dit, Johan sentait bon, et ses jambes la réchauffaient.

— Alors, tu veux? insista-t-elle pour sauvegarder un minimum de dignité.

— Oui.

Quand elle le regarda par-dessus ses lunettes, Johan ébaucha un sourire.

— Oui, s'il te plaît.

8 juin 1906

Cher journal,

Ce matin, je savais en me levant que cette journée allait être spéciale, mais je ne me doutais pas que les événements seraient à ce point dramatiques. Le pauvre Oskar, terrorisé par l'inspecteur Westerberg, a mouillé sa culotte, le plancher de la salle de classe et ma chaussure, au point que l'inspecteur a dû interrompre sa besogne pour me conduire dehors, afin que je puisse me nettoyer. Les élèves en ont été infiniment reconnaissants. Un garçon a partagé son casse-croûte avec Oskar. Que Dieu garde ses chers enfants.

À chaque interruption, à chaque reprise, elle épiait Johan, assis à l'autre bout du canapé. Elle le touchait des pieds. Il aurait pu s'approcher pour l'aider à déchiffrer l'encre noire, mais n'en fit rien. Il aurait pu partir, mais il l'écoutait, tout simplement, la main posée sur le dossier, à vingt centimètres d'elle.

— Ça se termine comme ça?

Elle baissa les yeux, un peu gênée.

— Oui.

— Le pauvre Oskar.

Elle ricana.

— Que Dieu le garde.

— J'ai bien aimé l'autre garçon qui lui a donné de son casse-croûte quand il avait fait pipi sur les chaussures de la maîtresse.

Hanna gloussa. Johan rit. Elle aurait pu croiser son regard, mais n'en fit rien, se contentant de savourer ce rire complice. La dernière fois qu'ils avaient partagé un moment de gaieté, c'était dans une autre vie.

— Oskar… dit-elle, soudain pensive. Oskar… Attends un peu…

Elle se leva, le journal à la main.

— Qu'est-ce que tu fais ?

— J'ai dit : attends.

Sur la table de la cuisine, son portable indiquait un appel d'Ági en absence. Elle ouvrit la galerie de photos et parcourut les images jusqu'à celles de la maison grise. Soudain, elle jubila.

— "Ma isel", déclara-t-elle à Johan. "Siva de de O... O ka".

Elle s'assit à côté de lui pour lui montrer la photo. Il garda son bras sur le dossier, l'entourant presque.

— C'est l'étagère à chapeaux, dans la maison, lui expliqua-t-elle.

Il se pencha pour mieux voir.

— "Ma isel", répéta-t-il. Peut-être "Ma... Gisèle". Un peu bizarre.

— "Mademoiselle Sivander", l'informa Hanna.

La chaleur des jambes et du torse de Johan se mêlait à son exaltation.

— Je l'ai trouvé avant, reprit-elle. Mais "O ka"... Ça pourrait être "Oskar" !

Il fit un sifflement d'estime et se pencha en avant, lui touchant presque l'épaule.

— "d O". Peut-être "de O". "À mademoiselle Sivander de la part d'Oskar".

Elle rit.

— "O... Oskar". Il bégayait peut-être.

— Ça correspond au profil.

— Le pauvre Oskar. Je me demande ce qu'il est devenu.

— Le préfet Oskar. Le valet Oskar. Oskar, le terrible voleur de grand chemin.

— Ça doit être consigné quelque part. Aux Archives régionales, ou dans un registre scolaire, s'ils sont conservés quelque part... Oh ! J'avais oublié de te dire ! Ági a appelé.

Ági avait attendu plusieurs heures. Puis, décidant de mettre la pression, elle avait pris l'initiative d'appeler les Archives pour les relancer. Elle avait déployé tout son pouvoir de séduction qui, dans un dialogue avec une administration, aurait dû rester sans effet, et avait ainsi réussi à convaincre un jeune *nerd* dénommé

Petter de traiter sa demande en priorité. Il avait trouvé un document qui pouvait concerner les parents de Signe.

— Il m'a bien plu, ce Petter. D'un point de vue platonique, bien sûr, sinon, ce serait de la corruption de fonctionnaire. Bref, il a trouvé une famille Sivander à Vagnhärad au XIXe siècle. Il y en avait plusieurs de ce nom, mais une seule avait un enfant dénommé Signe. Il va m'envoyer les copies. J'ai dit que je voulais des renseignements sur tous leurs enfants. Il a soupiré.

Ági pouffa gaiement.

— Le service est payant, on n'a le droit qu'à deux documents gratuits. Je lui ai demandé de m'envoyer la facture et de t'envoyer les documents.

— Pourquoi ?

— Parce que je vais venir vous voir.

— Ah bon ?

— Vendredi. Tu as parlé à Caroline ?

— Non.

— Elle a du nouveau.

Un groupe d'enquête, se dit Hanna en composant le numéro de Falun. Dispersé géographiquement et hétéroclite sur le plan de l'âge, mais une véritable équipe, même si certains préféraient faire des pauses pâtisserie et d'autres, séduire des archivistes.

Caroline avait parlé à sa sœur.

— J'étais plus proche d'Elvira. Ma sœur cadette avait d'autres centres d'intérêt. Par contre, c'est quelqu'un de très ordonné. Alors je me suis dit qu'elle avait peut-être gardé quelque chose.

La sœur de Caroline lui avait demandé deux heures et l'avait rappelée après avoir trouvé dans sa remise un carton marqué "Elvira", dont le contenu, pensait-elle, n'avait pas forcément de lien direct avec leur grand-tante. Erik avait toutefois proposé qu'ils aillent immédiatement chercher le carton.

— Quelle tête a fait ta sœur quand elle t'a vue débarquer avec un gaillard comme Erik ? demanda Hanna.

— C'est un très vieux carton à chaussures, répondit Caroline. Dedans, il y a deux choses intéressantes. Un herbier. Très joli, à vrai dire. Mais vide. Tu sais ce qu'est un herbier, n'est-ce pas ?

— Oui, répondit Hanna en cherchant le mot sur Internet.

— Pas une seule fleur séchée à l'intérieur. Je n'y aurais pas attaché grande importance si… Sais-tu ce qui était écrit à l'intérieur ?

Le silence rhétorique de Caroline exigeait une réponse.

— Non.

— "À ma bien-aimée Signe."

— Oups…

Caroline émit un gloussement ravi. Hanna médita tout haut :

— Un cahier destiné à Signe, dans lequel elle n'a jamais rien écrit…

— Un herbier, c'est…

— Je veux dire dans lequel elle n'a jamais conservé aucune plante. Je sais ce que c'est qu'un herbier. On le lui aurait donné en cadeau, et elle n'en aurait rien fait…

— Ou alors, glissa Caroline, elle ne l'a jamais reçu. Je ne t'ai pas dit ce que j'ai trouvé d'autre.

— Quoi ?

— Il y avait aussi une lettre signée "S" écrite de la main de Signe, datée de 1919 et adressée aux suffragettes à Londres.

— Ah…

— Ma sœur a trouvé ça passionnant, elle a suggéré qu'il s'agissait d'une liaison extraconjugale et que l'homme qui signait "S" ne voulait pas révéler son nom. Je l'ai confortée dans l'idée.

— Elles n'étaient pas mariées, en tout cas. Que disait la lettre ?

— Qu'Elvira est une cruche. Le texte ne ressemble pas au reste de la correspondance, je peux te le dire. Il faut que vous le lisiez, toi et Ági. Mais tu sais, je ne suis pas sûre qu'Elvira y ait répondu. Il n'y a aucune lettre d'elle dans le coffret. Et l'herbier est vide.

Hanna tripota sa broche et crut sentir des battements de cœur en dessous.

— Comme si Signe n'avait jamais reçu son cadeau.

83

— Mon index mesure cinq centimètres et un millimètre.

La petite, agenouillée dans l'herbe, tenait la règle contre son doigt.

— Et comment dit-on ça ?

Signe, armée d'un râteau, travaillait son carré de pommes de terre. Le samedi, l'école se terminait plus tôt et lui laissait le temps de s'occuper de son potager.

— Comment dit-on quoi ? Cinq centimètres et un millimètre ?

— Cinq virgule un.

— Cinq virgule un, répéta l'enfant. Et le tien, il mesure combien ?

Signe s'assit à côté d'elle.

— Voyons… Six centimètres et sept millimètres. Comment le dit-on ? Six centimètres et sept millimètres…

Les yeux de la petite étaient aussi bleus que ceux d'Anna, mais n'avaient rien d'insondable.

— Six virgule sept ?

Signe lui caressa tendrement la joue.

— Tu peux venir mesurer les plants de pomme de terre. Comme ça, on saura à quelle hauteur les butter.

L'enfant bondit et courut vers les plants.

— Celui-ci fait douze virgule cinq, non, quatre.

— Alors il faudra le butter sur sept virgule quatre centimètres, annonça Signe. Tu peux le tenir ?

À l'aide de leurs doigts de longueurs variées, elles recouvrirent les plants de sept virgule quatre centimètres de terre.

— Tu te souviens quel jour on est ?

— Samedi.

— Oui, mais c'est un samedi spécial. Aujourd'hui, on vote à Stockholm.

L'enfant se redressa.

— J'avais oublié !

Signe franchit une rangée de plants.

— Voilà pourquoi nous allons chez Mme Pettersson ce soir. Pour qu'on nous annonce le résultat au téléphone.

— Je crois que ce sera oui.

La petite s'agenouilla.

— On verra. Tu as trouvé quelque chose ?

— Un ver de terre. Quatre virgule deux.

En route vers la ferme des Pettersson à travers bois, l'enfant, qui ne s'était pas séparée de la règle, se proposa de mesurer la plupart des choses sur son chemin : des aiguilles de pin, un pissenlit, une myrtille desséchée… Sur la route principale, elles durent s'écarter pour laisser passer une auto venant du nord, noire et brillante, forcément un véhicule neuf importé d'Allemagne. Les yeux étincelants, la petite Signe suivit le bolide en se bouchant les oreilles. Celui-ci s'arrêta un peu plus loin et sembla les attendre. La petite courut le rattraper. À l'arrière, Signe aperçut un jeune homme portant une moustache impressionnante. Au volant, un homme également moustachu leva son chapeau à son arrivée. Signe lui fit la petite révérence de rigueur.

— Bonsoir.

— Ces dames pourraient-elles nous indiquer une auberge dans les environs ?

Le dos droit, la petite Signe, ravie de compter parmi les "dames", acquiesçait fébrilement pendant que Signe leur expliquait l'itinéraire. Le conducteur les regardait gentiment, on voyait qu'il aimait les enfants.

— Vous avez une fille adorable, madame, dit-il.

Le jeune passager fit un large sourire.

— On voit d'où elle tient sa beauté.

Signe prit la main de la petite, s'attendant à ce qu'en toute sincérité, elle leur annonce que l'autre "dame" n'était pas sa mère. Mais elle n'en fit rien. Manifestement, elle trouvait très amusante la moustache en fer à cheval du jeune homme.

Lorsque l'auto s'éloigna en pétaradant, Signe regretta de ne pas leur avoir demandé des nouvelles du vote au Riksdag. Des messieurs aussi élégants devaient être constamment au téléphone avec la capitale.

— Ils ont cru que tu étais ma mère, dit la petite en balançant la main de Signe. Tu l'as trouvé beau ?

La méprise avait réchauffé le cœur de Signe comme un soleil de printemps : longtemps attendu, sincère, enchanteur et traître – il suffisait d'un simple nuage pour qu'on regrette de ne pas avoir pris son châle en laine.

— Pas tant que ça. De toute façon, tu sais bien que les hommes ne m'intéressent que modérément.

La petite hocha la tête en mesurant la largeur de son tablier.

— Oui, je sais.

Lorsqu'elles traversèrent la voie ferrée, un garçon de course courut vers elles, à bout de souffle.

— Mademoiselle Sivander ! Un télégramme !

Le garçon, certainement content de ne pas avoir dû courir jusqu'au domicile de la destinataire, tendit un pli à Signe. En haut, on lisait : *"À la maîtresse d'école Signe Sivander."* Signe le déplia, s'affaissa sur le sol et fondit en larmes. La fillette se blottit contre elle et la serra maladroitement. Le garçon s'éloigna d'un pas pressé, puis se retourna. Les larmes de Signe semblaient intarissables.

— Vous avez besoin d'aide, mademoiselle Sivander ?

Se sentant affreusement ridicule, elle parvint à secouer la tête.

— Non, tu peux aller, dit-elle avec un faible sourire. Je vais bien, merci.

Le garçon hésita un instant, puis repartit en direction de la gare. La petite était toujours blottie contre Signe.

— Qu'est-ce que c'est ? murmura-t-elle.

Signe sortit un mouchoir du panier qu'elle avait lâché par terre et relut tout bas la missive pour être sûre de ne pas se tromper. Puis elle répondit d'une voix défaillante :

— "Victoire dans deux chambres. Elvira."

En arrivant chez Mme Pettersson, la petite Signe trépignait d'impatience. Dans le vestibule, elle se remplissait les poumons afin de pouvoir claironner la nouvelle, puis, ne pouvant se retenir trop longtemps, laissait s'évacuer l'air dans des geignements nerveux. Signe tremblait encore d'avoir lu le nom d'Elvira en bas du télégramme. Un fantôme. Un rêve.

Les militantes étaient toutes réunies au salon, sauf Augusta, qui franchissait tout juste le seuil de la maison, et Anna, l'éternelle absente. L'expression cachottière de la petite Signe n'échappa à personne.

— Vas-y, raconte, lui dit Signe.

Quatorze paires d'yeux interrogateurs étaient rivées sur l'enfant, qui semblait soudain consciente du caractère solennel de l'instant.

— Le droit de vote a… C'est oui pour le droit de vote ! Nous avons reçu un télégramme !

Les clameurs de jubilation qui traversèrent le salon des Pettersson firent accourir M. Pettersson lui-même. Il demanda en plaisantant les dernières nouvelles du poulailler, mais personne ne l'entendit. Signe fut obligée de montrer le télégramme à chacune des militantes de l'Association pour le droit de vote de Tierp. L'une d'entre elles le lui prit, et la signature d'Elvira fit le tour de la pièce sans que Signe n'y puisse rien. Vingt-huit doigts de femmes et deux doigts d'hommes se posèrent dessus. Elles avaient enfin obtenu le droit de vote.

— Eh bien, il ne nous reste plus qu'à nous plonger dans les programmes des partis avant les élections de 1921, s'exclama une recrue récente sous l'approbation générale.

Des groupes se formèrent. Dans un coin, on discutait de l'attitude à adopter vis-à-vis de la tendance politique de son mari, dans un autre, ce que deviendrait l'association maintenant que le but était atteint. Signe retrouva le télégramme sur une chaise, s'assit et le posa sur ses genoux. *Victoire dans deux chambres*. Bien sûr, ce n'était pas l'écriture d'Elvira, mais les mots étaient bien les siens. À Stockholm au moment du vote, elle avait suffisamment pensé à Signe, ou du moins à l'Association de Tierp, pour prendre la peine d'envoyer ces mots. *Victoire*. Signe essuya des marques de doigts invisibles et tenta de lire entre les lignes des messages subliminaux qui ne s'y trouvaient sûrement pas. Deux chambres… La leur aussi ?

— Maman n'est pas venue, dit la petite Signe. Je vais chez toi ?

— C'est moi qui te ramène, dit Anders sur le pas de la porte.

Il entra, félicita Signe et lui fit une franche accolade.

— Je suis fier de mes militantes, dit-il en prenant sa fille dans ses bras. Surtout d'Anna, bien sûr. Elle voulait vraiment venir, mais elle s'est souvenue d'une affaire urgente à régler à… Enfin, ce n'était pas très clair. En apprenant la nouvelle, elle regrettera certainement de ne pas avoir partagé ce moment avec vous.

— Mon index mesure cinq virgule un centimètres, lui glissa la petite Signe.

— Je dirais que c'est une très bonne longueur pour un index, répondit Anders. Où as-tu trouvé cette règle ?

— Elle est à moi, dit Signe. C'est celle que j'utilise à l'école. Mais Signe peut l'emprunter jusqu'à la prochaine fois.

La fillette de sept ans qui avait annoncé le plus grand événement politique de la décennie – ou peut-être du siècle, seul le temps le leur dirait – sortit dans les bras de son père, tranquillement pendue à son cou. Signe les suivit des yeux. Pendant quelques minutes, grâce à une auto allemande, elle avait été mère de la petite.

En cette soirée froide et claire, Signe cheminait entre la ferme des Pettersson et la route principale, lorsqu'elle sentit quelque chose se passer dans sa colonne vertébrale. "Je suis une citoyenne à part entière", se dit-elle. Elle eut l'impression que son dos s'étirait, se redressait comme un tronc de pin, l'élevant au-dessus du sol que ses pieds frôlaient à peine. "Ma voix sera désormais entendue. Une frontière m'entoure, marquant le début et la fin de Signe Sivander, et personne ne peut la franchir." Les arbres bruissaient tendrement. "Nous la voyons, ta frontière…"

Lorsque la porte s'ouvrit, une pensée lui traversa l'esprit : "Elvira est revenue." Depuis un an, elle tâtait la poignée avant d'enfoncer la clef, espérant vainement trouver Elvira chez elle. Quand la serrure rechignait, ses attentes étaient ravivées, puis déçues. Ce jour-là, la porte s'ouvrit comme en rêve, et elle aperçut une faible lueur à l'intérieur de la maison. Soudain, elle comprit la signification cachée de ce qu'Anders lui avait dit plus tôt et la nature de l'affaire urgente qui avait empêché Anna de participer à la réunion.

Tendue, elle s'arrêta dans l'entrée pour rassembler ses esprits. "C'est flatteur, Anna, allait-elle dire, mais je suis très sérieuse. Nous avons vécu une histoire merveilleuse, n'en salissons pas la mémoire par une tentative vouée à l'échec." Signe se demandait si Anna comprendrait le sens exact de cette "tentative".

En entrant dans la cuisine, elle sentit l'odeur et ressentit le même choc qu'en lisant le télégramme. Appuyée contre le mur, Elvira la contemplait.

— Tu as reçu mon télégramme ?

84

Le jeune archiviste séduit par Ági n'avait pas perdu son temps. Le jour où celle-ci posa son sac brodé de miroirs chez Hanna et Johan, une enveloppe en tomba. À l'intérieur, des noms, des copies de registres paroissiaux et une facture de trois mille quatre cent quinze couronnes.

— Je la paierai, dit Hanna sans hésiter. De toute façon, je ne t'ai jamais remboursé l'argent que je t'avais emprunté. En plus, Signe m'appartient.

Elle l'ouvrit aussi précipitamment que si l'enveloppe avait contenu des réponses à toutes ses questions existentielles. Sur le pas de la porte, Johan la regardait.

— Tu ne mets pas d'abord tes bottines ?

Hanna le dévisagea. La faisait-il marcher ?

— Tiens-moi ça, dit-elle en se chaussant.

Elle portait déjà le chemisier, la broche et les lunettes. La règle, accessoire un peu plus incongru, restait le plus souvent posée sur un meuble. Ági l'aperçut.

— Si tous les objets qu'on a mesurés avec cette règle étaient énumérés dans une liste, on pourrait composer un poème en prenant la première lettre de chaque mot.

— Un poème interminable et incompréhensible, ricana Johan.

— Ou magique. Comme un… Comment ça s'appelle ? Un *Spell*… Qu'on utilise en magie.

— Une formule magique ? Oui, c'est tout à fait ça.

Hanna n'écoutait leur discussion – les commentaires ironiques de Johan et les suggestions délirantes d'Ági – que d'une oreille. Elle tenait dans sa main les documents concernant les descendants de Signe, de vraies personnes en chair et en os : les plus vieux, le petit-enfant et l'arrière-petit-enfant d'un frère, étaient âgés de soixante-seize et soixante-quatorze ans ; les autres, des arrière-arrière-petits-enfants, étaient dans la cinquantaine.

— On les appelle ? demanda Ági.

Hanna secoua la tête.

— D'abord, on fait une recherche sur Google.

Bizarrement, elle rechignait à la prise de contact. Elle avait payé trois mille quatre cent quinze couronnes pour ces dernières traces de Signe, qui lui appartenait donc plus que jamais. Mais bientôt, le sang allait s'en mêler.

— Svea Lindberg, lut-elle sur l'écran. Je n'en trouve qu'une. Quand elle a fêté ses cent ans, le journal a publié un article sur elle. Notre Svea ne peut pas être aussi vieille. Et Kurt Reik, cinquante-deux ans… Attaché de presse. Il y a une photo.

Elle dévisageait M. Reik : d'après son âge et son adresse, il pouvait être celui de la liste. "Un nom plutôt inhabituel", se dit Hanna en contemplant un sourire figé, une ride du lion et une calvitie recouverte d'une mèche transversale. Cela ressemblait-il à Signe ? Elle poursuivit ses recherches : Herman Granith, dentiste à Borås. Il y avait une ribambelle de Maria Holmlund : un mannequin, un professeur… et l'annuaire électronique en recensait encore une trentaine, toutes anonymes. De Gert-Erik Karlsson, elle ne trouva que le nom et l'adresse : ceux que les Archives leur avaient transmis. En attendant, Ági faisait les cent pas dans l'appartement.

— Allez, maintenant, on appelle. Je peux le faire.

— Non ! Moi, dit vivement Hanna. On commence par qui ?

Kurt Reik était un homme aimable et loquace. Pas étonnant qu'il occupe un poste d'attaché de presse. Il mit un moment à comprendre de quoi il s'agissait.

— Je ne vois pas bien ce que vous voulez dire… Vous auriez trouvé des lettres écrites par un de mes aïeux que vous voulez maintenant m'envoyer ?

Manifestement, il voulait récupérer la correspondance. Comme si Signe lui appartenait, qu'elle lui avait rendu visite en son for intérieur, qu'il avait senti les battements de son cœur à travers une broche vieille de plus de cent ans.

— Pas une lettre, répondit vivement Hanna. Juste une petite carte postale que quelqu'un de notre famille a conservée. Et comme nous sommes des passionnés d'histoire, nous aurions aimé en savoir un peu plus sur cette Signe Sivander.

— Qui serait la grand-mère de mon grand-père, c'est ça ?

— La sœur de la grand-mère de votre grand-père.

L'homme ricana, méfiant mais amusé. Il prévoyait déjà de raconter cette conversation téléphonique en guise d'anecdote à un dîner.

— Je crois pouvoir vous affirmer avec cent pour cent de certitude que je ne sais rien sur elle. Les tantes des grands-parents et… Vous parlez de liens de famille assez vagues. Mais merci d'avoir appelé, ça m'a fait plaisir.

— Il a rigolé, dit Hanna en raccrochant. Il ne mérite pas d'avoir un lien de parenté avec Signe.

Herman Granith et Maria Holmlund eurent des réactions similaires. Ils n'avaient jamais entendu parler d'une quelconque Signe Sivander, même si Maria Holmlund leur confirma que la grand-mère de sa grand-mère s'appelait bien Sivander.

— Elle aurait eu une sœur ? Vous feriez mieux de faire des recherches aux Archives. La mémoire populaire ne remonte pas aussi loin, de nos jours. Vous avez essayé de joindre ses petits-enfants ?

Hanna ne prit pas la peine de lui expliquer que Signe n'avait pas de descendance directe et la remercia poliment, en prenant sa voix de conseillère de l'Agence pour l'emploi. Après consultation de l'annuaire de l'université, Hanna comprit qu'elle venait de parler au professeur Maria Holmlund, une femme aux cheveux grisonnants portant des lunettes rouge vif. Pas de ride du lion, pas de sourire figé. Aucune ressemblance avec Kurt. Hanna se dit qu'elle pouvait aussi bien utiliser son propre reflet comme point de repère.

Helena Norberg était sur le point de sortir mais, lorsqu'elle comprit la raison de l'appel, elle prit tout de même le temps de s'assurer qu'il ne s'agissait pas d'un héritage.

— Une carte postale ? Non, ça ne me dit rien. Il n'y a pas d'impayés, au moins ?

— Des impayés ?

— Des dettes.

Hanna secoua inutilement la tête.

— Non… Je cherche simplement des renseignements sur votre aïeule.

— Vous avez dit ma tante ?

— La tante de votre grand-père paternel.

— Comment voulez-vous que je sache ce genre de chose ? Demandez à un musée.

Ce qu'un musée aurait bien pu leur raconter sur une maîtresse d'école de Tierp, nul ne le sut. Avant de raccrocher, Hanna se surprit à souhaiter bonne chance à son interlocutrice angoissée.

Après un rapide bilan, les généalogistes conclurent que les autres membres de la cinquième génération n'auraient sans doute rien de plus à leur dire. Il restait donc les deux vieux.

Gert-Erik Karlsson, qui se trouvait dans une maison de repos, se montra d'abord perplexe.

— Vous avez dit la mère de ma grand-mère… La grand-mère de mon père, en d'autres termes.

— La sœur de la grand-mère de votre père.

— Ah… Vous ne m'appelez pas au sujet du grand-père de mon père ? C'était un officier de marine assez célèbre. Erik Hertz. J'ai quelques coupures de presse sur lui.

— Non, rétorqua Hanna, étonnée d'obtenir une réponse à une question qu'elle n'avait pas posée. Ce n'est pas sur lui que nous faisons des recherches.

Gert-Erik Karlsson regretta de ne pas pouvoir leur être d'une plus grande utilité, du moins, si les exploits d'Erik Hertz dans la marine ne les intéressaient vraiment pas.

Après cette vaine discussion avec Gert-Erik, un numéro inconnu l'appela. C'était le professeur Maria Holmlund.

— Je voulais simplement m'assurer que c'était la famille de la grand-mère de ma grand-mère qui vous intéressait. Parce que du côté du grand-père de ma grand-mère, il y a plusieurs fortes personnalités, et même illustres. Vous avez peut-être entendu parler d'Erik Hertz, par exemple.

En effet.

— Le célèbre officier de marine, répondit raidement Hanna. Non, nous nous intéressons uniquement à Signe Sivander.

La dernière personne qu'il leur restait à contacter était Svea Lindberg qui, selon une coutume définitivement dépassée, se présenta en énonçant son numéro de téléphone en entier. Hanna commençait à connaître la chanson. Elle expliqua la raison de son appel avec une clarté exemplaire, évitant questions inutiles et vains espoirs. À l'autre bout du fil, un silence énigmatique l'incita à demander à Svea Lindberg si elle était toujours en ligne.

— Oui… répondit celle-ci d'une voix traînante. Ma mère avait une vieille tante qui ne s'est jamais mariée. Est-ce qu'elle s'appelait Signe ? Possible.

Hanna fit des gestes démesurés en direction du téléphone pour attirer l'attention de Johan et d'Ági.

— Demande-lui si elle a des photos, chuchota Ági.

— Vous pouvez m'en dire plus pour me rafraîchir un peu la mémoire ? demanda Svea Lindberg.

— Elle était maîtresse d'école. À Tierp.

— Ah bon… Ça explique pas mal de choses. Nous, on habitait à Luleå, alors…

Nouveau silence prolongé. Hanna attendit patiemment.

— À la campagne, beaucoup de maîtresses d'école étaient célibataires encore de mon temps. Quand on avait la vocation, on n'était pas censée se marier. Petit à petit, ça a changé, bien sûr, mais dans les coins reculés, on a gardé longtemps cette idée de chasteté du métier.

Silence. Ági se vautra sur la table basse.

— Elle dit quoi ?

— Elle ne devait pas avoir la vie facile, reprit Svea. On a du mal à se mettre à leur place, aujourd'hui. Il y avait souvent des rumeurs sur des maîtresses qui avaient eu des aventures ou fait placer un enfant. Il aurait suffi qu'on leur permette de se marier.

— Et vous vous souvenez de Signe ? demanda Hanna pour éviter de tomber dans un soliloque interminable.

— Non, répondit fermement Svea. Je ne me souviens pas d'elle, pour la simple et bonne raison que je ne l'ai jamais rencontrée. Mais je sais que ma mère avait une tante qui ne s'est jamais mariée.

Silence. Ági se taisait.

— Oui, c'est bien ça, poursuivit Svea. Elle s'appelait Signe. Attention ! Ne deviens pas une vieille fille rabougrie comme la tante Signe ! me disait ma mère. C'est horrible de parler de quelqu'un comme ça, médita-t-elle. D'ailleurs, leur vie n'était pas rose.

— Nous essayons de trouver des photos d'elle, dit Hanna. Vous n'en auriez pas, par hasard ? Des photos de famille, par exemple.

Hanna entendit un claquement sourd à l'autre bout du fil, sans doute labial. Peut-être Svea réfléchissait-elle.

— Non, dit-elle finalement. Mes photos les plus anciennes sont de Luleå. Mais je vais prendre vos coordonnées au cas où.

Hanna était épuisée. Après un dîner improvisé par Ági à partir de ce qu'ils avaient au congélateur, elle s'allongea sur le canapé et regarda le plafond, parfaitement immobile. Si elle avait voulu passer ses journées à parler à des inconnus de choses qui ne les intéressaient pas, elle aurait été dans le télémarketing.

Johan tournait en rond dans l'appartement, ramassant des bricoles. Ági lisait la correspondance que Hanna avait tapée sur son ordinateur. Elle passa ensuite aux dernières lettres manuscrites non dactylographiées. Hanna avait interrompu la saisie, le journal ayant éclipsé tout le reste.

— Quelle année ? demanda-t-elle à Ági.

— 1919.

Elles se les partagèrent : Ági prit les avant-dernières lettres d'Anna et de Signe, Hanna, les toutes dernières. Pour ne pas lire trop vite, Hanna s'imagina en train d'écrire elle-même les phrases.

— Pauvre Anna, dit Ági après un moment.

Hanna la dévisagea.

— Pauvre Anna ? Ah, oui, une nana qui se tape le meilleur ami de sa copine, ça fait vraiment pitié.

— On ne peut pas connaître à fond leurs conditions de vie. Essaie de lire ses lettres sans penser à Signe, tu verras le malaise qu'elle ressent. Elle voudrait que les choses soient différentes, elle n'arrête pas de le répéter. Elle supplie Signe de renouer avec elle. Elle l'aime. Signe refuse, et elle a le courage d'insister.

— Elle aurait dû y penser dix ans avant.

— Elle était jeune et bête. Au fur et à mesure qu'on avance dans la correspondance, Anna se fait plus implorante et Signe, plus récalcitrante. Ta lettre parle de quoi ?

Ma chère amie. Le temps est venu d'affronter la situation avec lucidité, dans une lumière implacable, sans rien dissimuler. Tu sais ce que j'ai éprouvé après ta trahison. Eh bien, ce n'est pas tout. Je suis intimement convaincue que des agissements honteux à l'insu de ton mari ne peuvent nous faire que du mal. Si nous renouons, je ne serai pas la seule à souffrir, il faut aussi penser à Anders. Aucune de nous ne lui souhaite de pâtir de la situation. Aucune de nous ne veut s'engager sur une voie qui, tôt ou tard, nous conduira dans les ténèbres. Les sentiments que j'éprouvais autrefois pour toi ont tiédi après l'injustice que tu as commise envers moi, peu importe, finalement, que la victime soit ton mari ou moi. Je t'en prie, restons amies.

— C'est la dernière ?

— Oui.

— Donc, c'est "non, merci". Tu lis vite, au fait.

Elles se turent. Hanna tripota la dernière page, méditative.

— Alors, c'est tout… dit Ági. J'espérais qu'on en apprendrait plus… Qu'elle donnerait des conseils… qui nous permettraient de résoudre certaines énigmes.

— Tu veux dire des indices.

— Quelque chose qui expliquerait, par exemple, pourquoi les lettres étaient toutes regroupées. Et sales. Et le rôle d'Elvira dans l'histoire.

Ági avait l'air déçue. Hanna se leva et alla dans la chambre à coucher. Le carnet s'arrêtait en 1919, exactement comme la correspondance. Il pouvait contenir des réponses. Avec un sourire qui se voulait nonchalant, Hanna retourna dans le salon et le tendit à Ági.

— Il nous reste toujours ça.

85

Parfois, on rêve qu'on se réveille, et c'est seulement quand on se réveille vraiment qu'on le comprend. Quand Signe ouvrit les yeux sur Elvira, ce matin-là, elle eut un moment d'incertitude. Elle plissa les yeux, scrutant sa suffragette de retour chez elle, lui caressa le cou, l'épaule, le bras, la main. Les doigts d'Elvira enlacèrent les siens.

— Il pleut. C'est sûrement la première chambre qui pleure.

Le sourire d'Elvira avait déteint sur celui de Signe, qui ressentait désormais de l'intérieur les mouvements des lèvres de sa bien-aimée. Elle n'avait jamais voulu croire les gens qui prétendaient que la petite Signe avait son sourire. Elle savait à présent que c'était possible.

— Tu supposes que les députés se sont tous suicidés et retrouvés au ciel ?

— Non, qu'ils versent un tel torrent de larmes que l'eau éclabousse Tierp.

Signe gloussa et inspira l'odeur d'Elvira.

— J'ai du mal à croire que nous ayons obtenu le droit de vote, dit-elle. J'ai l'impression d'avoir passé ma vie à lutter. Pourtant, je n'ai pas accompli un millième de ce que tu as fait. Tu ne ressens pas un vide ?

Elvira secoua la tête en s'étirant.

— Plutôt le contraire. J'ai un sentiment de plénitude. Je suis enfin un être humain à part entière.

Signe lui fit un léger baiser sur la joue.

— Les députés ne pleurent plus. On n'aura pas besoin de se mouiller pour aller à l'église. C'est gentil de leur part.

— Ils soutiennent vaille que vaille le clergé, répondit Elvira.

Non, décidément, personne ne souriait comme Elvira. Signe s'arracha à la chaleur des couvertures et se redressa.

— Après l'église, j'emmène toujours la petite Signe faire une promenade. Ça te plairait de nous accompagner ?

Dans une tentative de la faire revenir au lit, Elvira glissa l'index le long de sa colonne vertébrale.

— J'en meurs d'envie.

Elles traversèrent les bois, vêtues comme deux mondaines en promenade. Le sol trempé s'accommodait mal de leurs habits du dimanche, mais il fallait se montrer à la hauteur de l'événement.Elvira portait une nouvelle jaquette à revers, sûrement anglaise, qui lui donnait l'air de sortir tout droit d'un magazine de mode étranger. Elle sentait tout de même encore le lac de forêt et les orties suédoises. Signe portait ses plus belles chaussures – un cadeau de Brita Löfstedt plutôt que d'Anna. "Enfin, aucune importance", se dit-elle en tripotant sa broche.

— Je la reconnais, dit Elvira, amusée.

— Ah ?

— Tu la portais à l'église, quand nous nous sommes rencontrées.

Signe rougit.

— Tu t'en souviens ?

Elvira hocha imperceptiblement la tête.

— Je me souviens de cette journée-là dans ses moindres détails.

Signe faillit trébucher sur une racine de pin et dut se concentrer sur ses pieds.

— Qu'est-ce qu'elle représente, pour toi ? Moi, j'y vois deux cœurs. D'autres y voient des lèvres.

Elle avait failli dire "Anna".

— Deux bouches qui se rencontrent. C'est ce que j'ai vu dès le premier jour.

Elles s'engagèrent sur la route principale, rejoignant d'autres couples qui marchaient vers l'église. Signe souriait. Le vent de mai se transformerait bientôt en brise de juin. La première fois qu'Elvira lui avait parlé, Signe portait donc un baiser au cou. Il faudrait en faire un poème.

Le grand sujet de conversation à l'église était bien entendu l'obtention du droit de vote par les femmes. Soudain, tout le monde s'y intéressait. Les femmes se félicitaient mutuellement. Parmi les hommes, on comptait brusquement plus de défenseurs que de détracteurs – ces bougons qui parlaient encore de "discussions de poulaillers" ou de "ligues de tricoteuses". On ne les avait pourtant pas beaucoup entendus durant les dix ans d'existence de l'Association locale. Signe épiait Elvira, se demandant si la plus illustre militante pour le droit de vote à Tierp savourerait une gloire bien méritée, mais elle semblait garder son calme. Peut-être, comme elle l'avait dit elle-même, se contentait-elle d'être devenue un digne représentant de l'espèce humaine.

— Oh ! s'écria Augusta en accourant. C'est merveilleux de vous revoir ici, mademoiselle Löfvenberg !

Sanna lui souhaita également la bienvenue. Plus loin, Anna et la petite Signe l'aperçurent. Le visage de la fillette s'illumina, elle trépignait d'envie de courir se jeter dans ses bras. Une ombre passa sur le visage d'Anna. Un court instant, elle eut l'air d'un chat effrayé, mais elle se ressaisit aussitôt et tendit les mains à Elvira dans un geste chaleureux.

— Nous croyions vous avoir perdue définitivement à l'Angleterre !

Dans sa voix, on détectait une nuance de déception à peine perceptible. Elvira soutint fermement son regard et sourit aux militantes rassemblées.

— J'y ai tant parlé de ma patrie que j'ai été obligée d'admettre mon amour pour elle.

Dans une provocation que seules les initiées pouvaient comprendre, Anna la jaugea d'un regard défiant. La petite Signe s'impatientait.

— Je peux m'asseoir à côté d'Elvira dans l'église ?

Pendant le service, Anna eut autant de mal à arracher les yeux de sa rivale qu'à laisser ensuite sa fille l'accompagner dans sa promenade. Son rire sonnait un peu trop aigu, ses arguments pour ne pas satisfaire le désir de la petite demeuraient flous, et seule sa volonté de ne pas se montrer désobligeante devant les paroissiens l'incita à laisser partir sa fille.

— Tu la ramèneras à la maison après ? demanda-t-elle à Signe d'un air insondable.

— Comme tous les dimanches.

Malgré la victoire, Signe décida de changer de chaussures pour la promenade. Elle rangea ses bottines dans son panier. Un événement de cette envergure, cela se fêtait, certes, mais il y avait des limites.

Leur chemin suivait un trajet fixe. D'abord, elles apportaient un petit quelque chose à Hedvig Bengtsson, l'institutrice de maternelle qui avait désormais du mal à se déplacer à cause de son dos. Elle aimait les pommes, mais en cette saison, il n'y avait encore ni fruits ni baies. Signe lui apporta cinq œufs que lui avaient offerts la veille des écoliers ivres de printemps.

— Je suis toujours un peu réticente à lui rendre visite, dit Signe à Elvira. Je le fais parce que je déteste la misère. J'aimerais que tout le monde autour de moi soit heureux et en bonne santé.

— Tu es humaine, voilà tout. Et puis, ne m'as-tu pas dit que tu ne l'appréciais pas beaucoup ?

Signe acquiesça. La petite faisait des pas d'écolier sautillants en balançant la règle dans sa main.

— Dès qu'elle ouvre la bouche, c'est pour parler d'indigence et de malheur.

— La vie d'une institutrice de maternelle n'est pas facile. Elle s'est abîmé le dos en réparant son toit. Elle n'aurait pas eu besoin de le faire elle-même si la paroisse s'en était chargée. Et elle ne serait pas au bord de la famine si elle ne gagnait pas un salaire de misère.

— Tu veux dire que le fait que je n'apprécie pas la compagnie de Hedvig est un problème politique ?

— Bien entendu. Mais à partir des élections de 1921, tout va changer. Les femmes n'accepteront plus en silence que les métiers féminins soient si mal rémunérés.

Après avoir déposé les œufs, entendu les dernières doléances de Hedvig et essuyé une flaque d'eau sur les marches de son perron, elles repartirent d'un pied plus léger. La petite se faufila entre Elvira et Signe, fourra la règle dans le panier et ses mains dans les leurs.

— Et Signe et moi, on se promène toujours ici le dimanche, déclara-t-elle à Elvira. C'est plus drôle après la visite à Mlle Bengtsson. Mais je l'aime bien quand même.

— Et après, que faites-vous ?

La petite lui fit un sourire plein de mystère.

— Les cerfs. Et mon père, il pourrait avoir un travail à Kävlinge… C'est très très loin. Mais mère et Signe l'ont convaincu de rester ici, pour qu'on reste tous ensemble. Et maintenant, tu… vous… mademoiselle…

— Dis-moi "tu".

— Tu es revenue. C'était la semaine dernière. Et là, il y a du muguet.

La petite les lâcha et fila jusqu'à une touffe de muguet qui se dressait au-dessus de la mousse. Signe observait attentivement Elvira. Comment accueillerait-elle le fait qu'elle ait persuadé les Johansson de rester à Tierp ?

— Les cerfs n'ont rien à voir avec Kävlinge ni avec le muguet, dit-elle en souriant, pour déjouer un éventuel conflit. Je n'ai pas vu la petite jacasser comme ça depuis longtemps. Elle est vraiment heureuse de te voir.

— C'est une petite fille adorable.

Signe souffla. Un an de fréquentation assidue d'Anna lui avait appris à surveiller sa langue. Mais peut-être, au fond, se donnait-elle de la peine pour rien. La petite, assise par terre, était en grande discussion avec un insecte, entre les brins de muguet.

— Demain, c'est sa fête.

— Celle de la petite Signe ?

— Oui.

— Ce qui signifie que c'est la tienne aussi. Quelle façon rusée de me l'apprendre…

Elvira lui fit un clin d'œil. Si elle s'était laissée aller à ce genre de chose en public, elle eût été harcelée par les prétendants.

— C'est la Saint-Vilma, précisa Signe, rougissante. Elle s'appelle Signe Vilhelmina, comme Mme Dahléus. Elle va recevoir un cadeau, mais elle ne le sait pas encore. Un herbier. Elle s'intéresse beaucoup à la nature.

Elvira lui prit la main.

— Je n'ai jamais rencontré de créature plus adorable que Mlle Signe Sivander.

Elle le dit avec force, comme si l'achat d'un herbier pour une enfant de sept ans faisait d'elle une sainte. L'air de la forêt se réchauffa dans les poumons de Signe. Il semblait s'y dilater, grandir de l'intérieur. Elles allaient contempler ensemble le coucher de soleil, mais auparavant, il leur restait tant de choses à se dire… Par quoi commencer ?

— Bientôt, il faudra marcher sur la pointe des pieds, dit la petite qui s'était glissée tout près d'elles sans se faire remarquer.

— Et après, les cerfs viendront.

Sur le chemin du retour, Signe rayonnait de bonheur. D'un côté, la fillette de sept ans dont elle avait vu le regard devenir de plus en plus perspicace au fil du temps ; de l'autre, Elvira, belle comme la méfiance devenue timidité. Elles avaient vu les cerfs, là, trois êtres humains et trois cerfs au même endroit durant un instant suspendu, puis le vent avait dévoilé leur présence et fait fuir les bêtes. Elles ramenaient à présent la petite chez elle sous un ciel enchanté, dernier cadeau d'une journée merveilleuse.

À la bifurcation, Elvira lâcha le bras de Signe et déclara qu'elle préférait faire un dernier tour que se sentir indésirable.

— Qu'est-ce qu'elle veut dire ? chuchota la petite.

— Elle veut dire que cela fait si longtemps qu'elle n'est pas venue à Tierp qu'elle veut continuer à se promener.

— Vous m'avez beaucoup manqué, renchérit Elvira. Toi et Signe et Tierp. Alors je vais faire encore un petit tour, mais avant, je te souhaite bonne nuit.

L'enfant serra dans ses bras l'austère militante, qui caressa son petit dos.

— Cela m'a fait un plaisir immense de te voir.

— Je peux venir chez vous demain ?

— Oui, dit Signe. Un petit moment, après l'école.

La petite pouffa.

— C'est la fête de quelqu'un, il ne faut pas l'oublier.

— En effet, ce serait dommage.

En passant la grille de la nouvelle école de Tierp, la main de la petite dans la sienne, Signe eut un pressentiment. Les rayons du soleil couchant le lui avaient soufflé et elle les avait ignorés. Il y avait une limite au bonheur de Signe. Elle avait savouré l'instant, se rassasiant de bonheur au lieu de se résigner à sauver sa peau, comme elle aurait dû le faire. Devant la porte du bâtiment, Anders l'attendait.

Elle le reconnut à peine. Ses grandes mains, oui, ses cheveux blonds. Mais son regard était d'une noirceur indescriptible. La petite eut l'air épouvantée, il lui grogna d'entrer rejoindre sa mère, ce qu'elle fit aussitôt. La suivant du regard, Signe voulut lui crier une parole rassurante, mais les mots lui firent défaut. Anders la dévisageait. Ses yeux lançaient des éclairs. Il tenait une épaisse liasse de papiers.

— Sorcière ! cracha-t-il. Vipère ! Tu veux empoisonner toute ma famille ?

Comprenant ce qu'il tenait, elle fut envahie par la peur, mais parvint à rester lucide. Ils devaient pouvoir s'expliquer. Elle avala sa salive, Anders semblait hors de lui.

— Si tu les lis… commença-t-elle.

— Si je les lis, l'interrompit Anders d'une voix méconnaissable, j'y vois un serpent. Je ne veux pas savoir comment tu es parvenue à séduire mon épouse adorée, mais une chose est sûre, tu ne t'approcheras plus de ma famille. Tu es une honte devant Dieu. Remercie le ciel que je sois un homme instruit et non un barbare. Sinon, j'aurais…

Il ne termina pas sa phrase. Anna était pourtant censée s'être débarrassée des lettres, elle l'avait affirmé à Signe. Les phalanges d'Anders blanchissaient autour de la liasse, qu'il regarda soudain d'un air hébété avant de la jeter de toutes ses forces sur le sol, puis il cracha dessus avec un mépris qui atteignit Signe au plus profond de son âme. Elle sentit le sang lui monter aux joues et, retenant des larmes mal à propos, elle tenta de raisonner sobrement. Mais ses pensées enchevêtrées gravitaient autour d'un unique nom : la petite Signe.

— J'ai essayé d'arr…

— Je ne veux pas l'entendre.

Puis il cria.

— Je ne veux pas l'entendre, JE NE VEUX PAS L'ENTENDRE ! Et Dieu…

Il la dévisagea d'un regard haineux.

— Dieu ne veut pas le voir.

— S'il te plaît, Anders, laisse-moi seulement…

Il secoua la tête.

— Tes paroles ne changeront rien à ce qui est écrit dans ces pages. Tu es un serpent, une hérétique. Je t'aime bien, et je te le dis pour ton bien : tourne-toi vers Dieu et demande-lui sincèrement pardon. C'est ta seule chance de salut. Ensuite, consacre-toi à l'instruction des enfants en suivant toi-même les préceptes que tu leur enseignes. Si jamais tu t'approches à nouveau de ma famille ou de moi…

Signe salivait abondamment. Puis ce furent les larmes. Les sanglots. Les hoquets. Son corps avait rompu ses digues.

— Mais la pe… la peti…

Anders émit un grognement sauvage, comme si l'idée même qu'elle côtoie son enfant lui avait coupé le souffle. Comme si elle était la grippe espagnole en personne.

— Si tu te soucies de la petite Signe…

— J'aime la petite, tu le sais ! Je l'aime comme si c'était ma propre fille ! Ne sois pas…

— Tu ne sais rien de l'amour ! Si tu aimais ma fille, tu ne t'en approcherais pas ! Tu crois vraiment qu'une femme de ton… de ton espèce… que…

Il respirait avec difficulté, mais ses propos étaient à présent plus calmes. Et sans appel.

— Je n'ai qu'un enfant, et je veux lui donner une vie heureuse, pure et belle. La tienne est souillée. Fais ton examen de conscience, Signe. Contemple la fange dans laquelle tu te roules. Moi, je m'en lave les mains.

Elle se laissa submerger par sa haine. Il avait raison, elle était corrompue. Alors que le soleil la privait de ses derniers rayons à travers les arbres, son monde intérieur lui apparut comme un champ de boue. Une couche de résine poisseuse recouvrait son âme. Mais ne jamais revoir la petite, c'était tout simplement impossible. L'enfant avait sa propre volonté.

— J'ai accepté le poste à Kävlinge, dit-il sèchement. Nous partons demain. Ne t'approche plus jamais de nous. Si tu t'y engages, je te promets à mon tour que tes mœurs dépravées resteront entre toi, moi et Dieu le père.

Il ne la lâchait pas des yeux. Elle avait envie de vomir.

Lui dit-il autre chose avant de lui fermer sa porte pour toujours ? Elle ne le savait plus. Elle s'affaissa, terrassée. Puis elle rassembla les lettres éparpillées dans la cour, les enfonça dans son panier, à côté de ses belles chaussures et de la règle de la petite. Son dernier souvenir lucide de ce jour fut ses propres paroles : “Je te le promets.”

86

Hanna se dressa dans son lit.

— Tu sais ce que je me dis ?

Johan remua vaguement.

— Quoi ?

— Ma mère ne m'a pas appelée.

— Hmm.

— Je ne sais plus depuis quand. Peut-être son anniversaire.

Il se tourna vers elle. Sous la couverture, une grotte d'air chaud se forma entre eux.

— Depuis que tu lui as dit d'aller se faire voir ?

— Oui… Soit elle veut me punir, soit elle est morte. Mais dans le second cas, on m'aurait appelée, non ?

Johan sourit et posa le bras sur la couverture. Hanna pu contempler ses poils : des brins d'herbe en bataille.

— Supposons qu'elle te punisse, ça me semble plus probable. Est-ce que tu en souffres ?

Hanna failli dire non, mais décida de se tâter.

— J'ai l'impression d'avoir tout juste obtenu le droit de vote.

Un sourire se dessina sur les lèvres de Johan – ironique ? Peut-être pas. Plutôt agréable, comme leur grotte d'air chaud.

— J'arrive à la fin du journal, dit Hanna en s'asseyant au bord du lit.

D'attirantes ondes de chaleur s'attardaient dans son dos, il lui aurait été facile de se recoucher. Mais sa curiosité eut raison de sa paresse.

— Bientôt, on saura comment ça se termine.

— Dieu merci ! s'écria Ági en voyant Hanna entrer dans la cuisine. Je t'attends depuis des heures ! J'ai failli ouvrir le journal, mais j'ai eu peur de le toucher parce que tu dis tout le temps que Signe t'appartient. Alors j'ai relu la correspondance. Je crois que c'est Anna qui peut-être a rassemblé les lettres, parce que : regarde ça !

Elle brandit un bout de papier.

— Il était entre les enveloppes. Un télégramme des parents d'Anna, je crois. M. et Mme Dahléus, c'est bien ça ?

Le message décoré de petites fleurs bleues et d'arabesques indiquait la date de réception et les noms des destinataires, Anna et Anders Johansson. On y lisait également la signature de la personne qui l'avait réceptionné. *"Toutes nos félicitations pour votre mariage !"* Hanna le fixait sans savoir quoi en penser. Avait-il été envoyé par Signe ? Ági trépignait sur sa chaise.

— Et le journal ! Nous sommes en 1914. Je te prépare ton petit-déjeuner ?

En lisant le journal de Signe, on avait l'impression de coloriser sa correspondance. Les entrées, brèves et compactes, contenaient de nombreux éléments clés. Hanna reconnut des tournures lues dans les lettres et, en vérifiant les dates, découvrit que le journal servait souvent de brouillon à la correspondance. Les poèmes contenus dans les lettres avaient d'abord été écrits dans le carnet. Des circonstances jusque-là confuses s'éclaircissaient.

— Je ne comprends pas, dit Ági. La petite Signe habitait chez elle ?

— Attends… Attends… Oh !

Hanna en oublia de respirer. Puis elle s'esclaffa. Une goutte de café vola sur la table lorsqu'elle prit son téléphone.

— Il faut qu'on appelle Caroline.

— Qu'est-ce qu'il y a ? Raconte !

Hanna rayonnait, ravie. Caroline répondit après deux sonneries.

— Il faut que je te lise un truc, lui annonça Hanna.

— Une lettre ?

— Non, c'est dans… J'ai trouvé le journal de Signe dans la maison, mais je ne vous l'ai pas dit. Bref, voilà ce qu'elle écrit…

— Tu as trouvé son journal ? Erik !

Hanna dut éloigner le téléphone de son oreille. Puis elle entendit des marmonnements et des bruits de pas.

— Mais où tu l'as trouvé ?

— Alors, tu veux entendre ce qu'elle écrit, ou pas ? *"Hier, Elvira m'a embrassée. Après tant de tergiversations et d'appréhensions... Elle m'a embrassée ! Et plus encore. Dès maintenant, il faudra que je dissimule ce journal."*

— Oh ! s'exclama Caroline.

Brusquement, Hanna comprit ce que lui trouvait Erik.

— Grand Dieu ! Continue ! Qu'est-ce qu'elle écrit de plus ? Tu ne peux pas me l'envoyer par Internet ? La grand-tante Elvira...

Caroline gloussa comme si Elvira, assise quelque part au-dessus d'eux, dirigeait la comédie.

— Je le scannerai quand je l'aurai terminé. Il y a aussi un poème. Ensuite, elle parle surtout de la petite Signe et du droit de vote. Quand l'avons-nous obtenu, au fait ?

— En 1921, je crois.

— Ce qui signifie qu'il lui reste sept ans à attendre. Heureusement qu'elle ne le savait pas.

— Oui, on ne peut pas prédire l'avenir, et c'est tant mieux.

Quand Hanna raccrocha, elle vit l'air triomphant d'Ági.

— Qu'est-ce que je te disais ? La première fois que j'ai regardé Elvira dans les yeux, je l'ai su.

Le journal, contrairement aux liasses de lettres, ne pouvait pas se couper en deux, elles ne pouvaient donc pas se le partager. Assise au milieu du canapé, Hanna, flanquée d'Ági et de Johan, le lut à haute voix comme une maîtresse d'école maternelle. Signe avait-elle fait la lecture à la petite ? D'après le journal, leurs références littéraires semblaient plus ou moins limitées au petit catéchisme. Il mentionnait une bibliothèque, mais jamais de livres pour enfants.

"21 septembre 1917. Aujourd'hui, la petite Signe n'a parlé que de la poupée en porcelaine qu'elle convoite si ardemment. Son désir ne me laisse pas indifférente. Si cela continue, je devrai trouver un remède à la situation."

Johan et Ági eurent une brève discussion sur la sémantique du mot "porcelaine" et la composition chimique de la matière pendant que Hanna parcourait l'entrée suivante.

— Elle lui a acheté sa poupée. Elle a vendu quelque chose, mais elle ne précise pas quoi. *"Les yeux de la petite Signe ont brillé comme des étoiles, ce fut un bonheur d'une pureté sans pareille."*

Le regard fixé sur le carnet, Ági avait des larmes aux coins des yeux. Brusquement, elle se leva.

— Je vais passer un coup de fil à ma voisine.

Hanna et Johan restèrent assis sur le canapé – sans télévision, sans jeux vidéo ni radio allumée. Avec, pour seul divertissement, le son de leur souffle respectif. Hanna, écoutant la respiration profonde et discrète de Johan, se demanda depuis quand il ne l'entourait plus de son bras. Et depuis quand elle trouvait cela embarrassant quand il le faisait. Enfin, depuis quand elle aurait bien voulu qu'il le refasse. Cela l'agacerait-il à nouveau ? Elle conclut qu'elle était en effet d'un naturel plutôt complexe.

— Ce matin, dit Johan, tu as dit que tu avais l'impression d'avoir tout juste obtenu le droit de vote.

— Hmm.

Elle envisagea de s'excuser pour la banalité de cette réplique, mais Signe ne se serait pas excusée. Dans la cuisine, Ági parlait gaiement en hongrois. Johan croisa le regard de Hanna.

— Je t'aime bien quand tu as le droit de vote.

Sans aucune logique, Hanna rougit. Elle ajouta mentalement cette réaction à la liste des caractéristiques qui la définissaient comme complexe et se racla la gorge.

— Dans ce cas, il faut espérer que ma mère ne m'appelle plus jamais.

Il lui caressa furtivement la joue. Hanna eut soudain envie de pleurer. Depuis quand n'avait-il pas accompli ce genre de geste ? Depuis quand ne l'avait-elle pas fait elle-même ?

— Elle n'est peut-être pas mandatée pour te le retirer.

Sous ses cils longs et clairsemés, ses yeux brillaient. Autrefois, elle avait aimé qu'ils la transpercent. Puis elle avait passé deux ans à les en empêcher. Car c'était bien ce qu'elle avait fait, non ?

— Tu me dragues, ou quoi ? lui dit-elle d'une voix qui, miraculeusement, portait.

Il s'esclaffa, sur le point de répondre lorsqu'ils furent interrompus par le retour d'Ági.

— Il fallait que j'appelle Mme Gyöngyi, mon ancienne voisine en Hongrie. Elle s'occupait souvent de moi. Elle a été hyper surprise et contente, c'était sympa. Qu'est-ce que vous avez lu ?

Hanna et Johan se regardèrent comme s'ils venaient de se peloter en cachette. Les yeux marron chocolat de Johan déployaient toutes leurs nuances. Ses lèvres souriaient imperceptiblement.

— On t'attendait.

Lorsqu'ils arrivèrent en 1919, le soleil s'était couché depuis longtemps.

— Cette année-là, tout s'arrête, précisa Hanna. Les lettres et le journal.

— Il serait arrivé quelque chose ?

— Il reste des pages blanches à la fin du carnet. Si elle est morte, elle n'a jamais su qu'elles avaient obtenu le droit de vote.

— Il y a peu de lettres datant de 1919.

— Oui, répondit Hanna en se tournant vers Johan. C'est l'année où Anna fait pitié à Ági parce qu'elle insiste lourdement.

— Maintenant, je plains plutôt Signe, objecta Ági. On ne savait pas qu'elle était avec Elvira. En plus, Elvira part. C'est de la soupe. On dit comme ça, hein ?

Hanna confirma d'un hochement de tête.

— Oui, une vraie soupe. 1er janvier. *"La petite Signe mesure les étoiles en centimètres. La chère enfant, si mignonne, si perspicace… Je voudrais pouvoir mesurer ma vie comme elle le fait. Pour mieux la cerner."*

Ils se turent un moment.

— Elle a vécu dans cette maison, vous vous rendez compte ! s'écria Johan. C'est complètement dément, quand on y pense. Elle y écrivait ses lettres. Parce qu'elle ne pouvait pas passer un coup de fil en Angleterre ou envoyer un SMS à Elvira.

Hanna lui lança un regard en coin. Il ne lui avait pas envoyé un seul SMS pour la harceler pendant son absence, et il se permettait de se morfondre pour Signe… La gorge de Hanna se serra, puis un frisson la débarrassa de ce malaise.

Au printemps, les digressions intellectuelles se multipliaient. Il s'agissait surtout de philosophie de la relation. Elle décrivait également, comme toujours, les prouesses de la petite Signe. En mai, la question du droit de vote reprit sa place. Le Riksdag, désormais en majorité social-démocrate et libéral, allait voter une proposition de loi.

— C'est la quantième fois ? La millionième ? Je ne pige pas… Elles avaient encore le courage d'espérer…

— Il y en a bien qui espèrent gagner au tiercé tous les vendredis. *"23 mai 1919. Vote au Riksdag demain. Ces messieurs vont-ils enfin faire preuve de bon sens ? Encore faudrait-il qu'ils aient un peu de jugeote. Mon Elvira aurait douté. Je dis « mon Elvira » sans le moindre fondement. Bientôt, cela fera un an."*

— J'aime bien le verbe "douter", dit Ági. Elle l'emploie tout le temps. Je crois que j'ai appris autant de suédois dans ses lettres que pendant tout mon cours de suédois langue étrangère. "Dédouter", ça existe ?

Après le 23 mai, il n'y avait plus rien, hormis une tache d'encre et le brouillon presque illisible d'un poème. Hanna tourna la page, puis en tourna une autre. Johan se pencha sur le carnet. Ági se vautra sur eux deux.

— C'est fini.

Le journal se terminait avec ces mots : *"Bientôt, cela fera un an."* Même pas un au revoir.

— Elle est morte ?

— Comment je le saurais ? On connaît la date de son décès ?

— Je ne crois pas. Ton archiviste ne te l'a pas donnée ?

— Il m'a seulement envoyé des documents sur ses frères et sœurs.

Hanna gardait les yeux rivés sur la page qui suivait le 23 mai. Du papier jauni. Vide. Qu'est-ce que ça signifie, Signe ? Donne-moi un indice ! Elle feuilleta lentement le reste du carnet. Sur la troisième de couverture, elle trouva enfin ce qu'elle cherchait : une parole qui lui était directement destinée.

87

Le 26 mai 1919, un soleil ironique brillait sur Tierp. Signe avait le cou et les yeux endoloris. Dieu seul savait comment elle était rentrée chez elle la veille. Elvira l'avait soutenue, la serrant parfois, débitant contre Anders et Anna Johansson des menaces de représailles sulfureuses qu'on ne trouvait définitivement pas dans le petit catéchisme. Elle aurait voulu prendre d'assaut leur logement de maître d'école et les mettre au pied du mur, bien qu'elle ne cernât pas entièrement les tenants et les aboutissants du scandale. Signe l'en empêcha. Ses sanglots le long du chemin et, plus tard, au lit, ressemblaient à des vomissements.

À présent, Signe ânonnait *Ton soleil éclatant*.

— Je suis un peu enrouée aujourd'hui, alors j'espère que vous chanterez bien et fort, avait-elle dit aux enfants.

Personne ne l'entendit renifler après "avec force et courage" ni "un nouvel espoir". L'après-midi, ils auraient dû faire du calcul, mais Signe décida qu'ils prolongeraient l'heure de lecture. Cette matière, peu exigeante, lui permettait de fuir la réalité avec les enfants en survolant la Suède sur le dos d'une oie.

Peu avant midi, un des élèves de cinquième, de la classe d'Anders, se précipita vers le bâtiment de l'école. Il n'était pas assez hors d'haleine pour avoir couru depuis la nouvelle école, mais elle ne le lui reprocha pas. Il s'inclina poliment.

— M. Johansson a quitté la paroisse.

Un rappel dont elle se serait bien passée… Signe se domina avec peine.

— Je suis au courant. Est-ce que cela signifie que ses élèves termineront leur année scolaire en avance ?

Il secoua la tête.

— L'inspecteur Westerberg nous instruira jusqu'à ce qu'un nouveau maître arrive.

Cela expliquait que le garçon n'ait pas été plus pressé. Il lui tendit un télégramme de luxe.

— Mme Johansson m'a glissé ça juste avant leur départ. Elle m'a demandé de vous l'apporter. Ils ont fait un sacré raffut en partant. Pourtant, ils ne sont que trois dans la famille.

Signe leva la tête.

— À cause de la petite ?

Il grimaça.

— Disons qu'elle ne rigolait pas. Acceptez-vous le télégramme, mademoiselle Sivander ?

Elle prit le pli daté du mariage d'Anna et d'Anders.

— C'est pour moi, tu en es sûr ?

— Oui.

— Eh bien, merci.

Le garçon ne bougeait pas.

— Mademoiselle Sivander, est-ce que vous pensez que je pourrais changer d'école jusqu'à la fin de l'année ?

Elle sourit, et en eut mal dans tout le visage.

— Je crois que les élèves de la nouvelle école y resteront jusqu'à la fin de l'année. Mais le remplaçant de M. Johansson ne va sûrement pas tarder à arriver.

Un télégramme de luxe. Des vœux de bonheur adressés à Anna par ses parents. Une mauvaise plaisanterie ? Un couteau remué dans la plaie ? Signe retourna la feuille. Au crayon khôl, Anna avait écrit dans la marge : *"Je croyais qu'il comprendrait."*

Cela faisait treize ans que Signe n'avait pas donné un coup de pied à un arbre. À l'époque, c'était de fureur contre la nouvelle grille salariale qui accordait à Anders cinquante couronnes de plus qu'à elle ; ce jour-là, ce fut parce qu'il la privait de sa fille. L'écorce vola.

"Crève, se disait-elle. Crève. Crève. Crève." Le tronc encaissait les coups. Finalement, tremblante et en sueur, elle s'affala contre l'arbre. Il y avait toujours moyen de se venger, même si ce n'était pas dans ses habitudes, mais cela aurait été aussi intelligent que de s'agiter dans tous les sens pour se sortir d'un piège à renards. Et contre qui diriger sa colère, au juste ? Anna ou Anders ? *Je croyais qu'il comprendrait…* Signe secoua la tête. Cette idiote lui avait-elle montré les lettres en pensant que cela influencerait sa décision ? Ce n'était pas improbable. Tournant les yeux vers le ciel bleu pâle et ce Dieu qui peut-être dirigeait le monde, elle lança : "Mais qu'est-ce que je t'ai fait ?"

À son retour, Elvira l'accueillit sur le pas de la porte. La tête de Signe était parsemée de saletés : son chapeau, son chignon. Elvira la nettoya. Le dîner était servi.

— Viens manger, lui dit-elle en lui prenant la main comme à une enfant.

— J'aurais dû me retenir.

Elvira fronça les sourcils et lui caressa tendrement la joue.

— Ne dis pas de bêtises.

Signe sentit perler des larmes brûlantes au coin de ses yeux déjà endoloris.

— Dire que je me réjouissais. De ton retour, de l'arrivée du printemps, de la bonne entente entre toi et la petite Signe… Comme si… les gens de mon espèce… en avaient le droit.

— Les gens de ton espèce ? Tu as perdu la tête ? Regarde-moi.

Elvira lui prit le menton. Signe ouvrit ses paupières gonflées.

— Ne te dévalorise jamais par rapport aux autres, et ne crois jamais être moins digne de bonheur, dit Elvira sur un ton aussi cassant que si elle avait parlé à un sympathisant des Jeunesses suédoises.

Elle attendit que Signe eût acquiescé avant de la lâcher.

— Sinon, tu apportes de l'eau au moulin de ces messieurs qui ont le pouvoir et qui ne demandent qu'à le conserver, marmonna-t-elle. Pour toi, je donnerais une ville, un pays. Une planète.

Signe respira profondément. Elle voulait croire Elvira, abonder dans son sens, mais en fouillant dans son esprit, elle ne trouvait que du verbiage religieux sur le châtiment et le péché. Elle se sentait stupide, crédule, naïve… Comment avait-elle pu mener une vie clandestine dans une pareille insouciance, sans pressentir le châtiment ?

— Je vais te dire ce que j'aime en toi, reprit Elvira. Ta prudence, la joie que tu éprouves à accomplir ton devoir, ton souci de tous les enfants, ta générosité et surtout… le fait que tu ne te considères pas comme inférieure. Tu es consciente de ta valeur.

Signe écoutait malgré elle. Possédait-elle réellement toutes ces qualités ? Elle distinguait de fines marbrures vertes dans les iris d'Elvira, qui la dévisageait sévèrement et, d'un hochement de tête, lui indiqua son assiette.

— Allez, mange.

Il faisait déjà nuit quand Signe parvint à avaler son repas. Elle sortit prendre l'air, arracha quelques chardons au hasard dans son potager et effraya des lièvres. Les piquants des chardons lui clarifiaient les idées et la course des lièvres lui rappela que la vie continuait. À son retour, Elvira avait fait le lit. Signe ne se posait plus qu'une question.

— C'est interdit de vivre comme nous le faisons ?

— "Comme nous le faisons" ?

Signe enlaça la taille d'Elvira et caressa sa jupe, atteignant l'aine.

— Comme nous le faisons.

Elvira sourit.

— Ah… Comme nous le faisons… Je n'en sais rien. Que veux-tu dire ?

— Est-ce que la loi l'interdit ? Y sommes-nous mentionnées ?

— Je ne sais pas.

— Anders m'a menacée de révéler mon secret si j'essayais de revoir la petite.

Elles restèrent enlacées. Quoi que dise la loi, chacun jugeait son voisin. Il était insupportable d'être jugée au quotidien. Ou d'être chargée d'éduquer les enfants de ses juges. Quel pasteur verserait un salaire à pareille maîtresse d'école ? Quel fermier lui donnerait des chaussettes à repriser ? Signe respira l'odeur d'Elvira et jeta un coup d'œil, par-dessus son épaule, au cadeau de la petite, posé sur le secrétaire.

— Tu n'as qu'à le prendre, maugréa-t-elle en attrapant l'herbier. Elle ne reviendra pas, je le sais. Tiens, range-le quelque part où je ne le verrai plus jamais. Vends-le. Enterre-le.

Elvira prit l'objet et le mit dans sa valise, puis conduisit Signe au lit et s'allongea à côté d'elle tout habillée. Signe sentait la respiration apaisante d'Elvira dans sa nuque. Elle se réveilla en pleine nuit, écorchée par son corselet. Elvira l'aida à se déshabiller et la borda. Dehors, la nuit passait. Il y avait un centimètre entre les étoiles.

88

Ils reprirent leur rôle d'enfants sur le siège arrière. Hanna les attendait à la sortie de l'Agence pour l'emploi à 16h20 et se pressa aux côtés de Johan et d'Ági. Erik lui tendit la main par-dessus le dossier, Hanna la serra.

— Le club des cinq, gloussa Caroline.

Les trois jeunes prirent des airs interrogateurs.

— Comme dans les livres, vous savez… Les livres pour enfants… Enfin…

— C'était comment, la reprise du travail ?

— Pas trop mal, répondit Hanna, en toute sincérité.

Annika lui avait fait une chaleureuse accolade. La vieille Gun accomplissait toujours la moindre de ses tâches au ralenti, mais Hanna la voyait d'un nouvel œil. On l'avait trouvée "changée", Annika s'était écriée qu'elle paraissait "en forme". Elle les avait tous remerciés.

— Vas-y, relis-le, lui demanda Caroline. Le message.

Hanna sortit de son sac un carnet marron muni d'une boucle rétro – une acquisition récente.

— *"Écrit le 12 novembre 1932"*, lut-elle sur un ton solennel alors qu'ils s'engageaient dans la E18. *"Si quelqu'un retrouve ces lignes, qu'il veuille bien les transmettre intégralement à Signe, née Johansson, domiciliée à Kävlinge. Dites-lui que je l'ai toujours considérée comme ma fille, bien qu'il n'y ait pas entre nous de lien de sang, et que la décision de m'éloigner d'elle n'est pas venue de moi. J'étais et je suis encore liée par une promesse que je ne puis rompre. Si j'ai mal agi, je demande pardon."*

Ági, énervée, secouait le dossier d'Erik.

— Je n'arrive pas à accepter qu'elle soit morte, gémit-elle. Elle serait super vieille si elle était en vie, mais elle pourrait encore l'être !

— Quel travail tu as fait ! dit Caroline. Rassembler tous ces documents en quelques semaines !

— *"Signe Johansson,* lut Hanna, *fille d'Anders Johansson, née dans la paroisse de Tierp le 12 novembre 1911."*

Erik se racla la gorge.

— Signe a donc écrit sa lettre le jour de sa majorité.

Hanna avait déjà relevé la date, mais pas l'année. Signe… Tu as dû essayer de te représenter la petite qui grandissait, année après année… Il existait un lien entre elles, même si Erik ne le voyait pas. Hanna n'avait plus besoin des bottines ni du reste pour le savoir, Signe était en elle et elle, en Signe.

— Johansson, lut-elle encore. Je m'appelle Johansson. Tu crois encore qu'il s'agit d'une coïncidence ?

— Ben… ricana Erik. Si tu veux trouver quelqu'un qui s'appelle Johansson, tu n'as qu'à entrer dans cette station-service. Demande-lui, à elle, là, si elle s'appelle Johansson – il désigna une femme qui travaillait dans le parc, coiffée de dreadlocks. Tu as de bonnes chances qu'elle te dise oui.

Hanna ferma les yeux et se laissa envahir par Signe. En ce 12 novembre où la petite fêtait ses vingt et un ans, elle n'était pas à son anniversaire. De quoi avait-elle l'air, cette petite Signe qu'elle avait tant aimée, à laquelle elle avait tant appris de choses ? Quel était le timbre de sa voix de femme ? De quoi rêvait-elle ? Avait-elle les cheveux courts ou longs ? Avait-elle appris à ne pas se dévaloriser ? Hanna ouvrit les yeux. C'était la première fois qu'elle souhaitait à autrui de ne pas se dévaloriser. Erik s'en attribuerait certainement le mérite, et Caroline croirait en l'influence d'Elvira. Seule Hanna savait exactement ce qu'il en était.

Les Orellana Rydh habitaient une maison de ville dans le Värmland. Le père, un homme grand et légèrement courbé aux cheveux grisonnants et au regard aimable, leur ouvrit et leur tendit une très grande main.

— C'est vous qui avez appelé, je crois.

— Au sujet de la peti… De votre…

— De ma grand-mère, c'est bien ça ? Entrez, entrez…

— Vous êtes nombreux ! s'exclama une femme qui faisait claquer ses mules en descendant l'escalier.

Elle avait un faible accent de la région.

— Je n'avais pas idée que vous seriez si nombreux, reprit-elle. Bienvenue ! Entrez !

Le domicile du couple était un véritable salon d'exposition IKEA assaisonné de tissus d'Amérique latine. Dans l'entrée, une veste rose vif contrastait avec les autres manteaux. Sur une photo entourée d'un cadre argenté, deux enfants souriaient. On conduisit les visiteurs au salon, où une décoration indienne surplombait un canapé d'angle Ektorp. La femme leur demanda si, par curiosité, elle pouvait rester les écouter même s'il ne s'agissait pas à proprement parler de sa famille.

— Nous ne sommes pas tous parents non plus, précisa Ági.

"Tout ça grâce à Signe", pensa Hanna. Elle se le rappela en guise de consolation alors qu'une jalousie familière l'envahissait insidieusement. Lars Rydh avait le droit d'être le petit-enfant de la petite Signe.

— Je dois vous avouer que je n'ai pas tout compris au téléphone, dit-il. Vous auriez trouvé quelque chose qui appartenait à ma grand-mère, c'est ça ?

Hanna acquiesça.

— D'une certaine manière. Ça a commencé avec… Eh bien, avec une paire de lunettes.

Après avoir écouté le récit plus ou moins clair de Hanna, Lars Rydh sembla considérer de son devoir de leur parler de la petite Signe.

— Ma grand-mère était une femme extraordinaire, entre autres la première de la région à passer une licence. Mais c'était aussi quelqu'un de discret et d'assez solitaire, je crois. Enfin, entre nous, il y avait un fossé intergénérationnel. Elle se préoccupait beaucoup de ses petits-enfants, de nos centres d'intérêt. Elle nous donnait des bonbons, elle nous gâtait. Bref, c'était une vraie grand-mère.

Il se leva, prit un épais album sur une étagère Billy et l'ouvrit sur une jeune femme en tailleur.

— Ici, elle est encore jeune. Je crois que ça date de 1932.

Il tourna la page. La même femme blonde, sage, raisonnable, mais le visage déjà plus rond. Elle avait alors vécu une bonne partie de sa vie.

— Voilà comment je me souviens d'elle. Une vieille dame adorable. Mais… J'ai peur de ne pas avoir tout compris. Cette Signe dont vous parlez… Vous avez trouvé le journal intime de ma grand-mère ?

Hanna secoua la tête. Erik se tortilla, embarrassé. Caroline prit la parole.

— C'est celui de Signe senior, pourrait-on dire. Une femme qui a entretenu une relation amoureuse avec Anna Johansson, la mère de votre grand-mère.

Lars leur fit un sourire incrédule. Sa femme lui lança un coup d'œil interrogateur. Erik se tortilla de plus belle.

— Une chose est sûre, dit Lars, vous vous trompez de Signe. La mère de ma grand-mère était mariée avec le père de ma grand-mère, c'est un fait incontestable. Et ils n'habitaient pas à Tierp.

Il fit un sourire aimable pour tenter de les réconforter malgré la déception qu'il pensait leur infliger. Erik se pencha en avant.

— Eh bien, dit-il avec son accent du Småland, nous avons la preuve qu'Anna Johansson et Signe Sivander ont eu une liaison extraconjugale avant qu'Anna Johansson ne s'installe à Kävlinge avec son mari.

Il se pencha en arrière, hocha la tête et ajouta :

— Si, si.

Lars haussa les sourcils comme si Erik venait de jeter un nouvel éclairage sur l'Histoire.

— Eh bien, tout ça me paraît… fantastique. Alors le journal appartiendrait à cette Signe plus âgée, qui aurait eu une aventure avec la mère de ma grand-mère.

Il émit un petit rire étonné. Hanna éprouvait un mécontentement croissant : était-ce tout ce qu'ils récoltaient ? L'incrédulité d'un homme d'âge mûr qui se souvenait de sa grand-mère parce qu'elle lui donnait des bonbons ? Sa femme, également perplexe, leur demanda s'ils voulaient du café. Dans le couloir, une silhouette noir et rose passa subrepticement.

Une fois le café terminé, Hanna s'excusa, prétextant un passage aux toilettes. Elle contempla la photo des enfants dans l'entrée :

deux fillettes aux yeux bruns et aux sourires ravissants, vêtues de pulls rayés. La ressemblance avec la petite Signe n'était pas frappante. Dans le cadre, un reflet la fit sursauter. Elle se retourna. Une des fillettes de la photo l'observait, en version plus âgée. Une adolescente aux cheveux noirs d'environ un mètre soixante.

— C'est vrai que la grand-mère de mon père était gay ?

Sa frange en biais lui tombait sur les yeux et ses cheveux étaient coupés très court sur les côtés. Son blouson de survêtement rose vif évoquait les années 1980.

— Non, mais sa mère a eu une aventure avec une autre femme. Une maîtresse d'école.

La fille haussa les sourcils exactement comme son père.

— Encore plus cool.

La réaction de l'adolescente réchauffa le cœur de Hanna.

— C'est clair.

La jeune fille impressionnée lui fit un signe de tête.

— Je peux te montrer un truc.

Elle la conduisit à l'étage. Sur la porte d'une chambre, un écriteau indiquait : *Chambre d'Amanda. Production en cours. Ne pas frapper. Ne pas entrer. Envoyer un SMS.* L'adolescente ouvrit la porte. En toute logique, elle devait être Amanda.

La petite chambre était encombrée par une espèce de table de mixage, contre laquelle étaient appuyées une guitare électrique et une basse, complétées par un synthétiseur miniature sur un bureau.

— J'ai fait un truc sur les dialectes, dit-elle en dégageant sa frange d'un coup de tête. Ils ont mis plein de dialectes sur Internet. Tu connais ?

Elle lança un regard intransigeant à Hanna qui, d'un geste, avoua son ignorance.

— Ils ont enregistré des gens qui parlent des dialectes différents partout dans le pays et moi, j'ai fait une espèce de remix, comme pour une chanson, mais avec des dialectes. C'est un peu bizarre, mais pas mal. J'étais au courant du site de dialectes parce que la grand-mère de mon père est dedans. Enfin, je crois que c'est sa grand-mère paternelle.

Elle tapota dans un moteur de recherche et fit apparaître en un clin d'œil la page désirée.

— Là, dit-elle. Ils parlent de la vie. Genre des souvenirs d'enfance. Surtout les vieux. C'est super intéressant, en fait. Il y en a qu'on ne comprend pas du tout, mais il y a une transcription qu'on peut suivre. Là.

Elle indiqua un endroit sur l'écran. Une femme âgée à Kävlinge.

— C'est elle.

Elle ouvrit un potentiomètre sur sa table de mixage et fit un double clic pour activer le fichier. La petite Signe se mit à parler.

— *Ma mère n'a pas dû être… Elle n'a jamais été très heureuse. C'était toujours… Quand elle avait quelque chose, eh bien, elle voulait toujours autre chose. Elle ne se plaignait pas, non, mais je sentais qu'elle était insatisfaite.*

Une courte pause, puis un clic, et la voix reprit.

— *On a quitté la ville où j'ai grandi, Tierp, quand j'allais avoir mes huit ans. Ça a été dramatique, je m'en souviens. Je ne voulais pas déménager, ma mère était malheureuse… Kävlinge… Je trouvais le nom horrible.*

La vieille femme eut un rire indulgent.

— *Mais tout s'est bien terminé. C'est ici que j'ai rencontré mon Gunnar et que j'ai décidé de faire des études.*

Pause. Clic.

— *La petite Signe…* dit la voix. *Il n'y a que ma mère qui m'appelait comme ça. Mon père a arrêté quand ça n'a plus eu de sens. Dans mon enfance, il y avait une autre Signe plus âgée. Mon père était maître d'école et elle, maîtresse. On se fréquentait beaucoup. Il y avait donc deux Signe à l'époque.*

Courte pause, pas de clic.

— *Elle m'a énormément manqué quand nous avons déménagé. Je m'en souviens. Et ça ne m'a jamais quittée, d'une certaine manière. J'ai toujours été fière de mon nom.*

C'était la fin. Elles restèrent songeuses. Amanda remuait pensivement la tête en tambourinant sur la table. Puis elle se tourna vers Hanna.

— Tu sais comment je m'appelle? Amanda Signe Orellana Rydh.

Elle lui fit un sourire de connivence. Hanna eut envie de lui montrer le journal intime.

Elle aida Amanda à déchiffrer le texte, se souvenant vaguement qu'elle aussi avait eu du mal à lire l'écriture vieillotte.

— *Signe Johansson,* conclut-elle, *fille d'Anders Johansson, née dans la paroisse de Tierp le 12 novembre 1911.*

Amanda se renversa en arrière et regarda le plafond.

— Merde… dit-elle. L'angoisse ! Je vais composer une chanson là-dessus. Elle n'est morte qu'il y a dix ans…

— Si tu t'appelles Signe, et que tu es la descendante de la petite Signe, on peut dire que tu es la nouvelle petite Signe.

Amanda se redressa.

— Je ne sais pas si c'est un super nom d'artiste.

— Je veux dire que ce livre t'appartient peut-être.

Amanda regarda le carnet sur les genoux de Hanna.

— Peut-être. Mais je ne m'appelle pas Johansson.

Le rez-de-chaussée était plongé dans le silence. À travers la fenêtre d'Amanda Signe Orellana Rydh, un nuage passa. Hanna hocha la tête.

— Moi, si.

89

Si je meurs sans que tu m'aies retrouvée
En ton cœur laisse ma voix te guider

Signe fut interrompue dans ses tristes vers par une caresse sur la joue. Elvira tira doucement sa tête en arrière pour l'appuyer contre son ventre.

— J'ai appris quelque chose à la ferme, dit-elle.

Signe sentait les vibrations de sa voix dans son torse.

— Ça ne sert à rien de se complaire dans les souffrances de l'âme, reprit Elvira. Tu le sais aussi bien que moi.

Signe lâcha son porte-plume.

— On ne se nourrit pas de rêves, répliqua Signe en imitant son père.

Elvira se pencha par-dessus son épaule et lut les quelques lignes que Signe avait écrites.

— Viens ! Sortons prendre l'air.

À l'orée du bois, des orties démesurées formaient quasiment une haie. Le temps était venu de les dompter, décida Elvira. Sa mère en faisait bouillir dans les moments de mésentente et de frottements, et même si l'exaspération de Signe était largement justifiée, un peu de soupe ne pouvait pas faire de mal.

Elvira n'avait pas tort. La présence d'esprit dont il leur fallait faire preuve pour ne pas se piquer détourna quelque peu Signe de sa morosité. Elles gardèrent les feuilles tendres pour la soupe et les grosses pour en faire du fourrage. Séchées, celles-ci pouvaient nourrir les cochons l'hiver et représenteraient une petite monnaie d'échange.

— Un héritage, dit Elvira en plein travail, ne se borne pas aux souvenirs qu'on laisse dans notre entourage. La petite ne t'oubliera jamais, je peux te l'assurer. D'ailleurs, tu l'as déjà durablement influencée.

Elle trancha une ortie.

— Personne ne souhaite tomber dans l'oubli, reprit-elle. Pourquoi crois-tu que ces messieurs ne cessent de dresser des statues à leur image ? Ils semblent croire que l'héritage, faute de passer par le sang, peut être fixé dans le bronze.

Les orties coupées s'amassaient, formant un tas clair pour la soupe et un foncé pour les cochons.

— Et selon toi, comment se transmet-il ?

— Dans les traces que nous laissons. Dans ce qui, sans notre passage dans le monde, aurait été autrement.

— Ton héritage est donc le droit de vote.

— Pas le mien. Le nôtre.

En jetant une ortie, elle se piqua et se suça vivement le doigt. Signe lui tendit quelques feuilles de grand plantain.

— Notre héritage, c'est toutes les femmes qui iront voter, Signe. Ne limitons pas notre horizon à nos proches, les hommes ne l'ont jamais fait. Ce que nous laissons est bien plus vaste. Il s'agit de notre rôle dans l'Histoire.

— Mais nous laissons bien quelque chose à une échelle plus réduite aussi, non ? objecta Signe. À nos proches…

De ses yeux tachetés de vert, Elvira lui lança un regard perçant. "Sa force est immense, se dit Signe. Elle ne s'encombre pas de détails." Elvira se tourna vers les tas d'orties et annonça :

— Ça devrait suffire pour la soupe.

Après le repas, Signe s'assit à sa fenêtre pour raccommoder des pantalons d'été qui appartenaient aux enfants du sacristain. Les reprises devaient être quasiment invisibles. Elvira s'assit en face d'elle et ouvrit le *Journal du droit de vote*.

— À Stockholm, elles doivent célébrer l'événement à en faire voler les chapeaux.

Signe l'épiait. L'épais silence qui régnait autour d'elles n'était interrompu que par les braises qui crépitaient de temps en temps dans la cuisinière. Au-dehors, le vent sifflait dans la forêt. Signe s'apitoya.

— Pauvre Elvira… Nous obtenons enfin le droit de vote, et la seule personne a tes côtés fait une dépression.

Elvira aurait pu la détromper, mais elle dit :

— J'aimerais tellement voir leurs mines et partager leur joie… En Angleterre, elles ont poussé des cris de jubilation pendant plusieurs jours.

Elvira ne lui avait pas précisé combien de temps elle resterait, et Signe avait refoulé l'idée insupportable de son départ.

— Tu pourrais peut-être leur téléphoner ? Nous avons une cabine à la gare.

Elvira fit une grimace et se replongea dans la lecture des articles de Gulli Petrini et d'Ellen Key. Signe la surveillait avec tant de zèle qu'elle faillit se piquer le doigt. Elle pouvait feindre une blessure, crier "aïe!" et forcer Elvira à rester la soigner. Quelle idée méprisable…

Pendant leur toilette du soir, avec un sourire désarmant, Elvira s'écria :

— Bon sang ! Nous avons le droit de vote ! Ce n'est pas un rêve !

Mais Signe, en silence, ne pouvait se défaire de ses pensées. Au lit, après une conversation optimiste, les mots lui échappèrent :

— Quand tu partiras à Stockholm, je serai seule.

Elvira caressa son épaule dénudée et lui embrassa le front.

— Tu n'es jamais seule.

— Je le serai quand tu partiras. Avant, j'avais la petite. Maintenant…

Signe poussa un profond soupir.

— Tu n'es pas seule, tu le sais, non ?

— Parce que tu m'accompagnes en pensée ? Parce que j'influence la petite Signe ? Je ne sais pas si… Je ne crois pas que…

Elvira se redressa. Ses yeux brillaient dans le noir. Signe sentit les larmes lui monter aux yeux. Elles auraient dû parler d'autre chose, profiter du temps qu'il leur restait, comme elles l'avaient toujours fait…

— Mais non, idiote, rétorqua Elvira. Tu n'es jamais seule, parce que tu jouis toujours de ta propre compagnie exquise. Ne l'oublie jamais.

Elle se recoucha contre l'épaule de Signe. Son poids et sa chaleur étaient illusoires. Elvira, cette force de la nature, ne s'épanouirait qu'au centre des événements, très loin de Tierp. Tôt ou tard, Signe allait devoir voler de ses propres ailes. Elle ferma les yeux, résignée.

— Tu ne restes pas, c'est cela ?

Elvira garda le silence. Au son de sa respiration trompeusement réelle, Signe attendait la réponse, qui ne fut celle qu'elle aurait souhaitée.

— Ta vision de la fidélité m'étonne toujours autant. Pour ma part… je t'aime, tu le sais. Mais pourquoi nous perdrions-nous ? Nous pouvons nous aimer où que nous soyons. Nous pouvons nous épanouir encore et devenir plus fortes.

Les réponses de Signe, tapies dans le noir, n'attendaient que ce moment pour franchir le barrage de ses lèvres.

— Tu ne sais pas ce que signifie perdre. Tu n'as jamais baissé la garde.

Elle ouvrit les yeux. On devinait le plafond dans la nuit. Pourquoi sa langue fourchait-elle ? Ce n'était pas ce qu'elle aurait voulu dire.

Soudain, elle comprit pourquoi. Cinq ans auparavant, deux ans auparavant, elle n'en aurait pas été capable. Aujourd'hui, elle pouvait suivre du doigt les affreuses cicatrices qui sillonnaient son âme : les vieilles, déformées par le temps, les nouvelles, encore sanglantes. Elle avait jusque-là ignoré à quel point elle se protégeait. Car on pouvait craindre le partage et l'intimité avec autrui, mais également le contraire, c'est-à-dire avoir une peur bleue de s'affronter soi-même.

Laquelle de ces batailles demandait le plus de courage ?

90

La maison d'Erik avait changé depuis sa précédente visite. Cette fois, les briques jaunes lui semblèrent accueillantes. En cherchant maladroitement la clef, Erik l'avertit du bazar à l'intérieur. Il ne l'avait pas fait la première fois. Il faut dire que, ce jour-là, Hanna n'était pas accompagnée d'une dame frisée au derrière gros comme une colline.

— Elle aime les filles, j'en suis sûre, dit Ági pour la vingtième fois depuis qu'ils avaient quitté le domicile des Orellana Rydh. Je l'ai senti. Qu'est-ce qu'elle t'a dit là-haut ?

Ils se serrèrent dans le couloir d'entrée. Caroline scrutait les lieux avec curiosité : les étagères surchargées de bibelots, les cannes sculptées, les vases, un gigantesque portrait de famille. Erik, nerveux, lui jetait des coups d'œil sous cape. Johan réagit à l'exaltation d'Ági.

— Arrête un peu… Tu imagines : si chaque fois que j'avais l'impression qu'une fille aimait les mecs, je l'annonçais tout haut ? Je ne dirais plus que ça. Je ne vois pas trop le truc.

Ági fit une moue dédaigneuse qui n'était pas dans ses habitudes.

— Je me demandais seulement ce qu'elle avait dit.

Caroline accrocha son manteau sur un cintre en bois rouge et se tourna vers Erik.

— On voit que c'est toi qui habites ici, dit-elle avec un sourire espiègle.

Erik la suivit docilement au salon, où elle s'arrêta subitement devant un bouquet de fleurs séchées.

— On ne leur a pas donné l'herbier ! s'écria-t-elle.

— Ni le journal, ajouta Hanna. Lars n'a voulu garder que la correspondance. Amanda m'a dit – Hanna se tourna vers Ági – exactement ce que je vous ai raconté dans la voiture : que je pouvais conserver le carnet parce que, de toute façon, elle était incapable de le lire. En échange d'une transcription sur ordinateur.

Caroline tendit l'herbier gris à Hanna. Une plante était dessinée dans un médaillon sur la couverture, que deux rubans permettaient de fermer. Hanna ouvrit le volume et examina la dédicace à Signe de la plume d'Elvira, du moins le croyaient-ils…

— C'est l'écriture de Signe, pas celle d'Elvira.

Caroline se leva.

— Tu as raison ! Comment cela a-t-il pu m'échapper ? Mais alors… Elle se serait écrit ces mots à elle-même ? C'est bizarre, tout de même…

Hanna sourit.

— Non, à la petite Signe. Et elle…

Alors qu'elle formulait sa pensée, des images défilaient dans son esprit : Signe avait acheté l'herbier pour la petite et n'avait pas pu le lui offrir avant que la famille ne déménage à Kävlinge. Il était là, le nœud de l'histoire : ce moment où Signe avait définitivement été privée de la petite. Le même jour, elle avait récupéré ses propres lettres à Anna, l'herbier avait perdu sa raison d'être et son journal intime avait été brutalement interrompu. Les bottines avaient peut-être joué un rôle dans le drame. Oui, décidément, Hanna en était sûre : la règle, la broche et les lunettes aussi. L'événement avait ainsi été capturé dans des semelles, du verre, du bois et de l'argent. Hanna ouvrit les yeux et croisa les regards interrogateurs d'Erik et Caroline.

— Je crois savoir ce qui s'est passé.

Les autres s'étaient précipités à la cuisine au son de leur cri de ralliement : “café”, et Hanna en avait profité pour filer à l'étage. L'odeur de la chambre d'ami l'aidait à fouiller dans sa mémoire. La dernière fois qu'elle était étendue là, elle avait confondu la lampe avec une bougie. 1906, 1907, 1908… Toutes les années défilèrent dans son esprit : la jeune et rayonnante Anna, vingt-deux ans, jolie comme un cœur, irrésistible ; la trahison et les paroissiens tirés à quatre épingles à l'église ; ce jour où les lèvres d'Elvira avaient frôlé pour la première fois celles de Signe ; la petite Signe, le jour de sa naissance, marchant à quatre pattes, puis sur ses deux jambes ; l'ancien carré de pommes de terre inexplicablement remplacé par un grand hêtre ; le journal ouvert sur la tablette du secrétaire ; Signe écrivant le poème de la dernière page.

Hanna se retourna dans le lit pour attraper son sac par terre. Généralement, ils sautaient les brouillons des poèmes, passant directement aux versions finales plus faciles à déchiffrer. Mais ce poème-là n'existait qu'à l'état d'esquisse. Elle alluma la lampe de chevet.

En toi, mon héritage se brisa
Notre lien fut tranché dans une âcre clameur !
Mais tu demeures mon enfant, mon cœur
Dis-moi, suis-je toujours en toi ?

À pénible question, réponse silencieuse
M'oublieras-tu ? Lorsque tu grandiras
Et lorsqu'à ton tour tu enfanteras
Les années auront-elles soufflé ma veilleuse ?

Si je meurs sans que tu m'aies retrouvée
En ton cœur laisse ma voix te guider
Que mon âme en toi jamais ne s'éteigne
Suis sa trace et console mon être qui saigne

Hanna mit du temps à déchiffrer l'écriture. Ses yeux suivaient lentement les vers, sans s'en détacher. Plus elle avançait, plus Signe régnait en elle. Lorsque Erik frappa, elle pleurait.

— Eh ben… Je voulais te demander si… commença Erik. Mais petiote, tu es triste ?

Il prit un air soucieux. Hanna s'essuya les yeux.

— Tu veux que j'aille chercher quelqu'un ?

— Non.

Comme s'il approuvait sa décision, il ferma la porte, s'assit à son chevet et appuya le menton sur ses mains. Hanna reniflait discrètement.

— Signe avait tellement peur de mourir sans rien laisser derrière elle…

Erik resta silencieux. Un imperceptible grincement sortit de sa gorge, ou du vieux plancher à l'odeur d'antan.

— Je me sens complètement… J'aimerais tellement pouvoir lui parler. Je crois qu'elle communique avec moi.

Erik s'apprêta à dire quelque chose, mais se ravisa. Hanna répondit à son objection muette.

— Je sais que tu n'y crois pas.

— En tout cas, je crois que cette femme voulait transmettre quelque chose, dit-il. Quand on voit comment elle écrivait.

Un genre de consentement, malgré tout… Hanna relut calmement les vers, apaisée par la présence d'Erik. Ces lignes s'adressaient aussi à elle, cela ne faisait aucun doute. Elle s'appelait Johansson, et Signe bruissait dans ses veines. *"Que mon âme en toi jamais ne s'éteigne"*… "Non, Signe, elle brûle encore! Je ne suis pas une petite Signe, mais tu m'as transmis ton héritage, tu m'as appris plus que ma propre…"

— Je devais envoyer un mail à Amanda, dit-elle soudain. Elle veut mettre en musique des vers de Signe. Je me disais qu'on pouvait lui envoyer le poème adressé à Anna, *Mon cœur*, en lui expliquant un peu le contexte.

Erik lui indiqua son téléphone.

— On peut peut-être l'écrire là-dessus…

Hanna sourit.

— Moi, en tout cas, je peux.

Quelques minutes plus tard, des pas retentirent dans l'escalier. Johan, manifestement inquiet, l'appelait.

— Ici! lui répondit-elle.

Sa tignasse châtain apparut dans l'entrebâillement de la porte.

Une idée inattendue traversa l'esprit de Hanna : si Johan et elle avaient fait l'amour à cet instant précis, elle serait tombée enceinte. Elle imagina l'enfant, une petite fille ou un petit garçon aux yeux clairs comme ceux de Johan, avec les… Bref, quelque chose de beau venant d'elle. Ses lèvres, par exemple.

— Qu'est-ce que vous faites? demanda-t-il.

— On a fini.

Le mail à Amanda fut une collaboration réussie : il expliquait de façon claire et concise le pourquoi et le comment du poème. Dans le salon d'Erik, quelqu'un avait trouvé un vieux Monopoly. Avec un sourire en coin, Johan les invita à descendre faire une partie. Hanna décida que leurs enfants auraient le sourire en coin de Johan.

— Tu prends la chaussure, lui dit-il. On l'a décrété à l'unanimité.

91

La première fois qu'elle vota aux élections nationales, Signe avait trente-neuf ans. Il faisait froid. Jamais elle n'oublierait cette journée : l'odeur des premiers jours d'automne ; son chemin, pas à pas, depuis la porte de sa maison jusqu'au bureau de vote ; le paysage, qu'elle voyait désormais d'un autre œil, puisqu'elle participait aux décisions. Et les femmes : leur démarche était plus ample, comme si elles foulaient la route avec plus de fierté. Plus de pouvoir. Elles ne cheminaient pas derrière les hommes, mais côte à côte avec eux.

Signe se souvint des mots d'Elvira. Ne pas se perdre. S'épanouir et devenir plus forte. Cela faisait plus de deux ans… Quels que soient les termes exacts, elle avait repris l'idée plusieurs fois dans son nouveau journal. Le bulletin de vote serré dans la main, elle respira l'air de septembre qui désormais lui appartenait. Il s'agissait de définir la limite entre soi et les autres. Et de la respecter.

— Tu te rappelles ce que tu m'avais dit à ton retour ?

Elvira leva la tête.

— À mon retour d'Uppsala ? La semaine dernière ? J'ai dit que Gertrud était affreusement maniérée depuis qu'elle avait rencontré ce major.

Signe rit.

— Tu ne tiens pas ton bulletin ? S'il s'envolait du panier… Tu te rends compte ? Non, je veux dire à ton retour d'Angleterre.

Elvira grimaça et mit la main sur le tissu qui protégeait son bulletin, au fond du panier.

— Que tu m'avais manqué quand j'étais en Angleterre.

— Non, tu m'avais dit que même seule, je devais être forte. En tout cas, d'après mon souvenir. Je croyais que tu allais à nouveau me quitter.

— Moi aussi… un moment.

Elles avaient déjà échangé tant de phrases longues et compliquées que les explications étaient désormais inutiles.

— C'est difficile quand les sentiments s'en mêlent, résuma Signe. En fait, c'est un miracle que nous soyons encore ensemble.

Elvira sourit de côté et la regarda longuement.

— Miracle, c'est le mot.

Au bureau de vote, il régnait une animation inattendue. Le grand jour avait attiré des marchands ambulants qui proposaient divertissements, nourriture ou boisson. Un journaliste et un photographe de la gazette locale tournaient autour de la maison paroissiale, espérant récolter quelque judicieux commentaire parmi ces messieurs les notables et, désormais, ces dames. Après avoir déposé leurs bulletins dans l'urne, Augusta et Sanna, qui rayonnaient de fierté en ce jour de victoire, sortirent du bâtiment bras dessus bras dessous, comme si la dignité et l'honneur faisaient désormais partie intégrante de leur être – une évidence, en somme. Sanna raconta à Signe qu'elle était passée la première dans l'isoloir et que son mari avait attendu son tour.

— Il a dit que ce n'était que justice, après tout le temps que j'avais attendu. Décidément, j'ai déniché le meilleur mari du pays.

— Notre grande célébrité de la lutte pour le droit de vote ! s'exclama un homme qu'aucune ne reconnut. Une photo pour le journal ?

Il s'était adressé à la seule Elvira, mais celle-ci objecta :

— Ces trois femmes… Où est passée Augusta ? Bref, ces deux femmes ont travaillé aussi dur que moi pour l'obtention du droit de vote et méritent amplement de figurer dans votre article.

Après quelques protestations, Signe finit par prendre sagement la pose à côté d'Elvira pendant que le photographe prenait le cliché.

Plus tard, elles devaient lire : "Elvira Löfvenberg, célèbre défenseur du droit de vote des femmes, et ses amies". Signe la taquinerait longtemps à ce sujet.

Lorsqu'elles franchirent le seuil du bureau de vote, Signe déclara :
— Allons élire le Riksdag.

Il faisait frais, mais pas assez froid pour qu'elles aient envie de quitter les lieux. Elles s'attardèrent donc, observant les citoyens, hommes et femmes, présents ce jour-là. Tous ajoutaient leur grain de sel à un système qui ressemblait de plus en plus à une démocratie. Quel âge avait Signe quand elle avait commencé à militer ? Elle calcula mentalement : vingt-quatre ans. Elle avait donc passé treize ans à en découdre avec le Riksdag. À Stockholm, certaines femmes y avaient consacré cinquante ans de leurs vies.

— Quand tu as rédigé le télégramme, dit-elle à Elvira, pensais-tu aussi à notre chambre à coucher ?

— La poétesse, c'est toi.

— Je croyais que c'était un message codé. *"Victoire dans deux chambres."* Enfin, c'est ce que je voulais y lire.

Elvira lui prit le bras.

— Je suis incapable de faire des tournures aussi réussies que les tiennes, mais je sais une chose : quelle que soit la chambre dont on parle, il n'est pas question de se reposer sur ses lauriers.

Signe hocha la tête. Pourquoi Elvira insistait-elle toujours tant sur le travail dans une relation amoureuse ?

La femme du pasteur entra dans la maison paroissiale, puis l'épicier, puis la femme de l'épicier, puis l'ouvrier agricole Åkerström.

— Et le travail, reprit Elvira, c'est la raison pour laquelle nous avons lutté, ne penses-tu pas ? Je veux dire celui que nous devons accomplir là-dedans, notre inestimable récompense.

— Maintenant, c'est toi, la poétesse, dit Signe. Sauf si tu parles du Riksdag.

— Je parle de toi, répliqua Elvira. Je ne sais pas trop ce que j'ai fait pour te mériter.

Elle eut un rire nerveux.

— Parfois, j'ai l'impression de m'être conduite comme les députés de la première chambre, dit-elle, aveuglément convaincue que moi seule pouvais régner. Tu l'as remarqué ?

Signe éclata de rire.

— Si je l'ai remarqué ? Ma douce, parfois, en secret, je te surnomme "la guerre de tranchée". Mais je sais que tu tiens à moi. Inutile de sortir l'artillerie lourde.

Elle envisagea d'avouer sa part de responsabilité dans leurs difficultés, mais se ravisa. Mieux valait rester prudente. Elvira se racla la gorge.

— Sans doute. Et, tout comme les députés, j'ai été obligée de capituler.

Signe sourit. Après deux ans de vie commune, on ne pouvait pas appeler ça une révélation, mais l'aveu n'en était pas moins charmant. Elle tira Elvira par le bras.

— Viens.

Alors qu'elles approchaient, Signe se revoyait, en ses folies passées : une jeune maîtresse d'école, éblouie par des boucles blondes et débordante de quelque chose qui n'existait pas encore. Était-elle en train de répéter la même erreur ? Elle serra la main d'Elvira. "Ce n'est rien de spécial", aurait-elle voulu dire pour déjouer les faux espoirs, mais elle se retint.

À leur arrivée au pied de son arbre – cet étrange miracle de la forêt –, elle regretta. Elvira ne comprendrait pas, certaines choses étaient privées et devaient le rester.

Elvira leva les yeux sur le hêtre, qui se teintait d'argent sous le soleil déclinant. Puis elle regarda Signe, fascinée.

— Je n'ai jamais vu de hêtre aussi loin au nord.

Signe rit de soulagement.

— Moi non plus.

Elle posa une main sur le tronc ferme, s'appuyant contre lui. Autour d'elles, la forêt était plongée dans le silence, sous une lune aux trois quarts pleine.

— Je viens ici de temps en temps.

— Je comprends.

Signe caressa l'arbre qui lui semblait toujours bienveillant et se tourna vers Elvira, qui se tenait à quelque distance, comme une intruse.

— Touche-le !

La main d'Elvira sur la sienne aurait pu lui rappeler des temps révolus, la compagnie d'une autre, mais elle refoula ces souvenirs-là, et choisit, en contemplant les veines familières, de penser au présent.

— Dire qu'un hêtre a poussé en pleine forêt de sapins… dit Elvira.

— Bizarre, non ? On se demande comment c'est possible. Je me disais…

Elle rougit.

— J'ai une explication romantique. Quelqu'un l'a peut-être planté en souvenir d'un être cher. C'est plus original qu'une pierre tombale : la vie après la vie.

Leurs deux têtes se touchaient. Signe sentit le léger mouvement d'un sourire contre sa tempe.

— Belle pensée. Tu en as tant de belles, d'ailleurs. Pourvu que je n'en sois jamais privée, dit Elvira.

— Ni moi des tiennes.

— Dis encore quelque chose de beau.

Elles se turent un instant. La forêt ne retint que le bruit de leur souffle. Signe regarda Elvira dans les yeux.

— Dire que nous sommes sur terre…

92

Elvira appartenait à Caroline. Ce constat circulait dans l'esprit de Hanna depuis leurs aventures du week-end. Comme d'autres : Anna appartenait à Lars Rydh ; la petite Signe, à Amanda. Les descendants de Signe étaient obnubilés par un illustre officier de marine. Aucun moteur de recherche ne daignait s'intéresser à Signe Sivander, née en 1882 à Vagnhärad. Hanna exprima sa frustration dans une conversation téléphonique avec Kalmar.

— Tu sais qui est Luna ? Une petite nana qui décrit ses sacs à main dans son blog. Eh bien, on obtient cent cinquante-sept mille résultats Google dans lesquels elle est mentionnée. Tu veux que je te lise son dernier post ?

Elle ignora l'opposition discrète d'Erik.

— *"J'ai acheté celui-ci hier, un peu cher, mais bon. En tout cas, il est joli ! Okidoki, bon ben, je vous souhaite à tous une super journée. Je vais décompresser un peu et après, sortie !"*

Hanna fit un "pffff" de dédain et ajouta :

— Et sur Signe, zéro.

Le soutien d'Erik dans cette diffamation des médias contemporains se révéla indéfectible. Il contribua même aux accusations en citant quelques exemples supplémentaires de l'inéluctable déclin de la jeunesse. Ils s'égarèrent dans des propos sur les supporters de foot et les boursiers des écoles d'art avant que Hanna ne prenne sur elle et recentre la conversation.

— Sa propre famille ! Comment s'appelait-il, déjà… Herman. Il m'a demandé à combien j'estimais la carte postale – celle que j'ai inventée de toutes pièces. Il m'a demandé de le prévenir si j'avais l'intention de la vendre.

— Tout le monde n'est pas sensible à la valeur historique des choses, commenta Erik.

Deux jours plus tard, Erik débarquait à Stockholm.

Dans un lointain passé, une mésange bleue s'était égarée dans la maison où vivaient Hanna, sa mère et sa sœur. Regardant autour d'elle, elle s'était lissé l'aile en attendant de comprendre ce que signifiait "intérieur" et s'était délestée de diverses déjections corporelles jusqu'à ce qu'on lui ouvre la porte vitrée. En entrant chez eux, Erik Kihlberg se comporta exactement comme l'oiseau.

— Je devais aller chercher l'armoire de la veuve à Södertälje, expliqua-t-il en ôtant son sac à dos, mais quand je suis arrivé, les volets étaient fermés. Alors je l'ai appelée, mais elle était partie chez son fils à Göteborg.

Il cherchait un endroit où poser son sac. Hanna le prit et le mit sur la commode IKEA, qui devait avoir environ dix ans d'âge. Erik n'accorda pas un regard au meuble.

— J'ai raconté à Johan que tu disais toujours que tu allais chercher une armoire, dit-elle pour le taquiner, mais que je ne t'avais jamais vu le faire. Attention, Erik ! On va bientôt découvrir le pot aux roses !

Erik éclata de rire.

— Ah bon ? C'est vrai, le facteur humain chamboule un peu mes projets, parfois, mais ça n'a rien de très mystérieux. Où est le petit gars ?

Hanna pouffa.

— Il est parti chercher une armoire.

Dans la cuisine, ils se firent du café et des sandwichs au fromage. Hanna avait mis une nappe sur la table, ce qui embellissait clairement le tableau.

— Je me demande si je ne devrais pas descendre les chaises à barreaux de mon père, dit-elle. Je pourrais essayer de les réparer. Peut-être les repeindre.

Erik prit un air approbateur.

— Tu deviens sérieuse.

— Après, on pourrait s'asseoir dessus.

— Il sera content.

— Qui ça ?

— Ton père.

Hanna tourna la tête vers la fenêtre, son regard se perdit dans le ciel bleu pâle. En quoi son père regardait-il Erik ? Elle aurait dû dire “mes chaises à barreaux”, puisqu'elles lui appartenaient.

— Je me disais aussi que je pourrais changer les rideaux. Les murs sont un peu moches, mais avec de jolis rideaux, ça pourrait passer quand même.

Erik saisit la perche, sans doute parce que ça lui permettait de parler de Caroline, qui pourrait donner un coup de main à Hanna, il en était sûr. Hanna laissa errer ses pensées, avec, en toile de fond, ces propos sur les talents de couturière de Caroline. Enfant, elle était en colère contre son père mais, à présent, Signe compliquait les choses. Il l'avait retrouvée alors qu'elle était déjà grande. “S'il y a une chose que je regrette, c'est que je n'aie pas lutté pour toi et Filippa”, avait-il dit. Il avait les larmes aux yeux. Elle l'avait remercié sans grand enthousiasme pour les chaises et l'écran plat, et lui avait demandé s'il n'était pas temps qu'il rentre chez sa vraie famille. Après un moment, c'est d'ailleurs ce qu'il avait fait. Hanna frissonna.

— Je me demande comment la petite Signe aurait réagi si Signe l'avait retrouvée quinze ans plus tard.

Erik aspira bruyamment une gorgée de café et sembla s'accommoder de ce nouveau sujet de conversation.

— Elle aurait eu vingt-deux ans, non ? Oui, c'est ça. Elle l'aurait reconnue, en tout cas d'après ce qu'elle dit dans l'enregistrement. Enfin, inutile de se perdre en conjectures.

— Elle se serait peut-être sentie trahie. Signe n'aurait pas pu tout lui expliquer. En plus, Anders l'aurait sûrement dénigrée derrière son dos pendant les années de séparation.

— Possible.

Consacrer subitement toutes ces pensées à son père aurait dû jeter Hanna dans un chaos intérieur, et pourtant, bizarrement, ce ne fut pas le cas. Elle regarda le bleu du ciel, d'abord prudemment, puis dans toute son oppressante immensité.

— Il y a un vers qui me tracasse, dit-elle. *“Mais en réalité, ma peau me possédait.”* C'est dans un poème à Elvira.

— Ah ?

— D'abord, je croyais que sa peau la possédait au lieu de l'inverse, qu'elle en faisait une obsession. Mais ça peut aussi vouloir dire qu'elle est son propre maître. Que d'autres l'ont possédée, parce qu'elle s'est laissé influencer, et que quand sa peau la possède enfin… Tu me suis?

Erik grogna.

— Dans ce cas, c'est plutôt une bonne chose, continua Hanna, parce que quand on est son propre maître, on accepte plus facilement les autres.

Erik la scrutait de ses yeux plissés.

— Et dans ce cas, tu lis le poème autrement?

Hanna rit.

— Non, enfin, il devient complètement incompréhensible. C'était juste une idée.

— Ça me fait très plaisir de l'entendre.

— Il ne faut pas se dévaloriser.

— C'est vrai?

Elle ignora son regard perçant et réfléchit. Signe parlait à travers elle, aucun doute là-dessus, Signe qui avait vécu toute sa vie dans la certitude d'en être seul maître.

— Signe était… C'était une sacrée… Tu sais ce qui me dérange, encore aujourd'hui? Que la maîtresse d'école Signe Sivander donne lieu à zéro résultats sur Google. Et si on lui consacrait un site? On pourrait au moins écrire un article quelque part. Faire une expo, appeler un musée… Pour l'instant, elle pourrait aussi bien ne pas avoir existé.

— Si pour ça, il faut apparaître sur Internet, je crains de ne pas exister non plus, remarqua Erik. Mais dans l'ensemble, disons que je suis partant.

L'article serait une espèce de manifeste, mais ils eurent du mal à se mettre d'accord sur le contenu. Erik voulait souligner l'importance de l'histoire et des savoirs oubliés pour les générations présentes ; Hanna voulait donner une description aussi complète que possible de la maîtresse d'école Signe Sivander.

— Sa personnalité, ce qu'elle faisait, ce qu'elle a dû affronter… C'est ce qu'elle voulait nous transmettre, tu sais!

Erik grinça, récalcitrant.

— Mais à quoi ça servirait si on ne précise pas que cette histoire est édifiante et qu'il est important pour la jeunesse d'en prendre connaissance?

— Et à quoi ça servirait si on n'écrit pas l'histoire, justement ?

— Il faut commencer par l'essentiel. Aujourd'hui, on ignore complètement les objets et les conditions de vie d'antan. Écris-le ! Tu l'as écrit ?

— Pas du tout. J'ai écrit : *"Il y a quelques semaines, nous avons trouvé des lettres du début du XXe siècle."*

— Comment veux-tu que les lecteurs sachent qui "nous" sommes et qu'ils comprennent le sujet de l'article, si tu commences comme ça ?

— Il s'agit des lettres, c'est évident ! Ne sois pas si têtu !... *"des lettres du début du XXe siècle, écrites par une..."*

Erik baissa les bras.

— *"... une maîtresse d'école du village de Tierp"*, maugréa-t-il.

— *"... née en 1882 et décédée en 1953."*

Erik fit la dictée à Hanna.

— *"Comme pour la plupart des gens de l'époque, son espace de liberté était défini par l'Église et les classes dirigeantes."*

Hanna rouspéta.

— Bon d'accord. Et puis quelque chose sur le droit de vote, dans ce cas.

— *"C'était une époque de bouleversements. L'industrialisation avait ébranlé les structures sociales qui prévalaient, les famines de la fin du XIXe siècle avaient ruiné de nombreux paysans pauvres, et le mouvement pour les droits civiques avait acquis une base qui allait petit à petit donner naissance aux parlements démocratiques d'aujourd'hui."*

— Heu... Tu peux répéter, s'il te plaît ? J'ai perdu le fil après les paysans. On ne peut pas se borner à dire qu'elle militait pour le droit de vote ?

— Sûrement pas, on perdrait tout le contexte historique.

— D'accord, j'écris que le mouvement pour les droits civiques progressait, et que les femmes commençaient à exiger de participer à la prise de décision politique. *"Signe Sivander était une des femmes de Tierp qui militaient en faveur du droit de vote. Par ailleurs, elle était lesbienne et partagea sa vie avec la militante Elvira Löfvenberg jusqu'en 1953, date de son décès. Elvira s'installa alors chez des parents. Signe avait également entretenu une relation amoureuse avec une autre militante, qui l'avait trahie avec Anders, également maître d'école. Anna, qui voulait devenir journaliste...*" Dis donc, c'est un peu bizarre, comme article.

Erik relut ce qu'elle venait d'écrire et sourit.

— Parce que ce n'est pas un article.

Il la dévisagea comme s'il venait de poser les yeux sur un ensemble fauteuils canapé rococo en parfait état.

— C'est un roman, Hanna.

— Ah bon ?

Elle contempla la biographie sur son écran, puis le journal intime et les liasses de lettres. La broche, la règle, les lunettes qu'elle portait sur le nez, les bottines dans l'entrée : tous ces objets n'étaient que des transitions. Elle savait désormais de quoi avaient l'air Anders, grandes mains et bras ballants, le plancher tout juste ciré de chez Signe, la façon dont la petite Signe tenait sa poupée en porcelaine ou le regard qu'Elvira posait sur Signe, toujours accaparée par le raccommodage d'un pantalon. Signe lui avait envoyé les images, à elle de les transmettre à la postérité.

— Ça commence comment ? demanda-t-elle à Erik.

— À ton avis ?

D'où tenait-elle les mots ? De la broche, des lunettes, des lettres ? De la maisonnette dans la forêt, des claquements des vieilles bottines ? De quelque part, bien sûr. Peut-être d'elle-même. Le roman sur Signe commençait en tout cas par ces phrases :

"*En colère ? Non, ce n'était pas le mot. Furieuse, plutôt.*"

De la réalité et de la fiction

Hanna n'a jamais existé, pas plus qu'Erik Kihlberg, Caroline Bock, Johan, Ági, Signe, Anna, Elvira, Anders, car cette histoire est fictive. Cependant, ils auraient pu exister, car la réalité a été un souci permanent tout au long de l'écriture de ce roman.

Mes recherches ont été encouragées par des personnes serviables et pleines de gentillesse. Je voudrais particulièrement remercier tous les bibliothécaires qui ont sorti des volumes poussiéreux de leurs archives et m'ont aidée à trouver de précieux renseignements, comme le prix de telle bottine en comparaison avec le salaire d'une maîtresse d'école en 1906, ou quel type de toit abritait un logement de maître d'école au tournant du siècle. J'aimerais également remercier Helena Lindroth du Musée nordique de Stockholm, Pernilla Karlsson du musée de la Ville de Göteborg, Gudrun Panther des Archives nationales d'Uppsala, Tage Elvin de la Maison communale de Tobo et les signatures "Björn H" et "Optus" de l'optikforum.se, ainsi que toutes les personnes qui, sans aucune forme de rémunération, postent de vieilles photos et lettres sur Internet (la jeune fille amoureuse dans le train est fortement inspirée du journal intime de Frideborg, publié sur Internet), tous les *geeks* qui, sans le savoir, m'ont donné des informations sur leurs sites web, la collection de Mattias Boström sur les logements de maîtres d'école et les vieux livres de cuisine de ma sœur.

J'en profite pour remercier ma famille et mes amis : ma mère, Elin, Mio, Carim et Caro, qui ont lu mes pages dans la foulée de mon écriture ; mon père qui, faisant preuve d'une grande humilité, a accepté de ne rien lire avant que le texte ne soit achevé, Ida qui a parcouru ces pages même si les ouvrages sur les maîtresses d'école des siècles passés lui rappelaient des carottes râpées, ma grand-mère adorée qui, à la moitié du roman, a cessé de traquer les anachronismes, l'histoire étant "trop captivante", tous ceux qui ont dû attendre que le dernier mot sur Signe soit couché sur le papier pour me revoir et, bien sûr, mon éditrice Sofia, qui a encouragé ce projet depuis sa naissance, la rédactrice Anna, qui m'a renseignée sur bien d'autres choses que la différence entre bottines et boots. Merci à toute la maison d'édition Piratförlaget.

Celui qui chercherait de la documentation sur la lutte pour le droit de vote des femmes à Tierp ne trouvera pas grand-chose dans les sources officielles. Le très détaillé *Description de la paroisse de Tierp* parle bien du mouvement ouvrier, du mouvement antialcoolique, du mouvement pour le suffrage universel et de diverses constellations de paysans et de corporations, mais ne dit pas un mot du mouvement pour le droit de vote des femmes. Dans le journal *Droit de vote aux femmes*, Tierp est cité deux fois, la première, le 15 avril 1912, à l'occasion du passage de la baronne Ebba Palmstierna invitée à y faire un exposé, et l'année suivante, dans un compte rendu assez long, intitulé "Pétitions dans l'Uppland gris" :

Le lendemain, le 28 juillet, un débat devait se tenir à Tierp. Au cours du trajet, nous nous sommes arrêtées dans tous les lieux de quelque importance, entre autres le village de Vessland et la fabrique de Strömberg. Nous avons trouvé partout des personnes enclines à rassembler des signatures dans le cadre d'une pétition et ce, dans cette région méprisée et grise de l'Uppland. Le soir, le débat eut lieu à Tierp.

Je ne pourrais pas jurer que Gulli Petrini a participé à la visite au gouvernement. En revanche, Selma Lagerlöf se trouvait effectivement à Strömstad le jour de la grande conférence pour le droit de vote, lorsque Augusta croit l'apercevoir. Je cite Elvira dans un article de *Droit de vote aux femmes* du 12 avril 1912 à l'occasion de son allocution à Linköping sur les suffragettes à travers le monde. En fait, l'invitée était une certaine Jenny Wallerstedt. Les premières réunions syndicales ont réellement été brutalement interrompues, comme Signe le raconte à Anna assise sur ses genoux, mais je ne sais pas si elles étaient tenues dans la maison paroissiale ou chez le sacristain.

Ce que je peux en revanche affirmer, c'est que l'histoire fourmille de femmes seules ou vivant avec d'autres femmes restées "vieilles filles". Ces bouts de ficelles tranchés se retrouvent dans maints arbres de famille. Nous ne savons plus rien de ce que ces femmes ont signifié pour leur entourage – ou les unes pour les autres. Je peux également affirmer que la lutte pour le droit de vote des femmes a été menée tambour battant par des femmes appartenant à des classes relativement aisées dans les grandes villes, mais que des centaines, voire des milliers de campagnardes se sont également engagées dans la lutte sans jamais être citées dans aucun livre d'histoire. Il n'a jamais existé de maîtresse d'école du nom de Signe Sivander à Tierp, mais elle a joué un rôle bien plus central dans l'évolution de la société que ne tend à l'indiquer la documentation disponible. *"Chaque être humain a le devoir de rechercher la vérité"*, comme l'a écrit un jour Povel Ramel, *"mais la vérité est un mélange de réalité et de fiction."*

S. L.

OUVRAGE RÉALISÉ
PAR L'ATELIER GRAPHIQUE ACTES SUD
REPRODUIT ET ACHEVÉ D'IMPRIMER
EN SEPTEMBRE 2016
PAR NORMANDIE ROTO IMPRESSION S.A.S.
À LONRAI
POUR LE COMPTE DES ÉDITIONS
ACTES SUD
LE MÉJAN
PLACE NINA-BERBEROVA
13200 ARLES

DÉPÔT LÉGAL
1re ÉDITION : OCTOBRE 2016
N° d'impression : 1603452
(Imprimé en France)